JUL 2 6 2023

Middleton Public Library
7425 Hubbard Avenue
Middleton, WI 53562

TIEMPOS CANALLAS

GRANTRAVESÍA

JAIME ALFONSO SANDOVAL

TIEMPOS CANALLAS

UNA HISTORIA · DE FANTASMAS

GRANTRAVESÍA

Ésta es una obra de ficción. Los nombres, personajes, lugares
e incidentes son producto de la imaginación del autor, o se usan
de manera ficticia. Cualquier semejanza con personas (vivas
o muertas), acontecimientos o lugares reales es mera coincidencia.

Este libro se realizó con el apoyo del Sistema Nacional de Creadores
de Arte de la Secretaría de Cultura.

TIEMPOS CANALLAS
Una historia de fantasmas

© 2021, Jaime Alfonso Sandoval

Diseño de portada: Diego Álvarez y Roxana Deneb
Fotografía del autor: Ana Paula Oseguera

D.R. © 2022, Editorial Océano de México, S.A. de C.V.
Guillermo Barroso 17-5, Col. Industrial Las Armas
Tlalnepantla de Baz, 54080, Estado de México
www.oceano.mx
www.grantravesia.com

Primera edición: 2022

ISBN: 978-607-557-471-4

Todos los derechos reservados. Quedan rigurosamente prohibidas,
sin la autorización escrita del editor, bajo las sanciones establecidas
en las leyes, la reproducción parcial o total de esta obra por cualquier
medio o procedimiento, comprendidos la reprografía y el tratamiento
informático, y la distribución de ejemplares de ella mediante
alquiler o préstamo público. ¿Necesitas reproducir una parte
de esta obra? Solicita el permiso en info@cempro.org.mx

IMPRESO EN MÉXICO / *PRINTED IN MEXICO*

Carta uno

Estimada A:

Permítame contarle una historia de fantasmas. Sé que usted no me conoce y esto debe representar una absoluta intromisión en su vida. Pero resulta mejor escribir que acercarme a usted mañana en un pasillo de la universidad donde estudia para contarle una historia de fantasmas, donde usted está involucrada (aunque esto, aún no lo sabe), seguro me daría alguna excusa muy cortés (me consta que a pesar de su juventud, 19 años, usted es una persona amable) e inmediatamente se daría la media vuelta para escapar con paso veloz. Nuestro encuentro se convertiría, si bien nos va, en una incómoda anécdota sobre un nervioso hombre desconocido que la interceptó en la universidad para contarle una bizarra historia de fantasmas. Ahí acabaría el asunto: usted con un disgusto y cierta alarma, y yo con un vergonzoso sentimiento de derrota.

Por eso mismo he decidido enviar esta misiva a su domicilio por correo tradicional, sí, ese viejo sistema donde un empleado con uniforme lleva y trae letras. Sé que casi nadie ya usa este método, pero lo haré porque quiero recuperar algo maravilloso: el poder de la espera. ¿Que a qué me refiero? Antes, al esperar una misiva durante varias semanas las palabras adquirían una especie de hondura, se fermentaban hasta formar un poso, no sé si me entienda; cuando se recibía una carta había que leerla muchas veces hasta encontrar todos sus significados. Ahora esto resulta imposible con el *replay* o *send* que están disponibles como el gatillo de una escopeta. Y es justo lo que pretendo evitar, no deseo que conteste de inmediato, es más, pido que no me conteste de algún modo, por eso esta carta sólo lleva como remitente un apartado postal que a su vez conecta a una lista de correos con un seudónimo; así que, créame, estimada A; no pierda tiempo haciendo el rastreo de dónde viene esta carta, sólo quiero que reflexione sobre estas líneas, porque la historia que voy a compartirle es de tal manera perturbadora que necesito contarle paso a paso para que pueda concebirla en su sencilla complejidad.

Esto me lleva a hablar del segundo motivo de por qué quiero contarle la historia en episodios epistolares y tiene que ver con la verosimilitud. Usted estudia biología así que doy por descontado que es una joven de espíritu científico y ya no cree en supersticiones. Los jóvenes ahora se burlan de las historias sobrenaturales de sus abuelos, pero créame que todas las creencias, bien dosificadas, se implantan en el seso como una semilla que, si se riega en repetidas ocasiones, desarrolla raíz y en un tiempo florece. Algo increíble que tiene el ser humano: la necesidad de creer. No estoy diciendo que quiero meterme en su cerebro para manipularlo. Lo que sucede es que mi historia debe ser contada en dosis, porque sus piezas, a la vez extrañas y fantásticas, necesitan cierto tiempo para embonar.

Seguramente se está preguntando: y a todo esto ¿quién soy yo? ¿Por qué la elegí para ser la destinataria de mis letras y de esta historia que presume tener dosis de misterio y espectros por igual? ¿Tengo alguna intención oculta con usted? ¿Soy un vulgar acosador? Tal vez debería denunciarme ante la policía. Permítame tranquilizarla, por favor.

Le propongo un pacto unilateral, lo es, porque esto no es una correspondencia al uso; estamos ante un monólogo en el que he elegido a usted como única lectora, pero le puedo dar las siguientes garantías:

Sé que no espera mi permiso, pero puede mostrar estas cartas (van a ser varias, me temo, y cada vez más largas) a quien desee: policía, amigos, familiares. Aunque recomiendo, al principio, que tenga el deleite de ser la única depositaria de esta historia.

Nunca nos vamos a conocer personalmente. Aunque sé muchas cosas de usted, estimada A; juro que jamás me acercaré, ni propondré nada indebido. Le prometo que no tendrá el disgusto de verme aparecer en su vida real. Tiene mi palabra.

Y tercera y última garantía: dejaré de enviar estas cartas cuando usted lo solicite. Sólo envíe un sobre vacío al apartado postal con la palabra "No" escrita al reverso y será suficiente, no volveré a molestarla y me guardaré estas cartas para mí mismo.

Espero que esto haya sido suficiente. Ahora tendré que atraer su atención de algún modo, porque es posible que para este momento la esté perdiendo con tantos preparativos. Lo crea o no, nuestras existencias están enlazadas además del nexo que tenemos entre México y España. Mi nombre es Diego, por ahora es lo único que basta. Para comenzar mi relato permítame llevarla al pasado, casi tres décadas antes de que usted naciera.

Acompáñeme a Madrid, a inicios de verano de 1987. Como debe suponer la ciudad hervía en canícula, al igual que la cabeza de Lucía, mi madre. ¿Por dónde comienzo con ella? Veamos, era editora de una revista independiente de cultura y música llamada *Chaka Pop* (horroroso nombre, pero todo lo que tuviera "pop" automáticamente se volvía *guay de Paraguay*). Por su trabajo mi madre tenía un maravilloso pretexto para meterse a hoyos kinkis y punkis de Malasaña donde le medía el pulso a la movida. Yo no, en ese entonces yo era un insípido quinceañero que tomaba una horchata tras otra en compañía de los *electroduendes* de *La bola de cristal* con Alaska, el "huracán mejicano". Solía dar largos paseos por la Gran Vía con los audífonos enchufados a mis walkman que consumían baterías a todo galope. En mi cabeza retumbaban casetes con "Notorious" de Duran Duran, "Suburbia" de Pet Shop Boys, "No puedo evitar pensar en ti" de Duncan Dhu. Santi, mi mejor amigo, me regaló el acetato de *Never Let Me Down* de David Bowie. Acababa de terminar el EGB y arrancaban las vacaciones bajo las noticias de la guerra en Sudán, ataques de ETA y todavía se hablaba de las nubes radiactivas del desastre nuclear de Chernóbil del año pasado. Aunque en realidad yo pensaba en otras cosas más frívolas, me temo, como el cine, porque en ese entonces ya soñaba con volverme guionista de Hollywood. No se ría, se lo juro, mis modelos a seguir eran *Aliens, el regreso* y *Star Trek IV* que había ido a ver tres veces al Coliseum y escribí un pastiche de ambas películas, en fin, un horror. Me estaba dejando una coleta al estilo Miguel Bosé y buscaba el *Bionic Commando* en locales, era un videojuego tipo tragamonedas que me hacía perder horas (y bastantes duros).

Estimada A, disculpe toda esta verborrea de nostalgia ochentera y casposa, sé que a usted no le dice nada, así que me detendré, pero sólo de momento, porque temo que volverá a salir por ahí otro ataque de antigualla, porque lo que tengo que contarle tiene como base el verano que menciono. Si no le molesta y no tiene inconveniente pasaré ahora a narrar mi situación personal de aquel momento.

Mis padres se habían divorciado cinco años atrás y vivía con Lucía, mi madre. Habíamos conseguido un enorme piso en Chamberí. Los alquileres de ese tiempo eran razonables, nada que ver con ahora. Además Lucía, como editora de un pasquín musical, era amiga de varias bandas de rock; no de las importantes, me temo, sino de las tenían nombres como: *Bacinika, Espectros de Úbeda, Maruja plus,* y otras aberraciones que en ese momento sonaban maravillosas. Lucía se codeaba con artistas alternativos, actores de teatro experimental, gente de ese pelaje, y en ésas, conoció al Paqui, que nunca supe a qué se dedicaba; decía trabajar "en el mundo de la música" así en general, y mi madre se zambulló directamente en sus ojos de pupila dilatada para no salir ni para tomar un respiro. Lucía comenzó a faltar a la casa, hacía viajes frecuentes a Bilbao (o eso decía), con el tiempo parecía un poco enferma, muy delgada, yo lo atribuía al exceso de trabajo. Entonces un día, escuché en las escaleras a unas vecinas murmurar mientras nos señalaban a Lucía y a mí: "Ahí va, la drogadicta del tercero izquierda, enganchada al caballo que no veas. Yo ya pedí que la echen, pero en casos así, uno piensa, pobre del crío".

Tuve ganas de enfrentarme a esas arpías en ropa deportiva de tactel, pero algo peor me detuvo, la certeza de que fuera cierto. Cierto, Lucía, no era una santa de estampa, sabía que era aficionada a la cerveza, que fumaba un churro de vez en cuando, pero ¿enganchada a la heroína? Eso me parecía absurdo, tenía estudios de periodismo en la Complutense (que no terminó), vamos, no era la madre del año, pero siempre estuvo al pendiente del colegio, me regaló la enciclopedia de los jóvenes castores y muchos cómics como los del teniente Blueberry, Kirk y Mortadelo y Filemón; aseguraba que tanto los libros como las historietas eran parte de la formación de cualquier adolescente, y los domingos me hacía waffles, fatales de aspecto, pero con sabor glorioso. Además tenía muchos libros de sociología en su habitación. ¿Qué tenía que ver ella con los drogadictos de venas reventadas del parque de Vallecas? Nada. Entonces, un día mi madre no volvió a casa ni esa noche, ni la siguiente, ni la otra. Vamos, que no volvió. Yo quedé al pendiente del teléfono y contando los suministros de la despensa, hacía cálculos para no morir de hambre.

Ya sé… ya sé… Para este momento usted, mi estimada A se pregunta: pero ¿quién es esta momia que le ha dado por contarme su patética adolescencia? Sólo quiero que sepa quién soy. Si yo conozco algunos datos de su vida es justo que usted sepa algo de la mía, esta relación debe tener algún asomo de equidad, creo yo.

¿Sigo?

No es mi intención extender el drama, pero las cosas se pusieron peor, digamos que la Movida terminó para mí. Lo supe cuando vi a Teo (mi padre) cruzar el umbral del edificio de Chamberí. Eso era bastante sospechoso si tenemos que cuenta que Teo vivía en la Ciudad de México, a 9,075 kilómetros de distancia. También llegó Inés, la tía de mi madre, que siempre me provocó ansiedad con esos ojos de viuda, venía desde Valladolid (en este caso no hay mérito, son escasos 196 kilómetros). Por lo que oí a retazos supe que mi madre estaba en una clínica de Valencia, hospitalizada por sobredosis. La habían encontrado bajo un puente vehicular, pero además la habían identificado como la responsable del robo de un auto en Picassent, de un minisúper, de una gasolinera, en fin, había una serie de delitos alrededor de mi progenitora (y del Paqui de pupilas dilatadas, ni sus luces). Por algún motivo, Lucía, la editora, con estudios universitarios y una pila de libros de sociología, se había convertido en una adicta lamentable.

Tía Inés sugirió que mientras Lucía se rehabilitaba (o salía de la cárcel, lo que pasara primero), yo podía entrar de interno en un colegio jesuita de Salamanca donde trabajaba su hermano mayor, un cura de la más rancia cepa franquista. Tal vez tía Inés imaginó que así me protegía de mis depravados padres. ¿Comenté antes el motivo de su divorcio? Creo que no, fue la infidelidad compulsiva de Teo, se enredó con la mejor amiga de mi madre, entre otras damas que se le cruzaron. En fin, digamos que mi padre, a pesar de su talle más bien escaso, 1.63 m, era muy sociable con el sexo opuesto.

No me ilusionaba vivir con el donjuán liliputiense de mi padre pero las cosas dieron un giro esa misma semana cuando Teo me reveló que había llegado un fatal desenlace: Lucía no podía hacerse cargo de mí, vamos, que nunca. En un impulso kamikaze pregunté a bocajarro:

—¿Está muerta?

Teo asintió y un zumbido se instaló en oídos, apenas pude oír algo sobre un paro cardiorrespiratorio, colapso pulmonar y otros terminajos. De momento no sentí la más mínima pena, al contrario, me invadió una enorme furia contra Lucía, ¿pero quién se había creído? Yo era el adolescente, ¡no ella! ¿Se había creído la Janis Joplin de la Movida? Pero ni era artista, ni nada, ¡su revista era una asquerosidad que salía un mes y dos meses no! La odiaba. De cierta manera se había quitado la vida y de paso había estropeado la mía. Yo estaba a punto de entrar al BUP, emocionado porque estaría también con Elena, la rubita que tanto me gustaba.

Luego de oír la noticia me encerré en mi habitación a ver *Ghostbusters* en VHS, y al final de la película me eché a llorar unas dos horas, y sin venir a cuento porque el final de esa peli es feliz y con música pegajosa.

Sé que prometí que esto no se volvería una telenovela y lo cumplo, porque justo aquí se detiene el asunto lacrimógeno. Ya no supe nada de los asuntos fúnebres, Teo y tía Inés se encargaron de todo, pero mi destino ya estaba echado, entre el internado franquista y mi padre, yo mismo tomé la decisión y preparé mi equipaje para viajar los 9,075 kilómetros.

Mi padre vivía en México por la sencilla razón de que era su país, él era el verdadero *huracán mejicano*. Se hacía llamar Teo, aunque su nombre completo era Teocalli Javier (esto queda entre nosotros, por favor). Como ya comenté, era de estatura un tanto compacta y rubio, algunos mexicanos de los Altos de Jalisco son blancos o güeros, por la mezcla entre españoles, franceses e italianos que llegaron a esa zona. Teo pisó Madrid en 1971 para unas prácticas profesionales y conoció a Lucía, la española morena a la que sólo le faltaba peineta y mantilla para completar el anuncio de *Welcome to Spain*. Se enamoraron y mi padre le propuso matrimonio; nací en 1972 en el Hospital 12 de Octubre, y me llamaron Diego en honor al pintor preferido de Teo y para hacer juego con su apellido; en efecto, soy Diego Velázquez. Mi breve existencia había transcurrido entre la Ciudad de México y Madrid, digamos de los mariachis a las seguidillas, de Teotihuacan al Prado, y así, hasta el divorcio de mis padres.

Me gustaba ser medio-mexicano, aunque hubiera preferido que mi padre fuera descendiente de sanguinarios aztecas más que un rubito ligador, pero la vida no siempre es justa. No había pisado la Ciudad de México desde hacía años y por lo que se decía en los noticieros, había quedado prácticamente destruida por los terremotos de 1985.

—A ver, pérate, eso no es cierto —me aclaró Teo—. Ya se está reconstruyendo. Además el año pasado fue el Mundial de Futbol. No quisiste ir a visitarme.

No fui porque acompañé a mi madre a una gira musical a la Costa del Sol, lugar donde por cierto conoció a Paqui, mientras que México había sido anfitrión del mundial y tuvo la más triste mascota de la historia: El Pique, un chile desnutrido de enorme bigote. Un año después, me preparaba para dejar la calurosa Madrid por un sombrío y lluvioso México, del otro lado del mundo, donde me esperaba el verano más terrorífico de mi vida.

¿Por qué terrorífico?, se estará preguntando estimada A. Tal vez debo decir que fue también fascinante, pero eso lo voy a relatar en mi siguiente carta; tampoco es mi intención dar demasiada información, recuerde, el secreto son las dosis.

Sé que hice una promesa, abrí lanzando el anzuelo de que lo que nos unía a usted y a mí era básicamente una historia espectral. Bien, aunque eso es totalmente cierto, temo que mis fantasmas aún se están preparando y corren de un lado a otro ajustándose el ectoplasma para salir a escena; pero no quiero desilusionarla, así que le contaré ya mismo una pequeña historia, le pido que estire un poco más su paciencia, sólo un poco, vamos.

Esta historia sucede en el lluvioso mes de agosto de 1961 donde vive una mujer en un apartamento con su pequeño hijo de cinco años. Como el padre pasa largas temporadas trabajando lejos, ella está a cargo del niño. El asunto comienza cuando la joven madre escucha que su hijo habla por las noches con alguien. Cuando ella le pregunta, el niño dice que está jugando con *Abu*. Raro, sí, pero la madre no le da importancia, los niños a determinada edad son naturalmente raros y proclives a tener amigos imaginarios.

El asunto se vuelve extraño cuando el pequeño comienza a soltar algunas frases como "Abu dice que no debo ir a la escuela, que no le gusta quedarse solo" o "Abu dice que él cenaba pan con miel antes de la Gran Guerra, yo también quiero". Esto alarma a la mujer. Un amigo imaginario por muy imaginario que sea no dice eso. La mujer interroga al niño más a fondo. ¿Quién es Abu? ¿Cómo es? ¿Dónde está? El niño explica que al principio lo veía en la recepción del edificio, luego en el elevador y después entró a su habitación. Viste con una especie de bata blanca, le dijo que fue doctor, y como es viejo, le puede decir abuelo o Abu. La pobre mujer tiene una horrible sospecha: ¿y si algún anciano pedófilo ronda a su hijo? Se espeluzna.

Alarmada, investiga si hay algún vecino con esas características, no encuentra nada pero de todos modos llama por teléfono al marido para explicarle su alarma, le pide, suplica, que los visite lo más pronto posible. Después le dice a su hijo que tiene prohibido hablar con desconocidos y coloca una tranca en la puerta del apartamento y protecciones en las ventanas de la habitación del niño.

Durante unos días las cosas están tranquilas, hasta que la madre vuelve a oír al pequeño hablar en voz baja en su habitación. Cuando la mujer abre la puerta a toda prisa, ve al niño solo, frente al espejo del tocador. La ventana sigue cerrada. Le pregunta si ha estado hablando con Abu y el niño reconoce que sí, pero se ha ido, no le gusta que ella lo vea. Entre gritos la joven madre le recuerda las advertencias.

"Abu dice que él no es desconocido", asegura el pequeño con cierto reproche. "Él ya vivía aquí y dice que estás muy nerviosa, que te irás pronto y él y yo estaremos juntos."

A partir de ahí la mujer no deja que el niño duerma solo por ningún motivo, pone crucifijos en las habitaciones y le dice al pequeño que no importa lo que diga Abu, es peligroso y no debe hablar con él. En este punto ya no está segura de nada. Se trata de un vecino pervertido, de los atisbos de una enfermedad mental, o una presencia que no es de este mundo, pero la mujer confía en que el marido volverá pronto y pondrá orden.

Las cosas vuelven a un cauce tranquilo por unos días, hasta que una semana después la madre baña a su hijo en la tina y el pequeño comienza a cantar una canción extraña: "Mi cabra, con panza rellena, como vieja gaita, hace *bee, bee, bee*". La mujer intenta dominar su terror y le pregunta dónde aprendió esa tonada. El pequeño guarda silencio. Ella insiste: "¿Fue Abu?". El pequeño continúa en silencio, el mismo que usa cuando sabe que ha hecho algo malo. "¿Dónde está?", insiste ella. Y el pequeño, con la vista baja, dice una única palabra: "Aquí".

La madre siente un golpe de terror, como si el cuarto de baño se cargara de electricidad. Se gira para tomar la toalla, la misma que acaba de dejar en un banco cercano pero ahora está vacío. La toalla ahora se encuentra a unos metros, en el pasillo que conduce a las habitaciones. La mujer, cada vez más aterrada, sale; es apenas un instante cuando escucha el portazo. El baño se ha cerrado con su hijo dentro. No consigue abrir, han puesto el seguro. Grita, golpea, llama a su pequeño. Alcanza a oír que el niño murmura algo como: "No, no puedo. A mamá no le va a gustar…".

Finalmente la mujer toma una lámpara con base metálica y la usa para romper el picaporte y entra al cuarto de baño. Su hijo sigue en la tina y mira fijamente algo. La madre sigue el rastro de la mirada y alcanza a ver por el espejo el reflejo de un viejo de ojos astutos y bata blanca. El anciano se desliza y se pierde por el borde del espejo.

La mujer toma a su hijo, lo envuelve en la toalla y sale desesperada del edificio. Corre por la calle, con el corazón en los oídos. El horror ocupa todos sus pensamientos, la hace ver la silueta del anciano en cada reflejo de los cristales, ventanas, escaparates, ni siquiera se da cuenta de que cuando cruza la calle para llegar a un parque, un coche impacta contra ella.

Algunas versiones dicen que es un taxi y que por una terrible vuelta del destino, dentro viene el marido de la mujer, que finalmente había conseguido volver del lejano trabajo para ver a su familia. Esto no me consta pero lo cierto es que, según testigos, al niño no le pasó nada, la madre lo protegió con su propio cuerpo.

En el caos, mientras llaman a la ambulancia, que no tiene nada que hacer, la mujer muere a los pocos minutos, el padre (o una vecina, esto está a discusión) toma al pequeño y a toda prisa lo aleja de la zona del accidente, para que no quede en su memoria la imagen de su madre rota, borboteando sangre, y no se le ocurre mejor lugar que llevarlo a su habitación, con sus juguetes, frente al tocador con el gran espejo.

El niño parece tranquilo, pese a la conmoción. Se queda ahí, cantando en voz baja: "Mi cabra, con panza rellena, como vieja gaita, hace *bee, bee, bee*", mientras la puerta se cierra lentamente.

La siguiente carta la tendrá pronto en sus manos, mientras tanto puede releer ésta y reflexionar qué respondería, en caso de que fuera posible.

Queda de usted,

Diego

Carta dos

Estimada A:

Sé que debe estar intrigada con la carta que le envié hace pocas semanas. Lamento tardar tanto en volver a escribir, pero un ejército de dudas asaltó mi cabeza: ¿estoy haciendo lo correcto? ¿La asusté con mi burda intromisión en su vida? ¿La historia del niño y su amigo Abu estuvo fuera de lugar? Llegué a pensar que no era buena idea seguir con esta correspondencia, todavía podemos detenernos. Perdone que hable en plural, obviamente usted nunca aceptó iniciar este intercambio, aunque tampoco he recibido el sobre con la palabra "No" en el reverso.

Créame, estimada A, iniciar esta relación epistolar no fue a la ligera, tardé muchos años, esperando a que usted creciera y tuviera la edad suficiente para que pudiera acompañarme en esta develación de prodigios. Dios, ¡qué retorcido suena eso! ¡Fatal! Como si la hubiera estado espiando por años. En mi defensa diré que fungí el papel de un espectador, que se mantuvo a la espera. Sólo puedo tranquilizarla recordándole mis garantías: nunca nos veremos personalmente y puede detener este flujo epistolar en cualquier momento. También extiendo la promesa de que no la volveré a buscar más.

Antes de que sufra otro ataque de dudas, retomaré el hilo de mi relato. Como seguro recordará, estimada A, a principios de julio de 1987 mi vida dio un giro y me fui a vivir a la Ciudad de México. Al pisar tierras aztecas me di cuenta de que mi padre había contado al menos dos mentiras gordas. La primera era que la ciudad seguía devastada por los terremotos. Por aquí y por allá se veían calles rotas, montones de escombros, edificios sin paredes y con esqueletos metálicos expuestos. En ciertas zonas había muchos edificios abandonados y otros en peligro por derrumbe. Los sismos habían arrasado con multifamiliares, fábricas, escuelas, oficinas, casas, talleres. La débil economía mexicana, en eterna crisis, no pudo hacer frente a tanta devastación y muchas zonas quedaron como escenarios de zona de guerra durante diez y hasta veinte años.

—No pongas esa cara.

Dijo Teo cuando pasamos por lo que había sido un conjunto de hospitales que ahora parecía un árido paisaje lunar. En el terremoto habían muerto cientos de enfermos y personal, aunque sobrevivieron bebés de incubadora que durante días encontraron como segundo útero la oscuridad de las ruinas. Les decían *bebés milagro*.

—No todo está así —aseguró Teo—, otras colonias están intactas. Estaremos bien.

Ésta era la segunda mentira de Teo. No estaríamos bien, primero porque a sus 37 años vivía como adolescente en un departamento de proporciones nanométricas. En realidad era un cuarto de servicio en una azotea. Apenas una habitación con baño, en la que la cocina era una hornilla eléctrica sobre una silla, mientras que un frigobar lleno de cervezas fungía de alacena y mesa de centro. Eso sí, las paredes estaban forradas de libros hasta el último resquicio. Teo había estudiado Historia aunque en ese momento trabajaba en una estación de radio cultural donde ganaba un sueldo minúsculo, pero era impagable el aura de intelectual que le otorgaba ser locutor frente a sus conquistas amorosas. Cuando llegamos, Teo despejó un sofá para que yo pudiera dormir, puse al lado una enorme maleta verde militar que contenía todas las pertenencias que poseía sobre la tierra.

Supe, por algunos objetos que encontré en el baño, como un lápiz de labios, un par de medias y condones, que mi padre usaba ese sitio como nido para sus conquistas. Por suerte se abstuvo de hacerlo cuando recién llegué, o al menos no me enteré. De cualquier modo, yo prefería estar fuera. Los primeros días tomaba un "delfín", un autobús o caminaba hasta llegar a Plaza Universidad, un centro comercial. Pasé un par de tardes en los multicinemas Ramírez con las alfombras crujientes por la melaza de años de refrescos derramados. Ahí vi *El imperio del Sol* y *Las brujas de Eastwick*. También descubrí el Chispas, un local de maquinitas. En el Mercado de Discos conocí un poco más la música que se oía en esa parte del mundo, rock en tu idioma: Miguel Mateos, Soda Stereo, Enanitos Verdes y Radio Futura.

La primera semana volví a tener ataques de llanto y pensaba en Lucía, aunque sin tanto rencor; me parecía imposible que estuviera muerta, pensé que tal vez confundieron su cuerpo, pero luego abandoné la absurda idea. También pensaba en mi colega, mi amigo Santi que se había ido a Barcelona y que antes de la tragedia me había invitado a pasar las vacaciones con su familia a la Costa Brava. No pude aceptar, claro, y en cambio le escribí unas cartas para contarle mi vida de inmigrante indiano.

Teo podía ser un padre despistado, un adolescente tardío de 37 años, pero entendió que no podía tener a un hijo viviendo en un sofá, y era complicado hacer familia en un espacio de nueve metros cuadrados. Prometió que nos cambiaríamos. Rastreamos viviendas por la ciudad e hicimos varias citas. También dejamos solicitud en algunas agencias inmobiliarias. Algunas pedían una cantidad absurda de documentos: comprobantes de ingresos, actas de nacimiento, cartas de recomendación, de antecedentes no penales, avales. Teo entregó todos los documentos que había reunido en su vida. "Hasta parece que me voy a titular", se quejó.

Yo ya había vivido en el D.F., de los siete a los diez años. La recordaba como una ciudad enorme, con suaves inviernos y camellones con palmeras, pero en ese momento me di cuenta de que el Distrito Federal era como una de esas colchas ensambladas con trozos de distintas telas y patrones. Bastaba salirse de una zona para llegar a otra ciudad horrible, con aire a lo peor de Calcuta, sucia y desordenada, llena de limosneros, vecindades decrépitas, pobreza extrema, para luego, un poco más adelante, llegar a una zona de rascacielos a lo *downtown* de Houston, o girar en una esquina para entrar a un pueblecito pintoresco engullido por el concreto. Había de todo: ruinas prehispánicas y palacios virreinales de tezontle, mansiones palaciegas y casuchas con techos de chapa de zinc. Todo cabía en ese monstruo urbano que para entonces ya era unas tres veces más grande que Madrid. Pero esto no es una guía de turismo del D.F. así que me detendré, pues voy a entrar a un momento importante. En toda la historia de fantasmas que se respete debe existir el típico lugar encantado. Pues bien estimada A, aquí viene.

Durante algunos días, Teo y yo vimos un montón de

infectos departamentos: en semisótanos, en edificios con una inclinación de vértigo. En la colonia Obrera encontramos uno muy barato de dos recámaras, aunque los pasillos del edificio tenían tantas huellas de balazos y sellos de la policía judicial que, no sé, como que desanimaba un poco.

Pero nuestra fortuna estaba a punto de cambiar. Un domingo, al volver agotados de un frustrante recorrido, en la puerta del cuarto de azotea nos encontramos un sobre con el nombre de mi padre escrito con letra antigua y angulosa. Se lo pasé a Teo y extrajo un papel del interior.

—Ya tenemos dónde vivir —balbuceó atónito.

Me enseñó el mensaje, estaba escrito a mano, con la misma letra y en tinta verde del sobre. Soluciones Inmobiliarias nos había conseguido un departamento en renta a mi padre y a mí en el Edificio Begur. Sólo teníamos que ir a un despacho para llevar ciertos documentos en original y firmar el contrato. La carta la firmaba una mujer con un nombre rimbombante: Reyna Gala Fenck.

—Es imposible... ¡El Edificio Begur! —Teo parecía estupefacto.

Mi padre debió ver mi cara de panoli (o menso, para decirlo en mexicano) porque se adelantó a explicar

—El Begur es un edificio de la colonia Roma; tiene mucha historia, ¡es alucinante! Es uno de los pocos ejemplos de arte ecléctico que siguen en pie en la ciudad, tiene detalles de modernismo catalán y algo de neogótico inglés. Son departamentos de los años veinte o así. Por aquí tengo un libro de fachadas catalogadas, a ver si lo encuentro.

Por mí, como si fuera el Palacio de Buckingham; además, había una cuestión obvia.

—No recuerdo que hayamos visitado lugares así... decentes

—observé—. Seguro se equivocaron en la inmobiliaria al enviarte esa carta.

—Sí, tal vez —reconoció—, pero no perdemos nada con asomarnos. Tal vez tengan otras propiedades más baratonas. ¿Cómo ves? La cita es mañana a las 11:30.

Soluciones Inmobiliarias resultó ser un oscuro despacho con repisas cubiertas de figurillas de búhos con aire lúgubre. Estaba en la colonia Cuauhtémoc, una zona de viejas notarías y oficinas. Teo estuvo conversando alegremente con una secretaria (era experto en hablar con secretarias) y finalmente pasamos a una oficina donde nos recibió un hombrecito de piel cerosa y con medio litro de brillantina en el cabello. Se presentó como el licenciado Erasmo Gandía y representante legal de la señora Reyna Gala Fenck.

—La dueña del edificio pide que la disculpen —dijo el untuoso personaje—. No podrá venir a la cita, se lastimó un tobillo cuando sacó a pasear a su perro. Siempre le digo que mima demasiado a esa pequeña bestia. Pero no se preocupen, si traen la identificación en original y el recibo de nómina, cerramos el asunto.

Le lancé una mirada de urgencia a Teo.

—Tenemos una duda sobre el departamento —reconoció mi padre.

—Sé que el estado de conservación del edificio no es perfecto —suspiró el licenciado Gandía—, dado los años que tiene, pero les aseguro que es funcional. Una joya arquitectónica de primer orden —sacó una carpeta de un cajón—. Como dije, todo está listo. La señora Reyna envió con su chofer el contrato de renta debidamente firmado.

—¿Contrato firmado? —repitió mi padre—. Pero no conocemos el departamento.

—Qué raro —el hombrecito levantó unas cejas hirsutas—, pensé que ya se habían reunido con la señora Reyna. Tal vez hay un error, permítanme ver el expediente.

El hombrecito abrió la carpeta y leyó detenidamente las hojas.

—Tengo los datos de alguien que busca un departamento, Teocalli Javier Velázquez 37 años y su hijo Diego, de 15 años. El padre, historiador de profesión, trabaja en el programa de radio *Noches de Ronda y Cultura*, es viudo.

La palabra flotó con tétrica resonancia.

—Bueno, ésos somos nosotros —reconoció Teo—. ¿Por qué tiene nuestros datos?

—¿Dejaron solicitudes en otra agencia inmobiliaria? —preguntó el licenciado.

—En dos o tres —reconoció Teo.

—Pues alguna de ellas debió referirlos con nosotros. Aquí sólo se administra el Edificio Begur y la señora Reyna es quien aprueba a los inquilinos —el licenciado hojeó el resto de los documentos—. Su expediente está completo y aprobado. Está la copia de los ingresos, identificación, certificados de nacimiento, hasta sus cartas de retorno solar.

Teo y yo cruzamos una mirada de confusión.

—Estas últimas las hace la señora Reyna —señaló el hombrecillo—. De un tiempo acá se volvió aficionada a la astrología y le ha dado por hacer estos garabatos. Es un pasatiempo de salón, vamos, tampoco se asusten, pero ella es apasionada. Ojalá nos hubiera acompañado hoy, sus lecturas son tan... curiosas.

Mostró unos extraños diagramas llenos de líneas de colores que hacían carambolas dentro de un gran círculo.

—En fin, señor Teocalli Javier, me urge que me dé su respuesta —su mirada, parecida a la de uno de sus búhos, se clavó en Teo—. ¿Va a quedarse con el departamento?

—Pero ni lo conocemos —repitió mi padre.

—Y debe costar una fortuna la renta —agregué.

—Hace años sí que era costoso —el hombrecito lanzó un gran suspiro—. Y aun así, la lista de espera para rentar uno de los apartamentos era hasta de tres años. Pero todo cambió con la reclasificación a zona de desastre.

—¿Qué desastre? —salté asustado.

—¿Qué reclasificación? —preguntó Teo.

—El Edificio Begur se encuentra en perfecto estado —adelantó el licenciado—. Pero con los terremotos, con los derrumbes aledaños y ya saben… tanto muerto, la colonia Roma quedó declarada como zona de desastre y las rentas también se desplomaron. Actualmente el alquiler mensual es la cuarta parte de la que era antes. En fin, una lástima para la dueña pero una suerte para los inquilinos.

¿Suerte? Era como si nos ofrecieran una linda cabaña en Chernóbil. ¡Vaya oferta!

—¿Dijo una cuarta parte? —era lo único que había retenido el cerebro de Teo.

—Y un depósito, claro, pero puede ser sin aval. Sigue siendo un ofrecimiento inmejorable —reconoció el hombrecillo—. Pero deben decidirse ahora, son las 11:48 a.m.

—¿Y eso qué tiene que ver? —pregunté.

—La señora Reyna solicita encarecidamente que la firma sea antes de las doce. Es por cosas de prospección astral, algo así. No me pidan detalles, por favor, yo sólo obedezco las órdenes de mi patrona y vaya que tiene ideas fijas. Si usted, señor Teocalli, no firma hoy antes de las doce perdería su lugar hasta que la señora Reyna haga otros cálculos, y es posible que otro solicitante se quede con la propiedad en renta.

Le lancé una tensa mirada a mi padre. En mi cabeza sonaban todas las alarmas.

—Veo que desconfían —resopló el licenciado Gandía y comenzó a guardar los documentos—. No los culpo. ¡Prospecciones astrales! Sé cómo suena. En fin, de cualquier modo tenemos sus datos, veremos si el próximo año se desocupa algo en el Begur.

—Quiero firmar —saltó mi padre y miró el reloj.

—Pero Teo... —murmuré preocupado.

—¡Es el Begur! Un edificio histórico —repitió mientras sacaba la chequera y su identificación—. Por algo pasan las cosas, Diego. Nos estaba esperando. Confía en mí.

Miré al licenciado Gandía, por si detectaba alguna sonrisa aviesa, pero parecía una especie de idolillo prehispánico indescifrable.

—Perfecto, qué gusto —sacó las hojas del contrato—. Lea bien las cláusulas aunque, recuerde, debe completar la firma antes de las doce. El contrato es por un año.

Vi cómo mi padre hacía el cheque para entregar los pocos ahorros que tenía y firmó al calce los documentos, al lado de la barroca firma en tinta verde que ya estaba ahí, la de Reyna Gala Fenck. El proceso terminó justo a las 11:57 a.m. El licenciado nos entregó nuestra copia del contrato, su tarjeta personal y un anexo de reglas condominales.

—Felicidades y gracias por confiar —sonrió, parecía sincero—. Le avisaré a la señora Reyna que todo salió perfecto. Las llaves del 404 las tiene el conserje, el señor Pablito, él les dará posesión del apartamento desde hoy. Y listo, eso es todo.

Cuando salimos a la calle Teo parecía exultante.

—¿Te das cuenta? ¡El Edificio Begur! —repitió—. Tengo un buen presentimiento.

Yo no. Para mí era obvio que habíamos caído en una trampa absoluta.

—Diego, quita esa jeta, no seas tan desconfiado. ¿Qué puede salir mal?

—De verdad, ¿no te vas cuenta? —suspiré antes de enumerar los posibles engaños.

Uno, que el cetrino licenciado Gandía no tuviera nada que ver con el Edificio Begur ni con la dueña. Que fuera un simple estafador que se hizo con nuestros datos en otra agencia, escribió la carta con letra en tinta verde y le sacó a mi padre un bonito cheque.

Dos, que en el departamento 404 del Edificio Begur viviera un legítimo inquilino ¡y el sitio no estaba en renta! Y cuando volviéramos al despacho para reclamar el dinero, el hombrecillo se habría esfumado.

Tres, posiblemente alquilamos un departamento fantasma (y no hablo de asuntos paranormales); tal vez el edificio estaba vacío, dañado por el terremoto, se había derrumbado o simplemente no existía el interior marcado con el número 404.

Todas estas opciones eran probables. Habíamos rentado un departamento sin verlo y Teo entregó el dinero, como un idiota, al "representante legal" de una aficionada a las cartas astrales, totalmente desconocida.

—Pero… el mismo licenciado aconsejó no firmar si yo no estaba convencido —se defendió Teo, un poco pálido, luego de oír mis sospechas.

—Para meter presión —señalé—. Los estafadores no confiesan que están haciendo un engaño, ¡hasta se ponen de tu parte y aseguran que te entienden para que les creas!

Tampoco es que yo fuera muy inteligente, pero mi afición por las series policiacas de televisión (en especial *Columbo* y *Reportera del Crimen*) me había dado clases sobre el mundo policiaco y sus tejes y manejes.

Teo suspiró, preocupado. Sólo había una manera de salir de dudas: debíamos ir al Edificio Begur. Hicimos la parada a un taxi, un pequeño escarabajo Volkswagen, y pedimos que nos llevara a toda prisa a la colonia Roma.

Y con el tiempo me di cuenta que lo mejor hubiera sido que cayéramos en un engaño. Porque al final la trampa resultó mucho, pero mucho peor de lo que imaginé.

Estimada A, sé que el arranque de esta historia de fantasmas es casi de molde industrial. Padre e hijo se mudan de manera misteriosa a edificio encantado. No puedo negarlo, pero poco a poco le haré notar unas peculiares diferencias. Mientras tanto, le dejo otro pequeño relato de espectros. ¿Le parece bien? Vamos, esta misiva está por terminar. Viene una anécdota como digestivo.

Esto sucede poco antes de Navidad. Una pareja acaba de mudarse a un departamento. Él es un cincuentón, ella apenas mayor de edad. Parecen padre e hija, pero en realidad son amantes. La joven es su alumna de la universidad y él ha dejado a su familia e hijos. Obvio es un escándalo, a él lo han corrido de la facultad, ella ha abandonado la escuela; pero de momento nada les importa. Se aman y han encontrado un refugio para vivir su amor, un hermoso apartamento en planta baja.

El problema surge unos días después: comienzan a oír un ruido: *crac, crac, crac*. Sospechan de alguna plaga. Se quejan con el conserje y éste les da trampas para ratas y migas de pan con estricnina que colocan en armarios y cocina. El sonido se detiene apenas un par de días y luego continúa, peor que antes. Entonces ella consigue un gato con una amiga, pero el animalito aparece muerto esa misma semana. La joven se siente fatal: tal vez olvidó tirar un pan envenenado que comió el minino. El asunto es que el ruido sigue, sobre todo por las noches. La mujer no puede dormir, se está volviendo loca por los extraños rasguidos. Hasta que una madrugada cree identificar el problema, el ruido de las ratas proviene de una bodega que está justo bajo su apartamento, de alguna manera se cuela el sonido. El profesor intenta calmarla, le dice que bajarán por la mañana, pero ella, joven e impulsiva (por Dios, se fugó con un profesor que le llevaba treinta años), toma un par de trampillas y sale decidida, entra al elevador y baja al sótano del edificio. Y cuando se abre la puerta ve con sorpresa que el lugar está limpio, no hay ningún roedor, pero, al fondo, vislumbra a una persona. Llama y nadie le responde. Al acercarse ve que se trata de una mujer desgreñada y con una bata sucia. Está de espaldas y rasca las paredes, se ha destrozado las uñas en el muro. Rasca y rasca, murmura algo pero ya casi no le queda voz. De pronto se detiene y se gira. La joven contempla el rostro de la vieja, no lo puede creer: de alguna manera, es ella misma, incluso traen la misma bata, pero con un montón de años encima, mugre y desgaste. Las dos gritan, aterrorizadas.

Tenga en mente este relato estimada A. Volveremos más adelante a algunos de sus detalles para (si me permite la expresión) seguir escarbando. Eso es todo por hoy. Si ha leído esta carta durante la noche, le deseo dulces sueños.

Queda de usted,

Diego

Carta tres

Estimada A:

L e advierto que esta misiva puede ser larga, sólo un poco, contiene mucha y jugosa información. ¿Le parece bien si seguimos donde me quedé? Como recuerda, mi padre y yo rentamos (de manera un tanto turbia) un departamento en la colonia Roma, que en 1987 era considerada zona de desastre luego de los terremotos del 85. Ese barrio fue de los más golpeados de la ciudad, ninguna calle quedó intacta a la tragedia. Se desplomaron edificios, teatros, tiendas, casas, hospitales, oficinas, cines, en fin, una debacle. Las morgues estaban tan desbordadas que llevaron cadáveres a un cercano estadio de béisbol llamado Parque Delta. Y poco a poco, entre los trozos de concreto, el polvo y el hedor, volvió a aparecer el vetusto barrio original.

Estimada A, no si esté versada sobre la historia de la Ciudad de México, así que aprovecho para dar un breve repaso sobre este barrio. Venga, seré rápido. La colonia Roma fue una especie de ampliación de la Ciudad de México, se lotificó a principios del siglo xx. En ese entonces el centro de la capital estaba saturado y la burguesía porfirista buscaba amplios terrenos para levantar viviendas a su gusto y en lugares más ventilados e higiénicos. De este modo surgieron la colonia Americana (después bautizada como Juárez), la Santa María y pronto, Edward Walter, un payaso inglés con buen ojo para los negocios, dio con un gran terreno entre en los viejos potreros de una hacienda y un pueblo llamado Romita, con una iglesia del siglo XVI. En ese lugar comenzó la febril construcción de uno de los barrios más extraños del país. Los más ricos erigieron allí su delirante fantasía europea, aunque enclavada en tierras aztecas. Era tal la vehemencia que mandaron traer arquitectos de todo el mundo. En una sola manzana se podían ver chalets austriacos, castillos medievales, caserones con mansardas belgas, apartamentos con típicas buhardillas parisinas y tejados de dos aguas para esas tormentas de nieve que difícilmente iba a llegar a los suaves climas chilangos. No se seguía un estilo arquitectónico puro, la mezcla valía siempre y cuando el resultado fuera teatral e impactante: capiteles, columnatas, torres, balcones, lucarnas, esculturas, fuentes, mascarones de piedra, hojas de acanto labradas. En los grandes terrenos se alinearon las mansiones, en los lotes pequeños nacieron vecindades y modestas casas en condominio, pero todas daban a hermosas e higiénicas calles, algunas con camellones que remataban en parques que muy pronto se llenarían de árboles.

La colonia Roma tuvo una pequeña época de esplendor, de apenas unas décadas cuando se puso de moda y ahí vivían expresidentes, políticos, artistas, toreros, algunos aristócratas sin reino y militares enriquecidos por la Revolución (ya sabe, cada nuevo régimen tiene su casta divina). Por desgracia el barrio comenzó a perder su brillo cuando la ciudad continuó creciendo, como tumoración, y la zona dejó de ser aislada y exclusiva. Rápidamente los ricos emigraron a mejores y más apartados terrenos, hubo quien se llevó su palacio, ladrillo a ladrillo, a las lejanas Lomas de Chapultepec. Entonces, la gente sin títulos ni acciones en la bolsa, vamos, los de a pie, llegaron ansiosos para buscar adueñarse de un pedacito de ese paraíso de la escenografía europea. Algunas mansiones se fraccionaron, otras se hicieron academias de secretariado, muchas casonas cedieron sus pisos bajos para abrir tiendas de abarrotes, tintorerías, talleres mecánicos, carnicerías, tendajones de fruta. El nuevo gobierno no supo qué hacer con ese barrio que tenía más pinta de mausoleo y, en clara venganza a la plutocracia de antaño, sin remordimiento se derrumbaron algunas fastuosas construcciones para hacer insulsos bloques de apartamentos de corte funcionalista, aunque muchos de ellos colapsaron con los terremotos de 1985. De este modo vuelvo al inicio, luego de la devastación algunas de las mansiones originales volvieron a ser visibles, muchas de ellas habían sobrevivido envueltas en un aire de abandono. En algunas aún se guarecían ancianas de abolengo que vivían recordando los bailes del Club Vanguardias. Y justo en este barrio que tuvo un rápido ascenso y una fulminante decadencia se hallaba el Edificio Begur, donde estaría mi nuevo hogar. Fin de la lección. De nada.

El taxi se detuvo frente al edificio y no niego que quedé atónito por su impactante aspecto. La construcción ocupaba una cuadra entera y tenía cinco niveles más un ático con ventanas tipo buhardilla. Según Teo tenía un estilo ecléctico, lo que yo vi fue un lúgubre y hermoso edificio con unos balcones curvos y ventanas de trazo ondulante, lleno de extraños motivos vegetales tallados en la fachada, como si la piedra hubiera comenzado a florecer. En las pilastras y remates de los capiteles anidaba una fauna extrañísima que incluía águilas devorando leones, salamandras en botellones, un árbol con gárgolas y ángeles. La impresión general era la de un castillo de cuento de hadas en proceso de momificación.

—En el Begur han vivido muchas celebridades —explicó Teo, emocionado—. Gente de la farándula, escritores, músicos, pintores, surrealistas exiliados y próximamente nosotros.

—Si es que no nos estafaron —recordé.

Para acceder había que atravesar dos puertas: la primera era una reja de hierro forjado, con una enorme letra "B" ondulada que daba a un pequeño vestíbulo con las paredes adornadas con un mural de un siniestro paisaje nocturno con un lago gris. En la parte del fondo había buzones postales y una ventana de cristal tipo espejo; deduje que sería de la caseta del conserje, justo al lado de una amplia rejilla con plantas y una enredadera. Como no había nadie cruzamos hasta la segunda puerta de madera oscura que se abrió entre rechinidos. Conducía a un espectacular patio interior con un domo de vidrio con la misma letra "B" al centro. En sus buenos tiempos el efecto de la luz y color debió ser impresionante, pero décadas de polvo y mugre habían sepultado el tono y los detalles de la cristalería. Ahí nada era simple, todo estaba ornamentado hasta el delirio. Por ejemplo, el suelo estaba cubierto con mosaicos con diseño geométrico trenzado, en color oro, que se distribuían en un patrón de laberinto alrededor de una media luna plateada. Donde uno pusiera los ojos había algo curioso que ver: entre los pilares y arcadas vi tallas de piedra de cuervos, sirenas, cisnes, cigüeñas, espadas, copas, diminutos soles, dragones. Por algunas ventanas que daban al patio se oía el murmullo apagado de televisores y radios, algunas tenían diminutas chimeneas por las que salían vapores de guisos. Destacaba en una esquina la estructura de un elevador antiguo, de hierro y cristal, lucía como un gran joyero resplandeciente. Al fondo del patio había dos pasillos, uno de ellos comunicaba a las escaleras y el otro daba a un segundo patio más pequeño y descubierto, donde alcancé a ver al centro una vieja fuente o pileta tapizada de mosaicos.

—¿Buscan a alguien? —preguntó una voz femenina.

Una mujer se asomaba desde una ventana del cuarto piso. Me estremecieron sus enormes ojos verdes que contrastaban con un cabello oscurísimo. Atrás de ella había otra mujer, una versión similar pero de cabello rojo y mayor edad. Las dos fumaban.

Teo activaba todas sus dotes de macho ligador al momento de ver una mujer atractiva y se irguió todo lo que pudo en su escasa humanidad de 1.63 m.

—Buen día, señoritas —impostó su mejor voz de locutor—. Soy Teo. Mi hijo y yo acabamos de rentar un departamento en este edificio que parece que concentra toda la belleza de la ciudad.

Era un piropo simplón, vamos, que tampoco era para premio, pero las mujeres estallaron en risas como graznidos. Se agitaron sus rotundos escotes.

—Bienvenidos, Teo e hijo —dijo la pechugona de cabello negro.

Mi padre iba a decir algo más cuando interrumpió un carraspeo. Atrás de nosotros estaba un enorme anciano vestido con un desgastado overol, llevaba una escoba en la mano. Debía ser Pablito, el conserje. Había llegado el momento de la verdad, ahora descubriríamos la estafa.

—¿Señor Teocalli Javier? —preguntó el anciano. Su voz era ligeramente seseante, como si tuviera los dientes flojos.

—Dime Teo, así me llaman todos —repuso mi padre, extrañado, y luego me señaló—: Y él es...

—... Diego, su hijo —asintió el viejo—. Los estaba esperando. La señora Reyna me acaba de llamar. Me dijo que firmaron el contrato con el licenciado Gandía y me explicó que ustedes son los nuevos inquilinos del 404. Bien, ahora mismo les abro el departamento; voy por las llaves, permítanme un minuto.

—Ahí tienes tu estafa —Teo me dedicó una victoriosa sonrisa.

—Todavía no conocemos el apartamento —me defendí—, tal vez sea una pocilga.

Vi de reojo que en la ventana de las sonrientes mujeres corrían lentamente los postigos.

El anciano, tan macizo como un boxeador de la vieja escuela, se dirigió hacia una estrecha puerta a la entrada del patio, la portería. Teo lo siguió y yo me congelé en mi lugar. Había sentido esa incomodidad de cuando descubres que alguien te mira fijamente. Me giré y, en el pasillo que conducía al segundo patio, vi un cadáver.

Bien, no era exactamente uno, pero fue lo que me pareció al inicio. Era un hombre extremadamente demacrado, pálido, usaba un traje sucio, tenía barba crecida, manos con dedos negruzcos. Su mirada acuosa y dura provocaba escalofríos. Pero yo no creía en aparecidos... No todavía.

—Aquí están —el portero salió del cuartito y nos mostró unas llaves de hierro con un curioso diseño de triángulo invertido y combinación doble—. Su departamento está en el cuarto piso, es de los más espaciosos. Acompáñenme, por favor.

—¿Pocilga? —murmuró Teo y sonrió, feliz.

Era obvio que quería echarme en cara mis sospechas. Volví a mirar el pasillo pero ya no estaba el hombre cadavérico. Supuse que simplemente se había escabullido, pero era una prueba de que el Edificio Begur no sólo reunía bellezas.

El conserje nos acompañó hasta el elevador que tenía un sistema de seguridad de dos puertas: una tipo rejilla metálica y otra de cristal emplomado. El interior era impresionante, de paredes con vidrieras en las que se repetía un diseño vegetal *art nouveau* y el suelo lucía el trazo hipnótico de un remolino triangular. Los controles eran muy peculiares, había una placa de bronce tan pulido como espejo, con botones, ranuras y una palanca.

—El elevador funciona con un curioso mecanismo —explicó el conserje—. Para que se mueva primero hay que introducir esta ficha.

Nos mostró una pieza redonda, parecía un posavasos pero con el repujado de una lechuza, enmarcada en curiosas perforaciones y muescas. Introdujo la ficha a una ranura y se escuchó un ruido de engrane metálico, presionó el número 4 y en ese momento las dos puertas se cerraron con un leve chirrido y el mecanismo comenzó a andar.

—Bonito, ¿no? Es tecnología alemana de la de antes —sonrió orgulloso—. Por desgracia el elevador a veces se atasca. Sesenta y cinco años de uso no es cualquier cosa. Pero ya lo reporté con la dueña y mandó buscar piezas originales a Berlín.

—¿Y por qué no ponen algo más moderno? —pregunté mientras el elevador se movía entre lentos y chirriantes espasmos.

—Jamás. La señora Reyna dice que la antigüedad es parte del encanto del Begur. Quiere que permanezca como en el día en que lo terminaron, en 1922.

—Yo haría lo mismo —comentó Teo—. Oiga, ¿y la dueña vive aquí?

—Ya no. Pero viene seguido —asintió el viejo—. No se extrañen si aparece para darles la bienvenida. Ya la conocerán. Es una buena mujer aunque con ideas… especiales.

Tensó la mandíbula; por lo visto, mencionarla le activaba la gastritis.

El elevador seguía con su lento movimiento. Por los cristales de la vidriera se veía el patio algo deformado, y noté algo raro: siluetas, como si muchos otros inquilinos se asomaran por las ventanas de sus apartamentos para vernos. No distinguí detalles, todos parecían ancianos, pero podía ser un defecto del biselado.

—Junto con las llaves del departamento les daré la del ascensor —siguió el conserje—, y la del buzón de correspondencia externo, aunque si lo desean yo puedo subir las cartas o hacer mandados. También, si tienen algún problema de tuberías o electricidad, pueden llamarme. Estoy para eso. Soy vigilante, conserje, lo que gusten y manden. Me encuentran en la portería de la entrada.

—¿Y desde cuándo trabaja en el Edificio Begur? —preguntó Teo.

—Llegué en 1927, señor —su sonrisa se ensanchó—. Ya soy parte del edificio. Cuando muera mi urna con cenizas puede usarse como tope de puerta —lanzó una rasposa carcajada—, me gustaría seguir sirviendo en el Begur.

—¡Más de medio siglo trabajando aquí! —observó mi padre, maravillado—. Debe de recordar tantas cosas. En este lugar ha vivido gente tan famosa, políticos, escritores, pintores. Dicen que aquí estuvo la casa chica de un presidente, leí por ahí que su amante era una popular actriz de cine de la época.

—Oh, no señor, yo no recuerdo nada —reviró el anciano con exquisita educación—. Los conserjes vemos pero no miramos, oímos pero no escuchamos. Es parte de nuestro trabajo.

El elevador se detuvo y se apagó la señal luminosa del botón 4. Se abrieron las puertas y la ficha de cobre se liberó. Afuera había un pequeño vestíbulo como de película antigua, el tapiz de las paredes lucía un patrón de aves y los maceteros de hierro tenían la forma de caprichosas caracolas, aunque sin plantas, sólo tierra seca. Estaban encendidas unas farolas de hierro en forma de garra de dragón que sostenían una esfera de vidrio. Del vestíbulo partían dos pasillos, algunas puertas tenían encima un polvoriento crespón negro.

—Por aquí, por favor —el conserje nos condujo hasta el número 404.

La puerta tenía una rendija con trampilla para el correo al lado de una vieja cerradura. El conserje introdujo la llave. Cuando se abrió, me asaltó un olor raro, como de museo con estantes viejos y alfombras apolilladas.

—Ah, muy bien —Teo caminó unos pasos por una estancia forrada de madera—. La sala es un poco oscura, pero con una buena lámpara…

—Oh no. Éste es el foyer o recibidor —el conserje abrió una puertecilla—. Además tiene un clóset para poner abrigos y paraguas, el verdadero apartamento está aquí.

El viejo empujó una puerta corrediza que, a modo de telón de teatro, dejó al descubierto una estancia tan enorme como un salón de baile vienés. La luz entraba en cascadas por los ventanales del fondo, y el estilo ecléctico rococó estallaba por todos lados: en los altos techos con abigarradas molduras en forma de hojas de higo y acanto que hacían juego con la herrería; la duela del piso tenía tres tonos y armaban un intrincado diseño vegetal que conducía hacia una estrella del centro; las paredes estaban forradas con papel tapiz verde y rojizo e imitaban el diseño de plumas de pavorreal. Aunque se notaba el desgaste del tiempo, en el barniz de la madera, en los techos amarillentos por la nicotina de miles de cigarrillos consumidos en esa estancia. Para rematar, del techo colgaba un precioso candil de varios brazos cuajados de cristales de tono lechoso.

—Es como entrar a las estancias de Catalina la Grande —estalló mi padre—. Es que esto es enorme. ¿Ya viste, Diego? ¡Hay hasta una chimenea!

Era lo más espectacular de la estancia: una chimenea labrada en cantera rosada; a los extremos, como vigías, tenía dos esculturas de esfinges, con rostro hermoso de hada impasible, cuerpo de león y alas plegadas de libélula.

—Me temo que no funciona —suspiró el conserje—. La señora Reyna mandó cerrar el tiro de todas las chimeneas cuando tuvo una pesadilla en la que se incendiaba su edificio. Pero si conocen esta ciudad sabrán que los inviernos son mansos, así que quedó como un agradable detalle decorativo.

—Es increíble que vayamos a vivir aquí —mi padre se asomó por una ventana.

—El resto del apartamento es menos ostentoso —reconoció el viejo—. Aunque tiene sus detalles. Se los mostraré.

No sé a qué se refería el conserje con "menos ostentoso". Conté cuatro habitaciones, además de un estudio con libreros empotrados, tan altos, que había una escalerilla para subir a los últimos estantes; dos baños que contenían gigantescas tinas con patas en forma de garras de león, lavabos y tazas de baño con cadenilla con mango de porcelana. Además, por aquí y allá, había armarios, bodegas, alacenas, camarines. La cocina era tan grande que tenía espacio para un comedor de seis sillas, e incluía un pequeño apartamento con dos estancias y un tercer baño. El conserje explicó que hasta los años cincuenta ahí vivía la servidumbre y tenían sus propios accesos, discretos, para no importunar a los señores. En una esquina de la cocina había un ducto para basura y un interfón. Todo era magnífico aunque con cierto aire de mausoleo. No estaba seguro de si me gustaba, pero Teo estaba a punto de levitar.

—Este lugar es una maravilla, un prodigio —repetía—. Me sorprende que se haya conservado con este aspecto, es como viajar a los años veinte.

—Es que está prohibido hacer modificaciones —recordó don Pablito—. El Begur está catalogado como monumento artístico y la señora Fenck no permite cambiar nada, ni siquiera colocar clavos en las paredes. Lo único que modernizó fueron las instalaciones hidráulicas y eléctricas, que no se ven, claro. Si quieren hacer alguna conexión especial para un lavavajillas o algo así, comuníquense conmigo.

—No creo que instalemos un lavavajillas —rio Teo—. Apenas tenemos un par de cosas; es más, no tengo idea de cómo llenaremos esto.

—¿El licenciado Gandía no les habló del servicio de muebles? —preguntó el viejo.

—¿Qué servicio? —saltó Teo.

—Hace años los apartamentos se rentaban amueblados —explicó Pablito—. Hay una bodega en el Begur con camas, vitrinas, mesas, sillones, tapetes y un montón de cosas. Si dejan un depósito o una carta responsiva, estoy seguro de que la señora Reyna les prestará muebles. Debo aclarar que son de gran valor, como todo lo que hay aquí.

Mi padre parecía a punto de sufrir una lipotimia con tanta buena suerte; preguntó por el trámite para el servicio de muebles mientras yo recorría el departamento por mi cuenta para elegir mi habitación. Descarté un cuarto que tenía un tapanco tenebroso; tampoco me gustó otro con un papel tapiz de color púrpura oscuro, casi negro y un diseño de ramas con cerezos lívidos, parecía el escondite de Drácula. Mis pasos retumbaban por la duela mientras recorría el pasillo. En un momento tuve una rarísima sensación, como si alguien me siguiera, aunque supuse que era un efecto causado por los espejos de azogue desgastado que había por todos lados y producían un juego de reflejos. Evité otra habitación que daba a un oscuro foso interior y finalmente llegué a una alcoba que tenía un agradable papel tapiz color mantequilla y el clóset más grande que he visto en mi vida, con cajoneras y gabinetes con una veintena de puertecillas; calculé que mis pertenencias cabrían en un par de cajones. Lo que más me gustó fue el gran ventanal. Jalé la palanca chirriante y salí a un compacto balcón lleno de hojas secas; arriba había otro balcón similar y, al frente, se extendía un camellón con frondosos árboles y detrás, un ruinoso edificio dañado por los terremotos. Me pregunté si habría muerto gente allí. No era agradable pensar en eso pero también recordé que gracias a esa desgracia se devaluó la Roma, y Teo y yo podíamos vivir como zarinas de Rusia por un alquiler ridículo.

Entonces sucedió algo imposible de explicar.

Cuando volví a la habitación las puertas de los gabinetes del interior del clóset estaban abiertas, las veinte, parecían bocas oscuras esperando su alimento. Olí a humo, a algo quemado. Tuve ese mareo repentino de cuando algo no encaja. Entonces intenté pensar. Bien, era condenadamente raro, ¿cómo se abrieron de golpe… todas? No había nadie más ahí. Tal vez entró una corriente desde el balcón, razoné, o posiblemente estaban abiertas desde el inicio pero no me di cuenta. Del olor a chamusquina, no tenía idea.

Mientras me decidía por alguna de estas improbables opciones, escuché pasos fuera del cuarto. Eran raros, como alguien arrastrando los pies, con cansancio.

—¿Teo? ¿Eres tú? —pregunté.

Me asomé al pasillo pero no había nadie, aunque (y esto fue lo más pavoroso) se seguían oyendo los pasos, alguien que no podía ver claramente se alejaba de ahí.

"Esto tiene una explicación", me repetí dominando el horror. Vi que Teo y el conserje seguían en la cocina. Y al cruzar el enorme salón me percaté de unas manchas cerca de la base de las esfinges de piedra. Si la chimenea no servía, ¿por qué había restos de hollín?

—¿Diego? ¿Qué haces? —preguntó Teo.

—Oí pasos pero no hay nadie —declaré y de inmediato me sentí ridículo.

—Los pasos, claro —concedió el conserje Pablito—. Algunos inquilinos se quejan de eso. No se preocupen. Se trata del antiguo sistema de ventilación.

El viejo señaló la rejilla más próxima, en el borde inferior de la pared.

—Funcionan como túneles de resonancia —continuó—. A veces se cuelan ruidos de otros apartamentos. Es un eco incómodo que nunca hemos podido detener del todo.

Y como si hubiera preparado un show, al momento oímos los pasos sobre la duela, aunque se escuchó de manera indeterminada: en el salón, después ruidos en el muro, también creí percibir un murmullo apagado.

—Diré a sus vecinos que procuren descalzarse en casa —prometió el conserje—. Y que eviten el ruido excesivo en horas de descanso.

Antes de salir, el anciano vio las manchas de hollín de la chimenea.

—Esos bichos —suspiró—. Nunca se acaban. Luego traigo trampas para ratas.

Y de esta manera tomamos posesión del imponente apartamento. Teo no se cansó de recordarme que habíamos encontrado la ganga del año, a pesar de mi desconfianza. La mudanza la hicimos con dos viajes en taxi. Básicamente era ropa, libros de Teo, mi equipaje y un televisor portátil, con radio. Teníamos que usar un gancho de ropa, a modo de antena para invocar imágenes en blanco y negro en la diminuta pantalla, pero las paredes del Begur eran tan gruesas que era un suplicio ver entre lluvia de estática un episodio de *MacGyver* o cualquier capítulo de las telenovelas de moda: *Quinceañera*, *Yesenia*, *Rosa salvaje*.

Pensé que nos podrían prestar una buena tele junto con el servicio de muebles, pero cuando llegaron, supe que entre el mobiliario de la señora Reyna no había nada remotamente cercano a la tecnología. Entraron biombos calados, aparadores con madera curva, consolas, chifonieres, sillones tapizados con tela de damasco, vitrinas enormes, como sarcófagos. El conserje subió todo, ayudado por un carrito. Vaya que era fuerte.

—¡Son auténticas antigüedades! —Teo seguía fascinado—. Estos muebles valen un ojo de la cara, no tienes idea, Diego.

Como sea, para mí no eran hermosos, al contrario, daban un toque más tétrico. Sólo acepté una cama y una mesa con su silla que quedaron a la deriva en el inmenso vacío de la habitación color mantequilla. Teo se apropió de la recámara penumbrosa de Nosferatu, le encantó ese aire de aristócrata decadente; supongo que con todo eso iba a potenciar su poder seductor. Lo primero que hizo fue investigar quiénes eran las vecinas pechugonas de ojos verdes. Resultó que eran madre e hija, polacas, y vivían en el mismo nivel que nosotros, aunque al otro lado del foso de luz, rodeando el pasillo.

—Tenemos que invitarlas a tomar algo —propuso con entusiasmo—. También quiero traer a unos compas del trabajo. ¡Ya imagino su jeta cuando vean dónde vivimos!

En los siguientes días no escuché pasos en la duela ni se abrieron puertas, aunque la sensación de que había alguien conmigo era casi permanente; supuse que era normal cuando uno llega a vivir a lugares tan intimidantes como el Begur.

Para sentirme menos agobiado pegué carteles en mi cuarto (con cinta, no clavos), de Iron Maiden y uno de *Indiana Jones*. Al meter mi ropa en los cajones, encontré objetos curiosos como un peine de carey; una postal de Varadero, Cuba; un boleto de tranvía; un separador de libro que parecía tejido ¿con cabello? Recuerdos de otras vidas que ya se habían extinguido.

Mi propia vida pasada emergió cuando desempaqué. Mientras ordenaba mis cómics, apareció un ejemplar de la revista que editaba mi madre, dentro encontré entradas del cine Lope de Vega de Fuencarral y una lista de compras: "Cola Cao, yogur supremo de chocolate, bollos tigretón". Y el dolor de su muerte que parecía amortiguado por las semanas y la distancia con Madrid, volvió de un solo golpe.

Me eché en la enorme cama a escuchar música, un casete con mezclas de Duran Duran en las que tenía "Planet Earth",

"Ordinary World" y "Hungry like the Wolf". La música tiene esa cualidad de trasportarte lejos de ti y al mismo tiempo dentro de ti.

No me di cuenta de cuando Teo entró, lo vi a mi lado. Me quité un audífono.

—Diego. No puedes estar tirado aquí todo el día.

Vio las revistas de *Chaka Pop*, la fotografía de mi madre en la mesilla.

—¿Y qué más hago? —me giré y miré por la ventana, llovía—. Quedan como siete semanas de vacaciones antes de entrar al BUP.

—Prepa —corrigió Teo—. Aquí se llama así... ¿Y esto?

Tomó unos papeles que estaban sobre la mesilla.

—Es una carta que debo enviar a España —expliqué.

—¿A tu novia? —sonrió, cómplice—. No me habías dicho nada...

—No, no. Es para Santiago, Santi.

—Bueno, yo respeto... —carraspeó algo nervioso—. Puede ser una fase... o no.

—¡Dios! Tampoco es mi novio —corté el discursito—. Somos amigos desde niños, del colegio.

—Va, va. Lo que quiero decir es que no me gusta verte así —retomó—. Deberías tener amigos de tu edad aquí en México. En la mañana vi a unos chavos en el patio. Seguro son vecinos.

—No los he visto —murmuré sin ánimo—. Sólo al *cadáver*. Me lo topo siempre.

Me miró desconcertado.

—Un tipo que parece cadáver. Lo vi el primer día que llegamos y ayer, siempre está en la planta baja, entre las sombras. Parece un maldito zombi.

—Ya. Como sea —Teo suspiró—. Oye, ¿y si me acompañas luego a mi trabajo? Sería divertido que conocieras la estación de radio, hasta podría entrevistarte, como un joven inmigrante que da su testimonio sobre el choque cultural en otro país. ¿Eh? ¿Qué tal?

Me encogí de hombros.

—¡Lo voy a programar! Y ahora hazme un favor, ¿podrías ir con don Pablito? Parece que el departamento tiene teléfono, ¡qué tal! —se frotó las manos—. Quedó en prestarnos un aparato. Qué onda, ¿vas?

Era una gran noticia; en esos tiempos no cualquiera tenía teléfono, pero yo ¿a quién le iba a llamar? Acepté la misión sólo para no seguir escuchando la cháchara de Teo. Salí arrastrando los pies. Era verdad que me había hundido en un charco de desánimo. Fue emocionante el viaje a México, incluso la mudanza al vetusto edificio, pero con los días todo comenzaba a darme lo mismo, *me era individual*, como se decía entonces.

Ojalá mi vida hubiera seguido así, pero entonces no estaría escribiendo estas cartas. Sí estimada A; no crea que la he olvidado. Ha estado en mi mente en cada línea que he escrito y espero no haber terminado con su paciencia con tanto preparativo. Le garantizo que a partir de la próxima carta las cosas se pondrán más intensas, el Edificio Begur estaba por darme el verdadero recibimiento.

Debo tomar un poco de aire para lo que viene. No se preocupe, estimada A, que hoy mismo comienzo a escribir la siguiente misiva. Sólo le recomiendo que ponga atención en cada detalle que voy a describir, porque todo estaba por cambiar.

Queda de usted,

Diego

Carta cuatro

Estimada A:

Bien, espero que esta carta llegue casi al mismo tiempo que la anterior. ¿Se ha aburrido? Ruego porque no sea así. Entienda que los antecedentes a veces necesitan una cocción lenta, es el fondo del guiso, como dicen en cocina. Y toda narración de horror requiere un escenario sugerente donde se irá montando la historia. He descrito ciertos detalles del Begur, pero son apenas el *attrezzo*. Para que inicie el relato fantasmal en forma, falta por llamarlo de un modo: *el suceso*. Un umbral que al momento de cruzarlo se rompe algún sistema de lógica natural y nada es como antes. A partir de entonces, lo extraño va en escalada.

Como ya mencioné, en esos días yo había tenido ciertas experiencias en el apartamento 404: pisadas, manchas de la chimenea, el asunto de las puertas del clóset... aunque aún todo podría responder a cierta explicación racional.

... Pero llegó *el suceso* justo la tarde cuando mi padre me envió por el aparato telefónico. Como todo lo insólito, comenzó de lo más normal. Salí al pasillo y escuché la lluvia caer sobre el domo del patio. Llamé al botón del elevador que llegó casi al instante y entré, todavía empantanado en mis pensamientos de adolescente depresivo. Saludé sin prestar atención a los vecinos que estaban dentro y busqué la ranura metálica para colocar la ficha, pero ya estaba ocupada. Entonces, a través del reflejo del bronce pulido del tablero vi junto a mí a una pareja: un hombre encorvado y una mujer de terrible aspecto, con el cabello cortado casi a rape y el cráneo aderezado con llagas; llevaba una bata como de hospital e iba descalza. Me giré y con estupor descubrí que a mi lado sólo estaba el hombre. No sé qué fue lo que más me aterrorizó, que la anciana sin pelo se hubiera desvanecido o que estaba frente al *cadáver*, el hombre de aspecto ruinoso. El elevador ya había cerrado las puertas e iniciaba su lento descenso.

—La viste, ¿verdad? —preguntó *el cadáver*.

Tenía una mirada ansiosa.

—¿Disculpe? —la tensión me atenazó la garganta.

—Acabas de ver a una de las viejas —su boca torció un intento de sonrisa—. Lo noté en tu cara. Yo también veo a esos ancianos dementes. Están por todos lados: en los pasillos, en los patios, a veces tocan a las ventanas de los departamentos.

Asentí, tenso, no quería llevarle la contraria a ese hombre de expresión lunática. En una mano traía un maletín de cuero grueso y en la otra una batería de coche. El traje, además de roto y sucio, estaba manchado de grasa. Apestaba a sudor agrio.

La lógica me decía que la vieja sin pelo había salido justo antes de que se cerraran las puertas. Debía aferrarme a una hipótesis.

—Acabas de llegar al 404 con tu padre, ¿verdad? —siguió el hombre—. Puedo apostar a que tu madre está muerta. Los huérfanos se dan bien por aquí. Eres tan joven, ¿qué edad tienes?

Miré los botones del tablero, tal vez podía bajarme antes, es decir, ya mismo.

—Te hice una pregunta —bufó el hombre.

—Quince años —me tembló la voz.

—¡Mierda! Eres casi un niño —dijo con verdadera pena—. Les diría a tu padre y a ti que se larguen de aquí, que se pongan a salvo, pero es demasiado tarde. Si el Begur les abrió las puertas significa que están condenados y no hay nada que hacer.

El ascensor se detuvo de golpe entre dos plantas, me sostuve de las paredes. Intenté tranquilizarme, debía de ser una de las mentadas fallas.

—Muchacho, grábate esto muy bien —el hombre siguió—: el Begur no es un simple edificio. Es una chingada trampa, un pozo maldito que se alimenta de lágrimas. En todos los rincones se oyen, y si pones atención también podrás ver a las víctimas que cayeron antes que nosotros, como esa vieja. Vagan por todos lados, están condenados, pero a Noemí aún la puedo salvar. ¿Entiendes?

No, no entendía absolutamente nada. Y el ascensor seguía atascado.

—Debe de haber un botón de emergencia —miré el tablero, con ansiedad creciente—. Hay que pedir ayuda.

Entonces vi que la mano del hombre empuñaba la palanca de frenado y se me erizaron los vellos. No había sido un fallo mecánico, él detuvo el ascensor,

—No debiste entrar —reconoció—. Pero tranquilo, muchacho, no te haré nada si prometes que vas a estar quietecito. ¿Entiendes?

Asentí repetidas veces.

—Serás testigo de algo prodigioso —abrió el maletín, di un paso hacia atrás, sacó un desarmador—. ¿Sabes cuántas plantas o pisos tiene el Begur?

Miré el reloj. Si tardaba, con suerte Teo iría a buscarme, sólo tenía que esperar.

—Te hice una chingada pregunta, muchacho —exclamó irritado y manoteó con el desarmador—. ¡Estoy siendo amable! ¡Deberías corresponder a eso!

Su aliento olía a leche rancia.

—Contando la planta baja son cinco niveles y el ático —calculé de memoria.

—Es lo que parece por fuera —repuso tranquilo y comenzó a quitar los tornillos del tablero donde estaban los botones de mando—. Pero por dentro tiene más, decenas de pisos... por eso tarda tanto en avanzar. El elevador cruza niveles ocultos, a los que no podrías llegar por las escaleras, sólo por este trasto. Por eso la dueña nos da estas cosas —señaló la ficha de cobre—. Para que no te desvíes a un nivel más allá del permitido, pero... en ciertos días, en algunas horas, suceden errores, y si no pones atención las puertas te llevan a lugares terribles y peligrosos. Lo sé y por desgracia mi novia lo supo.

—¿Noemí...?

Sonrió, feliz de que recordara su nombre. Con una pinza rompió los remaches de la tapa de los mandos.

—Llegamos aquí hace seis meses. Ahora parezco un pinche espantajo, pero entonces era un reconocido profesor de física en una universidad... ¿puedes creerlo?

Soltó una risa como si la frase fuera un chiste.

—Noemí entraba a mis clases de geometría lineal. Y no me veas así, ¡tampoco era menor de edad! No soy un pervertido...

joven, eso sí, mucho. Debiste verla, irradiaba inteligencia y belleza, con ese cabello rojo como lumbre —desmontó la tapa metálica—. Sé que no entiendes, pero algún día conocerás eso que se llama pasión y nubla todo, la jodida vida entera. Nada me importó, ni mi esposa ni nuestro hijo, pero aún es pequeño para juzgar. Eso es bueno, ¿no?

Asentí.

—Chingada madre, ¡no me des el avión! —exclamó molesto—. Perdí todo, me expulsaron de la universidad, mi mujer me corrió de la casa pero... ¡estaba Noemí!

Retiró la tapa metálica. Dentro había una maraña de engranes. Buscó en su maletín.

—Tenía la liquidación de la universidad. Noemí y yo creímos que estábamos de suerte cuando conseguimos rentar un departamento en el Begur... ¡suerte!

Lanzó una carcajada áspera y chirriante. Peló la punta de unos cables.

—¿Qué está haciendo? —me animé a preguntar.

—Vivíamos en el departamento 111 de la planta baja —siguió el hombre sin oírme—. Era precioso, no podíamos creerlo, estábamos tan felices, pero dos semanas después comenzaron esos ruidos —se dio unos golpecitos en la cabeza como si aún los llevara ahí—. Alguien rascaba la duela. *Crac, crac, crac*. Nos quejamos con el conserje, intentamos con trampas, veneno, un gato, nada sirvió. Seguía el maldito *crac, crac, crac*.

El hombre enroscó los cables entre los engranes. Con un pie acercó la batería de carro. Seguía concentrado en su narración.

—Noemí estaba harta de no poder dormir y una noche se levantó, tomó un par de trampas para ratas y salió rumbo al sótano. La seguí, vi cuando se metió al elevador y se cerraron las puertas. Decidí alcanzarla por las escaleras, sólo era un piso y tenía las llaves de la bodega del sótano, aunque esa noche llegué primero y la puerta estaba abierta. No sabes lo enorme que está allá abajo, hay puertas extrañas. Inspeccioné, la zona de la cisterna estaba limpia, sin rastro de las ratas. Era raro, con esos bichos siempre hay cagarrutas, cartones roídos… pero nada. En ese instante el elevador llegó ¡apenas! Y se abrió. ¿Sabes qué había dentro?

Negué con la cabeza.

—Las trampas para ratas, pero no estaba Noemí. Ya sé lo que estás pensando —suspiró el hombre—, que Noemí había vuelto a subir. ¡También lo supuse! Volví, pero no estaba en el departamento, y todo seguía igual, sus cosas, ropa, su bolsa con dinero, sus zapatos. Bajé de nuevo, la llamé, salí a la calle, toqué en las puertas de los vecinos. Noemí se había esfumado en el aire, dentro de un elevador.

—Eso es imposible —susurré.

—Pero sucedió. Llamé a su mejor amiga, a sus padres que me odian. Comenzó un infierno. Hasta tuve que rendir declaración en el Ministerio Público. Me acusaron de tantas cosas, ¡todos decían que yo le había hecho algo! Perdí mis ahorros para pagar abogados, pinches pirañas. Y finalmente me encerré en el departamento, confundido; en mi cabeza le daba vueltas a lo que sucedió esa noche… hasta que lo entendí. Ese día, el elevador llegó vacío porque ella bajó antes.

—¿En un nivel oculto? —recordé.

—Exacto —sonrió como profesor orgulloso—. Entre la planta baja y el sótano debe de haber cinco, diez niveles secretos. Algunos muy parecidos entre sí.

A pesar de la incomodidad del momento, la historia estaba empezando a interesarme.

—Y cuando comenzaron los ruiditos, comprobé que tenía razón —el hombre esbozó una sonrisa salvaje—. Sí, exacto, otra vez... *crac, crac, crac...* pero con una diferencia, la oía a ella, a mi Noemí. Incluso anoche, hace rato, ¡siempre! Todos los días llora detrás de las paredes, debajo de la duela de madera, en los rincones, grita mi nombre... me pide que la ayude...

Guardé silencio impresionado; entonces, poco a poco empecé a entender qué estaba haciendo el hombre al conectar todos esos cables al mecanismo.

—¿La va a buscar?

—Es justo lo que haré —asintió, firme—. Ya no se puede bajar al sótano por el elevador, el acceso está bloqueado, pero no importa. Noemí se perdió en las plantas intermedias. Sólo tengo que tomar el control de esto.

Acercó los cables a la batería y lanzaron un chispazo. Puedo jurar que sentí un hormigueo en pies y manos. El elevador vibró. ¿Qué intentaba ese loco? ¿Electrocutarnos como en una silla de la prisión de Sing Sing?

—Podemos preguntarle a la dueña si hay algún entrepiso —sugerí, desesperado.

—¡Hablas de la señora Reyna Fenck! —sonrió feroz—. ¿Es una jodida broma? ¿La conociste? ¡Es un monstruo! Todo lo que sucede aquí es culpa de ella. Esa vieja nos colecciona, ¡somos los insectos del frasco! ¡Nunca olvides eso!

Entonces se escuchó la voz de alguien del exterior:

—Maestro Benjamín, ¿todo bien? —fue un alivio reconocer la voz del conserje Pablito—. ¿Se atoró el elevador?

—¡Va a ocasionar un corto circuito! ¡No me deja salir! —grité y al momento me arrepentí. No era la idea más brillante enfurecer a un maniático con el que estás encerrado.

El profesor metió la mano al maletín y sacó una navaja, de esas que salta la hoja activada por un resorte.

—No quiero lastimarte, pero lo haré si me estorbas —explicó el profesor, tenso, de los pies a la coronilla. Ahora sabía su nombre: Benjamín.

Mis tripas se congelaron de pavor. Todo parecía tan irreal como en un sueño. Intenté recordar una escena de la película *Arma letal*, ¿qué había hecho Martin Riggs? Acercarse y con rápidos golpes derribar al maniaco, pero yo no tenía ni el temple ni los músculos del Mel Gibson de entonces. Opté por mantener una distancia prudente del filo del arma.

—¡Tiene una navaja! —y sí, volví a gritar. No pude evitarlo.

Se oyeron exclamaciones, voces alarmadas, por el cristal esmerilado alcancé a ver cómo se reunían algunos vecinos en un pasillo.

—¡Sólo necesito dos minutos! —urgió el profesor Benjamín—. Ustedes también están en la trampa, ¿no se dan cuenta? Los estoy ayudando a todos. Así como se llevó a Noemí, seguiremos nosotros, uno a uno.

Yo estaba hecho un ovillo en una esquina cuando se apagó la luz general del Begur, todo quedó hundido en la penumbra de la tarde lluviosa.

—¡No! ¡Dije dos minutos! —chilló Benjamín y volvió a intentar con los cables y la batería, pero no hubo más chispazos—. ¡Es por el bien de todos! ¿No entienden? ¡Carajo!

Se giró para buscarme en la oscuridad, con navaja en mano.

—¿Ves lo que hiciste?

Ya estaba preparándome a defender mi vida cuando vi entrar una barra metálica entre las puertas del elevador. Con una rápida maniobra se abrió la hoja emplomada y la rejilla. Afuera estaba una pequeña multitud. Enseguida, Pablito, barreta en mano, entró a la cabina, y con una fuerza que ya quisiera Mel Gibson de todas las épocas se lanzó sobre Benjamín, le quitó la navaja y lo inmovilizó encajándole una rodilla en la espalda. Se asomó otro vecino, con barba canosa y un cigarrillo entre los labios, me tomó en volandas para sacarme como a un muñeco de trapo. Afuera, una mujer gorda me abrazó preguntándome una y otra vez si me habían "picado". Vi los enormes ojos verdes de las mujeres polacas. Una pareja mayor, vestida de negro, me miraba con morbo, tal vez buscando la herida mortal, lo mismo un hombre; noté que tenía un brazo prostético con un remate en gancho. El conserje y dos hombres se llevaron a rastras a Benjamín, que gritaba desesperado en el suelo. Lo estaban inmovilizando entre varios vecinos.

—¡Diles qué viste! ¡Diles, muchacho! ¡¿A una de las aparecidas?! ¡¿A ese espantajo?! ¡Habla!

Me trasladaron a la conserjería o portería, el departamento donde vivía el señor Pablito. Aunque llamarlo departamento es una exageración; era apenas un modesto cuarto dividido por una cortina. De un lado, un escritorio, revistas viejas, un archivero, botes con cloro, escobas, jergas; y del otro, una cama casi infantil para alguien grande como el conserje, y en una esquina vi una puerta estrecha, supongo que de un baño. Alguien puso una taza de té en mi mano y un bolillo "para el susto". Mi padre llegó en ese momento y supo por un coro de señoras estridentes que un vecino me había amenazado con una navaja. Se puso furioso.

—No sé qué pasó —reconoció Pablito, mortificado—. El maestro Benjamín es muy pacífico.

—¡Estuvo a punto de acuchillar a mi hijo! —reprochó Teo, molesto—. No sé cómo dejan que viva aquí un pinche loco, es un peligro para todos...

—Tal vez al maestro se le olvidó tomar sus medicamentos —dedujo la mujer gorda.

—Siempre dice cosas raras pero nadie le hace caso —aseguró Pablito—, además tiene prohibido entrar al elevador. No sé qué pretendía hacer.

—Buscar a su novia —dije y todos me miraron. Expliqué nervioso—. Según él, desapareció una noche dentro del elevador, mientras bajaba al sótano.

—El maestro Benjamín siempre dice eso —reconoció el conserje—. La señorita Noemí lo abandonó ese día, cuando tuvieron esa pelea.

Sentí casi una desilusión al oír una explicación tan... corriente.

—Yo mismo le conseguí un taxi esa noche —continuó el conserje—. Pero en los siguientes días el maestro comenzó a decir algo sobre niveles secretos que bajan al infierno.

—Loco total —comentó el hombre de barba cana que me extrajo del elevador—. ¡Y se supone que era un profesor universitario!

—La señora Reyna no ha querido correrlo —se excusó Pablito—. Le tiene lástima.

—¿Y si se repite otro ataque? —exclamó mi padre—. ¡Es un peligro para todos!

—Lo sé —reconoció el conserje, contrito—. Prometo que le diré a la señora lo que pasó. El profesor ya no puede vivir aquí. Debe irse, a un hospital, un asilo, donde sea.

Se escuchó un murmullo de aceptación: "Es lo mejor", "Ya era hora", "Al fin".

Ahora que había escuchado la versión oficial que explicaba la demencia del profesor, sus alucinaciones tenían sentido... sólo sobraba algo: la espectral anciana sin pelo y con llagas que vi en el reflejo del tablero.

Por un día me convertí en celebridad. "El nuevo, el españolito", me señalaban. "El pobrecito que fue atacado por el maestro loco." La mayoría me sonreía con simpatía: las exuberantes polacas, una señora enorme, de blanco, con una trenza apretada, otra muy mayor y bajita, con cara de duende; los únicos que al parecer parecían decepcionados de verme sin un rasguño eran la pareja mayor de negro y el hombre del brazo protésico. Y fue cuando entre los vecinos vi a dos chicos de mi edad, uno grande y algo gordo y otro más pequeño. Seguramente eran los que mencionó mi padre; a la extraña anciana del ascensor la volví a ver, para mi desgracia. Pero no nos adelantemos.

Listo, estimada A. Esto ha sido *el suceso*. Recuerde que es apenas la punta de la madeja. A partir de entonces, el asunto no hizo más que volverse extraño y terrible. Espero que nunca se enfrente a *un suceso* en su vida. ¡Pero qué digo! Desde que llegó mi primera carta, ya está en uno.

Pero no se preocupe, me encargaré de protegerla... dentro de lo posible.

Queda de usted,

Diego

Carta cinco

Estimada A:

Estoy consternado y usted sabe por qué. Cuando vi su sobre en el apartado postal pensé que llegaba el temido mensaje de "No". Sentí un golpe de tristeza, pero hice un trato con usted y sigo dispuesto a cumplirlo. Luego me percaté de que por fuera el sobre carecía de la temida palabra, aunque por dentro, al tacto, adiviné una o dos hojas. No tengo idea de qué decía, destruí todo sin abrirlo. Perdone mi arrebato estimada A, y por favor, no se moleste por cortarle esta iniciativa de comunicación. ¿Que si quería leer su carta? ¡Moría de curiosidad!, pero las reglas son las reglas.

¿Qué me quería preguntar? ¿Quién soy? Ya le he dado muchas pistas. ¿Existió o existe el Edificio Begur? Eso es fácil, puede resolverlo con teclear en la computadora; apuesto a que ya lo hizo. ¿Por qué le escribo? ¿De verdad lo planeé por años? ¿Y por qué ahora? Las respuestas las sabrá, poco a poco, como prometí desde un inicio.

Ahora voy a olvidar lo que hizo, fingiré que nunca intentó responderme, lo vamos a aparentar los dos, y seguiremos como hasta ahora, ¿le parece bien? Perdone mi rudeza pero, por el bien de ambos, debemos continuar.

Mi abrupto encuentro con el profesor Benjamín me dio una pista de cómo sería mi vida en el Edificio Begur, además ayudó a nuestra rápida integración con los vecinos. Teo hizo migas con las pechugonas polacas (¡cómo no aprovechar!); noté que usaba el "tono locutor". Se presentó como un pobre viudo que criaba a un hijo. La palabra *viudo* tiene un tirón inmediato con las mujeres de espíritu protector, aunque técnicamente Teo no era viudo, ni siquiera seguía casado con mi madre cuando ella murió. ¿O cómo se otorgan los certificados de viudedad?

—¿De verdad te quería matar? —oí una voz nasal a mi espalda.

—A ver, enséñanos la cortada —pidió otra voz, fina como silbato.

Vi al muchacho grande y gordo y al pequeñito. El primero vestía un desconcertante saco de terciopelo y usaba lentes grandes que hacían juego con su rostro carnoso que recordaba a un jamón cocido. El pequeño llevaba un corte a lo príncipe valiente y era el de la voz aguda. Calzaba zapatillas Converse verde fosforescente, muy de la época.

—En realidad no me hizo nada —expliqué—. Aunque estuvo a punto de enterrarme una navaja… o freírme como pollo; el loco ese llevaba una batería para auto.

—¡Genial! —exclamó el muchacho robusto y explicó—. Digo, no es que me alegre de tu posible muerte, pero ya tienes una buena anécdota de tu llegada al Begur. ¿Y ese ceceo? ¿Eres de España o tienes frenillo?

—De Madrid —reconocí—. Aunque mi padre es mexicano.

—¡Ah! ¡España! ¡La Madre Patria! Tierra cantábrica, península de toros y castañuelas —asintió el robusto—. *Encantato d'haver-tu coneguto.* ¿Hablas catalán?

—La verdad es que no —reconocí y me atreví a señalar—. Aunque eso que dijiste no estoy seguro de que sea catalán.

El muchacho pequeño se soltó a reír, divertido.

—Y deberías escuchar su francés. Suena como a un perro que agoniza. Según él habla cuatro idiomas...

—Cinco —exclamó el robusto—. Inglés, francés, alemán, catalán y ruso. Yo mismo los aprendí con los discos fonéticos *Linguaphonic.* Lo que pasa es que me falta práctica con hablantes nativos. Por cierto soy Armando Requena de la Vega y Toro.

Me dio la mano como si fuera un pequeño y regordete diplomático.

—Yo soy Diego —preferí no dar mi apellido, para no empezar con las bromas.

—¿Y cuándo regresaste? —preguntó el muchacho pequeño.

—¿Regresar a dónde? —repetí desconcertado.

—Aquí. Ya te había visto antes —aseguró el bajito—. Hace como dos meses, en el elevador, con ese señor güero. Es tu papá, ¿no?

—Acabamos de llegar —expliqué—, y no tenemos ni una semana en el Begur.

—No, no. Te vi hace dos meses —insistió el pequeño.

No sé por qué, empecé a sentir un raro escalofrío.

—Hace dos meses estaba en España —aclaré—. Me parece que estás confundido.

—Confundida —corrigió Requena—. Estás hablando con la necia de Carla Conde.

La miré detenidamente, ¡el pequeñito de voz aflautada era chica!

—Disculpa yo… no me di cuenta —dije, turbado.

—No te preocupes —rio Requena—. ¡Todos creen que es un niño! Un pequeño y molesto pigmeo —se dirigió a la chica—. Te lo dije, ¡si por lo menos usaras falda!

—Si tanto te gustan, ponte una —reviró y se encogió de hombros—. No me importa qué piensen los demás, yo soy yo —me dio la mano—. Por cierto, llámame Conde.

—Mucho gusto, Conde —aproveché para cambiar de tema—. ¿Y tenéis… tienen —corregí la conjugación—, mucho tiempo viviendo en el Begur?

—Requena llegó aquí hace seis meses y yo hace ocho —dijo Conde—. ¡Este sitio es megaextraño! Está lleno de gente rarísima. No sólo el profesor, ¡hay algunos peores!

—Sí, he visto a un hombre con un garfio —recordé.

—Don Beni es inofensivo —explicó Conde—. Creo que era un chofer que perdió un brazo en un accidente. Los que me dan miedito son los cuervos, esos como hermanos mayores que viven en el segundo patio.

—Son esposos —aseguró Requena—. Salen tomados de la mano.

—Esposos y hermanos… —Conde se encogió de hombros—. Como sea, están medio locos, únicamente visten de negro y a veces hablan solos.

—Supongo que con este ambiente tétrico se presta —miré alrededor— a que a los chalados se les vaya la olla.

—¿Se vaya qué? —Requena entrecerró los ojos.

—Pues eso, la olla, la cabeza, la *choya* —traduje al mexicano, por suerte, la jerga estaba ahí, en alguna parte de mi memoria—. En fin, este edificio es tan tenebroso que no faltará que alguien diga que ve fantasmas.

Claramente noté cómo Requena se ponía muy serio.

—Ay, Diego de Madrid —rio Conde—. Acabas de cometer el error más grande de tu vida. ¡No debiste pronunciar esa palabra frente a Reque!

—¿Qué palabra? —murmuré, confundido.

—Fantasmas —señaló el mismo Requena y se me acercó—. ¿Sabes en dónde estás? ¡El Begur es el edificio más embrujado de la ciudad! De hecho, debe de ser la construcción con más concentración de fulgor del continente.

Conde puso los ojos en blanco, como si hubiera escuchado ese discurso antes. Requena siguió:

—¡Ni la rectoría de Borley de Essex tiene tantos fenómenos fantasmales como el Begur! Ya quisiera la Torre de Londres reunir nuestra cantidad de espectros. Entre estos muros ha sucedido de todo: suicidios dantescos, crímenes horripilantes, misterios sin resolver. Estos patios, pasillos y habitaciones guardan secretos y maldiciones que tu mente es incapaz de concebir... nos rodea una marea de *phantoms*, *ghosts*, *hallows*.

—Requena está haciendo una investigación —explicó Conde—. Para su libro.

—Será mi tercer libro —explicó orgulloso—. Antes hice una novela y un poemario, si quieres te los paso.

—Di que no. Esos mamotretos son horribles —murmuró Conde.

—¡Qué sabes de literatura, maldito Pigmeo! —dijo Requena molesto.

—Por lo visto más que tú —se defendió Conde—. Al menos sé qué es una rima.

—Pero el libro sobre el Edificio Begur será el mejor —retomó Requena—. Llevo meses reuniendo datos, todos terribles y reales. ¿Te atreves a conocer leyendas del edificio?

Había sobrevivido al ataque del profesor; ya puestos, no me molestaba conocer más cosas truculentas del Begur. Asentí.

—Sólo te advierto una cosa, españolito —Requena sonrió—. Cuando escuches mis crónicas no podrás volver a pasar una noche tranquilo, no mientras vivas aquí.

—En eso estoy de acuerdo —reconoció la pequeña chica—. Hay leyendas horribles en este edificio.

—¡No son leyendas! —replicó Requena—. Son casos reales, te los mostraré. Ven mañana a mi departamento, es el 301, a las nueve.

—Vale… okey, pero ¿por qué mañana?

—Tengo que preparar el material —sonrió enigmático—. Te estaré esperando y duerme tranquilo, españolito… será la última vez que lo hagas mientras vivas aquí.

Había que reconocer que Requena era bastante bueno con las frases teatrales.

Al fin volví al apartamento con Teo para instalar un viejísimo aparato telefónico fabricado con baquelita, un plástico prehistórico.

—Este lugar está lleno de gente interesante —sonrió Teo.

—Un profesor lunático intentó electrocutarme y clavarme una navaja. Digamos que común no es.

—No hablaba de eso —me miró con mortificación.

No sé por qué pero comencé a reír. No podía parar. Fue una sensación extraña. No había reído así desde que mi madre estaba viva, pensé que nunca más lo haría. Sentí cierto alivio, era como recuperar una parte de mí.

—¿Estás bien? —Teo me miró, preocupado—. Seguro tienes estrés postraumático.

—Tranquilo, no vengo de Vietnam. Estoy perfectamente.

—Vi que hiciste amistad con esos chavos mexicanos, ¿eh? Parecen buena onda.

—Y raros —observé—. Tú también hiciste amistades, con las vecinas.

—Es que, Diego, ¿las has visto bien? —Teo enrojeció de la emoción—. Se llaman Jasia y Lilka. Todavía no me queda claro quién es quién, pero vienen de Polonia. Son la esposa y la hija de Cecyl Chlebek, un violinista polaco que cruzó la Cortina de Hierro para ponerlas a salvo. El pobre hombre falleció de neumonía hace años, las dejó sin un centavo. Ahora viven de dar terapias energéticas de chakras. ¡Me enteré de todo el chisme! Por cierto, ofrecieron darte una consulta por el trauma del elevador.

—¿A mí? —respondí, turbado—. Gracias, creo que de los chakras ando bien.

En ese momento unos pasos retumbaron en el apartamento. Guardamos silencio.

—¿Oyes eso? —pregunté en voz baja.

—Claro que lo oigo —Teo miró al techo—. ¡Hasta parece que traen botas! Pensé que don Pablito iba a recomendar a los vecinos que no hicieran tanto ruido.

Y así como empezaron, los pasos se esfumaron.

Cené con Teo. Como nos intimidaba el enorme comedor, más propio para el archiduque de Austria, terminamos en la mesa de la cocina; luego me fui a dormir, escuchando en el radiocasete mis mezclas de The Police y Eurythmics. El día había sido delirante aunque ésa sería la norma mientras viviera en el Begur.

Estimada A, en este punto debo hacer una pausa para hacer una confesión. Le he mencionado algunas cosas "paranormales"

66

como la sensación de ser observado, las puertas del clóset que se abrían solas; el ruido de pasos; las manchas frente a la chimenea y la visión de la anciana con llagas en el ascensor, pero (aquí viene la confidencia) a pesar de esto, seguía siendo escéptico. Según yo, todo tenía una explicación. La realidad era tan dura que me parecía un despropósito que además hubiera otra realidad fantasmal con gente que ya ni siquiera era gente. Aunque mis creencias cambiarían pronto.

Al día siguiente mi padre se fue al trabajo y yo aproveché para visitar a mis nuevos amigos. Desarrollé cierto repelús al elevador y preferí las escaleras; además, sólo debía bajar al tercer piso. Toqué la puerta del 301 y abrió a una mujer gorda con más pintura en mejillas y párpados que un mural de Diego Rivera. La reconocí, fue la que me abrazó en mi salvamento y me dio el té y un bolillo. Pregunté por Requena.

—¡Eres el muchachito español! —exclamó la mujer—. ¿Cómo sigues, mijo?

Murmuré que bien.

—¡Siempre he dicho que el maestro es un peligro! —la mujer emanaba un fuerte olor a perfume y brandy—. ¡Un día va a matar a cualquiera de nosotros! Espero que lo refundan en un manicomio. Pero no te quedes ahí, mijo, ándale, pasa…

Entré. Como todos los apartamentos del Begur, ése era también espectacular y con un toque siniestro. Techos con doble altura, arañas de cristal, adornos de yeso en forma de racimos de uvas. El lugar estaba atiborrado de una absurda cantidad de mesas, taburetes, sillones, percheros, vitrinas con un centenar de pastorcitos de mayólica, alfombrillas, lámparas de pie. Unas espesas cortinas de terciopelo enmarcaban un gran piano negro. Sobre las mesas había fotografías de

Requena en distintos grados de crecimiento, como una remolacha en desarrollo. Las había desde bebé, en un ensamble de gestos: berrinche, serio, pensativo. Otras haciendo la primera comunión o recibiendo un premio escolar de oratoria. En ninguna foto sonreía, Requena siempre fue un hombrecito regordete y circunspecto. Del padre, no había señales.

—¿Quieres un té? ¿Galletitas? —preguntó mi robusta anfitriona—. Mírate, estás tan paliducho. Seguro tienes fiebre. A ver... acércate.

—Por Dios, madre, deja de atosigar a mi invitado —apareció Requena. Detrás de él estaba Conde, con pantalones de mezclilla desteñidos. Me saludó.

—No, no tiene fiebre... ¡Y es muy guapo! —dictaminó la señora.

—¿Y? ¡No viene a pedir mi mano! —se quejó Requena—. De verdad, madre, apreciaría que dejaras de estrujar las mejillas de mi invitado, tampoco es un cachorro.

—Bebé, ¡siempre tan bromista! —rio la enorme mujer—. Les voy a preparar alguito para comer. Unos chilaquiles... sí comes eso, ¿no? Eres medio mexicano, eso oí, le pondré poquito chile, para darle su saborcito. Te va a gustar.

Requena me tomó del brazo para llevarme a su habitación, cruzamos un pasillo tapizado con imágenes religiosas de mártires sangrantes.

—Perdona a mi madre, es algo intensa —suspiró Requena—. Así son los artistas, ¿sabías que es pianista?

—Maestra de piano —aclaró Conde, de inmediato—. Da clases a escuincles de primaria y les enseña a tocar "Los changuitos" y el "Himno a la alegría".

—¿Tienes que estar criticando lo que digo siempre? —bufó Requena.

—¿Y tú tienes que estar diciendo siempre mentiras? —se defendió Conde.

—Mi madre fue concertista —aseguró el grueso chico—. Flor del Toro, la promesa de su generación. Una vez tocó en el Palacio de Bellas Artes, pero luego tuvo problemas de salud… es una larga historia, ven, éste es mi cuarto.

—Tío, esto es flipante —exclamé y traduje al mexicano—. Es *padrísimo*.

La habitación de Requena tenía de todo; desde libreros surtidos con enciclopedias, novelas de la colección: "Elige tu propia aventura", libros de Asimov, revistas, algunas que conocía como *Ajoblanco, Makoki*. Además había una vitrina con juguetes: *Simón Dice*, naves de *Star Wars*, figuritas de gremlins y un Atari con varios cartuchos (vi *Pong* y *Asteroids*). Había además una colección de estridentes revistas *Duda, lo increíble es la verdad*, con algunos títulos extraños como: "Umbríos, ¡esos misteriosos vampiros que viven en nidos debajo de nosotros!", y mostraba una portada llena de sombras con afilados colmillos; y en otra aparecía el planeta partido y dentro un monstruo; el título anunciaba: "¿Vivimos sobre un huevo cósmico? Ovología, la enigmática anticiencia". Finalmente, detrás de un escritorio estaba un tablón de corcho con una fotografía del tétrico Edificio Begur. Al lado algunos planos amateurs, croquis, mapas y ficheros.

—Es parte de mi investigación —mostró Requena con orgullo—. Digamos que es el *work in progress* de mi libro: la historia del Begur. Este edificio es un arcón de historias apasionantes. Mínimo ganaré el premio Pulitzer.

—El Pulitzer es premio para gringos —aseguró Conde—. Y tú naciste en Tlalnepantla.

—¡Entonces ganaré reconocimiento y dinero! —agregó Requena, irritado.

—¿Y esto qué es? —señalé una especie de organigrama, con decenas de recuadros y anotaciones en letra diminuta.

—Ah, es el *árbol inquilinar* del Begur —Requena señaló nombres—. Es como un árbol genealógico de famosos que vivieron en el edificio. Desde que se inauguró en 1922 el Begur usó su oscura belleza para atraer a celebridades. Al principio fue el edificio de moda en la ciudad, aquí se hacían las mejores fiestas, compitió con el Club Vanguardias.

—Vivió gente súper importante —acotó Conde.

—Diplomáticos, toreros, tiples y vicetiples, políticos —asintió Requena y mostró un directorio con fichas de personajes—. Por aquí pasaron pintores, periodistas, actrices de teatro y de cine mudo. Alquiló un apartamento la mismísima Lupe Vélez antes de irse a Hollywood, donde se suicidó en la plenitud de su belleza cuando supo que sería madre soltera. Yo digo que Lupe se llevó algo del Begur. Porque este edificio tiene una influencia maligna que ataca a personas sensibles.

Me pasó el recorte con una fotografía de Lupe Vélez, una mujer de piel pálida de alabastro y acuosos ojos como pozos de petróleo.

—Hay muchos personajes célebres en mi libro —aseguró Requena.

—Reque dice que algunos siguen aquí —dijo Conde, misteriosa—. Como fantasmas.

—Espectros —aclaró Requena—. Hay al menos cuatro presencias en el Begur —el chico mostró otro plano más pequeño que decía "zonas de rastros de fulgor"—. Tengo anotados los lugares donde aparecen. ¡El Begur lleva sesenta y cinco años reuniendo dramas y muertes!

—¿Y cómo consigues información? —pregunté—. ¿Te dijo algo don Pablito?

—El conserje no suelta prenda —resopló Conde—. Es lo contrario a todos los conserjes chismosos. Aunque es buena onda, nos ayudó a mis tíos y a mí cuando tuvimos problemas para pagar la renta. Se portó increíble. A mí me cae rebién.

—*San* Pablito sirve para hacer favores, composturas y mandados —suspiró Requena—. Pero jamás como fuente de información. Por eso me hice amigo de vecinos, sobre todo de la señora Clara Fuensanta del apartamento 101. Es la inquilina más antigua.

—Tiene como mil años de edad y está loca como una cabra —dijo Conde.

—Más respeto. Sólo tiene sus días confusos —aclaró Requena y mostró unos papeles con una familiar letra manuscrita en tinta verde—. También contacté con la dueña del Begur, la señora Reyna Gala.

—Dicen que es algo excéntrica —recordé—. Entonces, ¿la conoces?

—Sólo por carta —reconoció Requena—. Pablito me puso en contacto con ella. Le encanta hablar de las épocas de gloria del edificio, pero a veces le saco algún dato valioso para mi investigación... Por ejemplo, a mediados de los años treinta vivió aquí Jovita Vizcaya.

—Una bruja —anotó Conde.

—Chamana oaxaqueña —precisó Requena—. Hacía limpias y leía las cartas. Se hizo famosa entre los políticos. Murió en las escaleras... fue muy turbio, pero eso pasa cuando te metes con políticos. Según el acta de defunción fue suicidio.

—Quince puñaladas —explicó Conde con sonrisa macabra—, una de ellas en un ojo. ¿Te imaginas? ¿Apuñalarte un ojo?

—Seguro que doler, dolerá algo —reí nervioso.

—Todo es verdad —aseguró Requena, serio—. Se publicó en periódicos. Luego vino lo peor, a partir de la muerte de la chamana comenzó la decadencia del Edificio Begur; coincidió con que la colonia Roma dejó de ser un barrio burgués. Los ricachones se llevaron sus bailes y recepciones a otro lado y el Begur se llenó de refugiados hambrientos. En los años cuarenta éste era un nido de rojos, había muchos republicanos españoles que escaparon de la Guerra Civil y después de la dictadura.

—Tú debes saber de eso —me dijo Conde.

—Bueno, lo normal —reconocí—. No recuerdo haber escrito la *Enciclopedia de España*.

—El españolito maneja la ironía —sonrió Requena—. Pues así, y con la Segunda Guerra Mundial llegaron más extranjeros desesperados. Es difícil saber sus nombres porque algunos estaban de paso, otros estaban tan enfermos que estos apartamentos fueron su última morada. El Begur fue el hogar de cientos de refugiados, soldados, incluso de médicos nazis que llegaron a México en espera de un salvoconducto para Brasil o a Argentina.

—Eso de los nazis sí que lo estás inventando —señalé.

—Yo no invento nada —exclamó el chico gordo—. Aquí vivió un asesino serial nazi.

—Es neta, de verdad-verdad —aseguró Conde—. Se volvió una leyenda y todo.

—¿Como el Sacamantecas? —tanteé, todavía escéptico.

Requena me pasó una de las revistas *Duda* que hablaba en específico sobre asesinos seriales. Al hojearla no me pareció material muy académico, básicamente era un reportaje en formato de historieta.

—El doctor Krotter fue un moderno Gilles de Rais —explicó Requena—. Llegó a México después de la Segunda Guerra Mundial. De día era un reputado médico; de noche, un depredador. Salía a los barrios pobres a cazar niños. Vivió en el Begur donde cometió algunos de sus más horrendos crímenes.

Requena hizo una pausa como para que la espantosa información se asentara en mi mente. Luego siguió.

—Aunque el doctor Krotter murió hace décadas, no se ha ido del todo. Dicen que aparece, sobre todo cuando hay niños pequeños. Por eso en el Begur no se aceptan familias que tengan entre ellos a niños menores de nueve años.

—¿Y cómo sabes eso? —lo miré, con dudas.

—Está en los contratos de renta, hay una cláusula, revísala —aseguró Requena—. Nunca verás niños en el Begur, aunque sí los puedes oír —su voz se tornó siniestra—. Se escuchan los gritos de las víctimas del doctor. ¡Hasta Conde los escuchó!

Miré a la chica, intrigado.

—Anda, Pigmeo —Requena la animó—, cuéntale al españolito.

—Fue algo muy raro —reconoció—. Ocurrió hace como tres semanas, cuando comenzó a atorarse el elevador. Ese día subí por las escaleras y oí el llanto de un bebé, sonaba como con eco... y de pronto, ¡pum!, desapareció...

—Fue un sonido paranormal —Requena volvió a mostrarme el pequeño mapa—. Se llaman psicofonías y este sitio está plagado de cosas extrañas, hasta mi madre dice que en las noches alguien la llama por su nombre.

—Bueno, tu mamá no cuenta —opinó Conde.

—¿Qué insinúas? —el chico la miró de reojo.

—Nada… tú lo dijiste —explicó Conde con prisa—. Los artistas son temperamentales.

Por atrás, Conde me hizo la seña de alguien bebiendo de una botella; Requena, que no la vio, siguió con su perorata:

—Lo que queremos decirte, Diego, es que estés atento. En cualquier momento podrías toparte con un evento paranormal.

—Bueno, ya vi algo —reconocí.

Conde y Requena me clavaron la mirada, atónitos. Hasta yo me sorprendí por haber soltado la confesión. ¡Yo, el escéptico!

—A ver, espera, momentito —Conde dio saltos de entusiasmo—. Llevas una semana en el Begur ¡y ya tuviste una experiencia paranormal! Requena lleva medio año haciendo esta investigación y sólo ha visto una triste sombra borrosa.

—¡Era una sombra maligna! —se defendió el aludido.

—Tal vez era la tuya —se burló Conde—. Diego, ¿qué viste? ¡Cuenta!

—Va, pero no sé si sea paranormal —advertí—. Pero ayer, justo antes de que el profesor comenzara a enloquecer en el elevador, vi en el reflejo del tablero metálico a una anciana con el pelo rapado, tenía como llagas en la cabeza y no llevaba zapatos. Al darme vuelta sólo estábamos el maestro y yo. Él también la vio y me dijo que era común la visión de esos viejos dementes, que andan por ahí.

Hice un resumen de la extraña conversación con el profesor, de los niveles secretos que según tiene el edificio, de cómo desapareció su novia cuando fue a dejar trampas para ratas al sótano, aunque todavía seguía llamándolo a través de las paredes.

—Ni pongan esa cara —advertí a los nuevos amigos—. Es claro que el profe está majara.

—¿Loquito? Habla en cristiano —pidió Conde.

—Como sea —interrumpió Requena—. ¡Viste a un espectro! Es lo que importa.

—Ya… pero tal vez la pobre señora salió antes de que se cerraran las puertas —me sostendría a esa teoría como a un clavo ardiendo.

—En el Begur no hay ninguna anciana así —aseguró Requena—. No que yo recuerde.

—Tal vez era una demente de las *clausuradas* —murmuró Conde y explicó—. Así les decimos a los vecinos que casi nunca salen de sus departamentos. Viven en clausura.

—No fue una *clausurada* —interrumpió Requena—. Diego, tuviste un encuentro de categoría dos. ¡Viste un espectro! ¿Y dices que el profesor Benjamín escucha los lamentos del fantasma de Noemí? ¿Todos los días?

Sentí un escalofrío al oírlo tal cual.

—A ver, momento equipo de *ghostbusters* —repliqué—. Por principio, no hay pruebas que haya visto nada paranormal y Noemí no puede ser fantasma porque está viva. Don Pablito explicó que la novia del profe lo abandonó y luego perdió la chaveta, un tornillo, ya me entienden.

—Conocemos esa versión —aceptó el chico gordo—. Pero hay más teorías, ¿no Pigmeo?

—Algunos vecinos dicen que Noemí volvió una semana después —comentó la chica— para recoger sus cosas y el profesor aprovechó… y ¡moles!

—¿Moles? —repetí.

—Pigmeo quiere decir, en onomatopeya mexicana, que el profesor mató a su novia para que jamás volviera a dejarlo. Luego, supongo que por la culpa enloqueció y su mente montó una delirante historia, que tenía que rescatarla, que el edificio se la tragó…

—Si eso es verdad, el profesor debería de estar en la cárcel —deduje.

—Exacto —reconoció Conde—, pero sin cuerpo no hay delito, y nadie ha vuelto a ver a Noemí desde aquellos días, ni viva ni muerta.

—Si fue asesinada tal vez el cadáver sigue escondido en el Begur —dedujo Requena con morbosa emoción—. Eso explicaría los ruidos y lamentos. ¿Se dan cuenta? Estamos ante el caso de un espíritu que necesita justicia para descansar en paz.

Como historia era un poquito trillada, pero no quise criticar.

—Se me está ocurriendo algo —sonrió Requena—. ¿Y si bajamos al sótano a investigar? Podríamos dar con el cadáver de Noemí. ¿Se imaginan?

—Seríamos héroes —dijo Conde con ilusión.

—¿Qué dices, españolito? —el chico rollizo me miró con entusiasmo—. ¿Bajas con nosotros a explorar? ¿O te da miedo?

—Vamos si quieren —dije lo más tranquilo que pude—. Aunque el profe mencionó que el acceso al sótano está bloqueado.

—El elevador dejó de bajar hasta allá —reconoció Requena—. Aunque por las escaleras podemos llegar a la puerta.

—… Que está cerrada —agregó Conde—. Y aunque Pablito tiene llaves, primero muerto antes que romper una regla. Nunca las va a prestar.

—¿Me dejas terminar, Pigmeo? —resopló el chico—. Sé de alguien que tiene una copia: doña Clarita del 101. En el sótano alquila un espacio como bodega.

—¿Y si cambiaron las cerraduras? —pregunté.

—¡Aquí no han cambiado nada desde 1922! —rio Requena—. Investigaremos hoy mismo, pero cuando oscurezca. De noche los seres descarnados son más activos. Si damos con el fantasma de Noemí seguro nos indicará dónde está escondido su cuerpo.

—Eso quiero verlo. Le entro —dijo Conde, picada por la curiosidad.

Entonces me miraron. No podía negarme. Mi reputación estaba en riesgo.

—Me da igual, pero vamos —me encogí de hombros y asentí.

—Excelente. Españolito, recuérdame que te dé una clase sobre fenómenos paranormales —agregó Requena—. Para que estés preparado por lo que pueda pasar.

Súbitamente se abrió la puerta y entró la señora Flor. Llevaba los chilaquiles prometidos. Creo que el picante que comí esa vez inició la primera de mis úlceras.

La charla con Requena y Conde me dejó un extraño regusto, fue entretenida pero también las historias de crímenes me dejaron con mala vibra. Cuando volví al departamento, casi grito cuando vi dos figuras al lado de la puerta.

—Diego… ¿así te llamas? —preguntó una mujer con un marcado acento extranjero.

Eran Jasia y Lilka. Tanto la madre como la hija tenían una imponente belleza gatuna, con enormes y feroces ojos verdes, uñas largas, unas cejas trazadas milimétricamente a lápiz. No pude evitar que mi vista cayera en los vertiginosos escotes. Por un momento me costó trabajo hablar.

—Sí, soy Diego —reaccioné. Mi cara hervía—, el hijo de Teo…

—Pero tú eres más guapo —la más joven hablaba con perfecto acento mexicano. Lanzó una risita.

—Por Dios, Lilka, es niño, un bebé, *kochanie* —sonrió la madre, parecía su hermana mayor.

—¡No por mucho tiempo! —la joven soltó una carcajada potente y sonaron las campanillas y abalorios que pendían del collar.

—¡Y *kochanie estar* rojo como tomate! —señaló la madre, encantada.

—*Está* —corrigió la joven—. Tranquilo, pequeño, no te haremos daño.

Me puso una mano en el brazo y me llegó una oleada de su perfume herbal, fue sumergirme en un bosque resinoso.

—Feo susto de ayer —recordó Jasia—. Pero no todos aquí estamos locos.

—No, no tanto —sonrió Lilka—. Y de verdad, tu papi y tú pueden contar con nosotras, para lo que sea. Tomen, como regalo de bienvenida.

Tardé en entender que me tendía una vasija cubierta con un paño. La tomé murmurando un borroso agradecimiento. Hasta mis orejas pulsaban.

—Cuidado, todavía está caliente —advirtió la madre.

—Es *krupnik*, una sopita polaca —explicó la joven—. Tiene verduras y carne.

—¡Es para padre e hijo! —agregó Jasia—. Muy nutritiva. ¡Revive hasta muertos!

Se quedaron un momento ahí, sin dejar de sonreír, mirándome con esos ojos minerales. Y para no volver a despeñarme en los escotes me concentré en los anillos de la madre; tenían un curioso diseño de serpientes trenzadas.

Volví a agradecer, en mi nombre y el de Teo. A trompicones ingresé al apartamento y al cerrar me percaté de que fui descortés al no invitarlas a entrar, pero también me sentí aliviado por no hacerlo, estaba demasiado nervioso. Las oí un rato hablar en el pasillo, en polaco, antes de irse. Luego puse la vasija en la mesa de la cocina, quité el paño: era un potaje denso y blancuzco con un intenso aroma de regustos agrios.

En ese instante volví a oír los pasos. El efecto auditivo era bastante curioso, parecía como si alguien caminara a mi lado. Luego oí voces, era una mujer y, algo curioso, como una máquina de coser. Entonces salté con el estrépito de un cristal rompiéndose en la cocina. ¡Eso no era un efecto del sistema de ventilación! Me giré, en mi mente casi podía ver el espectro del médico asesino o de la chamana oaxaqueña, pero resultó ser una ventana abierta, había sido un golpe de aire. Respiré aliviado, fui a cerrarla. Un trozo del emplomado de vidrio se rompió, eso no le iba a gustar a la señora Reyna. Pero lo más extraño sucedió al volver a la estancia, había una mancha de hollín frente a la chimenea y en la base de una de las esfinges de cantera vi lo que parecía la huella de una mano.

Busqué una explicación. Me revisé, tenía las palmas limpias. Tal vez mi padre había colocado trampas para ratas antes de irse a trabajar. Me asomé, pero no había cepos, entonces en lo alto de la pared distinguí un brillo opaco. Entré en cuclillas para explorar, alguien había utilizado el hueco de un ladrillo faltante para dejar una caja de galletas, de esas viejas de latón. Tosí, la caja tenía mucho polvo y hollín, la llevé hasta la mesa de la cocina. Al abrirla encontré un papel amarillento, con una menuda letra en manuscrito.

¿Sois nuevos en el edificio? ¡Vaya escándalo que hacéis! A veces no puedo ni dormir con vuestras voces y pasos que van de un lado a otro. ¿Practicáis marchas militares prusianas por la noche o qué pasa? Perdonadme. Mi abuelo dice que soy una brusca. Va de nuevo. Me presento: soy María Fátima del Carmen, lo sé, tres vírgenes. Pero decidme Emma, ¿habéis leído el libro de Jane

Austen? Pues si no, poneos en marcha, todo el mundo lo debe
leer, es mi preferido, ¡lo he leído nueve veces!

¿Uno de vosotros es un chico? Es que a veces me parece oírte
cantar. Qué fea voz tienes cariño, ¡con perdón! Sólo espero que os
guste leer. A mí sí, lo adoro, aunque tengo pocos libros y no puedo
comprar más. Y si tuviera pasta tampoco podría, al abuelo no le
apetece que salga, dice que fuera no es seguro y, además, he oído
que el edificio está encantado y no conviene ir por los pasillos, so-
bre todo por la noche. Fantasmas, duendes y espantajos. La otra
vez se abrió una puertilla de la alacena, yo digo que fue un fan-
tasma. El abuelo dice que eso es porque el edificio está inclinado,
pero al abuelo Agustín nunca le lleves la contraria porque tiene
más mala sangre que un pavo en víspera de Navidad, y desde el
problema de los ojos, está peor que nunca, el pobre ya no ve tres
en un burro. Pero debo terminar porque vais a pensar que estoy
loca, y sí que lo parezco, pero un poco, lo normal. Sé que es difí-
cil vernos el careto, pero podéis escribirme por aquí, ¡como los es-
pías! Si es que tenéis algo que decir en vuestra defensa, hablo del
escándalo que montáis todo el tiempo. ¡Otra vez os estoy cantando
las cuarenta! En fin. Besos y todas esas cosas.

Emma, vuestra vecina, que necesita un poco de silencio para
leer con calma.

Quedé bastante desconcertado. Era obvio que se trataba
de una chica española, en México nadie hablaba de esa manera. Parecía un poco infantil, casi como una niña, pero no estaba seguro. Busqué un papel y un bolígrafo para responder.

Emma o como te llames de verdad.

Soy Diego, tu vecino. Y antes que nada, los que hacéis un rui-
do infernal sois tu abuelo y tú. ¿Usáis zapatillas de soccer para

andar por casa? Y vale, sí, cuando oigo mi música a veces canto, ¡pero no sabía que tenía jueces juzgándome! Es bueno saberlo. Supongo que eres española. ¿Qué edad tienes? Yo 15 y acabo de llegar de Madrid. Soy medio mexicano, no sé si eso signifique algo. También he escuchado las leyendas del Begur y he sido testigo de algunas cosas rarunas, pero no creo en esos cuentos. ¿Conoces a Requena y a Conde? Son expertos en la historia del Begur, que es horrible por donde la veas, muchas celebridades y muertes trágicas.

Por cierto, sí que leo, pero aún no la novela que mencionas, ¿no es un tocho romántico para chicas? No sé si me guste. Vivo con mi padre y estoy por entrar al bachillerato en México, ¿tú dónde estudias? Dime, puedes contarme lo que quieras. Sólo pido que dejéis de patear el parqué o seguiré cantando, ¡y ahora será en inglés! Estáis advertidos.

Diego

Puse el papel dentro de la caja de galletas y la coloqué en el interior de la chimenea. Me asomé para saber si alcanzaba a ver algo del apartamento de arriba, nada, sólo un oscurísimo conducto. La chica debía de tener brazos muy largos para haber dejado la caja allí, o tal vez usó un cordel o algo para bajarlo.

—¿Emma? —me atreví a llamar. Nadie respondió.

El resto del día fue casi normal, y digo casi porque ocurrió algo extraño. A mi padre le tocaba turno doble en la radio; yo estaría en el apartamento por muchas horas, solo. Me mentalicé para no pensar en tonterías. Era difícil luego de la conversación con Requena y Conde, sumado al turbio encuentro con Jasia y Lilka, para finalizar con la huella de la chimenea que todavía no tenía explicación. Más valía tener la mente ocupada.

Terminé ordenando lo que me quedaba de mi colección de historietas de la infancia: ejemplares de *Zipi y Zape*, y de *Anacleto, agente secreto*. Luego, vi en el diminuto televisor, entre una tormenta de estática, un capítulo de *El auto fantástico* (que en México se llamaba *El auto increíble*). Me hice un sándwich de queso (no toqué la sopa polaca por nada del mundo) y en algún punto de la tarde tomé una siesta mientras oía música (sin cantar).

Tuve un sueño extraño, iba en un barco de paredes herrumbrosas. Subía a cubierta y me topaba con mucha gente vestida con harapos, la mayoría lloraba en silencio. Había un sentimiento de agobio y tristeza que escocía. Cuando conseguí despertar, sentí la espalda empapada en sudor. Ya había oscurecido, encendí la lamparilla del buró. Entonces vi que las puertas de los gabinetes del clóset estaban abiertas y percibí ese olor a chamusquina, como carroña quemándose.

Busqué a Teo, fui a su habitación, pero no había vuelto del trabajo. Recorrí el apartamento en penumbra y, al llegar a la cocina, la sangre se me volvió escarcha: estaban abiertas las puertas de gabinetes bajos y de la alacena, además había dos sillas volcadas. Si yo era el único en el apartamento ¿quién hizo eso? De nuevo me llegó el olor a quemado.

El miedo me aturdió. ¿Qué demonios ocurría? ¿Y si yo mismo lo hice? Tal vez sufrí un ataque de sonambulismo como el que tuve a los ocho años durante unas vacaciones en Ureña. Esa tarde hicimos un agotador paseo por la muralla y la ermita. Y cuando volvíamos a casa de la tía Inés ocurrió algo curioso: en un parpadeo, era la mañana siguiente. No recordaba nada en medio. Según mi madre hablé con ella, me cepillé los dientes y puse la piyama, todo lo hice de manera automática.

Me aferraba a esta improbable idea cuando escuché fuertes golpes, venían de la entrada. Me asomé por la mirilla, eran Requena y Conde. Abrí.

—¿Listo para dejar de ser escéptico, españolito? —preguntó el chico regordete con una sonrisa.

—Vamos a buscar fantasmas, ya es hora —sonrió Conde.

Cómo decirles que tal vez los espectros ya me habían encontrado a mí.

Eso es todo por ahora, estimada A.

Me despido, no sin antes pedirle de manera encarecida que no vuelva a escribirme para hacer contacto, salvo si desea que interrumpa mis cartas, aunque no se lo recomiendo, estamos por entrar a una de las partes más interesantes de este recuento.

Con mis mejores deseos,

Diego

Carta seis

B ien, estimada A, primero que nada, agradezco su amable
silencio. No recibir respuesta suya es la mejor que puede
darme. Le aviso que le relataré mi primera experiencia fantasmal en forma. ¿Me acompaña?

Como mencioné unas líneas atrás, para que arranque una
historia de horror hace falta *el suceso,* es el momento que se
cruza la frontera de lo cotidiano, pero queda una duda. ¿Y si
lo imaginé? ¿Y si me estoy dejando llevar por una sugestión?
Por eso, a este paso sigue algo se que llama *la confirmación.* Es
un evento, a todas luces, inexplicable. Luego de esa sacudi-
da no queda de otra que reconfigurar el cableado que sostie-
ne eso que llamamos realidad. Esa noche, yo iba directo a la
confirmación.

Mi ánimo estaba sensible, todavía no había comenzado
la caza y seguía desconcertado por el asunto de las puertas
abiertas de la cocina y el armario. La opción del sonambulismo, aunque tranquilizadora, era un tanto improbable.

—¿Tienes miedo, españolito? —preguntó Requena.

El mote ya me estaba resultando odioso.

—¿Por qué voy a tener miedo de algo que no existe, *mexi-
canito?* —reviré.

—Eh, tranquilo —sonrió Requena—. Sabes que es puritito cariño.

—Yo te recomiendo que le digas Reque o Gordo —aconsejó Conde.

Suspiré. Fuimos por las escaleras. Requena mostró una llave muy vieja, con un curioso diseño triangular.

—Fui a visitar a la señora Clarita y tomé esto de un lugar a la entrada donde guarda llaves —explicó—. He visto a Pablito abrir el sótano con una llave igualita a ésta.

—¿Y la anciana no se dio cuenta? —observé.

—A doña Clarita puedes quitarle la dentadura y no se entera —aseguró Conde.

Seguimos bajando por las escaleras. Me daban repelús desde que supe del *suicidio* de la chamana con quince puñaladas. La atmósfera parecía cada vez más rara con esas paredes de madera oscura, rombos de espejos biselados y las viejas lámparas de farolillo decimonónico. Además, los techos debían de ser muy altos, porque conté demasiados escalones. Aproveché para investigar otro misterio.

—¿Y han visto a la chica extranjera entre los vecinos? —lancé la pregunta.

—La mamá de Requena la odia —reconoció Conde—. Dice que es *trotacalles* igual que la madre.

—Mamá y sus insultos de películas de rumberas —suspiró Requena—. Pero esas polacas son cosa aparte, ¿han visto qué ojos?

—¿Ojos? Siempre que te las cruzas en el pasillo les ves otra cosa —acotó Conde.

—Jasia y Lilka están como para mojar pan —reí—. Pero hablo de otra chica, la española que vive en el apartamento arriba del mío... ¿o debajo?, no estoy tan seguro.

—Debajo es imposible —declaró Requena—. Sería el 304 y ese departamento está desocupado porque lo van a remozar; algo del cableado eléctrico y los desagües, siempre paso por ahí.

—Y arriba de ti está el 504 —apuntó Conde—. Todo ese nivel está clausurado.

—Desde los terremotos de hace dos años —explicó el chico gordo—. Protección Civil determinó que el quinto nivel del Begur y el ático no deberían habitarse hasta que un perito confirme si hay o no daño estructural, y a como es la burocracia en este país, llegará el siglo xxi y seguiremos esperando.

—Ya no entiendo. ¡En mi departamento se oyen vecinos! —expliqué alarmado.

—No lo dudo —asintió Requena—. Que el quinto piso no deba habitarse no quiere decir que esté vacío. ¿De dónde crees que sacamos el nombre de los inquilinos *clausurados*?

—La mayoría son vecinos ilegales —develó Conde.

—Pero hay que entender a la señora Fenck —explicó Requena—. Con los terremotos el precio de las rentas se desplomaron y luego las autoridades le clausuran dos pisos. Eso es un gran golpe para su economía. Estoy seguro de que la dueña comenzó a alquilar los apartamentos superiores a escondidas.

—Y bueno, ¿viste a tus vecinos *clausurados*? —preguntó Conde.

Expliqué brevemente que desde que llegué oí ruidos, luego la chica me envió un mensaje por la chimenea para quejarse de que su abuelo y ella nos oían también. La acústica y comunicación entre los apartamentos nos estaban volviendo locos.

—No sabía que se podían enviar mensajes por la chimenea —dijo Conde, maravillada.

—Hay un hueco donde la chica pone una caja de latón con el mensaje —señalé—. Parece agradable, por carta, quiero decir.

—¿Descansamos un poco? —pidió Requena entre resuellos. Sudaba tanto que le escurría gel *wet look* de la cabeza. El regordete chico sacó de un bolsillo un pañuelito para limpiarse.

—Estoy perfecto, sólo necesito aire —irguió la cabeza, tenía los mofletes muy rojos—. Y aprovecho esta pausa para hablar de algo importante. Diego, por favor, deja de pensar un momento en damiselas y concéntrate.

—¡Pero si sólo pregunté por una vecina que ni siquiera he visto!

—Como sea, ¿recuerdas que te daría una lección previa a la investigación?

—¿La clase sobre fantasmas y ectoplasma? —suspiré.

—No te burles. Esto es muy serio para él —avisó Conde.

—Gracias, Pigmeo. En efecto, esto es serio —Requena, circunspecto, se acomodó en un escalón y engoló aún más su voz—. Para comenzar, está mal dicho decir ectoplasma, ¡los fantasmas no están hechos de eso! Es un invento de Hollywood.

—¿O sea que esa babilla no existe? —me obligué a mostrarme serio y profesional.

—En realidad están hechos de fulgor —reveló Requena, misterioso—. Es la energía que impregna ciertos lugares después de eventos violentos, sobre todo muertes. Es una emanación emocional tan potente como el glamour de los seres mágicos. Pero ésa es otra lección, concentrémonos en el fenómeno fulgor...

—Reque dice que hay tres categorías —acotó Conde, que ya había tomado la lección.

—Exacto y se clasifican según su grado de intensidad —asintió el chico—. La categoría tres se llama de rastro o despojo y, como su nombre lo indica, son leves huellas de fulgor. Por ejemplo, áreas donde cambia la temperatura, corrientes de aire, ruidos sin origen aparente, murmullos vagos, cosas así. Se pueden percibir con el tacto, el oído...

—¿Y el gusto? —pregunté.

—¡Estoy hablando en serio! —gruñó Requena.

—Yo también —dije con sinceridad.

—No, con el gusto no, que yo sepa —reconoció el chico—. Pero sí con el olfato, como un perfume extraño que llega flotando por ahí. Son fenómenos sensoriales sin origen aparente, y también se sienten de manera perceptiva, como cuando te despiertas en la noche y sientes como si hubiera "algo" a los pies de la cama, pero no ves nada.

Recordé cierta sensación del pasillo y un soplo helado me recorrió las vértebras.

—¿Y la categoría tres es peligrosa? —pregunté.

—En realidad, no —aseguró Requena—. Es la más inofensiva de los fenómenos fulgor. Mucha gente ni siquiera se da cuenta... o le da una explicación racional; al ser tan breves se confunden con otras cosas. En el Begur hay varios ejemplos: en un barandal del tercer piso se ve la brasa de un cigarrillo que flota en la oscuridad, también se oye un cascabel en el pasillo que conecta los dos patios, en el vestíbulo de acceso se oyen murmullos.

—... Y el llanto del niño pequeño —recordó Conde.

—Exacto, son rastros o despojos de fulgor. Ahora bien, la categoría dos, la espectral, es más compleja en forma y duración; suele incluir una aparición parcial o completa.

—Los típicos fantasmas de las leyendas —apunté.

—¡No son fantasmas! —exclamó Requena, casi ofendido—. Estoy hablando de espectros, son distintos a los fantasmas, ¡totalmente!

—Ah, ya, disculpa —suspiré—, pensé que eran sinónimos.

—Reque se enoja si los confundes —anotó Conde—. De hecho, se enoja por todo.

—¡Déjenme hablar! —el chico gordo tomó aire—. Un espectro es una impresión de fulgor atrapada en un lugar concreto. Se reconoce porque se reproduce de manera cíclica o cuando se activan determinadas condiciones de espacio y tiempo. Por ejemplo, en un aniversario luctuoso o donde hubo una muerte traumática. Hay distintos tipos de espectros, desde siluetas borrosas hasta visiones tan complejas como la batalla entre conquistadores y aztecas que se ve de madrugada en la calzada México-Tacuba. Los testigos han dicho que se aprecia la ropa, los tocados, hasta las armas. Pero en cosa de minutos la imponente visión de la batalla se esfuma.

—También han visto a un guerrero azteca en la estación metro Pino Suárez —acotó Conde—. Seguro intentaba llegar a la pelea y se le fue el metro.

—Sería increíble ver una batalla de fantasmas —reconocí—. ¿Lo imaginan?

—¡Espectros! —corrigió Requena, desesperado—. Estamos hablando de la categoría dos. Fue lo que viste en el elevador, el espectro de una antigua vecina.

—Una impresión de fulgor —recordé.

—Exacto —dijo más calmado—. Los espectros no son peligrosos, salvo por el miedo que produce su fortuita visión. El único riesgo es que corras y te rompas la crisma.

—Entonces… —dije con tacto—, los fantasmas serían otra cosa. ¿La primera categoría?

—Exacto, eso es, primerísimo nivel —asintió Requena—. Los fantasmas o entes descarnados son el santo grial de los investigadores de lo paranormal. No son rastros ni impresiones de fulgor, son el fulgor mismo, entidades conscientes, como tú, yo o el Pigmeo, sólo que sin cuerpo físico, pero con personalidad, memoria y sobre todo consciencia. Se puede establecer contacto con ellos.

—¿Almas en pena? —pregunté.

—En muchos sitios se les llama así —convino Requena—. Mueren presos de una emoción violenta y la emanación de ese fulgor es tan potente que los ancla al plano físico. Pueden presentar tristeza intensa, o sentimientos de injusticia, zozobra, ira y venganza.

—Y estos seres... fantasmas... —carraspeé—. ¿Son peligrosos?

Requena hizo una dramática pausa antes de contestar:

—Me temo que sí. Algunos seres de la primera categoría pueden ser horrendos. Si te encuentras a un descarnado iracundo el ataque será terrible. En un enfrentamiento estas criaturas no tienen nada que perder, ¡ya están muertos! Pero calma, los verdaderos fantasmas son difíciles de encontrar. Algunos investigadores de lo oculto tardan años y muchos nunca consiguen ver a uno de estos seres en toda su carrera, sólo espectros. Si tenemos suerte nos toparemos en el sótano con un fenómeno de categoría dos, el espectro errante de Noemí. ¿Entendido?

—Sí, profe Requena —recapitulé para que no hubiera dudas—. Hay tres categorías, la tercera son simples despojos de energía; la segunda viene con espectros que son como ver una peli que se quedó plasmada en un sitio, y la primera y rarísima son los fantasmas, que son conscientes y malos como pegarle a una madre.

—No todos son malvados, pero sí hay que irse con tiento —aclaró el chico—. Pero bien, ya tienes las bases.

Y de este modo pudimos continuar con el descenso. Las escaleras terminaban en una pesada puerta de hierro, era el acceso al sótano. Requena sacó la llave de la anciana Clara y, ante mi sorpresa, entró a la cerradura sin problema y al girarla se escuchó un clic.

—Les dije que iba a funcionar —sonrió orgulloso y la puerta se abrió entre asmáticos rechinidos.

Nos miramos con susto y la emoción. Requena buscó algo en su mochila.

—Recuerden, los despojos y espectros no pueden hacernos nada —sacó una linterna y nos hizo una seña para que camináramos detrás de él—. Así que no quiero ver escenitas de histeria. Eso sí, ¡mucho ojo! Cada impresión de fulgor da pistas de lo que sucedió en ese sitio. Hay que estar muy atentos a todas las señales.

Avanzamos con cuidado, lo primero que contemplamos fue el hueco y las rejas del elevador. Requena presionó el botón, no pasó nada; en efecto, en ese nivel estaba bloqueado. De ese rellano salían dos pequeños pasillos, tomamos el primero, siempre siguiendo a nuestro rollizo amigo.

—Si encontramos el cadáver de Noemí vamos a ser famosos —murmuró Conde, con emoción—. Seguro salimos hasta en el noticiero *24 horas* con Zabludovsky.

—Más bien con don Pedro Ferriz —consideró Requena—. Sería un triunfo doble, para la justicia y para las ciencias paranormales.

—¿Has visto el programa *Un mundo nos vigila*? —me preguntó Conde—. Es de avistamientos de ovnis. Es divertido, aunque los marcianos no me caen bien por metiches.

91

—Tienen que serlo —intervino Requena—, pero luego hablamos de eso. Silencio

El pasillo desembocaba en una estancia penumbrosa, olía raro, a humedad y naftalina. Requena usó la luz de la linterna para explorar.

—Pero… ¿qué es esto? ¿Quién vive aquí? —pregunté atónito.

Parecía un palacio subterráneo, atiborrado de mesas, gabinetes y armarios de lustrosa madera. Había un largo pasillo, formado con vitrinas con cristalería, que remataba en una cama de hierro forjado con cabecera coronada con un curioso enjambre de tiesos querubines, y al lado dos mesillas redoradas con lámparas de cristales colgantes.

—Nadie. Son las bodegas del Begur —Requena examinó las piezas con el haz—. Aquí es donde la señora Reyna guarda los muebles.

Había demasiado de todo: libreros de madera vasta y entintados, con laca y barniz; jarrones afrancesados y de estilo japonés, bancos de metal, otros labrados; cojines de satén, lamé y tejidos; maletas de todos los tipos: con ruedecillas, de mano y enormes como baúles; además un montón de bastones, zapatos, botines tipo bostoniano, bicolores, de tacón alto; sombreros y ropa, muchísima: vestidos rectos como de los años treinta, trajes de lana de los cincuenta, abrigos, batas para estar en casa. Todo cuidadosamente ordenado en estantes y cientos de perchas. ¿De quién era la ropa? ¿Qué hacía en ese sitio?

—Espera, ¡apunta ahí! —exclamó Conde—. ¡Ahí! ¡Del otro lado! ¡A la izquierda!

—¿Qué? ¿Qué viste? —Requena movía la luz de un lado a otro.

La chica tomó las manos de Requena para señalar con la linterna a una esquina donde se veía un rostro muy pálido. Todos lanzamos una pequeña exclamación.

—Es sólo una pintura —confirmé con alivio.

Conde avanzó hacia el cuadro que estaba parcialmente cubierto por una sábana, tiró para develar un enorme retrato al óleo de tamaño natural. Se trataba de una joven, hermosa como ninfa de cuento, aunque muy delgada, de piel lechosa, cabello rubio cenizo. Vestía un severo vestido negro. El pintor había conseguido transmitir una mirada colmada de tristeza y dulzura en sus ojos grises. Al lado del cuadro había media docena más de bastidores con pinturas y bocetos, todos de la misma mujer.

—A esta señorita la he visto antes en el Begur —explicó Conde—. Una vez en un pasillo y otra vez en el elevador, subía. Debe de vivir en los departamentos *clausurados*.

—Pigmeo, ¿ya viste la fecha de la pintura? —Requena señaló—. 1921. Si esta mujer vive, debe tener ochenta años por lo menos.

—No. Se veía como está aquí —insistió Conde y su voz tembló de emoción—. A menos que... ¡vi a un espectro, un fenómeno de categoría dos!

—Es eso o te urge ir con el oculista —convino Requena—. Recuerda que también viste por aquí a Diego, hace dos meses, cuando él vivía en Madrid.

—Con Diego tal vez me confundí, pero a ella sí que la vi, lo juro —Conde volvió a echar una mirada al retrato—. Es imposible olvidar esta cara y como va vestida...

Requena hizo una seña de silencio, oímos un clic y un motor que encendía.

—Son las bombas de la cisterna —nos tranquilizó—. Se encienden a esta hora.

Seguimos revisando aunque era complicado avanzar entre las pilas de muebles, baúles y gabinetes. Conde lo tenía más fácil porque era pequeña y delgada como un fideo.

—Eh, ¡miren acá! —nos llamó nuestra amiga desde una esquina—. ¡Hay una bóveda de banco! ¡Seguro hay un tesoro!

Como pudimos, llegamos a donde estaba Conde. En efecto, se trataba de una enorme puerta de metal que tenía al frente grabada una letra B entretejida con espigas y alrededor contenía unas líneas geométricas con trazo de laberinto. Requena la examinó.

—Tiene una cerradura de alta seguridad —señaló con su dedo regordete.

—¡Hay que abrirla! —Conde dio saltitos.

—¿No oíste lo que acabo de decir? —Requena empujó con fuerza—. Para abrir esto se necesita una llave especial.

—¿Qué habrá del otro lado? —di golpes. La puerta era tan gruesa que absorbía el sonido.

—Tal vez una bóveda de seguridad —meditó Requena—. Recordemos que en el Begur vivía gente extremadamente rica. No sería raro que tuvieran un sitio para guardar sus joyas y cosas de valor.

—A mis tíos les vendría bien unos lingotes de oro —suspiró Conde.

—¡Ya quisieras, Pigmeo! La bóveda debe de estar vacía. Los ricos se fueron hace tiempo… ¡y llegaron tus tíos!

—Ajá, y tu madre y tú —sonrió Conde—. ¡Todo lo que tienen es prestado!

—El piano es de mamá. Un auténtico Steinway & Sons, ¡vale una fortuna!

—Eh, chicos, seguro que todos somos pobres como ratas —interrumpí—. ¿Y si seguimos?

Después de explorar un poco entre la ropa y los muebles antiguos, volvimos al rellano y exploramos el pasillo que daba a otra habitación, aunque era mucho menos interesante. Allí estaba la caldera y bombas de la cisterna; había una mesa con herramientas, botes de impermeabilizante, mangueras e implementos de limpieza.

—Aquí no hay lugar para esconder un cadáver —observé—. Tal vez esté en algún mueble del almacén, pero tardaríamos una eternidad en abrir cada chisme.

—Tengo un remedio para eso —Requena sacó de su mochila una cadenilla con un dije—. Vamos a preguntarle dónde se encuentra.

—¿A... la muerta? —sonreí—. No hablas en serio.

—Esto es más serio de lo que crees —y extendió la mano con el péndulo—. Si Noemí busca justicia, y es lo que sospecho, nos dirá dónde escondió el profe su cuerpo.

—Pero ¿a quién vas a llamar? ¿Al fantasma o al espectro? —quiso saber Conde.

—A quién conteste, claro —el chico gordo cerró los ojos—. Sería genial un fenómeno fulgor de categoría uno, pero me conformo con un despojo de tercer nivel... ya veremos. Silencio —impostó la voz y comenzó su invocación—: Noemí, somos tus vecinos y queremos hablar contigo...

Trazó círculos con el péndulo. De pronto, me di cuenta de lo absurdo de la situación; apreté los labios para no reír.

—Estamos aquí para ayudarte —siguió Requena, reconcentrado—, para que encuentres justicia y tu cuerpo obtenga eterno reposo. Danos una señal.

—¿Y qué hacemos nosotros? —preguntó Conde.

—De momento cierren la boca —recomendó Requena y me miró, hosco—. Pero sobre todo, no echen malas vibras escépticas porque eso ahuyenta a los espíritus.

—Yo no echo malas vibras escépticas —me defendí.

—¿Crees que no veo los gestos que haces? —dijo Requena.

—¡Esperen! —interrumpió Conde, alarmada—. Miren: ¡ahí!

Apuntaba hacia el rellano donde estaba el acceso al elevador.

—Tal vez es la señal —aseguró Requena con entusiasmo.

—Vaya, el espectro sí que fue exprés —suspiré por lo bajo.

—¿Ves lo que digo? ¡No tomas esto en serio! —se quejó el chico dolido.

—Cállense y miren allá —insistió Conde.

Obedecimos, de verdad había una silueta. De inmediato Requena apagó la linterna y, en la penumbra, vimos a alguien de espaldas y en cuclillas, que desenroscaba una soga.

El corazón comenzó a martillear mis escépticas costillas.

—¿Es un espectro o un fantasma? —preguntó Conde en voz baja.

—Acerquémonos para averiguarlo —murmuró Requena—. Pero déjenme a mí primero, tengo más conocimientos paranormales que ustedes.

Avanzamos lentamente. Se trataba de un hombre y se me escapó una risa corta.

—Por favor, seriedad —gruñó Requena intentando no levantar la voz.

—No estamos frente a ningún fenómeno fulgor —señalé—. Miren bien, es sólo el profe Benjamín.

Era inconfundible, el profesor lucía desgreñado, llevaba una curiosa armadura casera hecha con tablones atados a pecho y espalda, mismos que ocultaba mal con una gabardina enorme. En ese momento se ataba la soga a la cintura.

—Sí, es él —reconoció Conde—. ¿Qué estará haciendo?

—Tal vez se asegura de que el cuerpo de Noemí siga oculto —opinó Requena.

—Pero el profe piensa que el edificio se tragó a la novia —recordé.

—Bueno, tiene dos personalidades —reconvino el chico—. Y ahora estamos frente a la personalidad homicida. No hagan ruido, que nos va a oír y nos podría descuartizar.

—Tú eres el que está haciendo más ruido —acusó Conde—. No paras de hablar.

—¡Me están preguntando cosas! —se defendió Requena.

Reconozco que éramos un desastre como investigadores paranormales, además, para colmo, a Requena se le cayó la linterna, armó escándalo y para nuestra mala suerte se encendió. Los tres corrimos para tomar la linterna y, al levantar la vista, nos topamos con el profesor, estaba a escasos dos metros. Veía hacia otro lado y se adivinaba una expresión tensa, de gestos congestionados, la piel sudorosa y cabello húmedo y pegado a la frente. Cargaba dos paquetes envueltos en plástico negro. ¿Serían los restos de Noemí?

—Genial. Nos va a matar —resopló Conde con molestia—. ¿Eso querían? Nos va a asesinar un loco.

—Silencio, déjenme a mí manejar esto —murmuró el chico gordo.

Requena quedó paralizado, al parecer era mejor para hablar con los muertos.

—Buenas noches, profesor —fui yo el que dio un paso—. Soy Diego, nos conocimos en el elevador. ¿Podemos ayudarlo en algo?

—¿Qué haces? —exclamó Requena a mi espalda.

—Negociando con el homicida —murmuró Conde—. Como en las películas de policías. ¡Sigue, sigue!

Les pedí con señas que cerraran la boca. El profesor parecía impávido, concentrado en sí mismo. Entonces sucedió algo horripilante. Con más atención habríamos visto cierto ángulo, una pieza que no encajaba. El hombre giró la cabeza como reaccionando a un ruido y después avanzó a toda prisa hacia donde estábamos nosotros. Requena lanzó un grito, supongo que más agudo de lo que calculó. Conde se puso en posición de ataque ninja y yo hice mi último y desesperado intento por razonar:

—Profesor Benjamín, sólo queremos ayudar, por favor, escuche...

Y fue cuando ocurrió.

Como no se detenía intentamos abrirle paso, pero el profesor nos atravesó. Así como se oye. Un vaho frío traspasó limpiamente nuestra cabeza, pecho, brazos. Requena apuntó con la linterna hacia donde corría la figura, todavía se podían ver algunas partes del profesor avanzando: un pie, una mano, parte de la cabeza, hasta que todo se desintegró en la penumbra y quedó ese vapor ondulante que se ve en las carreteras. Unos segundos después, todo volvió a la normalidad. Bueno, no, a partir de entonces ya nada fue normal. Había vivido mi *confirmación*, me zambullía de cabeza en una historia de horror.

Bien, estimada A. Dejo mi narración por aquí. Tranquila, pronto sabrá qué demonios significó esa visión. Todo lo responderé a su tiempo, tenga paciencia. Sólo le puedo adelantar que el Begur nos tenía preparada otra sorpresa en las próximas horas.

Por ahora, descanse. Sueñe con un mundo en el que la realidad nunca se desarme frente a sus ojos. Un abrazo.

Diego

Carta siete

Estimada A:

De nuevo nos encontramos. Le prometo que esta carta será corta, pues describe un suceso adicional que ocurrió unas horas más tarde de lo que narré la vez pasada. Haré mi mejor esfuerzo para incorporar cada uno de los detalles. Agradezco que me siga acompañando a este recuento; no me atrevería a volver a recorrer ese verano de 1987 sin compañía.

Tal como conté, acababa de vivir la *confirmación* de un evento fuera de la normalidad: la visión del profesor Benjamín que luego de atravesarnos se desvaneció. En los primeros segundos Requena, Conde y yo nos quedamos petrificados. La primera que reaccionó fue Conde, corrió a la salida, pero la puerta del sótano se abrió en ese momento. Los tres lanzamos un grito, que se volvió un alarido cuando se encendió la luz y finalmente las cosas parecieron volver al carril de la realidad.

El conserje Pablito había entrado al sótano. Llevaba una cubeta y un trapeador.

—¿Qué demonios hacen aquí? —dijo, sorprendido.

Nadie se atrevía a hablar.

—Les hice una pregunta —repitió.

—Bajamos por unos muebles para Diego —Requena recuperó cierto aplomo—. Necesitaba un escritorio, y como aquí están las bodegas...

—Pero lo que vi es muy grande, no me sirve—continué, tieso, con la explicación.

—No pueden tomar las cosas así nada más, antes deben pedir permiso —Pablito miró alrededor—. ¿Cómo entraron?

—La puerta estaba abierta —mintió Conde con naturalidad.

—Eso es imposible —musitó el anciano—. No hay manera de que eso pase.

—Tal vez usted la dejó abierta la última vez que salió de aquí —agregó Requena—. Estaba abierta... ¿verdad?

Todos asentimos y cada vez don Pablito parecía más desconcertado.

—Como sea, ningún vecino puede entrar a las áreas de mantenimiento y servicio —repuso severo—, y la señora Reyna no permite que los inquilinos bajen al sótano desde el accidente.

—¿Cuando desapareció Noemí? —pregunté con interés.

—La señorita Noemí no desapareció, se fue con sus padres —Pablito carraspeó—. Hablo de otra cosa, de mucho antes, no importa. Rompieron una de las reglas del Begur. Tengo que reportarlos con la señora Reyna, tal vez los penalice, tiene muy mal carácter.

—Bueno, no tiene por qué enterarse —sugirió Conde—, no hicimos nada malo...

—Jovencita, ¿está insinuando que le oculte información a la señora? —Pablito la miró como si le hubiera pedido bombardear un orfanato—. Si la señora se entera, perdería mi trabajo, ¡me echaría del Begur luego de todos estos años! Ustedes no saben, no tienen idea de cómo es la señora cuando se molesta, y siempre sabe cuando alguien le miente.

Parecía que se iba a echar a llorar. La noche se volvía cada vez más disparatada.

—Bueno, don Pablito, no volveremos a bajar, lo juramos —aseguró Requena—. Si la señora Fenck se enoja, dígale que me hable, yo le explico todo. Somos amigos.

Dejamos al conserje rumiando y subimos a toda prisa por las escaleras, sólo nos detuvimos hasta llegar a la tercera planta. Al fin tomamos aire, lo necesitábamos.

—Debimos decirle la verdad a Pablito —musitó Conde—. Ya saben, lo que vimos…

—¿Estás mal de tu cabeza de pigmeo? —Requena saltó—. ¿Para qué? Nunca nos hubiera creído. Don Pablito no ve más allá de las jergas, la escoba y el reglamento. Para mí que es un poco corto de aquí —se señaló la sien.

—¿Y si de verdad nos acusa con la dueña? —inquirí.

—Lo hará, seguro —reconoció Requena—. Pero a ella sí que le contaré todo. ¡Y me refiero a lo que vimos! Finalmente ésta es su propiedad.

Después de un instante, Conde recapituló:

—Entonces eso era un espectro, ¿verdad? Un fenómeno de categoría dos.

—Exacto. Era sólo una impresión de energía, nunca nos vio —Requena parecía exultante—. ¿Sintieron la viscosidad del fulgor? ¡Qué lástima que no llevé frascos para tomar muestras!

—Yo sentí frío —recordó Conde—. Y una ansiedad rara, como si no fuera mía.

—A veces hay emociones remanentes en los espectros —explicó Requena—. Recuerden que los sentimientos intensos son el origen y ancla de estos fenómenos.

—Entonces, el profesor está muerto —razoné—. Para que haya un espectro se necesita un muerto, ¿no?

Mis amigos guardaron silencio un instante, dimensionando mis palabras.

—¡Uf! ¡Es verdad! —reconoció Conde—. Aunque… nadie ha dicho nada.

—Porque no lo saben aún —dedujo Requena—. Apuesto a que ahora mismo el cadáver del profesor se balancea del tubo de un clóset en su departamento.

—¿Y qué esperamos? —casi gritó Conde—. Tenemos que decirle a la policía.

—Tranquilos, ya está muerto, no podemos hacer nada por él —consideró Requena—. Pero hay que investigar. Vayan y pregunten en sus casas, tal vez ya se sepa qué ocurrió con el profesor.

—¿Y tú? —inquirí.

—En algún lado tengo el teléfono de la señora Reyna. Voy a llamarla para decirle yo mismo lo que vimos en el sótano, y que ella tome la responsabilidad.

—Va. El primero que tenga noticias les habla a los demás —confirmó Conde.

Todos nos marchamos a nuestros apartamentos. En mi cabeza daban vueltas un montón de cosas: ¿en qué momento se había suicidado el profesor? ¿De verdad había visto a mi segundo espectro? (considerando que la anciana del elevador fue el primero). Era complicado mantener mi escepticismo. ¿Alucinación colectiva? ¿Efecto óptico? Las explicaciones racionales ya no se mantenían bien paradas.

Al entrar a casa me topé con mi padre. Al fin había llegado del trabajo y estaba en la cocina terminando de comer el *krupnik*. Era evidente que no sabía nada del profesor porque ni tocó el tema y más bien me acribilló a preguntas sobre las vecinas: ¿lo trajo la madre o la hija? ¿Dijeron algo sobre él? ¿Entraron al apartamento? Y al final, casi por no dejar, preguntó dónde había estado y por qué llegaba a esa hora. Respondí a todo por encima, pero me preparé para explayarme sobre el último tema.

—Fui al sótano con Requena y Conde, mis nuevos amigos —comencé.

—Te dije que te llevarías bien con ellos... Sabes, me gustaría que fueran al programa de radio —llevó el cacharro al lavabo.

—¿Requena y Conde?

—¡Las vecinas! Jasia y Lilka —enjuagó el trasto—. Para que hablen de la Cortina de Hierro, de lo que es ser inmigrante, de Cecyl Chlebek. ¡Hay tantos temas! ¿Crees que acepten ir?

Lo miré molesto. Vaya, ¡qué pronto me había sustituido!

—Luego te llevo a ti —dijo como si adivinara mi pensamiento—. No se me olvida.

—¿Y sabías que está prohibido ir al sótano del Begur? —regresé al tema—. Se necesita un permiso. Mis amigos y yo entramos a escondidas, rompimos una regla.

—¿Has visto un recipiente azul? —Teo rebuscó algo en el trastero.

—Teo, ¿me oíste?

—Sí, que fuiste al ático —abrió el refrigerador—. ¿Robaron algo o qué pasó?

—¡No, nada! —exclamé ofendido—. Y fue al sótano, es que Requena tenía una hipótesis. Y vimos un... —me costaba trabajo pronunciar la palabra—. Algo...

—¿Un fantasma? —completó Teo.

—Espectro —corregí. Requena estaría orgulloso de mí—.

Al principio pensamos que era el profesor Benjamín, bueno sí que lo era, pero no su cuerpo vivo...

—Órale, ¡qué padre!

—¿De verdad?

—¡Es lo menos que esperaría en un lugar como éste! ¿Fue una sombra o cómo? Luego tienes que contarme todo.

—¿A dónde vas?

En un parpadeo mi padre ya estaba en la puerta, con un recipiente de plástico en una mano y una botella en la otra.

—Voy a devolver el favor a las vecinas —su sonrisa apenas le cabía en la cara—. Estoy seguro de que no conocen el queso de tuna ni el mezcal con pepino. No tardo nada de nada, ahora me cuentas lo del ático.

—¡Sótano!

—Traje pollo rostizado por si quieres cenar —avanzó al recibidor—. Nomás un favor, si te pones a buscar algo no dejes tiradero, cuando llegué estaban las puertas de la alacena abiertas.

—También quería hablarte de eso...

Pero Teo ya se había ido. Miré el reloj de columna en el rellano: faltaban unos minutos para las once de la noche. Confié en que mi padre volviera pronto, me empezaba a dar cierto pánico quedarme solo en el departamento. Volví a imaginar al profesor colgando. Debía de hacer algo para mantener mi cabeza ocupada. Fui a la chimenea para ver si Emma contestó, pero encontré mi propia carta, tal como la dejé en la lata de galletas. Me desanimó un poco. Curiosamente no se oía nada a esa hora, ni pasos o voces, tal vez los vecinos estaban dormidos. Entonces tuve de nuevo esa sensación, como si alguien estuviera conmigo, a pocos metros. ¿Fenómeno fulgor de categoría tres? ¡No debía pensar en eso!

Fui a mi habitación a escuchar música, pasó una hora y seguía sin saber nada de mis amigos, tampoco de Teo. Empecé a irritarme, lo imaginé frente a las vecinas desplegando sus dotes de donjuán liliputiense, presumiendo sus viajes y estudios con su famosa voz de locutor. Me puse a tontear con el radio, había descubierto una estación llamada Rock 101 y en algún momento, entre The Cure y los Smiths, me dormí. Entonces tuve un sueño, o algo parecido… las imágenes eran apenas nubes borrosas pero oía el llanto de mujer, parecía estar al pie de la cama.

No supe cuánto tiempo pasó, seis, ocho horas, me despertó una chicharra afónica. Había amanecido y llovía. La chicharra arremetió de nuevo y me incorporé confundido. ¿Qué demonios era ese ruido? Crucé la estancia y entré a la cocina, vi que era el viejo teléfono de baquelita negra; era la primera vez que lo oía sonar.

—¡Diego! ¡Apaga ese ruido infernal! —suplicó Teo desde su habitación. Tenía la voz pastosa de una resaca.

Contesté.

—¿Diego? ¿Eres tú? —una voz emergió de una tormenta de interferencia.

—¿Quién es?

—Yo mero… Armando.

Tardé un momento en entender.

—¿Requena? —confirmé aliviado—.¿Cómo supiste de este número?

—En la base de cada aparato está el directorio del Begur —explicó—. Si tienes uno de esos cacharros dale la vuelta y ves los teléfonos de los apartamentos.

—Ah, okey. ¿Y pudiste llamar a la señora Reyna?

—El número que tenía no da línea, creo que le falta un dígito, pero fue mejor así.

—¿Por qué? ¡Debe enterarse de lo del profesor!

—Para eso te marqué, te tengo una súper noticia. ¿Estás sentado?

—Sí —respondí, aunque era mentira—. ¿Apareció el cuerpo?

—No lo vas a creer, esto es impresionante —era evidente que Requena disfrutaba paladear la noticia antes de soltarla—. ¿No adivinas?

—Pues no —estaba impaciente—. ¿Tuviste un avistamiento extraterrestre?

—¡Esto es serio! —resopló el chico gordo—. Acabo de topármelo.

—¿A un extraterrestre?

—Deja a los extraterrestres en paz. Esto no es broma —advirtió Requena—. Acabo de ver al profesor Benjamín en el patio, y no es ni espectro ni fantasma, está vivito y coleando.

Ahora sí tomé una silla para sentarme. El asunto se volvía confuso.

—Pero anoche vimos al profe atravesarnos y desaparecer —recordé—. ¿Cómo puede existir el espectro de alguien... vivo?

—¡Lo sé, esto es muy raro! —Requena lanzó un resoplido—. Estoy revisando mis libros de parapsicología, estoy seguro de que hay una explicación.

—¿Y Conde ya sabe que el profesor está vivo y coleando?

—Le acabo de llamar y salió corriendo para verlo con sus pigmeos ojos. Si te das prisa igual y encuentras al profe. Estaba en el patio grande cargando unas cosas...

Me estremecí, y todo a mi alrededor. Los trastos de una vitrina cercana vibraron, la mesilla, incluso el candil, pensé que era un sismo.

—¿Sentiste eso? —preguntó Requena.

El estremecimiento se repitió acompañado de un grave estruendo.

—¡Viene de afuera! —gritó Requena—. ¡Algo acaba de explotar...!

Cortó la llamada. Salí al pasillo, había varios vecinos del Begur asomándose por el barandal desde su respectivo piso; la pareja mayor, vestida de negro como cuervos, oteaba desde el patio. Vi una decena de ancianos en bata, al hombre manco sin el brazo protésico, una robusta enfermera en filipina, el señor de barba canosa siempre con un cigarrillo entre labios. Todos parecían alarmados. Alguien gritó y señaló una especie de nube blanca en la segunda planta. Impulsado por la curiosidad bajé por las escaleras. La nube parecía polvo de yeso. Llegaron más vecinos y entre la multitud me topé a Conde.

—¡El maestro Benjamín está vivo! —dijo exaltada—. ¡Y se volvió terrorista!

Todos hablaban al tiempo y alguien pidió que llamaran a la policía, a los bomberos. Conde me tomó del brazo y nos abrimos paso entre la marea de mirones hasta llegar al epicentro de la explosión: era el ascensor, la puerta de rejilla estaba doblada, había cristales rotos y trozos de metal. El profe Benjamín tenía la cara llena de sangre y una oreja parcialmente desgarrada. Vestía exactamente como el espectro que vimos, con tablones alrededor del pecho y espalda, cubierto con la enorme gabardina. A sus pies había restos de los paquetes plásticos con explosivos.

—¡Por Dios!, maestro, ¿qué pasó? —exclamó Flor, la madre de Requena.

—Atrás —advirtió el profesor—. ¡Que nadie se acerque!

Se limpió la sangre con la manga y de un bolsillo sacó un

enorme cuchillo, tenía inclinación por las armas blancas. Todos lo obedecimos, hubo más gritos.

Requena apareció en escena para alejar a su madre del maniaco.

—¿Qué pasa ahora? —exclamó una voz cascada. Era don Pablito que subía a toda prisa por la escalera—. Profesor... ¿qué ha hecho?

Cuando el conserje vio la puerta destrozada del ascensor pensé que se iba a desmayar.

—Tenga cuidado, don Pablito —dijo el hombre de barba cana—. Trae un cuchillo.

El viejo conserje no se detuvo, siguió avanzando.

—Sólo quiero salvarla —gimió el profesor—. Me llama, su llanto me vuelve loco, sé que está en alguna parte.

Con la mano que tenía libre, el profesor anudaba la gruesa soga a unas poleas internas del elevador, el otro extremo lo tenía sujeto a la cintura.

—No quiero ni pensar cuando la señora Reyna se entere de este destrozo —el conserje no podía dejar de ver el hueco que dejó la rejilla abatible—. ¡Dios, Dios!, ¿qué intenta hacer?

Yo tampoco lo entendía, hasta que el profesor se asomó al foso del ascensor y lo supe, ¡iba a saltar! Por eso había atado la soga, para bajar y buscar los niveles secretos.

—¿No se dan cuenta? —los ojos del profe eran pura desesperación—. Todos caímos en esta trampa, vamos a morir pronto. Este sitio se alimenta de nuestras almas.

Para ese momento la mayoría de los vecinos del Begur había salido de sus departamentos. Desde la cuarta planta se asomaban las damas polacas envueltas en batas de seda, del otro lado detecté a mi padre, pálido por la bestial cruda y a punto de echar la sopa *krupnik* por la nariz. Un piso más arriba vi a contraluz a otros vecinos, los *clausurados*, seguramente entre ellos estaba Emma y su abuelo.

—Ayúdenme a detenerlo —pidió Pablito a la multitud.

Pero la mayoría de los inquilinos eran ancianos, asustadizos como los hermanos o esposos cuervos, ¿y qué podía hacer el pobre manco? Además, que el profesor cortara el aire con el cuchillo no animaba a nadie a tomar el papel de héroe. Miré a Requena y a Conde. "¿Y si intentamos?", quise preguntar con la mirada. "Ni loco", parecía responder Reque.

—¡Sólo necesito unos minutos para rescatar a Noemí! —pidió el maestro, furioso.

—La señorita Noemí lo abandonó hace meses —recordó el conserje, paciente—. Profesor, ya hablamos de eso.

—¡Mentira! —los ojos del profe restallaron de furia—. Noemí está aquí —señaló el foso—. ¡Se perdió en un nivel secreto!, iré por ella y se lo voy a demostrar.

Los vecinos cruzaron miradas de consternación.

—Profesor Benjamín, baje el arma —le pidió el hombre de barba canosa. Tosió.

—No quiero herir a nadie, pero si alguien se acerca, tendré que hacerlo —advirtió.

—Profesor, por favor, no haga esto más grande —Pablito parecía cada más desesperado—. Ya ha ocasionado suficientes daños en la propiedad.

—¡Qué importa el edificio! —chilló el profesor—. Carajo, Pablo, ¿cómo puedes seguir protegiendo a la dueña? ¡Eres tan tonto que no te das cuenta! La señora Reyna Fenck te usa; nos usa a todos…

En una medida desesperada, el conserje intentó quitarle el arma pero el profesor cumplió su amenaza y lanzó una cuchillada, Pablito la evadió por poco, varios gritaron.

—¡Basta todos! ¡Ya mismo! ¡Nadie a moverse! —dijo alguien.

El grito con problemas gramaticales era de Jasia. Llevaba un fusil Gewehr 43, una reliquia de la Segunda Guerra Mundial.

—Querida, cuidado —pidió la señora Flor—. No se te vaya a disparar ese chisme.

No sé si lo que sucedió después fue accidental, pero Jasia lanzó un disparo al aire. Salió un fogonazo verde; la munición debía de ser viejísima. Con el tronido se desató el pánico, la mayoría de los vecinos se arrojó al suelo, entre gritos, otros corrieron para ponerse a cubierto, y don Pablito aprovechó para lanzarse de nuevo sobre el profesor. Le dio un fuerte manotazo y consiguió que soltara el cuchillo. Se desató una lucha cuerpo a cuerpo entre el profesor Benjamín y el conserje, rodaron hasta quedar al borde del foso del ascensor.

—¡Que alguien haga algo! —gritó la señora Flor.

Para complicar las cosas, el elevador se puso en marcha, las poleas se activaron entre siniestros chirridos. Si descendía más allá del segundo piso, sería casi una guillotina para don Pablito y el profesor que forcejeaban a orillas del foso.

—¡Ayúdenlos, por lo que más quieran! —insistió la señora Flor.

Yo me acerqué decidido, pero mi valor flaqueó al ver que el profesor rebuscaba con desesperación algo en los bolsillos. En el caos se desperdigaron monedas, un llavero con un diminuto cubo de Rubik. Al final encontró un desarmador y lo empuñó dispuesto a clavarlo a quien sea.

—Benjamín, por favor, acepta tu destino —oí que le dijo el conserje.

Los dos tenían la mitad del cuerpo sobre el foso, estaban a punto de caer.

—Hay que moverlos, ¡rápido! —ordenó una voz.

Era mi padre que había bajado a toda prisa.

—Vamos, ¡no se queden ahí! —urgió Teo.

Me acerqué junto con el señor de barba canosa, se nos unió Requena y Conde. Entre los cinco tomamos al profesor de un brazo y los cabellos, y a don Pablito de una pierna y un pie. Los arrastramos hasta dejarlos en zona segura del pasillo. Fue justo a tiempo porque el ascensor pasó frente a nosotros y continuó bajando, hacia el sótano. Ahogamos una exclamación.

—¡Son unos imbéciles! —el profesor se revolvió, furioso, manoteando con el desarmador.

—¡Dios, debería agradecer! —amonestó la señora Flor—. Le acaban de salvar la vida.

Y fue cuando sucedió la tragedia.

Nadie se había dado cuenta de que el profesor todavía llevaba atada la gruesa soga a la cintura y el otro extremo seguía enganchado al mecanismo del ascensor. La soga dio un tirón tan fuerte que Benjamín cayó de espaldas. Seguía enredado con Pablito y los dos se deslizaron de vuelta rumbo al foso. Teo se lanzó y consiguió sujetar una mano del conserje.

—¡Aguante! —le dijo mi padre—. ¡Rápido! ¡Alguien corte la cuerda!

Pero fue demasiado tarde. El mecanismo seguía bajando con la imbatible fuerza de la ingeniería alemana, y Pablito no pudo sostenerse más tiempo. Con horror, todos vimos cuando el conserje y el profesor desaparecieron por el hueco. Se escuchó un crujido de huesos rotos (luego supe que fue el esternón del profesor Benjamín). Y supuse que Jasia había lanzado otro disparo porque se percibió otro restallido verdoso. Luego de unos instantes eternos, la maquinaria del ascensor se detuvo. El silencio parecía irreal.

Fui de los primeros en asomarme al foso. Mala idea; me gané una de esas imágenes que se graban a fuego en la memoria. El cadáver del profesor colgaba entre los cables con el cuerpo casi partido a la mitad, mientras que don Pablito había caído al fondo, directo sobre al techo del elevador. Tenía un brazo y una pierna girados en ángulos imposibles, pero lo peor era su rostro, era difícil de describir el nivel de daño. Una polea hizo el efecto de cuchilla, rompió el cráneo y arrancó un trozo de la cara, dejando a la vista un amasijo de carne y sangre. La cuenca del ojo izquierdo parecía vacía.

Muchas cosas se rompieron ese día, pero nadie imaginó hasta dónde llegarían las consecuencias.

Estimada A, aunque prometí ser breve, otra vez me he extendido, una disculpa. Ahora debo hacer una pausa, la necesito para reponerme de ciertos recuerdos. Prometo enviarle la siguiente carta pronto, no quiero que se enfríe esta historia ahora que nos acercamos a su primer hervor.

Como siempre, le deseo la mejor de las noches.

Diego

Carta ocho

Estimada A:

Supongo que cada vez que recibe una de mis cartas se pregunta qué tanto hay de verdad o mentira en estas líneas. Me temo que le toca a usted separar las partes. Confieso que he cambiado ciertos detalles que no me corresponde divulgar, algunos nombres y datos personales, pero ciertas cosas que suenan imposibles, por desgracia sucedieron. La referencia del accidente en el elevador la puede encontrar en algún periódico de la época, en los "vespertinos" muy dados a la nota roja. Si ve algo titulado: "Dantesco accidente en un edificio de la Roma" dio en la diana. La prensa fue explícita en la descripción de los cuerpos, aunque no ahondó en las reacciones de los vecinos; tranquila, eso se lo contaré yo.

Ese día fue caótico. Llegó la policía, servicios médicos, unos hombres de expresión gris: los peritos forenses. Cuando sacaron los cuerpos, Protección Civil montó una gruesa reja de hierro soldada sobre el hueco que daba al foso, para sellarlo y evitar más accidentes.

Nunca se olvidan los primeros cadáveres que ves en la vida. El mío fue el del profesor Benjamín, aunque antes vislumbré a su espectro... Lo sé, ¡no entendía nada! Las autoridades despacharon el evento como accidente, terminaron los interrogatorios y se marcharon. Fue cuando la señora Flor convocó una reunión general de vecinos en el patio principal del Begur. No llegaron los *clausurados*, claro, supuse que estarían aterrorizados de que la policía descubriera que vivían en apartamentos irregulares. Tal vez estarían haciendo las maletas.

Entre los vecinos que asistieron estaban mis amigos, la señora Flor, la enorme enfermera de trenzas (que luego supe que se llamaba Rosario), las siempre esplendorosas Lilka y Jasia (la última sin el fusil, gracias), el hombre de barba cana, que se presentó como don Salva, estaba casado con Luzma, la señora pequeñita y arrugada. Ahí supe que eran los tíos con los que vivía Conde. Llegaron los cuervos, esos viejos hermanos o esposos, y el hombre manco que rara vez hablaba. Teo fue de los últimos en integrarse, antes se bañó y tomó su tradicional coctel de aspirinas y jugo de verduras para bajarse la resaca.

—Esto es una tragedia —lloriqueó la señora Flor—. No me cabe en la cabeza. Sé que el profesor estaba loco, se veía venir, pero don Pablito… pobre hombre.

—Madre, ¿tomaste? —le preguntó Requena en voz baja.

—Sólo un poquito, para calmar los nervios. Tranquilo, bebé —sonrió nerviosa y siguió—. Pobre Pablito, y todo por hacer su trabajo. No es justo.

—Es una tragedia —asintió Rosario, la enorme enfermera—. Una vez me prestó dinero…

—Igual a nosotras, siempre nos ayudó —reconoció Lilka.

—Era tan amable —aseguró uno de los hermanos cuervos y su hermana asintió.

—No hablen en pasado, no está muerto todavía —pidió don Salva y encendió un cigarrillo—. Está en terapia intensiva creo que en la Cruz Roja o el General.

—Pablito ya *no tener* media cara y quién sabe si cerebro —recordó Jasia con su castellano a dentelladas—. Y es viejo, mucho, no *vivir* más de un día, seguro.

Se hizo una pausa fúnebre.

—¿Alguien sabe si tenía... tiene —corrigió la señora Luzma—, familia?

Nadie sabía ese dato.

—La señora Reyna conoce todo sobre el conserje —don Salva sacó humo por la nariz—. Pablito lleva más de medio siglo trabajando aquí.

—Por cierto, ¿alguien ya habló con la dueña? —preguntó el hombre manco.

Resultó que tampoco. El teléfono que guardaba Requena estaba mal y nadie más lo tenía. Alguien mencionó que la señora Reyna Fenck vivía cerca, en la colonia Juárez; según otros, en la colonia Condesa.

—Nosotros depositamos en una cuenta —explicó la hermana cuervo—. Pero nunca hemos ido a la casa de la propietaria.

—Yo le paso la renta a Pablito, luego él se la da —explicó Lilka.

—Pues urge comunicarnos con la señora Reyna —observó el tío de Conde.

Don Salva no pudo evitar que su mirada se desviara un poco más allá, a las piernas de Lilka, lo que ocasionó una molestia, no de la esposa, sino de la señora Flor, que parecía decir con un gesto escandalizado: ¡trotacalle!

—Se me ocurre algo —intervino mi padre—, puedo hablar con Erasmo Gandía. Es el abogado de la dueña. Mi hijo y yo acabamos de estar en su despacho.

Todos parecieron complacidos de que mi padre tomara esa responsabilidad. La reunión terminó y, como el asunto urgía, cada uno salió a cumplir una tarea. Teo fue a la oficina del licenciado Gandía, don Salva al hospital para comprobar si don Pablito seguía en el reino de los vivos y la señora Flor convocó una *cadena de oración* por la vida del conserje. A mí me urgía hablar con mis amigos, les propuse que nos viéramos en el departamento. Aceptaron.

—¡Vives en uno de los condominios más grandes del Begur! —exclamó Conde al entrar—. ¡Podrías rentar el salón para un baile de 15 años! ¿Puedo ver lo demás?

No esperó mi respuesta. Asomó la nariz por cada rincón. Le encantó la tina de la habitación principal: "Tengo que venir a nadar aquí". Aunque lo que ocasionó gritos de entusiasmo fue mi modesta colección de discos LP y casetes que guardaba en mi cuarto.

—¡La Trinca! ¡Toreros Muertos! —saltó emocionada—. ¡Nacha Pop! Tienes *El momento*. Llevo meses buscando este álbum. Se lo pedí a un amigo de mi tío que fue a España pero se confundió y me compró el de los Pecos. ¡Los Pecos!

—Conde, no vinimos a ver tu ataque de Pigmeo fan —la amonestó Requena—. Tenemos cosas importantes que tratar. Este día ha sido horrible.

—¿Me lo juras? —suspiré fúnebre—. Vi a los primeros muertos de mi vida.

—Muerto —detalló Requena—. En singular, don Pablito no está muerto. Lo más seguro es que quede como el fantasma de la ópera.

—La señora Jasia tiene razón —opinó Conde, triste—. Apuesto a que hoy chafea, ni con un millón de rezos se salva —palideció—. ¿Y si nosotros tuvimos la culpa…?

—¿De qué? —saltó Requena—. No lo arrojamos al foso.

—Ya sé, pero pudimos alertarlo de lo que vimos en el sótano.

—Pero es que... ¿qué vimos? —intervine con ansiedad—. Hasta donde entendí los espectros son huellas energéticas de los muertos, ¿no? Se necesita pues eso... un muerto.

—No vimos a un espectro, fue otra cosa —reveló Requena—. Ya investigué bien.

El chico gordo sacó libros de su mochila. *Enigmas y secretos* de *Selecciones* del Reader's Digest y parte de su colección de *Duda*, las historietas con tema paranormal.

—¿Estamos hablando de un fenómeno fulgor de categoría uno? —Conde parecía perpleja.

—No, no. Tampoco era un fantasma —Requena buscó entre un libro y una revista con papelitos entre las páginas—. Posiblemente ni siquiera era un fenómeno fulgor.

—Me estás revolviendo los sesos —graznó nuestra amiga.

—Ésos los tienes revueltos sin mi ayuda —aseguró Reque—. Entiendan que las ciencias paranormales son muy extensas. Encontré dos explicaciones a lo que vimos. Pudo ser un fenómeno de *bilocación*, que es la habilidad de estar en dos partes al mismo tiempo —mostró el artículo sobre san Francisco de Asís—, tiene que ver más con la santidad, ¡y no me vean así!, tampoco creo que el profesor fuera santo. La segunda es que nos encontramos frente a un *Doppelgänger*.

Conde y yo nos miramos, confundidos.

—Es un término alemán —explicó Requena—. *Doppel* significa doble y *gänger*, andante. Me falta investigar más, pero si mi privilegiada memoria no me falla es una proyección a distancia de una persona viva.

—¿Y por qué apareció en el sótano? —pregunté.

—Aún no lo sé, pero debe tener sentido —reconoció Requena.

—Hay que volver a bajar otra vez —propuso Conde.

—No tiene caso. Ya no sirve la llave de la señora Clarita —reveló Reque.

—¿Como sabes? —lo miró Conde, desconcertada.

—Porque intenté entrar antes de venir. Creo que Pablito cambió la combinación de la cerradura después de que nos vio merodeando por ahí.

—¿Y entonces? —sentí alivio y desilusión de quedarme sin verano detectivesco.

—Cuando venga la señora Reyna le diremos todo —propuso Requena—. Eso será entre hoy y mañana. Y recuerden que todavía tenemos pendiente el enigma de Noemí.

—Por cierto... ¿creen que nos sirva esto? —Conde metió una mano en su chamarra de mezclilla y sacó un llavero con un diminuto cubo de Rubik.

—Es del profesor —lo reconocí.

—Se le cayó cuando peleaba con Pablito —asintió Conde—. Lo rescaté antes de que se perdiera. Pero no sé a quién dárselo.

Requena examinó la pieza, tenía dos llaves, una grande y antigua, como todas las del Begur, y una más pequeña; debía de ser la del buzón.

—Pigmeo, ¡eres genio total! —exclamó Requena.

—¿Yo? —parecía desconcertada.

—¡Con esto podemos entrar al departamento del profesor! —Reque tomó la llave grande. Su emoción iba en aumento—. El lugar debe de estar lleno de pistas, tal vez encontremos rastros de lo que le sucedió a Noemí.

—Perdón, chicos —interrumpí—, pero eso ¿no es allanamiento? La vivienda debe de estar precintada por la guardia civil o como se llame la policía de aquí que investiga.

Conde y Requena estallaron en risas.

—Esto no es *Miami Vice*, ni siquiera Madrid, es México —anotó el chico—. Además, ¿qué investigan? Un profesor loco y un viejo conserje cayeron por el foso del elevador de un edificio lleno de ancianos y chiflados que fueron testigos, ¡caso cerrado!

—¿Y si vamos ahora? —propuso Conde, emocionada.

—¡Hasta que tienes una buena idea, Pigmeo! Nos vemos abajo, en media hora —convino Requena—. Antes necesito prepararme.

—Si no vas a una cita —se burló Conde.

—Hablo de mis implementos de investigación… —explicó Reque y guardó repentino silencio—. ¿Oyeron eso?

Era un ruido que conocía muy bien, alguien (invisible) caminaba por un pasillo del departamento. Los pasos sonaban claros hasta que se desvanecieron junto con un largo suspiro. Mis amigos quedaron desconcertados.

—Tranquilos, es sólo un fenómeno acústico —dije con calma—. Parece que el sonido viene de arriba, de la vecina que les conté, la que me escribió por la chimenea.

—Ah, sí, ¿Elba? —Conde intentó recordar—. ¿Qué más te dijo?

—Emma —corregí—. Y no me ha respondido.

—Ojalá sea guapa —Requena miró al techo.

—Y eso qué tiene que ver —resopló Conde.

Estaba a punto de comentar algo sobre las puertas del clóset y los gabinetes de la cocina que se abrían solos, pero lo dejé para después, ya teníamos suficientes misterios con el profesor. Quedamos en vernos en media hora, y antes de que mis amigos salieran le presté a Conde *El momento* de Nacha Pop. Casi llora.

Cuando me quedé solo me hice un bocadillo que fui a

comer cerca de la ventana; entonces vi rastros de hollín en la chimenea. ¿La vecina me había respondido? Saqué la caja de latón y al principio me desanimé al verla cubierta de polvo, pero dentro había un papel amarillento y quebradizo, distinto al mío. ¡Emma había escrito! Era la misma letra rápida, desordenada, un volcán de ideas, haciendo erupción.

Estoy alucinada, así, a-lu-ci-na-da. ¡Me has contestado! No sabes la emoción que me da, Diego, ¡y qué majo nombre! ¿Es por Diego Velázquez? Fijo. Así que eres gato, ¿eh? ¿Cómo pudiste salir de Madrid? Tal vez por ser medio mejicano, a que sí, eso ayudó. Si yo fuera medio algo me gustaría ser medio, no sé… ¿francesa?, no, últimamente no me caen bien los gabachos, sólo Victor Hugo, lo adoro, Les Misérables, *la he leído tres veces. Pero no soy medio nada, soy de Motilleja, un pueblo al norte de Albacete que ni te molestes en buscar en un mapa, no hay mucho que decir, nada bueno, no ahora. Oye, ¿de dónde has sacado eso de zapatillas de soccer? Me he reído tanto que pensé que se me caerían los dientes. Pero después, lo que me hizo rabiar fue tu comentario sobre* Emma *de Jane Austen. Cito: "TOCHO ROMÁNTICO PARA CHICAS". Veamos… ¿de verdad, Diego? ¡Jamás vuelvas a decir eso de ese libro! ¡Jamás! O te las verás conmigo y soy muy mala sangre cuando me lo propongo. En fin, que me cabreé cuando leí esto, pero después de pensarlo me calmé porque lo has dicho desde la ignorancia de tu mente de crío, ¡apenas tienes 15 años! Te lo voy a prestar, ¿bien? Será como una labor social para que conozcas el mundo de la genial señorita y mi diosa personal Jane Austen. ¿Lo has encontrado?…*

Tardé un instante en entender. Entré de nuevo a la chimenea, tanteé en la oscuridad y en el mismo hueco donde estaba la caja de latón, al fondo, había un pequeño libro. Cuando lo llevé a la luz vi que era una novela viejísima, de papel amarillento. Pasé la mano para quitarle el hollín de la portada. Era, claro, *Emma*, de la genial señorita y diosa personal Jane Austen. Seguí leyendo la carta.

…Cuídalo como si fuera los originales del Viejo Testamento, aunque te daré una pequeña libertad, puedes hacer anotaciones con lápiz, yo lo hago, será interesante ver qué cosas pasan por la mente de un criajo como tú. Te doy cinco días para leerlo porque planeo leerlo por décima vez la semana próxima, ya está en mi calendario, todo lo planeo, eso me ayuda a no volverme loca, más, quiero decir, porque loca fijo que ya estoy.

No conozco a los chicos que dices, pero ya te dije que no conozco a nadie. Al abuelo Agustín no le gusta que salga, dice que no es seguro, y luego de la guerra quedó liado de la cabeza y a veces hace cosas sin pensar, pero es porque se le nubla el entendimiento, no porque sea malo. Además tengo la ventana, que es como leer un libro. Me asomo y veo a toda esa gente caminando por el paseíllo en medio del bulevar, aquí le dicen camellón. Imagino la vida de todos, de la chica con uniforme de criada que sale a pasear un perro, del hombre que vende pan, el viejo que entrega los botellines de leche, la anciana que va a la iglesia de las siete, los trabajadores del edificio nuevo, uno de ellos está enamorado de la criada del perro, ¡ojalá se dignara a verlo! Debes pensar que soy patética, mirando la vida de los demás por la ventana. Esto no será para siempre, estamos esperando noticias de mi madre y de mi hermana. De mi tío Mariano ya no esperamos nada; y si toco el tema con el abuelo, queda silencioso como sepulcro. Sospecho que mataron al tío en la cárcel. Pero tranquilo, no voy a marearte con mis tragedias, mejor lee las aventuras de

Emma Woodhouse ¡y más vale que te guste o no volverás a saber de mí! Oye, ¿por qué ya no cantas? Tú no te cortes, tampoco suena tan mal, que tienes lo tuyo.

Emma, tu vecina algo loca y protectora del legado de la genial señorita y diosa personal Jane Austen.

Tuve que leer la carta tres veces más para desentrañar la maraña de temas, y aun así no entendí varias cosas: ¿qué era eso de que el abuelo estaba liado de la cabeza por la guerra? Tal vez fuera un veterano de la guerra de Ifni en el Sahara, mi madre tuvo un amigo que luchó en Marruecos. ¿El tío asesinado en la cárcel? Escribí de inmediato, pulsé el interruptor mental, para hacerlo con el castellano de España.

Hola Emma.

No sé cuándo escribiste esta carta, pero no mencionas el accidente de hoy. Me tocó estar en primera fila, fue de las cosas más horribles que he visto, pobre del profesor; sólo espero que puedan hacer algo para salvarle la vida al conserje. Por cierto, ¿saliste al pasillo durante la tragedia? Tal vez ya nos conocimos de lejos.

Gracias por el libro, tú tranquila, lo cuidaré como si fuera mi riñón derecho. Hoy mismo lo comienzo, pero te advierto, si me parece un tocho romántico, te lo diré, que también soy muy honesto. Hablado de libros, mi favorito es La historia interminable *de Michael Ende, ¿lo has leído? A mí me voló la cabeza, y eso de las dos tintas me pareció flipante, la realidad, la fantasía y cómo se mezclan. Hay una peli reciente, pero no la veas, es un cabaret atiborrado con peluche. No lo digo yo, fue el mismo Michael Ende que casi le da un infarto al verla. Aunque, ahora que lo pienso, ese libro quizá te parezca algo infantil, por cierto ¿qué edad tienes? ¿A qué colegio irás cuando termine el verano?*

¿Dónde dices que está tu madre y tu hermana? ¿Siguen en España? Seguro las echas de menos, escucho que lloras. Disculpa si soy cotilla, ¡no es mi intención!, ya sabes que se cuela el sonido.

Me has compartido cosas fuertes, gracias por la confianza. Para equilibrar el asunto te confesaré algunos asuntos personales, ¿vale? Vivo con mi padre mexicano, mi madre acaba de morir de manera terrible (ya, supongo que nadie muere de una manera maravillosa). No tengo hermanos, ni primos; mi familia es diminuta, aunque tengo un amigo, Santiago, que se mudó a Barcelona. En los últimos días he hecho migas con los chicos mexicanos de los que te hablé: Requena, de primera impresión es un poco borde, pero luego le pillas el tranquillo, y Conde, que es una chica pequeñita que viste como chico. Es muy, muy guay. Con ellos investigo sobre los fenómenos del edificio. Yo era totalmente escéptico hasta que vimos a un Doppelgänger en el sótano... es la proyección de una persona viva, un doble, o algo así dijo Reque. Aquí suceden cosas raras. ¿Las puertecillas de tu piso se han vuelto a abrir? Aquí pasa seguido. Te descuidas y al dar la vuelta, hala, las de la alacena o el armario están abiertas.

Se me ocurre algo; esto de pasarnos cartas por la chimenea, como espías, suena muy chachi o muy padre, como se dice en estas tierras (si te falta argot te puedo dar un curso, sin costo), pero ¿y si nos vemos? Para que todos nos conozcamos personalmente y si te interesa, puedes acompañarnos a nuestra investigación. Estoy seguro de que ni Requena ni Conde se van a negar. ¡Vamos a entrar al piso del profesor que acaba de morir! ¿Te animas? De tu abuelo no te preocupes, puedo hablar con él, o pedirle a mi padre (Teo, se llama) que me acompañe para hacer las presentaciones, ahora mismo es como el jefe vecinal (provisional) y jamás diremos a la policía ni a nadie que estáis en un piso clausurado. ¡Podéis confiar en nosotros! ¿Cómo ves?

Tu amigo Diego, el vecino medio gato, medio mexicano y que se dispone a entrar al universo de la gran (ya veremos) señorita Jane Austen.

Introduje el papel dentro de la caja de latón y la encajé en el hueco de la chimenea. Me hubiera gustado tener alguna campana o algo así para anunciar que mandé respuesta.

No pude evitar leer las primeras páginas del libro y por desgracia me pareció insufrible, Emma Woodhouse era demasiado mimada y mandona, quería controlar la vida de todos. Lo que me divirtió fue leer las anotaciones de la vecina: "¡Vaya con el padre!, además de hipocondríaco es un memo". "Que me aspen si esa Harriet no es tonta como un cubo de basura."

Me di cuenta de que había pasado la media hora y salí para reunirme con Requena y Conde, pero antes tuve una idea: ¿y si iba rápido, al apartamento de Emma? Sólo debía subir un piso. Podía conocerla en persona, y si no estaba, dejaría una nota bajo la puerta diciendo que mirara el interior de la chimenea. Tomé las escaleras pero al llegar a la quinta planta me detuve, había una gruesa valla metálica; por entre el enrejado pude ver el pasillo que comunicaba con las puertas de los apartamentos. Pero la valla no tenía accesos, cubría hasta el techo. Era muy raro. Vi un sello que decía: "Peligro, zona asegurada. Protección Civil del Distrito Federal. Noviembre 1985". Quedé desconcertado: ¿cómo subían los vecinos *clausurados* a sus hogares? Claro, por el ascensor, pero... ¿y ahora que dejó de funcionar por el accidente? Debía de haber otra escalera por ahí.

En la planta baja ya me estaban esperando Requena y Conde.

—¿Listos? ¿Están nerviosos? —a Requena le brillaban los ojos—. Estamos a punto de entrar a la madriguera de un loco, de un asesino, que además tiene el poder de replicarse. Prepárense.

Estimada A. Dejo esta carta justo en este punto, ¿le parece? Los dos necesitamos un descanso antes de lo que viene, sólo le puedo adelantar que se llama *primer ataque*. Sí, así como suena; ya le explicaré sobre esto. Mientras tanto, puede repasar las líneas anteriores, cada detalle está puesto ahí por algo, créame.

Va un abrazo, desde este lado del papel.

Diego

Carta nueve

Estimada A:

Espero que esté lista para otra de mis cartas *ochentosas* y sobrenaturales. Viene algo importante. Como recordará, le he hablado del *escenario*, *el suceso* y *la confirmación*, que son los cimientos donde comienza a erigirse una historia de terror. Pero en el llamado *primer ataque* es cuando las cosas se ponen serias. Este primer enfrentamiento no es decisivo, pero sí terrorífico, pues se vislumbra a un adversario (véase que digo *un* y no *el*). Y lo más importante de esto es que se confirma que uno ha entrado a un terreno minado del que apenas se conocen las reglas… Si se desea salir con vida, hay que conocer dichas reglas… ¡pero no quiero agobiarla con cháchara teórica!, todo esto lo explicaré más adelante y mejor, si seguimos con la correspondencia, claro.

Veamos. Me quedé justo antes de la incursión al departamento del profesor. Estaba con mis amigos en la planta baja del Begur. Esperamos un poco, cuando vimos salir tomados de la mano a los cuervos, esos hermanos o esposos (eran demasiado parecidos) que salían de su departamento. Cuanto todo estuvo despejado cruzamos un corto pasillo donde había escobas, trapos y una escalera, y llegamos al patio pequeño que contaba al centro con una pileta redonda con mosaicos. Apenas vimos dos puertas de apartamentos, una con un crespón negro y la del rincón con el número 111. Así que no había más vecinos por ahí. Requena sacó el llavero con el cubo de Rubik y, luego de un breve forcejeo, la puerta abrió. Sentí un zumbido en los oídos, tal vez fuera la tensión del momento, estábamos por conocer la guarida de un posible asesino.

—Yo voy delante y dirijo la expedición —avisó Requena—. Traje todo el equipo que pude.

Llevaba una cámara de fotos con un carrete de 16 mm, un termómetro atmosférico (así le llamó Reque, pero parecía de esos que te pones en la boca); una grabadora de bolsillo, una brújula, una linterna; frascos para recolectar rastros de fulgor, el péndulo y un sándwich de mantequilla de maní (para reponer energías, explicó).

El departamento era más pequeño de lo que pensé y por su localización apenas entraba luz; tampoco ayudaba que las ventanas estuvieran cubiertas con periódicos amarillentos. Cruzamos un diminuto recibidor y en la estancia nos detuvimos atónitos. Muebles, sillas, puertas, cajones, hasta la duela del piso, ¡nada estaba entero ni en su sitio!

—Seguro le explotó una de las bombas —dedujo Conde.

—Esto no es resultado de una explosión —examinó Requena—. Miren bien: no hay objetos dañados, incluso este caos tiene un orden.

Era verdad, todo en esa vivienda había sido desmontado minuciosamente. Las puertas estaban desatornilladas de los marcos y puestas al fondo, a las repisas les retiraron pijas y taquetes; las cerraduras las desarmaron en piezas; los azulejos de la cocina lucían despegados y apilados; se bajaron los candiles del techo y los cristales parecían organizados por tamaño. La alfombra se había enrollado perfectamente en las orillas de los pasillos, e incluso la madera de la duela se retiró con cuidado, dejando al descubierto los polines de soporte. Más que un apartamento, parecía un puzzle gigante por armar.

—La señora Reyna se va a infartar, segurito —pronosticó Conde—. ¿Por qué el profe hizo todo esto?

—Y aquí hay más cosas raras —les hice una seña.

Una de las habitaciones tenía las paredes cubiertas con curiosos dibujos.

—Mira, Reque, es como tu plano —observó Conde.

En efecto, el profesor había dibujado (y mejor que Requena) planos del Edificio Begur. En cada uno había un montón de números, fórmulas y palabras extrañas: "prana", "combustible vital", "fuente de poder".

—Sí que estaba loco —Conde suspiró—. Dibujó el mismo plano una y otra vez.

—No es el mismo plano —observó Requena—. Hay diferencias y tienen números consecutivos. Miren el último, en total son cuarenta y nueve.

—Los pisos secretos —recordé y di un paso para verlos mejor—. El profesor dijo que el Edificio Begur era más grande por dentro que por fuera. Según él, Noemí se perdió en unos niveles que son como dimensiones paralelas, algo así; decía tantas cosas extrañas.

—Pero no es posible, ¿verdad? —Conde nos miró—. Todo esto es parte de su locura, Reque, tú nos dijiste que tenía dos personalidades.

—Bueno, es una teoría —reconoció el chico—. Tampoco soy psiquiatra, aunque he leído bastante al respecto.

—El primero y el último plano son muy distintos al resto —señalé la pared.

Incluso estaban trazados en un papel amarillo. Correspondían al ático y al sótano. El profe había utilizado tinta color sanguina, y las anotaciones decían: "polos de poder", "polo negativo", "polo positivo", "ruptura de espacio" y luego una lista rara: "Candado mecánico, alquímico", "elevador", "habitaciones secretas". Y una gran frase encerrada en un cuadro con tinta roja decía: "¡Desactivar los polos abriría los niveles secretos, el edificio se quedaría sin poder!".

—Estaba loco, pero sí que era trabajador —reconoció Conde—. Yo tardaría años haciendo algo así. Oye, Reque, ¡toma una foto!

—¿Tienes idea de lo que cuestan los rollos? La cámara es sólo por si vemos un fenómeno espectral.

—Podría servir para algo —sugerí señalando la pared.

"Por favor", dijo alguien y los tres nos quedamos en silencio.

—¿Quién dijo eso? —preguntó Conde.

Entonces oímos un gemido horrible, de mujer. Provenía claramente de debajo de nosotros, incluso más allá de los polines, eso sería… el sótano.

"Por favor…" y subió el volumen: "Benjamín, por favor, ayúdame". "Que alguien me ayude."

La voz se oía cortada, con cierto ruido de interferencia. Sentí una descarga, como si hubiera pisado un cable eléctrico de terror.

A toda prisa Requena sacó la grabadora

—Es un despojo —explicó emocionado—. Un fenómeno fulgor de categoría tres. ¡Silencio!

La voz se deformó hasta volverse un llanto terrorífico que

iba de la habitación al pasillo, a la estancia. Requena seguía el fenómeno, con la grabadora en mano, captando el oleaje acústico. Yo me quedé en mi sitio, y vi que Conde no estaba a mi lado, había ido a meter la nariz a otro lado. Luego de unos instantes, la oí:

—Oye, Diego, ¿puedes venir? —dijo mi amiga con voz rara.

Estaba en la entrada de un baño y me hacía señas con la mano.

—¿Qué pasa?

—No sé, pero tienes que ver esto —murmuró—. No creo que sea normal.

—¡Dije que silencio! —Requena nos apuntó con la grabadora—. Están contaminando las pruebas.

Con todo sigilo me reuní con mi amiga. El baño, como el resto del departamento, había sido desmontado: azulejos, lavabo, espejos, la taza de baño estaba a un lado y quedaba un gran agujero pestilente en el suelo. Conde señaló una pared con tres pequeñas ventanas: las de los extremos en forma de media luna y la del centro, redonda. Todas tenían un bonito trabajo de emplomado geométrico de colores, como los vitrales de una catedral en miniatura, pero faltaban algunos vidrios. Me llamó la atención que alrededor de los marcos, escritas sobre la pared, había notas con números y cálculos de ángulos. Conde me señaló la ventana redonda. Cuando me asomé la sangre se me cuajó en las arterias.

—No puede ser —miré de inmediato a Requena que seguía en la estancia.

—Yo tampoco entiendo —reconoció Conde.

—¡Siguen contaminando las pruebas! —se quejó el chico—. Son los peores investigadores del mundo. ¿Qué es más importante que capturar un fenómeno fulgor de categoría tres?

—Esto… ¡pero no, mejor no vengas! —dijo Conde rápidamente.

—¿Por qué no?

—Deja que lo vea —propuse—. Tal vez pueda explicarnos qué es.

—Bueno, pero conste que yo dije que no —suspiró la chica.

—¿Qué cosa? ¿Por qué tanto misterio? —Requena entró al baño, exasperado.

Conde y yo señalamos la ventanita central, a la que le faltaban tres cristales. Requena se asomó por el hueco lateral. Parpadeó varias veces, como si le costara trabajo entender.

—¡Qué chingados! —exclamó al fin, con voz constreñida.

Desde ahí se veía el sombrío patio pequeño, y justo detrás de la pileta redonda estaba el gordo Requena. Revisaba algo.

—¿Cómo puedes estar aquí y allá al mismo tiempo? —a Conde le tembló la voz.

—Es tu *Doppelgänger* —entendí entonces, fascinado.

—Reque… ¿sientes algo raro? ¿Como si te desvanecieras o así?

Requena estaba tan atónito que no pudo decir nada. Lo extraño es que la imagen sólo era visible por uno de los huecos del vitral de la ventana redonda; al asomarse por los otros se veía el patio vacío, normal.

El otro Requena que estaba tras la pileta levantó la cabeza como si se acordara de algo, entonces nos miró y con grandes zancadas comenzó a avanzar.

—¡Viene para acá! —gritó Conde.

Huimos, reconozco que no fue valiente ni digno de unos

investigadores paranormales, cobardía total, vamos. Salimos corriendo de la casa del profesor.

—Tranquilos, niños, ¡parecen caballos! —nos amonestó la señora Flor cuando entramos al apartamento de los Requena.

Todavía estaban las veladoras de la cadena de oración para el conserje. Saludamos atropelladamente y cruzamos el pasillo de las imágenes de mártires hasta llegar a la habitación de nuestro gordo amigo.

—Tienen que tranquilizarse —dijo Requena, mientras cerraba la puerta.

—¿Nosotros? Si tú estás llorando —señaló Conde.

—No es verdad —Requena se tocó la cara, estaba húmeda de lágrimas y sudor, buscó su pañuelo para limpiarse—. Nunca esperé ver eso…

—Y ni siquiera le tomaste una foto —recordé.

—Teníamos que escapar —se justificó—. Además creo que esa cosa no era un espectro; nos vio.

—Claro que nos vio y peló los ojos —reconoció Conde—. Reque, me das miedo. ¿Qué nos ibas a hacer?

—¡No era yo! —se defendió el chico—. Era mi *Doppelgänger*. El doble caminante.

—Sí, ya nos dijiste eso —recordó Conde—. Pero ¿por qué aparecen esas cosas?

—Les dije que apenas estaba investigando. Debo tener más del tema por aquí.

Requena se puso a rebuscar entre sus revistas y libros de tema paranormal. Estaba tan nervioso que todo se le caía de las manos.

—Si quieres te ayudo —ofreció Conde.

—Mejor pásame el pay de queso que tengo en el cajón del buró. Comer me tranquiliza.

—¿Guardas un pay de queso en un cajón? —Conde estuvo a punto de reír.

—Sólo es una rebanada —gruñó el chico—, y es para emergencias.

Mientras Requena comía y buscaba la información, recordé a mis amigos del otro descubrimiento.

—La voz que oímos —señalé—. La que venía de abajo.

—Bueno, era un despojo, un fenómeno fulgor de categoría tres —aseguró Conde.

—Lo sé, pero ¿se dan cuenta de lo que significa? —insistí—. Era justo como lo describió el profesor. La voz de Noemí, la novia que pedía ayuda.

—Hasta lo llamó por su nombre —asintió Conde—. Y parecía desesperada.

—Es a lo que me refiero —señalé—. No llamas a tu asesino para que te ayude. Lo que intento decir, es... ¿Y si lo que dijo el profesor fue verdad y su novia se perdió en uno de los niveles ocultos del Begur?

—Entonces... ¿Noemí sigue de algún modo... viva? —Conde se quedó pasmada.

—Después de lo que he visto y oído en el Begur creo en casi todo —reconocí a mi pesar—. El judío errante, el yeti, los aliens roba-vacas. Y miren que hace unos días era escéptico.

—¡Aquí está! —gritó Requena y sacó un libro con una calavera en la portada.

Era el *Diccionario Novaro de lo oculto*. Lo puso en el escritorio y buscó la letra D y la entrada. Comenzó a leer:

—"*Doppelgänger* (del alemán *Doppel*, doble y *Gänger*, andante). Figura fantástica que representa la imagen espectral de una persona viva. En leyendas germanas y nórdicas la visión del *Doppelgänger* es un aviso de próxima muerte. '*El que ve a su doble, la muerte le acecha*', dice un viejo adagio."

Cuando Requena leyó la última línea nos quedamos de piedra.

—Voy a morir... estoy a punto de morir —exclamó con ojos desorbitados.

—Tranquilo —le di una palmadita en la espalda—. Ahí dice que es dentro de las leyendas germanas y nórdicas. La colonia Roma está lejos de Helsinki.

—Pero eso pasó con el profesor —recordó Conde en voz baja—. Vimos a su *Doppelgänger* un día antes y al día siguiente, ¡plaf!, murió.

—Si te lanzas al foso de un elevador, lo más seguro es que mueras, tengas o no doble espectral —apunté.

—Pero murió, ¡es el hecho! —Requena estaba a punto de tener un ataque de pánico—. ¡Tal vez me quedan unas horas de vida!

—Si eso pasa, ¿me heredas tu Atari? —sondeó Conde.

—¡Pigmeo! ¡Esto es serio! —chilló Requena. Había perdido toda su flema y hasta dejó de comer.

—Requena, no vas a morir —insistí.

—¿Cómo sabes?

—Yo no confiaría mi vida a algo llamado *Diccionario Novaro de lo oculto*.

—Podríamos ir a la biblioteca de la Ciudadela a investigar más —sugirió Conde.

—¿Quieres que salga ahora? —se quejó Requena—. ¡Podría atropellarme un trolebús! ¡Un camión Ruta 100! Caerme en una coladera. La muerte ciñe su ominosa guadaña sobre mí. No debo moverme de aquí... todo es un riesgo mortal.

—Yo puedo ir a la biblioteca por ti —se ofreció Conde.

Intentamos tranquilizar a Requena, pero era difícil. Le quedaban horas de vida, según él.

—¿Por qué se oyen tantos gritos? —se abrió la puerta. Era la señora Flor. De inmediato detectó el rostro congestionado de su retoño—. Bebé, ¿estás bien?

Nos miramos los tres, a punto de sufrir una contractura muscular por la tensión. Obviamente no podíamos decir que Requena había visto su *Doppelgänger* y que, según él y el diccionario de la misma editorial que publicaba *La pequeña Lulú*, le quedaban horas de vida.

—No sé, me siento muy mal —reconoció Reque.

La señora Flor evaluó los ojos llorosos de su hijo.

—Es tu alergia al polen —aseguró—. Voy a hacerte unas vaporizaciones —nos miró a Conde y a mí—. ¿Pueden venir después a jugar? Armando está malito.

Asentimos y dejamos a Requena temblando y con cara de mártir. Cuando estaba por salir, la señora Flor me alcanzó.

—Oye, mijito, espera, una cosita. No me lo vayas a tomar a mal pero he visto que tu papá ha hecho cierta amistad con esas *señoritas*. Sólo dile que tenga cuidado.

—Ya sé que manejan fusiles —recordé.

—No me refiero a eso… —bajó la voz—. No sé si me entiendes, eres tan joven. Eso de las terapias es… un decir. Esas mujeres son… *mesalinas*, ¿sabes qué es eso? Digo, cada quién se gana la vida como puede, pero éste es un edificio familiar y tenemos valores.

Me llegó el tufo a brandy que emanaba de la señora Flor. Di las gracias por la advertencia y salí. Resultó curioso que tocara el tema porque cuando llegué a casa encontré a mi padre en una divertida reunión con *las mesalinas*. Por las botellas y vasos, supe que llevaban algún tiempo departiendo, mientras

136

un potaje extraño hervía en una olla en la cocina. Al verme, Teo ahogó una risa y se incorporó rápidamente.

—Ah, Diego, qué bueno que llegas —tenía la voz un poco floja—. Jasia y Lilka me están enseñando a hacer *Ozcór woloni*...

—*Ozór wołowy* —rectificó Jasia—. *Ser* rica lengua de res. Ven a ayudarnos, *kochanie*.

Negué y seguí de frente, sin entrar a la cocina. Mi padre salió.

—¿Qué pasa? Al menos saluda a las vecinas.

—Pensé que habías ido a ver al licenciado Gandía —recordé.

—Sí fui, pero no estaba. Creo que se cambió de despacho.

—¿No tenías la tarjeta con su teléfono? —recordé.

—También llamé, pero nadie contesta.

—Pero ¿y entonces? —pregunté extrañado—. ¿Cómo van a contactar con la dueña? ¿Sigue vivo Pablito?

—Está en las últimas —aseguró mi padre—. Pero de la dueña no me preocuparía, con lo obsesionada que está con su edificio aparece mañana a más tardar. ¿Y tú? —carraspeó en un intento de parecer un padre preocupado—. ¿Qué has estado haciendo? ¿Travesuras con tus amigos nuevos?

Había tantas cosas que quería contarle: de la vecina de arriba, de las investigaciones paranormales, de lo que vimos en el sótano y luego en el departamento del profesor; de Requena, que iba a morir (según él) por ver a su doble nórdico. Hasta de las recomendaciones de la señora Flor.

—Teo, trae a tu pequeño —insistió Lilka desde la cocina—. Puede picar cebollín.

—O puede picar lo que sea —murmuró Jasia, la madre.

Las mujeres rieron. Sentí que la cara me ardía.

—Tengo cosas que hacer —murmuré alejándome.

—Te aviso cuando esté el *Ozcór* o como se llame —Teo se metió a la cocina.

Al pasar al lado de la chimenea vi nuevos rastros de hollín. Sabía lo que podía significar eso. Con cuidado, para que no me oyeran mi padre ni las invitadas, registré el interior de la caja de latón y unos cascos de caballo saltaron en mi pecho; ¡había una nueva carta de Emma! Fui a mi habitación para leerla.

¡Pero qué me dices! No me he enterado del accidente. ¿Qué sucedió? ¿Cómo que murió alguien? Qué horror. No me entero de nada de lo que pasa fuera de estas paredes. Y ya que estamos en esto de las confidencias, voy a decirte algo, pero, por favor, respira antes.

De verdad, respira.

Primero te pido que no saques conclusiones hasta que termines de leer, ¿bien? Pues ahí vamos: no he salido del piso desde hace diecinueve meses. ¡Ya está, que lo he dicho! Lo único que recuerdo de cuando llegué una noche al edificio fue subir con el abuelo por un ascensor muy bonito, para que funcionara había que usar una chapa curiosa con muescas, crucé la puerta y eso fue todo, no he vuelto a salir. Conozco al portero, a veces viene a hablar con el abuelo (no estoy segura de si es el mismo que mencionas) y a una vecina de la primera planta, muy amable, cuando se enteró que sé coser me ha encargado faldas y algunos vestidos. Los pedidos los lleva y trae Alma, su empleada. Así saco unos duros, no es mucho pero de algo sirve en estos tiempos.

Apuesto a que te preguntas por qué llevo más de año y medio encerrada; si se me pasó de rosca la cabeza o tengo jorobas y belfos de caballo. Pues no, no salgo por la sencilla razón de que el abuelo me lo prohíbe. Ya te lo había dicho, es cabeza dura y tiene un miedo, que escuece, a que pueda pasarme algo. Siempre que él sale por comida o al Comité Técnico le echa llave a la puerta y yo lo único que puedo hacer es asomarme por la rejilla de la correspondencia donde recibo los pedidos de costura (y por la rendija también salen muchas entregas). No pensé llegar a esta situación. El abuelo dijo que serían unos días pero, ya ves, llevo diecinueve meses.

Al principio no me importó, el piso parecía enorme, supuse que llegarían más familias, pero pasó el tiempo y nadie más compartió este palacete con nosotros, luego descubrí que el sitio estaba encantado y dejé de ir a ciertas habitaciones donde veía sombras y se abrían puertecillas. Me daba miedo estar sola. Después de un mes, le pedí al abuelo que me dejara ir al colegio, porque tengo cabeza para los libros, le expliqué que podía llevarme él mismo. Como sólo rumió, creí que había aceptado, pero al día siguiente me trajo tomos sueltos de una enciclopedia y una radio que me deja encender de día (de noche desconecta la energía para ahorrar). Repasé de tomo a lomo la enciclopedia y la radio fue una gran compañía pero, a los tres meses, me empezó a faltar aliento, me dio un ahogo y desesperación como para sacarse las uñas. Un día, mientras el abuelo dormía la siesta cogí las llaves, sólo quería volver a caminar por la calle y respirar aire fresco, pero no llegué ni al portal del edificio. ¿Alguna vez te han golpeado con un bastón de castaño? Es más duro de lo que parece, los huesos se quiebran como si fueran ramas. Desde entonces el abuelo trae las llaves al cuello. Fue una mala época, necesitaba recuperarme y era difícil dar las puntadas de la costura. Las cosas se complicaron con la enfermedad del abuelo, con sus problemas de vista. Intentó tratarse con un médico y una mañana aproveché para escribir un mensaje pidiendo socorro. Lo lancé a la calle, explicando quién era y dónde vivía, pedí que llamaran a los guardias civiles, pero el portero del edificio encontró mi nota y fue tan tonto que subió a ver qué ocurría. Mi abuelo se enteró de todo y lo despachó... Pensé que me iba a romper el resto de huesos con el bastón, y sí que comenzó... pero a los pocos minutos paró para echarse a llorar, parecía un niño. Me dijo que todo eso era por mi culpa, que yo le hacía sufrir, que si seguía por ese camino la poca familia que nos queda sería destruida, me explicó que si alguien hubiera encontrado mi mensaje y llamado a la guardia civil a él lo hubieran metido a una cárcel mejicana, ¡o deportado! Sería como enviarlo directo a la muerte. Y yo, como menor de edad (tengo 16 años), terminaría en un orfanato mejicano o en un prostíbulo hecha un zarrastrajo, eso hacen con las mujeres sin casa que vagan por las calles. Me preguntó que si eso es lo que yo quería.

Los dos terminamos llorando, me sentí culpable, no había pensado en eso: ¡mi abuelo podría morir! Le pedí perdón y desde entonces hago el esfuerzo por obedecer. Sólo me repito que debo ser paciente, esto no será para siempre, sólo hasta que mi madre llegue con mi hermana, pero se necesita mucha pasta para que puedan viajar... en fin, lo normal.

Por favor, no me tengas lástima, odiaría eso. Es verdad que vivo encerrada, pero tengo cuidado de llevar la fiesta en paz con el abuelo, además ya no me aburro, establecí una rutina de trabajo, de ejercicio, aseo y distracciones que mantiene mi mente ocupada, y cuando leo el libro de Jane Austen siento que tomo té en los salones de la Regencia o que paseo a caballo con el mismo Philip Elton. Ciertamente tú has roto mi rutina. Quedé de una pieza cuando vi que cogiste mi carta y contestaste. ¡No me lo podía creer! Me han encantado tus respuestas y esas palabras raras que usas. Debes de ser un crío muy majo, eso se nota, y espero que *seamos amigos mucho tiempo más y que puedas darme detalles sobre ese libro que no conozco,* La historia interminable. *Puedes contarme de tus amigos, del accidente, de lo que pasa fuera.*

Pero antes de seguir esta amistad, necesito ponerte ciertas condiciones: no se te ocurra llamar a la guardia civil de aquí, ni enviar a tu padre para que hable con mi abuelo, se pondría fatal de los nervios y ni tomando todo el café con coñac (su mezcla favorita) podría calmarse. Si llega la policía, el abuelo es capaz de matarme y matarse después. Lo digo en serio. No digas nada. ¿Puedes hacer eso por mí? Si es así podemos seguir con las cartas por la chimenea, de manera discreta, porque si el abuelo descubre lo que hacemos, también podría tapiarla.

Diego, te aclaro que mi abuelo Agustín no es mala persona, ha sufrido mucho, está igual de asustado o más que yo. Sólo haz como yo. Ya pasó año y medio, qué más da esperar unos meses más, hasta que llegue mi madre y mi hermana. Dime que puedes hacer eso, por favor.

Emma. Tu vecina que está sola como la una, pero por suerte la acompañan los amigos que tiene de los libros, y ahora, un vecino.

Terminé de leer la carta en un estado de estupefacción y furia. ¿Me pedía que fuera cómplice de su encierro? No entendía nada. ¿Por qué defendía a su abuelo psicópata? ¡Más de año y medio encerrada! Y si entendí bien… ¿le rompió un brazo? ¡La golpeaba! Ahora entendía los llantos.

Miré el techo, quería gritar de indignación, caminé de un lado a otro, molesto. Podía llamar a la policía aunque era justo lo que Emma me pidió no hacer, tal vez se molestara, pero después entendería. El abuelo terminaría en prisión. ¡Lo merecía! Pero ¿y si Emma iba a un orfanato? Era menor de edad, o tal vez la deportarían…

La situación era complicada. Quería resolver la desaparición de Noemí pero ¡encima de mí vivía una chica secuestrada por su abuelo! Me senté para escribir la respuesta. Me controlé todo lo que pude, pero estaba, como dicen en México: enchilado, encabronado con el tal abuelo Agustín.

Estimada Emma:

Lo siento pero no, no puedo ser cómplice de tu encierro. Es posible que en ese momento te parezca normal, pero ¡no lo es! Lo que tu abuelo hace contigo es abominable, un delito. Por más nervioso que esté, por más que haya sufrido en la vida, no es normal encerrar a su nieta, maltratarla, golpearla o amenazarla de muerte. Lo repito, no es normal, no lo es en el mundo real. Disculpa por ser tan duro, pero es la verdad y no lo digo por molestarte.

Sé que no me conoces, que apenas nos hemos enviado algunas cartas, pero confía en mí. Quiero ser tu amigo, seguir hablando de libros por mucho tiempo, pero también debo ponerte mis condiciones, y las hago pensando en ti. Hay más soluciones de las que crees y de las que tal vez imagina tu abuelo. Mi padre conoce gente de la radio, de los medios. Tal vez si vamos con alguien de la embajada de España nos ayude a localizar a tu madre y a tu hermana, ¡no irás a ningún orfanato! Además hay muchas asociaciones de españoles en la Ciudad de México. Podríamos investigar, conseguir dinero, incluso un médico para tu abuelo, porque es evidente que no está bien, más allá de su problema de vista.

Te propongo mi ayuda. Si tienes miedo de lo que pueda hacerte tu abuelo al verse rodeado por mi padre o por los polis, entonces hagamos lo siguiente: antes te ayudaré a escapar, así estarás fuera de peligro cuando lleguen las autoridades. Si desapareces, tu abuelo se va a enfadar, seguro, pero si te ama, y estoy seguro de que sí, al final lo va a entender y nadie resultará herido. No deseches mi ofrecimiento. No te presiono, no digo que sea hoy, piénsalo bien. Si aceptas, tienes que ser valiente, como Emma Woodhouse, que tiene algunos defectos (pesada y marisabidilla) pero no es cobarde. Me comprometo a ayudarte hasta ponerte a salvo…

En este punto me detuve. Estaba ofreciendo a Emma la oportunidad de huir, pero ¿cómo podría escapar si estaba encerrada bajo llave? Tenía que pensar en algo. Oí las risas de mi padre, y las de Jasia y Lilka. Me enchufé los audífonos para concentrarme. De pronto miré hacia fuera y tuve una idea genial, escribí un párrafo más, explicando un posible plan de fuga para Emma. ¿Era una locura? ¡Qué no lo era en ese momento!

Entre mis dudas, se repetía una, la principal: ¿aceptaría Emma un plan tan arriesgado? Puse el papel dentro de la caja de latón y la coloqué en el hueco de la pared de la chimenea junto con *La historia interminable* de Michael Ende. Tal vez Bastián y su historia colmada de magia podría ayudarme a convencerla.

Ahora tenía que llamar a mis amigos para contarles todo. Era la mayor misión de mi vida. ¡Salvar a una persona en peligro! Vale, los espectros tenían problemas, pero también los vivos, ¡y necesitaba hacer algo! Tal vez por eso el destino me hizo llegar hasta el Edificio Begur.

Las cosas iban a dar un giro inusitado, estimada A. No tiene idea. Me estaba metiendo en varios frentes, y aún no sabía que después del *primer ataque* estallaría algo parecido a una guerra. El Begur se convertiría, más adelante, en el campo de batalla.

Me despido por ahora, con cierto remordimiento. Sé que la dejo con demasiadas preguntas sin responder: ¿cuál era el plan de fuga que le propuse a Emma? ¿Dimos con Noemí, la novia desaparecida del profesor Benjamín? ¿Al final el profe tenía razón sobre los niveles secretos? ¿Requena murió a las pocas horas de ver su supuesto *Doppelgänger*? Le prometo que todas las piezas se irán conectando, incluso la que nos une a usted y a mí.

Mientras tanto, le deseo, como siempre, el mejor de los días.

Diego

Carta diez

Estimada A:

C alculo que ésta será la misiva más extraña y desconcertante de las que le he escrito hasta ahora; sí, aún más que las anteriores. Pero eso es porque luego del *primer ataque* se develan dos cosas: el sistema de fuerzas contra las que se va a luchar y algo llamado *nuevo territorio*, un espacio con el orden natural trastocado. Por eso, al inicio todo resulta desconcertante, se desconocen las reglas de ese mundo. Pero mejor me dejo de cháchara y la invito a que dé conmigo los primeros pasos al *nuevo territorio*.

Ese día llamé a mis amigos (en efecto, los números telefónicos de cada departamento venían impresos en una placa en la base). Les pedí vernos de manera urgente, aunque no podía ser en mi casa porque Teo seguía de fiesta con las vecinas, ni tampoco en el departamento de Requena; su madre organizaba ahora un novenario por el alma atormentada del profesor Benjamín. Así que Conde propuso su apartamento.

Fui el primero en llegar. La pequeña Carla Conde vivía en el primer piso, con sus avejentados tíos. Entendí por qué Conde se maravilló al conocer mi departamento; el suyo era diminuto. En la estancia apenas cabían una mesilla para la tele y un sillón, donde estaba sentado el tío Salva, siempre rodeado por una nube de cigarrillos. En un pequeño comedor pegado a la cocina, la tía Luzma hacía unos adornos para vender como recuerdos de bodas y bautizos, se trataba de diminutas frutas o bebés de migajón de pan y pegamento. El tapiz desvaído, la alfombra manchada, todo lucía viejo y descuidado. La habitación de Conde era estrecha y modesta, con una cama infantil, un clóset donde se veía su colección de zapatillas deportivas de chico, y un escritorio con algunos libros y acetatos entre los que destacaba el de Nacha Pop. Cerca de su cama había una foto en la que se veía a Conde, mucho más pequeña; llevaba el cabello adornado con listones y sonreía abrazada a una mujer que se le asemejaba mucho, los mismos ojos pequeños y chispeantes.

—¡Eres tú! —exclamé asombrado—. Y ésta es tu madre, ¿no? ¡Son idénticas!

Por la expresión de Conde me arrepentí de abrir la boca.

—Era… —reconoció—. Trabajaba como enfermera en el Hospital General.

Uní los puntos. Había oído sobre el derrumbe de ese hospital en el terremoto, incluso pasé por ahí al llegar a la ciudad, era un triste terreno cercado por vallas.

—Estaba en el cambio de turno —explicó Conde—. Cuidaba los cuneros, era jefa de enfermeras y pues ya imaginarás…

—Lo siento —lo dije de verdad—. Mi madre también murió hace poco más de un mes.

—Uf. ¿Te cae? —Conde chasqueó con la lengua—. Qué inoportuno que las madres mueran, ¿no?

Sonreí pero volví a sentir ese aguijón doloroso, con toda intensidad.

—Al menos nos queda Nacha Pop —Conde tomó el disco—. Lo oí cinco veces... ¡Está genial! No he podido grabarlo en casete. ¿Me dejas?

—Claro —agradecí el cambio de tema—. Quédatelo todo lo que quieras.

—¡Ah, gracias! Lo iba a hacer hace rato pero fui a la biblioteca de la Ciudadela para investigar el asunto de Reque.

—¿Y qué descubriste? —dijo una voz desde la puerta. Era el mismo Requena.

—¡Gordo! ¡No aparezcas así! —saltó Conde—. Espera... ¿eres tú o el falso tú?

—¿Tú que crees? —resopló, lucía fatal—. Tu tía me dejó entrar.

—¿Por qué tienes la cara como roja y hervida? —observé.

—Por las vaporizaciones que me dio mi madre —suspiró Reque. Llevaba gorro, guantes y bufanda—. Más vale que esto sea importante. Corro peligro de muerte sólo por salir.

—También podías morir electrocutado en tu cuarto al encender una lámpara o si tropiezas con la alfombra —observó Conde.

Requena palideció bajo su piel enrojecida. Mejor animé a nuestra amiga a que nos dijera lo que descubrió en la biblioteca sobre la maldición del doble Reque.

—No entendí muy bien —Conde abrió una carpeta con fotostáticas—. Al parecer, este asunto tiene que ver con un águila de dos cabezas y es el símbolo del escudo y de la identidad alemana.

—¿De qué demonios hablas? —gruñó Requena.

Conde le pasó las fotocopias. Reque las revisó por encima.

—¡Investigaste sobre *Doppeladler*! —chilló exasperado—. Había que investigar sobre los *Doppelgänger*. ¡Son cosas distintas! ¿No sabes leer?

—En alemán no, ni una pizca —reconoció Conde.

—Bueno, tranquilos —ahogué una risa—. Yo sí tengo algo importante que decir —me puse serio—. ¿Recuerdan que me escribo con mi vecina del 504? Pues, acaba de confesarme algo horrible: está secuestrada.

—¿Cómo que secuestrada? —repitió Conde—. ¿Estás seguro?

—Vean esto y díganme qué piensan —llevaba las cartas de Emma, se las mostré.

Mis amigos, atónitos, leyeron lo que me escribió la vecina en la última misiva.

—No puede ser… la encerró su propio abuelo —confirmó Conde, escandalizada.

—Obviamente el viejo está loco. Pobre Emma —reconoció Reque—, pero de momento está a salvo.

—¿A salvo? —exclamé ofendido—. ¡Ese anciano la golpea, le rompió un brazo y no la deja salir a la calle desde hace diecinueve meses!

—Lo sé, pero ¡yo voy a morir pronto! —recordó Requena—. Ya vimos la señal de mi muerte. Podría ser hoy o mañana. Lo mío urge. Deja para después el rescate de tu novia.

—Primero, no es mi novia —aclaré—. Ni siquiera nos conocemos en persona. Y segundo, esto es un delito muy grave, y está pasando en nuestras narices.

—Cabezas, es encima —corrigió Conde y señaló la línea de una carta—. Pero además Emma defiende a su abuelo. Debe de tener el síndrome de Estambul.

—Estocolmo —resopló Requena—. Se dice por un asalto en el que las víctimas protegieron a los criminales. Te urge más cultura, Pigmeo.

—Estocolmo o Ecuador, qué importa —siguió Conde—. Llamemos a la policía.

—No, todavía no —dije enfático—. El abuelo es violento y podría hacerle daño si se ve cercado. Hay que ser discretos. Le ofrecí a Emma ayudarla a escapar y ponerla a resguardo, y también contactar con su familia en España y buscarle protección.

—Muy heroico, mi castizo amigo —suspiró Requena—. Pero te recuerdo que Emma está encerrada bajo llave y ni siquiera podemos subir al quinto piso. El acceso está bloqueado y tampoco sirve el elevador.

—Sí sirve —interrumpió Conde—. Mi tía Luzma lo vio moviéndose.

—¿Quién lo arregló? —me sorprendí.

—Ni idea. Tal vez nunca estuvo descompuesto. Ya saben, ¡tecnología alemana!

—De todos modos, funciona con esas fichas de cobre —recordó Requena—. Si no tenemos la de un vecino del quinto piso el cacharro nunca subirá.

—¿Y si interceptamos al abuelo de Emma? —propuso Conde—. Esperemos a que salga a la calle, fingimos un robo y, ¡tómala!, le quitamos las llaves de la casa y la ficha.

—¿Qué parte de hacerlo de manera discreta no quedó clara? —suspiré—. Hay que sacarla de su departamento sin que el anciano se entere.

—¿Y cómo vas hacer eso? —rio Requena—. ¿Volando?

—Algo así —sonreí misterioso—. Es lo que le propuse a Emma en mi última carta. Es un plan arriesgado pero posible: sacarla por fuera del edificio.

Mis amigos me miraron perplejos.

—No sé si lo recuerdan pero mi cuarto tiene un balcón —expliqué—. Y encima está el balcón del departamento de

Emma. Sólo necesitamos una escalera y listo, sale por la ventana como Rapunzel. No necesitamos romper la valla ni la puerta ni conseguir la ficha del ascensor.

—¡Es una idea genial! —Conde dio palmaditas—. También saldremos en las noticias, ¿no? ¡Rescatamos a una secuestrada!

Pensé que Requena se negaría a mi plan, no tenía nada que ver con la investigación paranormal ni con la amenaza de su *Doppelgänger*.

—¿Qué hay arriba del balcón? —preguntó pensativo.

—El balcón de Emma y un acceso a una habitación, lo acabo de decir.

—Me refiero arriba del balcón de ella —se incorporó.

—Es el último nivel —señaló Conde—. Es el ático del edificio.

—¡Exacto! ¡El ático! —repitió Requena—. Es esa mansarda con ventanitas. ¿Recuerdan los planos en la pared del profesor Benjamín?

—Los cuarenta y nueve niveles secretos —recordé.

—Sí, y dos eran distintos: los polos —Requena parecía más y más entusiasmado—. Según el profe si se desactivaban los extremos del edificio el Begur se quedaría sin poder, o se abrían los portales, algo así. ¿Entienden?

Conde y yo nos miramos.

—Si apagamos ese polo, tal vez me libre de la maldición del *Doppelgänger*.

—Pero, a ver, espera —interrumpí—. Ya me perdí. Yo estaba hablando de rescatar a Emma, no de subir al ático, ¿qué tenemos que hacer ahí?

—¡Salvarme! —insistió Requena—. Si voy a morir, que sea intentando hacer algo para detener esta maldición que produjo el mismo edificio. Y no te preocupes por lo otro, también rescataremos a tu novia.

—¡Que no es mi novia!

—Yo apoyo a Reque —dijo Conde—. Aprovechemos que no hay conserje ni nadie vigilando. Podemos escalar y hacer las dos cosas, salvar a Emma y a Reque. Hagamos la operación Rapunzel hoy mismo.

—Ey, tranquilos vaqueros —extendí las manos—. Primero Emma debe aceptar mi plan, y avisarnos cuando el abuelo salga o nos puede descubrir haciendo malabares con una escalera. Sólo denme un poco de tiempo.

—¿Tiempo? —suspiró Requena, con dramatismo—. ¡Es lo que menos tengo!

A su pesar, mis amigos tuvieron que aceptar la espera.

Ese mismo día Emma tomó mi carta y el libro (cuando revisé la chimenea, la caja estaba vacía). Pero no contestó, tampoco al día siguiente. Mientras, Requena seguía paralizado de miedo y apenas salía de su cuarto. También confirmé que Conde tenía razón, el elevador servía, aunque casi nadie quería usarlo; era demasiado reciente el horrendo accidente y decían que aún había rastros de sangre en los mosaicos.

Al tercer día una anciana apareció en el portal. Algunos vecinos pensaron que se trataba de la señora Reyna, pero resultó que era una testigo de Jehová anunciando la buena nueva. Nadie sabía nada de la dueña, y mi padre ya no supo del licenciado Gandía, aunque tampoco se esforzó en localizarlo, estaba ocupado en otras cosas.

—Esta semana tengo mucho trabajo, me tocan guardias en la estación —avisó—. Hoy llego tarde, no me esperes para cenar. ¡No se te olvide escuchar mi programa!

—¿Ya te vas?

—Ajá, estoy retrasadísimo —se despidió desde la puerta—. Por cierto, te llegó correo.

—¿De la chimenea?

Soltó una risa, debió de pensar que era una broma. En la mesa de la entrada descubrí un sobre con timbres postales de España. ¡Era de Santi! Mi amigo me había respondido.

Eh, tronco, espero que ya estés mejor. He recibido tu última carta, no entendí bien, ¿vives en un palacio? Debe molar cantidubi. Yo me mudé a un piso horrible, pero ¡tenemos teléfono! A ver si me llamas algún día, el número te lo pongo al final. Espero que tengas un mogollón de novias mejicanas. Serás bajito, pero diles que vas a dar el estirón en cualquier momento. Aquí con los culés hace un mazo de calor. Qué lástima que no hayas podido venir, en dos días nos vamos a la Costa Brava, va mi primo Juanpa. Me está enseñando unas frases en sueco, dice que son infalibles para ligar. A pasarla pipa, y tú también, deséame suerte. Santi.

Suspiré, me sonaba a alguien que conocí en otra vida. Todo había cambiado y de manera tan rápida. No podía creer que ese verano, en lugar de estar ligando suecas en Figueras, estaba al otro lado del mundo a la caza de fantasmas y planeando rescatar a una chica secuestrada.

Esa noche estuve atento a ver si oía a Emma o a su criminal abuelo. Perdí la cuenta de las veces que me asomé a revisar la caja de latón (que seguía vacía). ¿Y si la vecina no volvía a escribir? Tal vez debí medir mis palabras, podía enviar otro mensaje, pero ¿para decir qué? ¡Seguía pensando igual que antes! Y tampoco quería que Emma se sintiera presionada.

A las diez de la noche sonó el teléfono, era Requena para decirme que finalmente se animó a salir a la calle.

—Revisé el Begur por fuera, la misión Rapunzel es posible —aseguró—. Justo arriba de tu balcón está el de Emma y desde ahí se puede subir a la mansarda. Hay una ventanita que parece entreabierta.

—Entonces por ahí se puede llegar al ático, ¿no?

—Exacto, sólo hay que tener cuidado... Pero bueno, ¿ya te respondió?

Tuve que decirle que no. Después llamó Conde, como siempre, descosida por el entusiasmo.

—¡Ya hablé con el gordo! Me explicó lo de subir como *Donkey Kong* y encontré una escalera en el pasillo al segundo patio, la podemos usar. Oye, ¿y ya sabes algo?

Tuve que explicar lo mismo... nada de Emma.

Dio la medianoche y mientras cenaba un tazón de cereal puse el programa de Teo. Se oía feliz, pero casi escupo las hojuelas Maizoro al escuchar que estaba en el estudio con Jasia y Lilka, para hablar de chakras, música y comida de Europa Central. Me dio rabia y apagué el radio. Para matar el tiempo, tomé el libro de Jane Austen, aunque tampoco avancé demasiado, ¡qué insoportable era esa Emma Woodhouse! Quería emparejar a todo el mundo, era, como decía mi madre, una *metomentodo*. A las pocas páginas me dormí.

Me despertó el teléfono, corrí a contestar a la cocina.

—¿Ya? ¿Te contestó Emma? —oí una vocecita exaltada—. Estamos perdiendo un montón de tiempo, ¡tenemos que subir!

—Conde, es medianoche —respondí adormilado.

—¡Son las ocho de la mañana!

Era cierto, había vuelto a caer en ese extraño sopor de

muerte. Pedí a Conde que esperara y fui a revisar la chimenea. De reojo vi la habitación de Teo, estaba vacía, no había llegado a dormir. Sentí un pellizco de molestia. Entonces detecté pequeños rastros de hollín a los pies de la chimenea, ¿era la señal? Tembloroso saqué la caja de latón, contenía un papel amarillento. ¡Emma había respondido!

A ver, Diego, de verdad, no he podido dormir desde que leí tu última carta (y también porque el libro que me prestaste es fenomenal, una locura, ¿a quién se le ocurrió semejante historia? No es sólo para críos, hay más, mucho más). Pero regresando a lo otro… Dios, ¡cómo he llorado! Hasta parezco el Salto del Nervión de tanta agua que me sale de los ojos. Es que no me lo puedo creer, sencillamente. ¿Eres de verdad, Diego? ¿Existen todas esas opciones que dices? ¡Conseguir dinero y ayuda de la embajada! Esas cosas no me pasan a mí. Primero estuve segura de que me estabas tomando el pelo, y juré no escribirte más. Y luego pensé: ¿Y si de verdad ésta es mi última oportunidad? ¡Debo hacerle caso a este chico! Pero otra voz me decía: Cuidado, María Fátima del Carmen, ni siquiera le has visto el careto al tal Diego y vas a poner tu vida en sus manos. ¡No hagas esto!

Luego pensé en Emma Woodhouse, en lo resuelta que es, incluso para cometer errores, en Bastián Baltasar Bux que, a pesar de no creer en sí mismo, accede al llamado de la Emperatriz Infantil. Pues bien, todo esto es para decirte que acepto tu oferta. Me iré con lo que tengo puesto, tal vez con mis libros favoritos, la foto de mamá y poco más.

Pero antes, promete, de verdad, quiero un juramento con mano en lo que más creas: la Biblia o Michael Ende, que no le pasará nada malo al abuelo, que le tratarán como enfermo, no como criminal. ¿Puedes hacer eso? El pobre tiene la vista de un topo, pero el carácter de toro de lidia le traiciona, aunque no es malo, lo juro. Es la guerra que lo ha cambiado.

Hace unos minutos salió el abuelo a las oficinas del partido, eso quiere decir que estará fuera hasta las diez de la mañana. Si vas a venir, hoy es el día, hazlo antes de que me arrepienta. Pero primero dime si puedes cumplir la promesa que te pido (¡nadie debe maltratar al abuelo!). Si es así, ahora mismo comienzo a reunir todos mis bártulos. Diego, se me sale el corazón por la boca, pero ven, ven por mí.

Emma, tu vecina que está a punto de volverse mono escapista.

Tardé unos instantes en reaccionar. Emma no sólo había aceptado, sino que me daba un par de horas para hacer el rescate. De inmediato respondí, ¡subiría por ella en los próximos minutos! Y prometí, por todos los libros del mundo, que el abuelo recibiría atención y sería tratado como alguien con un padecimiento. Le sugerí que tuviera abierto el seguro de la puerta del balcón. Luego corrí al teléfono para avisar a Conde y a Requena. ¡Había llegado la respuesta que esperábamos!

Veinte minutos después teníamos todo listo para la misión Rapunzel. Requena llevaba su mochila con todos los implementos de investigador paranormal y Conde llegó a mi departamento cargando la escalera de aluminio.

—Tenemos como hora y media para completar el plan —expliqué a mis amigos, camino a mi cuarto—. Yo pongo a salvo a Emma, y luego ustedes suben al ático para explorar el asunto de los polos. Pero recuerden el tiempo; todo con mucho cuidado y discreción. ¿Listos?

—Espero no morir en el intento —gimoteó Reque, dramático.

—Te puedes quedar aquí a vigilar —propuso Conde.

—¿Y que ustedes se lleven la gloria por desentrañar el asunto de los niveles del Begur? —Reque bufó—. No, no... iré.

—¿Oyen eso? —preguntó Conde.

Los tres guardamos silencio, era el eco de unos pasos, debía ser Emma, ¡más nerviosa que nosotros! Sacamos la escalera al balcón, había poca gente en la calle y por suerte el follaje de los árboles nos protegía de curiosos. Yo fui el primero en subir, conseguí pescarme al barandal de Emma que me sirvió como una segunda escalerilla. Al mirar abajo sentí un golpe de vértigo. La segunda en subir fue Conde, lo hizo en un santiamén, como si se hubiera entrenado con acróbatas chinos. Requena, por su peso, lo tuvo más difícil y cometimos el error de dejarlo al final, no había nadie abajo sosteniendo la escalera que se estremeció a cada paso de sus regordetes pies. Se me congeló la sangre por un momento, ¿y si mi amigo caía desde la cuarta planta cumpliendo la amenaza del *Doppelgänger*? Seguro que él pensaba lo mismo porque no dejaba de sudar. Conde y yo lo tomamos de las manos y conseguimos arrastrarlo hasta el balcón. Todo el proceso para subir nos llevó casi veinte minutos. Se iba volando el valioso tiempo. Pero ya estábamos ahí. Los tres apeñuscados en el balcón, pegados a las puertas que daban a una habitación. Me asomé, pero unas gruesas cortinas desteñidas impedían la vista. Moví las manijas, el seguro también estaba puesto.

—Tal vez se le olvidó esa parte del plan —la disculpé y toqué el cristal—. Emma, soy yo, Diego, tu vecino. Ya estoy aquí. ¿Emma?

Conde tomó las manijas y comenzó a empujar y jalar repetidas veces. Las bisagras chirriaron.

—¿Qué haces? —exclamó Requena con alarma.

—Estas puertitas son súper fáciles de abrir —explicó sin detenerse—. Si haces esto con fuerza se bota el seguro.

Se escuchó un clic y las puertas del balcón se abrieron entre tétricos rechinidos.

—Bien, yo hablaré con ella —avisé—. Déjenme las presentaciones. Y en cuando baje con Emma, pueden ir al ático a explorar, en ese orden, ¿entendido?

—Estás muy mandoncito —reprochó Reque.

—Es su plan, es su chica, déjalo —sonrió Conde.

—Que no es mi chica —insistí—. Como sea, no perdamos más tiempo.

Descorrí la cortina para entrar y se nos cortó el aire. En el cuarto era del mismo tamaño que el mío. Pero sólo había una silla rota, una mesita apolillada y una caja con ropa polvorienta. Olía a viejo, a abandono.

—Qué horrible, ¿cómo puede vivir así? —comentó Conde.

Mi mente buscó desesperadamente una explicación.

—Ha estado encerrada por casi dos años —suspiré y la llamé de nuevo—. ¿Emma?

—Pues aquí está peor, casi no hay muebles —Conde salió al pasillo y se asomó a las demás habitaciones. Accionó un interruptor—. Ni luz; seguro tampoco agua. Oye, Diego, aquí solo hay cucarachas.

—Tal vez está oculta —avancé rumbo a la estancia, con cuidado, algunas piezas del suelo de madera estaban rotas o podridas—. ¿Emma?, sal, soy yo. No tengas miedo… vengo con amigos.

—Diego, mira —Requena señaló la duela de madera—. ¿Ya viste la capa de polvo? No hay más huellas. Somos los primeros que pisamos este sitio en años…

Mi mente seguía desesperada por encontrar respuestas, miré alrededor.

—Tal vez no usan una parte del departamento, además ¡ahí está la chimenea! —señalé triunfal—, es por donde me carteo con Emma.

También tenía dos esfinges labradas en cantera cubiertas de polvo y telarañas. Me quedé igual, como una escultura, al ver que la boca de la chimenea estaba bloqueada por una oxidada reja de hierro. ¿Cómo hacía Emma para mandarme las cartas?

—Diego, toma aire —Requena suavizó la voz—. Y escúchame con atención.

Supe lo que iba a decir y me entró un pavor intenso.

—Creo que Emma sí vivió aquí, pero fue hace mucho, muchísimo tiempo.

—¡Contactaste con un fenómeno fulgor de categoría uno! —Conde dio saltitos—. ¡Te has estado escribiendo con un fantasma!

Sentí un mareo, me hundía en un pantano de irrealidad.

—Eso es imposible —insistí, confuso—. Emma respondió a mis mensajes, me mandó una novela, tomó el otro libro que le presté. Para empezar, díganme: si es una criatura de… fulgor, ¿cómo puede sostener un bolígrafo para escribir cartas?

—No es cualquier criatura —recordó Requena—. Es de primera categoría, la manifestación más poderosa de estos fenómenos. No hablamos de un repetitivo espectro, sino de un fantasma con la misma inteligencia y sentimientos que tuvo en vida. Estos seres mueven cosas y llegan a ser tan tangibles que incluso han podido matar a un ser humano. Está el caso de la bruja Bell en Tennessee a principios del siglo XIX que golpeaba a…

—Requena, esto no es el artículo de una de tus revistas paranormales —interrumpí—. Además, ¿por qué un espectro intentaría hacerse pasar por alguien vivo?

—Fantasma… —anotó Conde—. Ahora sí podemos decirlo sin equivocarnos.

—No creo que Emma haya intentado engañarte —aseguró Requena, enfático—. Me parece que tu amiga tiene un problema muy común entre ciertos fantasmas: la pobre no se ha dado cuenta de que está muerta.

—Pero… ¿cómo no se da cuenta de algo tan obvio? —estaba desesperado.

—Es muy simple —Requena se dio un paseíllo por la sala, admirando los hermosos espejos con el azogue nublado—. ¿Alguna vez has tenido alguna pesadilla absurda?

—Yo sueño que una vaca venenosa me ataca —comentó Conde.

—Bien, tenemos un ejemplo burdo pero sirve —apuntó Reque—. Es una situación ilógica, pero durante ese sueño Conde seguro experimenta un terror intenso.

La pequeña chica asintió. Requena siguió con la explicación:

—Eso es porque la mente de Pigmeo cree que ese toro furioso es real.

—Vaca venenosa —recordó.

—Como sea, el asunto es que Conde cree que se trata de un peligro verdadero, porque su parte racional no se encuentra activa y acepta las cosas absurdas como posibles.

—Entonces, para Emma ¿su vida es una especie de sueño perpetuo? —deduje.

—No tiene *vida*, digamos su *existencia*. Y sí, así deben pasar sus días, con grandes lagunas de memoria, repitiendo acciones confusas. La pobre vivía una situación terrible y al morir generó tanto fulgor que esa energía emocional la encadenó a este plano. Y como si se tratara de una pesadilla, no ha podido salir de ella, ni tomar consciencia de que murió.

—Pobre —suspiró Conde—. Es como vivir para siempre con esa vaca.

Reconozco que las cosas vistas así tenían cierta lógica. La vida de Emma quedó detenida en el pasado. Entendí entonces su letra manuscrita, ciertas expresiones antiguas; cosas del pasado, aunque sus sentimientos seguían siendo reales y dolorosos.

—Es horrible —suspiré con una infinita tristeza—. La pobre de Emma quedó atrapada con el loco de su abuelo, en una pesadilla fantasmal de la que no puede despertar.

—Bueno, como sea, está muerta —Requena se dirigió al balcón—. Y les recuerdo que yo todavía sigo vivo y en peligro mortal por culpa de la maldición del *Doppelgänger*. ¿Podemos seguir con la otra parte del plan? Ayúdenme a subir la escalera para llegar al ventanuco del ático.

Pero no podía pasar página como Reque. Seguí pensando en la pobre de Emma, en el plan de fuga que le ofrecí, aunque por desgracia llegó con quién sabe cuántos años de retraso.

—¿Tengo que hacerlo yo todo? —se quejó Requena y estiró sus manos regordetas para tomar la escalera.

—¡Deja eso, Reque! —gritó Conde desde el pasillo—. ¡Vengan! ¡Rápido!

La chica corrió y la seguimos por el apartamento hasta el recibidor.

—¿Ahora qué? —preguntó Requena con cierto temor.

Como toda respuesta Conde puso una mano en la manija de la puerta principal y la abrió. Claro, ya no vivía ahí Emma ni el abuelo que la mantenía encerrada; por lo tanto, nadie puso la llave a la cerradura. ¡Podíamos ir al ático sin necesidad de escalar el edificio por fuera!

—Bien hecho, Pigmeo, tienes madera de investigador —Reque rebuscó en su mochila y sacó la cámara fotográfica—. Ahora atentos por cualquier fenómeno fulgor. ¿Diego? ¿Sigues con nosotros? Luego lloras por tu novia, tienes que concentrarte.

Asentí y caminé con mis amigos. Pero Emma volvía una y otra vez a mi mente; no podía creer que ya no estuviera en el mundo de los vivos. Avanzamos por el pasillo exterior; desde el domo la luz caía en cascadas de rojo, verde y azul.

—Qué raro. ¿Oyen eso? —preguntó Requena.

—Yo no oigo nada —reconoció Conde.

—Exacto. No es normal —anotó el chico—. Siempre que uno camina por estos pasillos se oyen televisores, música, huele a comida... y esto parece un panteón.

Requena empujó la puerta de otro departamento, lo habían convertido en bodega de revistas viejas. Probamos con el resto de las puertas del pasillo, una estaba cerrada y otra daba paso a un apartamento muy dañado, con paredes cuarteadas, azulejos rotos y estanterías en el suelo; posiblemente estaba así desde los terremotos de 1985.

—Todos están deshabitados —reconocí—. No entiendo, aquí viven los vecinos *clausurados*. ¡Ustedes me lo dijeron!

—Bueno, es lo que escuché decir a mi madre —explicó Reque—. De unos vecinos ilegales. Pero tal vez sólo fue un rumor.

—Sí existen, yo los vi —recordé algo—. El día del accidente varios viejos se asomaron desde aquí —me acerqué al barandal del pasillo—. Había como una docena, aunque no vi sus caras por el contraluz.

—Ya, pero hay una explicación para eso —Requena sonrió de lado.

—¿Espectros? —confirmé con horror.

—O fantasmas, ¡deben ser los únicos que habitan este piso! Recuerden que en el Begur ha muerto muchísima gente, asesinatos, suicidios. Este sitio está atascado de seres de fulgor. No me extrañaría que buscaran una zona alejada de los vivos.

—Con razón siento como si alguien nos estuviera espiando —murmuró Conde.

No quise reconocer que tenía la misma sensación. El recorrido se volvía cada vez más inquietante y apenas comenzábamos. Pasamos al lado del elevador, aunque el botón de llamado estaba roto. Llegamos al hueco de las escaleras y nos topamos con la valla metálica de Protección Civil que impedía bajar, ahora estábamos del lado contrario.

—Qué raro, las escaleras no siguen —observó Conde—. ¿Cómo se sube al ático?

Señaló el último nivel que tenía unas pequeñas ventanitas de arcos ojivales.

—Debe de tener su propio acceso —dedujo Requena—. Debemos encontrarlo para desactivar el polo de energía…

—Hablando de eso, gordo, ¿qué buscamos exactamente? —inquirió Conde.

—Debe ser algo raro —meditó Reque.

—¡Aquí todo es raro!

—Pues más todavía, no sé. Ya lo sabremos cuando lo veamos…

—¡Chicos! Silencio —les pedí—. Se escucha algo.

Era el desvaído llanto de un bebé pequeño, provenía de las ventanas superiores.

—Es el mismo bebé que escuché —respingó Conde, atónita—. Es un rastro, fenómeno fulgor de categoría tres.

—Y si dejas de hablar podría tener una buena prueba —espetó Requena sacando su grabadora.

El llanto iba y venía en oleajes sonoros, muy parecido a los gritos de Noemí del apartamento 111. Requena apuntó el micrófono y siguió la estela del llanto. Dimos la vuelta al pasillo, ahí no había apartamentos, sólo un enorme portón dorado más propio de una catedral, con un recargado trabajo de herrería, el diseño de los recuadros era delirante; se trataba de escenas de plagas, inundaciones, gente envuelta en llamas o enterrada de cabeza.

Luego de unos buenos empujones de nuestra amiga, las manijas cedieron.

—¡Santo Dios! —exclamó Conde al entrar.

A esas alturas debíamos de estar acostumbrados a ver cosas extrañas en el Begur, pero siempre nos topábamos con algo más inaudito. Era un salón enorme, con muros recubiertos de espejos y ventanales con llamativos vitrales. Del techo colgaban tres candelabros. Había unas cuarenta mesas, a un costado una plataforma y, en la esquina, otra puerta dorada, más pequeña.

—El mítico salón de banquetes del Begur —dijo Requena, admirado—. En las crónicas de los años treinta se habla de las grandes fiestas del edificio. ¡Aún existe!

—Pues lo que queda —Conde dio unos pasos—. Esto debe de estar cerrado desde los terremotos.

A mí me pareció que, más que dos años, el sitio tenía al menos dos décadas de abandono. Además había algo extraño, como si los invitados de una fiesta hubieran salido a la mitad de algo. En las mesas había bandejas con restos de comida convertida en pasta fosilizada, las copas estaban manchadas con residuos de un vino que se evaporó tiempo atrás; entre el polvo y las telarañas vi un lápiz de labios de mujer, un espejo de mano, gafas para leer, servilletas de tela. Algunos respaldos de sillas aún tenían las levitas de los caballeros y las estolas de las damas. Y por todos lados había pequeñas caretas con una varilla para sostenerlas. Al parecer lo último que se celebró ahí fue un baile de máscaras.

—¿Cómo me veo? —Conde se colocó un antifaz de gato.

—No toques nada —le amonestó Requena.

—¿Por qué no? ¡No es de nadie!

—Ya no oigo al bebé —reconocí—. ¿Y ustedes?

—No, yo tampoco —Requena oteó—. Creo que el rastro desapareció.

—¿Ya vieron lo que hay ahí? —Conde avanzó entre las mesas.

—¿Puedes dejar de saltar como un pigmeo enloquecido? —suspiró Requena—. No debemos separarnos.

—Pero tienen que ver esto —insistió Conde.

Lo que nuestra amiga había descubierto era una fuente muy parecida a la del patio pequeño. Estaba recubierta de azulejos con diseño de escarabajos. Requena examinó uno que estaba suelto.

—¿No dijiste que no tocáramos nada? —reprochó Conde.

—Yo sí, soy el jefe de la expedición. Miren, el dibujo parece de un escarabajo egipcio, qué raro.

—¿Raro? ¿Y qué me dices de los vitrales de las ventanas? —señalé.

Eran siete emplomados, un trabajo exquisito aunque desconcertante: había ninfas voluptuosas, oleajes de frutas, un cerdo vestido de levita y monóculo, gente dormida desnuda.

Todas las imágenes estaban elaboradas en distintos tonos de vidrio verde.

—¡Reque! ¡Diego! —volvió a gritar Conde—. ¡Miren ahí! ¡Ahí!

—Por Dios, ¿qué acabo de decir? —exclamó Requena a punto de perder la paciencia—. No podemos separarnos, tenemos que examinar cosa por cosa.

—Rápido, ¡tómale una foto, rápido! —Conde señaló un extremo del salón.

—¿Es mi... *Doppelgänger*? —gimió Reque súbitamente asustado.

—¡Es ella! ¡Está escapando! —Conde estaba desesperada—. ¿Qué no la ven?

—¿El fantasma de Emma? —pregunté con temor.

Lo único que alcancé a ver fue una especie de sombra. De un tirón, Conde le arrancó a Requena la cámara que llevaba al cuello y corrió a la otra puerta lateral.

—¡Es ella! —no paraba de gritar.

—¡Me va a volver loco! —se quejó Requena—. Para la próxima vez, recuérdame no invitarla a una exploración paranormal.

Seguimos a Conde. La puerta más pequeña conducía a un rellano con dos pasillos, uno daba a las zonas de servicio, se veía una gran cocina, varias alacenas y el otro pasillo conducía a un cuarto donde estaba Conde tomando fotografías a algo. Cuando nos acercamos, la puerta comenzó a cerrarse con nuestra amiga dentro.

—¡Conde! —me acerqué y moví el picaporte. Estaba trabado.

—¡Abre la puerta! —ordenó Requena con cierta alarma.

El miedo era contagioso. ¡Conde estaba encerrada con quién sabe qué cosa!

"Es ella, siempre tuve razón", escuchamos decir a Conde. "Es un fenómeno de categoría..."

Dejamos de oírla y crucé una mirada de pánico con Requena. Di una patada a la puerta, no pasó nada, iba a repetir el golpe cuando se abrió. Entramos. Eran unos baños. Del lado derecho había seis gabinetes. Del otro, una hilera con esos lavabos antiguos con columna de mármol, y al centro unos sillones largos, mesas, un perchero con abrigos llenos de agujeros de polilla. Las paredes estaban forradas con un pálido tapiz color rosa, con un patrón de la letra "B" del Edificio Begur. Como todo en ese apartamento, lucía polvoriento y con telarañas.

—¿Conde? —preguntó Requena—. ¿Dónde estás?

Señalé hacia delante. La cámara fotográfica estaba volcada en el suelo, a unos pasos de la única ventana, redonda, tipo claraboya, sellada con grueso cristal. Requena se acercó.

—¡Esto no es gracioso, Pigmeo! —dijo con voz temblorosa—. ¡Sal ya!

—¿Ya viste las huellas? —apunté, confundido.

En el polvoriento mosaico se habían marcado los pasos de Conde y desaparecían justo donde cayó la cámara. Negué con la cabeza, no entendía.

—Te apuesto a que está escondida —me tranquilizó Reque—. Es una de sus bromas.

Señalé la hilera de los gabinetes en la penumbra, un murmullo provenía de alguno de ellos. Requena encendió su linterna.

—Está ahí —dije con alivio.

—Pigmeo, ésta es la última vez que nos acompañas —Requena elevó la voz—. Sal ya. Estas investigaciones no son para jugar, ¿me oyes?

No respondió. Abrimos las puertas de los gabinetes, una por una; todos tenían viejísimos escusados de porcelana. Y ocurrió algo extraño: al ir avanzando comencé a sentir un frío intenso, casi podía ver el vaho de mi aliento. Nos detuvimos en la última puerta, el murmullo ahí era más claro, parecía un rezo.

—Tal vez está asustada —concedió Requena.

Abrió la puertecilla y en la oscuridad vislumbramos una figura femenina.

—¿Conde?

Mi pregunta era absurda; obvio no era nuestra amiga, se trataba de una mujer vestida de negro. Estaba de espaldas y tenía el cabello rubio cenizo, recogido en un apretado moño. Sentí una punzada de horror. Imaginé que era la figura que Conde seguía, pero ¿quién era esa señora? ¿Y dónde estaba nuestra amiga?

Al instante volvió a oírse el espectral llanto del bebé. La mujer reaccionó y se giró. Quedó al descubierto su rostro. Era muy hermosa, de ojos enormes y grises. Su palidez emitía un tenue brillo traslúcido. Una de sus delgadas manos sostenía con fuerza un rosario. Salió del gabinete a toda prisa. Requena y yo nos apartamos a trompicones. La dama no nos vio, no podía hacerlo dada su naturaleza.

—Es un espectro, un fenómeno fulgor de categoría dos —confirmó Requena, tenso—. Estamos ante una grabación de energía emocional.

La mujer dio unos pasos hacia la salida y comprobé que no dejaba huellas en el polvo, sus movimientos eran… no sé cómo explicarlo: líquidos. Reque la apuntó con la linterna develando ciertas zonas de transparencia. Pero lo que más me impresionó fue percibir el vestigio de honda tristeza y ansiedad que dejaba a su paso. Sentí opresión en el pecho y unas intensas ganas de llorar.

—Requena, tómale fotos —intenté recomponerme—. ¡Rápido! Antes de que desaparezca.

Reque lo intentó, le temblaban las manos.

—Ya no hay rollo… ¡Conde lo gastó todo!

—¡Entonces pon otro!

—¿Crees que soy millonario? Solo tenía ése.

No había tiempo para discutir. La mujer salió de los baños.

—Hay que seguirla —propuso Requena.

—Pero… ¿y Conde?

—La buscaremos después. Seguro se escondió en un conducto de aire acondicionado o algo así. ¡Ya conoces a Pigmeo!

Seguimos a la dama enlutada hasta el salón de banquetes. Su imagen se reflejaba en los espejos de una manera curiosa, como motas luminosas flotando en el aire y detrás, a unos pocos metros, vi los reflejos normales de Requena y el mío.

—¿Te das cuenta de quién es? —preguntó emocionado.

Asentí y entendía por qué Conde gritó: "¡Es ella!". Se trataba del espectro de la misma dama, hermosa y triste de los cuadros pintados en 1921 que estaban en el sótano del Begur. ¿Quién fue? ¿A dónde iba? Pronto lo íbamos a descubrir.

¿Intrigada? Espero que así sea, estimada A. Pues a esto me refería con los *nuevos territorios*. A cada paso dentro del Edificio Begur, mis amigos y yo nos internábamos en una nueva realidad con sus propias leyes y habitantes. Algunos seres eran casi inofensivos, otros… bueno, ya los conocerá pronto. Ahora permítame descansar un poco para ordenar mi cabeza y seguir narrando con toda la fidelidad lo que vivimos ese día.

Porque, recuerde, este paseo apenas comienza.
Como siempre, con mis mejores deseos,
Diego

Carta once

Estimada A:

En algunas ocasiones me gustaría ver su cara y tener una pista de qué piensa al leer mis cartas (esto es retórico, claro, no quiero verla ni conocer sus pensamientos). Tal vez está tomando mi relato como un pasatiempo, ya sabe, una típica historia de fantasmas, de ésas como para divertirse alrededor de una fogata.

Si es así, no hay problema. Está bien, sólo quiero advertirle que, aunque al principio parezca típica, no lo es tanto; conforme vayamos avanzando se dará cuenta.

He escrito esta carta lo más rápido posible para que no sienta el freno de mano en pleno encuentro espectral con la dama enlutada. Déjeme devolverla a esa mañana de 1987, al quinto nivel del Edificio Begur. Espero que esté cómoda y que no tenga ningún distractor, porque le advierto que no me voy a detener en un buen rato. Lo haré hasta que me quede sin fuerzas ni secretos en la sesera.

Como seguro recuerda, Requena y yo seguíamos al espectro de la dama del cuadro antiguo. ¿Miedo? Sí que tenía, lo confieso, pero también experimentaba una profunda curiosidad. Creía estar frente al fenómeno fulgor más temible que vería en mi vida... Qué iluso, minutos más tarde me toparía con algo aterrador de verdad.

La criatura se dirigió a una esquina del salón e hizo algo muy típico de los espectros: cruzó un espejo como si se sumergiera en un lago congelado.

Requena y yo nos detuvimos en seco.

—Cuando hacen eso es porque había una puerta en ese sitio —explicó Reque.

Revisamos el espejo y descubrimos que la puerta aún existía, hábilmente oculta en los paneles. Bastó un toque para que liberara el mecanismo y se abriera. Del otro lado había un estrecho pasillo y, al fondo, la dama enlutada continuaba su carrera. La seguimos, el largo pasaje terminaba en una verja de hierro forjado con un sello con la marca de la letra B. La dama traspasó todo y subió por una escalinata adosada a un muro cubierto de manchas de humedad. Hasta arriba, a los flancos había un acceso con dos fabulosas estatuas de aves que salían de un huevo rojo. En ese punto el llanto del bebé era muy intenso, chirriaba.

—La entrada al ático —murmuré, triunfal—. Ahí debe estar el polo de poder, ¿no?

Sólo había una manera de averiguarlo. La verja tenía una gruesa cadena con candado, así que decidimos escalar. Estábamos a mitad del proceso cuando el metal se puso helado, casi se sentía escarcha. Luego sucedió algo...

—Largo de aquí —dijo una voz grave y gutural.

Requena y yo miramos alrededor: nada. Pero la sensación de ser vigilados se volvió más intensa.

—Éste es mi dominio —siguió la voz áspera—. Largo o adelantaré sus muertes.

Entonces, lo que al inicio era una mancha en la pared de las escaleras, comenzó a transformarse en la silueta de un hombre. Parecía como si el polvo y cientos de polillas se unieran para imitar el contorno gris de un ser humano. Después, la criatura comenzó a despegarse lentamente de la superficie. No tenía cara, sólo borrosos y turbios rasgos.

—¡Largo! —repitió con furia y extendió un esquelético brazo—. ¡Éste no es su sitio! ¡Largo, largo, largo!

La entidad era enorme, se aferró a los escalones. Más que caminar se arrastraba como reptil y se dirigió hacia nosotros. Lo supe al instante: era un fenómeno fulgor de primera categoría, un auténtico fantasma, el santo grial de los investigadores de lo paranormal. La criatura emitió un curioso sonido, como un ronco cascabeleo. El frío se volvió intenso, me zumbaron los oídos al tiempo que una hemorragia me estalló dentro de la nariz.

Requena, con un grito atorado en la garganta, me dio un fuerte tirón, apurándome a escapar. Nos soltamos de la verja y corrimos hasta volver al salón de banquetes. No supe si los muebles se movían empujados por una fuerza invisible o, en nuestra carrera, tropezamos, pero Requena y yo colisionamos contra varias mesas. Volaron tenedores, cuchillos, vasos, copas. Saltó la cristalería y un trozo de vidrio se enterró en la cabeza de mi amigo. "¡Largo, largo, largo!", el grito se deformó hasta convertirse en un aullido grave, horripilante.

—¡No te detengas! —Requena consiguió hablar y señaló la gran puerta. ¡Había que salir!

—Pero ¿y Conde? —recordé aterrado.

—Es muy lista —aseguró Requena—. Seguro escapó primero.

—¿Y si no?

Cometí el error de voltear sólo para comprobar que el ente estaba detrás, arrastrándose. Cada vez parecía tener un cuerpo más sólido y una sonrisa feroz se le marcaba en el rostro. Noté su reflejo en los espejos, y lo que vi me aterrorizó más: parecía algo, no sé, como una criatura recubierta con vendas o una mortaja manchada de sangre.

Cerramos la enorme puerta y llegamos al pasillo del cubo de luz.

—Esa cosa nos va a seguir —corroboró Requena al ver cómo se agitaba el portal.

—El botón del elevador no sirve —recordé—. Y las escaleras están bloqueadas.

Eso nos dejaba una sola opción. Corrimos de regreso al departamento abandonado de Emma; con suerte podríamos perder a la criatura gris. Cerramos la puerta y puse una silla detrás. Requena y yo temblábamos. Desde ahí se oía el aullido grave de la entidad.

—El balcón por donde llegamos —Reque señaló la salida.

Íbamos rumbo a ese cuarto cuando oímos gritos lejanos; venían del salón de banquetes.

"¿Reque? ¿Diego? ¿Dónde están?"

¡Era Conde! ¡Seguía allí! Crucé una mirada de horror con mi amigo. Teníamos que ir por ella. La apolillada silla que coloqué detrás de la puerta no soportó el embate de la entidad gris, que entró con fuerza, arrastrándose. Nos había encontrado.

"¡Largo, largo, largo, largo!", repetía con odio.

Al escapar pisé una duela podrida, caí aparatosamente y me golpeé la cabeza contra la pared. Cuando me giré tenía a la entidad encima de mí. Su furia era masiva, aplastante. Por reflejo, lancé un puñetazo y toqué su cara, fue como

173

si sumergiera mi mano en nitrógeno helado. Sentí un dolor agudo y, después, un entumecimiento en los dedos.

—¡Levántate! —Requena me jaló de las axilas y me ayudó a ponerme de pie—. ¡Al balcón! ¡Rápido!

Obedecí. Tenía la visión ligeramente borrosa y un regusto metálico en el paladar. Seguía sangrando de la nariz, me dolía la cabeza y la mano me pulsaba.

—Conde, ¡escóndete bien! —gritó Requena con todas sus fuerzas—. ¡Si no es seguro, no salgas de tu escondite! ¿Me oíste, Pigmeo?

Nuestra amiga no contestó. La entidad continuó arrastrándose hacia nosotros.

—Son náufragos de un barco que avanza a la muerte —susurró con malignidad—. Si vuelven aquí, adelantaré sus condenas. El dolor no se detiene, el dolor es motor, es alimento, es lo que les espera.

Reque y yo salimos al balcón entre temblores y jadeos. Cerré las puertecitas y a toda prisa bajamos por la escalera. Eché otra mirada y vi a la criatura, entre los resquicios de la cortina, del otro lado de la ventana. Me pareció que sonreía de manera grotesca.

Requena y yo entramos a mi habitación, estábamos alterados y cubiertos de sangre. Mi amigo comenzó a llorar, para ser un investigador de lo paranormal ya no mostraba mucho control. Yo fui al lavabo más cercano, me limpié la cara e intenté detener la hemorragia taponándome la nariz con papel de baño. Luego mojé una toalla pequeña y se la di a mi amigo.

—Para tu herida.

Requena ni siquiera se había dado cuenta de la lesión en la cabeza. Aún tenía un trozo de cristal enterrado en el cuero cabelludo; se lo quité y rápidamente se colocó la toalla. Al parecer, el dolor lo ayudó a regresar a la realidad.

—Disculpa, es que eso fue… demasiado —tartamudeó—. Nunca pensé que veríamos un fenómeno fulgor de categoría uno, ¡un maldito fantasma! Y yo que soñaba con tener ese encuentro… pero no así. Ojalá me hubiera preparado.

—¡Esa cosa quería matarnos!

—Sí, lo sé… ¿Sentiste toda esa furia? Y cómo podía interactuar con objetos físicos… era totalmente consciente de nuestra presencia.

—¿Crees que nos siga hasta aquí? —miré con pánico la escalera que seguía afuera.

—No, no creo. Los fantasmas son muy territoriales —Reque fijó la vista en el techo como para comprobarlo—. Éste debe moverse sólo en los niveles clausurados.

—¿Cómo lo sabes?

—Lo hubieras visto aquí antes… Oye, ¿qué onda con tu mano? —hasta ese momento Reque se dio cuenta.

—Intenté golpear a esa cosa.

Moví los dedos, apenas reaccionaron, estaban amoratados y fríos, con las uñas negras. Tardarían meses para que la extremidad recuperara el color y la uña del índice jamás crecería igual, aún hoy la tengo a la mitad, un recuerdo de ese día.

—Esto fue una locura, ¡una completa locura! —gimió Requena—. Yo que estaba preocupado por la amenaza de mi *Doppelgänger,* ¡y al final perdimos a Conde!

De golpe, habían cambiado el orden de las prioridades. Era imposible rescatar a Emma porque técnicamente no existía, y Requena seguía vivo, a pesar de la amenaza de su doble *fantasmático* (o *espectral,* de momento desconocíamos la categoría). Y ahora teníamos un problema real, no imaginario:

nuestra amiga estaba atrapada quién sabe en dónde y corría peligro mortal.

—¿Qué le vamos a decir a los tíos de Conde? ¡Mierda!

—Hay que llamar a la policía —sugerí.

—¿Para decirles qué exactamente? ¿Qué Pigmeo se esfumó en una dimensión fantasmal frente a nosotros? ¡Vamos a sonar igual de locos que el profesor!

—No estaba loco. Siempre tuvo razón —reconocí—. El sótano y el ático son polos de poder de algo. Arriba, Conde se esfumó, igual que Noemí, abajo. Conde sigue en alguna parte, y esa criatura gris… puede atacarla. ¡No podemos dejarla ahí!

—Lo sé, ¡todo eso lo sé! —por un momento pensé que Requena iba a llorar de nuevo; se sentó en mi cama, se pasó las manos por su enorme cabeza y la herida volvió a sangrar, le pasé la toalla—. Primero necesitamos calmarnos y no cometer los mismos errores que el profesor o vamos a terminar igual. Hay que neutralizar a esa criatura.

—¿Y cómo se hace eso? ¿Con un exorcista?

—Esto no es una posesión, es otra cosa. Primero hay que entender que estos seres, aunque violentos o furiosos, fueron personas… y algunos sufrieron mucho. Creo que lo primero es descubrir con quién estamos tratando.

—No creo que la Criatura Gris quiera platicar. Si nos vuelve a ver, nos arroja desde la ventana, mínimo.

—Lo sé. Pero puedo revisar mis expedientes. En el *árbol inquilinar* debe de haber una pista. Tal vez nos ayude la dueña.

—¿Reyna Fenck?—casi reí—. Te apuesto a que se fugó del país luego del accidente.

—No. Imposible. La señora Reyna nunca abandonaría su edificio —aseveró Requena, como si hablara de su propia abuela—. Pronto va a aparecer para aclarar lo que pasa aquí.

—¡Pues tiene mucho que explicar! ¿Quién es la mujer de retrato antiguo? ¿Y el bebé que llora? ¿Por qué está así el salón de banquetes? ¿Qué hay en el ático y en el sótano? ¿Qué se esconde detrás de la puerta como de bóveda? Tal vez más inquilinos han desaparecido antes...

—¡Detén tu ibérica lengua! —pidió Requena, agotado y se quitó la toalla de la cabeza. Había dejado de sangrar—. Iremos paso a paso. Lo primero es localizar a Pigmeo, investigar sobre esa entidad, además tenemos las cintas de audio.

—Y las fotos que tomó Conde —recordé—. Urge revelar el rollo.

—¿Tienes algo de dinero? Es que... de momento mis fondos están escasos.

—Yo me encargo, ¿y luego? ¿Qué más hacemos?

—No sé, déjame pensar. Voy a revisar mis libros, ¡vamos a solucionar esto! Pero júrame que no vas a subir tú solo y vas a guardar silencio de todo ese asunto.

Hice la promesa, ¡no me atrevería a subir solo! Requena se fue a casa y yo me quité la ropa manchada de sangre y me bañé. Ya limpio, estaba por salir para buscar una tienda de revelado cuando oí ruidos en el departamento. Venían de la cocina... Me acerqué con miedo y tropecé con un hombre ojeroso, sin rasurar, de ropa arrugada y bajito, ¡era Teo!

—¿A qué hora llegaste? —pregunté, desconcertado.

—Hace rato, te estabas bañando —pese a su aspecto descuidado, parecía de excelente humor —. Mira, compré típica paella madrileña para que no extrañes.

Sobre la mesa había un enorme recipiente desechable.

—La paella típica debe ser valenciana —dije en automático.

—Pues ésta es madrileña del D.F. Ayúdame a poner la mesa. ¿Oíste mi programa? ¿Qué te pareció? ¡Tuvimos récord de llamadas! ¿Qué tienes en la mano? —miró de reojo la venda improvisada—. ¿Te lastimaste?

—No, algo, sí. Estuve con mis amigos explorando el Edificio Begur.

Ya sé. ¡Había prometido a Requena mantener el pico cerrado! ¡Pero era mi padre! Un adulto medianamente responsable. La desaparición de Conde era algo demasiado grave como para que dos quinceañeros intentaran resolverlo con ayuda de historietas esotéricas. Me animé.

—¿Recuerdas cuando te dije que vi algo en el sótano?

—Ajá, una sombra, ¿no? —vació la paella chilanga en un refractario—. Y quedaste en contarme todo. Ven, ayúdame a abrir el horno, voy a calentar esto.

—Con mis amigos nos pusimos a explorar algunas zonas del edificio prohibidas —estaba listo para mi confesión—. Algunas cerradas por Protección Civil o por la señora Reyna. Por cierto, ¿sabes algo de ella?

—Pasó algo muy raro. ¿Se le pone agua?

—¿Qué?

—A la paella, para calentarla.

—Sí, algo, ¿qué pasó con la señora Reyna? —sentí un acelerón en el pecho.

—Llegó una carta —Teo acomodó el recipiente en el horno—. ¿Se calienta tapada o destapada?

Señaló la paella, una mutación mexicana con salchicha y arroz frito.

—Cubierta —me estaba desesperando—. ¿Que carta? ¿A quién le escribió la dueña?

—A nosotros —Teo señaló la mesilla donde estaba el teléfono, había un sobre abierto y uno de esos papeles con tinta verde.

Corrí a verla. Era una carta de bienvenida de parte de Reyna Gala Fenck para: "El señor Teocalli Javier y su encantador hijo Diego".

—La mandó antes del accidente, porque ni lo menciona —Teo encendió el horno—. Sólo es la bienvenida general a su edificio y que espera visitarnos para darnos algunas instrucciones en persona.

—No trae remitente —observé—. Sólo unas claves con números.

—Es un apartado postal. El domicilio completo lo debe conocer el licenciado Gandía y, antes de que preguntes, sigo sin saber de él —movió la perilla de temperatura—. Listo, voy a darle quince minutos para que esté caliente.

—¿Y sabes algo del conserje?

—Eso sí. Al final lo trasladaron a un dispensario médico —Teo comenzó a sacar manteles y platos de un gabinete—. El Divino Salvador, se llama, aunque parece que el lugar no tiene nada de divino ni de salvador. El pobre murió ahí...

—¿Qué? ¿Cómo sabes? —respingué, impresionado.

—Porque llamé para saber cómo estaba y si tenían entre sus cosas las llaves de la portería... Las necesitamos... Pero me dijeron que ya no hay nada, ni paciente ni objetos...

—Pobre... tal vez le entregaron el cuerpo y las cosas a su familia.

—Eso pensé. Toma, ayúdame —Teo me pasó un montón de cubiertos—. Como sea, estamos en un punto ciego porque la señora Reyna es la única que tiene los datos de la familia del conserje que seguro tiene las llaves y, a su vez, Pablito conocía el domicilio de la dueña... junto con el escurridizo licenciado.

—Todo es demasiado extraño, ¿no?

—No tanto. Tengo una teoría. Imagina que se desató un montón de catastróficas casualidades. La señora Reyna Fenck era vieja y vivía sola con un perro. Pues sucedió que de alguna manera se enteró del accidente: uno de sus inquilinos murió y su conserje de toda la vida, también... y ¡tómala!

—¿Tómala qué?

—Que a la señora le dio un infarto o apoplejía. Digo, es una teoría. Y coincidió que en esos días el licenciado cobró mi cheque y se quedó con el dinero y se esfumó.

—Es posible —reconocí a mi pesar—. Pero ¿qué va a pasar ahora?

—Quién sabe, pero algunos vecinos están felices. ¿Puedes creerlo? Nadie está cobrando la renta. Aunque tengo un plan. Al rato voy a traer a un cerrajero del rumbo para que abra la puerta de la portería. Ahí debe de haber datos de la dueña.

—¿Puedo ir? Quiero ver.

—Claro —sacó una botella de vino de un anaquel alto—. Llévala a la mesa, con el pan, por favor.

Me extrañó. Teo no me dejaba tomar vino y una botella completa era mucho para él.

—¿Y qué exploraron? —preguntó Teo mientras enjuagaba unas copas.

Lo miré, confundido.

—Dijiste que habías estado explorando el Begur con tus amigos —recordó—. ¡No se les ocurra subirse a ese chisme del elevador! No quiero otro accidente ¿o dónde te hiciste eso de la mano?

Para que entendiera debía contar todo: las cartas de Emma, la vecina fantasmal secuestrada por su abuelo, las visiones, la incursión en el departamento del profesor, el *Doppelgänger* de Requena, el ataque de la Criatura Gris, la desaparición de Conde. Tomé aire.

—Subimos al quinto nivel —comencé por lo más importante aunque sin revelar detalles de *cómo*—. Fuimos al departamento de los vecinos, tú has oído los ruidos. Pero adivina… resulta que la quinta planta está deshabitada, aunque no en realidad…

—Seguro son alimañas, algunas son muy ruidosas —Teo llevó las copas a la mesa y en ese instante tocaron a la puerta y miró el reloj—. Qué puntual. ¡Y yo con estas fachas!

Al momento entendí. El vino, el pan, el mantel, no eran en mi honor, ¡ni siquiera la paella! Mi ánimo se agrietó. ¿Teo no podía dejar sus impulsos hormonales y dedicarme al menos una hora? Tenía que contarle lo de Conde, me urgía pedir ayuda.

—Seguro ya lo sospechas —se pasó una mano por el pelo—. Lilka y yo estamos, bueno, ya sabes… saliendo.

—¿Sabías que es prostituta?

No sé por qué lo dije. Fue algo grosero, un comentario hiriente y gratuito.

—¿Por qué dices eso? —me miró con dureza.

Con esa frase había conseguido lo que no pude antes. Me dedicó toda su atención. Aproveché para hundir el estoque, nada podía detenerme.

—Escuché por ahí… a unos vecinos; decían que ella y su madre se dedican a… eso.

—Lo que hay que oír —las orejas de Teo estaban rojas—. Jasia y Lilka han tenido una vida muy dura. No esperaba que te expresaras así de ellas.

—Sólo digo lo que escuché… además es tu vida, tú sabrás.

Sus pequeños ojos azules me escudriñaron, buscando la intención oculta en mi voz. Volvió a sonar el timbre.

—Necesito que te portes a la altura —advirtió camino a la puerta—. Y vas a comer con nosotros, ni se te ocurra irte a jugar con tus amigos. ¿Entendido?

¿Irme a jugar? ¡Teo no había entendido nada de lo que dije! Antes de abrir la puerta montó la mejor de sus sonrisas. En el umbral estaba Lilka (sin su madre), llevaba un ramo de pequeñas flores amarillas. Besó a mi padre de una forma muy efusiva.

—Ah, tu guapo hijo está aquí —Lilka clavo su mirada verde en mí.

Le di la mano para poner distancia e impedir que me besara. Iba con un vestido de encajes que cubría pero transparentaba hasta el cuello, llevaba muchos anillos con piedras ámbar. No puedo negar que era muy hermosa, pero al mismo tiempo daba algo de miedo.

—Lil, espera, voy a cambiarme de ropa —se excusó Teo. ¿La había llamado Lil?—. No tardo nadita. La paella está en el horno. No dejen que se sobrecaliente.

Me lanzó una mirada de advertencia. Lilka fue a la cocina, como si fuera su propia casa, buscó en los gabinetes un recipiente para las flores. Yo la seguí con distancia.

—¿Y esa cara tan larga? —me miró de reojo—. Seguro Teo te dijo de lo nuestro.

—Lo que haga mi padre me tiene sin cuidado —mascullé—. Es adulto y siempre ha hecho lo que se le pega la gana.

—¿Y qué hay de ti y de mí? Podemos ser amigos —su castellano era impecable—. No te preocupes, no vengo a ocupar el lugar de tu madre…

—No hables de mi madre —la corté irritado—. Ni siquiera la conociste, no tienes derecho ni a mencionarla.

Me estaba portando como el peor y más trillado de los adolescentes. Pero Lilka no parecía molesta por mis desplantes.

—Claro, como quieras. Oye, ¿y dónde te metiste? Traes el aura sucia —puso las flores en una jarra—. Ten cuidado. Este edificio es un barco que avanza a la muerte y muchos ya estamos condenados.

El escalofrío me traspasó hasta la médula. Esas palabras eran muy parecidas a las que usó la Criatura Gris.

—¿Por qué lo dices? —conseguí preguntar.

—No sé, me vino a la cabeza —se encogió de hombros—. Mi madre y yo somos muy sensitivas. No por nada nos llaman brujas y a veces cosas peores.

Me sostuvo la mirada un momento, casi para retarme. ¿Me había oído antes?

—Listo, como nuevo —mi padre entró a la cocina, con camisa limpia, cara lavada y el pelo húmedo.

Unos minutos después comíamos. La tensión era casi insoportable. Mi padre intentó romper el hielo.

—Diego dice que vio un fantasma en el edificio, ¿verdad, hijo? En el sótano.

—¿De verdad? —toda la atención felina de Lilka se concentró en mí—. Cuenta.

—No fue nada —evadí al momento—. Además, nadie puede entrar al sótano.

Teo me miró confundido, pero yo no diría nada frente a esa mujer, y la confianza a mi padre había bajado al mínimo en el listado de confianzas paternales.

—Necesito algo para bajarme esta paella —tomé un envase de refresco—. Voy a la tienda.

—Se va a enfriar —Teo señaló mi plato de paella mutante—. Y hay agua en el garrafón, Diego, espera…

Salí. Estaba furioso y confundido. ¿Sabía Lilka algo de nuestras incursiones? ¿Conocía a la Criatura Gris o su comentario fue sólo una coincidencia? Recordé a Conde y una estocada de angustia me atravesó el estómago, ¡eso sí era un problema! Si no aparecía, ¿qué les diríamos a sus tíos? Nunca me había sentido tan culpable por algo. Pero al cruzar el portal del edificio, poco a poco me tranquilicé, como si al alejarme del Begur mi mente se despejara. Llevaba días sin salir a la calle y la colonia Roma, a pesar de su aspecto herido por los terremotos, era tremendamente bella. Pasé por un jardín brumoso que tenía una réplica del *David* de Miguel Ángel. Caminé por Álvaro Obregón, una arbolada avenida con un camellón, y al lado de un viejo mercado llamado Parián di con un local donde revelaban rollos fotográficos. Pedí el servicio urgente de una hora; era más caro de lo que tenía calculado. Pero me urgía salir de una duda: ¿y si Conde le tomó una foto al espectro de la dama enlutada? O mejor aún: ¿y si había una pista del sitio donde quedó atrapada?

Cuando volví (por la ruta larga) al apartamento Teo y Lilka ya no estaban. Había un mensaje en la mesa de la cocina con la letra de mi padre. Por el trazo marcado se notaba su molestia, explicaba que salió a buscar al cerrajero y mi comida estaba en el horno, si es que la quería. Entonces oí los pasos, eran los mismos del primer día. En la chimenea vi rastros de hollín a los pies de una esfinge, eso sólo podía significar algo: ¡una carta de Emma! Con el ataque de la Criatura Gris y la desaparición de Conde, casi había dado por cerrado ese asunto. Saqué el mensaje.

Diego, dime que estás bien, o que estás mal, pero dime algo. Te estuve esperando con el corazón en un puño. ¿Por qué no subiste? Dejé abierta la puerta del balcón, y sin pestillo, como quedamos. Al principio me enfadé mucho, pero mucho, ¡este crío me vio la

cara!, me dije, ¡y yo que le conté mis secretos más secretos! Des-
pués me tranquilicé: ¡nada ganado, nada perdido! Por un mo-
mento tuve la sospecha de que llamaste a la guardia civil y me
aterroricé. No, no es tan tonto, pensé, me prometió por la Biblia y
por Michael Ende que cuidaría del abuelo. Entonces sentí que el
alma se me hundía hasta los tobillos, ¿y si tuvo algún problema
al escalar el balcón? ¿O si su padre o un vecino lo pilló? Como
sea, ¿por qué no me escribe para explicarme? ¿Por vergüenza?
Diego, si es así, tranquilo, mira que lo entiendo. Pero da la cara,
gato, demuestra de qué estás hecho.

Emma, tu loca (y preocupada) (o indignada) vecina que a
cada momento que pasa en el reloj, se come más la sesera.

Ya lo decía Requena: algunos espíritus que no saben que
han muerto pero siguen atados a un sentimiento. Pero también recordé que hice la promesa de ayudar a Emma; aunque
la había desechado al saber que estaba muerta. Si lo analiza-
ba, ¡Emma seguía necesitando ayuda! Igual o más que antes,
para descansar de su tormento y llegar al otro lado del túnel,
a la luz, el Nirvana o lo que hubiera después. Bien, debía demostrar de qué estaba hecho y cumpliría mi promesa, la ayudaría a escapar (o cruzar o como se diga).

Era la carta más extraña que había escrito. Intenté ser cuidadoso, aunque ¿cómo le dices a una chica, que está secuestrada por su abuelo y que prometiste ayudar, que en realidad
está muerta y ahora es un fantasma? Todo un reto.

Querida Emma,
Gracias por preocuparte por mí. Estoy bien, y quédate tran-
quila, ni llamé a la poli y tampoco me pilló un vecino o mi padre.
Subí a tu piso, me acompañaron mis amigos, Requena y Conde

para ayudarme y también porque necesitaban ir al ático. Las cosas no salieron bien, mi amiga Conde se perdió y "algo" nos atacó... en fin, ése es otro tema. Lo que quiero decir es que sí cumplí y estuve en tu apartamento (por cierto, la puerta del balcón estaba cerrada), pero pudimos entrar y adivina... todo tenía un aspecto ruinoso, y descubrí tu chimenea... bloqueada. Tal vez te sirva de consuelo saber que yo tampoco comprendía nada, estaba desconcertado, hasta que mi amigo Requena me explicó que nadie ha vivido en tu piso en muchísimos años.

¿Qué quiero decir? Querida Emma, tienes que ser fuerte, prométeme que conservarás la calma, es una noticia terrible pero al mismo tiempo es buena:

Tu abuelo ya no te tiene encerrada.

Vale, eso sucedió, es verdad, pero hace mucho, demasiado tiempo. ¿Ya me entiendes? Desconozco cómo ocurrió y cuándo, pero esa emoción o algo así de fuerte te dejó atada a este mundo (mi amigo Requena es experto en explicar eso).

No soy religioso pero, si lo deseas, puedo rezar por ti; lo haré de corazón porque ahora creo en más cosas de lo que imaginé que existían hace apenas unos días. Lo que importa ahora es que descanses y encuentres la paz que no tuviste en vida. Tus sufrimientos ya pasaron. ¿Te das cuenta? Puedes ir a lo que sigue, tú sabrás mejor que yo. Tal vez sólo debas llamar a un ángel, a Dios, a tu madre, o así... y seguro alguien vendrá por ti. Inténtalo.

Disfruté mucho tus cartas, eres y serás alguien muy especial en mi vida. Espero que algún día, en otro plano, nos volvamos a ver. ¡Y esa Emma Woodhouse! Ya me cae un poco mejor, gracias por presentármela.

Diego. Tu amigo de siempre.

Terminé la carta con los ojos llenos de lágrimas. La vida de mi amiga por correspondencia había sido tan triste, dura y breve. Puse la misiva dentro de la caja de latón y la introduje en el hueco de la chimenea. Esperaba que Emma no tomara a mal mis palabras, al contrario, quería ayudarla a tomar conciencia de su estado; sería un impacto terrible, pero también una liberación.

Una imagen espantosa llegó a mi mente: ¿y si Emma bajaba por la chimenea y aparecía frente a mí? Me estremecí, aunque recordé lo que dijo Requena sobre los espectros y fantasmas; suelen ser territoriales y no les gusta (o no pueden) salir de sus zonas.

Había sido un día delirante: avistamientos con espectros y fantasmas, ataque mortal de un fenómeno fulgor de categoría uno; Conde desapareció, la extraña conversación con la novia de mi padre, ¡mi nueva amiga resultó un espíritu! ¡Y el día aún no terminaba!

Una hora después escuché voces en el patio principal. Se habían reunido algunos vecinos frente a la conserjería o portería. Bajé a toda prisa, Teo estaba con un cerrajero, los rodeaban varios ancianos, los hermanos o esposos cuervos, el hombre manco (con el garfio puesto), la enfermera Rosario, las siempre impresionantes Jasia y Lilka. Me extrañó no ver a Requena, siempre pendiente de los eventos importantes del Begur.

El pobre cerrajero tuvo que trabajar con toda nuestra presión y ansiedad a sus espaldas. Introdujo alicatas y ganzúas a la cerradura, lentamente, como si desarmara una bomba. Y luego de un tiempo que a todos pareció eterno, se incorporó, derrotado.

—¿Y bien? —se acercó Teo.

—Uy, patrón… ¿cómo le explico? —se rascó la cabeza—. No se va a poder. Nunca he visto una combinación así. Nomás mire, no usa contrapernos y este cilindro es muy raro. ¿De dónde sacaron este chisme?

—¿La cerradura? De Alemania —recordó Teo—. Pero entonces, ¿cómo entramos?

El cerrajero volvió a mirar la puerta, como si se enfrentara a los muros de Jericó.

—Abriendo un hoyo en la pared —casi sonrió—, pero yo no le hago a eso.

Aun así, cobró por su intento, y cuando se fue Teo intentó calmar a los vecinos desilusionados, explicó que buscaría a otro cerrajero más experimentado. A todo esto, yo seguía sin ver a Requena. Iba a buscarlo cuando una pareja mayor me cerró el paso. Eran don Salva y la señora Luzma.

—¿Has visto a Carlita? —preguntó el tío de Conde, fumando nervioso.

—No llegó a comer —agregó la señora con voz constreñida—. Sólo nos avisó que saldría contigo y con el otro muchacho, el gordito. Pero ya pasaron muchas horas.

—Ah, sí. Estuvimos juntos —miré alrededor a ver si aparecía Requena para ayudarme a salir de la situación—. No hay por qué preocuparse.

—Pero ¿dónde está? —insistió don Salva—. Quedó en ir a la farmacia por unas medicinas que le encargamos.

—Creo que fue para allá, Requena la acompañó, y también iba por un mandado —improvisé—. Pero todo está bien, normal. Cuando la vea le digo que vaya a casa.

Me escurría un chorretón de sudor por la espalda y antes de que me hicieran más preguntas, me despedí y corrí hacia las escaleras hasta encerrarme en el departamento. Di de vueltas, tenso. ¿Y ahora? ¿Y si los tíos llamaban a la policía? Tomé el teléfono y llamé a Requena. Contestó la voz pastosa de la señora Flor.

—Mi bebé no está —explicó—. ¿Eres el muchachito español?

Por el modo en que machacaba las palabras, debía de estar hasta las orejas de brandy.

—¿Te interesan las clases de piano? —farfulló—. Soy buena maestra… ¿Le dijiste a tu papá lo que hablamos? Espero que no se enoje conmigo, no me gusta el chisme…

Me despedí lo más cortés que pude, sentí pena por ella y por Requena. Qué *Doppelgänger* ni qué nada, el problema lo tenía en casa, con una madre que bebía más que un ejército cosaco y sus dobles *fantasmáticos*.

Cuando colgué vi de reojo la chimenea y sentí un aire helado al detectar más huellas de hollín. ¡Emma había vuelto a responder! ¿Cómo habría tomado mi revelación? Me daba pánico leer la carta, pero ganó la curiosidad.

Diego, ¡qué broma más espantosa! Es tan horrible que no me cabe en la sesera. ¿Cómo te atreves a sugerir que estoy muerta? ¿Yo, un espantajo? ¡Es el pretexto más chungo y desagradable que se te pudo ocurrir! ¡Y qué es eso de una amiga perdida en el ático! ¿A qué viene eso? ¿Y el "algo" que os atacó? ¡Por el manto de la Virgen de los Llanos! Nada de lo que dices tiene sentido. Si no querías o no podías subir simplemente lo hubieras dicho y santas pascuas. Sabes que llevo diecinueve meses encerrada, puedo esperar un poco más, no me va a pasar nada si no me ayudas, que lo sepas… ¡Pero inventar semejante cuento! ¡Qué vergüenza! Pensé que eras un chico majo, y siempre estaré agradecida por el hermoso libro que me has prestado, aunque tenga algunos errores. Por cierto, ¿terminaste la novela de Emma? ¿Me lo puedes devolver? Ya mismo, gracias.

Regresando al tema, pues te informo que estoy viva (para mi desgracia). Si me pincho, sangro; tengo hambre, como un bocadillo, y luego voy al servicio, pues sí, tengo necesidades de aguas menores y mayores, como todos. Mi vida es limitada, ya lo sabes, intento no hacer enfadar al abuelo porque es tozudo como una mula de Chinchilla, pero yo ¿muerta? ¡Ojalá! ¡Ya me gustaría estar trepada en una nube del cielo tocando el arpa, loca de contenta! Podría ver al resto de mi familia, a papá o al tío Mariano.

Estoy tan cabreada, de verdad no me da la cabeza por qué me escribiste esa fea y tonta carta, a menos... a menos de que te hayas liado de piso y todo sea una confusión o eres tontuno como una piedra de río.

Es más, se me ha ocurrido algo para que compruebes que estoy viva, incluso podrás tocarme (una pequeña parte, no te emociones). ¡Tal vez yo me lleve una sorpresa y seas tú el fantasma! No necesitas escalera ni trepar balcones. Por cierto, ¡olvida el primer plan!, no escaparé con alguien que piensa que no existo. Sólo quiero quitarme esta espina y demostrarte que estás equivocado. ¿Quieres apostar? ¿Estás dispuesto a conocerme o te doy miedo?

Emma, la loca (y muy viva) vecina, que no necesita de ningún príncipe haragán y mentirosillo para ser salvada.

Me quedé como alelado un par de minutos. ¿Era tan necia que no aceptaba ser un fantasma? ¡Pero yo estuve en ese departamento en ruinas! Era imposible que me hubiera equivocado. Según Reque, la vivienda de abajo la estaban remozando. ¿Que sangraba y tenía hambre? Posiblemente fueran reflejos de cuando estaba viva. Lo que no entendía era la última parte. ¿Tocarla? ¡Tal vez pretendía que metiera la mano a la chimenea! Jamás. Ya había tenido mi dosis de andar toqueteando fantasmas.

Tenía que tranquilizarme. Fui a la cocina y comí algo de paella mutante. Había comenzado a llover. No sabía qué responderle a Emma. Tal vez sólo debía devolver su libro por la chimenea y olvidarme de todo.

Sonó el teléfono. Salí disparado a contestar. Al fin, ¡era Requena!

—Pero ¿dónde estabas? —reproché entre un borboteo de palabras—. Ya llevé a revelar el rollo, en un rato me dan las fotos. ¿Supiste que el cerrajero no pudo abrir la consejería? Y me encontré a los tíos de Conde en el patio, preguntaron por ella, les dije que estaba contigo. ¡Qué susto! Y no vas a creer lo que pasó con Emma. Pero antes tuve una especie de enfrentamiento con Lilka y dijo algo raro…

—Diego, aguanta. Cierra el pico un momento—exclamó Requena, abrumado—. No entiendo ni la tercera parte de lo que dices. Mejor nos reunimos en persona. Vi a Conde.

Se me cortó el aliento y me senté.

—¿Consiguió escapar? Qué alivio…

—Ojalá, pero no.

—¿Entonces? —sentí un horrible hormigueo en el estómago—. ¿Viste a… su espectro?

—No puedo darte detalles por teléfono. Descubrí algunas cosas impresionantes. Vas a farolear en colores, como dicen allá.

—¿Flipar en colores?

—Sí, eso, llego a tu departamento en media hora.

—¿Por qué tanto?

—Necesito atender a mi madre, creo que se enfermó por algo que comió en el novenario…

Entendí y colgué. Estaba hecho un manojo de nervios. ¡No era justo! ¿Qué descubrió Requena? Vi la hora, ya debían estar listas las fotos del revelado. Estaba por salir cuando escuché un ruido del interior de la chimenea. Emma estaba enviando algo pesado y metálico.

Estimada A. ¿Le parece bien que me detenga aquí?

Estoy agotado. Las últimas dos cartas me dejaron tan exprimido como correr un maratón, y mis nervios están hechos trizas. Y de pronto, no sé como, pero me ha entrado una semilla de tristeza. Perdí tantas cosas en ese verano que resulta peligroso hacer el recuento. No es culpa suya, aclaro, esto son cosas mías, debo intentar arrancar este brote antes de que me invada la dama azul de la melancolía.

Deme un tiempo razonable para recuperarme, necesitaré reunir fuerzas para lo que sigue. Mientras tanto, tiene en manos once cartas que puede releer. Créame que hay mucha información oculta en los detalles. Lo único que puedo adelantar es que pronto comenzaré, al fin, a resolver algunos enigmas de esta urdimbre que —lo repito— es más compleja de lo que aparenta.

Queda de usted,

Diego

Carta doce

Tres semanas, lo sé, estimada A, fue demasiado tiempo de espera para que llegaran nuevas líneas. Como le comenté, la última carta me dejó mal del cuerpo y peor de ánimo. Temí volver a esos laberintos del pensamiento en los que he vivido por brumosas temporadas; por fortuna, heme aquí, de nuevo, con nuevas energías. Saber que tengo a alguien con quien compartir esta carga (usted) es un alivio maravilloso.

Intentaré ser cuidadoso y claro. Mi historia tiene tantos giros y recovecos que una narración torpe o acelerada destruiría parte de su sentido. Aunque no lo crea, todo lo que he mencionado, en su momento, amarrará cabos; incluyendo el asunto del *primer ataque* y el *nuevo territorio*, ¿lo recuerda? Estaba justo en ese punto con mis amigos, intentando entender las reglas de ese mundo tétrico que era el Begur, un paso a la vez, con cuidado para no pisar las trampas que se abrían. Sería cuestión de hipótesis, prueba y error, pero no me adelanto. Dejaré que los eventos mismos se muestren y regreso al punto en el que me quedé hace 21 días. Conde seguía desaparecida (o no), Emma estaba muerta (o no), pronto sabría las respuestas.

A la media hora prometida, Requena tocó la puerta de mi departamento.

—¿Cómo que viste a Conde? —fue lo primero que pregunté.

Mi amigo cargaba con su enorme mochila de investigador paranormal y, por el sudor y la mirada, supe que padecía una exaltación nerviosa aún más fuerte que la mía.

—La vi, pero no era nuestra Conde —reconoció.

—¿Era Conde o no? —pregunté, desconcertado.

—A eso voy... ¿tienes refresco? Muero de sed.

No, no había comprado el refresco cuando salí. Había agua simple, pero en la nevera encontré zumo de naranja que Requena bebió como cactus en tiempos de sequía.

—¿Recuerdas que había una fuente, arriba, en el salón de banquetes? —comenzó.

—Sí, similar a la del patio pequeño de abajo.

—Pues bien, justo fui abajo para investigar. A simple vista las fuentes son idénticas, pero los mosaicos tienen una variación. Los del patio tienen un diseño de cuervos; me estaba preguntando si tenían algún significado cuando sentí como si alguien me observara y detrás de una ventana vi a Conde.

Un espasmo me cerró la garganta.

—Y no sólo ella... estabas tú y yo mismo —remató Requena.

—Espera, aguanta... —carraspeé—. ¿Hablas de la ventana del baño del profesor?

Requena asintió.

—Al principio no entendí qué pasaba —bebió más zumo—. Ustedes me veían aterrorizados. Y cuando me acerqué, se echaron a correr...

—Momento... —intenté recapitular—. Entonces, aquella

vez, cuando vimos en el patio a tu *Doppelgänger*... en realidad, ¿eras tú mismo... pero el de hoy?

—Exacto, incluso entré al apartamento del profesor, a ver si seguían nuestros yo del pasado, pero estaba vacío...

—Reque, de verdad, eso es fuerte.

—¡Lo sé! Por un lado me tranquiliza porque no es el clásico *Doppelgänger*, ¡o sea que no estoy en peligro de muerte! Pero por otro lado, el enigma crece. También revisé las cintas de audio. Tienes que oír esto —puso la grabadora sobre la mesa—. Como recuerdas registré los quejidos de Noemí y el llanto del bebé espectral de la quinta planta.

Asentí, cada vez más nervioso.

—Pues en la primera grabación no se oye nada, y en la segunda no hay llanto, pero... atención, esto se grabó justo cuando entramos al salón de banquetes.

Pulsó el botón de reproducir, el sonido era tan bajo que acerqué la oreja, identifiqué una música suave, tipo swing, gente hablando, risas, el chocar de copas.

—Es como el sonido de una fiesta de otra época —acerqué la oreja, fascinado.

—Son casi dos minutos de auténtico fenómeno fulgor de categoría tres, rastro espectral auditivo... y después nada. ¿Cómo ves?

—Muy extraño. Yo también tengo algo que mostrarte.

En la mesilla del teléfono había un sobre de papel amarillo que decía "Kodak. Recordar es volver a vivir". Había ido a toda prisa por el revelado.

—¡Las fotos que tomó Conde! —exclamó Requena.

—No pude resistirme y les eché un ojo —le pasé el sobre—. Mira tú mismo. Del rollo de veinticuatro sólo salieron dieciséis fotos, el resto se velaron.

—Bueno, éstas son de mi cumpleaños —Reque apartó las primeras diez con bochorno—. Mi madre me llevó a comer al Burger Boy.

—Las otras seis las tomó Conde —expliqué—, pero mira bien.

—Es el baño donde desapareció Pigmeo —reconoció Requena—. Aquí intentó capturar la imagen del espectro. ¿Ves esa como neblina? Debe ser la dama enlutada. Esto ocurre algunas veces, aparecen como manchas o puntos de luz.

—Ahora fíjate en la vista de la ventana —señalé nervioso—. ¿Notas algo?

Requena era bastante listo, al instante se dio cuenta.

—Esta calle no está afuera del Begur —dijo asombrado—. Se ve como un castillo, y mira atrás, es… ¿El mar? ¡En el D.F. no hay mar!

—¿Tienes una respuesta para eso? ¿También hay paisajes espectrales?

—No, no sé, tendría qué investigar —parecía emocionado—. Qué maravilla.

—¿Maravilla? Cada vez estamos más perdidos —exclamé con frustración—. Y no aparece la señora Reyna ni el licenciado, y ni siquiera se pudo abrir la portería. Y si no encontramos a Conde, sus tíos van a llamar a la poli, seguro.

—Tranquilo, Diego, esto hay que resolverlo por partes. Estamos ante un rompecabezas de fulgor —revisó su libreta—. El paisaje de la ventana, la dama enlutada, el bebé que llora, los sonidos de la fiesta, los llantos de Noemí, nuestras propias apariciones son piezas de un enigma que, si lo resolvemos, vamos a dar con el Pigmeo y hasta con Noemí, te lo aseguro.

—¿Y qué sugieres para resolver este rompecabezas *espectral*?

—De *fulgor* —aclaró Reque—. Tenemos las tres categorías. Creo que para empezar necesitamos subir de nuevo a la quinta planta. Ahí está la clave.

—¡Fantástico! No sabes las ganas que tengo de volver a pelear con el bicho fantasmal que nos amenazó de muerte.

—Te recuerdo que ahí sigue Conde —anotó mi amigo—. Además, ahora iremos protegidos.

—Pero bueno, ¿qué te protege contra una cosa así?

—Llevo todo el día pensando en eso. Esto podría ayudar.

Requena sacó de la mochila un gastado libro con el delirante título de: *Hienas y chacales. Un recuento de los asesinos seriales en México*.

—Repasé el *árbol inquilinar* del Begur y luego fui a la biblioteca de la Ciudadela —explicó con entusiasmo—. Fue una suerte encontrar esto. Descubrí cosas curiosas como que Jovita Vizcaya, la chamana oaxaqueña, no vivió en el Begur, sino en los apartamentos Berlín. Un edificio que se relaciona con el del parque Río de Janeiro que contaba también con su propia bruja, la tal Pachita. Al parecer fue una confusión de curanderas...

—Entonces es un espantajo menos —interrumpí, impaciente—, pero sigo sin entender cómo este catálogo de asesinos nos ayudaría a enfrentarnos a esa cosa.

—Te explico. Según las tradiciones fantasmales, conocer la identidad del espíritu y qué lo ata en este mundo te da cierto poder sobre él. Está en todos los relatos. Y adivina.... —sonrió orgulloso—. Creo que ya descubrí a quién nos enfrentamos.

Buscó entre las páginas y Requena expuso, ceremonioso:

—Una de las leyendas del Edificio Begur resultó cierta, fue hogar en 1947 de un famoso médico filonazi. Te presento al doctor Waltraud Krotter.

Señaló la foto de una docena de médicos en un simposio, todos llevaban largas y anticuadas batas. Requena señaló a un hombre flaco, avejentado, de hosca mirada de duro granito.

—Y según tú, ¿la criatura es este médico? —dudé—. Parece más bajito.

—Es porque vimos al espíritu, no al cuerpo físico. Ahora escucha bien, este médico fue un asesino y torturador de niños; ha sido el inquilino más infame del Begur. Si no me crees, mira esto y horrorízate.

Pasó la hoja, había dos fotos más, una era de una habitación sucia, con una camita con cadenas en la cabecera y el colchón cubierto de escalofriantes manchas. Agradecí que la foto no llevara color; al pie decía: "En un cuarto apartado, en su mismo domicilio, el monstruo escondía a sus pequeñas víctimas". La otra foto era más inquietante, a simple vista parecía un grupo de personas mirando un bulto en el suelo, a un lado un gendarme de la época que inútilmente intentaba alejar a los curiosos. El bulto era el cadáver de un hombre, con la cabeza rota. Al leer el pie de foto lo corroboré: "El doctor asesino prefirió la muerte antes que enfrentar la justicia".

—¿Ya viste dónde se tomó la foto? —señaló Requena.

Era inconfundible, los bonitos mosaicos trenzados, la media luna.

—Es el patio central del Begur —reconocí con alarma.

—Parece que cuando llegó la policía, el doctor Krotter se arrojó desde el barandal de un pasillo. ¿Imaginas la cantidad de fulgor que generó este asesino? Todo el dolor que ejerció y acumuló. Su presencia se volvió tan poderosa que siguió habitando este lugar después de morir y por eso, años después, prohibieron la llegada de inquilinos con niños en los apartamentos del Begur. Su fantasma debía de acechar a los más pequeños.

—¿Y vivió en la quinta planta? —volví a echar un vistazo a la horripilante imagen de la habitación con la camita y las cadenas.

—Eso creo. Tal vez por eso clausuraron ese nivel, desde antes, y no por los terremotos. Todo ese piso está infestado de fenómenos fantasmales. Además, el doctor debe de tener influencia sobre otros espectros. No sería raro, hay casos registrados de sujeción entre criaturas de fulgor. No pongas esa cara, podremos enfrentarnos a él.

—¿Cómo vas a hablar con un pedófilo muerto? Yo no me acercaría ni a uno vivo.

—Ya te dije, tendríamos cierto poder sobre él si conocemos su nombre, debilidades y pecados. Y además llevaremos esto.

De la mochila sacó una bolsa con velas, hierbas, piedras blancuzcas, pastas resinosas, estampas de san Ignacio de Loyola, un botellín con agua.

—¿Imágenes de santos y velas? Reque, no me digas que esto sirve de verdad.

—Científicamente diría que no, pero popularmente la salvia, el copal, el cuarzo, las velas, el agua bendita y ciertas imágenes religiosas son purificadores energéticos. No me veas así, las llevaremos por si acaso, no están de más.

—Entonces, repitiendo su nombre y con estas cosas, ¿lo vamos a vencer? —pregunté escéptico.

—Así como vencerlo, no creo —reconoció mi amigo—. Pero tal vez podremos mantenerlo a distancia mientras recuperamos a Conde. Es lo que importa. ¿Cómo ves?

—Pues… te diría que es una locura —tomé aire—. Pero parece que no hay opción.

—¡Excelente! ¿Tienes todavía la escalera?

—Sigue en el balcón, pero tal vez no la vamos a necesitar. Mira esto.

Metí la mano al bolsillo y puse sobre la mesa una ficha redonda de cobre con una lechuza en repujado, rodeada de curiosas perforaciones.

—¿La llave para el elevador? —observó Requena—. Mi madre y yo tenemos una.

—Ya, pero ésta te lleva a la quinta planta del Begur.

—Eso no es posible —Requena examinó la pieza—. Qué raro, esta ficha parece más brillante y nueva. ¿De dónde la sacaste?

—Me la acaban de prestar. ¿Recuerdas a Emma?

—La chica secuestrada que resultó ser un fantasma.

—Sí, ésa misma. Pues volvimos a escribirnos.

Le mostré la penúltima carta, donde se negaba a aceptar su naturaleza fantasmal e incluso se ofendía.

—Qué necia —suspiró Requena—. Pero si está más muerta que los dinosaurios del Mesozoico, ¡los tres vimos el departamento abandonado!

—Lo sé, pero me retó a subir de nuevo —saqué otra carta—. Me envió otro mensaje junto con la ficha.

Diego, ¿ves esta chapa? La usa el abuelo para que funcione el ascensor. Descubrí que lo guarda en un cajón. Y adivina… el abuelo va a estar dormido por unas cuantas horas (le puse un extra de coñac al café). ¡No tienes idea de lo que me arriesgo!, pero lo hago para que puedas subir y veas que estoy viva. La puerta, claro, va a estar cerrada pero podrás verme por la ranura del buzón e incluso tocarme una mano. ¿Vienes? ¿O te doy miedo? Si no usas la chapa, déjala donde está, que yo la cogeré de nuevo.

Tu loca y demasiado viva vecina. (Posdata: ¡Y dame mi libro!)

—¿Hace cuando envió esto? —preguntó Requena, atónito.

—Como una hora.

—¿Y qué estamos esperando? ¡Vamos ahora mismo!

—Pero ¿y si nos topamos con ella? Con Emma... su fantasma, quiero decir.

—Yo te ayudo de convencerla de que está muerta, no te preocupes por eso —guardó los objetos de protección en la mochila—. No podemos desaprovechar esta oportunidad.

Unos minutos después estábamos frente al elevador. Tal vez éramos los primeros vecinos que se atrevían a usarlo después del accidente. Atardecía y el edificio parecía más tétrico aún. Requena presionó el botón y el mecanismo cobró vida entre chirridos y una tos metálica. Las puertas se abrieron; por suerte, no había rastros de sangre en el suelo. Entramos, sí que era hermoso, un ornamentado ataúd de cristal.

—Ahora falta que sirva la ficha —suspiré nervioso.

Cuando la enchufé en la ranura todos los botones se encendieron, hasta el del sótano.

—Esto es raro —reconoció Requena—. Normalmente sólo se enciende la planta a donde puedes subir. A menos que sea una ficha de las viejas, de las que no tenían restricciones.

—¿Cómo una ficha maestra?

—Algo así —Requena presionó el botón cinco.

La puerta de cristal y la rejilla se cerraron. Comenzamos a sentir el movimiento.

—Estamos subiendo —comprobé nervioso.

—Recuerda, hay que estar atentos a los fenómenos fulgor —recomendó Requena—. Debemos encontrar a Conde y pase lo que pase mantén la calma, tenemos objetos purificadores para alejar a la Criatura Gris.

La verdad, seguía sin creer que un cuarzo o la estampita de un santo sirvieran para alejar al fantasma del doctor Krotter, pero guardé prudente silencio. El ascensor se detuvo y se abrieron las puertas. El pasillo parecía más iluminado que la última vez. Como si alguien hubiera cambiado las lámparas rotas. Por el domo se vislumbraba una lluvia torrencial.

—Bien, ahora entremos a los territorios del doctor Krotter —hasta la voz le tembló a Requena—. Y si crees en algo divino, es momento de que te encomiendes.

Se dirigió al enorme portón dorado del salón de banquetes.

—Espera… —lo detuve—. Primero debo ir con Emma. Se lo prometí, además traigo su libro. Está a sólo tres puertas.

—Pero date prisa, Romeo —concedió Requena, tal vez aliviado para retrasar un poco el posible encuentro con Krotter.

Avanzamos en dirección a su apartamento.

—¿Oyes eso?

Parecía una radio, un bolero romántico lleno de melosas guitarras.

—Un rastro, fenómeno fulgor de categoría tres —anotó mi amigo.

Llegamos frente al apartamento de Emma. Había un tapete que no recordaba y la puerta me pareció de un tono más brillante. Tomé aire, empujé la manija pero no se abrió. Requena lo intentó también, parecía cerrada con llave.

—Qué raro —reconoció mi amigo—. Recuerdo que estaba abierta.

Me asomé por la rejilla de la correspondencia, estaba demasiado oscuro para ver algo. Toqué la puerta, nadie abrió tampoco. Me inundó una oleada de desilusión y otra de alivio, a partes iguales. Me hubiera gustado encontrarme con mi fantasmal amiga (y no) para cerrar ese escalofriante asunto.

—¿Y qué hago ahora? —pregunté atontado.

—Nada, te lo dije —señaló Requena—. Mejor busquemos al Pigmeo.

Volvimos camino al salón de banquetes pero en cuanto abrimos el portal dorado supimos que algo raro ocurría. El lugar estaba totalmente limpio, sin rastros de la fiesta: ni antifaces, abrigos o copas con manchas de vino. Las mesas, desarmadas, se apilaban en un rincón. Tampoco había polvo ni telarañas y la duela de madera lucía impecable y lustrosa.

—De todas las cosas que hacen los fantasmas, nunca he oído que hagan el aseo —comentó Requena—. Aunque sería práctico.

—Tal vez fue Conde —sugerí.

—¿Pigmeo haciendo limpieza? —a Requena casi se le escapa una carcajada—. ¿No has visto sus tenis? La chica tiene virtudes, muchas, pero el aseo personal no está en la lista.

La llamamos, primero en voz baja, por miedo a despertar a la Criatura Gris, pero como todo seguía en calma, terminamos por relajarnos un poco…

—¡Conde! ¿Nos oyes? —Reque daba vueltas por ahí—. ¿Estás bien? ¡Pigmeo! —bajó la voz—. Carajo, sus tíos nos van a matar…

—Creo que oí algo —le hice una seña.

Los dos guardamos silencio y desde un punto lejano, surgió una voz aguda:

"¿Dónde demonios estaban?"

Reque y yo cruzamos una mirada atónita. ¿Era real?

—¡Es Pigmeo! —exclamó Requena emocionado—. ¡Ese endemoniado bicho está aquí! Te lo dije.

El sonido provenía de la pequeña puerta lateral. Con algo de temor la cruzamos. La voz se hacía más clara.

"¡Eso no se le hace a los amigos, eh! ¡Llevo un montón aquí!"

—¿Conde? —corroboré—. ¿Puedes oírnos?

"Claro, no estoy sorda. ¿Por qué me dejaron?", respondió de mal humor.

Seguimos el rastro, de reojo vi la cocina que ahora lucía limpia, con ollas y sartenes colgadas, listas para preparar una gran cena. Olía a desinfectante. La voz provenía de los mismos baños donde Conde se perdió, el picaporte se movía.

"¡Ayúdenme a abrir esta madre!", pidió. "¡Me quedé encerrada!"

¡No lo podía creer! ¡Seguía ahí después de tantas horas! Estaba a punto de tomar el picaporte cuando Requena me detuvo.

—Espera Diego… ¿Y si no es ella? Tal vez sea una trampa.

"¿Trampa para qué? ¿Para robar tu alma gorda?", gruñó la voz desde el otro lado.

—A ver, ¿qué disco te presté? —pregunté.

"*El momento*, de Nacha Pop", resopló la voz. "¿Van a ayudarme o qué?"

—Por Dios, sí eres tú —suspiré con alivio—. ¡Estábamos tan preocupados!

"Ajá. ¿Y entonces por qué me dejaron aquí? ¡No vuelvo a ayudarles en nada!"

Requena y yo giramos el picaporte, abrió al momento, no tenía llave. Pero también, en ese instante, la voz de Conde se detuvo. Ya había caído la noche y estaba muy oscuro. Mi amigo encontró el interruptor y se encendió la luz. Buscamos en cada gabinete, llamamos a nuestra amiga, pero no había espectros ni fantasmas ni Conde.

—Pero la voz… —Requena se rascó la cabeza.

—Crees que Conde haya… ya sabes… —no podía ni decir la palabra.

—¿Muerto? —completó Requena—. Entonces oímos su rastro, como el de Noemí.

—No, no… esto era distinto, ¡nos respondía!

Afuera seguía lloviendo, me asomé a la ventana, no se veía ningún castillo. De pronto, el resplandor de un relámpago iluminó la calle y una pieza del puzzle encajó en mi cabeza. Revisé de nuevo todo el lugar y me di cuenta de algo impresionante.

—Requena, mira el papel tapiz… —señalé—. ¡Es rojo!

—¿Y ahora hablamos de decoración? Urge encontrar a Conde.

—Cuando vinimos la primera vez era rosado y ahora es rojo. Mira bien, todo es distinto y los baños están limpios, también la cocina y el gran salón.

—Lo sé, pero no es posible que haya otro salón de banquetes —negó con la cabeza.

Debía confirmar algo. Volví al gran salón, lo crucé y salí al pasillo exterior.

—Diego, ¿qué pasa? —jadeó Requena—. ¿Me vas a explicar?

—Me extraña que todavía no te hayas dado cuenta —sonreí sin detenerme.

Llegué a toda prisa hasta las escaleras para bajar a las otras plantas del edificio.

—¿Ves algo distinto? —señalé.

—La verja de Protección Civil no está —reconoció mi amigo.

Pasó la mano por la pared. Ni siquiera tenía huellas del soporte metálico que hasta hace unas horas estaba fijado a la pared con un montón de soldaduras.

—Es extraño —concedió Requena—. No pudo cambiar todo en tan poco tiempo.

Casi podía escuchar mis latidos desenfrenados. Por las mismas escaleras bajé hasta la cuarta planta, donde estaba mi apartamento. También era igual pero al mismo tiempo distinto, las bombillas emitían una luz amarillenta y los maceteros, antes secos, rebosaban de palmas.

—¿Qué está pasando? —preguntó Requena.

Me detuve frente a mi hogar, el 404, parecía igual, pero yo sabía que no lo era. Un sonido metálico nos asustó, era la rejilla para la correspondencia, alguien la empujaba. Del otro lado se asomaron unos enormes ojos negros.

—¿Diego? ¿Eres tú? —preguntó una voz femenina.

—¿Emma? —murmuré.

—¡Vaya! ¡Te atreviste! —se oyó una risa—. Mira, ¡toca, toca! ¡Ya me dirás si un fantasma tiene mi consistencia! Producto de Motilleja y Albacete, de la mejor calidad.

Sacó unos dedos muy blancos por la rejilla. Requena lanzó un grito.

—Disculpa, es mi amigo. Vino conmigo.

—Con testigos, ¡qué bien! ¿Traes mi libro? ¿Vas a tocarme o no?

—Tengo una idea mejor —metí la mano en el bolsillo—. ¿Tu abuelo sigue dormido?

—Sí, aunque no sé por cuánto tiempo, ¿por qué?

Tomé mi llave y la introduje en la cerradura. La puerta del

404 se abrió lentamente. Vi de cuerpo completo a Emma, sostenía un quinqué. Era preciosa, de piel pálida y cremosa, llevaba un sencillo vestido de paño, un mandil de trabajo, el cabello largo y recogido, no parecía en lo absoluto un fantasma.

—¿Dónde conseguiste la llave? —preguntó sin dar crédito.

—Siempre la tuve —di un paso y entré al recibidor. Estaba maravillado.

—Pero ¿qué hace ella en tu departamento? —se quejó Requena.

—¿Disculpa? ¿Comenzamos otra vez con bromas? —rio Emma y levantó el quinqué—. Yo vivo aquí. Deteneos, dejad que os vea bien. ¡Anda, Diego! No estás tan crío. Eres casi un hombre y, además, guaperas.

Sentí que mis orejas alcanzaban la temperatura de una plancha.

—Pues anda, ¡toca, toca! —Emma extendió un brazo—. Que a eso has venido. Ya me dirás si un fantasma se siente tan rica como yo.

Se acercó a mí y me pasó la mano por el hombro, olía a ropa limpia y almidón. Sus dedos me tocaron la nuca. Me estremecí con el roce cálido, suave. Estaba muy nervioso y definitivamente esa muchacha no era ningún fenómeno fulgor.

—Ah, por cierto —carraspee—. Te presento a Requena…

—¿La chica que se viste de chico? —sonrió Emma.

—No. Soy el chico que se viste de chico…

—Pues será de profesor —observó Emma algo desconcertada y me recorrió—. No entiendo qué lleváis encima. ¿Vais disfrazados de algo?

Reque vestía su saco de terciopelo con pantalones de mezclilla y zapatillas. Yo un rompevientos de vinil metalizado, que adoraba, y Vans con colores fosforescentes.

—También todo es distinto en tu apartamento —observó Requena.

—¡Y dale con eso! —resopló Emma.

Era el mismo espacio pero había otros muebles, más sencillos, una gran mesa con patrones de papel, hilos, alfileteros y retazos de tela, un viejo maniquí de modista, una máquina de coser de pedal; algunas velas y otro quinqué, al lado del libro *La historia interminable*. En la pared, sobre el abigarrado tapiz con diseño de plumas de pavorreal, habían colocado una bandera roja, amarilla y morada con un blasón al centro. Olía a medicamento y a guiso de col. Miré a Requena.

—Me extraña que tú que eres el experto en cosas paranormales no te hayas dado cuenta de dónde estamos —me dirigí a Emma—. ¿Podemos asomarnos por la ventana?

La joven asintió, desconcertada, y llevé a mi amigo. La lluvia seguía.

—A esto me refería —señalé—. Mira bien… ¿Lo entiendes?

Otro relámpago iluminó la calle. Requena dio un respingo, atónito.

—¿Qué día es hoy? —dijo casi sin aliento.

—Viernes 14 de agosto —respondió Emma—. ¿Pero qué pasa? ¿Es un juego de críos?

—El año —insistió mi amigo, con urgencia—. ¿Qué año es?

—1942, ¡por Dios! —suspiró Emma—. ¿Qué tiene tu amigo Requesón?

—Requena —corregí—, es su apellido.

El chico no podía dejar de mirar el exterior. Era lo que yo había visto durante el resplandor del trueno, por la ventana del baño. La Ciudad de México, pero en otra época. Había más casonas y menos automóviles, apenas un solitario Citroën, los árboles eran más bajos y el edificio que ya se había desplomado en 1985, apenas lo construían. Los hombres usaban sombrero y las mujeres, con vestidos de abuela, se cubrían de la tormenta con bolsos o sombrillas. Parecía como un set de filmación, pero era verdad, era la colonia Roma de 1942.

—¿Ahora entiendes? —señalé emocionado—. Por eso no reconocimos el salón de banquetes ni los baños o los pasillos.

—Es lo mismo, pero diferente —repitió Requena.

—¿Me vais a decir de qué va esto? —interrumpió Emma.

—Emma, escucha bien lo que voy a decirte —me acerqué con cuidado—. Sé que suena raro pero estamos vestidos así porque mi amigo y yo somos del 87.

—¿Y en qué planta estáis?

—No hablo de pisos o condominios, sino del año. Vivo aquí, en tu apartamento —di un pequeño golpe con el talón—, pero me mudaré junto con mi padre dentro de… cuarenta y cinco años. ¡Por eso pude abrir la puerta! Es la misma llave.

Emma guardó silencio, un buen rato, como intentando asimilar mis palabras. Del pasillo de las habitaciones se escuchó una respiración profunda y un ligero silbido, el abuelo Agustín dormía.

Requena miraba alrededor, maravillado, una plancha de ropa hecha de hierro que se calentaba al introducir carbón caliente, el gran aparato de radio, la máquina de coser Singer como de museo, un bastón nudoso. Quería tocar todo, como para asegurarse de que fuera real.

—Entiendo, es otra de tus gracejadas —reaccionó Emma, incrédula—. Como cuando decías que yo era un fantasma…

—Fue una confusión, creí que vivías en la quinta planta.

—¿Yo? ¡Pero si tú eras el que vivía arriba!

—No, no… Dime, cuando me oías, al vecino ruidoso, ¿de dónde venía el sonido?

—De las paredes, del techo —señaló por ahí—. A veces se oía aquí mismo.

—¡Es lo que yo oigo! ¡Y ahora lo entiendo!

—Baja el volumen —recomendó Emma—. Que vas a despertar al abuelo.

—Disculpa, es que esto es emocionante. ¿Te das cuenta de que habitamos el mismo espacio pero en distinta época? ¿No es acojonante? Digo, sorprendente. Y la chimenea… —me acerqué para explorarla—. Aquí nos dejamos los mensajes, usamos el mismo hueco. Ahora entiendo por qué tus mensajes llegan en papeles quebradizos: los escribes en 1942 y yo recibo la caja llena del polvo de ¡cuarenta y cinco años después! Que es lo que tarda en llegar a mis manos —bajé el volumen, era difícil controlarse—. Pero, de alguna manera, establecimos una conversación y recibiste mis cartas y el libro que envié desde mi época. Y ahora, yo mismo pude venir hasta aquí.

—Fue por la ficha del ascensor —Requena comenzó a atar cabos—. El profesor decía que el Begur tenía niveles ocultos, y es verdad. Lo que no alcanzó a descubrir es que no conectan a otras dimensiones, sino a otros tiempos del mismo edificio.

—Disculpa, tal vez esto es muy enredado para ti —le dije a Emma.

—No, no tanto —reconoció—. Ahora entiendo los errores del libro.

—¿Qué libro? —preguntó Requena.

Emma buscó el libro *La historia interminable*. Abrió las primeras páginas.

—No entendía cómo alguien pudo escribir algo tan maravilloso con tan poca edad. Según la contratapa el autor nació en 1929, tiene trece años, pero en la última página dice que el libro fue impreso en Barcelona, en 1984 —nos miró con una gran sonrisa—. Entonces si venís del futuro. Es como la novela de Wells, *La máquina del tiempo*... ¿Tenéis una máquina o algo así?

—Es el Edificio Begur —razonó Requena—. Es la máquina.

—Todavía no sabemos cómo funciona, pero es así —reconocí.

Todos comenzamos a hablar al tiempo, emocionados.

—Debéis contarme tantas cosas —Emma daba pequeñas palmadas—. Antes que nada, decidme, ¿cuándo murió Franco?

—¿Franco? —reí—. Pensé que te interesaría saber de la visita a la Luna.

—¿Habéis estado en la Luna? —abrió sus hermosos ojos.

—Nosotros no —sonrió Requena—. Fueron unos gringos, pero antes los rusos enviaron a un perro al espacio.

—¿Y para qué quiere ir un perro al espacio? —rio Emma—. ¡Pobre criatura!

—El mundo es muy moderno —aseguré orgulloso—. Está *Star Wars*, la música pop, rock en español, las videocaseteras betamax, ¡tecnología de punta!

—... Y los walkman para llevar tu música a donde quieras —siguió Requena—. Y el Atari, que es una consola de videojuegos, para jugar en la tele sin ir a las salas de maquinitas, y tenemos algo llamado fax, puedes mandar una carta por línea telefónica.

—Ya, pero... ¿y Franco? —insistió Emma.

—Murió hace mucho —hice memoria—. Creo que en 1975.

Emma se estremeció, como si hubiera recibido un balde de agua fría.

—En prisión, supongo —repuso con ansiedad.

Al instante entendí muchas cosas. Cuando en sus cartas mencionaba la guerra, la cárcel, se refería a la Guerra Civil española. Para ella, no sólo acababa de terminar, ¡la había vivido! Ahora entendía, su padre y su tío, asesinados. Su madre y hermana permanecían atrapadas en la España franquista. Vivía exiliada en México con el abuelo, esperando volver a su país, pero todavía faltaban treinta y tres años de dictadura.

Oímos una tos, seguida de una voz gruesa que murmuró el nombre de Emma.

—¡El abuelo! —la joven tembló—. Tenéis que iros ya mismo, haced camino a vuestra época —fue hacia la puerta—. Si sabe que alguien ha entrado se va a armar la de san Quintín, y aunque vengáis de Marte, que le va a dar igual. De prisa… Ah, y la chapa del ascensor, tengo que devolverla a su sitio.

Metí la mano en el bolsillo.

—¡Espera! —me detuvo Requena—. ¿Cómo vamos a volver a nuestra época?

—Pues no sé… como llegamos —aventuré.

—Pero debe de ser en sentido inverso —meditó Reque—. Hay que subir un piso por la escalera y luego tomar el elevador para bajar a la cuarta planta. Si lo hacemos bien, llegamos a 1987.

—¿Seguro?

—No estoy seguro de nada, pero necesitamos la ficha para probarlo —había un cierto matiz de nerviosismo en su voz.

—Emma, Reque tiene razón —expliqué a mi nueva amiga—. Cuando llegue a mi época te envío la ficha por la chimenea. Lo prometo.

—No entiendo ni una palabra, pero daos prisa —nos empujó a la salida—. Si el abuelo os encuentra aquí, me va a dejar peor que a un Cristo.

—Pero ¿te das cuenta? —exclamé—. Puedo ayudarte a escapar. Esto cambia todo, es más impresionante que un viaje a la Luna.

Emma estaba muy nerviosa para apreciar mi comparación y me sacó al pasillo.

—Claro, claro, ya lo hablaremos después —cerró la puerta—. Y echa doble llave —dijo desde el otro lado—. Todo debe estar como antes. ¡Daos prisa! Haced lo que sea, pero tenéis tres minutos para devolverme la mentada chapa.

Cerré con llave. Se escuchaba la voz gruesa del abuelo. Reque y yo subimos por las escaleras a la quinta planta y llamamos al elevador (ahí sí funcionaba el botón). Al entrar introduje la ficha en la ranura, pedí el cuarto nivel.

—Ahora veremos si mi teoría es correcta —observó Reque, tenso.

—Pero volvemos sin rescatar a Conde —recordé, preocupado.

—Aquí nunca la vamos a encontrar, es 1942, y Pigmeo se perdió en 1987.

—¿Y entonces por qué oímos su voz?

Requena no supo qué decir. ¡Había tantas cosas por investigar! Pero sería luego. Ahora debía regresar la ficha... si es que llegábamos a casa.

Cuando se abrieron las puertas respiré aliviado. La cuarta planta del Begur era la de los años ochenta: con las macetas sin plantas, las bombillas opacas, y en las escaleras había una valla que bloqueaba el acceso al quinto nivel. Abrí el departamento, estaba normal. Deposité la ficha en la caja de latón en el hueco de la chimenea. Un momento después se escuchó ruido y vi cómo caía hollín, seguro que Emma la había agarrado desde su época.

Busqué una silla para tomar aire. Crucé una mirada con Requena. ¿Qué demonios acababa de suceder?

Estimada A, ¿qué le parece si aprovechamos para una pausa? No se relaje, esta montaña rusa apenas ha recorrido un bucle, faltan unas cuantas vueltas más. Recuerde que hemos entrado a *un nuevo territorio* y hay un mundo por descubrir. Mientras, le recomiendo un té de tila, lo puede necesitar.

Como siempre, un gran abrazo.

Diego

Carta trece

Querida A, déjeme adivinar: sus cejas se arquearon hasta el infinito con la última carta. No la culpo, yo estaría igual: empezamos con fantasmas... ¡y ya estamos con viajes en el tiempo! Me gustaría tranquilizarla, pero temo que es imposible. A partir de este punto las cosas no hacen más que volverse más complejas y hay más piezas a encajar en este gran rompecabezas. Antes de ofrecer explicaciones, le propongo una cosa, dejemos los juicios para después y déjese guiar por mí, como niño que escucha un cuento y no le pide cartilla de identidad al hada azul. ¿Trato?

Vuelvo al punto donde quedé: Requena y yo, en mi departamento, de regreso a 1987 y con la cabeza a punto de explotar por nuestro pequeño viaje de cuarenta y cinco años al pasado.

—Estuvimos ahí, aquí mismo, es que fue increíble —no podía quedarme quieto—. ¿Y viste qué guapa es Emma?

—Era... —anotó Requena—. *Era* guapa y sí mucho, pero estás hablando de alguien que vivió en este apartamento hace cuarenta y cinco años.

—Es —insistí—. Emma está muy viva y tiene 16 años. El único detalle es que no vive en este tiempo.

—Eso no tiene sentido —replicó Requena—. Es como si dijeras que ahora mismo, pero en alguna dimensión temporal, todavía es 1942.

—Exacto y tú y yo acabamos de estar ahí —señalé—. Viste el edificio, la calle, las cosas. Todo se podía tocar, oler, ¡era real! Y ahora mismo Emma le está sirviendo sopa al abuelo. Tan existe su tiempo, como el mío, que podemos enviarnos cartas.

—Me va a doler la cabeza —resopló Requena—. Esto es confuso hasta para mi alto coeficiente intelectual. ¿No tienes más jugo de naranja? Necesito azúcar para pensar.

—Al menos no nos topamos con la Criatura Gris —en la nevera encontré un envase de zumo de tomate. Se lo mostré a Reque—. ¿Te sirve?

—Lo de la criatura tiene explicación —Requena bebió de golpe—. Qué asco, esto sabe horrible. ¿No tendrás pastel de chocolate o algo así?

—Hay una paella mutante —la saqué del horno, seguía ahí—. La puedo calentar.

—Así está bien —comió dos salchichas de un bocado y retomó—. A ver… era imposible que encontráramos al fantasma del doctor Krotter en 1942, porque en ese año todavía estaba vivo. Según el libro de *Hienas y chacales*, se suicidó hasta finales de 1947, en el clímax de su carrera asesina, y justo en el patio principal del edificio.

—¿Crees que podríamos impedirlo?

—¿Qué cosa? —Requena mordisqueaba un trozo de pollo frío.

—Sólo imagina que volvemos a la época de Emma. En 1942 podríamos enviar una denuncia a la policía alertando del asesino. ¡Salvaríamos la vida de muchos niños! Además en ese tiempo estaba la Segunda Guerra Mundial —se me cortó la respiración al pensar en las posibilidades—. ¡Imagina lo que podríamos hacer con un portal al pasado!

—Tranquilízate. Marty McFly —Reque atacaba el arroz de la paella—. ¿Hablas de cambiar el pasado? ¿Matar a Hitler? Ni siquiera tenemos idea de dónde fue a parar Conde.

Oímos unos fuertes rechinidos.

—¿Está tu padre? —Requena bajó la voz.

—No que yo sepa. Le tocaba hacer guardia en la estación.

Nos asomamos a la estancia. De nuevo se oyeron los rechinidos.

—¿Teo? —pregunté con voz temblorosa.

Los ruidos aumentaron hasta rematar con el estrépito de un cristal roto. Requena y yo nos quedamos clavados cuando una silueta apareció en el pasillo de las recámaras. Reque sacó la estampa de san Ignacio de Loyola y destapó el frasco con agua bendita.

—¡Sabemos quién eres Waltraud Krotter, conocemos todos tus nefandos delitos!

—¿Y ahora así me reciben? ¡Es el colmo! —chilló la silueta.

Y avanzó. Era muy bajita, vestía como un chico.

—¿Conde? —me acerqué asombrado.

—¿De verdad eres tú? ¿El verdadero Pigmeo? —preguntó Requena.

—Carne y hueso. ¡Y deja de echarme agua bendita! —se quejó, molesta—. No soy un vampiro.

—¡Pues deja de hacer entradas como uno!

Abracé a Conde y comprobé que era real, no una entidad de fulgor.

—Pero… ¿de dónde vienes? —se acercó Requena.

—De arriba, ¿de dónde más? —resopló—. Bajé por la escalera del balcón. Rompí un vidrio, perdón Diego, es que empujé la puerta medio fuerte. Pero ¿por qué me dejaron? Eso no es de amigos, ¿eh? ¡Estuve en ese baño más de media hora!

—Conde, llevas como doce horas desaparecida —reveló Requena.

La chica nos miró, confusa.

—¿Ya viste la hora? —señalé la ventana que daba a la calle—. Es de noche, son casi las once.

Conde lo comprobó, perpleja.

—Pero yo tengo las 10:51 de la mañana —revisó su reloj Casio.

—A ver, primero lo primero. ¿Recuerdas qué te ocurrió? —preguntó Requena.

—Claro, me acuerdo de todo —Conde no dejaba de mirar por la ventana, confundida—. Seguí al espectro de la mujer del retrato, llegué hasta ese baño y se cerró la puerta y… perdón Reque, creo que perdí la cámara.

—Ya la encontramos —la tranquilizó—. Y también vimos al espectro de la mujer enlutada, pero no a ti. Te buscamos en todos los gabinetes. ¿Dónde carajo te metiste?

—¿Cómo dónde? No me moví de ese baño en la última media hora. Se atascó la puerta, luego intenté salir por la ventanita redonda, pero estaba sellada y entonces me di cuenta de algo raro…

—Tal vez viste esto… —del sobre de las fotos saqué la del raro paisaje.

—¡Eso mismo! ¡El castillo al lado del mar! —asintió Conde—. Entonces sí me dio miedito… no sabía qué estaba pasando hasta que oí sus voces. Los llamé, no me creían que era yo, me preguntaron del disco de Nacha Pop.

—¡Eso fue varias horas después de que te perdiste! —explicó Requena—. Y por segunda vez entramos al baño y no estabas.

—Y ustedes tampoco —aseguró Conde—. Se movió la puerta, pero del otro lado no había nadie. Pensé que me hacían una broma, y regresé como entramos, por la escalera en el balcón. Estaba tan enojada que ni me di cuenta de que era de noche. Ay, no entiendo nada.

—Creo que ya sé qué pasó —dije. Mis amigos me miraron con atención—. Bueno, es una teoría. Conde nos escuchó y nosotros a ella, pero no nos vimos porque cada quien estaba en una época distinta. Eso es lo que ocurre en este departamento.

—Una convergencia de dos épocas —meditó Reque—. Es posible, así fue como empezaste a escribirte con Emma.

—¿Emma? ¿La fantasma? —comentó Conde.

—Sí, pero no es un fantasma —revelé con una gran sonrisa—. Está viva.

—Entonces sí hay vecinos *clausurados* —observó.

—No. Emma vive aquí mismo, en este apartamento —suspiré—. Lo sé, suena raro. En las horas que desapareciste pasaron muchas cosas, hasta luchamos con una criatura gris, ¡de la que te salvaste!

—¿Qué criatura? ¿Puedo comer paella? —Conde picoteó las salchichas que quedaban—. Muero de hambre.

—La Criatura Gris es un fantasma —expliqué—, un fenómeno fulgor de primerísima categoría. Fue horrible, ¡estuvimos a punto de morir!

Le hice a Conde un rápido resumen de cómo seguimos al espectro de la dama enlutada hasta el ático y la violenta Criatura Gris nos cortó el paso que, según una investigación de Requena era el fantasma del doctor Waltraud Krotter, un asesino serial de niños que había vivido en el Begur. Esa entidad era una de las piezas de un rompecabezas de fulgor que incluían grabaciones de otra época, las imágenes del rollo fotográfico, nuestros supuestos *Doppelgängers* que descubrió Requena. Y, para rematar, visitamos a Emma, gracias a una ficha maestra para el elevador que ella misma nos envió.

—Si subes al clausurado quinto piso desde nuestra época llegas a 1942 —expliqué—. Emma vive con su abuelo, en este mismo departamento, pero cuarenta y cinco años atrás.

—¿Qué? Perdón, ya no entiendo nada —interrumpió Conde, aturullada.

—Bueno, luego te explicamos, lo que importa es que te recuperamos —señalé—. El profesor Benjamín no tuvo la misma suerte con Noemí, seguro se perdió en otra dimensión o tiempo, ya ni sé… tal vez esto no tiene sentido…

—Sí que lo tiene —murmuró Requena que había estado muy reconcentrado—. ¡Acabo de entenderlo todo! —buscó algo en la mochila—. Sí… claro… ¡Es prodigioso!

Conde y yo nos miramos.

—¿Recuerdan las categorías del fenómeno fulgor? —preguntó.

—Ay, no. ¿Otro examen? —se quejó Conde, exhausta.

—Por favor, repásenlas —pidió Requena—. Ahora mismo, es importante.

—Bien, yo lo hago —comencé—. Los fenómenos fulgor tienen tres categorías. La menor es la del rastro, son despojos de energía como sonidos o sombras. La categoría dos es la espectral, se ven imágenes, pero inofensivas, son como grabaciones en el tiempo…

—Y la categoría máxima del fenómeno fulgor es la primera, la fantasmal —remató Conde—. Es el encuentro más peligroso, porque esos bichos son conscientes, con emociones, y pueden tener mala baba.

—Exacto, ¡han aprendido la lección muy bien! —casi podíamos oír los engranes del cerebro de Reque—. Es que esto... ¡es prodigioso!

—¿Quieres dejar de repetir eso y explicar qué pasa por tu gorda cabeza? —bufó Conde, exasperada.

—A eso voy —Requena sonrió—. Las tres categorías del fenómeno fulgor que repasaron son las tradicionales, las que hay en cualquier mansión encantada, pero en el Edificio Begur sucede algo distinto. Aquí los fenómenos han escalado a otro nivel, dieron un salto cualitativo. Es como si pasáramos de un plano de dos dimensiones, a uno de tres.

Requena sacó el llavero del profesor, el del cubo de Rubik.

—El rompecabezas —señalé.

—Así es, pero ojo con las caras —Requena giró el cubo—. En el Edificio Begur, los fenómenos fulgor se mueven sobre dos ejes: espacio y tiempo. Y arman una gran cantidad de combinaciones y convergencias. ¡Es tan genial!

—¿Algún día vas a explicarlo, señor genio? —bufó Conde.

—¡Es lo que hago! —resopló—. Trataré de simplificarlo para que lo entiendan —sacó su cuaderno y se puso a dibujar—. Pongan atención y díganme qué ven.

—Que no dibujas tan mal —reconoció Conde.

Requena había trazado un muro de ladrillos, una ventana y una puerta.

—Gracias pero lo que quiero que entiendan es el nuevo nivel de los fenómenos fulgor del Begur —explicó Requena—. Antes que nada pensemos que el tiempo son ladrillos, ¿okey? Bloques de horas, meses, años, se amontonan hasta formar ¿qué?

—¿Un muro? —observé el primer dibujo.

—Exacto, normalmente el tiempo queda atrás, irrecuperable, pero sucede que en el Begur este muro de tiempo tiene algunas grietas... y eso ocasiona ¿qué?

—¿Peligro? No entiendo, gordo —se quejó Conde.

—¡Sólo respondan! —señaló Reque—. ¿Qué pasa en el muro del tiempo si se vuelve delgado o hay fisuras?

—Que se oye el otro lado —observé.

—Bien, Diego, exacto —Reque seguía cada vez más agitado—. Oímos algunas cosas de otras épocas, murmullos, música lejana, pasos...

—El llanto del bebé —anotó Conde.

—Sí, también —asintió Requena—. Incluso la grabación de la fiesta. Pero estos sonidos son intermitentes y difusos por culpa de este muro.

—Son como los despojos de la categoría tres ¿no? —observé—. Es lo mismo.

—Casi, pero hay una diferencia que luego veremos. Y a partir de aquí se pone más interesante. Ahora imaginen que en ese muro, por alguna razón, los ladrillos de tiempo comienzan a moverse y aparece esto —Requena señaló el segundo dibujo.

—La ventana —asintió Conde.

—Pero tiene un cristal... ojo —anotó Reque—. ¿Qué pasa ahora?

—Que se ven... cosas —tanteó Conde, con inseguridad.

—¡Exacto, Pigmeo! Pero son imágenes de otra época —precisó Reque—. Como la anciana que Diego vio en el ascensor, la dama enlutada y, ¡atención!, aquí viene lo impresionante. ¿Recuerdan cuando vimos al profesor Benjamín en el sótano? ¿O la vez que me vi a mí mismo en la fuente del segundo patio?

—¿No eran *Doppelgängers*? —preguntó Conde.

—Eso creí al inicio, pero no —Requena se frotó las manos—. Les repito que esto es otro nivel. Estas visiones no sólo son del pasado, ¡también del futuro! Un día antes vimos cómo el profesor se preparaba para detonar un explosivo y luego descubrimos que yo mismo exploraba la fuente del patio pequeño, cosa que hice hasta hoy a medio día…

—Y estas ventanas espectrales o como se diga… ¿siguen abiertas? —interrumpí—. Por ejemplo, si volvemos a ese baño y nos asomamos por el hueco ¿veremos otra imagen del futuro?

—La única manera de saberlo es haciendo pruebas —dijo Requena, feliz—. ¿Se imaginan? ¡Tener una rendija para espiar el futuro! Sería maravilloso.

—Bueno, pero hay otro nivel más, ¿no? —Conde señaló el dibujo de la puerta.

—Sí, ¡la primera categoría! —anotó Reque—. Imaginemos que los ladrillos del tiempo se mueven hasta formar un hueco con una puerta abierta. No hay cristal ni nada, ¿qué creen que ocurra en ese punto?

—Que allí no hay barreras —observé—. Y se puede pasar de un tiempo a otro.

—¡Así es! —asintió nuestro amigo, exaltado—. Por estas puertas fantasmales no sólo vemos, sino que podemos interactuar con otra época. Diego encontró una.

—Al usar la vieja ficha del elevador —anoté.

—No, ¡antes! —Requena señaló la chimenea—. En este apartamento se conectan dos épocas. No sé en qué momento se activó pero una chica de 1942 y un chico de 1987 pueden enviarse objetos, siempre y cuando quepan en el hueco o caja de galletas dentro de una chimenea. Y luego está otra puerta fantasmal, más grande, la que se abre usando la ficha del elevador que tiene el abuelo de Emma.

—¿Y cuando el abuelo la usa, también viaja en el tiempo? —preguntó Conde.

—Emma me hubiera dicho algo —comenté, dudoso.

—No, no sucede nada —aseguró Reque, categórico—. Por lo visto la ficha tiene que ser de 1942 pero debe usarse en 1987 para abrir esta puerta. Aunque al principio ni siquiera me di cuenta; fue Diego el que lo hizo.

—Todo era diferente cuando me asomé a la ventana del baño —reconocí.

—Pero me escucharon ahí, ¿no? —confirmó Conde.

—Sí, pero un muro de tiempo nos separaba —Requena señaló el primer dibujo—. Lo curioso es que pudimos abrirte la puerta, porque había un punto de convergencia al ser el mismo espacio. Nosotros movimos la manija en 1942 y se desatoró la cerradura en la época donde estabas.

—¿Y dónde era eso? —preguntó nuestra amiga.

—Es que esto es de lo más emocionante —Reque se frotó las palmas—. Antes que nada, cuando seguías a la dama enlutada, sin saber cruzaste otra puerta fantasmal. Pero no estabas en 1942 ni en 1987 y ni siquiera sé si era esta misma ciudad, ¡se veía el mar!

—Entonces ya no hablamos de tiempo… sino de espacios —observé.

—Exacto —asintió Reque—. Las combinaciones de ventanas y puertas dentro del Begur son muchísimas. Al parecer puedes oír, ver o cruzar épocas, ¡pero también sitios!

—Cuarenta y siete combinaciones —recordé con emoción—. Eran los niveles ocultos que estudiaba el profesor Benjamín, más dos polos de poder.

—Me va a explotar el cerebro, ¡todo es muy raro! —se quejó Conde—. Además, ¿cómo explican que en ese baño sólo estuve como media hora? Y según ustedes todo el día.

—Es obvio que en cada espacio el tiempo transcurre distinto —observé—. Oigan… entonces, tal vez… Noemí siga viva.

—Es muy posible —confirmó Requena—. Aunque en nuestra realidad pasaron ocho meses, en el sótano alterno donde quedó atrapada sólo lleva uno o dos días.

—¡Y qué esperamos para rescatarla! —urgió Conde.

—Espera, Pigmeo, no es tan fácil ¿recuerdas esto? —Reque mostró el cubo de Rubik—. Tendríamos que reproducir las mismas condiciones que había cuando Noemí bajó al sótano esa noche y cruzó una puerta fantasmal. Si cometemos un error terminaríamos en alguna época del pasado o de un tiempo que aún no existe.

—Y además tendríamos que bajar otra vez al sótano, ¿no? —observé—. Y ya no contamos con la llave.

—Eso no es tanto problema —aseguró Reque—. Puedes pedirle a Emma otra vez la ficha maestra del elevador.

—¡Hay que intentar! —insistió Conde—. ¡Sólo imaginen encontrar a Noemí con vida! Resolveríamos el caso con el que iniciamos la investigación.

—Sí que sería impresionante —reconoció Requena, emocionado.

—Oigan, ¿y creen que la señora Reyna Fenck sepa que suceden todas estas cosas en su edificio? —pregunté—. Tal vez por eso cerró el acceso al sótano y a los últimos pisos.

Requena lo pensó un poco.

—No creo que sepa todo —reconoció—. Pero seguro se dio cuenta de que había algo raro. Tal vez desaparecieron uno o dos inquilinos y por eso mandó poner las vallas; modificó las fichas para que nadie usara el elevador a su antojo; añadió las cláusulas a los contratos y ordenó a Pablito que vigilara, para que nadie estuviera en peligro.

—Pobre Pablito —suspiró Conde—. Todos dicen que ya se murió y seguro ni funeral le hicieron.

Requena volvió a tomar su cuaderno y anotó algo.

—¿Nos vas a hacer otra prueba? —se acercó Conde.

—Una última —sonrió nuestro amigo—. Solo quiero que quede claro. Esto es el resumen de lo que tenemos. ¿Ven la diferencia?

FENÓMENOS FULGOR "TRADICIONALES"		FENÓMENOS "AVANZADOS"
CATEGORÍA 3: Despojos	——>	CATEGORÍA 3: Muro de despojos
CATEGORÍA 2: Espectros	——>	CATEGORÍA 2: Ventanas espectrales
CATEGORÍA 1: Fantasmas	——>	CATEGORÍA 1: Puertas fantasmales

—Que en el Begur están los fenómenos avanzados —observó Conde.

—En realidad están los dos, los tradicionales y los avanzados —Reque señaló con el bolígrafo—. Pero en los segundos hay una diferencia, llamémosle cuántica. ¿La notan?

—Eh, cerebrito, íbamos bien, ¡más despacio! —se quejó Conde.

—Tiene que ver con el tiempo —me aventuré a responder—. Por ejemplo, en los fenómenos fulgor dos y tres, tradicionales, son como grabaciones congeladas que se repiten, y en los fenómenos avanzados es el tiempo mismo fluyendo dentro de su línea.

—¡Muy bien, Diego! —Reque me dio otra palmada—. Tenías razón cuando decías que Emma *es* guapa, no *era*. Sigue siéndolo, en donde vive.

—¿Me explican? —pidió Conde—. Aunque sea con dibujitos.

—No es necesario, es muy sencillo —aseguró Reque—. Es la diferencia entre escuchar un disco, digamos de Nacha Pop, y escuchar el momento exacto cuando Nacha Pop estaba grabando el disco en el estudio; como si pudieras abrir una rendija en el tiempo y espiar el momento.

—Cuando en este departamento se oyen los pasos del abuelo, no son rastros espectrales, es el eco que resuena del momento justo cuando el viejo camina desde 1942 —agregué.

—Es posible oír, ver y hasta cruzar por distintas épocas y lugares —resumió Reque—. ¿Se dan cuenta de lo que podemos hacer con este mecanismo fabuloso que es el Begur?

¡Claro que me daba cuenta! En principio, yo tenía una amiga en 1942 y la salvaría de su loco abuelo. Cumpliría mi promesa. Luego… Pensé en todas las posibilidades: detener la Segunda Guerra Mundial y salvar millones de vidas, derrocar a Franco, impedir la guerra de Vietnam. Me golpeó un vértigo de locura al imaginar que podía cambiar el curso de la historia.

—Bueno, sí, pero ¿por qué? —preguntó Conde, sacándome de mis pensamientos.

—¿Por qué, qué? —la miró Requena.

—¿Por qué pasa esto? —señaló el cuaderno—. ¿En qué momento las cosas se volvieron así? ¿Esto ocurre en los demás sitios encantados?

—No, nunca —reconoció Reque—. Jamás he visto un libro que mencione esto, sólo están los despojos, espectros y fantasmas normales.

—Bueno, así como normales tampoco son, eh —acoté.

—Tradicionales, como sea —siguió Requena—. Lo que sucede en el Begur es nuevo; es el nivel cuántico de los fenómenos fulgor. Cuando escriba mi libro seré famoso. Ya puedo verme: Armando Requena, el mejor investigador paranormal del mundo.

—Pero sigues sin contestar —insistió Conde—. ¿Por qué empezó a suceder esto?

—Sí que tengo una teoría… ¡esto nunca deja de trabajar! —Reque se dio toquecitos en la sien—. ¿Sabes lo que está pasando en Chernóbil?

—Uf, ¿eso qué tiene que ver? —respingó Conde.

—¿Serías tan amable de responder, Pigmeo? Intento explicar algo…

—Pues que luego del accidente del reactor todo se está envenenando, ¿no? Ciudades, bosques, ríos. Dicen que va a ser por miles de años…

—Exacto. Y todo ese veneno radiactivo está ahí pero no se ve, aunque sí se notan sus consecuencias —continuó Reque—. Este ejemplo sólo es para que entiendas que toda acumulación masiva de energía ocasiona un cambio alrededor. En este edificio, hay otro tipo de energía, pero muy poderosa, de la que siempre hablamos.

—… Fulgor —anoté.

—Sí, exacto. El Belgur lleva sesenta y cinco años acumulando energía emocional. Imaginen la cantidad de cosas terribles y trágicas que sucedieron aquí: suicidios, secuestros, homicidios, asesinos seriales. Todo este fulgor, en cierto momento, como si fuera el accidente en un reactor, se salió de control y provocó una anomalía cuántica.

—Pero algo tienen que ver los polos que decía el profe Benjamín —anoté.

—El sótano y el ático —reconoció Reque—. Tal vez ahí es donde el fulgor se acumula más, o existe algo que no deja que se disperse la energía. Eso ocasiona una concentración tan alta que ahora ocasiona el muro de despojos, la ventana espectral y las puertas fantasmales que abren brechas en el tiempo y el espacio.

—El Chernóbil de los fantasmas —exclamó Conde.

—¿Te estás burlando? —saltó el chico.

—No. ¡No es burla! Al contrario, es admiración, Reque —nuestra amiga revisó los dibujos y las notas, emocionada—. Si alguna vez dudé de ti, te pido disculpas. ¡Eres un genio, aunque gordo, pero genio al fin! Resolviste el rompecabezas.

—Todavía hay algunas cosas sin responder —anoté—. No sabemos quién es la dama del retrato, el niño que llora, las demás figuras...

—Pueden ser espectros tradicionales que alimentan el sistema de fulgor o visiones de inquilinos de otras épocas —aseguró Requena ya con la voz engolada del "mejor investigador paranormal del mundo"—. Ahora, tenemos que hacer pruebas de este fabuloso mecanismo...

—Hay que rescatar a Noemí —insistió Conde.

—Sí, y echar un vistazo al futuro —reconoció Requena.

—Y salvar a Emma —apunté.

—Eso será apenas el principio —Requena se estremeció

de emoción—. Esto es como tener el poder de algún dios... y de momento, sólo nosotros conocemos el secreto.

Y también usted estimada A. Al momento de leer esta carta, ya es parte del secreto, que lo sepa.

No olvido que me está leyendo. Tal vez deba terminar esta misiva por aquí, para darle tiempo de procesar la avalancha de información que acabo de soltar. Es demasiada, lo sé, aunque juro que de la misma manera masiva la recibí.

Debe de tener muchas dudas. ¿De verdad habíamos resuelto el rompecabezas de fulgor? ¿La respuesta era tal como la explicó nuestro regordete y brillante amigo? ¿Era cierto que había cuarenta y siete puntos en el espacio-tiempo, a los que podíamos ver o visitar? Y la gran pregunta: ¿qué hicimos con semejante poder? Bueno, lo sabrá en unas semanas... Espere.

Se me ocurre algo. Aún tengo energía para seguir escribiendo y puedo develarle ciertas respuestas. Son unas pocas páginas más, pero no quiero irme dejándola en semejante oscuridad. ¿Lista? Acomódese en el sillón que seguimos...

Regreso a esa noche. Como era muy tarde (casi la medianoche) mis amigos se fueron a casa. Cuando me quedé solo resonaron unos pasos suaves y lejanos suspiros; no me asusté, era ya un cálido alivio familiar, debía de ser Emma, desde su época. Un rato después, detecté el sonido metálico de la caja en la chimenea, y vi el hollín en la base de una esfinge.

Compañero de piso.

¡Deberías ver cómo estoy!, me he puesto morados los brazos a pellizcos. Imagino que ha sido un sueño, pero entonces veo tus cartas, el libro de Michael Ende, recuerdo vuestra visita y se me

despejan las entendederas. No he podido concentrarme ni avanzar con la costura, y tuve que despachar con las manos vacías a Alma, la chica que recoge los pedidos.

Diego, me ha nacido una idea, más que idea es una urgencia, me explico: si vosotros sois del futuro podríais investigar qué pasó con mi familia, ¿a que sí? El abuelo y yo llevamos meses esperando noticias, cada día es una agonía, pero desde vuestra época debe de ser fácil rastrear datos. No os llevaría más de unos minutos con la poderosa tecnología de 1987, en un pispás tendríais la información, seguro. Lo último que supe de mi madre y de mi hermana (María Engracia Abad viuda de Barrios e Isabel del Pilar Barrios) es que consiguieron llegar al centro de refugiados de Perpiñán, de ahí conectarían rumbo a Méjico, pero en Francia las repatriaron a España porque le encontraron antecedentes a mamá, sí, la mandaron de vuelta a Madrid y les perdimos el rastro. Las dos son originarias de Motilleja. ¿Puedes hacerme este favor? Investigar qué pasó con mamá y con Isabel.

Luego hablaremos de otras cosas, ¡hay tantas preguntas que quiero hacer! Haré una lista, espero no agobiarte. Obviamente no le diré al abuelo nada de ti, no lo entendería, ya está mal y si se entera que Franco va a estar treinta y tres años en el poder, se muere ya mismo de un paro fulminante.

Posdata: Y oye, no estás nada mal en carne y circunstancia, algo pequeñajo, pero ya crecerás. Besos desde tu mismo piso, pero desde el otro lado del tiempo.

Emma. Tu vecina del pasado, amiga del presente y con el corazón en un puño.

Eso de pequeñajo no me gustó tanto, pero sonreí; de todas las cosas que podía pedirme Emma (datos sobre la bolsa de valores para volverse millonaria) ¡quería información de su familia! Pero entendí, debía de ser lo más importante de su vida en ese momento. Por desgracia en 1987 las computadoras eran algo rudimentarias y no tendría la información en un *pispás*, pero le respondí que claro, daría con el paradero de su madre y hermana, le di mi palabra.

Al día siguiente me reuní con mis amigos en el cuarto de Conde (estaba castigada por desaparecer un día sin avisar y no podía salir de casa). Todos nos veíamos ojerosos, apenas dormimos por la emoción, pero también desbordábamos energía.

Requena actualizó sus planos con los fenómenos del edificio Begur. Además de marcar las categorías simples de fulgor: rastros, espectros o fantasmas, también señaló zonas de niveles avanzados.

—Lo primero que haré es calcular el lapso del futuro que se ve por la ventana del baño del profe —declaró—. Con eso voy a ser millonario.

—Pero ¿cómo? —lo miró Conde.

—Fácil. Me enviaré los resultados de los pronósticos deportivos —Reque sonrió—. ¡Y eso para empezar! Sólo piensen en todas las posibilidades. Qué tal que dentro de una semana me entero de que Rusia va a invadir Estados Unidos y los comunistas van a dominar el mundo, entonces me mando esa información, la recibo y hoy mismo podría alertar a Reagan, ¿se imaginan? Me darían una medalla, segurito.

—Ah, claro —sonrió Conde—. Según tú, Ronald Reagan va a recibir en la Casa Blanca a un adolescente gordo mexicano que dice que recibió un mensaje de su yo gordo del futuro.

—Ya me cansé que me digas así —se quejó Requena con amargura—. No soy gordo, mi estructura ósea es sólida. Y además, sólo fue un ejemplo.

—Yo tengo una misión más real y no tenemos que ir a la Casa Blanca —intervine—. Emma quiere que le investigue el paradero de su madre y hermana. Estaban por viajar a México pero les perdió la pista en 1942, en un campo de refugiados en Perpiñán, Francia.

—Pues ve a alguna asociación de exiliados —aconsejó Conde—. Seguro tienen un directorio de esa época. Llegaron muchísimos españoles entonces... como tres mil.

—Fueron más de veinte mil refugiados españoles —especificó Requena que no desaprovechaba una oportunidad de lucir conocimientos—. Se exiliaron en México durante y después de la Guerra Civil.

—Uf, son demasiados. Entonces, date prisa —aconsejó Conde—. Podrías empezar por el centro gallego, y luego irte al asturiano, después al leonés.

—Ellas eran de Motilleja, Albacete.

—Se me ocurre algo más rápido, veamos —Requena se frotó las manos—. Pigmeo, pásame la guía blanca del directorio telefónico.

—¿Vas llamar ahora a alguna asociación de Albacete? —pregunté, sorprendido.

—No, pero vamos a salir de esto y pasar a lo importante —aseguró Requena, confiado—. No nos llevará ni cinco minutos. Pigmeo, estamos esperando, ¡es para hoy!

—No me grites, no eres mi jefe —Conde salió y entró con un enorme directorio.

—Listo, pregúntale —me animó Requena.

—¿A quién?

—¿Como a quién?, a tu novia del pasado —me pasó la gruesa guía blanca—. Esto no es ni ventana espectral ni puerta fantasmal, es una llamada común y corriente.

—¡Eres grande, Requena! —a Conde se le iluminó la cara—. Y no me refiero a tu estructura ósea sólida.

—A ver, momento —intenté aclararme. Sopesé el directorio, 890 páginas de papel cebolla—. ¿Quieres que busque a Emma… a la Emma del presente?

—Exacto. En 1942 tenía ¿16? Eso quiere decir que en nuestra época debe rondar los 61. Si alguien sabe mejor sobre lo que pasó con su familia es ella misma. Si se quedó a vivir en esta ciudad podrás hablar con ella. Pregúntale, ¡seguro te recuerda!

Era irreal, pero Requena tenía razón, quién mejor que ella para conocer datos de su propia vida.

—A ver, dame el nombre completo y yo la busco —Requena tomó el directorio—. Hablaré con ella.

—No, deja —me decidí—. Si alguien debe hacer la llamada, seré yo.

Busqué el nombre: María Fátima del Carmen Barrios Abad y encontré una *Barrios A. Ma. Fátima*. El corazón se me detuvo un instante. Faltaba uno de los nombres de Virgen, pero lo demás era casi igual. Emma (si es que era ella) vivía en un barrio llamado Azcapotzalco. ¿Estaría casada? ¡Tal vez tendría hijos o nietos! Era demasiado extraño.

Conde trajo el aparato telefónico, tenía un cable larguísimo para moverse por todo el departamento. Disqué el número, estaba temblando.

—¿No sientes raro que tu novia sea cuarenta y cinco años más vieja que tú? —preguntó Conde.

—Antes que nada, no es mi novia y sólo me lleva un año —comencé a explicar, no pude seguir porque alguien descolgó el aparato del otro lado.

—¿La señora María Fátima? —pregunté entre balbuceos—. Disculpe, ¿vive ahí?

—Sí, ¿quién la busca? —dijo una voz joven.

—Yo… Soy Diego —recompuse el aplomo—. Estoy buscando a María Fátima del Carmen, tal vez sea tu madre, debe tener unos sesenta y un años. Soy un amigo…

"…Del pasado", me faltó decir.

—Creo que marcaste mal —dijo la voz, luego de una larga, larguísima pausa—. Mi mamá se llama Leticia y yo soy María Fátima, y tengo treinta… ¿Eres vendedor? Mira, no nos interesan esos tiempos compartidos de Acapulco, ya les dijimos la otra vez…

—Marqué mal, perdón —colgué a toda prisa.

Les conté a mis amigos y volvimos a revisar el directorio. No había otro nombre parecido. Cabían tres posibilidades: Emma regresó a España; Emma vivía en otra ciudad distinta al D.F. o finalmente Emma se había cambiado el apellido al casarse.

—¿No que ibas a solucionarlo en cinco minutos? —Conde se burló de Requena—. ¡Y así quieres ir al despacho de Ronald Reagan y salvar el mundo!

—Fue un ejemplo —se defendió.

—¿Saben quién pudo conocer a Emma? Pablito —recordé con cierta frustración—. En el edificio no había nadie más viejo que él.

—¿Qué? Sí que lo hay. Está la señora Clara Fuensanta, del 101 —anotó Requena—. Es la vecina más antigua del Begur y, a diferencia de Pablito, sigue viva.

—Pero está loca de remate —suspiró Conde—. No tiene caso hablar con ella.

—Tiene sus días malos —reconoció Reque—, pero es una mujer interesantísima. Hablaré con Rosario, su cuidadora, a ver cómo anda doña Clarita de ánimo y lucidez…

Se oyó el ruido de trastos rompiéndose, corrimos a ver. Era Luzma, la tía de Conde; se estaba sirviendo un té cuando se le resbaló la taza; estaba hecha añicos en el piso.

—Soy tan torpe —murmuró contrariada—. Todo se me cae de las manos.

Era un accidente normal, pero la señora comenzó a darse golpecitos en la frente que poco a poco subieron de intensidad, mientras repetía: "torpe, torpe, torpe".

—Tía, no pasa nada, está bien —la detuvo Conde—. Yo me encargo. Tranquila.

—No puedo hacer nada —la señora Luzma parecía a punto de ponerse a llorar. Noté que le temblaban las manos.

—Limpio esto rápido y te sirvo otro té —sonrió Conde—. ¿De qué lo quieres? ¿Manzanilla, con miel, como te gusta?

La señora empezó a llorar en silencio. Requena me hizo una seña, hacia la puerta. Nos despedimos rápidamente y salimos.

—No te preocupes, sus tíos son algo raros —me explicó Reque, ya en el pasillo—. He visto cosas peores. Pero Pigmeo sabe cómo tratarlos.

La verdad es que Conde nunca nos contaba de la vida con sus tíos, pero cada uno teníamos nuestros problemas. Aunque comparado con la madre de Requena (que se ponía unas kurdas balcánicas) y con los raros tíos de Conde, yo no estaba tan mal, digo, mi madre había muerto por sobredosis y mi padre seguía en la adolescencia, pero bueno.

Fue como invocarlo, porque al entrar al apartamento encontré a Teo, y hacía algo sorprendente: ¡la limpieza! Tenía una escoba en la mano, y ya había lavado los trastos y recogido la mesa.

—Vaya, hasta parece que viste un fantasma —sonrió al verme.

Curiosa frase. Lo sé.

—Pensé que tenías turnos dobles en la estación —recordé, extrañado.

—Pedí mi día de descanso, para estar con mi hijo —sonrió—. ¿Hace cuánto que no tenemos una salida de padre e hijo? ¿Qué se te antoja hacer? Escoge lo que quieras.

No sé qué me sorprendió más, si viajar a 1942 o esa propuesta.

—¿Pasó algo? —pregunté con sospecha.

—¿Qué va a pasar? —Teo dejó la escoba—. ¿Qué un padre no puede tener un día de convivencia con su hijo? ¡Sólo nosotros dos! ¿O tienes planes con tus amigos?

Sí que tenía pendientes, debía investigar el destino de la madre y hermana de Emma, aunque ahora eso dependía de la memoria y salud mental de doña Clarita. Al final decidí que no ocurriría nada si pasaba unas horas con Teo; además, tal vez, podría contarle (al fin) una parte de mi fabuloso secreto.

Listo, ahora sí, estimada A. Es todo por esta carta. ¿Le parece bien?

Abrazos categoría tres, no los ve, pero están ahí.

Diego

Carta catorce

Estimada A:

Como recuerda, he mencionado algunos elementos del relato fantasmal. Del *suceso* a *la confirmación*; llega *el primer ataque* y se entra a *los nuevos territorios*. ¿Por qué le doy este glosario teórico? Intento brindarle algún norte para que no se pierda en los recovecos del género o de mi memoria.

Ahora mismo estamos parados a la mitad del relato de horror, ya instalados dentro de los *nuevos territorios* y es cuando llega el momento de la *búsqueda de datos*. Hay que rastrear antecedentes, información que servirá para recorrer de manera segura este nuevo país de espanto y maravilla. Pero ojo, los datos no siempre son confiables y, muchas veces, suelen ser peligrosos. No ahondaré en ello, sólo manténganlo en mente.

Vuelvo a ese día de 1987. Teo y yo salimos armados con paraguas para la lluvia veraniega que caía por las tardes, como reloj, sobre el D.F. De nuevo tuve esa sensación de ligereza al alejarme del Edificio Begur, hasta el cuerpo pesaba menos. En la calle el aire parecía limpio y los colores como recién lavados. El Begur, con su silueta recargada y fantasmal, comenzó a perderse en la cortina de árboles, lo último que vi fueron las ventanas de la buhardilla del ático, colmadas de sombras.

Teo no paraba de hablar, estaba de excelente humor. Mencionó un plan para ir a Puerto Vallarta y a San Juan de los Lagos (donde se supone que estaban los orígenes familiares paternos). Caminamos sobre la bonita y arbolada avenida Álvaro Obregón y luego por la calle de Orizaba, donde dimos con una heladería llamada La Bella Italia, decorada en rojo y blanco y parecía detenida en los años cincuenta. Teo me compró algo llamado copa Rossi, una montaña de helado, fresas y crema batida. Me sentí otra vez de 8 años. Él optó por un napolitano especial. Terminamos de comer en la banca de un pequeño jardín llamado Luis Cabrera, frente a una enorme fuente con forma de trébol. Aunque todo parecía en calma, sólo había que rebuscar con la mirada para toparse con baldíos o terrenos con los escombros de edificios colapsados en los terremotos. Las construcciones menos dañadas eran, curiosamente, las casonas decrépitas de principios de siglo.

—¿Y estamos esperando a alguien? —miré alrededor.

Teo me miró un poco confundido.

—No sé, a tu novia —insinué.

—¿Qué parte de un día de hijo y padre no quedó claro? —su risa no fue muy convincente—. Además ya terminamos, esa relación se acabó.

Debió de ver mi expresión porque aclaró de inmediato:

—No estoy contigo por eso. Este día de padre e hijo lo tenía planeado, aunque siguiera con Lilka y Jasia.

—¿Salías con las dos? ¿O cómo? —reí, pensé que era una broma.

—No… bueno, algo —Teo suspiró—. Es que me daban ya sabes… *señales*. Pero creo que malinterpreté, no sé, siempre me equivoco.

Se me atoró en la tráquea un par de fresas heladas. Hice un esfuerzo para tragar. Me molesté y recordé la vez que Teo se enredó con la mejor amiga de mi madre, básicamente por eso terminó nuestra familia. Seguro también malinterpretó las señales.

—Soy un desastre. Pero voy a cambiar —sonrió, parecía pálido—. Ya les pedí perdón. Y nada de amigas por un tiempo. Me portaré como monje cartujo, lo juro, y seré un buen padre. Haremos muchas cosas juntos, ya verás.

No supe si creerle (más bien no), pero hice un esfuerzo para dejarlo pasar. En un puesto Teo compró el periódico y revisó la cartelera. Se emocionó con el anuncio del estreno de la última peli de Woody Allen: *Días de radio*, pero a mí me tocaba elegir. En esa época, en la Ciudad de México, como en Madrid, había cines de distintos pelajes, yo me decidí por una suculenta función doble de películas de terror (¡como si no tuviera suficiente horror en el Begur!) en algo llamado Cine Estadio.

—Ése queda cerca de aquí —aseguró Teo—. Entre Coahuila y Yucatán. Son unas seis o siete cuadras. Vamos, esta zona es muy bonita para caminar.

Durante el trayecto Teo me explicó que el cine se llamaba así por un viejo estadio que fue construido sobre los terrenos de un cementerio, luego fue demolido para hacer una unidad habitacional, que, por desgracia, resultó dañada en los terremotos. Al parecer ese sitio estaba maldito.

—La semana de los sismos fui con una amiga al cine Estadio —recordó—, vimos *Rocky III*. Y unos días después, toda esta zona parecía bombardeada, había tantos escombros y muerte. Dios, nunca voy a olvidar las cosas que vi... —carraspeó—. Pero no es momento para hablar de eso; hoy es día de paseo.

Para mi suerte, el cine Estadio había sobrevivido; era inmenso, con más de mil butacas aunque para 1987 ya había pasado su mejor época. Tenía un desastrado aire de barrio. Nos sentamos en el nivel luneta, y antes compramos palomitas y dulces Escalona. Había que armarse de munición para soportar unas cuatro horas de cine. Cada película era precedida por una cosa llamada *Noticiero continental* de Demetrio Bilbatúa, que era muy similar a los *NO-DO*, el plomizo noticiero oficial en España. Además, las pelis se interrumpían a la mitad con intermedios diseñados para aligerar la vejiga y comprar más golosinas. Temo que mis gustos cinematográficos en esa edad eran un tanto rústicos porque ese día dictaminé que había visto dos obras maestras del séptimo arte: *Creepshow II* y *Pesadilla en la Calle del Infierno III*.

Salí de muy buen humor y fuimos a cenar a la taquería Tlaquepaque en uno de los locales a la vuelta del cine. El sitio estaba atestado, con planchas humeantes y cada quince minutos entraba un conjunto musical para tocar una canción y pedir dinero. Teo me animó a comer tacos al pastor con salsa verde. Bastó una mordida para extender un incendio de mis labios a las amígdalas. Bebí todo el vaso de agua de Jamaica.

—Poco a poco te vas a acostumbrar al chile —aseguró divertido—. Ni modo que no. Tienes genes mexicanos, hay que ponerlos en práctica.

Curiosamente, él no quiso comer nada.

—Me revolvieron el estómago tus películas —aseguró—. Tanta sangre y tripas de goma. Dios, no sé cómo puede gustarte eso. Luego te enseñaré buen cine. Te llevaré a la Muestra Internacional de la Cineteca, y a unos ciclos de Fellini, te urge.

A cada momento parecía más pálido y sudoroso. Sus ojos azules se hundían en una telaraña de diminutas venas rojas. Pensé que era normal, por todos los días que llevaba sin dormir, entre las guardias del trabajo y el fallido noviazgo a dos bandas. Pero seguía de buen humor, tanto, que decidí que podía compartirle mi secreto.

—¿Recuerdas que estaba explorando el Edificio Begur? —comencé.

Tardó un momento en reaccionar.

—Con tus nuevos amigos —asintió—, el gordito y la chica. ¿Cazaron fantasmas?

—¿Tú crees en esas cosas? —sondeé con toda la tranquilidad posible.

—Hay más cosas en el cielo y en la tierra que todas las que sueña tu filosofía —citó.

—Ya, pero imagina que sí existe algo. Por ejemplo, digamos que una persona muere en una situación megaintensa, y se produce energía emocional que, al concentrarse, comienza a ocasionar fenómenos.

—¿Como que Jason aparezca en tus sueños? —sonrió.

—Freddy —reí—. Jason es monstruo de otra saga. Hablo en serio —elevé la voz, había demasiado ruido, risas, música (un conjunto norteño tocando una redova). El ambiente no ayudaba mucho a lo que iba a contar—. Digamos que esta energía comienza a producir sonidos, imágenes y otras cosas alucinantes.

Teo tomó una servilleta para limpiarse el sudor, estaba cada vez más pálido.

—Sería interesante —reconoció—. Aunque creo que todos

esos fenómenos, si les rascas, en el fondo tienen una explicación lógica.

—Pero estás de acuerdo con que el Begur no es edificio normal. No hablo sólo de la arquitectura o las leyendas, sino de lo demás: la muerte del profesor Benjamín, de Pablito y toda esa gente que ha desaparecido: Noemí, la señora Reyna, el licenciado Gandía.

—Hablando de eso, se me pasó enseñarte algo.

Teo buscó algo en su mochila tipo bandolera, me pasó un volante.

—Dime si reconoces a alguien —señaló.

El papel decía: "Teatro de búsqueda. Foro Universitario y la Sala Fósforo de la UNAM presentan: *Esperando a Godot*, la obra cumbre del teatro del absurdo". Sentí un aguijonazo al ver la imagen de un actor vestido con gabardina muy larga, el hombre tenía piel cetrina y labios gruesos.

—¡El licenciado Erasmo Gandía!

—Lo mismo pensé —reconoció Teo—. Pero tengo mis dudas, la imagen es de pésima calidad, pero se parece un montón, ¿no crees?

—¿Dónde encontraste esto?

—Pegado en un teléfono público.

—Es que… si esto es verdad —extendí el volante— quiere decir que el despacho de Soluciones Inmobiliarias era un montaje. Tenemos que buscar a este actor y preguntarle quién lo contrató, por qué y cómo consiguió nuestros datos.

—Bueno, en caso de que sea él. Pero tranquilo, voy a exponer esto en la siguiente reunión vecinal, será en unos días.

—¡Podemos investigar antes nosotros!, ¿dónde está la Sala Fósforo?

—¿Y si mejor adelantamos la cuenta? —Teo llevaba media

docena de servilletas empapadas de sudor—. Este olorcito a taco me está dando náuseas.

Fue un instante. En segundos mi padre se puso mal. Fue al baño y, cuando salió, temblaba y tenía los labios casi blancos.

—Creo que pesqué una de esas infecciones intestinales —explicó—. Capaz que fue la paella. ¿Vamos a casa?

Las ocho calles de regreso se sintieron como ochenta. Teo tenía la piel de gallina, sudaba y, para colmo, se soltó una tormenta con vocación de huracán. Los paraguas no sirvieron de mucho.

—No es nada, voy a estar bien —aseguró Teo—. Ya me conozco. Debo hidratarme, sudo el bicho y en unas horas estaré como nuevo.

El Begur nos recibió con el vestíbulo penumbroso y lleno de basura. Urgía un conserje. Entre hojas secas y correspondencia apilada vi una postal de mi amigo Santi, la tomé al paso. Al cruzar el patio grande, noté tan mal a Teo que mejor llamé al elevador, nuestra ficha sólo ofreció llevarnos hasta el cuarto nivel, claro.

Al entrar, mi padre se recargó en el tablero, sudaba muchísimo.

—Dios. Te pareces tanto a tu madre —murmuró, con mirada borrosa.

—Tienes fiebre —le toqué la frente—. Tienes que bañarte con agua fría.

—Lo que le hice a Lucía fue horrible —se balanceó un poco—. Uno de los peores errores de mi vida. Y luego... lo que le pasó al final fue mi culpa.

—Tú ni estabas en España —suspiré.

—Pero supe que Lucía se estaba metiendo madre y media... Una de sus amigas me contó. No hice nada, quería ver hasta dónde se rompía la madre, que recibiera una lección por andar en drogas. Si la hubiera ayudado, intervenido, tal vez estaría viva. Diego, hijo, perdóname.

La situación se volvía incómoda. No era lugar ni momento para hablar del tema.

Se abrieron las puertas, le ofrecí mi hombro para que se apoyara, y justo afuera, en el rellano, como centinelas, nos topamos con Lilka y Jasia, vestidas con sobrias blusas abotonadas hasta el cuello. Sus ojos refulgían en la penumbra. Tuve pánico de estuvieran ahí para lanzar reclamos, hacer una escena.

—Teo no puede recibir visitas de nadie —expliqué mientras buscaba la llave—. Está enfermo.

Mi padre las reconoció y se encogió, atizado por la culpa.

—Me confundí. Por las señales… perdón —balbuceó.

—Lo sabemos, sí que hubo señales —reconoció Jasia—. Queríamos probar.

—¿Qué? ¿Cómo? —repuso Teo confundido. Yo también lo estaba.

—Luego hablamos de eso —Lilka lo tomó de un brazo—. ¿De qué estás enfermo? Ven con nosotras.

—No es necesario —resoplé, ¿dónde estaba la maldita llave? Rebusqué en el bolsillo—. Sólo trae una infección del estómago.

—¿Y cómo lo sabes? Necesita un médico —Lilka se dirigió a su madre—. Hay que llamar a Marek Werner.

—Un doctor que *trabajar* en clínica cercana —aclaró Jasia con su gramática pedregosa—. Amigo de esposo muerto. ¡Vamos a casa *nuestra*! Desde ahí llamamos.

Dudé en seguir oponiéndome, pero reconocí que era buena idea que lo viera un especialista.

Era la primera vez que entraba al departamento de las vecinas, olía a ellas, a esa resina perfumada. En el recibidor había una mesa con sahumerios y cristales, los instrumentos para limpiar chakras y el fusil Gewehr 43 colgado en la pared. En una esquina había un bonito reloj de columna, de esos que van soltando campanadas de catedral. Teo pidió permiso para entrar al baño y, cuando salió, madre e hija se coordinaron con pasmosa rapidez para dejarlo en ropa interior y meterlo a la cama amplia y limpia de una habitación. Escuché que Lilka llamaba por teléfono y pedía con el doctor Werner.

—Voy a estar bien —Teo intentó sonreír—. Sólo tengo que sudar, ya me conozco.

—¿No quieres ir a casa? —insistí.

—¿Por qué? ¿Dónde estamos?

Jasia entró con una bandeja con paños, agua fría y hojas secas. Armó compresas y las colocó en la frente y axilas de Teo.

—Es algo que comió, pero se va a poner bien —me repetí para calmarme.

—Tal vez, pero morirá al final —repuso Jasia.

—Madre, las cosas que dices —Lilka entró con un vaso de agua al que exprimía un limón.

—Lo hará, como todos —repuso la mujer, mientras remojaba las compresas—. Morir es el único destino seguro.

—Ni le hagas caso —suspiró Lilka —. La vida la ha hecho algo fúnebre.

—Sólo digo verdad —la mujer se encogió de hombros—. Luego hay meterlo a bañar, *necesitar* ropa.

—Cierto. Diego, ¿puedes traer alguna piyama y ropa interior para Teo? —pidió Lilka—. No te preocupes, te llamamos si llega el doctor Werner.

Prácticamente me estaban echando, pero acepté el encargo.

Resultaba curioso que siempre que intentaba revelar a mi padre un secreto del Begur se atravesaba algo. Y ahora él me había dado una pista: ¡ese volante! ¿Cómo se llamaba el teatro? Pero su bandolera había quedado en casa de las vecinas. Ya la recuperaría al volver.

Entré al departamento, aún llevaba en la mano la postal de Santi. La imagen era la típica playa atestada de la Costa Brava que decía: "Summer in Spain". Le di la vuelta:

¿Qué pasa, tron? De momento llevo Palafrugell, Aiguablava y Sa Tuna, no he tenido suerte con las suecas, nanai de la China, pero he conocido a una valenciana que está para comérsela. Y tú, cuenta de las mejicanas, no te cortes. Ya casi terminan mis vacaciones. Oye, llama o escribe. ¡Hasta luego, Lucas! Santi.

Sonreí, su vida parecía tan simple y feliz comparada con la mía. Sonó el teléfono de la cocina. Pensé que sería Lilka para pedirme algo más.

—¿Diego? —reconocí la voz de Conde—. ¿Dónde estabas? Llevo horas llamándote.

—Disculpa, es que fui al cine con mi padre…

—¡Al cine! —resopló indignada—. ¡Nos dejas con un montón de cosas para investigar y te vas de paseo!

—Tranqui —no quise dar más detalles—. Ya estoy aquí. ¿Qué pasa?

—¿Adivina? Reque consiguió cita con doña Clarita, la momia del 101. Nos está esperando para la entrevista.

—Pero… ¿ahora?

—Sí, la cuidadora dice que le están funcionando los fusibles. ¡Podemos preguntarle de Emma! Tú lo pediste. ¿Bajas? Le diré a Reque que ya estás aquí.

Colgó. Era cierto, yo pedí esa cita con la anciana. Me di prisa y fui a la sombría habitación de Teo para rebuscar en el ropero, al abrir un cajón descubrí una cajita de cristal, lo reconocí, era el joyero de mi madre. La tía Inés debió dárselo a Teo. Dentro había unas arracadas de oro que le fascinaban a mi mamá, una medalla de primera comunión y la argolla de matrimonio. Seguramente la tía los salvó para que Lucía no los cambiara por droga en su desquiciada carrera hacia la muerte. Dolía, siempre escocía pensar en mamá.

Me limpié las lágrimas y fui con las vecinas para llevar la muda limpia.

—Gracias, Diego —me recibió Lilka—. Oye, el doctor Werner va a tardar porque está en cirugía, pero creo que Teo está un poco mejor. Mira, ven.

De hecho estaba dormido, respiraba profundamente, cubierto por una ligera sábana.

—Con el suero que le preparé descansó —Lilka, le puso un paño fresco en la frente.

—Ah, está bien que duerma un poco. ¿Necesitan que haga algo más?

—Tranquilo. No *preocuparse* —entró Jasia—. Nosotras al pendiente, *volver* al rato.

Dudé un poco, pero tenían razón, ¿qué más podía hacer? Bajé al patio principal, mis amigos me seguían esperando.

—Ya me contó el Pigmeo que te fuiste de paseo —Requena me recibió con un resoplido—. ¿No que querías ver a doña Clarita? Esto lo hacemos por ti.

—Vale, okey. Perdón… Se me atravesó algo, pero ya estoy aquí.

Decidí no contarles de la súbita enfermedad de mi padre ni tampoco de las sospechas de la identidad del licenciado

Gandía (antes debía recuperar la bandolera de Teo, la había vuelto a olvidar con las vecinas).

—La señora Fuensanta es un poco rara —advirtió Reque tocando la puerta 101—. Pero todos los ancianos tienen sus pequeñas locuras. Déjenme hablar a mí, sé cómo tratarla.

Se abrió la puerta y apareció una mujerona de trenzas y vestida con filipina.

—Rosario, soy yo, llamé hace rato —saludó el chico—. Venimos a visitar a Clarita.

—Sí, sí, no tarden mucho —advirtió la cuidadora—, en unos minutos debo llevarla a la cama.

La mujerona nos dio acceso al apartamento y al instante quedé pasmado. Eso no podían ser "pequeñas locuras". Parecía una bodega, un museo y un contenedor de basura, todo al mismo tiempo. Se amontonaban por todos lados cientos, tal vez miles de objetos polvorientos, muchos apilados en sillas, y otros sepultando sillones y alfombras. En unos libreros lo mismo había una vieja enciclopedia que veinte botellas de un refresco ya descontinuado, botes de champú, una pila de revistas, zapatos de satén paliducho. Las mesitas se sucedían una a otra con cosas tan dispares como figurillas de cerámica, porcelana, barro, sombreros con flores de fieltro, paraguas destripados, más zapatos de broche, tapetes de baño, calendarios caducos, floreros rellenos con cientos de bolígrafos sin tinta, carretes de hilo, agujas para tejer. Las paredes apenas eran visibles, había cuadros con paisajes oscurecidos, banderines, y los espejos tenían una manta encima. Tal vez en algún momento de desesperación alguien intentó ordenar porque abundaban las cajas de cartón. Había de todos los tamaños y se apilaban en pasillos, rellanos y esquinas, formando deformes rascacielos. Cada una tenía un número en una esquina y un cartelito lleno de anotaciones temblorosas. Del interior sobresalían papeles, revistas viejas y hasta ropa apolillada.

Rosario debía de estar acostumbrada a semejante escenario del Apocalipsis, lo cruzó impasible y, además, ¡sacó un paquete de cigarrillos! Eran los inconscientes años ochenta.

—Esto no es nada —encendió un cigarrillo con espíritu bonzo—. En un cuarto tiene hasta un gato disecado de 1955. A la señorita Clara no le gusta tirar nada, tiene inventariado todo. Pero un día su basura la va a aplastar, de mí se acuerdan.

—Hoy está bien, ¿no? —confirmó Requena.

—¿Crees que alguien viviendo así está bien? —suspiró.

—¿Usted lleva mucho tiempo con ella? —pregunté con ánimo periodístico.

—Dos años —soltó una bocanada de humo—. Me deposita un sobrino de la señorita, él paga todo. Bueno, aquí es —se detuvo frente a una puerta—. Tienen quince minutos mientras le llamo a mi hermana. Y por lo que más quieran, no alteren a la señorita Clara. Luego se pone a llorar a gritos y no quiero otra de esas noches.

Se marchó fumando a toda máquina. Requena fue el primero en entrar. Me sorprendí al ver que la habitación de la anciana era casi normal. Sí, estaba algo atiborrada, pero había un orden. Al centro, una gran cama de bronce, con dosel; al lado, un par de espejos cubiertos; de un lado, una repisa con unas treinta muñecas antiguas con las uñitas pintadas; debajo, un secreter de madera, muy bonito, con la tapa cerrada. Y en una esquina había algo desconcertante: un sólido cubo negro metálico, enorme, debía de pesar media tonelada, al acercarme vi que era una viejísima caja fuerte.

—Es una de las leyendas del edificio —me susurró Requena—. La caja del tesoro de Clara Fuensanta. Pero dicen que se perdió la combinación hace cincuenta años y nadie sabe qué hay dentro, podría estar su marido... ¡a saber!

—Ahí viene —alertó Conde.

—Déjenme a mí todo el interrogatorio —volvió a recordar Requena.

De la puerta del baño salió una anciana, debía de tener entre noventa y mil años, era delgada como una ramita seca, pero conservaba cierta coquetería porque acababa de pintarse los labios y de pasar un peine por el escaso cabello cano. Apenas podía avanzar, apoyada en un bastón. De inmediato Reque se acercó.

—Señora Clarita, ¿cómo está? ¿Le dijo Rosario que vendría? Soy Armando Requena, su vecino.

—Sí, sí, el pequeño preguntón —sonrió la anciana y señaló con un dedo nudoso—. Ayúdame a llegar al sillón, querido. Estaba recortando una cosa buenísima que salió en el suplemento.

Requena la acompañó a instalarse a un reposet, al lado había una mesita con unas tijeras infantiles y periódico totalmente destripado en recortes. Se oía música, la estación de radio *El Fonógrafo*, "música ligada a tu recuerdo".

—¿Qué onda con el olor? No lo soporto —se quejó Conde en voz baja.

—En un rato te acostumbras, es normal —aseguré, estoico.

Pero sí que era asfixiante el aroma dulzón de la vejez.

—Gracias, querido, eres un amor —dijo la anciana con una sonrisa de encías, se sentó—. ¿Quieres jugar damas chinas? ¿O un caramelo de orozuz? Son tan refrescantes.

—No, gracias. Vengo con mis amigos, viven aquí también, en el Begur —Requena nos señaló—. Venimos a hacerle algunas preguntas, si no le molesta.

—No, nunca es molestia recibir la visita de unos muchachitos tan educados.

Sus manitas arrugadas buscaron algo en la mesita. Vi que uno de sus brazos tenía una vieja quemadura, con la piel más pálida y feos rebordes cicatriciales.

—Señora Clarita, usted tiene una memoria maravillosa —comenzó Requena, adulador—. Gracias a usted, sé todo sobre esas actrices y toreros que vivieron aquí, pero ahora ando investigando sobre unos vecinos, no tan famosos. Un abuelo y su nieta.

—Aquí han vivido muchos abuelos y nietos —suspiró la anciana y metió las manos en los bolsillos de su bata—. Mis lentes… estoy segura de que los dejé en algún lado.

—Sí, pero ellos vivieron en 1942, eran refugiados españoles —siguió Reque.

Al oír las últimas palabras, la anciana se quedó inmóvil por un momento.

—Fueron años duros —musitó—. Muchos escapaban de la guerra. En el Begur han llegado españoles, judíos, polacos, algunos rusos, después cubanos, argentinos y chilenos. En este mundo siempre hay gente huyendo —sacó algo de un bolsillo, parecían botones negros—. ¿Alguien quiere caramelo de orozuz? Son tan refrescantes.

Negué con la cabeza, no probaría esos caramelos prehistóricos por nada del mundo. Escuché un ruidito, eran las pisadas de Conde en la duela del pasillo.

—No te vayas… —le advertí.

—Sólo estoy viendo estas cajas —señaló una torre—. ¿Ya viste lo que tienen?

Irritado, Requena nos hizo seña de silencio.

—Oiga, Clarita —retomó Reque—. Tal vez recuerda a

252

Agustín y a su nieta María Fátima, vivían en el departamento 404 del primer patio.

—Claro, claro… cómo olvidarlos —declaró la anciana.

Lancé un suspiro. Al fin llegábamos a algo.

—El abuelo era muy severo y ella una monada —reconoció—. Nunca los olvido, a nadie. Tengo que recordar, ésa es mi penitencia. ¡Ah, los lentes! Lo sabía…

Sacó unas gafas pequeñas de debajo de recortes de periódico.

—¿Y sabe hasta cuándo vivieron aquí? —no pude evitar hacer la pregunta—. ¿Recuerda si después llegó más familia de España? Como la hermana o la madre.

Al oír mi voz la señora Clara levantó la cabeza. Vi que uno de los ojos estaba velado por una neblina gris, como si un fantasma se le hubiera encarnado. Y en el cuello tenía otra fea huella de quemadura. Se puso los lentes y parpadeó rápidamente.

—¿Señor Caballero? —parecía sorprendida—. ¿De verdad? ¿Es usted?

—… Me apellido Vázquez.

—No le hagas caso —aconsejó Requena en voz baja—. La otra vez me llamó Juanín —se giró a explicar—. Es Diego, vive con su padre, llegaron hace poco…

—¡Pensé que no volvería, señor Caballero! ¡Acérquese!

Obedecí y al llegar a su lado la mano descarnada de la anciana me tomó de la muñeca con la fuerza de un ave de presa.

—Tantos años… —gimió la vieja—. Espere, espere… debo darle lo que prometí. Lo tengo por aquí.

La diminuta anciana me usó para incorporarse y a tientas fue hasta el secreter. Abrió una docena de cajoncitos y arrojó papeles al aire, cada vez más alterada.

—¡Una promesa es una promesa! —elevó la voz, parecía a punto de llorar—. Pero ha tardado tanto, señor Caballero. ¡Demasiado! ¡De saber que venía hoy!

—Quedamos en que yo hablaría —recordó Requena, molesto—. La señora Clara es muy sensible con la gente que no conoce. ¿Y Conde?

—Está ahí —señalé el pasillo, pero estaba vacío. Sólo los montones de cajas.

—¿Por qué ese Pigmeo enloquecido nunca se queda en su sitio?

—¿Conde? ¿Dónde estás? —pregunté, desconcertado.

Mientras tanto la anciana estaba a punto de un colapso. Abría cajoneras, cajas, carpetas. Arrojaba objetos al suelo, cepillos de pelo, piezas de bisutería, relojes, broches.

—Señora Clara —Requena suavizó la voz—. ¿No tendrá caramelos de orozuz?

—Sí, sí —se detuvo—, son muy refrescantes.

—Buena estrategia —murmuré—. Pregúntale de otra cosa, tal vez sepa algo de la señora Reyna.

—¡No... calla! —chilló Requena—. ¿Qué te acabo de decir?

Fue demasiado tarde. Sin saber, acababa de cometer el peor error.

—Reyna Gala Fenck —dijo doña Clarita, muy lentamente, como si las palabras llevaran espinas. Su rostro se volvió un rictus de asco—. Reyna es el demonio. Colecciona nuestra sangre. Llama con su flauta de huesos a los condenados. Es la destrucción, necesita la muerte para seguir su remedo de vida.

Fue raro, pero algunas frases hasta se parecían a las del profesor Benjamín.

—Me vigila, manda cartas, envía a sus sombras —la anciana se soltó a llorar—. Y perdona mis pecados con la condición de que recuerde todo. Pero mi casa está tan llena, me asfixia, ¿dónde lo pongo? Ya no cabe tanto dolor... Estoy condenada, y por más que pido el descanso, no llega la hora de mi ejecución.

Su llanto se volvió intenso, un gemido escalofriante, casi animal.

—¡Están ahí, mirándome! —señaló los espejos cubiertos—. ¡Los veo, los siento! A veces murmuran. Son ellos, esas sombras, los que siempre lloran.

No sé si me dejé llevar, pero percibí bajo la tela, reflejadas, varias siluetas, seres flaquísimos, afilados, esperando cruzar. Pero no, imposible, debía de ser una confusión.

La que no tardó en aparecer fue Rosario, la cuidadora, entró a toda prisa.

—Dios, ¿qué les dije? —amonestó—. Les advertí que no la alteraran.

Con sus fuertes brazos, tomó por atrás a la anciana que ya gritaba aterrorizada. Con un poco de forcejeo la depositó en la cama.

—Déjeme hablar con ella —pidió Requena—. Tal vez la pueda calmar.

—Largo de aquí —ordenó la mujer—. Voy a tener que sedarla o va a estar gritando por horas. ¿No me oyeron? ¡Fuera!

Reque y yo salimos a trompicones, nos detuvimos a mitad del pasillo.

—¡Pigmeo! ¿Dónde te metiste? Ya nos vamos —gritó Requena.

Nos asomamos en un par de habitaciones. El caos, el polvo y la suciedad eran, en efecto, peores. En un cuarto había lo que me pareció un par de polvosos ataúdes de bebé.

—¿Qué acabo de decir? ¡Largo! —vociferó la cuidadora desde el cuarto de la anciana.

Todavía se oían los alaridos cuando salimos al patio.

—¿Qué demonios le hicieron a doña Clarita? —preguntó una voz aguda.

—¿Pigmeo? —la reconoció Requena. Conde estaba en el pasillo que llevaba a las escaleras—. ¿Qué carajo haces aquí?

—¿Pues tú qué crees? Salí antes —sonrió. Se seguía oyendo el llanto de la anciana—. En serio, ¿qué pasó? ¿Por qué grita así?

—Fue culpa de Diego, mencionó a la señora Reyna —Requena me lanzó una mirada hosca—. Doña Clarita le tiene pavor.

—Genial ¡y hasta ahora me lo dices! —me defendí—. ¿Cómo iba a adivinar que hablar de la señora Reyna activaba el botón turbo de demencia senil?

—Dije claramente que sólo yo hablaría —insistió, molesto.

—Ya. Luego discuten —pidió Conde—. Tienen que ver algo, vengan, aquí la puse.

La tenía en el primer descanso de la escalera, era una caja de cartón, mediana, cubierta de polvo y telarañas, con el número 978 escrito en la esquina, junto con letras temblorosas. Aún estaba sellada con antiquísima cinta adhesiva.

—Pigmeo, no me lo puedo creer, ¿le robaste esto a doña Clarita?

—No fue robo, la tomé prestada. Además tú también sacas llaves y otras cosas.

La examiné. Vi lo que tenía escrito abajo del número: "junio-octubre 1942".

—Pero vean: descubrí que estas cajas no están puestas así nada más, van por años —siguió Conde—. Hay de los años

256

setenta, de los cincuenta, y de antes. Deben de ser archivos o algo. Estamos buscando información de 1942, ¿no? Que era cuando Emma vivía aquí.

—Bien, Pigmeo, buena idea—reconoció Requena—. Seguro hay algo que sirva

Conde sonrió, triunfal.

—Veamos qué tiene —ansioso, rompí la vieja cinta adhesiva.

La caja estaba repleta hasta el borde, aunque a primera vista parecía un bote de basura. Había boletos de tranvía, programas del teatro descoloridos, recibos de restaurantes arrugados, de una compra de queroseno para lámparas, la factura de cuatro velas de cebo y decenas de recortes de revistas y periódicos, amarillentos y quebradizos.

—Qué raro —reconoció Requena—. Aunque todo esto es de esa época.

—Pero ¿quién guarda una servilleta usada con manchas de pintalabios? —la señalé desconcertado—. No entiendo por qué doña Clarita archiva esto.

—Creo que es una enfermedad —opinó Conde—. Se llama síndrome de Éufrates.

—¡De Diógenes! —rectificó Requena—. Es gente que no puede desechar nada. Poco a poco sus casas se vuelven basureros.

—Pues vaya fuente de investigación tenemos —suspiré decepcionado—. Una anciana loca y toneladas de basura.

—Tal vez si regreso luego pueda entrevistarla —sugirió Requena—. ¡Pero lo haré yo solo! Ustedes son los peores investigadores del mundo.

—¡Si me hubieras advertido! —volví a defenderme.

—Reque… Diego… encontré algo, creo —murmuró Conde.

Nuestra amiga estaba concentrada en un recorte de periódico. Noté cómo le empezaron a temblar sus pequeños dedos.

—Ay no... es demasiado horrible —murmuró.

—¿Qué? ¿Qué estás viendo? —Requena se abrió paso.

Nos apiñamos para leer. Se trataba de un recorte de la sección "Nota Roja" de *El Gráfico*. El titular ya era tremendo: "Horripilante crimen y suicidio, en exclusivo edificio capitalino". Había dos fotografías, la primera era el exterior del Edificio Begur y la segunda, granulosa y fantasmal, era aún peor. Se veía una habitación parcialmente devorada por un incendio, al centro dos cadáveres calcinados cubiertos por una sábana de la que sobresalía una mano negruzca de hombre con un anillo. Desde el pasillo del apartamento se asomaban algunos vecinos y un imponente gendarme les bloqueaba el paso. Entonces, con un chispazo de claridad, me di cuenta de que yo conocía ese clóset y los gabinetes, ese tapiz en las paredes, la ventana con el balcón, ¡era mi cuarto!

—Oye, Diego, lo siento —susurró Conde, con azoro.

Requena balbuceó algo.

Me puse nervioso. ¿Por qué mis amigos me veían con esos ojos? ¿Qué ocurría?

Entonces leí la nota y fue como si el mundo se abriera para tragarme a dentelladas. Algunas frases se me quedaron a fuego en la memoria: "Refugiado español...", "Vecinos habían alertado", "La mantenía encerrada...", "La jovencita intentó defenderse con una lámpara de queroseno...", "Mató a su nieta antes del suicidio", "María Fátima del Carmen", "En la madrugada", "Controlaron el incendio..."

—Ahora tiene sentido —consiguió decir Requena—. Por eso no encontramos a Emma en el presente. Murió el viernes 21 de agosto de 1942.

Algo se me escapó en esa exhalación que nunca volví a recuperar.

Sé que es tramposo interrumpir la carta en este punto, estimada A. Pero lo que viene a continuación es endiabladamente complejo. Deme un poco de tiempo para organizar las ideas y exponerlas con claridad. Por ahora, la dejo en la misma perplejidad que me atormentó entonces, disfrútela.

Quedo de usted,

Diego

Carta quince

Estimada A:

Me he dado prisa para redactar esta carta. Me sentí culpable por la manera en que cerré la última, al estilo de radionovela cubana. Si he tardado más de lo que soporta una paciencia promedio es porque reescribí varios párrafos para darle claridad. Como ya lo sabe, mi relato va rizándose conforme avanza, pero si me sigue con sosiego, al final todo encaja de alguna manera. Como siempre, paso a continuar en el punto en el que me quedé.

Según la nota de *El Gráfico* del 22 de agosto de 1942, Emma iba a morir, o había muerto, el 21 de agosto a manos de su abuelo, de un tiro en la cabeza, quien, acto seguido, se suicidaría. Luego, el incendio ocasionado por el quinqué fue lo que alertó a los vecinos.

—Eso no va a pasar —dije de inmediato, tomé aire—. La voy a salvar.

—Pero... ¿cómo? —repuso Conde confundida.

—Fácil, voy a escribir un mensaje, le diré a Emma que

escape —empecé a recuperar el ánimo—. Por suerte tengo ese portal en la chimenea que me comunica a 1942.

—Es verdad. ¡Hazlo ahora! —secundó Conde—. Y dile que busque una buena arma para defenderse, ¡su abuelo es un loco maniático!

—Sí, sí. ¡Qué suerte que viste la caja! —me estremecí—. ¡Gracias, Conde!

—No fue nada —sonrió mi amiga—. Qué suerte, ¿no?

—Momento, salvadores del mundo —carraspeó Requena—. ¿No se dan cuenta de la paradoja?

Conde y yo lo miramos, extrañados. Requena tomó el recorte del periódico.

—Si existe esta nota de periódico —ondeó el papel— es porque Emma y su abuelo murieron. Este trágico destino, lo siento, pero es inevitable.

—Claro que no —resoplé—. Recuerda que cuando fuimos a 1942, apenas estábamos a 14 de agosto, Emma lo dijo.

—¡Falta una semana para el crimen! —anotó Conde—. Diego, estás justo a tiempo para impedirlo.

—Siguen sin entender la paradoja —siguió Requena—. Intentaré explicarles de la manera más sencilla. Diego, supongo que en cuanto llegues a tu departamento vas a escribirle a Emma, avisándole que su abuelo va a enloquecer y la matará en unos días. ¿Correcto?

—Lo acabo de decir —asentí.

—Bien. Supongamos que Emma, por alguna razón, te cree y se pone a salvo.

—¡Pues claro! Sería tonta si no lo hiciera —opinó Conde.

—Dije que no me interrumpieran —se quejó Requena—. Estoy hablando en supuesto. Sigamos, por favor. Supongamos, pues, que la chica, asustada, se esconde o denuncia al abuelo

261

a la policía y consigue que se lo lleven a los separos, al ministerio, al manicomio, lo que sea. El asunto es que llega el viernes 21 de agosto de 1942 y Emma está lejos del abuelo, a salvo, y por lo tanto se salva milagrosamente de ser asesinada.

Conde y yo asentimos, con entusiasmo.

—Hasta este momento, todo perfecto, ¿no? —señaló Requena—. Pero ojo, aquí viene lo interesante. Como no hay crimen, ese viernes 21 de agosto no llegarán al Begur los gendarmes, ni el inspector de policía, ni el reportero de *El Gráfico* para tomar esta foto que tengo en las manos —señaló el recorte del diario—. Así que, a falta de crimen, el periódico imprime otra cosa, digamos, el reportaje de una película.

—¿Qué película? —preguntó Conde.

—De gladiadores romanos, no sé, lo que esté de moda, eso no importa —exclamó Requena—. Entiendan el punto.

—Espera… —vislumbré la fría lógica de mi amigo—. Y el sábado 22 de agosto de 1942 la señora Clara compra el periódico, y como no ve nada más interesante, recorta el reportaje de un filme de gladiadores, lo guarda en una caja de cartón que se llena de polvo y telarañas, hasta que en agosto de 1987 Conde la encuentra.

—¡Exacto! —asintió Requena triunfal—. ¿Ya entiendes? Gracias a esta nota de periódico pretendes salvar a Emma, pero, si la salvas, esta nota dejará de existir, por lo tanto, es imposible que la noticia llegue a tus manos y no sabrás que debes salvar a Emma.

—¡La paradoja! —exclamó Conde—. Ya entendí. Si cambias el pasado, cambias el presente con el que quieres cambiar el pasado… ¡Qué complicado!

Lo era, pero tenía en las manos la foto con el cadáver carbonizado de Emma, ¡no podía quedarme con los brazos cruzados!

—Entiendo tu punto —dije lentamente—, pero lo que acabas de decir es sólo teoría.

—Diego, ahí te va otra teoría —Requena se armó de paciencia—: Si te acercas al sol mueres achicharrado. Es teoría, puesto que ningún humano ha llegado hasta allí, pero ¡hay cosas que no requieren demostración! ¡Es lo que es!

—¿Y qué pasa si lo intento? —insistí—. Si le digo a Emma que se ponga a resguardo y entonces ya veremos qué pasa.

—Explotaría el universo, ¿no? —temió Conde—. ¿Las paradojas explotan?

—No creo, pero pasará algo más curioso —retomó Reque—. Hagas lo que hagas, incluso si la alertas, todo la llevará a ese punto; el destino de Emma es morir ese día. Las paradojas sirven para eso, para mostrar que, cuando el destino está marcado, es inevitable.

—De verdad, Requena, yo soy el que va a explotar —levanté la voz—. ¿Entonces para qué sirve todo este asunto de las puertas fantasmales que cruzan a otra época si no se puede cambiar nada? ¿No querías salvar al mundo de los rusos y alertar a Ronald Reagan?

—Eso es distinto —reconsideró Requena—. El futuro se puede cambiar porque aún no existe. Hay millones de posibilidades y ninguna de ellas está cerrada aún.

—Es exactamente la misma paradoja —rebatí—. Es más, usaré tu ejemplo. Imagina que un Requena del futuro ve por la tele que habrá un atentado nuclear en Nueva York ocasionado por agentes rusos, o algo así. Entonces ese Reque corre a la ventana espectral para alertar al Requena del presente, o sea, tú. Entonces con esa información contactas con los periódicos, con la embajada, como sea, pero de manera milagrosa alguien te cree. Y al final consigues detener ese atentado.

—Requena sería un héroe en la Casa Blanca —reconoció Conde, maravillada.

—Pues no… —seguí—. Porque si el Requena del presente detiene el atentado, el Requena del futuro nunca verá la noticia en la tele, y ya no tiene por qué advertirse nada a sí mismo, ya no existe el peligro.

—Dios mío, tal vez tengas razón —reconoció el chico—. Tengo que pensar en esto.

—Ya me estoy confundiendo —exclamó Conde—. Entonces, ¿no podemos ayudar a nadie? ¿Ni a Noemí?

—Buen punto, Pigmeo —suspiró Requena un tanto aliviado—. Ella no entra en ninguna paradoja. Podemos rescatarla si damos con la puerta fantasmal que conduce al nivel temporal donde se perdió. No es lo mismo con Emma. Al existir esta nota —volvió a tomar el recorte—, el destino ya se cerró para ella y quererlo cambiar sería como intentar detener las cataratas del Niágara con las manos.

—Ay, pobrecita —Conde miró la foto y luego me dio una palmada—. Diego, piensa que Emma ya murió hace cuarenta y cinco años, de alguna manera descansa en paz y ya no sufre.

—Exacto, ¡concéntrate en eso! —Requena me dio otra palmada—. Te damos nuestro más sentido pésame, ¿no, Pigmeo?

—Debe de ser horrible conocer a alguien que te guste, pero resulta que murió antes de que nacieras…

—El punto es que Emma aún existe, en su propio presente, ¿no? —insistí con reproche mirando a Requena—. Tú mismo lo aceptaste

—Sí que existe, pero dejará de hacerlo en poco tiempo… ahora lo sabemos —Reque suspiró—. Pero ¿sabes qué te ayudará a dejar de pensar en cosas tristes? Investigar qué cosas podemos cambiar, lo que no tiene paradojas.

—¿Cómo qué? —preguntó Conde.

—No sé, hay que hacer experimentos. Tenemos el apartamento del profesor como campo de pruebas —Reque sacó el llavero con el cubo de Rubik—. Tengo planeado hacer pruebas cronometradas para ver cómo funciona el desfase de tiempo de la ventana. Podemos ir ahora mismo…

—Eh, Diego, ¿eres tú? —se oyó una voz desde lo alto.

Salí al patio, Lilka estaba asomada por una ventana de su departamento. Al parecer me había visto en las escaleras.

—Te he estado llamando a casa. Sube querido —me hizo una seña—. El médico llegó hace rato y está revisando a Teo.

—¿Le pasa algo a tu papá? —Conde me miró, preocupada.

—Se enfermó del estómago y las vecinas llamaron a un conocido —expliqué a toda prisa—. Pero no es grave. Iré a ver.

—Bueno, ya sabes dónde vamos a estar —Requena mostró el llavero—. Y Diego, por favor, no le des vueltas al asunto. Lo de Emma ya pasó, y fue hace casi medio siglo.

Asentí vagamente, y me guardé el recorte del periódico. ¿Cómo no iba a pensar en el asesinato de Emma? ¿Qué esperaba que hiciera? ¿Dejarlo estar?

El médico Marek Werner era un hombre mayor, con poco cabello, pelirrojo, de gafitas redondas y modales ceremoniosos. Cuando entré le acababa de poner suero a Teo. Mi padre estaba consciente y tenía una de las piyamas que le llevé.

—Resulta que tengo paperas, ¡a mi edad! —me explicó—. ¿Te imaginas?

—Es un cuadro curioso, también tiene salmonelosis —aseguró el doctor Werner—. Lo que me preocupa ahora son los ganglios inflamados y las aftas. Veremos cómo evoluciona en un par de días con reposo, dieta líquida y el tratamiento.

—Ya avisé al trabajo de Teo —explicó Lilka—. Tu papá puede quedarse con nosotras hasta que tenga fuerzas, tú no te preocupes, somos dos, podemos turnarnos…

—*Poder* visitarlo cuando quieras —completó Jasia—. Y por gastos médicos no *preocuparse*. Marek es amigo.

—No saben cómo se los agradezco, pero voy a pagarles, faltaba más —repuso Teo con voz débil. Me miró—. Tú tranquilo, hijo; en unos días estaré como si nada. Oye, ¿me traes algunos libros para leer? Los de mi buró.

Asentí, ¿qué más podía hacer? Él mismo ya había tomado la decisión de quedarse, era obvio que ya habían arreglado el asunto de las *señales*. Teo comenzó a quedarse dormido y cuando noté que estaba por comenzar una reunión de té y galletas, para hablar de la bella Polonia, di una rápida excusa y, al salir, al fin tomé la bandolera de Teo.

Pensé en ir con Requena y Conde al apartamento del profesor, pero antes quería comprobar algo. Con el recorte del diario en la mano fui directo a mi cuarto. Sentí un escalofrío. Era el mismo sitio del crimen, no había duda. Ese hundimiento en la pared podía ser el agujero de una bala apenas oculta por otro papel tapiz. Si ponía atención era posible notar las huellas del incendio sobre la duela, ciertos tramos de la madera parecían de tono distinto. Imaginé la escena, el abuelo, casi ciego, consumido por la amargura y depresión, busca a su nieta para darle un tiro, ella se defiende con lo que tiene en la mano, le arroja la lámpara de queroseno, al anciano se le prende la ropa, pero eso saca de cauce más su locura, la persigue. Tal vez hay una feroz lucha, forcejean. Él, envuelto en llamas, la inmoviliza en el suelo; ella grita, los vecinos que están acostumbrados a sus llantos no hacen nada. El anciano pide perdón, explica que aliviará el dolor de ambos, que será cuestión de un momento, y finalmente le dispara en la cabeza para, segundos después, acompañarla a la muerte con otro disparo, mientras que el fuego termina de cubrirlos como una mortaja.

Cuarenta y cinco años después estoy justo en ese trágico lugar, remozado para tapar las huellas de las muertes; es donde duermo. Han pasado más de doce mil días con sus noches. Me siento fatal, triste. Tal vez debía seguir el consejo de Conde y asumir la muerte de Emma. Y si existe un cielo, descansa al fin.

Oí ruidos, pasos, voces apagadas que parecían provenir del mismo apartamento. Lo supe de inmediato, era Emma desde su época, donde todavía seguía viva y rebosaba de sueños, talento, belleza e inteligencia. Había escapado del infierno de la guerra, para vivir prisionera durante diecinueve meses, y al final terminar asesinada. ¡Era tan injusto! Sentí un golpe de indignación. Tomé un papel y escribí.

Querida Emma. Tengo información importante que darte, pero sólo puedo hacerlo en persona. Por favor, envíame la chapa del ascensor cuando puedas. Disculpa la urgencia. Abrazo. Diego.

Lo metí en la caja dentro de la chimenea. ¡Era una locura! Iba a desafiar la paradoja de Requena y probar qué tan inevitable era el destino. No me importaba morir aplastado por las cataratas del tiempo, intentaría salvar a Emma. Y de pronto, me acordé de mi madre, imaginé sus últimas horas, sola, en la triste habitación del policlínico, con el cuerpo destrozado por la droga, la falta de comida, la neumonía. Ojalá hubiera tenido la oportunidad de salvarla. ¿Se podía?

Tomé aire, ¡debía tranquilizarme! ¡Un paso por vez! Fui por una manta y me acomodé en un sillón frente a la chimenea para esperar la respuesta de Emma, me arrullé con el espectral sonido de su máquina de coser. En algún punto me quedé dormido hasta que, como ya se estaba volviendo costumbre, me despertó el teléfono.

—Diego, ¡te estuvimos esperando! —era Conde—. Oye, ¿cómo sigue tu papá?

—Algo mejor, ya tiene tratamiento —me aclaré la voz, todavía pastosa—. Perdón, luego estuve ocupado con otras cosas.

—Qué bueno. Te perdiste de algo súper emocionante…

Había vuelto a suceder: las puertas de los gabinetes y alacenas bajas estaban abiertas. Comencé a cerrarlos con un pie. Entonces percibí el olor a quemado y un escalofrío me recorrió cuando lo entendí: eran los rastros espectrales del incendio de 1942.

—Hicimos pruebas en la ventana espectral en el baño del profe —Conde seguía al teléfono—. Y a que no sabes… ¿Diego? ¿Sigues ahí?

Me acerqué a la chimenea. ¿Eso era hollín? Me puse de rodillas.

—Te oigo, ¿qué pasó?

—¡Que ya sabemos cómo funciona! Según Requena se activa dos veces al día y puedes ver veintidós horas al futuro, durante once segundos, que es lo que dura el fenómeno.

—Eso es poco tiempo —busqué con la mano la cajita de latón.

—Es lo que dije, pero Requena me explicó todo lo que puede hacerse. Y ahora va a pasarse a sí mismo el resultado del cachito del premio mayor.

—¿El qué?

—Resultados de la lotería. ¿No hay eso en España?

—Ah, ya, el cupón de la ONCE.

—Pues en veintidós horas ya están los resultados —siguió Conde—. Va a hacer una prueba, dice que si gana nos va a comprar a cada uno un *Sega Master System*. Y luego va a jugar pronósticos deportivos, lotería, zodiaco y así, poco a poco, hasta hacerse millonario.

—Entonces sí se puede cambiar el destino —saqué la caja de la chimenea.

—Es diferente, según Reque no hay paradoja en este caso. Porque su yo del futuro sólo se dedica a mostrar los resultados de un premio desde el periódico del día siguiente, no empuja a ningún lado el destino. Reque dice que va a funcionar.

—Pero de momento es también una teoría —señalé—. Como lo de Emma.

—¿Emma? —exclamó Conde con alarma—. ¿Sigues con eso? No estarás pensando romper una paradoja, ¿o sí? —mi silencio fue elocuente—. ¿Diego? Es como acercarte al sol, recuerda lo que dijo Reque: te vas a achicharrar, eso no se puede cambiar.

—Ya veré. Luego sabrás si me quemo o no —había abierto la caja de latón.

—Diego, ¿qué vas a hacer? No te muevas —Conde ahogó un grito—. No hagas nada, le diré a Reque que hable contigo. ¿Me oyes? Espéranos en tu departamento.

—Conde, tengo que hacer esta prueba, tengo que intentarlo —dije antes de colgar.

En mis manos tenía la respuesta de Emma.

Diego, cariño. Vivo en un sindiós desde que leí tu último mensaje. ¡A que te has enterado de algo sobre mi madre y mi hermana! Debe de ser muy malo porque tienes que decírmelo en persona. Bien, querido, que sea lo que tenga que ser. Te envío la chapa del

ascensor, la vas a notar un poco distinta, pero debe servir igual;
aquí te explico, date prisa, el abuelo vuelve en tres horas.
Con el ánimo ahogado en un pozo de incertidumbre: Emma.

Junto al mensaje estaba una ficha de bronce con el mismo diseño con el búho y las perforaciones, aunque tenía un lustre más brillante, de uso continuo. Sonó el teléfono, pero yo estaba cerrando la puerta. Llevaba conmigo el recorte del periódico para enseñárselo a Emma. Fui hasta el elevador, lo llamé. Podía oír los pasos veloces en la escalera, debían de ser mis amigos que iban por mí, pero yo ya había entrado y metido la ficha a la ranura del tablero, marqué la quinta planta.

El viaje era de sólo una planta pero abarcaba varias décadas. Al salir, reconocí los maceteros con vegetación, la puerta del fastuoso salón de eventos y la luz irisada del domo limpio. Era el brillante 1942. Un radio encendido anunciaba "La hora Colgate con la alegría sin igual del Panzón Panseco". Bajé un nivel y me dirigí directo al departamento 404. Me congelé al ver en la puerta a una chica desconocida, delgada, con trenzas. Me clavó una mirada de ojos de venado azorado.

—Perdón, me asustaste —reconocí, tenso—. ¿Vienes a ver a alguien?

La muchacha lanzó una exclamación gutural.

—¿Diego? —escuché la tranquilizadora voz de Emma, tras la rejilla del buzón—. Es Alma, ¿recuerdas que te hablé de ella?

Me quedé unos segundos rebobinando el nombre.

—Alma es la que lleva y trae los encargos de costura —explicó Emma—. Cuando no está mi abuelo, todo lo hacemos por aquí —sacó la mano por la rejilla de la correspondencia—. ¿Ves? Me acaba de prestar su chapa de ascensor, es la que te pasé.

Alma observó con infinita desconfianza mis zapatillas Nike, el rompevientos sintético de tono metalizado y mi melena de mechones cardados con spray.

—Es la moda de la ciudad de donde vengo —expliqué.

—Alma es sorda —dijo Emma—, pero lee los labios. Anda, abre y os presento.

Metí mi llave a la cerradura. Emma me recibió con un gran abrazo, casi desfallezco de la emoción. Olía como siempre, a fresco, a ropa recién planchada.

—Diego, es un… pariente —Emma explicó—, ¿entiendes?

—¿Por qué le dices eso? —murmuré con labios apretados.

—¿Quieres que les diga que eres un selenita que viene del futuro?

—Soy su primo —le dije a Alma, hablando lento y a todo pulmón—. Por-eso-el-a-bue-lo-me-ha-pres-ta-do-la-lla-ve-de-a-quí. Na-da-de-qué-preo-cu-par-se.

Alma me dirigió una mirada cargada con más desconfianza.

—No des tantas explicaciones —recomendó Emma—. Y no hables a gritos ni dando dictados. Es sorda pero no tonta, sólo habla normal y claro.

—Ya, disculpa…

—Alma, guapa, ven —Emma la llevó hasta la mesa de trabajo, donde estaba montando los patrones de unos uniformes escolares; había más ropa desperdigada—. Esto es lo que llevo de avance del último pedido.

Alma hizo una seña con la mano, una mímica de llevárselos.

—No, no, no están terminados —exclamó Emma—. ¡Ni que tuviera cuatro manos, bonita! Faltan las bastillas, pero los mandiles del otro pedido ya están. Son doce, cuéntalos, y ya están las casullas también. El resto te lo tengo mañana temprano.

Alma asintió y se puso a doblar las prendas ya terminadas.

—Y primo, dime, ¿cómo está la familia? —la mirada de Emma parecía destellar.

—¿Qué familia?

—Ya sabes… la familia —le tembló la voz—, mi hermana y mi madre.

—Ni idea, no he sabido nada aún. Disculpa, prima, no es tan fácil como crees.

—¡Me va a dar un síncope contigo! —exclamó entre molesta y aliviada—. Pero, entonces, lo que escribiste… ¿No decías que te urgía verme?

—Sí, exacto, pero es para otra cosa.

—Hombre, entonces será agua de borrajas —Emma suspiró—. Si querías saludarme con una carta bastaba.

Vi la lámpara de queroseno, era la misma que salía en la foto del crimen.

La muchacha tocó el hombro de Emma, señaló el reloj de pared y luego la ficha del elevador que yo todavía llevaba en la mano.

—Alma debe con ir su patrona —explicó Emma—. La pobre trabaja como borrico; no para entre el aseo y los mandados.

Pero Emma y yo sabíamos que sin la ficha yo no podría volver a mi época, y antes de eso, debía develarle la noticia de su asesinato.

—Me urge hablar contigo, por eso vine —insistí—. Pero tiene que ser en privado…

Emma me miró en silencio un momento, luego, asintió.

—Alma, niña, qué te parece si te ayudamos a bajar el pedido —sugirió con naturalidad—. Sirve que encamino a mi primo, tiene que coger un coche de alquiler. Ven en una hora por la chapa esa del ascensor, aquí estaré. ¿Te parece bien?

—Tal vez no me tarde tanto —repuse en voz baja.

—Cariño, no voy a desaprovechar esta oportunidad —Emma no pudo reprimir una sonrisa—. Puedo dar un pequeño paseo. ¿Te das cuenta? No voy a escapar, no te preocupes.

"Sí, Emma debía escapar", pensé. "¡Es lo que debería hacer de inmediato!"

Emma pidió bajar por las escaleras, temía encontrarse con algún vecino chismoso. En el patio nos despedimos de Alma que se dirigió al apartamento 101. Me sorprendí al descubrir que su patrona era la señora Clara Fuensanta, ¡cuarenta y cinco años más joven!, usaba unos curiosos rollitos de periódico y pasadores para hacerse rulos en el entonces abundante pelo. Desde entonces lucía intensos labios pintados de rojo, aunque también tenía las feas cicatrices en el brazo y cuello, de un color rosáceo intenso. Parecía distraída hablando con otra vecina. Emma se escabulló a toda prisa hacia la salida, yo me retrasé un poco y Clara joven alcanzó a verme. Noté que tenía la mancha en el ojo, más pequeña. No me dijo nada, claro, faltaban varias décadas para que me conociera.

—De prisa, vamos —Emma me jaló del brazo—. Aquí todos son muy cotillas. No me deben ver. Sólo será un pequeño paseo. ¡Esto será genial! Estoy tan feliz.

Cruzamos el vestíbulo con su extraño mural, y la gran verja con la enorme letra B. Por fuera, el Edificio Begur era muy parecido al de mi época, tal vez la piedra un poco menos ennegrecida y la herrería sin manchas de óxido. Fue curioso experimentar la misma sensación de ligereza al alejarnos. El día era fresco y algo húmedo, con un sol somnoliento.

—No había puesto un pie en la calle en meses —Emma suspiró—. Sólo espero que mi abuelo nunca se entere. Diego, cariño, no sabes cómo te lo agradezco.

Al escuchar que me decía "cariño" por segunda vez, me dio un subidón que provocó que me ardieran las mejillas. Emma estaba tan feliz que decidí esperar. ¿Cómo le iba a soltar esa horrible noticia? Dejaría que disfrutara el paseo, y yo también lo intentaría, después de todo estaba en la Ciudad de México del pasado.

Las calles se veían más limpias, olía a jardín recién cortado. A donde mirase había algo interesante: empleadas domésticas con canastas llenas de legumbres, un ranchero ajustando la silla de montar al caballo, un fabuloso Land Rover estacionado fuera de una casona, lo lavaba un chófer con el uniforme arremangado, al lado un Chevrolet coupe, con esas molduras abombadas y macizas. Al pasar por un estanquillo de prensa comprobé la fecha en un periódico: 15 de agosto de 1942, México había declarado la guerra a la Alemania nazi por el hundimiento de varios buques petroleros, Francia estaba ocupada. No se hablaba de otra cosa que la pavorosa guerra que consumía Europa y buena parte del mundo ¡y eso que faltaban los tres años más terribles! Hitler estaba vivo del otro lado del océano. Contrastaban, entre los diarios, algunos cómics muy curiosos: *Paquín, Los Supersabios, Rolando Rabioso*.

—En este país no saben qué es la guerra —aseguró Emma—. Se supone que están en una y van por ahí como si nada. Los sábados veo pasar cochazos con familias que van al toreo de la Condesa. Señoritos con bigotes recortados, guantes y sombreros. En Madrid, ahora no puedes ni conseguir unas medias de mujer y de comida, si bien te va, gachas y sardinas —suspiró con dolorosa nostalgia—. Madrid...

—¿Viviste en Madrid?

—¿Qué pensabas? —sonrió—. ¡Esta paleta nunca salió de

274

Motilleja! Pues viví cerca de la Plaza de los Mártires, por la cárcel modelo, o lo que quedó... ¿Todavía existe?

Tardé en entender que se refería a la Plaza de la Moncloa y al Ministerio del Ejército del Aire.

—No, ya no —reconocí—. Al final la demolieron.

—Ah, menos mal —dijo con una triste sonrisa—. Era un sitio horroroso, un día sí y al otro también; lo peor eran las *sacas*.

—¿Sacas?

—Sacaban a prisioneros y los fusilaban —su mirada se tornó triste—. Hay una fábrica de jabones cerca, se llama Gal, ¿la conoces? Mi madre y mi hermana Isabel trabajaban de obreras. Un día hubo un bombardeo, y entre los escombros encontramos a alguien con la chalina de mi madre, ¡pensamos lo peor!, pero se lo había requisado su jefa. ¿Puedes creerlo?, y mi madre salió antes porque tenía migraña, fue un milagro.

—¿Y la jefa?

—Ah, murió. No te cae media fábrica encima y sales como si nada.

—Entonces... —pregunté con tiento—. ¿Te tocó presenciar, ya sabes... la guerra?

—Claro, en el pueblo y luego en Madrid. Cuando te topas con la guerra ya no te puedes librar, te sigue. A veces todavía me llega ese olor a carne muerta que escuece. La primera vez la olí en las trincheras de Ciudad Universitaria, luego todo fue a peor con el asedio —su voz comenzó a romperse—. Hay cosas que quisiera olvidar.

Ya no pudo seguir. Tenía los ojos arrasados. Me sentía culpable por preguntar.

—Pero hala, dejemos eso —hizo un esfuerzo por recomponerse—. Míranos, aquí, tan panchos, en esta bonita ciudad donde nunca hace frío de verdad. El barrio es precioso, ¿no crees? Me recuerda al ensanche de Serrano, pero aquí hay más castillos campestres. Es tan nuevo y bonito, como un cuento.

Sonreí, claro, para entonces las mansiones de la Roma eran más o menos recientes y aún era una zona muy exclusiva. Todavía no llegaba la primera decadencia del barrio. Con el tiempo muchas casonas se volverían colegios y otras caerían en la picota para levantar funcionales bloques de departamentos que se vendrían abajo con los sismos de 1985. Sí, todavía era como un cuento (burgués, todo hay que decirlo).

—Bueno, tampoco es perfecto, tiene sus detalles —reconoció Emma—. Mi abuelo dice que cerca de aquí está el pueblo de Romita, que es muy peligroso, hay una capilla, el Cristo del Buen Ahorcado, donde llevan a confesar a los que ejecutan. Y ahí, en las noches sale un espantajo mexicano, La Llorona, le dicen... ¿lo conoces?

—¿Al espantajo?

—No seas bobo, al pueblo. ¡Pero por Dios! ¿Qué hacemos hablando de esto? No sé dónde dejé la lista de preguntas —se rebuscó en el bolsillo del mandil—. Anda, háblame de tu época. Debe de haber tranvías voladores, naves y sirvientes mecánicos... A que sí.

—Ojalá, sería práctico —reí—. Pero el mundo es muy parecido a ahora: coches, teléfonos, aviones, aunque hay más tecnología, en Madrid tenía un televisor a color. ¿Sabes qué es un televisor?

—Claro, ¡no soy cavernícola! Es como una radio con pantallita.

—Pues en mi época es más que un radio. Puedes ver teatro, películas, dibujos animados, aunque lo mejor son los videoclips —intenté describirlos—. Son como filmes musicales, cortos pero muy vistosos. El más genial es el de "Thriller" de Michael Jackson, donde bailan unos zombis muy chungos, pero mi favorito es "Take on Me" de A-Ha; es romántico, sale una chica y un chico, pero viven en distintos mundos…

—Como nosotros —señaló Emma.

—Sí, algo así —reconocí, emocionado—. ¡Debí traer mi walkman!

—¿Sirve para ver esos vídeos?

—No, los walkman son para oír radio o música. Ah, también hay consolas con videojuegos, las enchufas a la tele ¡y ya tienes tu propia sala de maquinitas!

—Y esos juegos, ¿son como el conquián? Soy buena con la baraja.

No tenía idea de qué era eso.

—Estos juegos son más de ciencia ficción —expliqué—. A mí me encanta *Space invaders* y *Pac-Man*; son naves espaciales y un bicho que come puntos, frutas y fantasmas.

—¿Pero qué bicho come eso?

—Pues un bicho, no sé, sólo tiene cabeza redonda y ya.

—¡Dios! ¡Te aseguro que el conquián es mejor! ¿Y los libros? ¿Son tan buenos como el de Michael Ende?

—Hay de todo, supongo. Mamá lee —corregí— *leía* a John Le Carré. Le encantaban la historias de agentes súper listos que derrotan a malvados espías rusos.

—¡Pero si los rusos son buenazos!

—En mi época ya no —consideré—. Al menos no en las novelas ni en las pelis de Hollywood. Si hay un villano, fijo es ruso y comunista.

Nos detuvimos, habíamos llegado a un parque muy apacible que al principio no reconocí. Era el parque Río de Janeiro, que en esa época todavía llamaba Roma. En la fuente circular tampoco existía la réplica del *David* de Miguel Ángel y los árboles eran mucho más pequeños. En un extremo ya destacaba el Roma Aptos, que yo conocía como Castillo de las Brujas, un edificio de ladrillo expuesto, con aspecto de castillo inglés encantado y torre con tejadillo parecido a un tenebroso sombrero.

—¿Y el cine? —preguntó Emma—. A pesar de la televisión, ¿sigue existiendo?

—Claro. Casi todas las pelis son a color y los efectos especiales son, uf, flipantes, increíbles. Te encantaría *En busca del arca perdida* y *Ghostbusters*.

—¿Más bichos que comen fantasmas?

—Bueno... algo así —reí.

—¡Yo adoro el cine!, aquí cerca está uno llamado Balmori. Oí decir a la señora Clara que es precioso, tiene dos mil butacas y en los estrenos toca una orquesta en vivo. Mi actriz favorita es Olivia de Havilland, tiene un estilazo, ¡y qué clase!

—La mía es Sigourney Weaver, ¡mata muchos extraterrestres!

—Pero, Diego, cariño —sonrió divertida—. ¡Qué obsesión tienen en tu época con los bichos de otro planeta! —abrió los ojos—. ¿O es que ya hicieron contacto?

—No, pero salen mucho en las pelis. Aunque no todos son repulsivos. ET, es tierno, aunque a simple vista parece un pie arrugado, pero le brilla el pecho como si tuviera dentro una bombilla de navidad.

—Hombre, eso no es tierno, suena asqueroso.

Volví a reír. Llegamos a la avenida Álvaro Obregón, la reconocí por el espacioso camellón arbolado que desembocaba en la avenida Río de la Piedad, aunque el paseo aún no contaba con esculturas. En el camino de tierra circulaban hombres a caballo y uno que otro vendedor con un burro cargado de fardos de leña o sacos de carbón. Descubrimos que el cine Balmori estaba a unos pasos. Y sí que era bonito, con balcones de piedra y un barandal de herrería, arriba una gran ventana de arco con un vitral. Del otro lado de la calle estaba el mercado del Parián, donde años después revelé el rollo que tomó Conde. En las esquinas había puestos de comida, tamales y La Nacional, un carrito de helados. Lo que me sorprendió fue ver la fuente de sodas La Bella Italia.

—No me lo puedo creer —avancé admirado—. Acabo de estar aquí con mi padre.

—Vas a estar, apenas —precisó Emma.

Era cierto, ¡iría dentro de cuarenta y cinco años! Tenía otra decoración. Deseaba invitar a Emma un helado, pero mi dinero no valía en esa época. Por la misma calle de Orizaba llegamos a la Plaza Ajusco, que yo conocía como Luis Cabrera. Tenía ya la fuente en forma de trébol y estaba rodeada de casonas increíbles, chalets con almenas y escalinatas de cuento. Cerca de la fuente había niñas jugando a la cuerda, unas monjas mendicantes cargando una figura de yeso de un Niño Dios, y un par de hombres indígenas con ropa de manta y descalzos. Uno cargaba enormes garrafas, una sobre el pecho y otra a la espalda, ambas sujetas con un sistema de cuerdas y lienzos que se sostenían en la frente.

Tanto Emma como yo parecíamos extasiados, por distintas razones. Ella salía de su encierro y yo salía también, de mi época.

—Estos parques son verdes todo el año —señaló admirada—. Me gusta este país, es tibio y la gente amable. Cómo me gustaría que mamá e Isabel estuvieran aquí… ¿Oyes eso?

¿Oír qué? Había tantos estímulos: las campanas de una iglesia, las niñas saltando, el hombre indígena que ofrecía aguamiel; los cascos de los caballos. Emma entró a una zona ajardinada y señaló un diminuto pájaro, rosado, parecía una cría de un gorrión. Se puso en cuclillas.

—¡Pobrecillo! Debió de caer del nido.

—Oí que no hay que tocarlos —miré a la copa del árbol—. O la madre no vendrá por él. Hay que darle tiempo para que suba.

—¿Cómo? ¿Con una escalera? ¡Si apenas tiene plumas para volar! Pobrecillo —lo tomó entre las manos con gran delicadeza—. Debe de tener hambre, ¿qué comerá?

—No sé, insectos... lombrices.

—¡Vaya, al menos no dijiste fantasmas! ¿Qué te parece Henry?

—¿Quién?

—El nombre, es uno de los sobrinos de Emma Woodhouse, el más guapo de los pequeñajos. Le queda perfecto. Será como nuestro sobrino adoptivo. ¿Qué esperas? Como su tío debes buscarle sustento.

—¿Quieres que busque lombrices? —miré la tierra húmeda.

—No lo sé, cariño. Tú sabrás ¡pero deprisa!

Entonces reparé en las niñas, y se me ocurrió algo. Me acerqué a ellas, y después de recibir una mirada de extrañeza por mi aspecto ochentoso, la más grande sacó una galleta de una bolsita del vestido. Resultó que Henry aceptó unas migas. Emma parecía feliz.

—¿Crees que tenga frío? —preguntó preocupada—. Seguro debe extrañar su nido.

Ofrecí darle abrigo dentro del bolsillo de mi rompevientos. Emma se acercó para depositar con delicadeza al animalito.

La tenía tan cerca, tan hermosa y radiante. Me sonrió y entonces creí... intenté darle un beso.

—¡Pero qué haces! —se retiró con brusquedad—. ¡Qué te pasa!

—Yo... pensé... es que te acercaste tanto... —expliqué entre balbuceos.

Emma se levantó y echó a andar, furiosa. En ese instante supe que había metido la pata, hasta el fondo. La seguí, avergonzado.

—Disculpa, no quise molestarte —conseguí alcanzarla—. Me confundí, pensé que te gustaba y como sonreíste... Perdona, mejor me callo...

—Sí, ¡mejor! —caminó una calle a toda prisa, yo la seguí detrás, asustado. Poco a poco Emma bajó la velocidad, y me habló muy seria—. Sí que me gustas, pero nunca debes hacer eso. Hay que preguntar antes de besar. Las chicas no estamos ahí como piruletas para que cojas la que te apetece e intentes meterle la lengua.

—No iba a ser con lengua... Pero disculpa, de verdad —tomé aire para darme valor—. Entonces, ¿puedo besarte?

—¡Pero qué crío tan tonto! ¡No! —me fulminó con la mirada.

—¡Has dicho que te gusto!

—¿Y eso qué? Me gusta el pequeño Henry también, y Olivia de Havilland —meditó unos momentos—. Además, lo nuestro no tiene ningún futuro.

¡Y que lo dijera! Técnicamente le quedaban seis días de vida. Sentí un agobio espantoso.

—Disculpa, Emma, no volverá a pasar, te doy mi palabra —declaré, abochornado—. Sigamos con el paseo. Hay que aprovechar el tiempo.

—Vaya, hasta que coincidimos en algo. Pasemos de esto.

Seguimos en tenso silencio por otras cuadras. Prácticamente era la misma ruta que seguí con Teo, aunque la calle terminaba con un enorme edificio que parecía la mezcla entre una plaza de toros y un pastel de ladrillos. Encima de los portales se leía "Estadio Nacional". Ése debía ser el edificio que mencionó Teo. En mi época ya no había nada ahí, sólo un destartalado cine, cercano, con el nombre del Estadio.

—Todo esto lo conozco de oídas —comentó Emma, un poco de mejor humor—. Más allá hay cementerios y, pasando el río, el pueblo de La Piedad, así se llama, creo. ¿Cómo va Henry?

Abrí el bolsillo. Ahí seguía el gorrión, Emma le dio más migas de galleta.

Me di cuenta de que no podía seguir aplazando la noticia, ¡para eso había viajado! No para adoptar crías de aves, ni dar paseos o ser tan bestia como para intentar robarle un beso.

—Emma, escúchame —comencé, suave—; todavía no he encontrado nada sobre tu familia, pero descubrí un dato sobre ti. No lo dije antes, para no estropear el paseo, aunque ya lo eché a perder con lo del beso. Pero esto es importante, de verdad… Vine para esto.

Sus hermosos ojos no se despegaban de mí.

—Es algo malo, ¿verdad? —intentó mostrarse fuerte—. Dímelo.

Por un instante fui incapaz de hablar, pero asentí. Lentamente saqué del bolsillo del pantalón el recorte de periódico.

—Si lo piensas bien, esto aún no sucede —lo dije para restarle gravedad—. Es algo terrible que apenas va a pasar, pero, escucha, intentaremos cambiarlo, ¿entiendes?

Emma no se movía. Todos sus músculos parecían tensos.

Yo mismo me daba asco por ser el heraldo de la funesta noticia, iba a mostrar el reportaje de su muerte, su asesinato. Tomé aire para darme ánimo y al fin le pasé el recorte. Emma lo tomó, dudosa, y la animé a que lo desdoblara.

Entonces tuve otro miedo, aún peor. ¿Y si el universo terminaba en ese instante por mi culpa? ¿Y si colapsaba el mundo devorado por una destructiva paradoja? Había desobedecido todas las recomendaciones de Requena, pero ya nada podría detener ese momento.

Emma abrió el recorte para leer la nota.

Estimada A. Tengo que detenerme. Parece que esta carta se ha vuelto eterna como las encíclicas papales. Ya perdí la cuenta de las páginas que llevo. ¿Le está gustando lo que lee? Espero que sí, porque hay más. Apenas vamos a llegar al meollo de todo esto.

Un fuerte abrazo, desde un universo que aún existe (espero).

Diego

Carta dieciséis

Estimada A:

Le confieso algo: muchas veces, cuando le envío una carta, mi mente navega entre la ilusión y la zozobra. Pienso: ¿sentirá la misma emoción que yo cuando escribo cada una de mis entregas? ¿O es justo al contrario? Tal vez, desde hace rato, me tomó por un loco delirante y dejó de leerme. Y estas cartas se amontonan en su buzón, una mesilla, sin que nadie las abra. Pero ya no importa. Debo sacar estos recuerdos del sótano de mi memoria, eso hace mi carga más ligera. Y mientras no reciba el temido sobre con el "No", es una invitación a seguir. Y aún tengo tanto que contar, espero que usted sienta también curiosidad por leer.

Vuelvo a donde me quedé. Emma abrió el recorte con la nota de su propia muerte. Empezó a leer, en tenso silencio. Y yo aún esperaba, no sé, un estallido del universo, pero también algo mejor: que la noticia se hubiera sustituido por el reportaje de un filme de romanos. Pero las fotos y frases eran exactamente las mismas: "Refugiado español…", "La jovencita intentó defenderse con una lámpara de queroseno…",

"Mató a su nieta antes del suicidio", "María Fátima del Carmen".

La tez de Emma se tornó del color de la cera cruda.

—Va a suceder en seis días —mencioné en voz baja—. Sé que suena imposible, porque, a pesar de todo, tu abuelo te quiere y nunca llegaría a esto.

—¿A matarme? Sí que lo haría —susurró Emma. Las lágrimas le caían en racimos—. Ya lo hizo una vez... quiero decir, matar, en la guerra.

—Pero eso es distinto.

—Matar es matar —dijo sin vacilación—. Aunque mi abuelo no era así al inicio. Era profesor, enseñaba a leer y a escribir, pero la vida lo llevó a Albacete con las brigadas. De milagro sobrevivió a los bombardeos. Siempre dice que hubiera sido mejor morir entonces, porque se volvió un asesino.

—¿A quién mató? —al momento de hacer la pregunta, me arrepentí.

—Una noche le tocó patrullar en la Sierra de Ontalafia. Él y los otros guardias recibieron la noticia de que había unos desertores, dos chavales que abandonaron su puesto.

La tristeza le entró al cuerpo, como una losa, pero continuó:

—El abuelo fue el único que dio alcance a los desertores. Disparó para asustarlos y obligarlos a detenerse, pero tuvo la mala suerte que le dio a uno —tomó un trago de aire—. Cuando mi abuelo llegó hasta donde había caído el chaval, a los pies de un pino, vio que era Sebastián, su hijo menor... murió ahí mismo, frente a sus ojos.

—¿Mató a su hijo por desertor?

—¡Muchos lo alabaron por eso! ¿Puedes creerlo? Pero el abuelo nos confesó a la familia que fue un accidente, no sabía que era él. Además, tío Sebastián no era cobarde, sólo que no estaba hecho para la guerra, pero ¡nadie lo está! Mi tío tenía 20 años, quería ser artista; antes de la guerra lo habían aceptado en la Real Academia en Valencia. En fin, el abuelo tuvo que seguir, se hizo cargo de mi madre, de mi hermana y de mí; nos llevó a Madrid, donde pensó que podríamos estar a salvo, pero es que la guerra te sigue y al abuelo nunca lo dejó, todavía la lleva dentro. Todos los días tiene pesadillas con lo que sucedió esa noche, en la sierra de Ontalafia.

—Es horrible. Emma, ni siquiera sé qué decir, lo siento.

—Es su mano —señaló la tétrica imagen del periódico—. Lleva el anillo de mi tío Sebastián de cuando se graduó de bachiller. Pero... ¿por qué estamos quemados?

—Dice que intentaste, o vas a intentar, defenderte con la lámpara de queroseno.

—Tiene sentido, en la noche siempre corta la luz —volvió a repasar la nota—. No sabía que el abuelo tuviera un revólver. Tal vez apenas lo va a conseguir, ¡o ya lo tiene guardado por ahí!

—Como sea, esto no va a suceder —repetí para convencerme—. Si estoy aquí es para impedirlo. Podrías denunciar a tu abuelo por encierro, por maltrato. Es más, vamos a la estación de policía, te acompaño.

—Él iría a la cárcel y yo a un orfanato —recordó.

—¿Y eso qué? ¡Es mejor que morir dentro de seis días!

—Puedo esconderme —propuso Emma—. Ese día me encerraré en mi habitación hasta que le pase ese ataque de locura.

—Tal vez sea lo que lo enfurezca... —sentí un escalofrío. ¿En eso consistía la inevitabilidad?—. Tal vez, yo mismo, al advertirte del peligro, ¡te estoy empujando a la muerte! No, no, tenemos que hacer algo contundente. Emma, ven conmigo.

Me miró confundida.

—Si te escondes en mi época tu abuelo nunca podrá encontrarte. ¡Ni siquiera tienes que moverte de lugar! Podrás vivir en tu mismo apartamento pero en otro tiempo. Es más, te dejaré tu misma habitación. Claro, ¡es el refugio perfecto!

—¿Y abandonar al abuelo?

—Sólo mientras pasa la crisis. Lo que importa es que evites estar aquí el 21 de agosto —cada vez me entusiasmaba más mi solución—. Además, en mi época seguiremos investigando dónde quedó tu familia y también podríamos rastrear números de sorteos de la lotería mexicana de 1942, que es como el cupón de la ONCE.

—¿Y eso no es una estafa?

—La lotería es para los necesitados —señalé—. ¿Y no necesitas dinero? Sólo imagina, podrías ayudar a tu familia, curar a tu abuelo, hasta comprar una casa...

Confieso que la última parte del plan la estaba copiando a Requena.

—¿Se puede hacer todo eso? —Emma estaba atónita.

—Mírame a mí, voy y vengo de 1987. Hay que usar el mecanismo del edificio a nuestro favor. ¡Es una gran oportunidad para cambiar el destino!

No tenía idea de la cantidad de paradojas que estaba pisando en ese momento. ¡A Reque le daría un patatús! Emma aún parecía dudar.

—Te traeré de regreso cuando pase el peligro y hayamos investigado sobre tu familia y tengamos números ganadores de lotería —prometí—. Todo saldrá bien.

Volvió a revisar el recorte de periódico, dio un largo suspiro.

—Bien, iré —dijo y sentí como si mi pecho se liberara de un cepo—. Dios, qué pánico ir al futuro. Sólo dame un par de días.

—¡Pero puedes venir ahora mismo conmigo!

—Ésta es la fecha peligrosa, ¿no? —señaló el 21 de agosto de la nota—. No pasa nada si me quedo dos días, ¿o sí?

—Creo que no... no sé. Pero ¿para qué?

—No puedo irme ahora sin más y desaparecer quién sabe cuánto tiempo. Capaz que el abuelo cree que me pasó algo horrible, enloquece y se suicida. ¡No podría vivir con la culpa!

A mí casi que me daba lo mismo, pero era evidente que Emma le tenía cariño, a pesar de todo.

—Sólo voy a preparar el equipaje y dejarle suficiente comida, ropa limpia y una nota que justifique mi desaparición —explicó—. No te preocupes, cariño, cuando vuelvas tendré todo listo.

Ahí estaba, de nuevo, la palabra *cariño*. No podía contra eso. Asentí y le eché un ojo a la nota. Seguía exactamente igual, eso me inquietó. Con todos los planes que estábamos haciendo, debería notarse... no sé, alguna diferencia.

—Gracias, querido, de verdad. ¿Qué hora es? ¡Tengo que volver!

Regresamos al Begur a toda prisa. Cuando llegara el abuelo, Emma debía de estar encerrada y cosiendo, como si no planeara escapar al futuro. Pero al cruzar de nuevo la Plaza Ajusco, Emma se detuvo y me tomó del brazo. La miré sorprendido:

—Bien, puedes hacerlo —dijo—. Si todavía quieres.

Nos besamos. Lo hice con cuidado. Fue apenas un minuto, pero valió la pena cada segundo. La felicidad estalló célula a célula de mi cuerpo adolescente.

—Han pasado demasiadas cosas... sólo dame tiempo —murmuró.

No supe a qué se refería, pero temí preguntar. Echamos a correr las calles restantes y nos detuvimos a unos metros de la entrada del Begur, cuando vimos salir a un hombre alto, fornido y desgarbado, llevaba un mono u overol de trabajo. ¡Era Pablito! ¡Joven!

—Espera —pidió Emma—. El conserje es un cotilla, no quiero que me vea.

Nos ocultamos detrás de un árbol. Me hubiera gustado advertirle a Pablito del espantoso accidente que sufriría en 1987 donde iba a morir, pero, si todo salía bien con Emma, lo haría después. Una paradoja a la vez.

Cuando el portal quedó despejado, Emma y yo subimos a toda prisa. Le pasé a Henry, nos despedimos emocionados. Entró y cerré con doble llave. Ahora debía volver a mi época y regresarle la ficha de Alma.

—Espera, Diego, cariño —me llamó del otro lado de la puerta.

Sacó sus dedos por la rejilla de la correspondencia.

—Dame la mano —pidió—. Quiero repetirme que esto no fue un sueño. Que existes, que vas a volver, que estamos juntos en esto.

Nos tomamos la punta de los dedos. ¡Qué ganas de llevármela ya mismo! Costó mucho separarnos. Finalmente subí a la quinta planta para iniciar el viaje de regreso a mi época. Cuando entré al elevador noté el aire muy frío. Enchufé la ficha al tablero y marqué el cuarto piso. Un instante después se abrieron las puertas, reconocí mi época, 1987, pero la ficha parecía haberse atorado en la ranura. ¡No podía irme sin ella! Entonces sucedió algo muy extraño.

"Desobedeciste", murmuró alguien. Era una voz grave y turbia.

Examiné la cabina. No había nadie conmigo. El miedo se extendió desde la base de mi estómago hasta mi pecho. Desesperado, golpeé la ranura del tablero para liberar la ficha, pero seguía atascada, y entonces se encendió el botón con la letra "S". Al inicio pensé que debía de tratarse de algún fallo mecánico o eléctrico, porque yo no lo toqué. Para mi terror, las puertas se cerraron y rápidamente presioné el botón de abrir, pero el ascensor ya estaba descendiendo. "S" era el sótano. Recordé el ejemplo del cubo de Rubik de Requena: había muchas combinaciones y si usaba la ficha antigua desde 1987 ahora para bajar, ¿a qué puerta fantasmal o época me llevaría?

El mecanismo se movió entre agudos rechinidos. En cada nivel que crucé, tras el vidrio biselado se veían siluetas de inquilinos. ¿Eran de los cuarenta y siete niveles ocultos? Finalmente el elevador se detuvo en el sótano y las puertas se abrieron con un gemido. La luz estaba encendida y reconocí el pequeño rellano con los dos accesos; donde estaba la zona de herramientas y productos de limpieza, y el pasillo que conectaba a la inmensa bodega de muebles. Oí un curioso sonido, como el golpeteo de una madera contra otra. Me ganó la curiosidad y seguí el rastro hacia la bodega, tenía menos muebles de los que recordaba, aunque seguía el mismo cuadro de la mujer enlutada y la inmensa puerta metálica de bóveda del fondo. ¿Qué época era?

Descubrí el origen del sonido del golpeteo, se trataba de dos ganchos de madera para ropa, por alguna razón se movían solos en un ropero, chocaban con furia hasta que se detuvieron de golpe. Y fue entonces cuando en la pared del fondo vi a una mujer joven, de cabello rojizo, vestía una bata de dormir y parecía muy asustada. Tenía los dedos ensangrentados de tanto rascar las paredes.

—¿Señorita Noemí? —pregunté con voz temblorosa—. ¿Es usted?

No parecía oírme. ¿Estaba rezando? Di unos pasos hacia ella sin saber si era real o una imagen espectral. Entonces, volvió a suceder:

"Desobedeciste", vociferó la voz gutural. "¡Has estado en sitios que no te pertenecen!"

Reconocí la voz y el pavor me clavó al suelo. De las orillas de la puerta tipo bóveda comenzaron a emerger insectos, moscas, gusanos. Olía a carne descompuesta. Los bichos se fusionaron con las sombras para formar una enorme silueta amenazante. Era la Criatura Gris. Se movía igual; más que caminar, reptaba entre contorsiones, como si tuviera los huesos fuera de sitio. Avanzó hacia mí.

"Puedo adelantar tu condena", amenazó. "Puedo hacerlo en un segundo y partir tu cuello como leño seco."

—Waltraud Krotter —recordé el nombre completo—. Sé quién eres y lo que hiciste con los niños.

La nariz comenzó a sangrarme como la vez en el ático.

"¿Te crees con poder?", rio la Criatura Gris, entre gorgoteos. "Me perteneces, como todos en este sitio."

Avanzó hacia mí y yo seguía paralizado por el pánico. El frío se volvió muy intenso, una fina capa de hielo cubrió los muebles, los baúles, la ropa, el mismo suelo bajo mis pies. Conseguí dar un paso hacia atrás, resbalé y caí sobre el brazo derecho. El dolor me hizo reaccionar. Ahora sí, corrí desesperado, hacia el elevador.

—Ayúdame —escuché a la mujer que rascaba las paredes—. Por favor, por piedad.

"Nadie puede ayudar a nadie", advirtió la Criatura Gris. "Todos están condenados."

—No me dejes aquí, ¡por favor! —aullaba la mujer, con desesperación.

Entré al ascensor, algo me decía que no debía mirar detrás. Oprimí el botón de cierre y el número cuatro. Se cerraron las puertas, justo a tiempo. Del otro lado del cristal la inmensa masa oscura rebullía de insectos, de maldad.

El elevador me dejó en la cuarta planta y al fin conseguí sacar la ficha de la ranura. Salí a toda prisa, temblando. Me refugié en mi departamento, todo parecía en su sitio, era 1987. Lo primero que hice fue poner la ficha de Alma en la caja, dentro del hueco de la chimenea, y luego entré a la cocina para lavarme y detener la hemorragia. ¿Qué demonios había ocurrido? Me desplomé en una silla para recuperar el aliento, el alma y algo de cordura; pocos minutos después alguien comenzó a aporrear la puerta.

—Diego… ¿estás ahí? ¡Abre! Diego, por favor.

Abrí, eran Requena y Conde. Parecían igual de agitados que yo.

—¡Al fin estás de regreso! —exclamó el chico gordo.

—Hemos venido tres veces —aseguró Conde—. ¿Destruiste el universo?

—Mira tú misma, parece que aún funciona —intenté sonreír, tenía la boca arenosa y una sed de náufrago.

No sabía si debía contar a mis amigos lo que acababa de pasar. Aunque para empezar ¿qué fue eso? Ni yo sabía bien…

—Fuiste a ver a Emma ¿verdad? —señaló Reque con reproche—. Seguro intentaste cambiar el pasado. ¿Qué le dijiste?

—Todo —reconocí—. Hasta le mostré el recorte del periódico.

—¡Eso debe ser malo para las paradojas! —Conde ahogó un grito—. Puede explotar el presente, desintegrarnos, ¿no?

—Calma. Todo está bien —regresé a la cocina a servirme más agua—. En realidad la visita con Emma salió excelente.

La convencí de que viniera aquí, a nuestra época, le daré refugio por un tiempo y buscaremos a su familia

—¿Y si todo salió excelente, por qué tienes esa cara de muerto y sangre en la ropa? —Requena señaló el cuello de mi camisa.

—Ah… tuve una hemorragia de la nariz.

—¡Como la otra vez! —Requena lo recordó—. ¿Viste a la Criatura Gris?

Sí que era bueno para las deducciones. Suspiré.

—No te preocupes, puedes decirlo. Nosotros también lo vimos —develó Conde—. Abajo, en el departamento del profesor.

Volví a estremecerme. ¿Cómo era posible?

—¿Dónde lo viste tú? —inquirió Requena.

—En el sótano —reconocí. Volví a tomar agua, ¡qué sed!—. Cuando venía de regreso se atoró la ficha y el elevador bajó por sí solo. Fue tan extraño, creo que también vi a Noemí…

Narré el breve y terrorífico encuentro con la mujer (real o espectro) que rascaba las paredes con dedos ensangrentados, y cómo la Criatura Gris se formó con una amalgama de insectos y sombras.

—Esa cosa fue tras de mí. Escapé por los pelos, y por cierto —recriminé a Requena—. No sirvió de nada que dijera el nombre de doctor Krotter.

—Nos pasó lo mismo —reconoció Conde—. Y tampoco sirvieron los crucifijos, las estampas de san Francisco de Loyola, ni el agua bendita. ¡Y Reque casi muere!

—Pigmeo, ¿siempre tienes que ser tan dramática?

—Es verdad —insistió la chica—. Te dije que no sería tan fácil hacerte millonario. Por codicioso.

—¡Eso no tuvo que ver! —se quejó Reque.

—No entiendo nada —los interrumpí.

—Es sencillo —comenzó Requena—. Así como fuiste con Emma a hacer pruebas. Pigmeo y yo bajamos al apartamento del profe a hacer un experimento programado.

—Reque del futuro nos iba a pasar por la ventana del baño los números de la lotería —explicó Conde.

—Al principio todo iba bien —siguió Requena—. Por el hueco en el vidrio de la ventana comenzó a hacerse visible mi yo mismo de dentro de veintidós horas.

—Pero no traía resultados de la lotería —suspiró Conde—. Y parecía aterrorizado.

—¿Qué les dijo? —pregunté.

—No sé, no se oía nada —reconoció Requena—. Es una ventana espectral. Pero mi yo del futuro nos hizo señas. Pedía que saliéramos de ahí.

—Gordo, no sólo pidió, ¡estabas histérico! —recordó Conde—. Entonces comenzó a hacer un frío del demonio. Y aparecieron muchísimos bichos.

—Por favor, Pigmeo, ¡estoy contando lo más importante!

—Eso no es lo importante, sino lo que pasó después —anotó la chica.

—A eso voy —retomó Reque—. El apartamento se cimbró y se abrieron unos socavones en el piso, hasta pensamos que temblaba. Luego vimos que del agujero donde antes estaba la taza del baño brotó una nube de moscas y esa voz horrenda. Era la misma, la de Criatura Gris, el doctor Krotter.

—Dijo que habíamos desobedecido —explicó Conde—, que seríamos castigados y nos adelantaría la condena.

Se me salió el aire. ¡A mí me había dicho lo mismo!

—¿Y qué hicieron? —estaba atónito.

—Intenté defenderme con las estampas y el agua bendita

—suspiró Reque—, pero no sirvieron de nada. Conde huyó como un Pigmeo cobarde —la miró con resentimiento.

—¿Qué querías que hiciera? Además yo no sabía que te ibas a tropezar con unas moscas.

—¡Un enjambre se me echó encima! No vi cuándo metí el pie en uno de esos agujeros y sucedió algo espantoso, ¡algo me sujetó desde abajo! Mira, me quedó una marca.

Requena se levantó el bajo del pantalón, en el tobillo tenía una quemadura con la forma de la huella de una mano, era enorme.

—Regresé para ayudarte —recordó Conde—. Y mira que pesas, don estructura ósea sólida.

—No era sólo mi peso, Krotter no quería soltarme. Y dijo algo muy raro.

—Que a las doce la primera sangre será derramada —anotó Conde.

—¿Qué sangre? ¿Qué significa eso? —tanta información me estaba agobiando.

—¡Cómo vamos a saberlo! ¡Es el espíritu de un loco! —exclamó Requena—. Nosotros olvidamos al doctor Krotter, pero él nunca nos olvidó. Al parecer quedó a la espera, listo para volver a atacar.

—Lo que no entiendo, es… ¿por qué estaba tan furioso? —suspiró Conde.

—Por la misma razón que la primera vez —recordó Requena—. Estamos invadiendo su territorio: el Edificio Begur. Ha sido su dominio por cuarenta años.

—Pensé que estaba atado al ático —recordé.

—… Y al sótano. Deben de estar conectados de algún modo —meditó Requena—. Por algo son polos de poder. Y si esa cosa hubiera conseguido arrastrarme, ahora mismo estaría muerto.

—Lo bueno es que escaparon —anoté—, aunque lo malo es que ya no podrás ser millonario.

Reque parpadeó como diez veces seguidas.

—Lo acabas de decir —señalé—. El departamento del profe tiene hoyos que dan al sótano, donde está Krotter. Si entras de nuevo, te estará esperando.

—Es verdad, Reque —advirtió Conde—. Te va a hacer pomada si te vuelve a ver.

—Entonces, Diego, tú también despídete —me reviró Requena—. Tampoco podrás poner un pie en el elevador.

Respingué. ¿Qué?

—Necesito el ascensor para traer a Emma —aseguré, con sofoco—. Sólo así se abre el portal en nuestras épocas. ¡Prometí rescatarla!

—Puedes enviar el elevador vacío —sugirió Conde—. Que ella sola haga el viaje.

—Es igual de peligroso, ¿no lo ven? —resopló Requena—. El mecanismo del elevador está en el sótano. Krotter puede arrastrar a sus dominios a quien pise ese cacharro, hasta a Emma.

Un escalofrío me congeló hasta la médula de imaginar la escena.

—Diego, te advertí que no podías cambiar el pasado —repuso mi amigo.

—Entonces ¿qué? —exclamé—. ¿Nos damos por vencidos y ya? ¿Después de todo?

—Pues sí, hay que detenernos —aconsejó Conde.

Reque y yo la miramos, algo sorprendidos, ¿qué dijo?

—Fue divertido un rato, pero ya se volvió demasiado peligroso —agregó—. No creo que sea bueno meternos en más paradojas, o en luchas con fantasmas vengativos.

—¿Tú también quieres dejar todo? —me dirigí a Requena.

—No sé… la anomalía del Begur es un descubrimiento prodigioso —reconoció—. Los muros de despojos, las ventanas espectrales, las puertas fantasmales. Sería una pena dejar de estudiar algo así… ¡Pero ya tenemos varias amenazas de muerte!

—¿Y cómo le vas a hacer para escribir tu libro? Te hará famoso —le recordé.

—Va a ser un *bestseller* —asintió.

—¿Qué no me escucharon? —insistió Conde—. No sé ustedes, pero yo no quiero que me mate un bicho de fulgor o de lo que sea.

—Veamos. Tenemos una maquinaria prodigiosa para ver y viajar en el tiempo —recapitulé—. Podemos ser ricos, salvar a Emma, hasta a Noemí. Y lo que se está interponiendo es Krotter, ¿no? La solución, según yo, es evidente.

—¿Matar a Krotter? ¡Pero ya está muerto! —exclamó Conde.

—Pero seguro se puede expulsar o neutralizar, y no hablo de estampas o agua bendita, debe ser algo más radical —me dirigí a Requena—. Tú sabes de estas cosas. Tienes un montón de libros raros.

—Hay algunos casos de expulsión de energías —reconoció—. Tal vez Madame Blavatsky o Allan Kardec mencionen algo en sus tratados de metafísica. También tengo una pila de libros nuevos por leer con una biografía, un especial de la revista *Duda*, un par de novelas basadas en casos reales; debo revisar tantas cosas…

—Te ayudo a investigar —me ofrecí, ¡tenía una semana para traerme a Emma!—. Si quieres voy a la biblioteca, haremos pruebas. Conde, si esto te da miedo, no es obligatorio que estés con nosotros. No te preocupes, tan amigos como siempre.

La pequeña chica suspiró.

—Los ayudaré —entornó los ojos—, pero si algo no me gusta, me ataca un bicho o me vuelvo a perder en otra dimensión. No sé cómo, pero regreso para desquitarme con ustedes.

—Bien, seguiremos adelante —anunció Requena—. Pero hay que prepararnos. Nos vamos a enfrentar a algo muy poderoso. Un fenómeno fulgor de categoría uno. Si en vida Krotter fue un psicópata asesino, muerto puede ser peor... Pero la recompensa que nos espera será increíble. Tendremos el control del Edificio Begur, con todos sus niveles ocultos para nosotros...

—Espera, Reque, ¿oyen eso? —interrumpió Conde.

Eran gritos, como una discusión, y luego se escuchó una detonación fuerte y seca.

—¡Eso fue un balazo! —señaló Conde con alarma.

Salimos al pasillo. La discusión era de dos mujeres, en polaco. No me quedó duda y crucé la planta hasta el departamento de Lilka y Jasia. La puerta estaba abierta, pero tenía puesta la cadenilla de seguridad. Vi siluetas, había mucho movimiento dentro.

—¡Lilka, soy yo, Diego! —grité—. ¿Todo bien? ¿Me puedes abrir?

Nadie respondió. La discusión continuaba, y alguien lloraba.

—¿Qué pasa? —preguntó alguien a mi espalda. Era don Salva, había subido, junto con otros vecinos, alertados por el escándalo.

—No sé. Pero dentro está mi padre —desesperado, seguí empujando.

Fue cuando se escuchó la segunda detonación. Don Salva pateó la puerta hasta que rompió la cadenilla.

Fui de los primeros en entrar. En el rellano había rastros de sangre, vidrios rotos, muebles tirados, olía a pólvora. Más vecinos llegaron en tropel, algunos viejos, los hermanos cuervos, el manco, y el caos estalló casi enseguida. Una voz pidió algo para detener la hemorragia, alguien gritó que llamáramos a emergencias. Entonces la vi, en un rincón, a Jasia. La reconocí por el tinte rojo del cabello, no se le podía ver la cara, le estaban poniendo encima manteles. servilletas, una toalla, todo se llenaba de sangre. En la pared había salpicaduras. De pronto, los vecinos nos estremecimos con el repicar de unas campanas. Eran los carrillones del reloj de columna de la estancia, anunciaban el mediodía. Una frase me vino a la mente: "A las doce la primera sangre será derramada".

Estimada A, disculpe, estoy exhausto, me parece que es todo por ahora. No se preocupe, le explicaré qué sucedió en el apartamento de las vecinas (al menos lo intentaré). Sólo espero que esta carta no esté apilada en un rincón de su casa, porque lo que viene es sorprendente. Pero le advierto que tal vez requiera un esfuerzo adicional para ampliar esas barreras a las que llamamos realidad.

Quedo de usted, con cariño siempre,

Diego

Carta diecisiete

Estimada A.

No se puede quejar, la presente carta la he enviado casi enseguida a la anterior. Por lo visto he entrado en otra fase, ¡ya no puedo parar de escribir! Y es que el verano de 1987 es como una pústula: si se llega hondo, los recuerdos salen a borbotones. Sé que debe tener muchas preguntas, y para responder me iré a una carta anterior. ¿Recuerda cuando le mencioné el *primer ataque*? Pues se llama *primer* porque luego hay más… Y esto lo aprendí por propia experiencia. Los *nuevos territorios*, estos lugares encantados, aunque parecen solos, nunca están deshabitados, ¡nunca olvide esto! Alguien, algo, los ocupa y quien llega después es el intruso. Siempre un relato de horror en el fondo, es sólo una lucha territorial. Se pelea por un espacio, por un cuerpo, por un alma.

Sigo. El *accidente* de Jasia (así lo nombraron) fue el inicio del fin. Lilka explicó a la policía que su madre estaba limpiando el fusil cuando éste se disparó. Sí, lo sé, es extraño porque todos oímos dos detonaciones, ¿quién se accidenta dos veces con un arma? Una de esas balas atravesó con trayectoria rasante el hermoso rostro de Jasia. Se llevó parte de la mandíbula, algo de músculo y bastante piel. Fue un milagro que el proyectil no entrase a la cabeza; en lugar de eso, rompió una vitrina llena de velas.

En medio del caos, entré a la habitación donde estaba Teo. Al principio pensé que también lo habían herido, convulsionaba, y la ropa parecía empapada, hasta que descubrí que era sudor. No me podía escuchar, su mente estaba hundida en la fiebre. Minutos después, una ambulancia llegó por él y por Jasia. Los trasladaron a una moderna torre, un hospital de la avenida Álvaro Obregón, casi al lado de donde estuvo el cine Balmori del que ya no quedaba ni un trocito. Estuve esperando durante un par de horas en una sala de espera, atormentando a la recepcionista para que me dijera algo, hasta que vi asomarse por la puerta de ingreso al médico polaco.

—Doctor Werner —me acerqué, desesperado—. Soy Diego, el hijo de Teo. ¿Cómo está? ¿Sabe algo?

—Tranquilo, muchacho, vine a dar el parte —repuso con voz serena, profesional—. Ya lo estabilizamos. Ni siquiera fue necesario que entrara a cuidados intensivos.

—Entonces, ¿está bien? —me inundó un cálido alivio.

—Bajamos la fiebre, por eso convulsionaba. Pero también trae una infección en un ojo y, al parecer, agua en los pulmones. Vamos a intentar con otros antibióticos.

—¿Todo eso es por las paperas? —seguía sin entender.

—Le haremos estudios, debe quedarse unos días en observación —evadió, como todo un médico—. Ya te explicará Lilka otras cosas. Quiere hablar contigo, espérala aquí, no tarda, debo irme.

Asentí confundido. Diez minutos después, Lilka salió por la misma puerta. No llevaba una gota de maquillaje, parecía haber llorado mucho, y a pesar de todo lucía muy hermosa. Llevaba un brazo vendado. No me había dado cuenta.

—¿Estás bien? —miré el brazo. ¿Eso fue parte del *accidente*?

—Sólo un rozón, no pasa nada. Me dijo Marek que habló contigo. Teo se quedará unos días.

—Sí, pero no sé cuánto va a costar —miré alrededor—. Esto no es sólo una consulta, debe ser caro. No tenemos dinero, pero hay unas joyas que eran de mi mamá...

—Por favor, Diego, querido. No te preocupes del pago —con una mano se recogió el cabello, usó una cintilla que sacó del bolso—. Jasia y yo teníamos un ahorro para hacer un viaje a Łódź, de donde somos... Y no creo que vayamos pronto.

Me sentí terriblemente culpable por las veces que me porté tan mal con ella.

—¿Y cómo está tu madre? —me animé a preguntar.

—Va a necesitar varias operaciones —reconoció agotada—. Están estudiando cómo hacer la reconstrucción. Aunque nunca va a recuperar su cara de antes.

—Lo siento mucho —lo decía de verdad—. Fue espantoso lo del accidente.

Toqué el tema a propósito, a ver si contaba más detalles. Me miró con esos intensos ojos de piedra mineral.

—Hay cosas que pasan —repuso y fue todo—. En fin. Cuando vuelvas, trae más piyamas para Teo, también espuma y rastrillo, necesita una buena rasurada.

—Lo traigo mañana, hoy me voy a quedar.

—¿A qué? —casi sonrió—. Diego, eres menor de edad. El hospital no lo permite. Tranquilo, yo estoy con Teo.

—¿No vas a cuidar a tu madre?

—Jasia no me quiere cerca, en este momento me odia —suspiró—. Haz lo que digo. Ve a casa. Ya pasó lo peor.

No sé por qué, pero sentí que ni ella creyó la última frase.

Anochecía cuando llegué al Begur, el edificio me pareció más siniestro que de costumbre. Justo al cruzar el umbral, una chica pequeña me salió al paso.

—¡Dios! ¿Conde? —la reconocí—. ¿Qué haces aquí?

—¡Esperándote! ¿Tú qué crees? Dame un momentito —entró al patio—. ¡Gordo, ya llegó Diego!

—Que no me digas gordo, ¡y menos en público! —respondió Requena. Estaba sentado en las escaleras, leyendo algo. Tomó su enorme mochila, se incorporó para avanzar al portal—. Qué onda, ¿cómo está tu papá?

—Algo mejor, pero se le complicó con una infección. Debe quedarse en el hospital.

—¡Que día tan horrible! —gimió Conde—. A mi tía Luzma le dio un ataque de nervios y se encerró en su cuarto a llorar. Odio cuando pasa eso.

—Si les sirve de consuelo mi madre tampoco anda muy bien. Oye, Diego, ¿qué sabes de Jasia? ¡No me digas que se murió!

—No, no. Están intentando reconstruirle la cara. Es lo que sé.

—Pobre. Ese accidente estuvo tan raro —señaló Reque—. Por poco y se vuela la cabeza.

—¿Creen que tuvo que ver con… Krotter? —Conde hizo la pregunta que me carcomía desde hacía horas—. Ya saben, con eso de *a las doce la primera sangre*.

—Si fue una coincidencia, las palabras son demasiado exactas —reconocí.

—¡Es lo que les dije! Esto es muy peligroso —remarcó Conde—. ¿Y si ese fantasma empieza a atacar a nuestra familia?

—Pigmeo, no hagas más drama —pidió Reque—. Haya sido o no una coincidencia, creo que sé cómo podemos expulsar a Krotter del Edificio Begur.

Conde y yo nos quedamos de piedra.

—¿Qué has dicho? —casi grité—. ¿Ya sabes cómo deshacernos de ese bicho?

—¿Cuándo nos lo ibas a decir? —reclamó Conde.

—¡Por Dios! Dije que *creo*, o sea, es una posibilidad —advirtió Requena—. Pero primero vamos a un lugar discreto.

Miramos alrededor. Los patios del Bergur, con tantas gárgolas en piedra, creciendo y aquí y allá como tumoraciones, no parecía nada confiable. Terminamos en la calle, en una banca de metal en el camellón. El edificio parecía vernos, severo, desde lo lejos.

—No encontré nada en los libros de metafísica ni con los teósofos —comenzó Requena—, pero ¿recuerdan que mencioné que tenía una torre de libros sin leer? Nunca, jamás, desprecien esas torres, ni se arrepientan de comprar libros para almacenar. Ahí puede estar un tesoro que un día les va a salvar el pellejo.

—Ya deja de presumir y dinos qué encontraste —urgió Conde.

Requena sacó el ejemplar de su mochila. La contratapa tenía la foto de un hombre de apariencia cadavérica.

—Les presento a Harry Price —señaló Reque con reverencia—. Fue el cazador de fantasmas más famoso del Reino Unido. Investigó la infame rectoría de Borley; la calavera aulladora de Bettiscombe House y el castillo de Glamis que tiene espectros hasta para alquilar.

—¿Y este señor encontró la manera de eliminar fantasmas? —pregunté ansioso.

—Digamos que hizo un descubrimiento formidable —Reque asintió—. ¿Se han preguntado por qué de los millones de personas que mueren al día… sólo unos pocos se vuelven fantasmas?

—Es por… ¿el asunto ese de la energía emocional? —sondeé.

—Algo hay de eso —reconoció Reque—, pero funciona más para los fenómenos categoría dos. El fulgor ocasionado en un lugar de un crimen, en un campo de batalla, puede producir espectros, que son una especie de grabación aterradora pero inofensiva. Krotter es otra cosa, es un fantasma consciente… ¿Por qué?

—¿Y si mejor nos dices la respuesta y ya? —sugirió Conde, impaciente.

—¡Sólo quiero que pongan a funcionar la mente! —resopló nuestro amigo—. Bueno, escuchen. Harry Price identificó un elemento que aparece en todos los casos de fantasmas… se llama *el vinculante*. Es lo que ocasiona que las entidades de categoría uno queden ancladas a nuestro mundo.

—¿Y por *vinculante* quieres decir…? —animé a que explicara mejor.

—Pues eso. Algo que los ata a una propiedad, y ojo aquí, ¡el vínculo es la fuente de su tormento pero también de su poder!

Hojeó el libro y nos mostró la foto de un medio cráneo ennegrecido.

—Para cada fantasma es algo distinto —reconoció Reque—. Puede ser desde el típico tesoro hasta una promesa incumplida o un secreto familiar. Algunas cosas en apariencia simples se vuelven vinculantes como un atado de cartas, un mapa, un anillo de compromiso, un mechón de cabello.

Dicho objeto guarda muchísimo poder, se convierte en la fuente fantasmal de donde emana el vinculante que ata al descarnado con nuestro plano.

—A ver, espera —retomé, emocionado—. Quieres decir que, si damos con el objeto secreto del doctor Krotter y lo destruimos, ¿el bicho se va?

—Técnicamente así funciona —asintió Reque—. Se rompe el vinculante y el espíritu sigue su camino… el que éste sea. Si hacemos eso, el Begur será nuestro. Tendríamos acceso total al mecanismo prodigioso del edificio.

—¿Y qué estamos esperando? —saltó Conde—. ¡Hay que encontrar esa cosa, apachurrarla, quemarla, hasta que no quede nada!

—Modera tus ánimos, Pigmeo. Hay un pequeño problema —Reque tomó aire—. Lo más seguro es que el objeto vinculante que buscamos esté en el ático o en el sótano.

—¡Las zonas más peligrosas del edificio! —resopló Conde—. Si nos asomamos Krotter se nos echará encima y como dicen los alemanes: ¡*katsup*!

—*Kaput* —corrigió Requena—. Pero sí, su ataque será mortal, sin duda.

—¿Y si lo distraemos? —sugerí—. Por ejemplo, uno de nosotros podría ir al ático y otros al sótano o entrar al elevador. Así ganaremos tiempo.

—Como plan no está mal —reflexionó Reque—. El riesgo es que si no sabemos exactamente cuál es el objeto vinculante, sólo vamos a perder el tiempo, y además alguno de nosotros quedaría a merced de Krotter.

—Entonces hay que estar seguros de qué buscamos —intenté pensar—. ¿Cómo encontraba Harry Price los objetos vinculantes de sus casos?

—Buena deducción. Te estás volviendo todo un investigador de lo paranormal —sonrió Reque—. Pues veamos, tenía dos rutas de acción. Por ejemplo, al estudiar Borley —mostró una página con la fotografía de una tétrica mansión victoriana—. Price primero se centró en la propiedad, la recorrió palmo a palmo, buscando habitaciones ocultas, escondites, que suelen ser donde se ocultan objetos vinculantes. Rastreó desde el expediente de la construcción de la rectoría hasta los planos. Y luego investigó la vida de los implicados, para ver si existía algún secreto familiar, ya saben: relaciones clandestinas, amoríos, hijos ocultos, dinero, herencias… todo eso también produce muchos vinculantes. Cuando dije que tener información sobre el fantasma daba cierto poder era verdad, pero lo que no sabía es que deben ser datos clave sobre el vínculo.

—¡Pues ya está! —salté—. Empecemos con eso. Investiguemos todo sobre la vida del doctor Krotter, su origen, si tenía amores, enemigos, esas cosas. Seguro hay algo en la biblioteca a la que van.

—¿A la de Balderas? —asintió Conde—. Puedo ir mañana.

—No, deja, yo me encargo de eso —intervino Requena—. La otra vez confundiste *Doppeladler* con *Doppelgänger*.

—Suenan igual —insistió Conde—. ¿Entonces, qué hago?

—Ven conmigo a la casa de la señora Clara —sugerí, en un chispazo de inspiración—. Es como la hemeroteca del edificio. Buscaremos archivos de la época en la que vivía Krotter aquí. Murió en 1947, ¿no? Hay que rastrear información alrededor de esos años.

—Genial, soy indetectable cuando me lo propongo —aceptó entusiasmada—. También intentemos abrir la caja fuerte de doña Clarita. Seguro hallamos algo increíble.

—A ver, agentes ninjas —intervino Requena—. Ni se les ocurra.

—Ese departamento está lleno de información —recordé.

—Lo sé. Pero ¿ya olvidaste la bronca que ocasionaste la última vez? —Reque resopló—. Además no creo que Rosario nos deje entrar…

—Le puedo llevar algún regalo, ir a pedir perdón, no sé, buscaré un pretexto —sugerí, un poco desesperado—. En serio, déjamelo a mí.

—Bueno, intenta —concedió Reque—. ¡Pero por ningún motivo entren al cuarto de doña Clarita! Es más, que ni los vea.

Levanté la mano, para dar mi palabra, así lo haría.

—Tengo un buen presentimiento —Conde dio palmaditas—. Vamos a encontrar el objeto vinculante, van a ver.

Una oleada de entusiasmo me embargó también. ¡Por supuesto que daríamos con él! Venceríamos a Krotter. Estaba dispuesto a hacer lo que fuera por salvar a Emma.

Era pasada la medianoche cuando llegué a casa. Como siempre, lo primero que hice fue revisar la caja de latón en la chimenea, aunque estaba vacía. Volví a leer el recorte del periódico. El reportaje de la muerte de Emma y el abuelo seguía intacto; no había cambiado ni una coma. Para ese momento ya faltaban cinco días. Pero me tranquilicé. En cuanto amaneciera iniciaríamos la investigación del vinculante de Krotter. Teníamos que encontrarlo… y si no, me urgía pensar en otra cosa. Dando vueltas a esto me dormí, ¡lo necesitaba tanto! Ese día había sido demasiado intenso.

—¿Eres el hijo del paciente? —me preguntó la recepcionista de la clínica—. Puedes pasar si deseas, es horario de visitas.

Al día siguiente, muy temprano, lo primero que hice fue llevar al hospital las cosas que pidió Lilka. Me dieron una tarjeta de visita, busqué el cuarto de Teo y lo encontré consciente, hasta de buen humor. Estaba terminando de desayunar.

—¡Hijo, qué gusto! Adelante —sonrió al verme, aunque su aspecto asustaba un poco, parecía haber perdido diez kilos de golpe. Le di un abrazo, casi sentí las costillas.

—¿Y ya te dijeron qué tienes? —pregunté con tiento.

—Siguen haciendo estudios pero todo apunta a lo que dije en un principio. Un maldito bicho estomacal que me tiró a la lona, salmonela o así. Pero mírame, ya estoy saliendo. Al fin terminé de sudarlo.

Dude que ya estuviera curado, mejor cambié de tema:

—Lilka se ha portado increíble.

—¡Lo sé! Está ahí —hizo una seña. Al lado había otra cama vacía, una cortina corrediza, y detrás, un sofá donde dormía nuestra salvadora—. Lil me cuidó toda la noche, ojalá llegue pronto Jasia.

¿Qué? Respingué. Entonces me di cuenta de que Teo no sabía del *accidente* con el fusil. Claro, él estaba convulsionando por la fiebre, ni se enteró. ¿Debía decirle? Tal vez no era oportuno, ¿o sí?

—Oye, Diego, ¿y has comido bien? —por suerte Teo interrumpió mi disquisición—. Hay dinero en el mueble al lado de mi cama, toma lo que necesites. En serio ¿cómo estás?

Contesté vaguedades, obvio no confesé que ahora era seguidor de Harry Price y buscaba con mis amigos la manera de desactivar a un fantasma agresivo para luego rescatar a una chica del pasado que me gustaba. Entró un médico joven con una enfermera, era hora de la revisión médica y me pidieron que saliera. Prometí volver.

—No te preocupes por mí, saldré pronto —aseguró Teo—. Y todo va a estar bien, no, mejor que antes. Vas a ver.

Al llegar al departamento del Begur llamé por teléfono a mis amigos. ¡Teníamos que iniciar las investigaciones! Pero nadie tomó la llamada en casa de Conde y con Requena me contestó la señora Flor. Apenas pude entenderle, entre frases estropajosas mencionó algo de la Ciudadela (supuse que se refería a la biblioteca). Sentí pena por ella y por Reque. No era ni mediodía y la expianista ya debía llevar media botella de brandy.

Luego, hice lo que ya se estaba volviendo una compulsión, revisé la caja de latón de la chimenea. Casi se me cae de las manos de los nervios al ver un papel amarillento. ¡Emma había escrito!

Diego, cariño.

Mi mente es una borbolla, ya salta a una cosa, ya a otra. Es que no me puedo creer que dentro de poco estaré escondida en tu época… Tan sólo ponerlo en palabras da como repeluzno. Imagino la de cosas extrañas que encontraré en 1987 con sus películas llenas de selenitas malvados. Será como una novela de Verne, ¡ay, qué nervio! Como sea, el pequeño Henry ya está listo en su nuevo nido, una caja de costura. Yo no tanto, y es que una idea me da vueltas en la cabeza como cochinillo mal cenado: ¿cuánto tiempo estaré en tu época? ¿Dos semanas? ¿Un mes? Debo saberlo, no por mis bártulos, apenas tengo tres tristes cosas, sino para dejar librado al abuelo. Al final, aquí soy la que consigue manta y sardina. Con mi costura se paga la comida y el alquiler, el pobre abuelo no tiene un pavo. Estoy reuniendo toda la pasta que puedo, y hago uniformes día y noche, así que, cariño, ¿cuánto calculas que estaré en tu futuro? Para sacar cuentas.

Por otro lado ya tengo la carta que le dejaré al abuelo, en letra grande, que el pobre no ve la o ni por lo redondo. No puedo decirle que me voy porque va a asesinarme. ¡Dios! Qué brusco suena. Voy a inventar que he aprendido a abrir la puerta con alicates, que salgo a buscar información de mi madre y hermana, que estaré bien. Espero que cuele, pero lo importante es que no esté aquí el 21 de agosto ¿cierto? Cinco días, ¡ay!

Ya que viviré en tu piso (bueno, ahora mismo es nuestro), pero estaré cerca de ti, necesito aclarar algo. De lo que recién pasó en la banca, seguro pensaste que me pasé tres pueblos con mi reacción… y luego, yo misma te pedí un beso. Habrás creído que estoy como una cabra. Sí, algo, primero quiero aclarar que me gustas, eres buenmozo, listo, valiente, ¡y te gusta leer! Vamos, eres mi señor Knightley (eh, cuidado que se te suba lo guapo). Por desgracia, no todos los hombres son como tú y menos en tiempos canallas. Cada uno tiene el suyo, hablo de ese tiempo que parece hecho para hacerte morcilla, para destruirte. Es el punto más bajo y doloroso por el que atraviesas y no sabes si vas a sobrevivir. Yo ya crucé mi tiempo canalla (espero). Pero todavía quedan heridas que algún día te contaré, o no… no estoy segura. Hay cosas que no hay que meterles dedo cada rato, digo yo. Sólo te pido que vayamos a mi paso en lo que tenga que pasar, ¿vale?

Cariño, estoy asustada y nerviosa, te lo digo a los pies de Dios, de verdad. Todo esto parece cosa de no creerse. Pero también estoy emocionada porque estaré contigo.

Me voy por ahora, tengo cuarenta y tres bastillas que coser, pero estaré al loro de tu respuesta y de los ecos que oigo de ti. Por cierto, nunca hicimos la prueba de comunicarnos con golpecitos. Podemos crear nuestro propio código, algo así como:

*¿**Puedes hablar**? = tres golpecitos. **Sí** = dos golpecitos. **No** = un golpecito.*

Habrá que intentarlo.

Hasta pronto. Tu vecina, tu próxima inquilina, que está como una regadera. Emma.

Tiempos canallas, entendí perfectamente el concepto. Yo acababa de vivir el mío al morir mi madre. De un día a otro me quedé en un agujero, por principio sin ella; también perdí el colegio, la ciudad de Madrid, mis planes y amigos cercanos. Aunque pasar por una guerra, como Emma, debía de ser mil veces peor. No podía ni imaginar lo que había sufrido, además, algo terrible insinuaba en su carta. Si quería compartirlo, estaría ahí para ella. Sólo quería protegerla, era lo único que ocupaba mi cabeza. Así tuviera que romper el universo a punta de paradojas.

Lo único que no entendí fue, como siempre, el asunto del abuelo. ¿Por qué se preocupaba tanto por él? Estaba loco, ¡la iba a asesinar! Aunque también era (de momento) su único familiar. ¡Qué complicado!

Ahora bien, debía responder a su pregunta: ¿cuánto tiempo estaría conmigo? Claro, había que evadir el 21 de agosto, ¿y luego? Necesitaba hacer cuentas ¡y compras! Para la llegada de Emma escribí una lista de cosas: agua, comida, revistas, periódicos. Además la llevaría a un centro comercial, a una tienda de electrónicos, a una sala de maquinitas, al Mercado de Discos para que conociera la nueva música (¿quién no amaba Radio Futura y los Toreros Muertos?). ¡Debía enseñarle lo que había avanzado el mundo en cuarenta y cinco años! Estaba ocupado en ello cuando oí sonidos ya familiares, apenas ahogados por la espesa capa de tiempo: una radio puesta, pasos, una máquina de coser. Hice una prueba. Con los nudillos di tres golpes en la duela de madera: "¿Puedes hablar?"

Unos segundos después, escuché de vuelta dos golpes seguidos: "Sí".

Un porrazo de emoción estalló en mi pecho.

Me moví hacia el pasillo para volver a preguntar con tres golpes: "¿Puedes hablar?". De nuevo la respuesta doble retumbó en el aire: "Sí".

Luego de unos minutos sucedió algo curioso, se apagó el eco de la radio, oí unos pasos borrosos y, después, dos golpes seguidos a mitad del pasillo. El sonido se repitió unos metros más adelante, al parecer Emma me estaba conduciendo a su habitación, la mía ahora. Los golpecitos me llevaron hasta el clóset.

Por un momento no supe qué más hacer. Abrí una de las puertas, dentro solo estaba mi vieja maleta tipo militar. Y de pronto lo vi: en el lado interior de la puerta, comenzó a trazarse una línea, que continuó hasta formar una letra "H" a la que se sumaron más letras:

Hola

Sonreí maravillado. Un saludo de Emma escarbado en la madera en 1942, que atravesaba cuarenta y cinco años de remozamientos, capas de pintura, hasta llegar a mí. Había elegido una parte de la puerta que no tendría muchos cambios y estaba en lo correcto. Me estremecí de la emoción, y lo único que se me ocurrió fue responder con dos golpecitos: "Sí".

Después de un par de minutos una pregunta surcó el tiempo, apareció más abajo:

¿Eres mi señor Knightly?

313

Respondí "Sí,". Y entonces me envió tres palabras más:

Me gustas mucho

"Sí", "sí", "sí", "sí", "sí". Respondí compulsivamente. Reí, divertido, asombrado, sólo quería besar y abrazar a Emma, el sentimiento era tan intenso. Poco a poco los sonidos se desvanecieron, y esa rejilla de tiempo se cerró. Estaba temblando. Apenas cabía tanta felicidad en mi huesudo cuerpo. Y tuve una certeza: no sólo ayudaría a Emma el 21 de agosto, la ayudaría siempre, toda mi vida.

Pero, para eso, había que expulsar del Begur a Krotter. Sólo así estarían libres las puertas fantasmales del edificio. Como mis amigos seguían sin responder al teléfono, salí. Tenía planeado esperar a Requena en el portal, hasta que volviera de la biblioteca. Pero justo al cruzar el patio grande me topé con una docena de vecinos, varios viejos, los hermanos o esposos cuervos, el hombre manco, la cuidadora Rosario, los tíos de Conde. Había una junta de emergencia.

Todos hablaban a la vez. Casi nadie tenía agua, al parecer se habían descompuesto las bombas de la cisterna, que no se podían arreglar porque estaban en el sótano y, claro, nadie tenía la nueva llave de la puerta; tampoco había luz en varios pasillos y la basura y hojas secas se habían acumulado en todos lados. El edificio, pues, comenzaba a colapsar por falta de conserje. Mientras tanto, evasiva, la propietaria seguía desaparecida.

—¡Es que no podemos seguir así! —se quejó Rosario—. Yo tengo que cuidar una anciana y no tengo ni una gota de agua. Al rato hasta nos van a cortar la luz.

—¿Alguien de ustedes ha pagado la renta? —sondeó don Salva, en medio del humo del cigarrillo que siempre lo acompañaba.

—A mí ni me vean. El sobrino de la señora Clara se encarga de eso —dijo Rosario.

Los demás vecinos guardaron un plomizo silencio. Era obvio que nadie había hecho el depósito a la señora Reyna. "Yo le daba la renta a Pablito." "¿Y cómo sabemos que ella lo va a recibir?" "Tenemos muchos gastos." Se oyeron entonces algunos pretextos.

—Pues, mientras, hay que sacar agua de algún lado —urgió la señora Luzma.

—La llave de la entrada está conectada a la red potable —aseguró el hombre manco—. Ahí debe de haber agua.

Sí que había, ahora el problema sería transportarla a cada uno de los departamentos. No quedaba otra manera que hacerlo manual, con cubetas. Se hizo una fila de vecinos, para llenar sus recipientes, y cuando vi formada a la cuidadora Rosario, con dos cubetas, supe que era mi oportunidad para cumplir con mi parte del plan.

—Espera, te ayudo... —me acerqué, solícito.

—Yo puedo, gracias —me miró, hosca.

—Es que estoy en deuda, por lo de la otra vez. En serio, Rosario, perdón, nunca quise molestar a doña Clarita —puse mi expresión más mansa de cachorro y volví a la carga—. ¿Sólo vas a llenar dos cubetas?

—Sólo tengo estas.

—Si quieres te ayudo a llenar una tina de baño del departamento —dije, en un destello de inspiración—. Así puedes tener un depósito cerca, para lo que se necesite en el día. Se llenan con diez o doce cubetas.

A Rosario le encantó mi idea, y no sólo eso, de hecho, yo hice todo. Ella sólo vació de trastos la bañera, le puso el tapón, luego se dedicó a fumar y chismorrear en el patio mientras que yo llenaba la tina. Y así fue como pude volver a entrar a ese delirante museo, basurero, hemeroteca que era el departamento 101. En cada trayecto revisaba las fechas de las cajas de los pasillos, y a la tercera vuelta me encontré en la estancia con una figura pequeña, vestida con una enorme gabardina.

—¿Conde? —exclamé en voz baja—. ¿Qué haces aquí?

—¿Tú qué crees? —sonrió—. Vi que estaba abierta la puerta y aproveché.

—¿Y por qué traes el disfraz del Inspector Gadget?

—Aquí le decimos *Truquini* y mira —abrió la gabardina, debajo llevaba otro abrigo, y otro más al fondo, todos llenos de bolsillos.

—Excelente idea —reconocí—. Pero date prisa en sacar archivos mientras lleno la tina. Sólo recuerda la fecha.

—Sí, sí... 1974 —avanzó peligrosamente entre las mesas repletas de figurillas de mayólica.

—¡1947! —corregí—. Y busca unos años atrás... pero no vayas a romper nada.

Conde se giró y justo a tiempo alcancé a sostener un jarrón despostillado.

—Sí, sí... soy como un ninja. Tú trae agua y vigila, no te preocupes —sonrió.

Y así lo hicimos. Mientras yo llenaba la tina, Conde se dedicó a revisar las cajas y vaciar el contenido que consideraba importante. El cuarto de doña Clarita estaba cerrado, posiblemente estaba durmiendo, no entramos para nada. Era la quinta vuelta vi una pequeña figura detenida en el pasillo.

—Conde. ¿Ya terminaste? Ten cuidado de que no te vea Rosario.

—¿Con quien hablas? —preguntó la cuidadora, desde la entrada del apartamento. La pequeña figura se escabulló al baño donde estaba llevando el agua.

—Conmigo mismo... —carraspeé—. Me asusté porque vi un... ratón.

—¿Uno? Hay muchísimos —la cuidadora apagó el cigarrillo dentro de una tacita de adorno—. ¿Acabaste? Tengo que hacer cosas y hablar por teléfono con mi hermana.

—Ésas son las últimas —mostré las cubetas.

Rosario intentó tomar una de las cubetas.

—No es necesario, gracias —me resistí, tenso. ¡Iba a descubrir a Conde en el baño, con todos los archivos encima!

—Seguro hiciste un regadero de agua, ¡suelta! —insistió la cuidadora y se adelantó. Esperaba su grito de molestia.

—Bueno, no lo hiciste tan mal. Creo que está bien así —aseguró Rosario mirando la tina llena—. Esta agua alcanza para hoy.

Dentro del baño no había nadie. ¿A dónde se había ido esa figura? Si no era Conde... ¿quién fue? Preferí no darle más vueltas, debía de ser otro de los despojos del Begur. Me despedí rápidamente.

La verdadera Conde estaba afuera, en el pasillo que comunicaba ambos patios. Parecía un Santa Claus gordo por todos los abrigos y gabardinas sobrepuestos.

—¿Viste que coordinación? ¡Lo hicimos increíble! —estaba feliz—. Hay que ir con Reque a revisar el botín, lo vamos a sorprender.

Me pareció buena idea, igual ya había llegado de la biblioteca. Fui dando empujoncitos a Conde que avanzaba con el paso torpe de un pingüino

317

—Oye, ni te he preguntado, ¿cómo sigue tu papá? —preguntó.

Mientras subíamos le conté mi breve visita al hospital, y cómo es que Lilka se estaba haciendo cargo de todos los gastos.

—Ellas son las mejores del edificio —dictaminó mi amiga—. Todos son algo hipócritas; ellas no, nada.

La puerta del departamento de Requena estaba entreabierta.

—¿Reque? —abrí, sonó un rechinido—. Somos nosotros.

Nadie respondió. Las penumbras envolvían todo, estaban corridas las cortinas.

—¿Qué hacemos? —pregunté a mi amiga.

—No sé, pero me urge sentarme —Conde entró, tambaleando—. Llevo como veinte kilos encima.

Pero tan sólo unos pasos después nos quedamos petrificados al ver a la señora Flor, desparramada en la mecedora; parecía una triste ballena encallada.

—Ay, no. Ya se murió —exclamó Conde—. Por tanto tomar segurito le dio una digestión.

—Congestión —corregí y me acerqué—. Pero no, no creo… ningún muerto ronca.

La pobre mujer brillaba de tanto sudor. Parecía muy abotagada, con el cabello grasiento y lleno de restos de algo: ¿comida? ¿Pollo frito? Olía mal.

—¿Qué hacen aquí? —oímos a Requena desde la puerta—. ¿Qué pasa?

La escena debía ser desconcertante. La señora Flor sumergida en un posible coma etílico y Conde al lado, vestida como un detective gigante y obeso.

—Venimos a buscarte —expliqué—. Estaba abierto. Oye, Requena, perdón, tu mamá no se ve nada bien, creo que hay que llamar a un doctor.

Requena dejó su mochila sobre el lustroso piano. Se acercó a revisar a la señora Flor. Le dio golpecitos en un brazo, luego directo en la cara.

—¿Hijito... mi bebé? ¿Tienes hambre...? —reaccionó la mujer, entre balbuceos—. Te dejé... un plato... del que te gusta...

—Está bien, sólo le bajó la presión —aseguró Reque con mejillas encendidas—. A veces le dan como golpes de calor; ahora le doy algo y la llevo a su cuarto para que descanse.

—¿Te ayudamos? —ofrecí.

—No, no es necesario —repuso rápidamente—. Espérenme en mi habitación, los alcanzo en un minuto.

Parecía suplicarnos con la mirada. Fuimos directo a ese santuario friki que era el cuarto de Reque. Ahí ayudé a Conde a quitarse las tres gabardinas. De fondo se oía la voz de nuestro amigo, hablando con su madre, le pedía que tomara algo. Luego hubo unos pasos arrastrados.

—Ay, pobre del gordo, mira que tener una mamá así —Conde recogía los archivos que caían de los bolsillos del abrigo, formó un montoncito—. Antes no estaba tan mal. Debería llevarla a un manicomio.

—¿Qué? ¡No! Sólo está enferma —señalé—. Y necesita tratamiento, pero primero ella debe darse cuenta.

—Y Reque también.

Le hice una seña a Conde. Nuestro amigo entraba, con su mochila a cuestas.

—Listo, va a estar como nueva. Son cosas de la menopausia, ya saben... —miró hacia su cama, donde habíamos extendido las gabardinas—. ¿Qué es esto?

—Lo que quedamos, ¡son archivos que sacamos de la casa de doña Clarita! —mostró Conde triunfal—. Aquí hay cientos o miles de cosas sobre Krotter.

—Y Clarita ni siquiera se dio cuenta —aseguré.

Reque abrió algunos sobres al azar. Salieron billetes de tranvía, cupones de compra, envolturas de caramelos, entradas de teatro, servilletas con números anotados y hasta trozos de jabón fosilizado.

—Y me quieren explicar: ¿cuál fue el criterio para robar esta basura? —observó, desdeñoso.

—¡No es basura! Son cosas de 1937.... —se defendió Conde.

—¡Te dije 1947! —casi me da un ataque.

—Sí, sí. Hay de muchos años —explicó la chica—. Agarré lo que pude, sólo que ya se revolvió un poco. Hay que organizarlo bien.

Pero cuantos más bolsillos vaciaba Conde, el caos crecía con viejos abanicos de papel, calendarios de carnicería, revistas de tejido, menús de fonda, y sí, muchos recortes de periódico, aunque lo mismo había noticias que recetas de caldos, el reportaje de la próxima Olimpiada de 1968 y horóscopos caducos.

—Ordenar esto llevará días —dictaminó Requena—. Les voy a enseñar cómo se hace una investigación.

Sacó de su mochila tres carpetas con fotostáticas. Todo perfectamente organizado, al frente tenían adhesivos con las etiquetas: "Vida", "Carrera", "Muertes".

—¿Es lo que encontraste sobre Krotter? —me acerqué, asombrado.

—No es mucho, pero sí sustancioso —aseguró Reque con suficiencia—. Al parecer el caso fue muy sonado en su época.

—¡Entonces ya sabes cuál es el objeto vinculante! —Conde abrió una carpeta.

—Quita tus zarpas de ahí —la apartó Reque—. Y no, todavía no. Primero tenemos que unir las pistas, pongan atención.

Aquí tengo una síntesis de la vida de uno de los seres más per-
versos y enfermos que han habitado en esta ciudad… ¿Listos?

¿Y usted, estimada A, está lista?

Espero que sí. Nos vemos en la siguiente carta. Mientras
tanto, le doy un poco de tiempo para que haga estómago porque lo que viene es un poco repugnante y bastante oscuro.

Con cariño siempre,

Diego

Carta dieciocho

Estimada A:

C reo que es momento de hablar del *adversario*. En los relatos de horror así se llama a la gran fuerza que domina y pone las reglas en los *nuevos territorios*. Lo curioso es que ese adversario se nombra depende de donde se mire. Conde, Requena y yo éramos los adversarios de quien habitaba en los polos del Begur, los arribistas que querían el control del edificio.

Pero el adversario tradicional de los relatos de terror se caracteriza por no dejarse ver del todo. Normalmente se oculta bajo otras fuerzas menores y varias máscaras. Hay que ir desmontando cada una hasta llegar al verdadero y aterrador núcleo… Y como Requena nos explicó, a su fuente de poder, al *vinculante*.

No quiero adelantar más… mejor acompáñeme a esa tarde de agosto de 1987 cuando hablamos de crímenes del pasado. ¿Lista?

Lo primero que Requena nos mostró fue un artículo sobre el doctor Waltraud Krotter. Aparecía su foto: un hombrecillo de aspecto pulcro y correcto, nada indicaba que se trataba de un sanguinario asesino serial.

—Es de una revista médica —explicó—. El doctor Waltraud Krotter aprovechó un congreso en México en 1946 para escapar de la devastada Europa y sobre todo de los cazadores de nazis que le pisaban los talones.

—Entonces, ¿eso de que era nazi no era un cuento? —observé, sorprendido.

—Bueno, Krotter siempre lo negó, pero por su edad, profesión y nacionalidad, debió de estar afiliado al partido, no había de otra. Waltraud Krotter nació en Gmünd, Austria, y cuando estalló la Segunda Guerra Mundial ya era un famoso ortopedista en Múnich. Y con esas credenciales llegó a México.

Requena nos mostró otro artículo de una sección llamada "Ciencia y sociedad", era la cobertura de una gala para reunir fondos para una beneficencia.

—Por un lado, Waltraud Krotter trabajaba en distinguidas clínicas privadas, sobre todo en el sanatorio alemán —siguió Requena—. Pero también atendía familias pobres en un dispensario médico del barrio de La Merced. Y ojo con esto: durante el tiempo que estuvo ahí, murieron once niños, todos con extrañas heridas. Nadie investigó los casos, los reportes decían "complicaciones hospitalarias" y eso era todo.

—¿Y él mató a esos niños? —preguntó Conde escandalizada.

—Es muy posible —reconoció Reque—, era demasiada coincidencia que todos fueran niños varones y de edad similar. Los padres, muy pobres, difícilmente podían entablar un juicio contra un renombrado médico europeo. Hasta que un día, un pobre hombre, furioso por la muerte de su hijo, prendió fuego al dispensario; al parecer intentaba asesinar a Krotter. Llegó la prensa, se armó un escándalo. El padre aseguraba que su hijo ingresó por un simple resfriado y, cuando rescató el cadáver de su niño, descubrió que tenía la espalda destrozada...

—Espera, pero antes que nada... ¿por qué lo hacía? —miré con ira la foto del sombrío médico—. ¿Krotter era de esos que acosan a los niños?

—¿Un pedófilo? —meditó Requena—. Es lo que supusieron algunos. Que cometía algún tipo de delito, pero el meollo es todavía más oscuro.

—¿Qué es más oscuro que abusar y matar a unos niñitos? —se quejó Conde.

Requena nos mostró la fotocopia de un curioso artículo que trataba sobre la vida familiar de Krotter, de antes de la guerra.

—¿Es él? —vi la diminuta fotografía de un hombre delgadísimo, de traje blanco acompañado de una mujer y de alguien sentado en una silla de ruedas.

—La imagen fue tomada en 1938, en Ginebra —apuntó Requena—. Entonces estaba casado con Klothilde Sutermeister, una brillante médica, con la que tuvo un niño, Elías. La madre y el pequeño murieron durante la Segunda Guerra, nadie sabe bien cómo.

—¿Éste era su hijo? —Conde miró la criatura delgadísima de la silla de ruedas, un niño de edad indefinida, parecía un sutil fantasma de carne.

—Elías, el adorado vástago del doctor Krotter, tenía una grave malformación —anotó Reque—. Posiblemente columna bífida. Si se dan cuenta —abrió la carpeta de "Muertes", sacó más copias—. Todos los niños que murieron en el dispensario de La Merced, atendidos por Krotter, tenían heridas en la espalda.

Se me cortó el aliento, eso era... demencial.

—Pero a ver... espera... —intenté conectar los puntos—. Mataba a los otros niños ¿como una especie de venganza? Si su hijo no sobrevivió, tampoco lo harían los otros.

—Podrías ser criminólogo. ¡Eso mismo pensé! —reconoció Reque—. Que Krotter desarrolló una compulsión homicida atacando niños, pero luego del escándalo del dispensario, cayó en desgracia. Consiguió evadir la cárcel, seguramente con sobornos, aunque sus contactos médicos lo abandonaron y lo corrieron del sanatorio alemán.

—Y entonces se suicidó —recordó Conde.

—No, Pigmeo, todavía no. Krotter continuó en la Ciudad de México sólo que con un perfil más bajo. Fue cuando llegó a vivir aquí, al Edificio Begur, a finales de 1947. Encontró a una hada madrina, sólo así puedo llamarla. Y es que, si lo piensan: ¿quién le iba a rentar una vivienda a un viejo médico austriaco con decenas de niños muertos en su servicio? Pues la señora Reyna Fenck lo hizo.

Conde y yo saltamos al escuchar el nombre de la enigmática dueña.

—Pero ¿ella sabía de sus antecedentes? —miré las fotostáticas.

—Quién sabe, pero le alquiló un apartamento en los altos del edificio —siguió Reque—. No sé si fue en la quinta planta o en el ático, pero estuvo unos meses ahí hasta que pasó lo que ocurre con todos los asesinos seriales: le volvió la compulsión de matar.

—No sé si quiero seguir oyendo esto —gimió Conde—. Pero bueno... ¿qué pasó?

—Según un reportaje de la época, el doctor Krotter asesinó al hijo de una viuda que vivía en el Begur. La denuncia desató la investigación que terminó con su caída, literal, desde la quinta planta, y entonces el Edificio Begur se ganó su inquilino más infame, el fulgor más intenso, el fantasma que tan bien conocemos y domina el ático y sótano.

—Reque, hiciste una gran investigación —reconocí aún con escalofríos.

—Y aquí debe de haber más cosas —Conde revolvió los sobres con los recortes—. Si me dan tiempo, seguro encuentro la nota del día de su muerte.

—No pierdas tiempo. Yo ya la tengo —Requena abrió una carpeta—. Hice una copia de la hemeroteca. Krotter murió el 24 de diciembre de 1947.

—Nochebuena. Esto no podría ser más siniestro —tomé aire.

Se trataba del reportaje original de donde luego sacaron la ficha del libro que nos mostró Requena, el de *Hienas y chacales. Un recuento de los asesinos seriales en México*. Pero la nota era más completa. El título anunciaba: "¡Monstruo infanticida, matóse antes de enfrentar hórridos crímenes!". Había dos imágenes especialmente crudas: un acercamiento al cuerpo reventado del doctor Krotter y otra foto tomada de la entrada del Edificio Begur, al momento en que sacaban el cuerpo en una bolsa. Varios vecinos curiosos estaban por ahí: ¿la señora Reyna? ¿Doña Clarita?, ¿Pablito? Eran imposibles de identificar, la calidad de la fotostática era demasiado baja. En el reportaje mencionaba suicidio aunque algunos testigos decían que el médico resbaló al escapar. Como sea, la nota remataba: "Prefirió la muerte antes que enfrentar la justicia".

—¿Y qué más hay? ¿Menciona algún cómplice? —pregunté interesado—. ¿Qué hicieron con el cadáver de Krotter? ¿Llegó algún familiar?

—Esto es lo más raro —murmuró Requena—. Después de esa fecha no hay más información. Lo que es extrañísimo porque estos casos sanguinarios venden mucha prensa.

—Miren, aquí hay esquelas —Conde comenzó a separar recortes de periódico del montón—. Una señora mayor murió de influenza, un viejito se cayó en la regadera; a una mamá la atropellaron en la calle de enfrente y un gato se perdió, bueno eso no es tan trágico… aunque depende del gato. Esperen, no encuentro nada de Krotter.

—Pues no hay nada más ni en la biblioteca ni en la hemeroteca —aseguró Requena.

—¿Alguien se llevó toda esa información o cómo? —no entendía.

—Seguro silenciaron a la prensa —reflexionó Reque—. Puedo apostar que la señora Reyna tenía conectes o pagó una fortuna para que no se tocara más el tema. No sería raro, recuerden que en ese entonces el Begur era una propiedad muy exclusiva y que se supiera que fue el hogar de un asesino en serie depreciaría el valor de los alquileres.

—Como sea, esto suena a película de terror —no podía dejar de ver las terribles fotos del reportaje—. Y a todo esto, ¿cuál será el vinculante de Krotter?

—Sí, Reque, dinos, pon a trabajar tu gorda cabeza —recomendó Conde—. Gorda por tanta inteligencia, ya lo sabes.

—Hay varias posibilidades —Requena miró con reproche a Conde y luego estudió las copias—. Puede ser un bisturí, el arma homicida que tanto placer le daba o algún macabro trofeo como los que reúnen los asesinos seriales, ya saben, ropa, juguetes o hasta despojos de las víctimas.

—Si me ayudan a ordenar esto, seguro encontramos más pistas —Conde señaló la pila de sobres y recortes.

—Clasificar este caos va a llevar días o semanas —declaró Reque.

¿Qué? No, ¡no tenía tiempo que perder! Debía ir por Emma.

—Pues cuanto más rápido comencemos, mejor —Conde apartó por fecha los recortes—. Lo que más pena me da son esos pobres niñitos. ¿Creen que podemos viajar al pasado y salvarlos?

—Ahí van de nuevo —resopló Requena—. ¿No quedó claro lo de las paradojas?

—Pero Diego quiere traer a Emma —acusó mi amiga.

—Diego ya entendió que eso no se puede, ¿verdad? ¿Diego?

Sentí la mirada de Reque sobre mí. Pero ni siquiera respondí. Algo en el reportaje de la muerte de Krotter llamó mi atención. Había un detalle que no encajaba.

—Oye, Reque. ¿Tienes una lente de aumento? —pedí.

—No cambies de tema.

—Es en serio. Aquí hay algo curioso.

Reque rebuscó en un cajón de su escritorio, aprovechó para sacar un paquete de galletas algo rancias (nos ofreció) y me pasó una lupa, como ésas de los detectives. La puse sobre la fotografía en la que sacaban al cadáver del doctor Krotter del edificio.

—No se alcanzan a ver las caras de los testigos —recordó Reque—. Ni siquiera en el recorte original.

—… Es la pared —anoté—. Fíjense en el muro que da a la calle.

Conde y Reque se encimaron, luchando por estudiar la diminuta foto.

—¿Qué tiene? Es una pared normal con puertas —dijo Conde, sin entender.

—¡Exacto! Está la puerta de la portería —apunté, cada vez más entusiasmado—. Pero en diciembre de 1947 había una segunda puerta con un símbolo… ése de la serpiente enroscada en un palo.

—Se llama vara de Esculapio —la expresión de Requena se iluminó—. Diego, ¡diste con una pista! Y estaba frente a nosotros. ¡La vara!

—Oye, gordo, ¿y si lo explicas? —se quejó Conde.

—Esto es el símbolo médico —Reque dio golpecitos a la foto con el dedo—. Eso quiere decir que en 1947 había un consultorio en el Edificio Begur.

—Pero ahora no hay nada —Conde se rascó la cabeza—. En ese sitio hay un enrejado con plantas y enredaderas, ¿no? ¿Por qué quitaron el local?

—Sólo se me ocurre una razón —repuso Requena, con una sonrisa—. Que el consultorio hubiera quedado maldito. Nadie iba a rentar el sitio donde atendía un asesino de niños. Creo que Krotter también alquilaba un local.

De pronto, los tres nos miramos.

—¿Creen que ese sitio todavía exista? —pregunté con emoción—. Bajo el emparrillado con plantas tal vez aún está el acceso al consultorio.

—Sería como las habitaciones secretas que menciona Harry Price, ¿no? —Conde lanzó un gritito—. ¡Apuesto a que ahí está la fuente fantasmal, el vinculante!

—Pues ¿qué esperamos? —me puse de pie, con urgencia—. Hay que investigar.

Estaba feliz. Todo sucedía rápido, tal y como lo necesitaba.

—¿Quieren ir ahora? —Reque nos miró, sorprendido.

—Yo sí, vamos —propuso Conde—. No tenemos otra cosa que hacer.

—Podemos intentar despegar el emparrillado —aceptó Requena—. Pero vamos a necesitar pinzas, una sierra, martillo, desatornilladores… y cierto equipo especial.

—Mi tío guarda una caja con herramientas —aseguró Conde.

Entonces oí que alguien hablaba, en otra habitación.

—Oye, Reque —interrumpí—. O tienes un espectro en tu casa o tu madre te está llamando.

Supimos la respuesta al oír la palabra *bebé*.

—No es nada, seguro quiere ir al baño —Requena se incorporó—. ¿Qué les parece si la atiendo y nos vemos al rato en la entrada del Begur? Mientras, reúnan todo el equipo que puedan.

Una hora más tarde nos vimos en el rellano del recibidor del Begur. Reque llegó un poco tarde. Había ido al segundo patio para ver si podía alertar a Conde y su otro yo del día anterior, para que salieran del apartamento del profesor antes del ataque de Krotter.

—Todo se repitió exactamente igual —reconoció—. No podemos modificar nada.

—Bueno, tal vez eso cambie cuando encontremos el vinculante, ¿no? —observé.

—Me encanta tu optimismo —suspiró Reque—. Veamos, hay que comenzar, aprovechemos que aún hay luz natural.

—No queda mucha —observó Conde.

Era cierto. Afuera, la tarde parecía ideal para una película de terror. El cielo estaba cuajado de nubes de un denso color gris. Era como si la noche se adelantara y los relámpagos anunciaban una tormenta de dimensiones apocalípticas.

—Para empezar, la estructura está montada sobre un

marco de metal —Requena examinó el emparrillado bajo las enredaderas secas, ocupaba medio pasillo—. Abajo hay como un soporte de algo… no se ve mucho. ¿Consiguieron un martillo?

—Aquí está —Conde sacó algo de la caja de herramientas.

—Pigmeo, esto es un mazo —suspiró Reque—. No es lo mismo. El martillo tiene orejas para desclavar. Necesitamos arrancar los remaches.

—Aquí hay desarmadores —revisé en la caja—, se pueden usar para hacer palanca.

Había dos, se los pasé a Conde y Requena. Yo deslicé una llave Stilson bajo el borde del marco del emparrillado y jalé con fuerza.

—Diego, se está moviendo de tu lado, ¡sigue! —me animó Conde.

Un relámpago iluminó el patio y descubrimos a una mujer pequeñita mirándonos desde el pasillo. Llevaba una cubeta.

—¿Tía Luzma? —Conde se limpió las manos—. ¿Qué haces aquí?

—Vengo por agua… Carlita, ¿qué están haciendo? —nos observó con extrañeza.

—Estamos buscando… un acceso a la cisterna —improvisó Requena—. Si la hacemos funcionar, podríamos tener agua en los departamentos.

La mentira, reconozco, fue brillante.

—Ah. Eso está bien —asintió la señora—, pero ¿no es peligroso que lo hagan ustedes? Carlita, mejor espérate a que llegue tu tío del trabajo.

En ese momento restalló un trueno y se fue la luz en el Begur. Los pasillos, escaleras y apartamentos quedaron en penumbra.

—¿Qué hicieron? —se quejó la señora Luzma.

—Nada. Esto no lo provocamos nosotros —Requena se asomó a la calle. Había empezado a llover muy fuerte. Señaló—: No hay luz en toda la colonia.

—Tía, yo lleno la cubeta y la llevo al departamento —ofreció Conde—. No es seguro que estés aquí, te puedes caer; esto está cada vez más oscuro.

Reque nos prestó una linterna y ayudé a Conde a subir la cubeta con agua, ella se encargó de la tía. De regreso, encontramos a Requena colgado del marco del emparrillado.

—Creo que al fin zafé un soporte, ayúdenme.

Cada uno de nosotros jaló de una orilla y el peso bastó para hacer saltar las viejas soldaduras y remaches. La estructura se vino abajo con todo y plantas secas. La lluvia, que golpeaba contra el domo, ayudó a ocultar el escándalo.

—No hay puerta —exclamó Conde, con desconcierto—. Es solo una pared…

—No. Son paneles de madera —Reque señaló con la linterna—. ¡No toquen nada! ¿Ves esas madejas blancas? Deben de ser nidos de arañas.

La superficie parecía triplay, aunque estaba ennegrecido y abombado luego de años de humedad. Fui al pasillo del segundo patio, por una escoba. La usamos para sacudir los paneles, estaban tan podridos que prácticamente se deshicieron. Entonces, debajo… comenzó a aparecer…

—¡La puerta! —exclamamos los tres.

Nos acercamos. Ahí estaba, cuarenta años después, una puerta metálica con el símbolo de la vara de Esculapio, la misma de la fotografía de 1947.

—El consultorio del doctor Krotter —murmuré, entre la fascinación y el horror.

Claro, estaba cerrado. Conde tomó el mazo y un desarmador y golpeó la cerradura. El ruido volvió a perderse con el estruendo de la tormenta.

Cayó una serie de relámpagos y ocurrió algo espeluznante cuando miré hacia el patio grande. Se veía colmado de ancianos, debían de ser unos veinte. Varios en los pasillos, otros en las escaleras, todos llevaban unas mugrientas batas como de hospital; algunos se sostenían penosamente en andaderas, aunque otros se arrastraban. Reconocí a una, a la vieja rapada y cubierta con llagas, la misma que me topé aquella vez en el elevador.

—Chicos… —dije con un sofoco.

—¿Qué pasa? —preguntó Reque.

Pero al siguiente relámpago ya no había nadie. Los decrépitos ancianos se habían disuelto en las sombras. Me quedé en un pasmo.

—Mejor ayúdenme aquí —pidió Conde, golpeando, con frustración.

—A ver, déjame intentar —Reque tomó el desarmador.

—Nunca van a poder abrir esa cerradura —les quité el mazo—. Son de alta seguridad. Lo dijo un cerrajero cuando vino.

Y dicho esto comencé a golpear el muro con todas mis fuerzas. Reque y Conde parecían desconcertados.

—Dijo que era más fácil abrir un hueco en una pared —seguí dando mazazos.

—Pues creo que está sirviendo —señaló Conde.

Eso era porque la pared llevaba años expuesta a la humedad del emparrillado. El estuco se despegó como una galleta vieja, dejando al descubierto piedra caliza unida con argamasa de cal y arena.

—¿Oyen eso? —Conde miró alrededor.

Imaginé con horror que sería de nuevo el grupo espectral de ancianos, pero en el patio no se veía nada; aunque de cada rincón en penumbras del Begur brotaban murmullos, rezos, lamentos, gemidos. Eran oleadas, algunas de ellas muy agudas.

—Son despojos de categoría tres —aseguró Reque—. Esperen, traje mi grabadora.

No dio tiempo de registrar nada. Los sonidos se desvanecieron lentamente. Volvimos a la pared. Después de unos minutos de golpear inútilmente contra la maciza roca, me di cuenta de que la clave era pegar en las junturas.

—Voy a intentar aflojar la piedra —señalé—. Tal vez si quitamos una, podremos desmontar otra y seguir hasta abrir un buen hueco.

Nos turnamos para escarbar la argamasa con todas las herramientas que teníamos al alcance. La tormenta había arreciado y comenzó a granizar. Los guijarros de hielo eran tan grandes que temí que se quebrara el domo. De pronto todos sentimos los pies empapados.

—Se está inundando la entrada —gritó Conde—. Y los patios, ¡hay agua por todas partes!

No servía la bomba pluvial y el sistema de drenaje debía de estar rebasado. Cada coladera del Begur se volvió una fuente de agua sucia.

—Es sólo agua, no pasa nada —repuso Reque, sin dejar de trabajar—. Sigamos.

Se escuchó un crujido y una de las piedras calizas del muro se aflojó. El hueco era aún pequeño y tuve una idea. Me senté en el suelo inundado para empujar con los pies. Alrededor, el caos sonoro era atronador: granizo, el borboteo del agua y de nuevo las voces. Alguien comenzó a gritar: "¡Está aquí! ¡Viene por todos!".

—Ayúdenme a sostenerme —señalé a mi espalda—. ¡Ya casi! ¡Vamos!

Conde y Reque se colocaron detrás de mí. Con mejor soporte di varias patadas, una de ellas fue tan potente que aflojé otra piedra, y ésta cedió junto con dos más.

—¡Lo conseguiste! —me felicitó Reque.

Nos asomamos al interior. Estaba oscurísimo, emanaba un frío húmedo y un olor raro, a humedad, cosas viejas, como de cripta.

—¿Quién entra primero? —Requena sacó más linternas—. Puedes ir tú, Pigmeo, eres la más pequeña y ágil.

—¿Y por qué yo? —replicó la chica—. Si tú eres la próxima estrella de la investigación paranormal.

—Lo hago yo. Sólo síganme —dije con ese valor temerario que da cierto miedo. Tomé una de las linternas, no encendió.

—Espera, ten ésta —Reque me pasó otra y hasta la que llevaba él dejó de funcionar—. Qué raro. Debe de haber por aquí un vórtice succionador de la energía.

—O todas tus pilas están gastadas —suspiró Conde—. No quiero enfrentarme a ningún bicho de fulgor en la oscuridad.

—¡Deja de quejarte, Pigmeo! Estoy preparado para todo —el chico abrió la mochila.

El maniático del orden de Requena también llevaba velas. Empuñando una encendida, crucé por el hueco. Del otro lado me golpeó más fuerte el aire rancio, viciado. Extendí el brazo para iluminar con la temblorosa flama. ¡No lo podía creer!

—¿Qué pasa? ¿Qué hay? —oí a Conde.

—Es el consultorio médico de Krotter —confirmé—. Y está intacto.

Era un decir, por supuesto. Cuarenta años de abandono habían pasado factura. Había un pesado escritorio, un biombo con tela desgarrada, al lado una mesa de auscultación, una vieja báscula, sillas, bandejas con jeringuillas, un archivero con los cajones abiertos y expedientes en el suelo. Algunos muebles y paredes estaban recubiertos con una especie de musgo negro. Mis amigos entraron tras de mí.

—Harry Price estaría orgulloso de nosotros —Requena estaba exultante—. Estamos en el lugar de trabajo, el epicentro de acción de Waltraud Krotter.

—Ni lo invoques —advirtió Conde.

Por el hueco de la pared, comenzó a colarse el agua del vestíbulo inundado.

—Bien, ahora busquemos el vinculante —me puse manos a la obra.

—Va, pero recuerden: si aparece Krotter, déjenme enfrentarme a él —advirtió Reque—. Con la nueva información que tenemos, lo mantendré a raya.

—Pero técnicamente esto no es el sótano —Conde miró alrededor—. No tiene por qué aparecer, ¿verdad?

Según las reglas que nos dijo Requena, en efecto, estaríamos un poco a salvo ahí.

Comenzamos a registrar. En una pared colgaba el título profesional del doctor Waltraud Krotter. Me estremecí al pensar que en ese sitio tal vez había asesinado a alguno de los pobres niños. Abrimos todo, una gaveta guardaba utensilios médicos, conos de metal, manguerillas de goma, ya podridas, cánulas. Otros cajones tenían recetarios; en una estantería quedaban frascos de mercurocromo ennegrecido. Y el temor iba en aumento. Si ese sitio estaba tan cargado de fulgor como imaginaba, cualquier cosa podía manifestarse.

—Pero ¿qué buscamos exactamente? —preguntó Conde, impaciente.

—Cuando lo veamos sabremos qué es —aseguró Requena.

—Eso no ayuda mucho, gordo. Y cada segundo que estamos aquí, el peligro es peor, para que lo sepas.

—¿Ya vieron eso? —Requena señaló el suelo.

—Nos estamos inundando con aguas negras —advertí.

—No. Esperen, ¡que nadie se mueva! —ordenó Reque—. Quiero comprobar algo.

Obedecimos. Sólo se oía el ruido de la lluvia, el borboteo de las coladeras anegadas. Requena bajó la vela para estudiar la superficie del agua.

—Hay como una corriente… —observé.

—Exacto, el agua se está yendo a algún lado —anotó Reque.

Seguimos el pequeño cauce hasta descubrir un leve remolino bajo el escritorio.

—Ayúdenme a moverlo —Requena empujó.

El escritorio de metal pesaba una barbaridad, hasta que notamos que había una especie de riel, y lo deslizamos entre rechinidos. Quité un tapete raído, metí las manos al agua y entonces detecté algo…

—Hay como rendijas, y creo que una agarradera —dije, sorprendido.

—¿Puedes levantarla? —Reque se puso en cuclillas a mi lado.

Levanté la trampilla y quedó a la vista un acceso estrecho por donde se deslizaban las fétidas aguas.

Y en ese momento se volvió a oír el grito afuera: *¡Ya viene! ¡Viene por todos!*

—Oye, Reque, se parece a la voz de tu mamá —advirtió Conde.

—Es imposible, está dormida, le di algo para que descansara. Debe de ser un tipo de engaño para que salgamos de aquí.

Con mano temblorosa acerqué la vela al hueco, había una escalera de madera, algo podrida.

—¿Es el sótano que conocemos? —preguntó Conde con susto.

—No sé… aunque parece otra cosa —murmuré.

—Pero está abajo —remarcó Conde—. ¡En el territorio de Krotter!

Los tres intercambiamos una mirada de temor.

—¿Qué hacemos? —pregunté.

—Venimos a esto, ¿no? Tenemos que seguir —Reque señaló el hueco del suelo.

Pero ninguno de mis amigos hizo el ademán de bajar.

—Bien, otra vez voy primero —me acerqué impulsado por la misma urgencia de terminar con el martirio—. Pero si aparece Krotter, me sacan o a ver qué le dicen a mi padre.

—Eres muy valiente, Diego, mis respetos —aseguró Conde.

Pero lo que me infundía valor era pensar en Emma, lo hacía por ella. Requena me dio un botellín con agua bendita, estampas religiosas "de algo pueden servir" y un encendedor por si se apagaba la vela. Los escalones estaban muy resbalosos y estuve a punto de caer en el último tramo de tablones flojos. Ya abajo, lo primero que noté fue esa peste de cementerio, el olor provenía de ahí.

—¿Qué ves? —Requena se asomó por el hueco de la trampilla.

Era difícil decir algo. Estaba desconcertado.

—No estoy seguro —extendí la mano. La vela apenas iluminaba, comencé a describir lo que aparecía entre la penumbra—. Es otra habitación… los muros tienen un tapiz viejo, con dibujos de... creo que caballitos. Hay perchero con ropa manchada y una mesita que tiene algo... momento, voy a ver qué es... —me acerqué entre chapoleos, el sitio comenzaba a inundarse—. Es uno de esos fonógrafos antiguos. Esperen, que hay más cosas —vislumbré algunos muebles con objetos—. Hay un... juguetero, tiene carritos de latón, pistolas de juguete, de madera, y soldaditos de plomo, y libros, están en otro idioma, alemán, creo...

—Qué raro. ¿Y hay alguna puerta o algo? —preguntó Conde.

—No se ve, pero hay algo más, al fondo... —los dedos helados del terror recorrieron mis vértebras—. Hay una camita, pequeña, parece de hospital, tiene de esas palancas para cambiar de posición. Las cobijas están deshechas. De un lado hay una bacinica de metal... y hay otra cosa justo en la esquina, donde termina el cuarto.

—Seguro era otro escondite para meter a los niños secuestrados —suspiró Conde.

Era lo que había pensado. La esquina a la que me aproximaba parecía tener algo, un objeto, tuve que acercarme mucho para descubrirlo.

—¿Qué pasa? —insistió Requena—. No te quedes en silencio. ¿Qué ves?

Estaba detrás de lo que parecía una silla de madera con un respaldo de fibra tejida, entonces lo vi.

—¿Diego? ¿Estás bien? —dijo Conde.

—Es que hay una silla de ruedas, de las antiguas —retomé la descripción.

—¿Sólo eso? —confirmó Reque.

Ése era el problema, que no estaba desocupada. Extendí la mano para girarla y se me escapó una exclamación de asco, pena, horror; todo a la vez.

—¿Qué pasó? —gritó Requena impaciente—. ¿Qué ves? ¿Diego?

Juro que intenté moverme, tenía los músculos ateridos.

—Diego, ¿estás bien? —oí a Conde, cada vez más cerca.

Mi amiga no pudo más con la curiosidad y bajó, seguida por el mismo Requena. Los tres nos quedamos atónitos. Al principio costaba trabajo entender, era una silla de ruedas infantil y había alguien sentado. Con pulso tembloroso, acerqué la vela y se revelaron unos despojos humanos.

—Dios santo —gimió Conde—. Otra de las víctimas del doctor.

Eran apenas huesos, pequeños, restos de un pantalón corto de tweed, chaleco de estambre sobre un corsé ortopédico y unas abrazaderas metálicas alrededor de huesos.

—No es posible…—Requena señaló—. ¿Se dan cuenta de quién es?

—Es un esqueleto Reque… ¿cómo vamos a saber? —se quejó Conde.

Recordé una foto, donde aparecía una criatura frágil, un fantasmal de carne.

—Elías Krotter—murmuré.

—¿El hijo del doctor? —Conde se acercó—. Pero se supone que murió en la guerra.

—Por lo visto sobrevivió, un poco más… —Requena se acercó, fascinado por el descubrimiento—. Miren, los mismos huesos deformes. El doctor lo trajo a México y lo mantuvo escondido.

Se escuchó, ahí mismo, un quejido. Supimos que no era de este mundo y las velas se apagaron al mismo tiempo, como si alguien hubiera soplado encima.

—¡Salgamos! Ya, ¡ahora! —grité, ya sin rastro de valor—. ¿Y el encendedor?

—Te lo di… —aseguró Requena en la oscuridad.

—Yo tengo uno —Conde intentó prender el suyo—. ¡No sirve!, ¡está mojado!

Nos guiamos hacia la salida por el sonido del agua. En la oscuridad absoluta di con la escalerilla que se había convertido en una catarata de aguas negras. El quejido seguía, largo, angustioso. Y cuando se oyó el rechinido de unas ruedas, el pánico fue total. Todos intentamos subir al mismo tiempo, pero los escalones podridos terminaron por quebrarse.

—¡Está detrás de mí! —gimió Conde.

—¡Tranquilos! O vamos a morir aquí abajo —advirtió Requena.

—Por tu culpa —recriminó la chica—. Nos metiste en esta trampa. Dijiste que podías enfrentar a Krotter.

—¡No te atrevas a hacernos daño! ¡Conocemos tu secreto! —gritó Reque.

Mientras tanto, conseguí sostenerme de los tocones de la escalera y trepé hasta pescarme finalmente de un borde del hueco.

—Estoy arriba —me puse de rodillas y extendí los brazos en la penumbra—. Los ayudo a subir, ¡de prisa!

Tuve una sensación muy extraña, una manita húmeda y helada intentó asirse a mí. La retiré de inmediato.

—Diego, ¿dónde estás? —gritó Reque.

Volví a tender el brazo y reconocí la regordeta mano de Requena, al tiempo que sentí cómo Conde se pescaba de mi camisa.

—Uno por uno o me van a tirar —advertí.

Primero saqué a Conde y, entre los dos, ayudamos a Requena. Volvieron a oírse los débiles quejidos y luego unos raros sonidos metálicos, como de abrazaderas ortopédicas, algo intentando subir. Entre los tres cerramos la trampilla y salimos del consultorio por el hueco. Pero ni siquiera alcanzamos a tomar aire para tranquilizarnos porque en el vestíbulo de acceso del Begur nos recibió el grito: *¡Viene... viene por todos!*

—Sí que parece mi madre —reconoció Requena asustado—. Será mejor que suba.

Algo pasaba. Lo acompañamos y nos abrimos paso en ese mar viscoso que era la penumbra de las escaleras. Llegamos a la tercera planta y en la puerta del departamento de Reque había varias sombras. Me aterroricé, hasta que me di cuenta de que era una pequeña multitud de vecinos, algunos viejos, los infaltables hermanos o esposos cuervos, el hombre manco, todos murmuraban algo, asustados. Avanzamos, empapados y a codazos hasta que nos detuvo la tía Luzma.

—Muchachos, esperen, no pasen. Es peligroso —advirtió.

Llevaba una veladora que apenas dejaba ver algo. Se oían jadeos.

Un trueno restalló y un breve resplandor iluminó la escena. En medio del salón, la señora Flor apuñalaba algo con un cuchillo. Tenía sangre en la bata y en los brazos. Largas líneas rojas le cruzaban la cara y el cuello.

—¡Ya viene! ¡Viene por todos! —gemía la mujer.

Sus ojos miraban de un lado a otro, desorbitados. ¿A quién atacaba?

—¿Mamá? Soy yo... tranquila... —dijo Requena con toda la calma que fue capaz. Avanzó un paso—. Detente, por favor. Nos estás asustando.

—¡Espera, Reque! —Conde lo sostuvo de la mochila—. No te oye...

—Primero hay que quitarle el arma, iremos por detrás —ordenó una voz resuelta. Era la fornida Rosario—. Todavía no. Esperen a que se gire. ¡Ahora!

La cuidadora debía de tener entrenamiento para tratar con pacientes desquiciados porque le dio a Flor unos certeros golpes en las corvas, la parte anterior a las rodillas, y consiguió derribar a la enorme mujer. Al caer, soltó el cuchillo. Entre varios vecinos conseguimos inmovilizarla. Aún farfullaba, aterrada, a algo que nadie más podía ver.

Y como si se tratara del fin de acto de una obra macabra, en ese preciso momento volvió la electricidad. Se encendieron dos lámparas en la sala y descubrimos a la víctima de las cuchilladas: el piano.

Estaba destrozado: rajaduras en la tapa, el atril roto, le faltaban algunas teclas. Y los cortes de los brazos de la señora Flor habían sido por las cuerdas reventadas.

—Mamá, estoy aquí, todo va a estar bien —Reque le acarició el cabello empapado de sudor.

La mujer derribada parecía estar totalmente perdida de alcohol. Por suerte para todos, pronto quedó inconsciente. La señora Luzma aprovechó para llamar a la Cruz Roja.

Y fue hasta ese momento que todos soltamos el aire, agotados. El Begur nos había reservado una retorcida pesadilla que llegaba a su fin… Por ese día, claro.

Estimada A, estoy exhausto. ¿Le parece bien que continuemos en otro momento? La dejo con el ulular de la sirena de la ambulancia de aquel día; aunque no lo crea, a veces resulta el sonido más tranquilizador del mundo.

Queda de usted, como siempre,

Diego

Carta diecinueve

Estimada A:

Apuesto a que ya entró a internet para hacer una búsqueda sobre el doctor Krotter. ¿Qué encontró? Seguro vaguedades, algo de una población de Sajonia, el modelo de un auto… No se preocupe, yo le daré detalles jugosos que no están en ningún otro lado.

Ese día y el siguiente fueron muy intensos. Trasladaron al Hospital General a la exconcertista Flor del Toro y Requena para tratarla por algunas heridas (superficiales, dijeron) y por congestión alcohólica (esa honda, me temo). "Tal vez perdió la cuenta con las copas", dijo Requena. Eso había sido lo más cercano a aceptar el problema que tenía su madre. La "cuenta" de ese día fueron dos botellas de ginebra y media de vodka. La mujer no recordaba su agresión criminal al piano ni sus gritos delirantes. Pero el verdadero escándalo estalló al día siguiente cuando los vecinos del Begur se enteraron del emparrillado destrozado, del agujero en la pared y de nuestro tétrico descubrimiento. Hubo una reunión de emergencia en el segundo patio. En esa ocasión estaba don Salva que, a falta de mi padre, se estaba volviendo el nuevo líder vecinal.

—¡Pero qué demonios estaban pensando! —nos reprochó.

—Querían arreglar la bomba de la cisterna —tía Luzma nos defendió.

—Es que descubrimos una puerta oculta tras la enredadera —explicó Requena, tranquilo—. Y supusimos que comunicaba con la portería o con el sótano.

—Jamás pensamos que encontraríamos nada de eso —remató Conde.

—Pero ¿y sí lleva al sótano? —preguntó Rosario, que estaba sentada en la famosa pileta de azulejos.

—No. Ya fui a revisar —explicó don Salva—. Es como un antiguo consultorio y abajo hay un almacén, donde estaba ese esqueleto como de cien años.

—Cuarenta —detalló Requena—. Creemos que era el hijo de un médico austriaco que vivía aquí. Él atendía en el consultorio.

—Ay, Dios. ¿Pero tenía al hijo escondido o cómo? —se persignó la hermana cuervo.

—Siempre he desconfiado de los austriacos —Rosario sacó una cajetilla.

—¿No le sobra un cigarrito? —solicitó don Salva.

—Perdón, sólo me queda el último —la cuidadora volvió a guardar la cajetilla.

El hombretón tuvo que conformarse con sacar un viejo cigarrillo a la mitad, que llevaba guardado en un bolsillo de la chamarra.

—Pero entonces, ¿qué vamos a hacer? —tía Luzma volvió al tema.

—Nada —don Salva prendió el cigarrillo y tiró el cerillo en la pileta.

Reque, Conde y yo nos miramos.

—¿Cómo que nada? —se quejó Rosario—. Hay que llamar a la policía, es un delito.

—¿Por qué? Nosotros no lo matamos —repuso el tío.

—Pero, entonces ¿quién? —preguntó el hombre manco.

—Ni idea. Como sea, don Beni, eso no importa. ¡Eso fue hace siglos! —recordó don Salva, y le dio un ataque de tos.

—Cuarenta años —remarcó Requena.

—Miren, la cosa está así —con trabajo don Salva se recuperó de la tos—. Si llamamos a las autoridades por unos huesos viejos, vendrá la policía judicial, tomaran declaraciones, después estarán aquí los servicios periciales y los forenses de la procuraduría, y con ellos, los metiches de la prensa.

—Me parece muy bien —observó Rosario—. Es justo lo que debe hacerse.

—A ver, señora... creo que no entiende —carraspeó el tío.

—Señorita... —lo corrigió.

—Como sea, ¿sí se ha enterado que vivimos ilegalmente en el edificio? —don Salva tomó aire—. Desde la desaparición de la dueña y sin conserje, nadie paga renta, mantenimiento, servicios, nada —miró al resto de los vecinos que guardaron un hondo silencio—. Lo primero que va a hacer la autoridad es lanzarnos a la calle...

—A mí no me meta en eso —se quejó Rosario—. Yo soy una empleada decente.

—Claro, muy decente, *señorita* —subrayó don Salva—. Todos sabemos de esas carísimas llamadas que hace a su hermana a Chicago... y de los robos.

—¿Qué robos? —Rosario se incorporó, ofendida.

—No se haga, querida... —murmuró la hermana cuervo—. Dicen que saca cosas de la casa de doña Clarita.

Reque, Conde y yo nos volvimos a ver. ¡No éramos los únicos que hacíamos eso!

—¿Quién dice semejante cosa? —se defendió la cuidadora.

—Yo la he visto —repuso don Salva, tranquilamente—. En esa enorme bolsa que siempre lleva. Una vez salió con una lámpara y otra vez con cofrecitos.

—Es cierto —agregó el hermano cuervo—. Yo una vez la vi salir con una vajilla, ¿y te acuerdas del ruido de esa tarde? —preguntó a su hermana

—Se oía como un taladro y martilleo, era un relajo —anotó la mujer.

—Seguro intentó abrir la caja fuerte de doña Clarita —remató el hombre manco.

La cuidadora quiso decir algo, boqueó, ahora parecía pálida. Conde, Requena y yo contemplábamos la escena como si se tratara de algún escandaloso programa de tele.

—Son chucherías sin importancia —dijo Rosario al fin—. La señora Clarita tiene demasiada basura… Hasta le ayudo a despejar…

—A mí ni me explique, si quiere quítele hasta los empastes de oro —suspiró don Salva—. Allá usted y su consciencia. Sólo digo que esperemos antes de llamar a la policía. Así nos ahorramos unos mesecitos de renta.

—Hay que cuidar el dinero, con la crisis, todo está muy caro —opinó doña Luzma—. A mi marido le pagan muy poquito como vigilante. Y yo necesito muchas medicinas. Además nos hacemos cargo de Carlita…

En ese momento me di cuenta de que tampoco nos convenía a mis amigos ni a mí que llegara la dueña o la policía para poner orden y sacarnos a la calle. ¡Al fin teníamos dominio sobre el Begur! Aunque seguía existiendo un problema.

—Me parece bien. Voto en nombre de mi madre —Reque levantó la mano—. Y ahora… ¿qué hacemos con ese muerto?

—Cierto, no podemos dejarlo ahí nada más, ¡pobrecito! —agregó Conde.

—Y tampoco es higiénico —observé—. Podría provocar peste negra o bubónica.

—¡Si son puros huesos viejos! —rio don Salva.

—Pero los muchachos tienen razón —razonó tía Luzma—. No es cristiano abandonar unos restos así nada más. Salva, ¿todavía trabaja tu compadre Checo en el panteón de la Piedad? ¿Por qué no se los llevas? Que los ponga en el osario.

—Un panteón es terreno bendito —reconoció Requena—. Sería perfecto.

—Por mí, hagan lo que quieran —remató la cuidadora, que ya había perdido fuelle y estaba impaciente por irse.

—Bueno, está bien, llamaré a Checo —asintió don Salva.

Y así se hizo. Don Salva bajó a la bodega del consultorio. No pasó nada raro; al parecer, de día y sin inundación, los fenómenos fulgor se mantuvieron a raya. El tío desarmó el esqueleto y metió los huesos en una bolsa de plástico. Luego, entre todos, colocamos por encima el emparrillado, para tapar el agujero.

—Voy a acompañar a mi tío al panteón —Conde nos avisó a Reque y a mí.

—Excelente idea —asintió Requena—. Y confirma que se entierren en un lugar bendito. Con eso se va a desactivar la fuente fantasmal.

—¿Y ya? ¿Seguro? —pregunté.

Estábamos reunidos en un rellano de la escalera.

—Llevo toda mi vida estudiando esto, he leído miles de casos ¡puedo jurarlo! —aseguró Reque, ufano—. Además, acabamos de completar uno de los rompecabezas criminales del siglo. Tal vez a la altura de Jack el Destripador. No pongan esa cara, luego se los explico. Ahora, tenemos mucho que hacer.

Conde se fue con su tío Salva al Panteón Francés de la Piedad, Reque visitó a su madre al Hospital General, yo me dirigí a la clínica de Álvaro Obregón a ver a Teo. En recepción me avisaron que había terminado el horario de visitas matutino, pero podía volver por la tarde. Al menos pude dejar una nota a mi padre, sólo para saludar (no le conté nada de lo que había pasado en el edificio). Luego regresé al apartamento. Como siempre, lo primero que hice fue revisar la chimenea, pero la caja de latón estaba vacía. Aproveché para sacudir, tender mi cama y llené algunas cubetas con agua, ¡iba a tener visita y no teníamos agua corriente! Estaba en eso, cuando Reque me marcó por teléfono. La reunión sería en su casa.

—El pobrecito Elías ya está en una fosa común —fue lo primero que confirmó Conde, en la junta—. A ver si luego vamos a visitarlo, ¿no?

—Tampoco es necesario, Pigmeo, ¡ni que fuera nuestro pariente! Tomen —Reque nos pasó un trapo y una escoba—. Ayúdenme a arreglar un poco.

Aún quedaba el caos ocasionado por la señora Flor el día anterior: vidrios rotos, muebles tumbados hasta manchones de sangre. Fue lo primero que Reque intentó borrar con un trapo mojado.

—Lo que pasó ayer fue tremendo —reconoció nuestro amigo—. Pero valió la pena. Tenemos el Begur para nosotros, al fin ¡Vencimos a Krotter!

—Entonces, ¿era el vinculante? —pregunté sólo para confirmar.

—Mi estimado y dudoso amigo —Requena me apuntó con el trapo—, ¿qué vinculante más poderoso puede existir que el cadáver de un hijo?

—En cuanto lo vi, supe que era lo que buscábamos. ¡Como dijiste, gordo! —Conde barría cristales rotos—. Y Krotter sí quería al pobrecito Elías.

—Pero entonces… es que no entiendo algo—confesé. Una duda me carcomía—. ¿No les pareció extraño que el doctor no nos atacara? Ya saben, como la Criatura Gris.

—Claro que nos atacó —señaló Requena—. Pero lo hizo de otra forma. Todos presenciamos esos ruidos, las sombras y te recuerdo que estuvimos a punto de morir entre las aguas negras. ¡No fue cualquier cosa!

—Y tu madre enloqueció… —apuntó Conde.

Miramos a la víctima: el piano destripado con las cuerdas acuchilladas.

—También vi a unos ancianos en el patio, con batas como de hospital o de manicomio, no sé —recordé—. Y estaba la misma vieja del elevador…

—¿Qué? ¿Cuándo nos ibas a decir eso? —saltó Requena.

—Se lo estoy diciendo ahora —seguí—. Pero, como sea, todo eso fueron manifestaciones de fulgor, de categoría dos y tres. No ataques de Krotter.

—Tal vez quien nos protegió fue Elías… ahí estaba —Conde dejó a un lado la escoba—. Se oía como su voz, hasta intentó seguirnos.

—Sentí su manita —asentí—. Cuando íbamos de salida.

—Pigmeo, es raro que diga esto… ¡pero has dado en el clavo! —señaló Reque.

—¿En serio? —Conde parecía atónita.

—Justo ocurrió eso —siguió Requena—. Krotter sólo podía

doblegarse ante alguien… ¡Su querido hijo! No nos atacó porque se dio cuenta de que Elías pedía descansar… después de cuarenta años de estar sufriendo.

—¿Y qué pasó con Krotter? —inquirí, con interés.

—Al romperse el vínculo, el fantasma pierde el anclaje con la propiedad —indicó Reque—. Siguió su camino… el que éste sea.

—Seguro lo están friendo en aceite en el infierno —sonrió Conde.

—Como sea, esta misión será un capítulo monumental de mi libro —Reque terminó de exprimir el trapo—. Les daré su crédito, claro, como los mejores ayudantes.

—¿Ayudantes? ¡Si Diego se encargó de casi todo! —reclamó Conde.

—Hablo del descubrimiento histórico —repuso enseguida—. En serio, ¿no se dan cuenta? Dimos con el más grande secreto de Waltraud Krotter. Al fin tenemos el móvil de sus crímenes.

Conde y yo quedamos expectantes, con el sacudidor y la escoba, en el aire.

—Verán —Reque tomó aire—. El médico no mataba a los muchachos por venganza ni por una retorcida perversión. Lo hacía porque, al parecer, intentaba algún primitivo trasplante de médula.

—¿De dónde sacas eso? —pregunté.

—De los cuerpos, todos tenían terribles heridas en la espalda, ¿recuerdan? Krotter tomaba como donantes a esos niños pobres, les extirpaba parte de la médula ósea, tal vez hasta alguna vértebra, para traspasarla a su propio hijo, al que mantenía oculto, para que nadie sospechara de sus experimentos. Debió intentar esto por años, siempre buscando víctimas de la edad y características de Elías. Krotter era loco, cruel y desquiciado, pero a su modo amaba a su retoño.

—Entonces ¿por qué se suicidó y lo abandonó? —observó Conde.

—No lo hizo y esto es lo más trágico de todo —Reque se sentó en uno de los abultados sillones de terciopelo con carpetitas—. Como recuerdan, en los reportajes, ciertos testigos dicen que resbaló. Y creo que sucedió justo eso. Krotter debió de caer accidentalmente mientras escapaba de la policía. Al morir se cerró el caso, y luego la señora Reyna pagó una fortuna para que la prensa no siguiera investigando. Al final mandó sellar el consultorio que nadie iba a alquilar, y aquí está lo más espeluznante: nadie sabía que en la bodega del local Krotter había ocultado a su hijo lisiado. Elías estaba abajo y vivo. El pobre niño no tenía fuerzas para salir o pedir ayuda y murió días después, de hambre o sed.

Guardamos silencio, imaginando la espantosa escena.

—Ahora sí voy a tener pesadillas el resto de mi vida —se quejó Conde.

—Es cierto, había una bacinica, juguetes, trastes para comer —recordé—. Ahí Elías pasó sus últimos días. ¡Qué fuerte! Pero lo bueno es que ya terminó esto, ¿no?

—Exacto. Elías descansa en un cementerio, Krotter se quedó sin vínculo y nosotros tres conocemos el secreto del Begur —Reque recordó, triunfal—. El edificio nos pertenece con su extraño funcionamiento. Ahora tenemos un poder inmenso, algo nunca visto.

—Oye Reque... ¿y crees que podamos repetir la prueba de los pronósticos o de la lotería? —preguntó Conde.

—¿Ahora sí te interesa ser un Pigmeo millonario? —rio Reque.

—No es para mí. Es para mis tíos —explicó, algo tímida—. Sólo para que pongan un negocio o algo. Mi tía es buena haciendo adornitos.

—Todas nuestras familias necesitan dinero —reconoció Reque—. ¿Creen que no he pensado en mi madre, y cómo va a dar clases de piano?

Volvimos a ver el instrumento asesinado, de momento inservible.

—Nos esperan grandes cosas, amigos. Ya lo verán —aseguró, con sus carnosas mejillas sonrosadas de emoción.

Yo tenía, claro, mi propia urgencia. En cuanto pude, corrí a enviar un mensaje:

Querida Emma.

¡No he sabido de ti en más de un día! Disculpa, no había escrito porque he estado resolviendo un pendiente muy importante con mis amigos... ¡y lo hemos conseguido! ¡Luego te cuento! Es alucinante. Oye, quedan cuatro días para la fecha fatal... eso quiere decir que debo ir por ti lo más pronto posible. Te va a encantar mi época, no vas a dar crédito. ¡Dime algo! Estoy listo para ir por ti.

Tu ansioso vecino y próximo compañero de piso. Diego.

Estaba eufórico ¡y también apurado! Abrí el cajón del buró de Teo, había dos rollos de billetes ocultos en calcetines. Tomé uno y salí al supermercado más cercano para comprar suficiente comida y atender a mi invitada. Tal vez me excedí con las golosinas, pero supuse que si alguien venía de una posguerra lo apreciaría. Aproveché que estaba en la calle para ir a la clínica de Álvaro Obregón, era el horario de visitas de la tarde. Pero ocurrió algo muy raro cuando solicité ver a mi padre.

—¿Eres Diego Velázquez? —confirmó la recepcionista—. El doctor Werner quiere hablar contigo

Y dicho esto, me mandó a la salita a esperar. Estuve ahí como veinte minutos, tenso, cargando dos bolsas del supermercado, mientras localizaban a Marek (de los nervios, me comí varios chocolates que eran para Emma). Finalmente apareció el médico de cabello rojizo. Me hizo una seña para que fuera con él, a una esquina.

—¿Qué pasó con mi papá? ¿Está bien? ¿Por qué no me dejan verlo? —solté una pregunta tras otra.

—Calma, muchacho. Oye, ¿tienes más familia? ¿Alguna tía, tío? ¿Abuelos? —respondió él con otra carga de preguntas desconcertantes.

—En el D.F. sólo estamos los dos, Teo y yo. La familia es pequeña. ¿Por?

—Nada… entiendo —se acomodó las gafitas—. Mira, Diego, tu padre está aislado, de momento nadie lo puede ver.

La boca se me secó al instante.

—¡Pero si ya estaba mejor! —exclamé con alarma—. ¿Se puso mal?

—No es eso. Sólo le estamos haciendo unas pruebas. Trae una bacteria algo resistente. Pero Lilka sigue aquí, al pendiente.

—¿Y Jasia? —me atreví a preguntar.

Una sombra rara atravesó el rostro de Marek. Casi pierde la flema.

—No te preocupes ahora. Nosotros nos encargamos —repuso con tono seco y profesional—. Vuelve mañana y cualquier cosa Lilka tiene tu teléfono.

Y eso fue todo. Volví a tomar mis bolsas del súper y, absolutamente confundido, regresé al Begur. ¿Qué bacteria? ¿Aislado? No entendía nada. Pero en el momento que llegué, fui a la chimenea y abrí la caja de latón; todos mis pensamientos fueron para Emma. ¡Había respondido!

Diego, cariño. ¿Pero qué no has visto el mensaje que te mandé hace días? ¡Estoy como loca trabajando para dejarle algún dinero al abuelo! Hasta la pobre Alma me está ayudando con los uniformes y le pedí trabajo extra a la señora Clara, que es tan maja... Y vas a decir que soy más pesada que una vaca en brazos, pero bonito: ¡sigues sin responder cuánto tiempo estaré contigo! Sé que debo salir pitando de aquí antes del 21 de agosto, que es cuando cascaría como chichipán, ¿verdad? Pero necesito dejarle dinero al abuelo. Así me iré más tranquila. Así que ¡responde, hijo! Ahora debo volver al trabajo. Y la verdad es que hasta me gusta. Coser me ayuda a no pensar, estoy asustada, no creas, este viaje de tiempos no es cualquier cosa, que me da una lipotimia sólo de pensarlo.

Besos de mi parte y del pequeño Henry, que está más chulo que un ocho, ¡ya lo verás! Emma, la ocupada.

Reí, adoraba los mensajes de Emma, con todas esas expresiones tan raras. Sentí culpa por no haber respondido a su pregunta... Pero es que aún no lo sabía bien, serían algunas semanas, tal vez un mes, hasta que pasara el peligro; el problema es que Emma no dejaba de preocuparse por el abuelo. ¿Y si la ayudaba a resolver ese pendiente? Todavía me quedaba uno de los rollos de billetes de Teo, aunque los pesos de 1987 no iban a servir de nada en 1942, a menos que llevara algo que nunca perdiera valor. Entonces recordé algo y respondí a toda prisa:

Querida Emma. Olvida los uniformes y la costura; vas a morir pero de tanto trabajo. No te preocupes, dejaremos bien aprovisio-

nado a tu abuelo. Te explico, tengo algunas joyas de mi madre. Son, digamos, mi herencia y quiero que la aproveches. Puedo hacer un viaje rápido y venderlas en tu época para conseguir dinero de 1942. Se lo dejas al abuelo para que por un buen tiempo no le falte comida, pague el alquiler, medicinas, y santas pascuas. ¿Como ves? Por favor, di que sí. No me moveré de aquí hasta que me contestes. Besos a Henry de vuelta.

Fui a buscar el joyero de mi madre. No eran tantas piezas, pero estaba seguro de que eran de oro. ¿Cuánto valdrían? La medalla de la primera comunión tenía la fecha de 1956, iba a ser curioso intentar venderla en el 42. Por no dejar, volví a revisar por enésima vez el recorte del periódico: no había cambiado nada: la nota de la muerte de Emma seguía igual. Era desconcertante. Entonces oí un sonido que ya conocía bien, provenía de la chimenea. ¡Debía de ser la respuesta! ¡Qué rapidez!

Diego, cariño. Disculpa por el tono del mensaje anterior. Todo en mi cabeza estaba arremuñao. Bien, ahora respondo más coherente, nada de aberruntos, lo prometo. Me da pena que te deshagas de algo que perteneció a tu madre, pero mira, estoy tan desesperada que lo acepto, con la condición de que no te deshagas de las joyas, se pueden empeñar y las recuperamos luego, ¿qué te parece? Podemos remediar ese asunto hoy mismo. Hay suerte porque al abuelo le toca ir a las oficinas del partido y en un rato viene Alma, puedo pedirle su chapa del ascensor para enviártela. ¿Te va bien de tiempo? Si es así, mantente al loro.

Besos de tu vecina, inquilina, socia en negocios, protectora de Henry y próxima viajera en el tiempo, Emma.

Mi corazón echó a correr como galgo. Salí disparado para buscar en mi guardarropa la ropa menos ochentosa que tenía. Encontré un pantalón negro y una camiseta blanca. De calzado sólo tenía zapatillas deportivas, pero encontré unas Panam más discretas, tipo botín. No había pasado ni media hora cuando escuché un ruido dentro de la chimenea. Temblando abrí la caja de latón, ¡estaba la ficha! Guardé en un pañuelo las joyas de mi madre y salí. Llamé al botón del elevador y hasta ese momento pensé en mis amigos, tal vez debí comentarles lo que estaba por hacer, pero casi que oía en mi cabeza a Requena diciendo que era imposible salvar a Emma, que el destino esto, que el destino lo otro. La traería conmigo y con eso iba a demostrar que valían un pepino las paradojas.

Se abrieron las puertas del elevador. Aún me quedaba cierto miedo por usar el trasto. Coloqué la ficha y presioné la planta cinco. No sucedió nada raro, ni frío, ni me amenazó una voz desde las profundidades del sótano. La cabina ascendió con sus chirridos de siempre y abrió las puertas. Respiré al ver la pulcra y limpia versión del edificio de 1942. Aliviado, bajé una planta por las escaleras y frente a la puerta del apartamento 404 estaba una muchacha.

—Hola, Alma, ¿me recuerdas? —le hablé de frente—. Soy el primo de Emma...

Puso los ojos en blanco, obviamente no se había creído el supuesto parentesco ni por un minuto. Abrí la puerta con mi llave. Al verme, Emma se levantó de la mesa de costura y corrió a abrazarme. La pobre tenía unas profundas ojeras, seguro apenas había dormido por tanto trabajo.

—Cariño, ¡qué gusto! Pasa, tú también Alma, guapa, y cierra que no quiero que algún vecino se ponga a bacinear y vea que podemos abrir esta puerta sin más.

En la mesa vi una cajita de costura marca Wertheim con decorado náutico de un barco de vela y gaviotas. Era el hogar del pequeño Henry, estaba muy acomodado en un nido de retazos de tela del vestido que estaba a medio hacer, uno muy bonito de flores, puesto sobre el maniquí de modista.

—Éste será para mí —reconoció Emma apenada—, quiero estrenar para el viaje.

—No te preocupes, allá tendrás más ropa, te llevaré a comprar lo que quieras —guardé silencio al notar a la otra chica, que me miraba fijamente.

—Tranquilo. Que Alma ya sabe del plan, ¿verdad, guapa? —sonrió Emma—. Está enterada de que me escaparé contigo.

La joven apuntó a su boca, en señal de tener los labios bien cerrados.

—No dirá ni una palabra —rio Emma—. Chica, tú sí que tienes humor…

Alma se acercó a admirar el vestido del maniquí. Yo seguía tenso.

—Diego, de verdad, no te preocupes —Emma lo notó—. Alma es amiga, confidente, ¡es como mi Harriet! La pobre es huérfana y está tan sola que no veas… ¿luego la podemos ayudar?

—Claro —me conmovió. Emma, que estaba en peligro mortal, todavía se preocupaba por la pobre muchacha—. Y ella sabe… ¿de dónde vengo?

—Sabe que eres de algún lugar donde los chicos se visten raro, ¡pero hoy estás tan guapo! A que te has puesto la ropa de domingo. Mírate, si pareces un figurín.

—Es cualquier cosa —las mejillas me ardieron—. Para que no me vean raro en la casa de empeño. Por cierto, no es mucho pero servirá de algo.

Saqué el pañuelo con el anillo de matrimonio, las arracadas y la medalla.

—Pero qué dices, ¡esto no es moco de pavo! —Emma los examinó—. Es oro del bueno. Y el anillo tiene hasta una piedra brillante.

—Como sea, hay que conseguir dinero para tu abuelo. Puedo ir al Monte de Piedad, creo que está en el centro, aunque no sé si ya está funcionando en este año, creo que sí…

Alma se acercó, tomó la medalla de mi madre y le hizo señas a Emma.

—Espera, guapa, con calma… ¿llevarlo a dónde?

La chica, que evidentemente nos había estado leyendo los labios, hizo señas de dinero, después tomó la canasta que llevaba, hizo la mímica de comprar.

—¿Calle? ¿Tienda…? ¿Mercado? —Emma entrecerró los ojos.

Alma asintió efusivamente y señaló por la ventana, hizo gesto con los dedos, de caminar. Lo repitió varias veces.

—Pues si se llega a pie será el Parián. Ah, ya, entiendo —Emma dio una palmada—. ¿En el Parián reciben empeños?

Alma asintió y señaló las joyas, volvió a hacer la seña de ir.

—Está en Álvaro Obregón, ¿no? Ya sé cuál es —recordé el bonito mercado con arcos tipo góticos—. Está muy cerca. Iré ya mismo.

—Espera, cariño —Emma me tomó de un brazo—. El abuelo llegará hasta dentro de un rato, puedo ir contigo, como la otra vez. Oye querida, ¿podrías…?

Alma volvió a poner los ojos en blanco, y nos hizo una seña para que saliéramos.

—Pero ¿no debes volver con tu patrona? —preguntó Emma.

La muchacha señaló el vestido, hizo ademán de coser.

—¿Me quieres ayudar con la costura? —me miró—. ¿Qué te he dicho? ¡Esta chica es oro en paño! Gracias, linda, de verdad. ¡No tardamos casi nada!

Emma buscó a toda prisa una pañoleta para la cabeza y se preparó.

—Diego, déjame a mí negociar —pidió cuando salimos—, se me da muy bien el regateo.

Me emocionaba volver a salir a la calle en 1942, pero a Emma más. Estaba radiante. Habíamos avanzado apenas medio pasillo cuando lanzó un gritito.

—¡Que se escapa! Diego, cógelo —señaló algo en el pasillo—. ¡Allí va!

Al principio no entendí. Entonces vi algo aleteando en el barandal de la quinta planta.

—¿Sacaste al bicho?

—¡No le digas así al pequeño Henry! También necesitaba tomar el fresco, como yo. Ven, cariño, vamos a por él.

Con caja de costura en mano, Emma subió por las escaleras. Al parecer Henry creía que estábamos en un juego, porque al vernos cruzó alegremente el atrio, exploró el emplomado y se detuvo en el barandal de enfrente.

—Henry, ven acá —le llamó Emma—. No seas cabezota. Mira que siempre te has portado bien. No hagas desfiguros frente a tu padre.

¡Eso me encantó! Ya no era el *tío*. Dimos la vuelta al pasillo, pero el gorrión ya no estaba. Ni en barandales o maceteros.

—Seguro se ha metido por ahí —Emma señaló el portón dorado, estaba abierto—. Vamos, Diego. Será más fácil cogerlo entre los dos —observó la enorme puerta llena de relieves—. ¿Y esto? ¿Es una capilla?

—Es el salón de eventos del edificio. Ya lo verás… —sonreí.

Entramos juntos. Emma se detuvo atónita. Se giró para contemplar el abigarrado espacio que lucía en su cuidada versión de los años cuarenta, con la duela de madera recién pulida, los muros y espejos recubiertos con molduras redoradas, los espectaculares candelabros, los siete vitrales verdes con las bellas y extrañas escenas, de la juerga de las ninfas en el bosque, los cerdos vestidos como señoritos y la gente desnuda, enredada en una turbia siesta.

—¡Por la Virgen de los Llanos! —exclamó, casi sin palabras.

—Impresionante, ¿no?

—Es más que eso… —y de pronto señaló algo—. Allí, ¡vi algo! A Henry, ¡allá va!

El pequeño gorrión bebía alegremente de la fuente al centro del salón.

—Henry, eres todo un cachicán, que te has portado fatal hoy —le regañó Emma.

Me hizo la seña de silencio y avanzamos hacia el centro. El pajarito nos detectó y lanzó el vuelo, pero los espejos debieron descontrolarlo, porque luego de dar varias vueltas, se detuvo, agotado, en una mesa del fondo.

—Emma, dame la caja de costura —repuse en voz baja.

Le eché la caja encima al gorrión y enseguida Emma me pasó la tapa, que deslicé por debajo y finalmente ella envolvió todo con la pañoleta que llevaba en la cabeza. El pequeño Henry se revolvió un rato hasta que finalmente se quedó quieto.

—No vuelvas a hacer esto —Emma lo amonestó—. Podías haberte hecho daño en algún adefesio de por aquí.

—¿Qué? ¿No te ha gustado el salón? —exclamé con sorpresa.

—Cariño, ¡claro que no! —sonrió Emma—. ¡Es como si lo hubiera vomitado María Antonieta! ¿Ya viste todas esas churrerías y embelecos? ¡Dan un yuyu! —señaló un lado y otro—. No sé qué da más miedo: si el despilfarro de dinero o la falta de gusto.

Reí, divertido.

—Espera a verlo en 1987, entonces sí da terror. Toda esta planta está abandonada desde los terremotos que van a destruir la ciudad en 1985.

Emma palideció.

—No toda la ciudad, sólo una parte —corregí de inmediato—. Pero el edificio está bien, casi. Ya lo verás. Hay muchos barrios preciosos, y quedaron intactos. Estoy haciendo un listado de paseos: Chapultepec, el Museo de Antropología, centros comerciales…

—Antes que sigas, Diego, cariño, sigues sin responder, y mira que te he hecho la pregunta mil veces.

—Ya… ¿qué cuánto tiempo te vas a refugiar en mi época?

—¡Exacto, bonito! Necesito saber para organizarme —me miró tensa.

—No lo sé bien, pero sí me queda claro algo —me senté en una de las sillas doradas—. No debes vivir con tu abuelo. Al menos no sola con él, nunca.

—Pero ¡qué dices! Si has dicho que el 21 era el día peligroso —se sentó a mi lado.

—No es sólo el día; el peligroso es tu abuelo —tomé aire para explicar—. Emma, si no se le va la olla el día 21, podría ser el 28 o el 30; sólo cambiará la fecha de tu asesinato. Si por mí fuera, ahora mismo te llevaba a mi época.

—El abuelo no es malo… —insistió, compungida—. Está asustado y enfermo. No siempre ha sido así. Me sacó de España, no sabes lo difícil que fue. Me salvó la vida… ¡y ahora quieres que le abandone para siempre!

—No dije eso. Sólo te pido que te mantengas a resguardo hasta que reciba algún tratamiento médico o estén contigo tu madre y hermana. Entre todas podéis haceros cargo de él, pero no sólo tú.

Emma se asomó al interior de la caja a ver cómo estaba Henry, suspiró, parecía muy pensativa.

—Entiendo… creo. Pero si tardo, alguien debe hacerse cargo del abuelo. Que al menos le vigile.

—¿Tiene algún amigo en México?

—Están los del partido. Pero cada vez está más liado con ellos. Aunque… hay un editor aragonés que el abuelo lo respeta. Trabajaron juntos cuando tenía buena vista.

—Pues ya está. Escribe una carta a ese editor y pídele que le eche un ojo. Recuerda que le dejaremos dinero de las joyas y, si se acaba la pasta, está el asunto que te conté, buscaremos los resultados de rifas, loterías, del hipódromo.

—¿Sigues pensando en hacer estafas?

—Sólo un poco… ¡Tampoco vamos a robar un banco! Pueden ser premios pequeños. Pero necesitamos más dinero para buscar a tu madre y a tu hermana, también pagar los pasajes hasta México. Y debes comprar guardarropa, no puedes andar vestida como de 1942 en los ochenta… Y libros, te llevaré a la Librería de Cristal a que elijas los que quieras. Y con lo que sobre pagaremos a Henry una mejor educación…

Emma no pudo evitar una carcajada, se relajó al fin.

—¡Eres todo un señor Knightley! Diego, cariño, quisiera reñirte, pero es que todas me parecen buenas ideas. Me estás salvando… no tienes idea cómo… en tantos niveles.

Y me besó.

Yo respondí al beso, primero con timidez, luego con euforia al ver que Emma no hacía ademán para detenerme. Deslicé mis manos con cautela sobre sus hombros, sentí su vestido remendado, modesto, pero siempre limpio. Intenté un poco más lejos y no dijo nada. No podía creerlo, Emma era preciosa. Finalmente me atreví a tocar su luminosa piel, subí al cuello, mis dedos temblaban y la sangre se me agolpó en la cabeza, un embate tras otro. Nunca había sentido ese vértigo. Todo en Emma refulgía, sus labios rosados, el cabello brillante, los ojos oscuros e intensos. Deseaba beberla de un sorbo, paladearla lentamente, formarla con mis manos.

—Me detendré en el momento que lo pidas —dije, con voz ahogada.

—¿He dicho algo?

Me tomó de una mano y me llevó debajo de la mesa, quedamos ocultos tras el mantel.

Seguimos acariciándonos. Reíamos de nervios, de felicidad.

—Oye, nunca he hecho esto… —reconocí con bochorno.

—Yo sí, pero no de la mejor manera —hizo una pausa—. Aunque quiero intentarlo otra vez… ¿Y tú? ¿Quieres estrenar?

Temblando me desabroché el pantalón. No pensaba ya en la casa de empeño, tampoco en el recorte del periódico, ni siquiera el mecanismo del Begur. Emma y sólo Emma ocupaba buena parte de mis neuronas y todas mis hormonas.

Se desabotonó el vestido, para abrir el escote, y sus dedos también hicieron su recorrido de reconocimiento sobre mis brazos y espalda.

—Hueles delicioso, mi señor Knightley… —dijo en mi oído—. Me encanta ver tus manos grandes encima de mí… ¿estás listo?

Asentí. Lo estaba, llevaba años imaginando ese momento, pero jamás pensé que sería con una chica tan increíble como Emma. Su piel sabía a fruta fresca. Me perdí en cada pliegue. Todo en ella me gustaba, su cuerpo, sus ojos, su humor, su voz, su inteligencia, su enorme valor. Mi respiración se hizo cada vez más agitada, como la de ella. Una ola de placer me arrasó y, cada vez más, me despegué de mis propios huesos, volé hasta entrar a un mundo secreto del que sólo había oído hablar.

—¿Te molesto? ¿Voy bien? —pregunté repetidas veces.

—Tranquilo, cariño, eres muy dulce —me acarició la mejilla, el cabello—. Sigue así, todo va bien.

Me encantaría decir que estuvo perfecto, pero mis 15 años me jugaron encontronazo. En las películas había visto que aquello duraba horas, toda la noche, el día entero, las olas del mar iban y venían, disolvencias sobre las nubes... Pero sin que pudiera evitarlo, a los minutos todo acabó para mí.

—Disculpa. Creo que he terminado. De verdad disculpa —moría de la vergüenza.

—Tranquilo, cariño —aseguró Emma—. Eso pasa con muchos chicos la primera vez.

—¿Puedo hacer algo? ¿Algo por ti? —pregunté atribulado—. Perdona

—Que no pasa nada —rio Emma—. Pero sí que puedes hacer algo. Sígueme abrazando. Estar contigo me ha gustado mucho y la próxima vez será mejor.

Pensar en una próxima vez casi provocó que me recuperara.

—Fuiste gentil y tierno. Fue un regalo, tú lo eres —me estrechó contra ella y estuvimos unos instantes en silencio, hasta que repuso—: Gracias, Diego.

—¿Por qué?

—Por todo. Has cambiado mi vida.

—Aún no. Pero espera unos días. Vienen cosas buenas, te lo prometo, Emma. Además de estar con tu madre, podrás estudiar, viajar por el mundo. Si lo deseas puedes tener una librería de tochos históricos y románticos, lo que quieras. Se han terminado los tiempos canallas.

Emma sonreía, pero sus ojos se cuajaron de lágrimas.

—Disculpa. Soy una boba —se limpió con un pañuelito—. Es que… hace unos días, la felicidad era que mi abuelo estuviera tranquilo, comer tostadas con azúcar y oír un radioteatro. Y ahora vienes con promesas de colegio, viajes, libros, estar con mamá.

—No son promesas, lo puedo cumplir. Lo mereces.

Emma me dio un beso y volvió a enjugarse los ojos.

—Disculpa, ya parará —sonrió y se abrochó el vestido—. Necesito ir al servicio para majearme.

—¿Qué?

—Limpiarme un poco y ponerme maja otra vez —sonrió—. Bajemos al piso y luego nos vamos a la casa de empeño.

—Aquí también hay unos lavabos —recordé los que estaban detrás de la puerta pequeña—. Veamos si están abiertos.

Lo estaban y el cuarto rojo sí que le gustó a Emma.

—El tapiz es precioso, tiene mejor gusto, es como de película de Greta Garbo… —me miró desconcertada—. Disculpa, Diego, ¿te vas a quedar deteniendo la puerta?

—No puedo dejar que se cierre —asentí—, una amiga de mi época se perdió así.

—¿En los servicios?

Estaba a punto de contarle la aventura de Conde, perdida en otro tiempo, pero vi que Emma ponía una cara extraña, de susto.

—Cariño, alguien pasó detrás de ti —murmuró—. Una sombra, por el pasillo —sentí el latigueo de la adrenalina—. Tal vez era el conserje —agregó Emma, tensa—. ¿Crees que nos haya visto?

—Tranquila. Iré a investigar —tomé la caja de Henry y la usé para atorar la puerta—. Espera aquí, no dejes que se cierre.

Me asomé al pasillo, de un lado llevaba a las cocinas y del otro, de vuelta al salón. Entonces la volví a ver, cruzando entre las mesas. Era la mujer del vestido negro, el espectro de la dama enlutada, hermosa y pálida, traslúcida, desesperada. No había cambiado, ni lo haría nunca. Por lo visto desde 1942 ya era un fenómeno fulgor. Como la anterior ocasión, el espectro cruzó a toda prisa la puerta oculta tras el muro de espejos que ya conocía. Fui tras ella, la seguí por el estrecho pasaje que desembocaba en la verja con la letra "B". La alcancé justo cuando subía por las escaleras, la entidad se volvió ligeramente borrosa. Oí el llanto del bebé. Cuando la dama cruzó el umbral del ático comenzó a brillar una luz verde iridiscente desde el interior.

Miré mis dedos lastimados desde el encuentro con Krotter. Pero recordé que en 1942 el doctor estaba vivo, ningún fantasma me iba a detener. El muro lleno de humedad de donde se desprendió la Criatura Gris ahora estaba limpio y seco. Abrí la verja, listo para subir. Al fin iba a conocer el ático, el misterioso polo, y tal vez podría desentrañar el misterio de la dama espectro.

Estimada A. Me detengo. Por lo visto mis cartas cada vez son más largas. Tal vez es porque sé que me acerco al último tramo de mi narración y sé que éstas son las últimas misivas. Me da cierta pena despedirme, pero sabíamos desde un inicio que esto iba a suceder.

Pero descuide, aún me quedan varios conejos en el sombrero. Esto todavía no termina. No se va a aburrir, se lo prometo.

Un abrazo, con el afecto de siempre.

Diego

Carta veinte

Estimada A:

Después de enviar la anterior carta me entró un ataque de pudor y remordimiento. Aunque intenté ser cuidadoso, entiendo que es inapropiado que un desconocido le cuente sobre su primera experiencia sexual (así haya sido en un viaje en el tiempo, con toda la parafernalia que eso conlleva). Aunque tal vez ya no soy tan "desconocido", finalmente usted sabe muchas cosas de mí, pero en fin, eso no lo justifica. Me disculpo, tome esa escena como parte literaria de la narración, aunque es importante en la trama (lo fue en mi vida). Le prometo que no volverá a pasar.

Si le parece bien regreso al momento cuando subía por las misteriosas escaleras que llevaban al ático. Con todo cuidado me aproximé el portal flanqueado por las estatuas de los pájaros que emergían de huevos rojos. Al cruzar quedé boquiabierto. El ático era un apartamento precioso, con muebles de madera tallada, en ese estilo curvo y vegetal del *art nouveau*. Había libreros bellamente decorados con pinturas de azucenas, el motivo de la flor se repetía en varias partes: vitrinas, perchaeros, vitrales, pantallas. Contemplé gabinetes colmados de estanterías con objetos de cristal: cisnes, jirafas, caballitos. Por todos lados había lámparas, de mesa y de pie, con fabulosas pantallas de vidrio de colores. Y entre los muebles, al centro, descubrí a la dama, de espaldas. Su piel espectral emanaba ese resplandor verde. Me sorprendió verla vestida con una bata de seda rosa palo y no con el vestido de luto. Lentamente me acerqué. Según Requena, los espectros no se daban cuenta de nada, eran inofensivas grabaciones de fulgor. Llegué al lado de la dama y oí como cantaba una canción dulce, como infantil, en un idioma que no era español. A pesar de su delgadez, su expresión era distinta, sonreía. La dama estaba inclinada sobre una preciosa cuna de bronce y una manita sobresalía de entre unas mantas, tomó un dedo de la mujer. Ella se enjugó una lágrima y ambos se desvanecieron en una burbuja de luz. De inmediato, escuché el suave rechinido de una mecedora cerca de una ventana; de nuevo ahí estaba la dama, cubierta con una chalina, daba pecho al bebé, se oía el chupeteo y la suave respiración del pequeño. La dama parecía serena y triste. Su belleza era pasmosa, pero también su palidez. Acariciaba con una mano la cabecita del bebé, con muchísimo cuidado. A los pocos segundos se evaporaron y su figura espectral se volvió a materializar al fondo. La dama llevaba un camisón lleno de bordados y flecos, el cabello lo tenía suelto, era larguísimo, lustroso. La mujer se miraba en un espejo y sonreía feliz. Noté que estaba embarazada y se pasaba una mano por el abultado vientre. Algo decía, creo que repetía el nombre del pequeño, lo llamaba con ilusión. De nuevo su imagen se disolvió en neblina verdosa.

—¿Diego? Cariño —oí a Emma, detrás mío—. Te he estado buscado… ¡Hala! ¿Pero qué es aquí? Esto sí que es chulo.

Miró alrededor, pasmada. Confirmé que las manifestaciones de fulgor se habían detenido.

—Es un apartamento antiguo…

—Sí, ya lo veo —dio unos pasos—. Pero qué mimo con la decoración, parece que aquí vive un hada. ¿Y has visto la moqueta?

No había reparado en la alfombra. Tenía un diseño geométrico muy raro, parecían miles de azucenas blancas trenzadas alrededor de escaleras doradas que desembocaban en un gran sol central. El trabajo del tejido era soberbio.

—¿Y lo viste? —quiso saber Emma.

—¿Qué?

—Ibas a investigar, ¿era el conserje?

—No, no… sólo una sombra…

—¿Como… de un fantasma? —me miró, preocupada.

Dudé en contar la verdad. Pero tendría que explicar muchas cosas, el asunto de los niveles de fulgor, las teorías de Requena. Decidí contarle luego, con más calma. Se escuchó un ruido, un furioso picoteo.

—¿Y ahora qué te pasa, bellaco?—Emma sostuvo con fuerza la caja de costura, con Henry dentro—. Seguro quieres salir a hacer tus malismos —me miró, un poco asustada—. ¿Has sentido eso?

—Mejor salimos de aquí —señalé el umbral—. Se está haciendo tarde.

—Sí, mejor. Esta parte aunque linda es rara… no sé, da como malcuerpo.

Pero sí que lo había sentido, un cambio de temperatura. El lugar se había puesto muy frío, aunque podía ser otra cosa, o tal vez el fulgor consumiera energía.

El pequeño gorrión seguía enloquecido, como si quisiera

destrozar la caja para huir, lo curioso fue que se tranquilizó cuando salimos del salón y tomamos las escaleras.

—Dame un minuto. Voy a aprovechar para dejar a Henry —razonó Emma—. Esto ha sido suficiente paseo para él.

Me pareció una buena idea. Fuimos al apartamento, pero en el pasillo vimos a Alma. Sobre su ropa tenía puesto el vestido a medio armar de Emma y parecía asustada.

—Mujer, ¿qué haces aquí? —preguntó Emma, con alarma—. ¡Madre mía! Igual se nos ha ido el santo al cielo. ¿Volvió mi abuelo?

Alma negó con la cabeza, intentó explicar con señas, y finalmente empujó la puerta abierta y, sin atreverse a entrar, apuntó a la chimenea. Había huellas de ceniza en las esfinges de piedra.

—Ah, eso. Aparecieron de pronto, ¿no? —repuso Emma tranquila—. También me ha pasado.

—Son los ratones que se cuelan en la chimenea y ensucian todo —aseguré.

Y para que no tuviera miedo, entré y me asomé al tiro de la chimenea.

—Creo que se han ido. Todo parece normal —señalé.

Alma tomó aire, no se veía convencida. Entonces se señaló el vestido, comenzó a quitárselo, apenada.

—No te preocupes guapa, puedes probártelo —la calmó Emma—. Es más, te lo regalo, te queda muy chulo, sólo deja terminarlo.

Alma parecía abrumada. Hizo una seña de dinero y de un anillo.

—No, no hemos empeñado las joyas todavía —suspiró Emma—. Henry, que es un truhan malportado, escapó y ocasionó un desastre; bueno, no, en realidad no estuvo mal…

Emma y yo cruzamos una rápida mirada de complicidad, mientras que Alma se quitaba el vestido. Emma fue a ayudarla y volví a revisar la chimenea con más calma. Sí era raro lo del hollín. Saqué la caja de latón del interior, al agitarla me di cuenta de que había algo dentro.

Alma señaló el reloj y la puerta.

—¿Irte? Entiendo, mujer, pero vuelve en un rato por la chapa del ascensor. Es que todavía la necesitamos.

Alma suspiró y asintió.

—¡Eres un encanto! Oye y de verdad, el vestido es tuyo —Emma la tomó de una mano—. ¡Es lo menos que puedo hacer por ti! Nunca he tenido una amiga tan maja como tú.

La chica esbozó una sonrisa y salió con su bolso de mandados.

—Diego, cariño —se acercó Emma—. Ya no sé si me dé tiempo de acompañarte a la casa de empeños ¿has visto la hora? Es tan tarde... —vio mi cara—. ¿Qué ocurre?

—Un mensaje —abrí la caja de latón—. Pero yo no lo escribí.

—Pues yo tampoco —se asomó Emma—. Ni siquiera uso este papel.

Parecía arrancado de un cuaderno, lo desdoblé y leí en voz alta:

DIEGO, SEGURO TE DISTE UNA VUELTA AL PASADO. SI LEES ESTO REGRESA INMEDIATAMENTE, ACABAMOS DE DESCUBRIR ALGO HORRIBLE. ES URGENTE, ¿ENTIENDES? URGENTE. NO ES BROMA. NO TRAIGAS A EMMA, ¡NO HAGAS NADA! ¡SÓLO REGRESA YA! ¡CUÍDATE MUCHO!

Firma: REQUENA Y CONDE.

—Son mis amigos, de mi época —le recordé.

—Ya, pero ¿cómo que algo horrible? —repuso Emma con alarma.

—Reque es muy dramático, para él todo es urgente. Tranquila, seguro no es nada.

Pero sí sentí el aguijonazo de la preocupación. Debía de ser algo importante para que me contactaran ¡por la chimenea! Además, ¿cómo le hicieron para entrar al departamento? Tal vez la policía entró al edificio y estaba sacando a la calle a todos los vecinos.

—Voy a investigar qué pasa. Mientras quédate con esto —le di a Emma el pañuelo con las joyas—. Pero prepárate, porque la próxima vez que venga tienes que volver conmigo. ¿Va?

—Vale, mi querido Knightley.

Y estábamos a punto de besarnos cuando se abrió la puerta. Casi muero de pánico al ver entrar a un hombre. No era un espectro, ojalá; se trataba del temible abuelo Agustín. El exmaestro, el golpeador, el asesino. Me sorprendió ver lo bajo que era (lo había imaginado como un gigantón), aunque parecía de huesos recios y tenía la piel arrugada y tensa como cuero recocido por el sol. Llevaba un bastón nudoso, un traje brilloso del desgaste y un sombrero de orillas carcomidas. Bajo el brazo, sostenía una barra de pan.

—¿Por qué no está echada la doble llave? —gruñó.

Estaba a pocos metros de él. Supuse que estaba todo perdido. Emma me hizo una seña de silencio y me empujó suavemente del hombro para que me pusiera en cuclillas, detrás del maniquí de costura.

—Fátima, sé que estás aquí —el viejo entrecerró los ojos—. ¿Estás molesta por algo? Odio cuando no me hablas.

—Disculpe, abuelo, estaba terminando con un dobladillo y tenía la boca con alfileres —repuso Emma con voz calmada, se acercó a darle besos y tomó el sombrero—. De la puerta no sabía, usted debió dejarla así desde que salió, sabe que no se puede abrir desde dentro si no es con la llave.

Con gran destreza tomó la caja de Henry y el pañuelo con las joyas, las ocultó entre unos patrones de fieltro.

—Qué buen pan. ¿Pudo chusmear algo de comer? Porque hice unas alubias con tropiezos. Si quiere le sirvo.

Me di cuenta de que el viejo tenía los ojos casi velados por cataratas, aunque sus movimientos eran ágiles; debía de conocer el sitio de memoria. Tomó una silla, puso el saco en el respaldo, el forro interior estaba recubierto de remiendos. En la mano derecha tenía el anillo de su hijo menor, la mano que salía en la foto de su muerte que iba a suceder en cuatro días.

—Sirve —ordenó seco—. Y un vaso de vino, dos dedos, no más.

—¿Le fue bien en la oficina de Junta de Auxilio? ¿Ha visto últimamente a su amigo, el editor de esos folletos? Martín Aldana se llama, ¿no?

—¿A qué tantas preguntas? ¿Eres de la Guardia Civil o qué? Tú sirve mientras voy al servicio.

El anciano se dirigió al pasillo tocando la pared con la punta de los dedos y Emma se asomó a mi escondite, leí sus labios. Era mi momento para escapar. Lo hice con la mayor rapidez y sigilo posible. Usé mi propia llave. Subí las escaleras, dentro de un puño llevaba el mensaje de Reque y Conde. ¿Qué descubrieron? ¿Cuál era la urgencia? En la quinta planta tomé el elevador, enchufé la ficha. Me llevé un pequeño susto cuando a medio descenso las luces se apagaron. Estuve unos largos segundos en la penumbra, pero debía tratarse de un cambio de voltaje porque el aparato reinició la marcha, la luz y las puertas se abrieron en 1987.

Todo parecía normal, tranquilo, sin policías, ni gente lanzada a la calle con sus cosas. Entré al departamento y lo primero que hice fue regresar la ficha de Alma por la chimenea. Aún estaba de rodillas, cuando una voz retumbó.

—¿Diego?

Me estremecí. Atrás de mí no había nadie, pero podría jurar que sonaba a mi padre.

—Diego, ¿ya llegaste? —dijo de nuevo la voz.

—¿Teo? —respondí a mi vez con tono inseguro—. ¿Eres tú?

—Claro que soy yo. Estoy en mi cuarto. ¿Puedes traerme un té?

Me asomé a la habitación. Ahí estaba mi padre, en la cama, palidísimo. Pero se veía muy real, de carne y hueso.

—Saliste de la clínica —confirmé con sorpresa—. ¿Cuándo volviste?

—Mejor no te acerques —levantó la mano—. Perdón, es que falta darme un buen baño. Ese hospital es un foco de infecciones —se incorporó, débil—. Cada día me encontraban una enfermedad. Claro, si ahí mismo me estaba contaminando.

—Pero ¿ya estás bien?

—Sí, y ya estoy en casa —sobre el buró había una bolsa de farmacia, sacó una botella con un suero para beber y una caja de complejo B—. Oye, tus amigos, el gordito y la pequeñita, estuvieron aquí, hace rato. Estaban desesperados por no encontrarte.

—¿Metieron algo a la chimenea?

—Uno de ellos andaba husmeando por ahí —tomó un par de los comprimidos—. Espero que no estén haciendo travesuras. Me dijeron que si volvías, iban a estar en la casa de Karen…

—Carla —corregí—. Y no es nada malo, un juego. Entonces —volví al tema—, ¿estás seguro de que estás bien? ¿Qué te dijo el doctor Werner?

—Ni me recuerdes a ese chupasangre —hizo una mueca de desprecio—. ¡Mira cómo me dejó! Estoy anémico por toda la sangre que me exprimió, dizque para muestras. Pedí la salida voluntaria, ¡todavía intentó detenerme!

—¿Entonces no te dieron de alta?

—No. Seguro sólo quería sacar dinero. Puse un pie fuera y mira, estoy mejor.

No supe qué decir; estaba tan delgado que se le marcaban los huesos de los pómulos. Sus ojos azules se hundían en un pozo de ojeras. Detectó mi expresión de alarma.

—Lo sé. Pero nada que no remedie comer y descansar —esbozó una leve sonrisa—. Oye, Diego te felicito. Tienes el departamento limpio, hasta hiciste el mandado, qué bien.

—Es que estoy por recibir visitas —confesé.

—Ah, ¿es Saúl, ese colega de España? —intentó adivinar.

—Santi —corregí— y no, no exactamente.

—Bueno, luego me cuentas —Teo se abrió la camisa, en su pálido pecho había marcas de piquetazos y de cinta adhesiva—. Me voy bañar. ¿Me haces el té, porfa?

—Se descompuso la bomba del edificio —recordé—, pero tengo unas cubetas con agua en la cocina… si quieres caliento una.

—Fría está bien, va a ayudar a revitalizarme —se dirigió al baño, y se detuvo—. Otra cosa. Diego, hijo, si viene a buscarme Lilka no la dejes entrar por ningún motivo, si llama dile que estoy dormido. Y no des más explicaciones.

Eso sí que me sorprendió. Apenas dos días antes Teo estaba conmovido por la generosidad y sacrificio de Lilka. ¿Discutieron? ¿Se enteró del accidente de Jasia?

—Luego te explico, ¿va? Sólo haz lo que digo. Déjame la cubeta aquí al lado y el té en la mesa. Manzanilla está bien, gracias.

Cerró la puerta del baño. Esperaba que, en efecto, se repusiera con el baño y una siesta. Luego debía decirle que pronto viviría con nosotros una chica (que venía del pasado era un detalle que iba a requerir aún más explicaciones) y que me deshice de las joyas de mamá. Tenía que buscar un buen momento para esas revelaciones. Mientras, llevé el agua, el té y salí corriendo al departamento de Conde. Reque me abrió en persona.

—¡Al fin! ¡Pigmeo! ¡Aquí está Diego! —me tomó de un brazo—. Ven, pasa, pasa.

Entré al pequeño apartamento. Al parecer no estaba don Salva ni la señora Luzma, Conde salió de la cocina, llevaba un paquete de galletas de animalitos.

—¿Viste el mensaje de la chimenea? ¡Fue mi idea! —Conde parecía algo agitada—. ¡Espero que no hayas traído a Emma!

—¿Es todo lo que tienes que ofrecer a los invitados? —Reque se quejó, pero tomó un buen puño de galletas. Luego me miró—: ¿Y bien? ¿Qué hiciste con tu novia?

—No es mi novia —aunque esta vez dudé al decirlo—. La dejé en 1942, sana y salva. Todavía faltan algunos preparativos. Pero, ¿qué es eso de que pasó algo horrible y urgente? ¿Es tu mamá, Reque? ¿Se puso mal?

—Sigue en el hospital, ahí la lleva —resopló Reque y se sentó a la mesa, me invitó a hacerlo—. Por cierto, vimos a tu papá, nos abrió.

—Se ve fatal —comentó Conde, franca—. Hasta creímos que era un fantasma.

—Trae una infección muy resistente —me estaba impacientando, me senté también, la mesa estaba llena de recuerditos de bautizo que hacía la señora Luzma—. Entonces, ¿me van a decir qué pasa?

Conde y Requena se miraron como raro. El chico devoró varias galletas.

—Diego, primero dinos una cosa... El viaje que hiciste, ¿cómo salió? —Conde se sentó del otro lado. Me sentía como en interrogatorio.

—Todo bien... —tomé una galleta del paquete—. En realidad, resultó increíble.

Obvio no di detalles de lo que ocurrió con Emma en el salón, eso era entre ella y yo.

—Pero ¿no pasó nada raro? —insistió Requena.

—Bueno, en el Begur siempre hay algo raro —reconocí—. En la quinta planta vi otra vez al espectro de la dama enlutada.

—¿La que busca al bebé? —saltó Conde—. Pues ¿cuántos años tiene ese espectro?

—De fenómeno fulgor como medio siglo —dedujo Requena—. Debe de ser de las entidades más viejas del Begur. ¡Espero que no la hayas seguido a un baño!

—No, aunque sí entré al ático —mordí la galleta, estaba un poco dura.

—A ver, espera... ¿subiste al último nivel del Begur? —Requena me miró, azorado—. ¡Al polo de energía! ¡Cómo se te ocurrió hacer algo tan peligroso!

—No lo planeé. Fue por culpa de un avechucho que tiene Emma, se escapó —saqué aire—. Además, no sé qué imaginen como polo, pero en 1942 es sólo un departamento, precioso por cierto. Creo que el más lujoso de todo el edificio.

—¿Y la dama enlutada te habló? ¿Ocurrió algo más? —Reque apenas podía hablar.

—No. Tú mismo lo dijiste, los espectros andan en su onda esa, como una grabación —recordé—. Aunque ocurrió algo súper raro. Vi a la dama como en distintas épocas, parecían pequeñas secuencias. Desde que estaba embarazada hasta que tuvo al bebé. Estoy seguro de que ella vivía ahí, se quedó su energía y la del niño...

—Qué miedo —murmuró Conde.

—No, no daba miedo... —reconocí—. Era hasta... no sé, bonito y un poco triste.

—Todo es muy raro —Reque no dejaba de comer—. ¿Y te pasó algo más? ¿En el elevador?

—Pues falló un poco la luz. Pero tampoco fue para tanto... —los miré y al fin entendí su nerviosismo, las miraditas, el hambre compulsiva de Reque—. ¿A ustedes sí les pasó algo?

—¡Yo le digo! —exclamó Conde.

—No, no. Lo haré yo. Mejor termina de organizar lo del cuarto —pidió Reque.

—¿Organizar qué cosa? ¿Qué pasó? —pregunté impaciente.

—¿Quieres más galletas? Tal vez necesites tener algo en el estómago —sugirió Requena.

Conde fue a su habitación.

—Como imaginarás, Pigmeo y yo volvimos al departamento del profe —comenzó Reque—. Para retomar las pruebas con la ventana que ve al futuro.

—Pero todo está infectado —Conde se asomó por la puerta.

—Se dice *infestado* —aclaró Requena y explicó—. Había moscas, pero no creas que unas cuantas; eran, no sé, cientos, miles. Con decirte que en algunas partes las paredes se veían hasta negras, el techo, cubrían los planos del profesor Benjamín…

—Y apestaba a muerto —aseguró Conde desde su habitación.

—Por favor, Pigmeo, termina de organizar y nos llamas cuando lo tengas listo, para que lo vea Diego.

—¿Ver qué? ¿Sacaron algo de ahí? —no podía con los nervios.

—Primero escucha… —retomó Requena—. Pensamos que se había metido un animal y que murió ahí. Luego nos dimos cuenta de que las moscas salían de los socavones del suelo y del hoyo donde estaba la taza del baño. Te lo juro, era como estar dentro de una pesadilla. La ventana se llenó de miles de bichos… y no sé si fue el peso o la vibración, porque se oía como un zumbido y luego… se vino abajo.

—Espera… aguanta. ¿Qué? —interrumpí, atónito—. ¿El emplomado de la ventana se cayó? ¿Ya no existe el agujero para ver el futuro?

—¡Te estoy diciendo que se destruyó frente a nuestros ojos! —suspiró Reque.

—Y eso no fue lo peor —Conde salió de su cuarto—. Oímos una risa burlándose y luego… esa espantosa voz. Nos repitió que no teníamos escapatoria y seríamos castigados, dijo que estábamos condenados desde que llegamos aquí, que todos moriríamos.

—Yo estoy contando eso —resopló Reque—. Pigmeo, te pedí que fueras a organizar.

—Ya lo hice… una parte, ¡pero es demasiado! Ya lo viste, gordo.

—A ver, chicos, momento, de verdad —casi estallo, abrumado—. ¿Perdieron la ventana para hacernos ricos y se toparon de nuevo con... Waltraud Krotter?

—Sí, pero no perdimos la ventana, ¡nos la quitó! —aseguró Reque—. Y no. Hubo un error.

—Es que no entiendo —me puse de pie, comencé a dar vueltas—. ¡Desactivamos su fuente fantasmal! Requena, tú dijiste que no había un vinculante más poderoso que los restos de su hijo. Y los despojos están en un panteón, tierra sagrada. Conde, tú fuiste testigo.

—Sí, sí, todo eso fue correcto, pero no oíste lo último —repuso Requena, grave—. ¡Hubo un error! Asumimos que la Criatura Gris era Waltraud Krotter.

Me quedé sin aire. ¿Cómo que... *asumimos*?

—Pero era él —mi voz se elevó algunos decibeles—. Investigamos muy bien. Nadie sabía de su consultorio oculto ni tampoco de ese sotanillo...

—Así es. El criminal doctor Krotter vivió y murió en el Begur, igual que Elías, su hijo enfermo —reconoció Requena—. Todo eso cuadra. El problema fue mío, al principio, cuando inferí que la Criatura Gris era el doctor, por ser el inquilino más infame del edificio.

—¿Qué quiere decir que lo inferiste? —pregunté con un súbito escalofrío.

—Inferir quiere decir suponer —explicó Conde.

—Eso ya lo sé. Pero no entiendo. Además acabo de usar el elevador y no pasó nada.

—¡Ni se te ocurra volver a poner un pie ahí! —advirtió Requena—. Seguro ese ser te espiaba y está preparando otro ataque. Diego, escucha, te lo repito para que quede claro: la criatura que nos ha atacado nunca fue el doctor Krotter... es otra cosa.

Parpadeé, una, tres, varias veces.

—Y no estamos ante una clásica historia de fantasmas —siguió Requena—. Esto es peor. Recuerda que los problemas en el Begur se elevan a un nivel cuántico.

—Ya no entiendo nada —quería llorar.

—Pues hay más —Reque tomó aire—. Conde y yo salimos corriendo del apartamento, muy asustados. Me puse un poco mal.

—¿Poco? —se burló Conde—. Pensé que te iba a dar un vahído, como los de mi tía.

—Bueno, sí, como sea —siguió Requena—. No dejaba de pensar: ¿en dónde nos equivocamos? Me urgía encontrar una respuesta. Y fue cuando Pigmeo me dijo algo. Anda, repítelo…

—… Tal vez nos vamos a morir como todos los demás —comentó Conde—. Estamos condenados. La Criatura Gris dijo eso, desde el principio… ¡era una pista!

—¿Qué pista? ¿Ahora de qué hablan? —los miré, como si estuviera abajo del agua.

—Ven… —Conde me hizo una seña—. Tienes que ver algo.

Me llevó a su cuarto.

—Es lo que le enseñé a Reque cuando salimos —señaló—. Me refería a esto.

La habitación de mi amiga tenía por todos lados viejos recortes de periódico, reportajes, obituarios, se extendían sobre la mesita, la cama, el buró, el suelo mismo. Había algunos letreros marcando edades, nombres de las víctimas.

—Son de los archivos de la señora Clara, ¿te acuerdas? —Conde señaló los sobres apilados—. Los estuve ordenado para que Reque no me regañara. Y noté que había muchas cosas muy tristes, las empecé a separar.

—Cuando Pigmeo me enseñó esto empecé a entender —reconoció Requena, agobiado—. Mira bien.

¿Qué quería que viera? Eran notas y reportajes necrológicos. El suicidio de un ama de casa que se rajó el cuello en 1951, un adolescente que se dio un tiro en la cabeza en la fiesta de año nuevo de 1977, un anciano que se colgó en un armario en la primavera de 1938. Una dama se asfixió con gas en su cocina en 1966. Una solterona envenenó a su padre en 1959. Un hombre celoso le dio una puñalada a su novia en 1981. Dos hermanitos por accidente comieron raticida en 1933. Además de un montón de esquelas, muertos viejos, jóvenes, de distintas edades.

—Es tan horrible y triste —suspiró Conde.

—¿Y bien, ¿qué ves?

—Que son muertes espantosas, ¿qué quieres que vea? —resoplé.

—Pon atención —gruñó Requena con impaciencia—. Hasta a mí se me pasó. Cuando hice el *árbol inquilinar* de celebridades no presté atención a la gente común, que también moría.

—Espera… quieres decir que todas estas personas —miré los recortes y un frío de espanto me atravesó el esqueleto—. Murieron… ¿en el Edificio Begur?

—Exacto. Estas mujeres, hombres y niños vivían aquí cuando tuvieron un accidente, se suicidaron o los mataron —confirmó Reque.

—En algunas fotos se reconoce la cocina o las chimeneas de los apartamentos grandes —acotó Conde.

—Bueno, pero todos los edificios viejos deben de tener historias tristes —hice mi último esfuerzo por encontrar una respuesta lógica—. Luego de muchos años, hay de todo…

—¡Sigues sin entender el punto! —resopló Requena—.

Conde, sin saber, se puso a dividir los recortes, no por año, sino por tipo de muertes. Y aparecieron los patrones. Por ejemplo, los suicidios casi siempre ocurren en la cuarta planta, donde está tu departamento y el de Lilka y Jasia. Mientras que los crímenes son en el tercer nivel, donde vivo con mi madre. Las enfermedades graves están en este piso, el segundo, en el que vive Pigmeo con sus tíos y casi al lado está don Beni, el manco. Mientras que la planta baja son accidentes mortales y desapariciones misteriosas, como lo que le pasó a Noemí, ahí están también los hermanos o esposos cuervos. En la quinta planta se repiten problemas con la justicia.

—No es por asustarte, pero el número de tu departamento aparece en algunas notas —Conde removió una pila de recortes.

—Además de Emma y su abuelo, tres personas más murieron en el 404 —aseguró Reque—. Por aquí sale el suicidio de un exmilitar hace diez años y del ama de casa en 1966.

—Y esto es apenas una muestra —reconoció Conde agobiada—. Imagina si clasificáramos todos los papeles de la señora Clara.

Sentí como si una mano hecha de agobio me atenazara por el cuello.

—No entiendo, es demasiada coincidencia — balbuceé—. ¿Cómo es posible?

—Sólo se me ocurre una respuesta: que sea algún patrón de fulgor —comentó Requena y lo miré expectante—. No sería el primer caso. Normalmente donde se cometió un suicidio brutal queda una huella energética y es común que alguien más se suicide. El fulgor llama al fulgor.

—Entonces, ¡ahí está una posible respuesta! —dije con cierto alivio.

—No del todo —Reque chasqueó la lengua—. Porque lo raro en este caso, y atención aquí, es que creo que alguien busca repetir estos patrones. Por ejemplo, ¿no te parece demasiada casualidad que ninguno de nosotros tenemos ambos padres? A este edificio llega gente solitaria, huérfanos, exiliados, perseguidos, mutilados, enfermos.

"Los huérfanos se dan bien por aquí." La frase saltó del fondo de mi memoria. Me la dijo el profesor cuando quedé atascado con él, en el elevador.

—No es que lleguemos así nada más, nos escogen —puntualizó Conde.

—¿Se refieren a la señora Reyna Fenck? —repuse en automático.

Confieso que al nombrarla se me erizaron los vellos.

—Exacto —asintió Requena—. Cada inquilino del Begur pasa, *pasamos* —corrigió— por un escrutinio antes de ser aceptados. Nos eligen cuidadosamente.

—El abogado mencionó que hacía cartas astrales de los posibles inquilinos —recordé—. Pero no puede ser. Eso de los horóscopos es una tontería.

—Tontería o no, necesito que quede claro algo —siguió Requena—. Es lo que Conde y yo queremos decirte desde el principio. La señora Reyna, o quien está detrás de esto, nos elige para algo concreto. ¿Te das cuenta de lo que intento decir?

Mire alrededor.

—¿Para morir? —dije al fin.

—Vaya, lo entiendes —Requena lanzó un largo suspiro y se sentó en la cama—. Nuestras familias están aquí para algún tipo de sacrificio y llenar un patrón de fulgor. Esto ha sucedido desde antes de que llegara el doctor Krotter y Elías. ¡Ellos

386

fueron parte de esto! Como la dama del cuadro y el bebé, y también Emma y su abuelo, luego toda la gente que ves aquí —señaló los recortes—. Los casos se repiten a lo largo del tiempo. No es la primera vez que desaparece alguien como Noemí. Te puedo apostar a que Jasia se disparó a sí misma. El profesor Benjamín, del nivel de los accidentes, cayó por el foso y hasta arrastró a Pablito. En la planta de los homicidios, mi mamá tuvo un delirio ¡y atacó un piano! ¿Te imaginas si hubiera entrado un vecino o yo mismo? Ya sería una nota en el periódico. Por cierto, tu padre acaba de salir del hospital, ¿sabes si está deprimido? Además, los tíos de Pigmeo no están bien.

—Mi tío Salva tiene enfisema —reveló Conde—. Y mi tía Luzma sufre de ataques de pánico, cada vez está peor. Fue al doctor porque lleva dos noches sin dormir. Tiene unas pesadillas horribles.

—¿Entonces el Begur nos hace algo? —pregunté, desesperado.

—Yo creo que ya lo traemos —reflexionó Requena—. Te recuerdo que aquí llegan inquilinos enfermos, inestables, peligrosos, adictos o a punto de la tragedia. Por desgracia, nuestras familias son parte de esa elección. El edificio se limita a reunir y activar la fatalidad a la que estamos condenados.

Condenados, esa palabra también la usó el profesor Benjamín, luego Jasia, doña Clarita y, claro, la misma Criatura Gris. No, no era ninguna coincidencia.

—Diego, ¿entiendes ahora la urgencia o te sigue pareciendo una tontería?

Estaba horrorizado. Muchas piezas comenzaban a encajar.

—Pero… ¿esto siempre fue así? —mil preguntas me daban vueltas.

—Tal vez no. Es posible que al principio el edificio fuera

normal y con las primeras muertes se establecieron patrones de fulgor que alguien ha querido continuar...

—¿Por qué? —casi grité—. Eso es lo que no entiendo. ¿Por qué alguien recluta gente para que muera o se mate en estos apartamentos? ¿Cuál es el sentido?

—De eso aún no estoy seguro —reconoció Reque—. Todavía falta esa pieza.

—Yo digo que mientras descubrimos lo que sea, hay que estar juntos —sugirió Conde—, para protegernos.

—Estamos en peligro mortal —confirmó Requena—. Diego, has intentado salvar a Emma de su abuelo, pero ¡tú también estás en riesgo!, y tu padre, y los tíos de Conde, y mi madre y yo mismo. Si no hacemos nada, todos estamos condenados a una muerte próxima.

Miré las espantosas fotografías de los recortes, y me di cuenta de que el Begur con su belleza fúnebre era eso, un mausoleo. ¿Habría modo de escapar? ¿O éramos engranes de una máquina mortal que ya no podía detenerse?

¿Sorprendida estimada A? Imagínese cómo estaba yo. Ahora debo detenerme. Lo sé, todas las preguntas están en el aire. Le pido un último esfuerzo de paciencia. Falta una última cortina por descorrer, la última revelación; cuando se la muestre usted tendrá en sus manos todos los hilos de esta historia, para creer en ella o no, eso ya depende de usted. Pero he hecho una promesa que voy a cumplir. Al entregar la última carta no sabrá más de mí, me desvaneceré como una de esas sombras espectrales que se han dado cita en el Begur.

Ahora a descansar antes del último acto.

Queda de usted,

Diego

Mensaje 1

¿No?

¿Leí bien? ¿No quiere continuar leyendo mi historia? Acabo de recibir el sobre con la palabra "No" escrita al dorso y me cuesta creerlo, justo en este momento de mi narración.

Disculpe, estimada A, pero estoy rompiendo una regla que yo mismo establecí. Le dije que cuando recibiera el sobre con ese monosílabo me detendría inmediatamente. Se lo juré, así que debo respetar mi promesa. Ni siquiera debí escribir este mensaje.

Se me atoran mil palabras en la garganta y en la punta de los dedos. Debía escribirle tantas cosas.

Pero debo cumplir mi parte y detener de inmediato este sistema de entrega.

Con afecto, siempre.

Diego

Mensaje 2

¿Fue algo que mencioné?

¿Se hartó de estas revelaciones? Tal vez cree que soy un loco y usted la depositaria de mis delirios. Es posible que la haya asustado, en el peor sentido. No la culpo y no espero que conteste. De ninguna manera debe hacerlo.

Debo seguir el protocolo, cerrar y desactivar los buzones postales.

Llegué con más respuestas que dudas, me voy justo al revés. Lleno de interrogantes.

Como sea, fue un gusto.

Diego

Mensaje 3

¿Vernos?

He vuelto a romper mi regla y usted también. Para este momento yo debería ser una sombra perdiéndose en el anonimato, y usted lo mismo, estimada A. Pero en su sobre con la negativa sentí al tacto una hoja y lo abrí. No pude contenerme, lo siento.

Su mensaje, a pesar de ser escueto, es demasiado complicado. ¿Vernos en persona? De verdad… ¿es lo que desea? ¿Escuchar el final de la historia cara a cara? Tal vez no teme sentarse frente a un desconocido que la ha seguido por años, esperando el momento para contar su vida. Pero… lo siento, no podría hacerlo. Imagino su mirada encima de mí. Si en papel es difícil, en carne y consistencia sería insoportable, imposible.

Vamos a hacer lo siguiente: le escribo unas últimas cartas y después de leerlas —sólo hasta entonces—, usted decidirá si aún es buena idea vernos. Si todavía le queda estómago, tomará la decisión. Sólo envíeme un sobre con un "Sí" en el dorso y seguiré.

Estaré esperando.

Diego

Carta veintiuno

Estimada A:

Gracias por ese "Sí". Me asusté con nuestro percance. También entiendo su desesperación e impaciencia, pero recuerde nuestro trato. Ahora tendré que hacer un esfuerzo de claridad y síntesis, para ir cerrando las líneas del relato. Hay mucho que contar aún, así que comencemos. ¿Recuerda lo que le dije sobre *el adversario* en los relatos de terror? Usa máscaras, evade, se esconde. Pues en este punto mis amigos y yo teníamos que quitar todas las caretas del enemigo antes de que acabara con nosotros. Sólo teníamos una segunda oportunidad, el tiempo terminaba.

Retomaré donde dejé la última escena: yo, en la habitación de Conde, apabullado con las notas de crímenes, suicidios, accidentes y enfermedades.

—¿Y si escapamos del Begur? —sugirió nuestra amiga—. Podríamos irnos a otro lado.

—¿Y crees que con eso se cure el enfisema de tu tío? —suspiró Reque.

—De algo puede servir —insistió Conde.

—Tal vez, pero intenta convencer a tus tíos de cambiarse de aquí —sonrió Requena irónico—. Te recuerdo que tu tío sugirió ocultar los restos de un niño para no pagar la renta.

—Tampoco tu mamá puede pagar —observó Conde—. Tú mismo dijiste que ya no puede dar clases de piano. ¿De qué van a vivir?

Requena no supo qué contestar.

—Bueno, ni mi padre puede trabajar ahora —intervine—. Es evidente que quien nos eligió también buscó familias con problemas de salud y económicos.

—¿Y eso de que el edificio era muy caro y exclusivo? —recordó Conde.

—Tal vez es parte del mito... o también eligieron personalidades destinadas a la tragedia, ya no sé... —Requena se veía azorado.

—Como sea. Tenemos que hacer algo —me levanté—. No podemos darnos por vencidos y esperar la tragedia como reses que van al matadero sólo para llenar un patrón de fulgor. Ya encontraremos otra ventana para hacernos ricos, ¡nos urge! Y Reque, ¿qué vas a poner en tus libros de investigación? ¿Que al final huimos como cucarachas? Hay que luchar.

—¡Qué valiente eres! —reconoció Conde.

—Sólo dice eso porque quiere salvar a Emma —señaló Reque.

—Sí que lo quiero —reconocí—, pero también digo la verdad. Si estamos destinados a la tragedia, aquí o en otro sitio... pues ¿qué más da seguir peleando? Hagamos otra investigación para encontrar el *vinculante*, el verdadero.

—Sería empezar de nuevo —Requena señaló los recortes de periódico—. Y quién sabe cuál de todos estos muertos se transformó en la Criatura Gris...

—Hablo de lo otro… —recordé—. Según ese cazafantasmas antiguo había dos rutas para dar con la fuente fantasmal.

—Harry Price —precisó Requena—. Una opción era investigar la vida del sospechoso y la otra era hacer un rastreo con la historia de la propiedad.

—Ahí lo tienes —exclamé triunfal—. No sabemos quién diseñó o pagó por la construcción del Edificio Begur, ni a quién le ha pertenecido o por qué comenzaron a repetirse los patrones fatales. No sabemos nada de la escurridiza Reyna Fenck. ¡Ella es la clave!

—Reque, tú te escribías con ella —anotó Conde.

—El finado conserje servía como el cartero —reconoció pensativo—. Y el teléfono que tengo de ella no sirve.

—A mis tíos y a mí nos mandó un mensaje de bienvenida —recordó Conde.

—Igual a mi padre y a mí —me vino a la memoria esa carta escrita con tinta verde—. Aunque venía de un apartado postal.

—Tal vez si vamos a la oficina de correos podamos encontrar una pista —razonó Requena—. Y también podemos preguntar a los plomeros o eléctricos más antiguos de la colonia, con cualquiera que haya tenido contacto con la señora Reyna.

—Y doña Clarita la conoce —apunté.

—Aunque le da demasiado miedo —recordó Reque—. No va a decir nada.

—Preguntarle es tocar el botón de la turbodemencia —recordó Conde.

—Entonces hay que encontrar algo, más pistas. Por cierto, nunca me han dicho… ¿cómo llegaron ustedes y su familia al Begur? —miré a mis amigos.

—Nosotros por una agencia inmobiliaria —repuso Requena—. Yo estaba en la escuela cuando mamá firmó el contrato. Sólo me dijo que la atendió una muchacha muy amable.

—¿Sabes dónde está esa agencia? —pregunté.

—Creo que se cambió, porque dejaron el local —Requena se dirigió a Conde—. ¿Y tú, Pigmeo?

—A mi tía la llamó alguien del sindicato de telefonistas, donde ella trabajó. Se supone que había ayudas de vivienda de renta baja; alguien nos recomendó. Cuando mi tío se enteró de que viviríamos en este edificio se puso feliz. Es todo lo que sé.

—A nosotros nos contactó una agencia donde trabajaba un tal licenciado Erasmo Gandía —expliqué—. Igual, el despacho desapareció… pero luego mi papá encontró un volante de una obra de teatro, parece que el tal licenciado era un actor.

—¿Qué? ¿Por qué nunca nos dijiste eso? —respingó Requena.

—Por bestia —reconocí—. Deseché esa pista cuando pensé que se había resuelto lo de Krotter, pero todavía tengo el volante. Si lo encontramos podremos saber quién lo contrató y el domicilio de la señora Reyna.

—Hay muchas cosas por investigar —observó Conde.

—Entonces… ¿estamos de nuevo en la misión? —confirmé, expectante.

Mis amigos cruzaron una mirada y sonrieron.

—Lucharemos —asintió Requena.

—Tenemos que vencer a esa cosa, ¡ahora sí vamos a conseguirlo! —aseguró Conde, con entusiasmo.

Yo sólo esperaba resolver todo antes de cuatro días, que era el tiempo que tenía para salvar a Emma. En cuanto pude le escribí:

*Querida Emma. No pasa un minuto sin recordar lo que sucedió
la última vez que nos vimos. Sigo emocionado, flotando, en un
sueño. Eres lo más increíble que me ha pasado en la vida. Y ya
tengo casi todo listo para recibirte, aunque ahora hay otro problema con el ascensor. Pero no te preocupes, lo estoy resolviendo
con mis amigos. No creo que pueda volver mañana para empeñar las joyas. ¿Crees que Alma consiga hacer ese mandado? Es
muy maja y seguro se las apañará.*

*Cuando vuelva a tu época será exclusivamente a por ti. No
te preocupes, todo sigue en pie, sólo te pido un poco de paciencia.
Es el esfuerzo final, imagina ese episodio cuando Bastián tiene
que ir a las minas de Minroud de Yor buscando su Verdadera
Voluntad para volver al mundo. Pues así, pronto estaremos en el
mismo mundo.*

*Sé que esto no viene a cuento, pero ¿has oído sobre el propie-
tario del Edificio Begur? ¿Y cómo es que tu abuelo y tú llegasteis
al piso? Tengo esas dudas.*

*Es todo, besos cariñosos para ti y para Henry. ¿Cómo se ha
portado ese bicho poseído?*

Diego

Después de depositar la caja de galletas en el hueco de la
chimenea, golpeé tres veces para ver si Emma estaba ahí. No
contestó.

Era extraño, había demasiado silencio en el departamento. Recordé los recortes y miré alrededor, con un estremecimiento: ¿dónde se mató el exmilitar? ¿Las puertas de los
anaqueles de la cocina tenían que ver con el suicidio del ama
de casa? ¿Qué otras muertes ocurrieron ahí? Tal vez alguien
se arrojó del balcón de la sala o se cortó las venas en la tina
donde me bañaba. No, no debía clavarme en eso. Me asomé

al cuarto de Teo, dormía profundamente. Me dio gusto, seguro eso le ayudaría a recuperarse.

Antes de que se me olvidara fui por el volante de la obra de teatro en la bandolera, la encontré en el perchero de la entrada. En efecto, era una fotostática borrosa, pero estaba casi seguro de que ese hombre de la foto nos condujo al edificio y guardaba información clave.

Al día siguiente, muy temprano, recibí la llamada de Requena.

—Pigmeo y yo vamos a la biblioteca, ¿quieres ir con nosotros? —se ofreció.

Acepté, claro, antes revisé la chimenea (no había respuesta de Emma). Mi padre seguía durmiendo (seguro lo necesitaba). Le dejé algo para que desayunara, pan y leche. En el camino les mostré a mis amigos el volante: "Teatro de búsqueda. Foro Universitario y la Sala Fósforo de la UNAM presentan: *Esperando a Godot*".

—Éste es el que se hizo pasar como el abogado personal de la señora Reyna Fenck —expliqué—. Nos manipuló para que mi padre firmara el contrato de renta.

—No es tan difícil, todos quieren vivir en el legendario Begur. A mi madre le pasó igual con la mujer que la atendió —Requena estudió el volante—. La Sala Fósforo está en San Ildefonso. Eso queda por el centro. Hay funciones temprano.

—Podemos ir al rato —sugirió Conde—. Ya sé dónde está, atrasito del Templo Mayor.

Llegamos a las orillas de la colonia Roma donde aún había muchos edificios en ruinas desde los terremotos. Vi una montaña de escombros que habían sido unos antiguos teatros. Pasamos por unos famosos estudios de televisión que, según Requena, se habían derrumbado, en la hora del primer noticiero de la mañana. Finalmente llegamos a la biblioteca, estaba frente a una plaza arbolada.

—Al edificio le dicen Ciudadela porque era una pequeña ciudad militar —explicó Reque—. Creo que antes fue una fábrica de cigarrillos y bodega de armamento, pero tiene casi dos siglos. Vengan.

Era una mole de piedra con patios interconectados que más parecían una vieja cárcel que una biblioteca. Al fondo de un lóbrego pasillo estaban los ficheros, esos muebles con diminutos cajoncitos donde se conseguían las coordenadas de un libro. Requena se movía como pez en el agua, la biblioteca era su espacio.

—Tenemos que rastrear cualquier nota sobre el Edificio Begur —explicó, mientras, con dedos ágiles buscaba años, títulos, secciones—. Hay que dividirnos para hacerlo más rápido. Empecemos por la sala general y la hemeroteca.

Nos repartió a Conde y a mí claves para que buscáramos entre los viejos anaqueles. Unos enormes patios techados servían como salas de consulta. Como aún eran vacaciones, había pocos estudiantes.

—Esta mesa está bien —Reque señaló una muy larga, que estaba ocupada en un extremo por un par de ancianos que jugaban ajedrez, en silencio—. Juntemos todo aquí.

Requena se puso a organizar los libros de historia, arquitectura, crónicas y viejas revistas empastadas.

—A ti te tocan estos libros —me señaló una pila—. No te detengas en crímenes o notas policiacas del Begur, tenemos de sobra. Ahora hay que encontrar datos sobre la construcción o la dueña.

Comencé con los primeros libros, eran crónicas de la Ciudad de México de Luis González Obregón y de Guillermo

Prieto, pero descubrí que eran demasiado antiguas. Me pasé a un libro sobre arquitectura del D.F. a inicios del siglo xx, ahí mencionaban los nuevos barrios como la colonia Americana, la de los Arquitectos o San Rafael, Santa María y Roma. Se hicieron casonas y palacetes fabulosos, pero entre los ejemplos no aparecía el Begur. Me distraje un poco cuando me puse a revisar unas revistas empastadas, y encontré una nota sobre el presidente Lázaro Cárdenas que a finales de los años treinta dio asilo a los republicanos españoles, fue justo en la época en la que llegó Emma. Pero claro, no decía nada de ella ni de su familia, era una historia entre veinte mil españoles que llegaron por esos años.

Llevábamos ya casi una hora revisando libros. Conde se estaba impacientando y quería tomar un refresco; ya un anciano nos había exigido silencio, cuando tomé de la pila de libros un volumen empastado de una revista de los años veinte llamada *El Universal Ilustrado* y vi algo que me dejó atónito.

—Reque… Conde… miren esto —los llamé.

Había algo en las páginas interiores.

—¿Un reportaje sobre el Charleston, el nuevo ritmo sureño que causa furor? —Requena miró de reojo.

—¡No! La otra página —señalé justo bajo un anuncio de "Schoble Hats. Sombreros para hombres jóvenes", había un recuadro con un dibujo de algo bastante familiar.

—¡Es la fachada del Begur! —comprobó Conde.

Era un corto reportaje publicitario con dibujos y croquis:

Con un magnífico diseño, digno de las mejores capitales del mundo, el majestuoso Edificio Begur se erige en los predios de la moderna e higiénica Colonia Roma, para dar mayor lustre y selecta elegancia a nuestra ciudad. Se proyectan apartamentos con exquisitos detalles y espaciosas áreas, de uso común y privativo, así como un primoroso ascensor automático, todo para el bienestar de las familias. El proyecto arquitectónico es obra del célebre arquitecto y empresario Ferran Begur i Romeva, quien diseñara el año pasado un edificio gemelar en Castelldefels. Aproveche ahora y estrene, precios especiales de alquiler por mes o año.

Había un número telefónico y el domicilio de un despacho que, seguramente, ya no existían. ¡Y eso era todo!

—Este anuncio salió unos meses antes de que terminaran el Begur, en 1922 —recordó Requena—. ¡Y menciona al arquitecto! No había visto ese dato en ningún otro lado. Ya sabemos por qué se llama así el edificio, por el creador.

—Tiene nombre y apellido catalán —anoté—. Aunque Fenk suena como alemán o de por allá.

—Tal vez Reyna fue su esposa —razonó Reque— y heredó el edificio. Aunque conservó su apellido de soltera... No sé.

—¿Qué es eso de edificio gemelar? —intervino Conde.

—Que hay otro edificio igual —explicó Requena—. A veces se hacía eso; se usaban los planos de una construcción famosa en Europa para replicarla en América.

—Entonces, ¿el Begur es la copia? —preguntó Conde, atónita—. ¿Hay un edificio original?

Nos miramos. ¡Eso parecía una pista muy importante!

—En Castelldefels —volví a leer el anuncio—. Es un viejo pueblo de veraneo, cerca de Barcelona. Es todo lo que sé.

—¡Sigamos esta pista! —Requena se levantó—. Veamos si encontramos algo sobre el edificio original.

Requena corrió de nuevo a la zona de los ficheros y trajo un montón de papelitos con claves de otros libros sobre

España entre los que estaban: "Arquitectura modernista ibérica", "Ciudades y pueblos típicos de España" y "Recetas de tapas y pinchos" (eso seguro porque Reque tenía hambre). Entre todos revisamos un atlas turístico, aunque era un volumen anticuado de enormes láminas descoloridas del Alcázar de Toledo, la Giralda de Sevilla, la Mezquita de Córdoba, en fin, lo más típico. En la sección de Cataluña había imágenes de Barcelona, Girona y un montón de pueblos de la Costa Brava, ahí estaba una ficha de Castelldefels.

—No parece un destino tan importante —suspiró Reque—. Sólo trae una diminuta fotografía y cuatro líneas de información.

—¡No puede ser! —exclamó Conde, y su voz retumbó por media sala. Los ancianos que jugaban ajedrez nos miraron con reproche—. Déjame ver bien eso.

Tomó el libro y quedó en silencio un par de minutos.

—¿Qué pasa? —preguntó Requena en voz baja—. ¿Reconoces algo?

—Es que no lo puedo creer... Gordo, ¿traes por ahí las fotos que tomé cuando me perdí en el baño?

—¿Quién crees que soy? —Requena puso los ojos en blanco—. ¡Claro que las traigo! Soy un profesional de la investigación.

Reque abrió su enorme mochila y de entre los fólders y carpetas pulcramente ordenadas, extrajo el sobre de las fotografías. Conde buscó nerviosamente una de las imágenes.

—No reconozco algo... ¡reconozco todo! —señaló.

Comparamos la foto que tomó Conde desde la ventana del baño cuando se perdió y la lámina del libro: no había dudas, era el mismo vetusto castillo con un diseño de cubos escalonados con almenas y una torre cilíndrica de piedra color arenisca. Al fondo se divisaba una franja de mar. El pie de la foto del libro decía: "Entre el macizo del Garraf y Barcelona, el Castillo de Castelldefels se erige desde el siglo XVI como baluarte y símbolo".

—Debe de haber un Edificio Begur gemelar en esa ciudad y las construcciones están conectadas —aseguró Requena, atónito.

—¿Cómo sabes eso? —se acercó Conde.

—Es obvio —Reque comparó la imagen—. Esta foto la tomaste desde el baño del edificio Begur que está en Castelldefels. Cuando cruzaste la puerta fantasmal, ¡te llevó hasta allá!

—Y eso que no tengo pasaporte —sonrió Conde, maravillada.

—Muchachitos… por favor, ¡están en una biblioteca! —nos riñó uno de los ancianos ajedrecistas.

Y más usuarios cercanos nos lanzaban miradas de reproche absoluto.

Nos movimos a otra mesa del rincón e intentamos seguir explorando esa pista. Pero en los cajoncitos con los ficheros no encontramos nada sobre construcciones civiles de Castelldefels ni de sus arquitectos.

—Es información demasiado local —observó Requena, con frustración—. Tendríamos que revisar, pero en una biblioteca de España.

—¿Y si vamos al Centro Castellano? —propuso Conde.

—A menos que quieras fabada. ¡El Centro Castellano es un restaurante! —rio Requena—. Tendría que ser el Orfeo Catalán o algo así. Seguro hay una biblioteca.

—Podemos investigar directo en Castelldefels —sugerí de pronto.

—Te recuerdo que para cruzar ese portal hay que subir por la escalera y está la Criatura Gris esperando —advirtió Requena.

—Hablo de alguien en España —expliqué—: Tengo un amigo, Santiago Pueyo, el Santi, estuvimos juntos en la EGB en Madrid. Como sea, el asunto es que se mudó a Barcelona y está cerca Castelldefels.

—¡Tienes que hablarle! —me animó Conde—. ¿Tienes su teléfono?

—Creo que me lo mandó en una carta —recordé—. Aunque las llamadas internacionales son carísimas, pero esto es una urgencia, ¿no?

—Tú lo has dicho. En la tarde le llamas —me conminó Reque.

—¿Por qué en la tarde? Podemos volver ahora —replicó Conde.

—Ya que andamos en la calle hay que investigar lo otro —recordó Requena—. Sólo hay que dividirnos para que sea más rápido. Pigmeo, tú y Diego vayan a la Sala Fósforo a ver si encuentran al actor que se hizo pasar por el abogado de la señora Reyna. Mientras, yo voy a la oficina de correos, veré quién maneja el apartado postal.

—¡Me siento como el detective Columbo! —Conde dio palmaditas.

—¿Pueden guardar silencio o irse? —nos amonestó un irritado estudiante.

Salimos, claro, pero antes Requena nos avisó que necesitaba hablar con la jefa de las bibliotecarias.

—La última vez que vine aparté varios libros que iban a localizar en el acervo. Voy a ver si ya los tienen —explicó antes de entrar a un cubículo.

—En esta biblioteca no le prestan a nadie, sólo a Reque —aseguró Conde—. Es el consentido.

Requena salió feliz, con un permiso especial y varios libros viejos: *El misterio de las catedrales* de Fulcanelli; *El retorno de los brujos* de Louis Pauwels; *Símbolos masones, rosacruces y Thule*; *El libro de las mentiras* de Aleister Crowley; *Los misterios de la Sociedad Vril*.

—Son de ocultismo —explicó, con entusiasmo—. Todavía no he revisado nada de ese tema. ¡Falta tanto por estudiar!

Yo no quería seguir abriendo temas; al contrario, me urgía dar con respuestas. Tenía tres días para salvar a Emma. Conde me llevó en metro al Centro Histórico de la ciudad, estaba relativamente cerca. Me di cuenta de que era la primera vez que iba hasta ahí, ya lo conocía por fotos y en la tele, pero no se comparó con la experiencia en vivo de emerger de una escalera directo al ombligo de la ciudad, del país, y ser golpeado por mil estímulos al mismo tiempo.

Todo era avasallador, la enorme explanada rodeada de monumentales y algo siniestros palacios con oficinas de gobierno. Portales con joyerías, vetustos hoteles, la Catedral Metropolitana, una mole viejísima de piedra, algo torcida, como si quisiera separarse de su templo siamés: el Sagrario.

—Algunos edificios están chuecos porque toda la ciudad se está hundiendo —explicó Conde—. Sólo esperemos que no tiemble pronto porque, chao, todos nos vamos al fondo del antiguo lago que era este lugar. Eso dice Reque.

Pero no sólo eran las construcciones, lo más impresionante eran los miles de personas que pululaban de aquí allá: oficinistas de todos los pelajes, turistas despistados, un grupo de campesinos en una protesta; vendedores de baratijas y pomadas milagrosas; un anciano con la cabeza de un maniquí que peinaba una y otra vez, vendía una especie de peineta de goma para hacer moños de pelo; una señora con un carrito de supermercado donde montó una fonda sobre ruedas que vendía tacos de chile relleno y tamales de ceniza. A un costado del atrio, bailaban los *concheros*, hombres y mujeres con vestimentas de inspiración mexica y penachos de plumas daban vueltas hipnóticas. Al lado, unos señores vestidos de blanco hacían "limpias" con hierbas y humo de copal. Una larga fila de albañiles, electricistas y plomeros ofrecían sus servicios en las rejas de la Catedral, con un letrerito en el que mencionaban su especialidad: "azulejo y tirol", y al lado sus herramientas. Me prometí volver con Emma, seguro le encantaría.

Como los edificios tras la Catedral se habían dañado por los sismos, un acceso estaba cerrado y tuvimos que hacer un rodeo para llegar a San Ildefonso, un viejo colegio preparatorio convertido en centro cultural, justo frente a unas ruinas prehispánicas que parecían romper el suelo y hacer erupción desde una ciudad remota y destruida hacía siglos. Vi piedras en forma de serpiente emplumada, un muro con cráneos tallados y, al fondo, el museo que resguardaba las piezas más importantes. Ojalá tuviera tiempo de visitarlo. "Ya será con Emma", me repetí.

Entramos a San Ildefonso; era un edificio enorme, patios y salones, auditorios, capillas, más patios.

—Creo que acá es —Conde me llevó al fondo—. A veces mi mamá me traía a las matinés de los domingos, que para que viera cine cultural, unas películas de animación de Checoslovaquia que todavía me causan pesadillas...

Llegamos, pero la sala y la taquilla aún estaban cerradas; aparecía la cartelera, ciclos de cine italiano y el cartel de "Esperando a Godot" y nada más.

—Tal vez si buscamos dónde están los camerinos... —propuse—. Y ahí esperamos.

—Creo que no va a ser necesario, ¡mira!

Mi amiga señaló un pasillo donde había un hombre fumando, mientras repasaba un libro engargolado. Era un tipo de baja estatura, moreno, de labios gruesos. La única diferencia de la última vez que lo vi era la ropa, vestía mezclilla y un viejo abrigo y nada de gel en el cabello negrísimo y rebelde. Pero no tuve ninguna duda. Me acerqué, con una mezcla de furia, enojo, nervios.

—¿Erasmo Gandía? —le llamé por el nombre falso.

—¿Perdón? —me miró distraído.

—¿Abogado Gandía? —repetí—. Ya sé que no es tu nombre… pero hace unas semanas así te presentaste.

Dejó a un lado lo que estaba leyendo y me miró con atención. Una chispa de entendimiento se encendió en sus ojos.

—Ah… tú —algo cercano a la culpa se reflejó en su cara—. ¿Cómo está tu papá?

—Tú dime…

—Oye, oye… tranquilo, mano —miró a todos lados—. Yo no tengo la culpa, todo era parte del guion.

—¿Qué guion? —repetí, molesto.

—Lo de Soluciones Inmobiliarias —guardó el engargolado en un viejo morral tejido—. Tenía que decir esas cosas, lo de la dueña y el perro, las cartas astrales, la lista de espera, ya sabes… —suspiró—. ¿Los engañaron? ¿No había departamento? Mira, mano, si quieres te puedo dar un pase doble para *Esperando a Godot*. Nos quedó muy buena…

—No nos interesa la obra —exclamó Conde, indignada, luego lo pensó mejor—: Bueno, a mí, sí, un poco, pero vinimos por otra cosa.

—¿Quién te contrató? —le encaré—. ¿Cómo supiste de nosotros? ¿A cuántos más engañaste?

—Oye, aguanta, hermanito. ¡Aquí trabajo! No me hagas un escandalo de a gratis —volvió a ver alrededor, mortificado.

—Entonces responde o voy a empezar a gritar —amenacé—. ¿Viste a la señora Reyna Fenck? ¿Fuiste a su casa?

—A ver... no te enchiles. Vengan para acá —el falso abogado nos llevó al final del pasillo, dio un par de fumadas al cigarrillo—. Antes que nada, soy Marco, actor clásico, universitario. ¿Ustedes creen que tengo mucho trabajo en este país, con esta cara? Pónganse en mi lugar, la vida de un actor es canija...

Debió de ver mi expresión, estaba a punto de empezar con los gritos de nuevo.

—Y no vi a nadie en persona, ni a la señora Reyna esa, ni al conserje, ni al chofer. Me contactaron para decirme que tenía que hacerme pasar por un licenciado para un contrato de alquiler... pero, la verdad, es que no vi que fuera tan grande la estafa, sólo perdieron un mes de renta y un depósito, ¿no? ¿O les hicieron pagar más?

—¿Quién habló? ¿Hombre o mujer? —insistí.

—No sé. No fue con llamada, fue por fax. Llegó a la escuela donde doy clases. Un ofrecimiento para una actuación especial. Respondí igual por fax y me mandaron el guion de lo que debía decir con más instrucciones: cómo vestir, en qué sitio presentarme. Lo hice tal cual, ¿a que me creyeron? Soy bueno para entrar en la psicología de los personajes.

Mi mirada de ofensa lo decía todo.

—Bueno, mano, perdón. No fue con mala intención —el actor tomó aire—. Ese mismo día me depositaron la mitad del pago, si tu papá firmaba me pagaban el resto y fue todo. Oye, tampoco me dieron una lanísima, para que sepas... pude pagar unas cosas y al veterinario, mi perro se comió un carrito de juguete...

Parecía sincero o sí que era un gran actor.

—¿Y a cuánta gente engañaste? —pregunté.

—Manito, no digas así, que se oye feo —pidió—. Digamos que sólo actué para tu papá y para ti. Te lo juro. Cuando se fueron, se terminó la chamba. También la secretaria era actriz; una de mis estudiantes, le pagaron igual. Ya no quise investigar, además era del Begur y ese edificio tiene megamala vibra. Pero supongo que ya no están ahí, ¿o sí?

Antes de que Conde hablara, le lancé una mirada para que guardara silencio.

—¿Tienes el número del fax? —pregunté.

—Sí, pero no creo que te sirva —el actor se encogió de hombros—. Berta, mi alumna, mandó un mensaje a ver si conseguía más trabajo, pero dieron de baja el número.

En ese momento una mujer salió de la puerta al lado de la taquilla, y le hizo una seña a Marco.

—Hermanitos, me van a perdonar pero me tengo que ir a preparar para la primera función —arrojó la colilla al suelo—. Es todo lo que sé. Se los juro por Samuel Beckett. Oigan, ¿no quieren quedarse a ver la obra cumbre del teatro del absurdo?

No, pero nos salimos de ahí con dos pases dobles para ver otro día *Esperando a Godot*. Estaba desilusionado, pensé que iba a descubrir algo importante. Sí, era mucha información nueva, pero no aclaraba nada: ¿quién contrató al actor? ¿Dónde estaba la señora Reyna o el responsable?

Conde y yo volvimos al Begur, directo a mi departamento. Me pareció raro que el auricular del teléfono estuviera descolgado, le marqué a Requena. Acababa de llegar también y quedamos en reunirnos para contrastar información. Mientras tanto, fui a revisar el interior de la chimenea, Emma seguía sin responder. Después me asomé a la habitación de Teo a ver cómo seguía… pero no estaba. Aunque eso me tranquilizó, debía sentirse mejor para salir, igual había ido a reportarse a la estación de radio, a su trabajo.

—Pues mi misión estuvo muy difícil —confesó Requena cuando llegó—. En la oficina de correos no querían darme informes del apartado postal, y tampoco tenía dinero para dar mordida.

—O sea, que no descubriste nada —suspiró Conde.

—Pigmeo, parece que no me conoces —sonrió nuestro amigo—. Expliqué que mi abuela era la dueña del apartado postal, llevaba algunas de las cartas que recibimos de Reyna Fenck. Les dije que había tenido un accidente, tal vez lloré un poco, hubo una tentativa de desmayo, en fin, la interpretación es otro de mis talentos…

—Pero bueno… ¿qué pasó al final? —interrumpí, algo impaciente.

—Una empleada se compadeció —develó Requena—. Resulta que el apartado está a nombre de C. Martínez Pérez, es decir, cualquier nombre y tiene como domicilio el Edificio Begur, así, sin número interior. En el apartado hay varias cartas de felicitación por cumpleaños, fiestas patrias, Navidad, con el papel membretado de Reyna Gala Fenck y su firma, pero es un sistema de envío automatizado con un directorio, como el que usan algunas empresas. Es como lo sospeché.

—Entonces no descubriste nada —confirmó Conde.

—También ibas a investigar con electricistas y plomeros de la colonia —recordé.

—Lo hice, fui a buscar algunos al mercado de Medellín y al de la calle de Colima —aseguró Reque—. Vi a un par, me dijeron que los contrataba directo el conserje, a quien extrañan. No saben mucho, lo único que me confesaron es que les daba terror venir al edificio, tiene fama de que está encantado, ¡y con razón!

—Tampoco sacaste nada con ellos —Conde sacó aire.

—Ya deja de criticarme, Pigmeo. ¿Y ustedes? ¿Qué descubrieron? ¿Sí era el actor?

Ahora me tocó a mí contar a detalle el encuentro con el falso Erasmo Gandía y lo que nos dijo del trabajo de actuación para dar una sola "función".

—Eso quiere decir que la mujer que atendió a mi madre en aquella inmobiliaria también debió de ser una actriz —dedujo Requena—. Apuesto a que todas oficinas desaparecen en cuanto se firman los contratos.

—Es algo que no entiendo —comenté exasperado—. ¿Por qué hacen un montaje tan costoso sólo para atraernos? Contratan actores, despachos, ¡gastan un dineral! Ni siquiera se compensa con lo que sacan de las pequeñas rentas.

—Es que no quieren nuestro dinero —señaló Conde—. Quieren nuestras vidas.

Sentí un profundo agobio, era terrorífico y, al parecer, la verdad.

—Bueno, no se desanimen. Así es esta onda de la investigación —repuso Reque, en un intento de cambiar de tema—. Hay que picar aquí y allá hasta dar con una buena pista. Además, todavía falta la llamada, ¿o ya la hicieron?

—Cierto, a tu amigo de España —Conde recordó—. Es la hora.

Rebusqué entre las postales y cartas de Santi. En una de las primeras estaba su número de Barcelona. Fui al teléfono de la cocina y marqué.

—No entra. No sé si me falta alguna clave —repuse frustrado—. Sale una grabación con acento mexicano.

—A ver —Requena tomó el teléfono para oír—. Es de LADA, el servicio para llamadas de larga distancia, dice que no está activado. Claro, no me acordé de eso; es costoso y casi nadie lo tiene en el Begur.

—Sí hay alguien que lo tiene —recordó Conde.

Nos miramos.

Unos minutos después, estábamos fuera del departamento de doña Clarita.

—¿Y ahora qué quieren? —Rosario, la fornida cuidadora, nos miró con absoluta desconfianza desde la puerta entreabierta.

—Necesitamos hacer una llamada a España, es urgente —fui al grano.

—¿Y a mí qué? —nos miró con hostilidad—. Vayan a buscar unas cabinas para eso.

—Pero todos los días tú hablas con tu hermana a Chicago —recordó Requena—. Seguro tampoco te cuesta.

Rosario comenzó a cerrar la puerta.

—Espera, te pagamos —Conde metió un pie.

—¿Cómo estás de agua? Puedo traerte más —ofrecí—. Todos los días por las próximas dos semanas, para que no tengas que acarrear.

Rosario sopesó mi ofrecimiento y luego de un momento negó con la cabeza.

—Yo puedo hacer eso, además siempre me meto en problemas por su culpa —intentó empujar el pequeño pie de Conde—. Fuera, tengo cosas que hacer.

—¿Y si te ayudo a abrir la caja fuerte? —propuso Reque.

La cuidadora se detuvo.

—Son puros chismes eso que dijeron —se defendió, pero no hizo el amago de cerrar—. A mí no me importa lo que hay dentro…

—Pero a mí sí —insistió Requena—. Si quieres intento abrirla, sólo para ver qué hay.

—¿Puedes hacer eso? —en su voz había un rastro de interés.

—Reque es inteligentísimo, sabe de todo, hasta de combinaciones —aseguró Conde.

—Si la abro: mitad y mitad de lo que haya dentro —ofreció Requena.

—A ver, pasen, no es bueno estar hablando de eso aquí —la cuidadora abrió y entramos a esa bodega llena de basura y notas mortuorias que era el departamento de doña Clarita.

—¿Entonces tenemos un trato? —confirmó Requena.

—...Bueno, pero sólo es curiosidad —carraspeó Rosario—. Siempre me he preguntado qué tiene dentro ese armatoste. Y si la abres, yo decido qué es para ti.

Requena aceptó.

—Sólo no hagan mucho ruido, la señora Clara se quedó dormida en la silla del baño, es su hora de la crema —advirtió la cuidadora—. Tienen máximo veinte minutos.

Requena se fue con Rosario por uno de los pasillos atascados con polvorientas torres de cajas de cartón, rumbo al cuarto de la anciana.

Conde y yo cruzamos el caos de un rellano hasta llegar al teléfono de la cocina. Mi amiga me dictó los números con las claves y, al fin, comenzó a dar tono. Hasta ese momento me di cuenta de que en España debía de ser tardísimo, ¿medianoche? ¿Madrugada? Ni siquiera recordaba las horas de diferencia, cuando de pronto oí el clic.

—Sí, ¿qué hay?—una voz con ceceo se abrió entre un mar de estática.

—Santi... —murmuré emocionado, ¿lo había conseguido?—. Soy yo, el Diego...

412

Después de un momento de pasmo físico o electrostático se oyó un gran resoplido.

—¿Diego Velázquez? —confirmó mi amigo.

—Sí, sí, el mismo, del EGB —reí, nervioso y en mi mente cambié al switch ibérico—. Qué hay, colega.

—Pero ¿tienes idea de qué hora es? —lanzó una carcajada—. ¿Cuándo volviste? ¿Estás en Madrid? Justo ayer hablaba de ti con el pringado de Ledezma, el del Insti, y a que no sabes...

—Sigo en México —interrumpí—. Estoy llamando de larga distancia.

—¿Tienes idea del pastón que cuesta eso? ¿Tanto me extrañas?

—Santi, escúchame. Esto es urgente —no tenía tiempo que perder—. ¿Qué tan cerca estás de Castelldefels?

—Pues ni cerca ni lejos. Eso es rumbo al aeropuerto, por el Prat de Llobregat.

—Necesito que hagas algo por mí. Sé que va a sonar a que perdí la chaveta, pero luego te explico —tomé aire—. Ve a Castelldefels y busca un edificio de apartamentos, de inicios de siglo o por ahí...

—... Años veinte —anotó Conde, en voz baja.

—Es de 1920 o 1921 —seguí—, muy adornado aunque tal vez esté hecho un desastre por falta de mantenimiento, debe de ser de cinco plantas y ático. ¿Estás apuntando? Investiga todo de ese edificio, quién vive ahí, su historia, leyendas. Y más que nada, de su constructor, se llama... espera, por aquí lo tengo...

Conde me pasó una libreta con apuntes.

—Ferran Begur i Romeva —leí—. Ve a la biblioteca, a archivos públicos, investiga si hay planos del edificio, lo que

413

sea. Santi, te juro que esto es de vida o muerte, de verdad colega. ¿Entendido?

—No, tío, ni la mitad de lo que has dicho —repuso divertido—. ¿Estás de guasa? ¿Para qué quieres saber todo eso?

Le di vueltas en la cabeza. ¿Cómo podía explicar a Santi en qué estaba metido?

—Hice una apuesta con... alguien —empecé a improvisar—. Le dije que hay un edificio idéntico como el de México, donde vivo, pero en Castelldefels... y... no me cree, pero estoy seguro... mi honor está en juego.

Tomé aire, nervioso, me hundía cada vez más, tal vez debí de decir la verdad...

—¿Es una tía? —interrumpió Santi.

—¿Cómo?

—Con quien has hecho la apuesta.

—... Es una vecina. Se llama Emma.

—Seguro está buena, a que sí —continuó Santi, emocionado.

—Más buena que el pan... —repuse, siguiendo el razonamiento de mi amigo—. Es un año mayor que yo, pero le gusto un mazo y la tengo un poco impresionada.

Conde me miraba con extrañeza. Oí a Santi soltar una carcajada.

—Mayorcita, ¿eh? Ésas me van. Si es para un ligue, vale —repuso—. Pero me tienes que contar todo lo que consigas con ella. No me has preguntado qué pasó con la de Valencia...

—Ya, luego me dices. Tengo que irme, ya te llamo luego pero si tienes información marca a este teléfono por cobro revertido, ahora te lo doy —descolgué el aparato de la pared y le di la vuelta para revisar el directorio—. A quien conteste pide por mí, Diego del 404, y di que es urgente y recuerda: Castelldefels, arquitecto Ferran Begur.

Le dicté el número que estaba anotado en la placa de la base.

—¿Anotaste los datos? —confirmé—. ¿O te lo repito todo?

—Tranqui... aquí lo tengo: Castelldefels, edificio chungo, planos, Ferran Begur, teléfono, tía buena. Esto está chupado... iré el fin de semana.

—¡No, nada del fin de semana! Ve cuando abran las corridas de tren o autobús.

—Pero *colegui*, ¡sí que estás colado por esa chica! —rio Santi.

—¡No tienes idea! Si cometo un error, uno solo, no la vuelvo a ver.

—Vale, vale. Ya entendí, Casanova. Mañana mismo voy para Castelldefels.

Le repetí mi agradecimiento como cinco veces más, nos despedimos y colgué. No podía creerlo, había funcionado.

—¿Qué pasó? —preguntó Conde—. ¿De qué chica buena hablas?

—Emma. Tenía que emocionarlo con un ligue. Pero todo ha salido más que bien, ¿y Reque?

—Sigue allá dentro. Podemos explorar mientras —miró alrededor—. Siempre hay cosas interesantes por aquí.

—Espera... ¡Conde, mira! —le di un codazo.

A medio pasillo había una siniestra silueta. Sentí una patada de puro terror en el pecho. ¿Era el espectro que vi la última vez? Entonces habló con una voz grumosa:

—Dejen de robarme...

Dio unos pasos vacilantes hacia nosotros. Era doña Clarita que había salido del baño. Llevaba una vieja bata, llena de manchas, y su aspecto era aún más extraño, parecía espantajo brillante por la pomada blancuzca sobre las quemaduras del brazo y cuello. Sus ralos cabellos blancos daban el aspecto de halo terrorífico y nos miraba fijamente con su único ojo bueno.

—Buenas tardes, Clarita —saludé, amable—. ¿Cómo está? ¿Necesita que llamemos a Rosario?

—Se la pasan saqueando mi casa, lo sé —avanzo un paso más.

—Sólo tomamos prestadas unas cosas —se excusó Conde—. Papeles viejos.

—¡No deben ver eso! Todo lo que tengo aquí tiene veneno y condena —gimió la anciana—. Saber la verdad no ayudará en nada. De todos modos van a terminar como los que lloran... Me atormentan, recordándome lo que hice y lo que dejé de hacer...

Cada vez parecía más alterada. Sentí un cierto aire frío.

—Señora Clara, ¿no tiene caramelos de orozuz? —recordé la técnica de Requena.

—Son tan refrescantes —murmuró en automático y se llevó las manos a los bolsillos de la bata—. Les van a gustar. Todos somos inocentes cuando comemos orozuz.

—¿Qué hacemos? ¿Nos vamos? —murmuró Conde, nerviosa.

Entonces me pareció ver algo de reojo tras uno de los espejos cubiertos. Unas sombras.

—Vengan, queridos, aquí tengo. ¿Van a despreciar a una vieja? —doña Clarita extendió su mano temblorosa.

Nos acercamos lentamente. En su arrugada palma tenía unos trozos de viejo caramelo negro, llenos de pelusa.

—Gracias, Clarita, es muy amable —los tomé, pero, obvio, sin metérmelos a la boca.

—¿Oíste eso? —preguntó Conde, con susto.

Negué con la cabeza. Entonces sentí la mano de la anciana aprisionando mi brazo, como la primera vez. Lo hacía con todas sus fuerzas, como una garra de metal.

—Sé que eres tú, señor Caballero —intentó sonreír, mostró sus encías oscuras—. He estado buscando el encargo pero no encuentro el barco, pero yo nada pierdo. Sé que está en algún lugar. Es importante; pocas veces hice el bien... señor Caballero. Por eso debo dar lo que corresponde. Era parte del trato.

—¿De qué habla? —susurró Conde.

—No le hagas caso, no sabe lo que dice —respondí lo más bajo que pude.

Luchaba por liberarme, le di un tirón, pero no quería hacer daño a la anciana, podía derribarla fácilmente.

—Oh, queridos... sé todo, ése es mi problema —explicó doña Clarita, con un tono dolido—. Lo que ella hace es cruel. ¡No es correcto con jóvenes, con niños! —elevó la voz, se volvió chillona—. Me enfrenté por su inocente, señor Caballero, pero lo hice. Desobedecí una vez a Reyna Gala Fenck.

Conde y yo nos quedamos pasmados. ¿Había mencionado a la dueña?

—¿La ha visto últimamente? —aprovechó Conde para preguntar antes de que entrara a la fase de turbodemencia.

Se escuchó un rechinido molesto, como cuando alguien pasa las uñas por un cristal. La anciana tomó con la otra mano el brazo a Conde.

—¡No miren atrás! —advirtió tensa. Me fijé en su ojo nublado; en esa extraña carnosidad, que recubría la pupila, tenía una forma rara, como el orificio de una cerradura—. ¡Están aquí!

—¿Quienes? ¿De qué habla? —pregunté.

—Ellos, los que lloran —Clarita temblaba—. Los están siguiendo, ya los esperan… Me da tanta pena —una lágrima descendió por su ojo bueno—. Pensé que ustedes podrían salvarse… lo deseé tanto… pero no perdona.

—¿Reyna? —insistió Conde.

Los ruidos subieron de intensidad, unos extraños pasos, el arrastre de un objeto, suspiros, gemidos.

—Quieren que los entregue ahora… —Clarita negaba con la cabeza—. Son tantos, demasiados, están tan solos en esa soledad de muerte.

Puedo jurar que oí voces detrás de nosotros. ¿Quién estaba en el departamento? ¿Qué demonios ocurría? Conde no pudo resistirse y se volteó para ver.

—… No puede ser —de golpe soltó todo el aire.

Yo también miré. Al principio no percibí nada raro hasta que seguí la mirada de Conde, hacia arriba. Parpadeé confundido, siete sillas estaban giradas, de cabeza y apoyadas sobre el techo.

—Así se ve cuando estás del otro lado —señaló Clarita—. Cuando has cruzado el estanque de los muertos. Ellos nos ven desde allá… Nos esperan.

No entendía, ¿qué ocurría? Y me di cuenta de algo aún más aterrador: los espejos de los pasillos no tenían mantas ni velos, se les habían caído. Cada superficie estaba manchada, no sé si por el azogue, pero había zonas negras, grises, blancuzcas que reproducían algo parecido a rostros… Cientos de caras dolorosas, rasgos torcidos, ojos llorosos, manos en garra… todos con expresiones grotescas, espantosas.

—Hay que salir —gimió Conde. Detecté verdadero miedo en su voz—. ¡Vámonos de aquí! ¡Por favor!

—¿Qué está pasando? —estalló la voz de Rosario desde el fondo del pasillo.

Todo sucedió en ese instante, las sillas cayeron del techo sobre otros muebles; tiraron torres de cajas, mesas, salieron disparados trozos de vajillas, jarrones. Conde, desesperada, como pudo, se soltó de doña Clarita que perdió el equilibrio y se desplomó. Mi amiga salió corriendo del apartamento, cruzando por entre el caos, mientras que Rosario se acercó para atender a la anciana.

—¿Qué demonios hicieron? —me miró, furiosa.

—Nada. No tocamos nada —aseguré—. Ella salió del baño… no sé…

Hasta Requena me miró con incredulidad.

—Lo sabía, nunca debí dejarlos entrar. ¡Largo! Fuera de aquí —ordenó la cuidadora, mirándome con odio.

—Espera, señor Caballero —Clarita me hizo una seña. Me arrodillé y me dijo casi al oído—: Encontraré lo que le debo, es una promesa, es lo único bueno que hice…

—Si no se van de aquí voy a llamar a la policía, pequeños delincuentes —amenazó Rosario.

Requena y yo, cruzamos de prisa el pasillo y la estancia, rumbo a la salida. Evité ver los espejos, pero sabía que ellos me miraban.

Estimada A: de nuevo me he extralimitado con una carta extensa. Si es de noche y hay sombras a su alrededor, le recomiendo no fijar la vista en ellas, tampoco en el tirol del techo ni en ninguna superficie rugosa. Hay un fenómeno óptico en el que el cerebro encuentra patrones familiares, principalmente rostros. Se dice que esto (la pareidolia) es totalmente explicable, pero también se dice que al abrir la percepción se pueden vislumbrar ciertas cosas que están ahí, en espera de quien las quiera ver. Como sea, no haga la prueba, no se lo recomiendo.

Siempre con afecto,

Diego

Carta veintidós

Estimada A:

No sé si cuando terminen estas cartas las va a extrañar. Yo sí, lo confieso. Se ha vuelto un ritual, tomar notas durante varios días y luego ocuparme una tarde y a veces toda la noche para volcar el pasado. Este cruce de correspondencia me ha dado sufrimiento y alegría por igual. Incluso el dolor me ha hecho sentir vivo, hace mucho que no tenía esa sensación. También ha sido un gusto reconstruir escenas y conversaciones con mis amigos. En los años que siguieron llegué a tener a otros colegas, pero ninguno como Conde y Requena. Siempre quedó el agosto trágico y especial que nos unió en 1987. Pero de nuevo estoy adelantando eventos, me disculpo y sigo en el orden, no debo saltar ninguna pieza de este mecanismo, para que al final todo encaje.

Salimos corriendo del apartamento de doña Clarita. Fue curioso que todos escapamos a la calle, teníamos la necesidad de alejarnos del Begur. Reque y yo encontramos a Conde en una de las bancas de hierro en el camellón, seguía algo alterada.

—¿Qué demonios hicieron? ¿Por qué rompieron esos muebles? —nos riñó Requena.

—¡No hicimos nada! —aseguró Conde—. Ahora no tocamos ni siquiera un sobre de los archivos.

—Es verdad, las cosas se movieron luego de que Clarita mencionó a Reyna Fenck —revelé.

—Además, sabe que nos robamos recortes —siguió Conde, le lagrimeaba un ojo—. No sé cómo se enteró. No está tan loca como parece.

—A ver, momento, que no entiendo nada —Reque se sentó en la banca—. ¿Clarita mencionó a la señora Reyna? ¿Y las cosas se movieron solas por los aires, así nada más?

—Quién sabe, nos prohibió mirar —expliqué.

Le hice un resumen a Requena de lo que había pasado, los desvaríos de Clarita, cómo me confundía con alguien, la manera en que nos sujetó.

—Cuando conseguimos voltear, unas sillas estaban en el techo —volví a estremecerme—. Como si una parte del departamento estuviera de cabeza. Clarita dijo algo de los muertos que ven todo desde el otro lado… y que nos siguen y nos esperan.

—Pero Diego, ¿también los viste? —interrumpió Conde.

—Es lo que estoy diciendo.

—No hablo de las sillas sino de lo otro… ¡estaban ahí! —Conde se talló el ojo izquierdo—. Había gente sentada, todos de cabeza, y nos miraban horrible, ¡por eso me asusté!

—¿Qué? —me estremecí al imaginarlo—. No vi eso, pero sí las manchas en los espejos, parecían caras llorando…

—A ver… tranquilos —interrumpió Reque—. Tal vez sólo se dejaron llevar por el miedo y eran simples sombras y manchas…

—Pero ¿cómo explicas lo de las sillas en el techo? —insistí.

—Yo vi lo que vi —aseguró Conde, ya tenía enrojecido el ojo.

—¿Estás bien? —me acerqué a mi amiga.

—Creo que me saltó un pedacito de vidrio o algo de lo que se rompió. Me arde.

—Entonces no te talles, Pigmeo. Luego te enjuagas cuando estés en tu casa —Reque suspiró, cansado—. Por lo visto todo fue un desastre.

—No, no todo. Sí conseguí hablar con mi amigo Santi, de Barcelona—anoté.

Conté brevemente sobre mi llamada y cómo logré convencerlo para que fuera a Castelldefels a investigar del edificio gemelo del Begur.

—Vaya, al menos. Veremos qué encuentra —respiró Reque—. En cambio, yo no pude abrir la caja fuerte. Aunque tampoco esperaba hacerlo. Fue para distraer a Rosario, ya saben, pero al final descubrí algo muy curioso. Si encuentro las palabras podría abrir la caja.

—¿Qué palabras? —repetí con interés.

—Las secretas, o tal vez es una frase —explicó, con cierto entusiasmo—. Parece una caja normal, de metal macizo, en una esquina tiene una placa con los números cero, cero, uno. Pero lo interesante es la cerradura con sistema de doble criptex. No funciona con números, son letras. Hay como unos anillos con el alfabeto, arriba hay ocho espacios y abajo otros ocho. Hay que poner las palabras exactas para que se abra.

—¡Hay muchísimas combinaciones, millones! —exclamó Conde.

—Bueno, no tantas, pero sería fácil si conociéramos mejor la vida de Clarita —reflexionó Reque—. Por lo visto Rosario ha intentado muchas veces abrir la compuerta y por las huellas creo que terminó golpeando el mecanismo con un martillo y hasta quiso perforarlo... pero sigue más o menos intacto.

—¿Se imaginan qué hay dentro de la caja? —preguntó Conde—. Tal vez dinero, joyas o algo así.

—O un millón de caramelos de orozuz —sonrió Reque—. El verdadero tesoro de doña Clarita es su memoria. Ella sabe todo del Begur, quién lo hizo, dónde está la señora Reyna, por qué elige a personas enfermas o con problemas... Tal vez un día se dio cuenta de que había algo raro y comenzó con esa compulsión por guardar notas de muertes de los vecinos... o estaba haciendo su propia investigación. Por desgracia, la otra caja fuerte también está cerrada —se señaló la cabeza—; su mente se volvió una papilla de demencia.

Me incorporé. ¡Dios! ¿Cómo no se me había ocurrido antes?

—No siempre estuvo así. Yo la vi en su versión joven de 1942 —recordé—. Si pudiéramos hablar con ella en esa época, ¿se imaginan?

—Ni de broma me meto al elevador, con la Criatura Gris rondando por ahí —advirtió Conde—. Ya tuve suficiente con lo que acabo de ver hoy.

—Pero Emma ya está en esa época —la idea cada vez me parecía mejor—. La señora Clara es su patrona, le encarga trabajos de costura. Tal vez pueda hablar con ella y preguntarle cosas de la misteriosa dueña o del constructor. Debe de haber pistas desde entonces.

—No es mala idea —reconoció Reque—. Aunque, no sé si eso genera una *retroparadoja* o algo así. Intentar que alguien del pasado nos cambie el futuro.

—¡Tú intenta! ¡Hay que hacer todo! —sugirió Conde, le seguía llorando un ojo.

—¿De verdad estás bien? —me acerqué—. Te urge ir a tu casa para que te enjuagues.

Todos nos fuimos a hacer nuestras respectivas tareas. Conde, a su departamento a lavarse el ojo; yo a escribirle a Emma, y Requena debía ir a visitar a su madre al hospital.

—Me llevaré los libros que saqué de la biblioteca —aseguró con entusiasmo—. Siento que estamos a punto de encontrar pistas importantes sobre el Begur, lo presiento.

Cuando entré al apartamento me llamó la atención que de nuevo estaba el teléfono descolgado, lo puse en su sitio y rebusqué en la chimenea. Al abrir la caja de latón encontré, al fin, ¡una carta de Emma!

Diego, cariño, ¿cómo que el ascensor está fallando? Es que vamos de un embrollo a otro. Tenemos más mala suerte que los personajes de Jane Austen. Ellos tienen que luchar contra el orgullo y las diferencias de clase, y nosotros contra desperfectos en los viajes en el tiempo.

Yo tampoco dejo de pensar en lo que hicimos, y no me arrepiento nada. ¡Ya quiero repetir! Si se puede, en un sitio acolchado y hacer otras cositas, pero ahora no me pidas detalles que se me suben los colores. Sobre tus preguntas, verás: el abuelo y yo llegamos al Edificio Begur por un contacto en el CTARE, el Comité Técnico de Ayuda a los Refugiados Españoles. Alguien de ahí nos recomendó para que nos dieran el piso. Cuando llegamos el abuelo creyó que se había metido a un embolao, porque vimos todo tan así, tan señorial. "Nadie alquila un palacio por cuatro perras", dijo. Luego pensamos que íbamos a compartir habitaciones con otras familias de refugiados, lo normal, pero nadie llegó. Era demasiado grande para nosotros pero, aun así, le advirtieron al abuelo que no podía meter a nadie, ni subalquilar, de lo contrario nos echarían a la calle. *Y hemos obedecido y todo bien, dentro lo que ya sabes. De la dueña sólo sé que llama Reyna Fenck, es una señora extranjera ¿austriaca? Ni idea, pero mi abuelo le tiene mucho aprecio porque nos ayudó (dice que le hemos dado pena). No sé si vive en el edificio, puedo investigar si quieres.*

Ahora, yo también te tengo malas noticias. ¿Estás listo? Un entuerto que no veas. Alma intentó empeñar las joyas en el Parián y el encargado, al verla con su mandil gastado de malfachosa, la ha acusado de ladrona, ¡puedes creerlo! Se lio un empastre de Padre y Señor mío, tuvo que salir corriendo. Han sospechado que robó a su patrona y la pobre ha escapado por los pelos. No quiere volver a intentarlo. Tengo que convencerla o encontrar otra solución. Sé que lo haremos y pronto estaremos juntos. Diego, atravesé un país, una guerra, un océano, mis tiempos canallas, y no fue para morir, sino para encontrarte.

Se despide, Emma, la vecina ansiosa por verte. Besos míos y del pequeño Henry (sabes que no le gusta que le llames bicho).

Reí con los últimos renglones, y con los otros estuve a punto de llorar. Di los tres golpes en una pared para preguntar si estaba ahí; nadie contestó. De todos modos escribí la carta de vuelta.

Querida Emma: ¡claro que estaremos juntos pronto! Estoy trabajando como loco con mis amigos para que el ascensor sea seguro para usar. Cuando te vea de nuevo te contaré muchos secretos del edificio, ¡no vas a dar crédito!

De las joyas, fatal lo que cuentas sobre Alma, pero tengo una idea. Me comentaste que la señora Clara Fuensanta se ha portado muy maja contigo, ¿no? Se me ocurre que puedes enviarle

un mensaje (a través de Alma), dile que tienes una joya que per-
teneció a tu madre o abuela (no menciones todavía las demás
joyas, haz la prueba con una). Pide que te ayude a empeñarla,
que os urge el dinero, pero debe ser a espaldas del abuelo porque
él jamás lo permitiría por orgullo y eso. Ya veremos qué pasa.
Además debo pedirte una encomienda adicional: la Clara de mi
época está fatal de la olla, su memoria parece queso de Valdeón,
pero en 1942 debe estar más fresca. Si funciona lo del anillo y es
de confianza, pregúntale sobre el constructor del Begur y de la
dueña, necesito todos los detalles que puedas encontrar. Luego te
explico por qué. Cualquier dato me sirve. Estamos contrarreloj,
¡nos quedan tres días! ¡Hay que darnos prisa!

Perdón por llamar bicho a ese bichejo de Henry, pero debe
ganarse aún mi aprecio.

A ti si te quiero y ya aquí conmigo, Diego.

Dormí, y por primera vez en mucho tiempo tuve una noche tranquila, sin sueños, aunque mi despertar fue un poco
brusco: una mano me dio un leve empujón. Abrí los ojos y vi
a Teo a mi lado.

—Hijo, despierta —volvió a sacudirme.

—¿Qué? ¿Pasó algo?—me incorporé asustado.

—No, tranquilo —su voz estaba rara, como si algo le apre-
tara la garganta—. Preparé el desayuno, te espero en la cocina. Tengo que hablar contigo.

Sentí un aguijonazo en el estómago. Esa frase nunca an-
tecede a una buena noticia. Rápidamente me enjuagué la cara,
me adecenté y fui con Teo. ¿Qué ocurría? Tal vez nos había
denunciado Rosario por el caos del día anterior o habían encontrado otro esqueleto por ahí. Podía pasar cualquier cosa
horrible en el Begur.

—Hice hotcakes —señaló un plato colmado y eso me asustó aún más, era mi desayuno favorito—. ¿Quieres café con leche o té?

—Lo que sea... ¿qué pasa? —me senté, cada vez más incómodo—. ¿Todo bien? ¿Llegó la policía?

—¿Por qué tendría que llegar? —me pasó una taza vacía.

—Pues... no sé. En este edificio pasan un montón de cosas malas, accidentes.

—Ah, no que yo sepa —me empujó una cajita con tés—. Diego, estoy enfermo.

Lo soltó sin más. Sí que seguía viéndose pálido, con ojos hundidos en ojeras.

—Lo sé, ya me dijiste de la anemia —recordé—. Que te sacaron demasiada sangre.

—Ah, ya... —sacó aire—. Bueno, es lo que pensé. Pero fui con otro doctor, uno de confianza que conozco bien... Al final me dio con el diagnóstico y no son buenas noticias.

Me vino a la mente lo que dijo Requena. Alguien reunía gente condenada en el Begur, y se aceleraba su trágico destino para llenar un patrón de fulgor.

—¿Y qué te dijo? —pregunté sin resuello.

Teo apretó los labios, tenso, le brillaba la frente por el sudor. ¿Tenía fiebre? La tetera comenzó a silbar, la dejó un rato soltar vapor, antes de apagarla.

—¿Es grave? —volví a la carga, asustado.

—Se llama... pancreatitis —masculló sin levantar la vista—. Es como una inflamación del páncreas, las enzimas lo atacan o una madre así. Y la que tengo es aguda.

—Pero eso se cura, ¿no? —mi voz sonó como de niño—. El doctor debió darte tratamiento, seguro.

—Se te están enfriando los hotcakes —me pasó la miel. Yo

ni había tocado el desayuno—. Diego, escúchame. Me estoy poniendo en contacto con la tía Inés de Valladolid.

Dentro de mi cabeza sonaron todas las alarmas.

—¡Quieres regresarme a España! —casi grité.

Teo no lo negó, sólo lanzó un gran suspiro.

—Es eso o mandarte a San Juan de los Lagos con mi hermana, pero no confío en ella, es más bestia que yo. Prefiero que estés con tu tía de España, aunque sea franquista y comesantos.

—¡Entonces sí estás grave! ¡O quieres deshacerte de mí!

—Oye, oye. Ni lo uno ni lo otro —se sirvió agua para té—. Lo que pasa es voy a estar una buena temporada en el hospital. Tal vez tengan que operarme, no sé, varias veces. Y tú eres menor de edad, no puedes estar por ahí solo sin la supervisión de un adulto.

—¿Y cómo crees que he vivido los últimos dos años? —respondí desafiante—. Con mi mamá metida hasta las orejas en drogas y luego contigo, en las últimas semanas.

—Bájale al drama adolescente… no ahora, Diego, por favor —agotado, Teo se pasó una servilleta por la cara y el cuello; se humedeció—. Además sólo es por un rato, unos meses, mientras me recupero. Hijo, dame chance, esto no lo vi venir…

Una parte la entendía, pero, por el otro lado, estaba furioso, ¡yo no era una maleta que mandas de un lado a otro cuando te estorba! Además, no iba a perder a mis nuevos amigos Conde y Requena. Y estaba por salvar a Emma, le daría refugio. Luego, al expulsar a la verdadera Criatura Gris, el Edificio Begur sería nuestro, sacaría una fortuna de sus ventanas y puertas de fulgor. Podría pagar el mejor hospital para Teo. ¡Estaría loco para dejarlo todo e irme a vivir con la horrible tía Inés y sus curas! ¡No volvería a España!

—Ya estoy viendo lo del seguro médico —siguió Teo, ante mi molesto silencio—. Tú no te preocupes. Concéntrate en estudiar y, en pocos meses, en diciembre, en tus próximas vacaciones te vienes un rato de retache. Seguro ya estoy mejor, y te llevo a Vallarta, y quiero que conozcas Jalisco... tu otra tierra. Nos falta hacer un montón de cosas. Te urge ver buen cine: Buñuel, Visconti, De Sica, Orson Wells. ¡Carajo! ¡He sido tan mal padre! Ni siquiera sabes diferenciar una buena película de un churro dominguero.

Se detuvo, tenía los ojos arrasados en lágrimas. Me asusté.

—¿Estás bien?

—Sí... es que luego me da como un dolor aquí —se llevó la mano al vientre, tomó otra servilleta para secarse los ojos—. Ya se está yendo, no te preocupes. Y ahora que tengo tu atención, entonces: ¿te vas una temporada con tu tía Inés, a Valladolid? Dame chance.

Tomé aire.

—Va, lo hago, lo entiendo... —repuse serio—. Pero promete que en las vacaciones haré lo que dices y, cuando estés curado, otra vez me instalo en México.

—Lo juro. Me voy a curar. Todo va a estar bien.

No sé quién de los dos había dicho la mayor mentira.

Teo tomó otra servilleta, no podía dejar de llorar. La situación se estaba volviendo incómoda, por suerte sonó el teléfono de la cocina con esa anticuada chicharra. Los dos saltamos.

—¿Colgaste el auricular? —Teo se sonó la nariz.

—Estoy esperando una llamada de mis amigos —asentí y fui hacia el aparato—. Estamos en algo importante.

—¡No contestes! Debe ser Lilka.

Era demasiado tarde. Tenía el teléfono en la mano, del

otro lado se oía un llanto, alguien murmuraba el nombre de Teo. Era justo ella.

—Se oye muy mal —cubrí la bocina con la mano—. ¿Por qué no quieres hablarle?

—Todo se complicó, luego te cuento. Cuelga.

—Pero está llorando, ¿no puedes arreglar las cosas y ya? En serio, no puedo estar con la bocina descolgada todo el día.

Teo tomó aire, parecía contrariado. Se puso al teléfono.

—Lil, quedamos en que ya no más, no vuelvas a... —su voz perdió toda la dureza—. ¿Qué? ¿A qué hora? Dios... espera... voy para allá.

Colgó. Parecía que su nivel de palidez había bajado dos tonos más.

—¿Qué pasó?

—Acaba de morir Jasia en la clínica —Teo se sujetó de una silla, la noticia le cayó como puñetazo en la espalda—. Mierda... mierda. Tengo que ir para allá, y estar con ella.

—¿Te acompaño?

—No. Sólo ayúdame a parar un taxi afuera. ¡Carajo, carajo! ¿Has visto mis llaves?

—Están frente a ti —señalé la mesita.

Mientras mi padre fue a buscar la cartera y una sombrilla (estaba lloviznando), revisé la chimenea y la caja de latón estaba vacía. No había respuesta, aunque al menos Emma se había llevado mi último mensaje. Al salir tuvimos que caminar un par de calles hasta encontrar un taxi. Aunque la clínica no estaba lejos, Teo se sentía demasiado cansado para caminar.

De regreso al Begur tuve un *déjà vu*. Esa sensación ya vivida, de cuando entré al patio por primera vez, unas semanas atrás, con mi padre. Era poco tiempo, pero me parecía haber vivido ya varias vidas dentro del Begur. Escuché un ruidito, alguien me llamaba. Al levantar la vista vi en la tercera planta una silueta grande, maciza.

—Pero si eres el españolito. Oye, mijo… ¿puedes venir? —me hizo señas—. Un momentito de nada.

La reconocí de inmediato. Era la señora Flor.

—Acabo de salir del hospital —explicó con un gorjeo, ante mi mirada de azoro—. Pero necesito un favorzote. No te quedes ahí, mijito. Anda, sube. Es rápido.

Obedecí, intrigado. La señora Flor me esperó en la puerta del departamento. Se veía muy abotagada, ni la espesa capa de maquillaje podía ocultar su mal aspecto, aunque un rojo intenso le pintaba una gruesa sonrisa. Di los buenos días.

—¿Cómo se siente, señora Flor? —pregunté, amable.

—Pues ahí la llevo, pero ven, ven. Ay, mijo, no sabes cómo te lo agradezco —entró a la vivienda, esquivando unas cubetas con agua—. Seguro tienes buena vista.

Asentí. El departamento estaba en penumbras, en parte por las cortinas corridas.

—Necesito hacerme las curaciones —me mostró los brazos cubiertos con vendajes—. No sé si sepas, pero me caí, hace unos días…

… "Después de apuñalar el piano", completé en la mente.

—El asunto es que no encuentro el botiquín —siguió—. Está fallando la luz y no veo ni el bendito.

Había una vela aquí y allá, entre los adornitos de mayólica, los santos y los retratos de Requena. El famoso piano destripado seguía bajo una sábana, como un cadáver de la escena del crimen.

—¿Y Reque?… digo, Armando —miré alrededor—. Pensé que estaba aquí.

—Ah, no está —su máscara de sonrisa maquillada se agrietó un poco—. Fue a la casa de su amiguita, la que se llama
Carla… creo que le gusta —recobró el ánimo, soltó otro gorjeo—. Ay, ¡los hijos crecen tan rápido!

Hice un esfuerzo por mantenerme serio.

—Entonces, ¿me ayudas con el botiquín? —repitió, casi
en súplica.

—¿Por dónde está?

—Ni idea. Busca donde creas… —señaló alrededor.

Empecé por lo básico: los baños, la cocina, seguí con las habitaciones. Supe que ya había rebuscado porque los cajones
estaban abiertos, muchas cosas estaban fuera de su lugar, em-
paques de comida, botes de aceite, vinagre, leche. Me llamó la
atención que había restos de cristal roto, aquí y allá, trozos de
vajilla, vasos, botellas y focos rotos. Finalmente encontré una
caja blanca con una cruz, estaba en la parte superior de una alacena. A doña Flor, por su enorme tamaño, le era imposible
incluso entrar. Le pasé el botiquín.

—Gracias, ¡eres un sol! Oye, cuando quieras te doy clases
de piano. Te hago un descuento. Mira, tienes manos de pianista, deberías aprovechar.

Se acercó, no sé si para darme un abrazo o qué, pero en
automático retrocedí. Olía a algún tipo de aguardiente… suspiré: ¡acababa de salir del hospital por una congestión! Me
despedí y bajé al departamento de Conde, para comprobar si
estaba con Reque.

—Diego, al fin —ella misma abrió—. Llevo un ratote bus-
cándote, por teléfono y hasta fui a tocar a tu casa.

—Ah, es que salí…

—Sí, lo sé, con tu papá —asintió—. Me lo dijo Jasia. Ven,
pásale.

Abrí la boca, ¿qué había dicho?

—¿Viste a Jasia? —tartamudeé—. ¿Cuándo fue eso?

—Como hace quince minutos cuando fui a tu departamento —aseguró sin darle importancia—. Se asomó a la ventana de su departamento, enfrente, se estaba peinando. Me explicó que los vio salir juntos, muy deprisa. ¿Todo bien?

—Sí, no… Pero es que ella… —dudé de si soltar la noticia de su muerte—. ¿Cómo estaba? ¿Le viste la cara?

—No mucho, estaba un poco en las sombras, pero ese pelo es inconfundible.

—Es que creo que Jasia sigue en el hospital —opté por una revelación mesurada.

—Qué raro… —Conde se encogió de hombros—. Tal vez es de esas cosas que pasan en el Begur, ¿no? Oye, ¿quieres algo? ¿Leche? ¿Un pan?

Los restos del desayuno aún estaban en la mesa.

—No, gracias —recordé algo—. Por cierto, ¿cómo va tu ojo?

—Ya no me duele, pero veo como una manchita, espero que se me quite.

Me fijé. Conde tenía en la pupila una mota traslúcida blanca, pequeña. De inmediato recordé la marca de doña Clarita… me estremecí.

—Pues yo vi a doña Flor —pasé a otro tema importante—. Me dijo que Reque estaba aquí.

—Es cierto. Llegó como a medianoche, luego del pleito —Conde tomó un cuernito de chocolate—. Perdón, pero yo sí tengo hambrecita.

—¿Qué pleito?

—Uf, ¡fue todo un chisme! —bajó la voz, habló mientras comía—. Dejaron salir a la señora Flor y cuando llegó al departamento descubrió que Reque le había tirado las botellas

434

de alcohol; bueno, no todas, tenía escondida una en el tanque del baño y el gordo la encontró echándose un trago. Discutieron, Reque se la quitó… bueno, se armó un desmadrito. El gordo prefirió venirse para acá. Ya imaginarás el escándalo. Hasta despertaron a mis tíos.

Me fijé en la habitación que daba a la sala. Se veía una cama, y la silueta de una mujer pequeña, acostada. Me dio terror. ¡Ya sospechaba de todas las visiones!

—¿Tu tía está en el departamento? —confirmé.

—Sí, pero ni nos oye —Conde fue a entrecerrar la puerta—. Como se le fue el sueño con el relajo, se echó dos de esas pastillas que le dio el doctor. Va a estar cuajada hasta mediodía.

—Ah, okey. Entonces supongo que Requena también está dormido

—No, por desgracia no —respondió el mismo Reque desde la otra habitación—. Escuché todo lo que dijiste, Pigmeo chismoso.

—¡Pero es Diego!, se iba a enterar tarde o temprano —se excusó Conde.

Fuimos al cuarto de mi amiga. Había preparado una cama improvisada con cobijas en el suelo, y ahí mismo Requena montó su estudio. Tenía alrededor muchos libros, apuntes y los famosos recortes de nota roja ya ordenados en carpetas. Reque estaba reconcentrado, escribiendo algo. Tenía moronas de pan y galletas sobre su lustroso saco de terciopelo.

—¡Anda de un genio! Casi no ha dormido —me avisó Conde al oído—. Se levantó tempranísimo para ponerse a estudiar.

—Oye, Reque, siento lo que pasó con tu mamá —me acerqué lo más que pude, había poco espacio para avanzar—.

Si te sirve de consuelo mi padre está peor. Le dijeron que tiene pancreatitis.

—¿Y eso es malo? —preguntó Conde.

—Pues me quiere mandar de regreso a España.

La noticia consiguió que Requena levantara la vista de sus apuntes.

—¿Te vas? —confirmó.

—Obvio, no. Sólo le di el avión a Teo —aclaré—. Aquí tenemos un montón de planes y cosas por hacer. Soy capaz de escapar a otra época, cruzar una puerta fantasmal, pero ni loco me voy a ir.

—Además quieres salvar a Emma, ¿no? —recordó Conde.

—¡Me quedan dos días! —asentí, tenso—. Ya hasta la mandé a interrogar a doña Clarita joven, la de 1942. Todavía no me contesta, pero seguro descubre algo.

Entonces Reque dijo algo que nadie esperaba:

—Diego, perdona lo que voy a decir, pero regresa a España.

—Gordo, ¿ya se te fundió el cerebro? —saltó Conde—. ¡Cómo se te ocurre decir eso!

—Y lo repito. En serio Diego, aprovecha la oportunidad —insistió—. ¡Escapa de aquí! Tú que puedes, que tienes una salida.

—¡Te quieres quedar con todo el poder del Begur! —acusó Conde.

—No, no es eso —Requena se pasó las manos por la cara, se frotó los ojos, agotado—. Es que, chicos, lo digo en serio: nuestro enemigo tal vez es demasiado poderoso para nosotros...

—¡Pero estabas seguro de que íbamos a encontrar pistas importantes! —recordé.

—Ése es justo el problema, que las encontré —reveló Reque. Conde y yo nos miramos preocupados—. Por eso casi no he podido dormir, me topé con cierta información en los libros de ocultismo que saqué de la biblioteca y eso me llevó a investigar por ese camino —se sacudió algunos pedacitos de galleta—. ¿Recuerdan lo que les dije? ¿De los patrones de fulgor que se repiten?

—Donde se comete suicidio brutal lo más probable es que haya otro —recordé—, y si se sigue repitiendo se vuelve un patrón de energía.

—… El fulgor atrae al fulgor —completó Conde.

—Bueno… es lo que pasa *normalmente* —remarcó la última palabra—. Pero como sabemos, en el Begur todo es más complejo —tomó aire—. Mejor les enseño lo nuevo que encontré. Fíjense bien.

Requena tomó algunos libros atiborrados de papelitos con notas y nos mostró varias láminas con alargadas figuras geométricas, círculos con marcas, puntos, medias lunas; distintas cruces: egipcias, de malta, celtas; cráneos, pequeñas aves envueltas en fuego o rompiendo un huevo rojo; escarabajos, águilas, dragones, leones, perros, gárgolas, llaves cruzadas, escaleras, esfinges con alas plegadas.

—¿Reconocen esto? ¿Y esto de acá? Fíjense —su dedo regordete iba de una a otra imagen—. Obsérvenlas bien.

—Son muchos adornos —opinó Conde.

—No son adornos. ¡Son símbolos! —precisó Requena—. Y están distribuidos desde la fachada del Begur hasta los rincones de cada departamento. ¡Hay en todas partes! En chimeneas, escaleras, techos, mosaicos, herrería, suelos. A ver, ¿tienen la llave de sus casas?, sáquenlas. ¡Vamos! Ésta es la mía.

En un lado tenía grabado un triángulo invertido con una

raya, la mía sólo la figura. La llave de Conde tenía el triángulo al revés.

—Curioso, ¿no? Ahora vean esto —Requena mostró la ilustración de un libro.

Fuego   Agua   Aire   Tierra

—Son los cuatro elementos filosofales —reveló muy serio—: en el orden en que los ven, son: fuego, aire, agua y tierra. Ahora, miren —tomó otro libro y buscó una lámina—. Díganme, ¿qué les recuerda?

—No sé, parece un árbol —opinó Conde.

—Bueno, algo así —Requena señaló—. Follaje y raíz, el arriba y el abajo. Pero además, ¿en dónde lo han visto antes? Hablo del edificio.

Después de un momento recordé la figura: estaba repetida, muchísimas veces.

—En los vitrales del elevador —dije—. Está cubierto con ese diseño.

—Exacto —asintió Reque—. Pero no es un simple patrón de caprichosas líneas *art nouveau*, es ni más ni menos que *Crann Bethadh*, un símbolo celta. Algunos lo asocian al Samhain o la noche de todos los santos, cuando se abría el portal entre vivos y los muertos, carne y espíritu —señaló la raíz y el follaje—. Pero, además, esta trenza central es el punto medio que une los dos planos, el inferior y superior. Como el elevador que es el puente que comunica el sótano con el ático.

—Los polos principales de energía —anoté. Empecé a sentir agobio.

—Y eso no es todo —Reque parecía cada vez más exaltado—. El suelo de la cabina tiene el patrón de unos curiosos remolinos, creo que son un *triskel*, el símbolo del principio y fin, un canalizador druida. Representa también el equilibrio de los tres tiempos: pasado, presente y futuro. Y hay más, ¡mucho más! —buscó otra imagen—. Seguro han visto esto, fíjense que parece un sello redondeado con una lechuza dentro.

—Las fichas de cobre del elevador —reconocí. Eran inconfundibles.

—Pues adivinen… están inspiradas en unas viejas monedas griegas llamadas óbolos. Oigan esto —Reque leyó—: en los ritos funerarios se colocaban debajo de la lengua y sobre los ojos de los muertos. Era para que el alma pudiera pagar a Caronte, el barquero del inframundo que transporta a los espíritus al Hades a través del río Aqueronte. ¿Curioso, no?

Lo era, sin duda. Pero seguía sin entender a qué venía todo eso.

—El Begur es un compendio de símbolos superpuestos

—siguió Reque—. Incluso el salón de banquetes, los vitrales con esas figuras en fiesta y luego los que están boca abajo en la puerta, deben ser, no sé, gozo y castigo. Claro, ¡son siete paneles! Son pecados capitales. Y si nos vamos al patio principal, los mosaicos del suelo tienen una figura geométrica trenzada color oro, alrededor de una enorme luna, color plata.

—Supongo que también significan algo —comenté.

—¡Ya dije que todo tiene un significado! —asintió Requena—. Me parece que son espigas de trigo cortadas y lo que está al centro no es la Luna, es la cuchilla, la guadaña de la muerte. Y para colmo, vean esto, ¿lo reconocen? —mostró una lámina.

¿Cómo no hacerlo? Esa imagen estaba en todas partes, desde los contratos, la papelería, la puerta de acceso, los barandales de hierro forjado, en cada uno de los buzones, las llaves, los remates de las escaleras, los vitrales y sus colores caían sobre los inquilinos. No había día en que no lo vieras si vivías en el edificio.

—Es la letra "B" de Begur —dijo Conde—. Eso es fácil.

—Ajá, pero va la parte difícil, ¿qué animal se esconde ahí?

—¿Un gusano? —se aventuró Conde—. ¿Una larva? ¿Un pez?

—Mejor dilo y avanzamos —sugerí, ya con ansiedad.

—Pero qué pereza mental —se quejó Requena—. Hay que duplicar la imagen, como en un espejo y *voilà*, aparece esto:

—¿Un… escarabajo? —Conde se acercó.

—Lo es. Es un *escarabeo* o escarabajo, asociado a la deidad Jepri. El símbolo egipcio de la muerte y la resurrección —Reque golpeó con el dedo repetidas veces la imagen, sus ojos se desorbitaban—. Y esta relación tipo espejo se repite en el edificio: ¡dos patios, dos fuentes, dos polos, de hecho, hay dos edificios Begur…!

—Okey, entiendo que esto es un alucine —intenté detener al exaltado Requena—. Tal vez el arquitecto del edificio simplemente estaba obsesionado con la simbología y enloqueció poniendo todas esas cosas aquí y allá. Tampoco es tan raro, ¿no? Las iglesias tienen un montón de símbolos, algunos bancos, los viejos teatros…

—Bueno, tú mismo lo acabas de responder —apuntó Reque—. Cada símbolo se usa según su entorno. Y aquí nada está puesto por azar, ¡hay una lógica interna! Son insignias de muerte y renacimiento, una y otra vez. Y eso contradice lo que les comenté hace unos días —suspiró, con pesar—. El Begur nunca fue una construcción normal. Desde el inicio se diseñó como un espacio mortuorio. Y los que vivimos aquí somos las piezas para que se eche a andar este mecanismo, ¿lo entienden?

—Lo dices como si fuéramos la leña… —me quejé.

—Pues justo es lo que somos, ¡el combustible! —asintió Requena, con gravedad—. Encontremos o no a la señora Reyna Fenck, este edificio está diseñado para funcionar con la muerte. Tendríamos que hacernos cargo de algo así.

—¿O sea que hay que seguir trayendo gente a que muera? —Conde lanzó un gritito y miró las carpetas con los casos de nota roja, suicidios, crímenes y penosas enfermedades—. En serio, ¿sólo así van a funcionar los muros, ventanas y puertas de fulgor?

—Espeluznante, ¿no? —reconoció Reque—. Es la teoría a la que he llegado, y creo que la Criatura Gris es el guardián de esta prisión de espíritus.

Sonaba aterrador, era verdad, pero, de nuevo, hice el esfuerzo por ser la voz de la cordura.

—Bueno, como dices, es una teoría —señalé—. Y tendríamos que comprobarla.

—Pues yo sí le creo a Reque —intervino Conde—. Aquí están las pruebas, ¡el edificio se diseñó con magia negra! Por todos lados está el escarabajo demoniaco.

—*Escarabeo* y no es magia negra… son ciencias ocultas —aclaró Requena—. Aunque, bueno, sí que hay vasos comunicantes.

—Como sea, en serio, Reque: ¿estás seguro? —insistí.

—No estoy seguro de nada —suspiró—, pero cada vez salen más evidencias.

—No quiero morirme ni traer gente a morir —se quejó Conde.

—Además falta la pieza clave —recordé—. Seguimos sin encontrar a la señora Fenck, o a quien está detrás de todo esto. Eso nos conduciría al vinculante, ¿no? A la fuente fantasmal que le da poder a la Criatura Gris. Y mientras lo descubramos, serán sólo eso: teorías.

—Ojalá, pero ya no sé… esta investigación es como un laberinto, y cada vez se hace más difícil —Reque se restregó los ojos—. Estoy agotado.

—También llevas horas estudiando, casi sin dormir, tu cerebro va a tronar —señalé—. Tienes que descansar.

—Échate una siesta —recomendó Conde.

—No, no puedo todavía. Es más, tengo que ir a ver cómo está mi madre —Reque se incorporó, quitándose las migajas de encima—. ¿Alguien me acompaña?

—No puedo dejar sola a mi tía —se disculpó Conde.

Yo me ofrecí. Salí con mi amigo. Cruzamos el pasillo rumbo a las escaleras. Reque se detuvo en un descanso.

—Diego, sólo dime una cosa —me miró, preocupado—: ¿no te da miedo enfrentarte a esto? ¿Ni un poco?

Miré los remates de las escaleras, la herrería. Por todos lados había figuras de cuervos, hojas de piedra talladas en las balaustradas, esa extraña letra B que en realidad era un escarabajo. Después de la clase de simbología de Requena, el Begur lucía más opresivo.

—Sí que me da miedo —reconocí—, pero lo otro es más fuerte.

—¿Qué otro?

—Lo que estoy ganando —expliqué—. Te conocí a ti, a Conde, ¡a Emma! Y todo eso fue gracias al Begur. Eso siempre lo voy a agradecer. Y haré lo que sea necesario para salvar a Emma, porque ella ya me salvó a mí...

—El amor, ese hermoso velo que oculta el peligro —Requena suspiró con cierta tristeza—. Ya sabes qué pienso sobre ese asunto. Ojalá me equivoque.

Yo también lo esperaba. Agradecí que Reque no hizo más comentarios. Entramos a su penumbroso departamento y fue directo a la habitación de su madre. A los pocos minutos empecé a escuchar que hablaba en voz alta, discutía a gritos. Me atreví a entrar.

—¿Todo bien? —empujé la puerta.

Requena tenía el semblante congestionado y, frente a él, desparramada en una cama de aspecto infantil con un dosel y velos, estaba la señora Flor, con el camisón empapado en sudor. Tenía ojos entrecerrados y farfullaba algo que parecían disculpas.

—Volvió a tomar —señaló Requena dolido. Me mostró una botellita de plástico—. ¡Se chupó el alcohol del botiquín! Cómo se me olvidó eso. No sé cómo lo encontró.

Sentí un mareo de culpa.

—Fui yo —confesé—. Me pidió ayuda, dijo que necesitaba hacerse curaciones... Jamás pensé... Ay, Reque. ¿Llamo a una ambulancia?

—Creo que podemos esperar —revisó la etiqueta—. Por suerte es etílico, no metílico.

—Reque, perdóname, neta, no me di cuenta.

—No te preocupes, te engañó. Voy a hacerle un suero oral. Quédate con ella un momento, no dejes que se levante o se puede caer.

Aunque era imposible que la mujer se pusiera de pie, sobre todo por la tremenda borrachera que llevaba encima. Su respiración era densa y entrecortada como el motor de una vieja camioneta. Nervioso, mejor le di la espalda y curioseé por ahí. El cuarto tenía una decoración similar al resto del departamento, con santos, figuritas de pastores y más retratos de Reque bebé; en un extremo había un televisor montado sobre una mesita con ruedas. Pero lo que me llamó la atención fue una pared con fotografías de la propia señora Flor, joven y un poco menos obesa; al lado había un montón de diplomas de piano y reconocimientos. Me acerqué a ver mejor.

—¿Sabías que actué en... el teatro de Bellas Artes? —escuché la voz gomosa de la señora Flor. Me hablaba entre los velos de su cama, parecía totalmente despierta—. Fue un recital… ese año escogieron a la mejor alumna del Conservatorio —se señaló orgullosa, con un dedo tembloroso—. Quién lo iba a decir, la que siempre recibió burlas, desde que pisé una escuela… ¿Creen que no me dolía? Y mira que lo intenté todo, dietas, médicos…y nada. Pero además de gorda era buena en la música… todos respetan a los talentosos… ¿no? A pesar del aspecto —ahogó un hipido—. Estudié… verás, doce años… practicaba como loca… ¿Conoces Bellas Artes? —sonrió con sus labios embadurnados de rojo—. ¡Es precioso! Pues ahí estaba yo, en el escenario, con un vestido nuevo, coqueto pero no vulgar eh… tocando *Islamey*, fantasía oriental de Mili Balákirev. Es una pieza muy, muy… pero muy complicada. Entras así, rapidísimo… —agitó los dedos en el aire—. Llevaba tres minutos y de pronto oí unas… risas. Empecé a ver todo rojo y luego… —carraspeó—. Doce años estudiando y se me olvidó todo… así nomás, *¡puf!* —lanzó una débil trompetilla—. Sólo oía esa horrible risita y luego un silencio pesado. Ni siquiera podía ver la partitura por las lágrimas que no dejaban de salir. Como pude, salí… Ese día morí de vergüenza… a veces creo que desde ese día estoy muerta.

Sus ojos me miraron con angustiosa intensidad.

—Lo siento mucho… —respondí, nervioso—. Es mejor que ahora no piense en eso. Su hijo fue a prepararle algo. Se va a sentir mejor.

—Tienes dedos de pianista… —señaló—. Puedo darte clase, no cobro caro…

Soltó una mezcla de farfullos y, de pronto, extendió la mano para señalar la lámpara colgante del techo, se movía. Enseguida percibí el tintineo rítmico de los pastores de mayólica de una mesita. Las figuritas saltaban en su sitio. Después se cayeron unos platos decorativos, y siguieron los portarretratos de la estantería. Cuando vi moverse el mueble del televisor, supe que pasaba algo grave. Reque entró a toda prisa.

—¡Está temblando! —gritó.

Todo empeoró. Fue como si el edificio se hubiera lanzado al mar, directo a un peligroso oleaje de placas tectónicas. La lámpara hacía péndulo con más fuerza. Los adornos cayeron de los anaqueles, se abrieron las puertas de los gabinetes, del buró. Se armó un concierto de disonancias con tronidos, goznes, el crujir de las paredes. No recordaba qué hacer: ¿esconderme bajo un mueble? ¿Escapar? Me sostuve de la cabecera de la cama. Y luego de segundos, que parecían contener un trocitos de eternidad, las cosas se calmaron.

—Se detiene —señaló Requena—. Estuvo suave.

Si lo que acababa de sentir era suave, no quería imaginar un terremoto con todos sus grados Richter encima. Sólo seguía la lámpara del techo en su tétrico balanceo.

—Voy a ver cómo está el edificio y los vecinos —avisé.

Requena se quedó atendiendo a su madre, mientras di una vuelta por pasillos y escaleras. Se notaba algún polvillo en el aire, algún macetero volcado, pero nada más. Entonces oí algunos murmullos y voces que provenían de las escaleras, en el tramo que iba de la planta baja al primer piso. Ahí me encontré a algunos vecinos, a los hermanos o esposos cuervo, a don Beni, al manco, y a otros viejos. Todos rodeaban a un hombre tumbado en el descanso. Por la barba canosa lo reconocí, era don Salva.

—... No pasa nada, en serio —explicó—. Fue mi culpa, al subir corriendo tropecé, todo se movía... ¿Están todos bien? Yo sí...

Pero no lo estaba. Cuando don Salva puso un pie en el piso, lanzó un grito y volvió a caer. Vi a Conde salir de su departamento para ayudar a su tío.

—Esperen, no lo muevan —recomendé—. Voy por Rosario del 101, es enfermera.

Baje, crucé el patio hasta el departamento de doña Clarita. La puerta estaba entreabierta.

—Hola. ¿Todo bien por aquí? —entré con cuidado.

—¿Tú qué crees? —me respondió Rosario en persona.

La fornida cuidadora parecía la sobreviviente de tsunami de basura. Estaba en medio de la sala, intentando arreglar un poco el desastre de torres derrumbadas de periódicos, cajas abiertas, maletas viejas, bolsas de plástico, papeles, sobres, zapatos, paraguas, pinturas, calendarios, mesas volcadas con infinidad de polvosos adornos.

—Un día me voy a morir aplastada aquí —dijo de mal humor. Puso, de cualquier modo, un montón de trebejos, encima de una banca.

—Pero… ¿tú y Clarita están bien? —volví a preguntar.

Las paredes y el techo no tenían grietas, al menos a simple vista.

—Seguimos vivas, si es lo que quieres saber —resopló—. Mejor ayúdame a despejar los pasillos. Oye, por cierto, qué bueno que apareces, tu hermano me tiene harta, no deja de llamar.

—¿Hermano? —repetí atónito.

—O primo, lo que sea. ¡Y por cobrar! Dice que es urgente —apiló otro montón de sobres color manila sobre un sillón—. No voy a ir a buscarte, ¡ni que fuera tu secretaria!

—¿Santi? —lo supe entonces—. ¿Llamó Santiago?

—Sí, ése, de España. ¿Quién le dio el número de la casa de la señora Clara?

—Fui yo, disculpa. Debe de ser algo muy grave si está insistiendo tanto. Si vuelve a hablar avísame, por favor, ¡te pagaré lo que sea!

—Y bueno, ¿me vas a ayudar o a qué viniste? —replicó.

Entonces lo recordé. Le conté que don Salva estaba lastimado en la escalera.

—¿Y? ¿Yo que tengo que ver? —se quejó.

—Pues eres enfermera.

—Primero me acusan de ladrona ¡y ahora quieren ayuda! —torció la boca. Sacó de un bolsillo un paquete de cigarrillos y salió al patio—. Más vale que no sea nada...

Por un instante no supe qué hacer, si seguirla o ayudar a ordenar un poco el caos, aunque ese sitio me daba repelús. ¿Dónde estaría doña Clarita? Noté que los espejos no sólo estaban cubiertos, sino que los habían girado, con vista hacia la pared. Estaba por salir cuando sonó el teléfono de la cocina, y tuve una idea temeraria: contestar yo mismo. Lo hice, nervioso, y una operadora me preguntó si aceptaba una llamada urgente por cobrar de Santiago Pueyo de Barcelona, España. Casi grito, ¡claro que aceptaba!

—¿Santi? —sujeté el teléfono con todas mis fuerzas—. ¿Eres tú?

—¡Al fin! ¡Qué te pasa, tron!,—exclamó mi amigo del otro lado de la línea—. Me contratas de detective y después nadie quiere coger la llamada, ¿o qué pasa?

—Nada, hubo un malentendido pero ya estoy aquí —aseguré feliz. Rosario seguía sin volver, debía de estar revisando a don Salva—. ¿Te has enterado de algo?

—¡Que si me he enterado! Con la información que tengo, esta chica cae a tus pies, fijo, ¡te bordé un trabajo de investigación que ni Remington Steele.

—Entonces sí… —carraspeé—. ¿sí fuiste a Castelldefels?

—Claro, ¡que lo prometí! ¡Ya te cobraré el favor algún día! ¿Tienes boli para apuntar y pared donde sostenerte? Es un mazo de cosas impresionantes las que encontré.

Busqué algo donde escribir, encontré una vieja revista de tejido y de una taza despostillada saqué un trozo de lápiz. No quería ni respirar para no interrumpir a mi amigo.

—Para empezar el edificio sí existe —comenzó Santi—, pero no cerca del Castillo de Fels, está como en otra colina, y es la hostia, parece de la familia Munster. Con todas esas flores, animales y caretos de piedra encima. ¿Vives en algo igual? Debe de ser una pasada.

—Sí, sí. ¿También allí son pisos de alquiler?

—No, éste es un ancianato. Pero no es un asilo donde las viejecitas pintan flores y hacen costura, los que llegan allí están fatal… digamos que es su última parada.

—¿Van a morir? —confirmé. Eso tenía sentido.

—Sí, es casi un tanatorio. Entré a investigar, dije que era un chavalín buen rollo que buscaba hacer un servicio social, y alcancé a ver que hay dos patios cubiertos, uno grande y otro más pequeño. Por dentro es la leche, eh, como un palacio, *¡qué nivel, Maribel!* Y tiene un ascensor, pero no sé si servía. Debes de vivir allí en México como princesa, ¿a que sí?

—¿Sólo alcanzaste a ver los patios? —interrumpí a Santi que era dado a descoserse en otros temas—. ¿Hasta dónde llegaste?

—Pues hasta allí, que me echaron. ¡Yo no hice nada! Hay una viejuna que es la encargada, pensó que era un encubierto del gobierno o así. Supe que los quieren echar, a todos los viejos. La concejalía dice que están infringiendo algo de sanidad, además se han quedado sin fondos, en fin, un lío.

Así que me mandaron a freír espárragos, tío. Me cerraron la puerta y todo.

—Ah, ¿es lo que investigaste? —suspiré con desilusión.

—Tranqui, colega. ¡Apenas voy comenzando! Recordé lo que dijiste, debía agotar todas las posibilidades y busqué una biblioteca local a ver si tenían algo sobre el edificio. Estaban por cerrar, pero ahí trabaja una chica, más buena que el pan con tomate; de unos diecinueve, rubita, sabes que a mí las rubitas, bueno, también las morenas, aunque una vez, con una pelirroja de Vallecas, ¿te acuerdas de la Maricarmen?

—Sí, sí. Luego hablamos de pelirrojas —interrumpí ansioso—. ¿En la biblioteca encontraste algo del edificio?

—Efectiviwonder. Había un libro sobre las construcciones más distintivas de Castelldefels, el castillo, la torre Barona, la Can Ballester, y en un apartado de edificios civiles, venía el ancianato Begur, lo hizo ese tío que me dijiste, Ferran Begur, eso fue en 1921. Luego venía un mazo de información del modernismo catalán en la arquitectura y *bla bla bla*. Pensé que daría un aneurisma de aburrimiento, pero entonces, la tía buena de la biblioteca, que se llama Ángela, me dice: "Ahí trabajó mi abuela Teresa". Le dije que me encantaría hablar con la dulce señora. Ángela me dice que eso era fácil, sólo tenía que ir dos calles abajo, hasta un estanquillo, donde la abuela Teresa atiende.

—Vale, vale, ¿y fuiste?

—*Ya te digo, Rodrigo,* ¡que me he convertido en un investigador profesional! Di con el estanquillo y ahí estaba la ancianita. Tú sabes que soy muy majo con las abuelas, le dije que era nuevo en la zona y tal, el asunto es que le saqué conversación y le compré unos tebeos y chocolatinas, tal vez por eso fue más receptiva cuando le pregunté sobre el ancianato. No guarda muy buenos recuerdos. Fue un sanatorio hasta los años cuarenta, para tísicos creo, esa enfermedad de la gente antigua. ¿O es tuberculosis?

—Ya, ¿pero qué pasó con el edificio? —insistí.

—A eso voy. La señora Teresa trabajó ahí de joven, once meses, en limpieza, nunca le gustó, le daba mal rollo. Y cuando un funcionario de correos le propuso matrimonio, aceptó de inmediato, se casó, tuvo hijos y luego la nieta más buena de Castelldefels.

—Pero ¿no dijo nada más del edificio?

—A eso voy, colega. Según ella, no se contagió de milagro y calcula que han muerto ahí como tres mil o más personas ¡A que mola!, en un sentido darki, pero mola, ¿no? Le pregunté si sabía quién era el constructor o dueño del edificio, y rápidamente dijo: *els bruixots*, los brujos. Es una leyenda algo terrorífica...

Se me congeló la médula. ¡Entonces Requena tenía razón! El origen de los edificios tenía que ver con ocultismo y magia negra.

—Colega, ¿me has oído? ¿Sigues ahí? —preguntó Santi—. Oye, que esta llamada va a salir en un pastizal.

—Sí... los brujos. Tú cuenta todo, que yo pagaré después —reaccioné—. El dinero ahora no importa.

—Qué fetén. ¡Espero que así me pagues a mí algún día!

—Sí, sí —retomé, ansioso—. ¿Por qué le decían el edificio de *els bruixots*? ¿La señora Teresa los conoció?

—No, no. Esto es de más atrás. Se decía que los dueños del edificio eran dos hermanos que se dedicaban a la magia negra —¡ahí estaban de nuevo las temibles palabras!—. Es como un cuento local. Me imagino que una mezcla entre las meigas y las brujas de Zugarramurdi... mucho folclor del añejo: sacrificios, envenenamientos, amuletos demoniacos, muertes por aquí y por allá.

—Ya… pero entonces ¿es sólo una leyenda?

—No. En este caso hubo hasta un libro… bueno, más bien unas octavillas o cuadernillo. Se supone que lo escribió uno de los siniestros hechiceros. Por alguna razón se arrepintió de sus brujerías e intentó reformarse y lo primero que hizo fue confesar la verdad, su verdadera identidad: cómo se hicieron poderosos, los daños que habían hecho…

—¿Tienes el título del libro?—sentía el hormigueo en las manos.

—Espera, colega, que aquí la cosa se pone difícil. Según la señora Teresa, el cuadernillo se publicó antes de que estallara la Guerra Civil, antes de los años treinta…

—Tal vez se encuentre en una librería de viejo de Barcelona.

—Aún no termino —Santi tomó aire—. El otro hermano hechicero cuando se enteró que había un librito con la confesión de sus hechicerías, donde también él salía, fue a la caza y rastreó todos los ejemplares. Los de los estancos, librerías, hasta los que se alcanzaron a vender… los recompró uno a uno, pagando una fortuna. Juntó todos y ¡chao pescao!, los destruyó. Luego castigó al hermano chivato de una manera horrible. Aquí hay varias versiones, unos dicen que le sacó los ojos, que le cortó las manos, la lengua y al final le encerró en algún calabozo del edificio… ¡Te digo que esto es una pasada! Es como esa peli de Argento, la que vimos en el cine Rex, la de la secta que adoraba a las tres brujas… Después de verla me entró mal rollo nadar por la noche…

—Pero ¿hay nombres de los hermanos o algo? —volví al tema—. ¿Qué ocurrió luego?

—Pues en ese punto la cosa se pone color de hormiga —reconoció Santi—. Vino la dictadura, la Guerra Civil, el franquismo, y la gente estaba más preocupada por otras cosas que por cuentos de brujos. Los hermanos abandonaron el edificio. Un patronato administró el castillo de *els bruixots*; fue clínica de tísicos, el asilo de ahora, y ya.

—¿Y ya? —casi grité—. ¿Es todo?

—¡Es mucho! ¡Mogollón! La tía con la que estás ligando va a alucinar pepinillos cuando le cuentes la leyenda de los brujos. Lo curioso es que en Castelldefels no saben que hay un edificio igual en México. Bueno, colega, es todo lo que encontré, supongo que hay más cosas del otro lado del charco, ¡si tú vives en uno de esos edificios encantados!

—En realidad, aquí no se sabe mucho —reconocí—. La dueña es una señora extranjera pero desapareció hace unas semanas sin dejar rastro. Luego te cuento. Pero gracias colega, ¡te has pasado con esa investigación!, ya tengo de dónde más rascar. Si en el futuro me caso con la Emma, tú serás el padrino. Y si sabes de otra cosa, llama de nuevo.

—*Okey makei* —rio— Un gusto colega. Nos damos un telefonazo. ¡Y mantenme al tanto de cómo te va con la Emma! ¡Eso sí que quiero saberlo todo!

Di una última despedida y colgué. Al girarme casi grito al ver tras de mí a Requena, Conde y Rosario. ¿Cuánto tiempo llevaban escuchándome?

—Espero que tu padre tenga mucho dinero —Rosario sacudió el cigarrillo para tirar las cenizas—. Me debes un dineral de teléfono.

—¿Era tu amigo de España? —confirmó Conde.

—Sí, Santi… ¿Cómo está tu tío? —pregunté a mi vez.

—Sólo se torció el pie —aseguró Conde—. Lo llevamos a

mi casa y mi tía despertó y le puso un fomento. Rosario nos dijo que estabas aquí.

—¿Y entonces? ¿Qué te dijo tu amigo? —Reque volvió al tema central—. ¿Alguna información importante?

—Sí, sí. Muchas cosas… —reconocí—. Hay otro edificio Begur en Castelldefels, pero es un asilo para desahuciados, el sitio tiene muchas leyendas… algo de unos brujos… —me detuve, ahí estaba Rosario y no quería contar esa parte frente a ella—. Estamos investigando la historia del Begur —fue lo único que expliqué.

—¡Qué ociosidad! ¿Y para eso haces llamadas por cobrar? —se quejó, molesta.

—En realidad es muy interesante —repuse—. Por algo doña Clarita dedicó su vida a reunir datos del edificio —miré los viejos sobres con renovado interés—. Seguro que por aquí hay información sobre Castelldefels y su construcción, en algún lado.

—Claro, si las cajas están numeradas —recordó Conde—. Pero tendríamos que buscar las primeras, aunque todo se revolvió con el temblor, ¿no?

—Podemos revisar los números y sirve que ayudamos a arreglar el departamento —propuso Reque.

—¿Perdón? ¿Y quién les ha dado permiso de hacer eso? —se quejó la cuidadora—. ¿Saben qué?, no quiero que metan sus garras por ahí. Vamos, ¡fuera!

Entonces tuve algo semejante a una iluminación.

—Esperen, ya sé dónde está la primera caja —interrumpí—. De hecho tiene una placa con un doble cero y el uno. ¡La caja fuerte! Doña Clarita comenzó su colección con eso —tuve una certeza, hasta tragué saliva—. ¡Y creo que ya sé qué tiene dentro!

Conde, Reque y la misma Rosario me miraron en silencio expectante.

—¿Y... qué es? —preguntó la cuidadora.

—Primero déjame intentar abrirla —pedí—. Creo que puedo hacerlo.

—¿Cómo sé que no vas a robar? —señaló la mujer con desconfianza—. Lo que guarda no te pertenece.

—Bueno, tampoco a ti —comentó Conde.

—A ver, basta... hay que calmarnos —pidió Requena, conciliador—. Podemos hacer lo siguiente: si Rosario nos da permiso, intentaremos de nuevo abrir la caja fuerte. Y si lo conseguimos, que ella decida qué hacer con lo que encontremos.

—Por mí está bien —accedí, confiado.

Ahora las miradas se concentraron en la cuidadora. Lanzó un quejidito.

—Siempre me meten en problemas, ¡siempre! —pero nos hizo una seña para que la siguiéramos en el pasillo atestado de cajas caídas, bancos y mesitas volcadas—. Sólo les voy a dar diez minutos. ¿Entendido?

Abrió la puerta de la habitación del fondo y encendió la luz. Conde, Reque, y yo casi gritamos al toparnos de frente a doña Clarita, sentada en una mecedora.

—Tranquilos, no se da cuenta de nada, miren —Rosario chasqueó los dedos frente a la cara de la anciana, ni parpadeó—. La última vez que vinieron se puso muy mal. Sólo con una tonelada de lorazepam se queda quieta y deja de gritar tonterías.

La pobre Clarita tenía los ojos nublados y la boca abierta, babeante. Lanzaba un raro estertor, como si se hubiera quedado atascada pronunciando algo. El olor dulzón que emitía su arrugada piel era tan intenso que Conde contuvo las arcadas y se tapó la nariz.

—¿No es peligroso medicarla así? —observó Reque—. Debería verla un doctor.

—¿Quieren abrir la caja o no? —gruñó Rosario.

Me acerqué a la esquina, pasé al lado de la repisa con muñecas antiguas, sentí sus ojitos de porcelana sobre mí. Me puse en cuclillas para estudiar la caja fuerte. Era enorme, de un metal muy oscuro y, en efecto, tenía el número 001 grabado en una placa.

—¿De verdad sabes la clave? ¿Qué te dijo tu amigo? —oí a Conde detrás de mí, hirviendo de impaciencia—. ¡No has dicho nada de lo que hablaste con él!

—Pigmeo, ¡deja que Diego se concentre! —pidió Reque.

En realidad no conocía la clave, pero iba a intentar con algunas palabras que mencionó Santi. Ya vería si tenía suerte. Tomé la revista de tejido para revisar lo que había apuntado sobre la leyenda de los hermanos ocultistas.

—Fíjate, hay dos criptex, cada uno con ocho espacios —apuntó Requena—. Podría ser una frase completa o dos palabras.

Intenté por separado. Primero deslicé las letras de los aros superiores de bronce, hasta donde estaba una marca. Probé con "castelld", pero no hubo cambio, seguí con "cdefells" abajo y nada ocurrió. Recordé la palabra *hermanos* en catalán: *germans*, pero la manija no se abría, claro faltaba una letra. Intenté "hospital", "edificis". Comencé a desesperarme un poco.

—Lo sabía, ¡no tienes ni idea!—resopló Rosario de mal humor—. Sólo me están haciendo perder el tiempo. ¿Creés que no he intentado abrir el trasto ese? Ya probé con todas las combinaciones de Reyna, Begur, Fenck, Clara, Fuensanta, Gala...

Al fondo de su inconsciencia la anciana alcanzó a distinguir el nombre de la legendaria dueña, porque se revolvió con un lastimero quejido.

—Tal vez si me explicas lo que te contó Santi, pueda ayudarte —propuso Reque.

—Sí, hazlo. ¡El gordo será lo que sea, pero es súper inteligente! —reconoció Conde.

Entonces se escuchó un sonoro clic que provenía del criptex superior de la caja. Hasta yo quedé sorprendido.

—¿La abriste? —Requena se acercó atónito—. ¿Qué has puesto?

—¿Cómo lo hiciste? —exclamó Conde—. ¿Qué quiere decir eso?

Había formado la palabra: "b-r-u-i-x-o-t-s", y al parecer era la clave correcta porque ya no podía girar los anillos, estaban atorados.

—Significa *brujos* en catalán —expliqué, todavía con asombro—. Así les decían a los hermanos constructores del edificio de Castelldefels.

—Pero esto sigue cerrado —Rosario jaló la manija.

—Falta el criptex de abajo —anotó Requena—. ¿Cuántos hermanos eran?

—Dos —recordé.

—Vuelve a poner bruixots, ¡también son ocho palabras! —Conde daba saltitos—. Apuesto a que es eso. ¡Todo es doble en el Begur!

Así lo hice, pero no ocurrió nada.

—Debe de ser otra palabra —suspiré desilusionado.

—Espera, voy a probar algo —se acercó Reque. Y deslizó las anillas hasta escribir "s-t-o-x-i-u-r-b"—. Todo es doble, ¡pero como tipo reflejo!

Entonces se escuchó un segundo clic. Rosario, atónita, nos hizo a un lado y jaló el maneral.

—Atrás, ¡déjenme ver! —ordenó, desesperada—. Ése fue el trato. ¡Yo reviso primero!

La dejamos. La cuidadora, temblando, abrió la caja fuerte. La puertecilla emitió un rechinido y nos asaltó un olor peculiar, como a fierro, ropa vieja y humo.

—Pero tú sabes lo que hay dentro, ¿verdad? —confirmó Conde en voz baja.

—Espero, creo que sí —asentí nervioso.

Lo primero que Rosario sacó fueron unos zapatos anticuados de mujer, uno de ellos estaba carbonizado. Un poco desorientada siguió escarbando y extrajo un vestido, también negro, con desgarres; luego un abrigo con forro roto; un peine de celuloide derretido; un bolso que al vaciarlo dejó caer una polvera estrellada, unas gafas de sol despedazadas, media chalina, y ¡dulces de orozuz! (casi fosilizados). Al fondo había unas plumillas, tres frascos con tinta seca; papeles con rebordes negros, sellos viejos y cosas parecidas. Todo estaba roto, chamuscado, incompleto, parecían los restos de un incendio. Pero nada de oro, joyas, ni siquiera un mísero anillo de plata.

—¡Basura, siempre basura! —gimió Rosario con frustración. Metió las manos hasta el fondo, pero no había más, tenía los dedos manchados de hollín. Se incorporó, parecía furiosa—. ¿Qué podía esperar de una vieja senil? ¡Cómo odio este trabajo! Pero me voy a ir, lo juro. Prefiero trabajar en cualquier otro lado, hasta en ese hoyo infecto del Divino Redentor, a donde llevaron a morir al conserje —parecía a punto de llorar de la rabia—. Sí, es lo que haré…

—Pero… ¿podemos revisar lo que sacaste? —me acerqué.

—Llévatelo, tírenlo, no me importa —sacó un cigarrillo, pero el encendedor no tenía chispa—. Estoy harta. Cobro este mes y me largo de aquí.

Decepcionada, salió a buscar con qué prender el cigarrillo y nos quedamos mirando el montón de cosas viejas, rotas y quemadas que estaban esparcidas en el suelo.

—Sí que parece basura —examinó Requena—. Pero ¿por qué la señora Clara guardaría esto? No parece importante.

—Tal vez nunca estuvo bien de la cabeza —opinó Conde.

Entonces detecté un cartapacio de cuero, como una carpeta con tapas duras y requemadas. Al abrirlo, crujió.

—¡Aquí está! —me temblaban las manos—. Es esto.

—¿Qué es? —se acercó Conde y quedó desconcertada—. ¿Más papeles viejos?

—Sí, pero es la clave de todo. La confesión de uno de los *bruixots* —con cuidado separé las páginas amarillentas, con bordes quemados—. Ellos construyeron el edificio de Castelldefels...

Hice un breve resumen de lo que me contó Santi: unos hermanos que se dedicaban a la magia negra, hasta que uno de ellos, por alguna razón, se arrepintió y publicó una confesión. El otro hermano, al enterarse, quemó los ejemplares y castigó al *bruixot* chismoso.

—Ésta fue la única confesión que queda en el mundo, por eso estaba guardada en una caja fuerte —desplegué los papeles. Eran unos pliegos llenos de anotaciones al margen.

—Parecen pruebas de imprenta —observó Requena—. Hay marcas de corrección de erratas y gazapos.

—Pero sigo sin entender. ¿Esos mismos brujos también construyeron este edificio, en México? —quiso saber Conde—. ¿Y qué tienen que ver con la Criatura Gris?

—Bueno, supongo que lo sabremos al leer esto —metí cuidadosamente los papeles al cartapacio.

—¿Y qué esperamos? ¡Salgamos de aquí! —sugirió Requena.

Cuando cruzamos rumbo al pasillo noté que doña Clarita nos miraba. Había dejado de emitir ese raro gemido y le escurrían lágrimas, no supe si eran de alivio o de miedo; pronto nos íbamos a enterar.

Estimada A. Seguro se está haciendo un montón de preguntas y tal vez hasta tiene algunas respuestas. Le daré tiempo para que piense en sus hipótesis. De momento debo hacer una pausa. Luego de esta larguísima carta ya estoy exhausto. Debo aprovechar para dormir un poco. Recordar lo que viene sólo me traerá insomnio, tal vez a usted también.

Queda de usted,

Diego

Carta veintitrés

Estimada A:

¿**R**ecuerda que le mencioné al adversario? En los relatos fantasmales o de horror, el adversario tiene a su favor dos cosas: domina la geografía y funcionamiento de los *nuevos territorios* y, además, está oculto tras máscaras. Cada enfrentamiento o investigación sirve para arrancarle una careta, la última; claro, es la *máscara final*. Del otro lado está su yo descarnado con su mayor debilidad expuesta, pero también su última arma, lista para librar la *última batalla*, la decisiva. En ese punto tanto el héroe como el adversario van a recibir un daño atroz (sí, ambos, me temo); es un enfrentamiento del que, con suerte, sólo uno podrá sobrevivir.

Esta carta será acaso corta, pero no por eso es menos importante, de hecho es el momento exacto en el que mis amigos y yo develamos el secreto de la *máscara final*. Le recomiendo silenciar teléfonos celulares, redes sociales, cualquier cosa que pueda distraerla. Éste es el momento que le he prometido desde hace tanto tiempo. ¿Lista?

Salí con Reque y Conde a la banca de la jardinera que se había vuelto una extensión de nuestra oficina de investigación. Además, estar fuera nos daba tranquilidad; en el Begur nunca se estaba seguro de quién o qué podía estar vigilándote. Terminé de relatar a mis amigos el resto de mi llamada con Santi, les conté sobre el edificio gemelo en Castelldefels, que en ese momento funcionaba como asilo y hospicio para desahuciados; las pistas del constructor, la leyenda de los hermanos brujos, su pelea y cómo desapareció el rastro de ambos antes de la Guerra Civil.

—Pero ¿qué tiene que ver doña Clarita con los brujos esos? —Conde miró los papeles amarillentos y medio quemados—. ¿Los habrá conocido? Tal vez le lanzaron alguna maldición a la pobre y tal vez por eso no puede salir de su departamento…

—Tal vez si guardas silencio y nos dejas leer, lo entenderíamos —riñó Reque.

Organizamos los pliegos y nos lo pasamos para leer. Eran unas cuarenta y cinco páginas en edición bilingüe. Por suerte para nosotros, la mayoría de los folios chamuscados eran los que estaban en catalán. Se trataba de un cuadernillo de denuncia, hecho para destruir la reputación de alguien. Supongo que en aquella época, a falta de redes sociales, se usaba este sistema para atacar a algún poderoso y develar sus verdades, secretos, orígenes o simplemente confesarse. El título lo decía: "El engaño y secretos de *els bruixots Begur*". A continuación haré un resumen con lo más importante.

La primera sorpresa que me llevé fue que *els bruixots* no fueron dos varones, sino un hermano y una hermana: Ferenc y Angyalka, gemelos. Nacieron a finales del siglo XIX en una pequeña y vetusta ciudad húngara llamada Szombathely, dato que siempre ocultaron celosamente; la mayor parte de las veces decían ser nacidos en Andorra o en Gerona. A inicios del siglo XX, Ferenc y Angyalka llegaron a Barcelona, eran apenas unos adolescentes y se establecieron en el Poblenou, en una miserable vivienda sin baño ni agua corriente. Los hermanos húngaros eran más pobres que una rata, con un solo cambio de ropa, dos sartenes y zapatos llenos de agujeros; sin embargo, se diferenciaban de los miles de los campesinos que llegaban cada semana a la industriosa ciudad buscando fortuna o un mísero trabajo en fábricas o en el puerto. Ferenc y Angyalka no sólo sabían leer y escribir, sino que contaban con muchos libros, algo insólito para los arrabales en donde se movían. Se decía que se la pasaban estudiando de día y a la luz de las velas por la noche. Pronto se corrió la noticia de que eran masones o rosacruces. Si hubieran sido ladronzuelos, sin duda habrían sido mejor recibidos.

A pesar de su corta edad infundían cierto miedo, sobre todo el chico que protegía siempre a Angyalka; se dice que un pescador se atrevió a decirle alguna grosería soez a la hermana, a la mañana siguiente amaneció casi muerto, envuelto en una red. Además, ambos eran de una inteligencia afilada. En poco tiempo dominaron perfectamente el castellano y el catalán. Ferenc se rebautizó como Ferran y Angyalka como Amaya, tomando Begur como apellido. Ya con el dominio de las lenguas locales, saltaron de oficio en oficio y a cuartuchos un poco más grandes. Pero no se esforzaron por tener amistades, de momento se bastaban con ellos mismos y los domingos preferían quedarse a leer algún viejo libro que ir a la iglesia. También se rumoraba que las propiedades que alquilaban las cubrían con trazos astrológicos en las paredes, eso asustaba a los caseros y los echaban continuamente. Fueron a dar a la

Barceloneta y luego a varios destartalados apartamentos en el barrio chino. Pero los libros rindieron sus frutos, pues Angyalka, ahora Amaya, obtuvo un trabajo como institutriz de medio tiempo (resultó que también hablaba francés) y Ferenc, ahora Ferran, consiguió una beca para inscribirse en la Universitat de Barcelona y entró a estudiar arquitectura (dicen que su examen de admisión fue perfecto). Aun así los costes de la carrera eran excesivos, y la hermana menor buscó otros empleos, uno como secretaria en el Banco Sabadell y de costurera los fines de semana. Dejaba la piel con tal de ayudar a Ferran.

Lo que nadie sabía era que los hermanos provenían de una familia aristócrata arruinada o maldita, lo que es casi igual. Tuvieron una vida privilegiada hasta los 14 años y su abuelo los educó bajo el manto de la sociedad secreta: Alba Dorada, la Hermetic Order of the Golden Dawn, un grupo ocultista practicante de magia ceremonial con raíces de alquimia, teosofía, *qabalah*, mística egipcia y otras ciencias arcanas. Los gemelos preferían no hablar sobre su familia de origen, pero corrían varios rumores: algo de una venganza política, asesinatos, un incendio. Un poco de verdad había en todo ello, lo cierto es que los hermanos eran los únicos sobrevivientes de su estirpe.

Y tal vez porque alguna vez paladearon la riqueza, Ferran y Amaya estaban dispuestos a recuperarla. El hermano era tan brillante que aun cursando la facultad consiguió diseñar su primera obra: un edificio de despachos en El Eixample. El proyecto fue licitado mediante concurso; fue una sorpresa que ganara un muchacho silencioso que apenas iba en segundo año de carrera. Las autoridades convocantes del premio no creyeron que un joven de 20 años fuera capaz de liderar un equipo de construcción y fue rebajado como ayudante de su propia obra. Ferran no dijo nada, aceptó el trabajo, quería darse a conocer; además, pronto habría más oportunidades. La ciudad estaba en efervescencia, había dinero de sobra, la industrialización avanzaba junto con el nuevo siglo, al tiempo que se fundaban los complejos movimientos obreros. Es en este escenario donde Ferran desarrolló sus dotes profesionales y donde, también, conoció la piedra que provocaría su trágica caída.

Se llamaba Beatriu (aunque en honor a su madre, prefería el Beatriz), y Ferran la contempló por primera vez fuera de la Basílica de los Santos, Justo y Pastor, un viernes de Corpus. De inmediato quedó infatuado por su belleza plácida de madona renacentista. Beatriz tenía entonces 16 años y, además de juventud y hermosura, destacaba por su abolengo; pertenecía a los Clariana i Dorcas, una familia de inmensa fortuna, dueños de más de veinte masías, telares y fábricas.

Hasta entonces, nada había conseguido perturbar a Ferran. Siempre serio y concentrado entre el estudio, el trabajo y su hermana. Pero el fuego que despertó Beatriz Clariana en su corazón se volvió un devastador incendio que nada pudo apagar. A Ferran no le importó la diferencia de clases, y es que, aunque tenía cierto origen noble, para la Barcelona de entonces era un advenedizo sin una peseta en el bolsillo. Desesperado por llamar la atención de la hermosa joven, Ferran le envió intensos mensajes de amor con criados, dependientas y mensajeros. Beatriz desechó todos los sobres sin abrirlos, no tenía caso, pues estaba comprometida con Albert Bonastre, un solterón de 38 años, atildado, que vivía con su madre en un palacete de La Dreta. Lo distintivo de Albert no era su incipiente calvicie, sino que era el único heredero de un emporio minero. El padre de Beatriz, Nicolau Clariana, había pactado este matrimonio tiempo atrás.

Cuando Ferran se enteró del compromiso no se detuvo, al contrario, sólo cambió de táctica y siguió acosando a la pobre Beatriz con una voluntad que rayaba en la demencia. Dejó de lado los mensajeros y él mismo se dedicó a buscarla para darle en mano sus cartas de amor apasionado. Estaba seguro de que cuando ella conociera la intensidad y nobleza de sus sentimientos, le iba a corresponder. La buscó en misa, en los intermedios del Liceo y finalmente le hizo encontronazo en un pasaje del Almacén el Siglo, en la antigua rambla dels Estudis. Ahí, aprovechó un instante en que su criada la dejó sola para declararle su amor sincero. Ferran era joven, muy alto y fuerte, medianamente apuesto y, sobre todo, contaba con una personalidad magnética. Nada de esto le sirvió con la bella Beatriz, que le suplicó, agobiada, que dejara de insistir. Le explicó que aunque se tratara del mismísimo marqués de Carabás, ella no podía dedicar atención a ningún hombre, a los 18 (en su mayoría de edad) iba a ser la mujer de Albert Bonastre. No había manera de romper ese compromiso, no podía defraudar a su padre ni a su fallecida madre, ni deshonrar a la familia, simplemente debía obedecer. Y aunque faltaban dos años para la boda, estaba ya inmersa en los preparativos.

Al oír esto, Ferran hizo algo que nadie esperaba. Dejó de perseguir por cada rincón de la ciudad a Beatriz, le mandó un ramito de azucenas blancas para pedir disculpas (este gesto lo repetía mes con mes), Pero en los próximos veinticuatro meses sucedieron dos cosas extrañas y no menos sorprendentes. El prometido de Beatriz, Albert, enfermó de fiebre mercurial, lo que le desató un profundo ataque de melancolía, tercianas y un insomnio tan agudo que el hombre pensó que iba a perder la cabeza. Su madre lo llevó a una clínica de Lausana, Suiza. Se creía entonces que la brisa del lago Leman era curativa.

Mientras tanto, en Barcelona, Ferran terminó la carrera con honores y consiguió despegar profesionalmente cuando diseñó una espectacular casa en el barrio de La Mercè, un palacete con aires marinos. Fue su mejor carta de recomendación y pronto se volvió el arquitecto favorito de los nuevos ricos, deseosos por mostrar su dinero.

Era verdad que las construcciones de Ferran tenían una belleza hipnótica, pero llevarlas a cabo era una labor titánica. Desde el principio Ferran tuvo fama de extravagante, era capaz de remover los cimientos de una casa para que cuadraran con ciertos ángulos de la trayectoria solar; se negaba a fincar edificios en terrenos que no estaban bien *aspectados*. Si los trabajadores modificaban algo, así fuera un centímetro el cerco de una ventana, se enfurecía y debían volverla a hacer; sus órdenes se seguían a rajatabla. Era obsesivo con el color exacto de los vitrales, la disposición de las baldosas y con el material. Por ejemplo, no se podía sustituir piedra volcánica por piedra arenisca o pintura de plomo por tinta de cal. Además, Ferran se hizo célebre porque marcaba días exactos para construir y entregar una obra, por ejemplo decía setenta y siete días o siete lunas, y siempre respetaba el tiempo, así tuviera que poner a trabajar a media Barcelona, lo que era una locura ya que nunca dejaba ver los planos completos a los trabajadores, sólo secciones. La totalidad de la obra era información confidencial.

Algunos clientes al principio se enfurecieron con estas extravagancias que disparaban los costes, pero callaron al ver los resultados. Ferran decía que no hacía simples construcciones, sino que doblegaba al cosmos y a la naturaleza, para servirse de su poder. Fue muy sonado el caso de un banquero que pidió a Ferran el diseño de su nuevo edificio de despachos y vivienda. El arquitecto usó emanación de minerales para construir la argamasa, destruyó varias barras de oro sólo para usarlos como remaches que quedaron enterrados, y diseñó un estricto calendario; los albañiles tenían que empezar a trabajar cuando el sol tuviera cierta inclinación. Aunque el edificio se hizo muy rápido, costó cuatro veces más del presupuesto, y el banquero pensó que iría a la ruina, pero, a los pocos meses de estrenar oficinas y casa, recuperó de golpe su dinero gracias a un ventajoso negocio de un nuevo combustible y, explorando unos terrenos, dio con una veta de plomo. El dinero no dejaba de entrar a sus despachos.

También se volvió legendaria la casona que Ferran construyó para un anciano rico recién desposado con una joven vicetiple de la zarzuela, ahora retirada del espectáculo. El problema de la mujer es que no conseguía tener hijos y de ello dependía quedar en la herencia del marido (que ya varios sobrinos hacían planes para repartirla). Ferran aceptó el encargo de construir una casa especial y recorrió Barcelona y zonas aledañas, con una vara de zahorí en las manos, buscando algo que nadie podía ver ni entender. Eligió finalmente un cruce en la barriada de Bòria, por la vieja cárcel, una zona algo destartalada. Ahí mismo construyó en apenas tres meses una mansión, con la particularidad de que los cimientos se comenzaron a levantar una noche de luna creciente, y había un gran domo amarillo que sólo se podía ensamblar los días viernes. Hizo además una especie de piscina secreta, la pintó de rojo y quedó oculta bajo tierra. Parecía una locura absoluta, pero cuando se mudó la pareja del anciano y la exvicetiple, a los pocos meses la mujer quedó embarazada y tuvo un hijo, con la misma nariz ganchuda del anciano rico.

A partir de entonces, Ferran tuvo tantas solicitudes para

hacer fábricas, talleres, mansiones, despachos, que se daba el lujo de rechazar los proyectos que no le interesaban. Al mismo tiempo levantó su propia casa, en el Raval; ahí se fue a vivir con Amaya que, gracias a su trabajo en el banco, conoció los entresijos de los bonos de bolsa. Colocó una cantidad de dinero, con tal astucia, que pronto los gemelos amasaron su primera fortuna.

Habían pasado veintidós meses de la negativa inicial de Beatriz cuando, una mañana, Ferran se vistió con un impecable traje de tweed hecho a la medida y se plantó frente a la mansión de los Clariana i Dorcas. Tenía una audiencia con don Nicolau —previamente pretextó unos negocios de materiales—, pero cuando éste le recibió, Ferran le soltó la verdad, llevaba casi dos años enamorado de su hija. Sabía de su compromiso con Albert Bonastre, e hizo el hincapié en que era un hombre enfermizo, posiblemente estéril, mientras que él mismo era sano, joven, con una deslumbrante carrera en ascenso y podría darle a Beatriz una vida con posibles, la riqueza a la que ella está acostumbrada e incluso más.

Don Nicolau escuchó al joven arquitecto, no parecía impresionado por su discurso ni por las promesas. Al final lanzó un veredicto implacable: Ferran Begur jamás podría casarse con su hija, así le llevara en mil carros la fortuna entera de los Rockefeller. Para empezar no provenía de ninguna familia respetable de la ciudad; y, además, había escuchado en el club industrial algunas cosas turbias sobre él, que era extranjero y practicante de cultos diabólicos, pues sólo así conseguía terminar tan rápido esas construcciones que además contenían algún tipo de hechizo. Incluso, había comenzado a circular el mote para él y su hermana: *els bruixots*. Don Nicolau terminó el encuentro de manera tajante, la familia Clariana i Dorcas era católica intachable, jamás dejaría que un converso o hechicero manchara su abolengo.

Si Ferran Begur se enfureció, no lo dejó traslucir. Dio las gracias al empresario por su tiempo y se despidió con exquisita civilidad. Pero los giros de la historia apenas estaban por comenzar. Un par de semanas después, el prometido Albert murió en Suiza, por una neumonía resultado de complicaciones del tratamiento, y justo una semana después, el mismo don Nicolau tuvo un extraño accidente. Luego de asistir a una comida de empresarios, se le cruzó entre las piernas un gato negro con dos manchas rojizas que nadie sabe de dónde salió; el millonario cayó de la escalera principal del Casino de l'Arrabassada para abrirse la cabeza contra un gran jarrón de piedra. Se lo llevaron al hospital aún vivo, pero don Nicolau nunca recuperó la consciencia y murió tres días después.

En apenas una semana, la vida de la hermosa Beatriz se vino abajo. Todo dejó de tener sentido: el precioso vestido de boda que llevaban cosiendo a mano por meses, la gran fiesta ya casi montada, la casa nueva y lista para la pareja, el viaje de luna de miel a Nueva York, todo ya pagado. El día que sería la boda, Beatriz cumplió los 18 años, y se encontraba huérfana, en un palacete lleno de criados que la veían hundirse en la tristeza más honda. Como nunca la dejaron tomar sus propias decisiones, la muchacha no sabía qué hacer. Algunos parientes lejanos intentaron acercarse, más preocupados por la fortuna de los Clariana i Dorcas que por la joven. Ella se negó a ver a todos, no hacía otra cosa que llorar frente al retrato de sus padres. Hasta que una mañana alguien llevó un ramo de azucenas blancas con una breve nota de aliento. Esta entrega se repitió día tras día, siempre a las tres de la tarde.

Ferran Begur, o *el bruixot*, era quien llevaba en persona las flores, y esperó paciente alguna señal de su amada, hasta que, una tarde, una criada le hizo saber que su ama le esperaba en la salita de la entrada. Ahí, la desmejorada Beatriz recibió a Ferran para agradecerle el gesto, pero le explicó que no era necesario que gastara tanto en flores. El joven arquitecto, en voz baja, le confesó que conocía las penas del luto; pues pequeño y en una sola noche perdió a sus padres y abuelos. En los siguientes días de oscuridad hubiera dado lo que fuera por tener, al menos, un instante de belleza al día. La pena se lo tragaba todo, hasta que se dio cuenta de que el secreto para salir eran tanto la belleza como los pequeños actos, cosas rutinarias, distracciones tan simples como una partida de damas chinas y, en un gesto de arrojo, Ferran le propuso a Beatriz probar su consejo, media hora, no más. La joven, desconcertada, aceptó. Esa tarde jugaron en silencio.

Con este pretexto Ferran iba cada tarde al palacete de los Clariana, y entre tazas de té y partidas de damas cada vez más largas, se volvió primero un amigo y después un consejero práctico. Le explicó a Beatriz qué hacer con los negocios familiares; cómo abrir un fideicomiso; deshacerse de empleados estorbosos; contratar a un contador; mantener los pagos al día; realizar un inventario; responder cartas personales y comerciales. Poco a poco Ferran comenzó a hacerse cargo de todo, remarcando siempre que no le interesaba el dinero (él tenía ya su propia fortuna), sólo que ella se sintiera tranquila y cuidada. Y así, entre el agradecimiento y algo que podía ser tomado como el inicio de un cariño, Beatriz Clariana aceptó a Ferran Begur como novio, luego como prometido y finalmente como marido.

Por petición de Beatriz, se casaron en la iglesia de Santa María del Pi, usó un nuevo vestido y los pasillos estaban rebosantes de azucenas, pero tal y como señaló don Nicolau en su momento, la alta burguesía local, a pesar de ser invitada, no asistió a la boda. Por parte de la novia sólo había criados y del lado de Ferran llegaron los nuevos empresarios, socios y amigos, entre los que había un grupo de extraños personajes que se hacían llamar *les clarianes*, o clarificados. En la fiesta sobró tanta comida y bebida que Ferran mandó regalarla a los pobres de la barriada de Pequín, y de este modo los humildes pescadores filipinos y gitanos tuvieron el banquete de sus vidas.

En el grueso de esta narración se ha perdido alguien, Amaya, la hermana gemela de Ferran, que si bien era igual de brillante, la época le era adversa: por ser mujer no consiguió desarrollar su potencial ni estudiar una carrera universitaria. Pero todos sabían que ella era el verdadero cerebro financiero de la hermandad. Supervisaba los ventajosos contratos de Ferran, movía las inversiones en la bolsa, administraba las propiedades y nunca dejó de estudiar por su cuenta. Si algún galancete intentó hacerle la corte, Amaya ni se enteró. Ella tenía ya un gran amor, al que dedicaba los días: su hermano Ferran. Así que cuando éste se casó, no lo pensó dos veces: tomó sus cosas personales y libros de la casa del Raval y se mudó al palacete del joven matrimonio. La bella Beatriz la recibió de manera cordial y dulce, como trataba a todos, pero pronto se dio cuenta del espanto que sería tener en casa a su cuñada, *la bruixa*.

Lo primero que hizo Amaya fue echar a los criados más viejos que habían servido toda una vida a los Clariana i Dorcas. Luego mandó pintar las habitaciones, llevó a su propia cocinera que conocía los gustos del señor, incluso cambió todas las plantas del jardín. Junto con el ayudante de cámara tenía listos, limpios y planchados, los pantalones y chaquetones que usaría el arquitecto cada día. Cada viernes recibía a *les clarianes* como anfitriona. Era Amaya quien atendía la casa y a Ferran, sólo ella sabía cómo hacerlo, aseguró. En ese momento los rumores apuntaban a un amor nefando, consumado o no, entre los hermanos, incluso las últimas amigas que tenía Beatriz le dejaron de hablar, ¿qué hacía viviendo con esos endemoniados *bruixots*? Si seguía relacionada con esa gente, pronto el padre de la parroquia le negaría la comunión.

Para mala suerte de Beatriz, coincidió que su marido Ferran comenzó a faltar a casa. Según él había descubierto algo prodigioso que cambiaría su trabajo para siempre. Estaba a punto de obtener un poder ni siquiera soñado por sus maestros. Parecía tan embebido en sus estudios, viajes y pruebas, que no se dio cuenta de que el infierno doméstico llegaba a círculos cada vez más profundos.

Beatriz, siempre cordial, quiso hablar con Amaya y llegar a algún punto de acuerdo. Pero *la bruixa* se burló, no iba a ceder en el control de la casa. Ella había estado más años al lado de Ferran, sobrevivió al exterminio de la familia, al hambre y la pobreza. Veía a Beatriz como un capricho de su hermano y estaba dispuesta a esperar a que pasara la novedad y las cosas volvieran a su cauce. Lo que Amaya desconocía era que el amor que Ferran sentía por Beatriz era real y avasallador. Así que cuando una noche el arquitecto encontró a su mujer llorando después de que Amaya destruyera las pinturas familiares de los Clariana i Dorcas, se enteró o quiso enterarse del conflicto entre ambas mujeres.

En el acto, Ferran le pidió a su hermana gemela que

dejara el palacete. Podía ir de visita, pero manteniendo distancia. Amaya primero lloró desconsolada, explicó que se trataba de un malentendido, sólo quería ayudar a su bella pero inútil esposa. Pero al darse cuenta de que ninguna lágrima iba a suavizar la decisión de Ferran, se calmó y reunió sus enseres personales, sus libros, dejó instrucciones a los criados y pidió despedirse de Beatriz; aseguró que quería darle una disculpa.

Cuatro minutos fue el tiempo que duró la reunión entre ambas mujeres, pero eso lo cambió todo. Las palabras de Amaya iban cargadas con tal suerte de ponzoña que Beatriz nunca volvió a ser la misma. Esa noche, la joven esposa sufrió una bajada de tensión y migraña tan fuerte que necesitó dormir en el cuarto de invitados, el más oscuro y alejado. Después, estuvo días tensa, sin soltar el rosario, y cuando Ferran salió un fin de semana a Toulouse para conseguir un pigmento mineral que requería su investigación, los criados se percataron de que la señora Beatriz había escapado con una pequeña valija. No llegó muy lejos, la detuvieron en plena noche en la avenida del Paralelo. Al volver, Ferran se enteró de lo ocurrido, pero su mujer no quiso ni verle, estaba encerrada en su habitación y no paraba de llorar.

Para despejar una profunda sospecha, Ferran fue hasta la casona del Raval y habló con su hermana. ¿Qué había contado a su mujer? Amaya soltó dos palabras: "La verdad". Si les llamaban *los bruixots* era por algo. Su familia entera lo fue. Fue relativamente fácil preparar la enfermedad del prometido Albert, y crear el sistema de casualidades y causalidades que llevaron a don Nicolau a la muerte también. El destino se había torcido para Beatriz y los suyos cuando tuvo la mala suerte de que Ferran la conociera ese viernes fuera de la Basílica de los Santos, Justo y Pastor.

Ferran, furioso, golpeó a su hermana, la dejó tan mal que la pobre no salió por semanas a la calle. Después, volvió a casa e intentó convencer a Beatriz de su inocencia por toda muerte. Nadie tiene un poder así. Pero Beatriz ya había visto esos libros forrados de piel pálida que su marido guardaba celosamente en cajones que parecían pequeños ataúdes. Había escuchado los himnos en lenguaje secreto que salían del sótano los días de reunión con *les clarianes*. Sabía de los planos de casas y edificios, que cuando los desdoblabas tenían la forma de un hombre, de un animal extraño, de un falo. Estaba enterada de ese taller donde su marido se encerraba con llave para trabajar en el misterioso descubrimiento que lo mantenía embebido. A veces, después de estar ahí treinta horas seguidas salía con un olor azufrado en las ropas. Las señales siempre las tuvo enfrente. Pese a todo, Beatriz no sabía cómo luchar, era como un animalito asustado que sólo quería escapar para pedir refugio en un convento.

Ferran mandó clavar puertas y ventanas para evitar una nueva huida. Y dictó nuevos reglamentos. Beatriz tenía prohibido salir a caminar al Paseo de Gracia, ir de compras a los almacenes El Siglo y asistir a misa los domingos. No podía recibir a las visitas, y las cosas serían así hasta que consiguiera "entrar en razón". La joven, aterrada, se recluyó en sus habitaciones y volvió a tomar el luto, mismo que raramente dejó el resto de su vida.

Pero unos días después, sucedió un evento que trastocó la vida de todos los implicados. Beatriz comenzó con malestares y desmayos. Su indisposición era tan constante que aceptó ver al médico. Al especialista le bastó una rápida auscultación para dar el diagnóstico y confirmar la buena nueva: la joven esposa estaba embarazada. Ferran no concebía que fuera posible tanta dicha. Mandó hacer una gran comida, regaló bolsas con monedas a los criados y se reunió con Beatriz para decirle que ésa era una señal de que su unión estaba bendita, la llegada de ese inocente iba a lavar todos los pecados; ahora debía prepararse para ser madre y dar el mejor ejemplo de perdón y bondad. Ferran mismo prometió cambiar y ser el esposo ejemplar que ella siempre deseó.

Beatriz hizo un esfuerzo para creer en cada juramento y salió de su encierro. Poco a poco ganó libertades, como ir de paseo, a misa, de compras. Su existencia la volcó en la llegada del ansiado bebé. Esa vida era un nuevo comienzo lleno de luminosas posibilidades. Pero como esta historia se engendró con una marca trágica, había giro oscuro gestándose sobre la familia.

Desde el inicio Beatriz padeció de un complicado embarazo, con fiebre, mareos, cansancio excesivo y peligrosos sangrados. Ferran ordenó a la cocinera que le preparara a diario carne apenas cocinada, néctar de legumbres y mandó acondicionar un vivero en el jardín, para que pudiera respirar aire fresco entre flores. Pero cuando se dio cuenta de que Beatriz en lugar de ganar volumen, perdía peso, el joven arquitecto llamó al médico. El especialista prefirió no dar ningún diagnóstico y buscó a uno de sus profesores de la facultad, un decano. El viejo doctor revisó a Beatriz con todo cuidado y paciencia, hizo varias pruebas, y al final se encerró con Ferran en su despacho para explicarle que los síntomas de Beatriz no eran sólo por el embarazo; al parecer la joven tenía una rara leucemia y su pronóstico de vida era de un año, si tenía suerte.

No se supo la reacción inmediata de Ferran, pero ocultaron el diagnóstico a Beatriz, aunque ella debió intuir que su cuerpo estaba minado por la muerte; tal vez por eso se obsesionó con traer a ese bebé al mundo. Aprovechó que aún tenía fuerzas para ir a los almacenes, visitar costureras, carpinteros, se encargó de tener lista toda la ropa y menaje del pequeño: gorros, fajines, pañales, mantitas, la cuna. Beatriz tenía la esperanza de que esa vida que llevaba dentro sería el milagro que la salvaría.

Por ese tiempo Ferran comenzó a probar varios remedios para su mujer, desde los tradicionales hasta los que dictaban sus oscuras ciencias. La sometió a agotadoras transfusiones sanguíneas, mandó construir un pabellón especial para que tomara baños de inmersión en aguas sulfurosas; la obligó a vestir con determinados colores, debía alimentarse de perlas de sal verde. Pero nada parecía funcionar, hasta que Beatriz, agotada, rechazó más tratamientos por miedo a perder el bebé.

Un día ocurrió algo inaudito, se presentó a la puerta del palacete Amaya, la hermana gemela. Se había enterado del frágil embarazo de Beatriz y quería pedir perdón por todos sus actos y palabras, mismas que desdijo frente a su cuñada. Ferran aceptó darle una oportunidad y desde ese día *la bruixa* se convirtió en la abnegada enfermera de la embarazada. Le hacía todo: comida, la preparación del baño, la cama más cómoda, los masajes, le leía. Era capaz de quedarse en vela para cubrir alguna necesidad de la joven esposa: un vaso de agua, la pastilla para el dolor, una manta. Amaya le explicó a Beatriz que lo hacía con gusto, ya que ella nunca tendría hijos por algo que hizo en su pasado, y le emocionaba tanto la llegada de un sobrino; eso demostraba que la estirpe Begur no estaba maldita, aún tenían una oportunidad.

Ferran se sintió más tranquilo al saber que ambas mujeres ahora se llevaban bien y que Amaya estaría atenta al delicado embarazo. De este modo el joven arquitecto se embarcó en un proyecto demencial que consumiría toda su fortuna y la de los Clariana i Dorcas. Ferran comenzó a construir en Castelldefels algo que llamaba *la clínica*, aunque más bien parecía un edificio de apartamentos. Sería su obra maestra y en ella usaría todos sus conocimientos. Todo lo que hizo antes fueron pruebas parciales para comprobar algún efecto específico. Ahora, uniría todo y, si funcionaba, transformaría el mundo.

Fiel a sus principios, el arquitecto no compartió planos, y contrató a tres grupos de trabajadores para turnos continuos. Pagó inmensas fortunas para traer arena del desierto de Nitria, piedra de arenisca de Wiltshire, Inglaterra, ónix rosa de Irán, mármol calacatta y macael. Tenía a un taller de canteros esculpiendo piedra sin parar: adornos, animales terrenales y mitológicos. En un galerón dispuso a cien herreros y forjadores para que hicieran desde vigas a pasamanos, puertas, marcos de ventanas. Los maestros vidrieros ensamblaron tantos metros cuadrados de vitrales que se podía forrar una catedral entera; el humo del plomo derretido no dejaba de salir de las chimeneas. Todos temían a Ferran, que era inflexible y echaba a cualquier trabajador que no tuviera la destreza necesaria. Se hizo célebre porque medía cada pieza, una y otra vez, y cualquier cosa que estuviera mal, una hoja de acanto más grande de lo necesario, o un mascarón en el que fallaba la proporción áurea, mandaba destruirlo, enterrarlo y había que comenzar de nuevo.

Pronto, algunos trabajadores se dieron cuenta de otras cosas asombrosas. Un grupo de albañiles marroquíes fueron llevados exclusivamente para hacer los sótanos. Se decía que había tres niveles subterráneos, el más profundo guardaba siete contenedores con oro, plata, hierro, mercurio, cobre, plomo y estaño. Le seguía otro nivel que reproducía un templo antiguo, de baldosas azules y doradas, con un nicho fabricado de un alabastro de los Alpes Apuanos. Este misterioso templo fue inundado con un líquido parecido a la leche. Después, ambos niveles fueron sellados con planchas de piedra y nadie volvió a ver a los constructores extranjeros. Sólo quedó visible el sótano de apariencia normal, aunque tenía una curiosa habitación, larga y curva, que daba vuelta a la propiedad.

Unos maestros pedreros dijeron que Ferran les mostró cómo trabajar rocas usando un diapasón. El arquitecto tenía un juego de largas varas metálicas con terminación en horquilla, las ponía a vibrar, produciendo un extraño sonido y, al tocarlas con la punta, las piedras se rompían sin usar dinamita, e incluso, algunos bloques grandes podían cargarse como si fueran de espuma.

Además de todo, los trabajadores se dieron cuenta de un detalle curioso: las piezas se hacían en duplicado sólo que en sentido inverso, o que abriese al lado contrario. Se replicaba absolutamente todo: las puertas de bóveda, el gigantesco domo, las fuentes con los azulejos, cerraduras, marcos, hasta las tapicerías, macetas, candelabros y lámparas. Había material para hacer otro edificio de las mismas proporciones. Ferran mandó embarcar cada una de las piezas adicionales y él mismo desapareció casi dos meses; algunos dijeron que se dirigió a América. Mientras tanto, dejó precisas instrucciones a cada taller de trabajadores y capataces. Por ningún motivo podía detenerse la construcción.

Ferran volvió justo a tiempo para dar los últimos retoques del edificio de Castelldefels y él mismo montó el apartamento para su esposa. Se terminó en la fecha justa, apenas cinco meses después del primer trazo. La mudanza se realizó a mediados de junio y el 22 de julio de 1921, en una noche tan cerrada que era imposible ver la luna, Beatriz dio a luz un bebé; por desgracia la criatura nació con ciertas malformaciones. Eso no le importó a la joven madre que, amorosa, lo cuidó lo mejor que pudo, insistió en hacerlo ella misma. Apenas dormía, siempre en alerta por el llanto de su hijo. Aún tenía fe en una recuperación, pero treinta días después del nacimiento, el pequeño murió. Beatriz no quiso separarse del cuerpo y ella misma falleció con unas horas de diferencia. Su cuerpo se apagó como una flor cortada, no pudo más.

Éste podría ser el final de una terrible historia, pero es apenas el inicio de un relato horrífico. Ese día se oyeron gritos en la clínica de Castelldefels. Amaya estaba deshecha por la muerte, en especial del pequeño, su estirpe no tenía salvación. Le reprochó a su hermano por haber dilapidado la fortuna en la construcción de una supuesta clínica que no había servido de nada. Pero Ferran, sereno, aseguró que su proyecto aún no estaba listo.

Durante varios meses *els bruixots* habitaron el enorme edificio, sin dejar de estudiar y trabajar en sus ciencias ocultas, casi parecían haber vuelto a un tiempo pasado, plácido y sin sobresaltos. Pero Ferran, tal como hacía con los planos, ocultó ciertas partes de los ojos de su hermana, hasta que un día Amaya hizo un espeluznante descubrimiento. En varias habitaciones su hermano tenía encerrados a mendigos, ciegos y mutilados que secuestraba de las calles de Barcelona. También a filipinos, gitanos, huérfanos, y a pobres mujeres con embarazos fuera del matrimonio, que mediante engaños, terminaban en el edificio Begur de Castelldefels. Nunca volvían a salir.

Ferran no negó nada, al contrario, justificó sus acciones. Necesitaba esa fortísima energía que se libera con la muerte más dura. Los dioses antiguos exigían sacrificios, y el edificio también, sólo así se echaban a andar unos mecanismos tan poderosos que era posible recuperar a su mujer, a Beatriz. Sus maestros estarían orgullosos de que rompiera la última frontera.

Pero para Amaya, la *bruixa*, ciertos límites no se deberían quebrar, como el martirio de pequeños, e intentó hacer entrar en razón a su hermano. No valía la pena aquella carnicería, le explicó a su gemelo que ya conocería a otra mujer, y además siempre estaría ella, su gemela, su propia sangre. Ferran guardó silencio un momento y, después, impasible, emitió una sentencia atroz: no sólo iba a continuar, sino que Amaya tendría que trabajar para él y los engranes del edificio; tenía una deuda pendiente. El arquitecto reconoció que ya sabía que fue su gemela la que ocasionó la misteriosa enfermedad que mató a Beatriz. No tenía caso ocultarlo, había hecho confesar a los criados que siguieron trabajando para Amaya aun cuando la echó del palacete. Y por sus órdenes, marcaron por debajo de la cama de Beatriz los tres símbolos secretos de Urano. La cocinera ponía en la comida gotas de estramonio y la hiel de ese pez que le dicen "diente de viudo". La doncella se encargaba de vaciar el polvo del hueso dentro de los cojines y colocó esa brújula con las tres puntas bajo las baldosas donde Beatriz se bañaba. No había dudas: Amaya atrajo la enfermedad a su cuñada. Sin apenas mostrar emoción, Ferran aseguró que cada uno de los criados cómplice pagaría con su vida, ya estaba decidido, mientras que a ella la perdonaba por ser su sangre, pero Amaya tenía que trabajar hasta que recuperara a su mujer, así tardaran una vida entera.

Descubierta, la *bruixa* escapó del enorme edificio. Quería a su hermano pero también se amaba a sí misma. Sabía que le esperaba una existencia de esclavitud. Se dio cuenta de que sólo había una manera de detener a su gemelo, y era develando la verdad. Quien trabaja de oscuridad, la luz lo destruye. Por eso escribía la presente confesión; estaban ahí los nombres reales: Ferenc y Angyalka; la verdad de su paso por Barcelona; las obras que hizo Ferran como el arquitecto; mencionaba su origen y daba fe de las acciones atroces que se cometían en el edificio de Castelldefels. La narración terminaba pidiendo clemencia. Amaya estaba dispuesta a pagar un castigo humano, pero no el de su hermano, no el del *bruixot*.

—Es impresionante —reconoció Requena, casi sin aire cuando terminamos de leer—. ¡Ahora todo tiene sentido!

—¿De verdad? —preguntó Conde—. Porque yo todavía no entiendo muchas cosas. Esto es muy siniestro, pero… es como una especie de cuento, ¿no?

—No, ¡nada de cuento! —Reque estaba cada vez más exaltado—. Confirma todo lo que dije de los símbolos de ocultismo.

Mientras tanto, yo permanecía en silencio, mareado por el delirante relato lleno de pasiones mortales, venganzas y sangre. Guardé las hojas medio chamuscadas en el cartapacio.

—Entonces sí vivimos en un edificio lleno de brujerías —se quejó Conde.

—No son brujerías, son ciencias ocultas —precisó Requena—. Es distinto. Ferran o Ferenc era un arquitecto hermético, un guardián del conocimiento secreto, como los antiguos alquimistas. Lo que hacía tiene sentido.

—¿Sacrificar gente? —rumió Conde.

—No. Hablo de lo otro —Reque levantó la vista para contemplar tras los árboles la mole ominosa de piedra que estaba casi frente a nosotros con todos sus macabros símbolos—. Por

482

eso hacía casas en determinados días o esperaba a que la Luna estuviera creciente, incluso eso de buscar emplazamientos con varas de zahorí, era por algo. La arquitectura hermética busca alinearse con constelaciones, ciclos y corrientes energéticas que cruzan el cosmos y la tierra.

—Pues eso a mí me suena a magia negra —insistió Conde.

—Que no. A ver si consigo que entienda tu mente de Pigmeo —Requena tomó aire—. Imagina que vas a plantar un árbol, algo que dé frutos, no sé, un manzano... ¿dónde lo pones? ¿En el desierto? ¿Sobre el cemento? ¿O en un campo lleno de nutrientes?

—Pues es obvio, en el campo para que crezca bonito —suspiró Conde.

—Bien, pues lo mismo pasaría con un edificio, aunque esto lo saben muy pocos —aseguró Reque—. Una vivienda plantada en una zona con nutrientes de energía da un poder especial.

—¿Por eso el banquero luego tuvo muchísimo dinero y la mujer del viejo, un hijo? —me atreví a preguntar.

—Exacto. La arquitectura hermética es una ciencia oculta, increíblemente costosa, pero si tienes los recursos y la dominas puedes hacer lo que quieras —Requena rebuscó en su mochila, sacó unos cacahuates japoneses—. Y seguro todos aquí hemos entrado a una construcción de poder, como a una catedral o una basílica.

—¿Hablas de una iglesia católica? —interrumpió Conde, que por lo visto aún no podía dejar de pensar en la magia negra—. ¿Eso qué tiene qué ver?

—¡Todo! —exclamó Reque, sin parar de comer—. Todas las religiones usan este conocimiento. Por ejemplo, en una catedral se elige cuidadosamente el lugar de emplazamiento, el trazo de la planta es especial, se usan los siete metales alquímicos. Y además están atiborradas de símbolos: bíblicos, cristianos, algunos fusionados con deidades egipcias como Horus. ¿Y qué es un símbolo? ¡Una invocación de poder! Por ejemplo, ¿por qué usas una cruz? Pues porque quieres protección. Una iglesia es el ejemplo perfecto de una construcción hermética. Y debe ser así porque está hecha como el recinto sagrado que habita una divinidad o energía poderosa. Hay muchos lugares sagrados plantados sobre líneas de energía y protegidas por símbolos: las pirámides de Egipto, Stonehenge, Machu Picchu, La Meca. ¡No por nada pueden resistir el paso de miles de años y atraen a millones!

—Seguro todo eso lo sacaste de tus revistitas y libros raros —opinó Conde.

—Venga de donde venga, el conocimiento nunca se desprecia —Reque la miró resentido.

—A ver si estoy entendiendo —intervine, para volver al tema—. Reque, entonces, según tú, el Begur sería como una especie de catedral de energía.

—¡Exacto! —asintió nuestro amigo, los cacahuates no le habían durado ni un minuto—. Ya sabemos que es una gran maquinaria, o ¿por qué creen que está prohibido hacer modificaciones? No se puede cambiar siquiera el azulejo de un baño o la llave de un lavabo. No es para salvaguardar el aspecto antiguo, es porque se puede alterar este mecanismo energético que, recuerden, tiene que ser doble. Todo funciona en par: son objeto y reflejo, una cosa alimenta a la otra formando un ciclo de poder. Y cada engrane está anclado a un símbolo *post mortem*.

—Como en un panteón —comenté.

—Me temo que esto es aún peor, pongan atención, es brutal... —la mente de Reque avanzaba a todo galope—. En el cementerio todo invoca al arrepentimiento y al descanso final, pero en el Begur los símbolos que hay, como los vitrales del gran salón, refieren a la culpa y el *escarabeo* egipcio de Jepri o el *Crann Bethadh* celta; están relacionados con el regreso de los muertos. Por eso nadie que viva en el edificio y muera consigue descansar ni irse jamás.

De pronto recordé la escena con doña Clarita. Cuando mencionó "a los que lloran" "los que esperan" y "están solos en esa soledad de muerte". Las figuras que Conde vio de cabeza en el departamento y los rostros sufrientes que contemplé en los espejos. Debían de ser todas esas almas atrapadas en los engranes del Begur.

—Al entrar a este edificio fuimos elegidos para un sacrificio, y convertirnos en fulgor —recordó Reque—. Como dije, somos el combustible de esta máquina. Todo está pensado para eso.

—Lo mismo pasa con los ancianos de Castelldefels —murmuré, y otra pieza más conecté en el demencial rompecabezas—. Todos esos pacientes terminales que llevan a morir en ese asilo. Y como las construcciones están conectadas, a veces vemos sus reflejos aquí.

—¡La viejita que te topaste en el elevador! —recordó Conde.

—Sí, y también la tarde de tormenta —sentí un escalofrío—; el patio estaba lleno de ancianos, con sus batas y el cabello cortado casi a rape.

—Tal vez ellos también nos ven a nosotros —meditó Requena—. ¡Pobres! Deben de pensar que somos parte de su locura.

Guardamos silencio. Se hacía tarde y el cielo tenía tantas nubes oscuras que se encendieron algunos faroles de las jardineras.

—Y todo esto... ¿fue para salvar a Beatriz? —de nuevo, Conde hizo la gran pregunta.

—Eso creo —tomé con fuerza el cartapacio chamuscado—. Tal vez la "B" del edificio es Beatriz, no por Begur.

—Puedes apostarlo —me secundó Requena—. Ferran estaba dispuesto a lo que fuera para doblegar a la muerte.

—Por lo visto no lo consiguió —opinó Conde—. Porque Beatriz anda ahí como espectro, la pobre...

—¡La mujer de la pintura del sótano! —asentí—. Es ella.

—Sí, después la seguí por el salón de banquetes hasta los baños —siguió Conde—. Y luego Diego la vio en el ático.

—Por eso sube de prisa las escaleras —deduje—, cuando oye que llora su bebé moribundo, ¡qué fuerte! Es el reflejo de ese pobre espectro que lleva repitiendo lo mismo, una y otra vez, desde hace sesenta y cinco años.

—Y eso nos lleva al siguiente punto: la Criatura Gris —anotó Requena, grave.

—¿Te acuerdas de cómo se enfureció cuando vio que seguíamos a Beatriz por la escalera al ático? —me dirigí a Reque—. Casi quería matarnos.

—¡Y cada vez que nos descubría usando las ventanas o puertas de fulgor del edificio! —mencionó Conde—. No le gustaba que metiéramos las narices en el mecanismo. ¡Hasta nos destruyó la ventana espectral al futuro!

—Entonces... —recapitulé—. ¿La Criatura Gris es... Ferran?

—No hay ninguna duda —asintió Requena—. Nos hemos enfrentado varias veces al mismísimo *bruixot*. Por eso es tan poderoso. Él construyó ese sitio, el edificio le pertenecía. Y al final quedó atado en sus propios engranes.

—Pero ¿cuándo murió? —quiso saber Conde.

—Eso podría responderlo su hermana gemela Amaya, si

le funcionara la memoria, claro —Requena nos dirigió una significativa mirada.

—¿Doña Clarita? —Conde se llevó la mano a la boca.

—Es evidente, Pigmeo, ahí lo dice todo —Requena señaló el cartapacio—. Amaya intentó hundir a su hermano con esta confesión, pero él destruyó los ejemplares, la capturó y le dio un horrible castigo…

—La quemó —señalé con un estremecimiento—, ¡por eso las cicatrices! Y toda esa ropa chamuscada en la caja fuerte es la que llevaba el día de la captura.

—Exacto, y luego la esclavizó, cumplió su amenaza —siguió Requena—. El resto de su vida ha tenido que trabajar para él; lleva el registro de todas las víctimas del Begur, a muchas de ellas las trajo, seguro… no dudaría de que haya escrito cartas de bienvenida, hizo trabajo sucio… Reyna Fenck.

—¿Es ella? —saltó Conde.

—Una parte… ¿Se dan cuenta? —Reque se pasó la mano por la frente—. Las cartas estaban firmadas por Reyna Gala Fenck… esperen, ¿será posible? —sacó su libreta y comenzó a escribir algo y a trazar líneas—. Claro, es evidente cuando sabes los nombres reales.

—Pero ¿de qué hablas? —urgió Conde.

Como respuesta, Requena nos mostró:

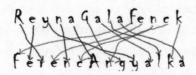

—El nombre de la dueña es un anagrama perfecto de los nombres Angyalka y Ferenc —explicó fascinado—. Se fusionaron para construir una entidad ficticia. Por eso nunca íbamos a encontrar a la dueña, no existe: son ambos *bruixots*.

Las piezas, que tanto tiempo habíamos buscado, encajaban a una velocidad apenas asimilable. Y de pronto, una certeza terrorífica me golpeó en el pecho.

—¡Tengo que irme! —me puse de pie como por impulso eléctrico.

—¿Por qué? ¿Qué pasa? —Conde me miró con preocupación.

—¡Soy un idiota! ¿No se dan cuenta? —elevé la voz, desesperado—. Si Clarita es Amaya, quiere decir que es la *bruixa*, la misma que mató a Beatriz, la cómplice de su hermano. ¡Es muy peligrosa!

—No creo que haga nada y menos con todo el tranquilizante que le da Rosario —opinó Reque.

—Eso ahora. Pero en 1942 Clara estaba en activo y con todas sus fuerzas —apunté—. Y envié a Emma con ella, ¡a que le pidiera ayuda!

Salí corriendo rumbo a mi departamento.

Estimada A, le hago una pregunta: si una mosca se da cuenta de que está en una telaraña… ¿le sirve de algo? ¿O sólo hace peor su agonía?

Con esta reflexión me despido, por ahora. Sé que le he soltado demasiada información, pero fue como nos llegó aquel día. Y si se da cuenta, tiene en sus manos el último cabo de la madeja. Es cuestión de que jale un poco y todo va a desenredarse. Tal vez ya lo hizo; sé que usted es muy inteligente. Quedan, pues, las últimas cartas, y después desapareceré.

Mientras tanto, le deseo un buen descanso.

Queda de usted,

Diego

Carta veinticuatro

Estimada A:

Es momento de *la batalla final*. En este punto del relato *los nuevos territorios* ya son casi familiares. Con la *búsqueda de datos* y las escaramuzas se han arrancado todas *las máscaras*, y se tiene en la mano la punta del último velo. Si el héroe o el adversario tiene guardado un as, un arma oculta, será mejor que lo use, porque después ya no habrá otra oportunidad.

Acompáñeme, estimada A, a esa noche, a la batalla, estamos en el borde de mi relato y, desde aquí, puede percibirse el final. ¿Lo siente? Se puede tocar, venga, no perdamos tiempo.

En el patio del edificio nos topamos con los hermanos o esposos cuervos, tomados de la mano; parecían el reflejo encarnado de alguno de los seres de piedra del Begur. Avancé por las escaleras; detrás, mis amigos me seguían a toda prisa. Estaba por llegar al tercer nivel cuando los tres nos detuvimos de golpe.

—¿Lo sienten? —comprobó Conde.

Reque y yo asentimos. El edificio se cimbró; esta vez de manera suave. Crujió la estructura del elevador, se agitaron las macetas y cayó un poco de polvo del estuco de los techos. Por suerte, eso fue todo.

—Es una réplica —observó Reque—. Siempre son más leves.

Un minuto después continuamos. Al abrir mi departamento, lo primero que vi fue un montón de papeles tirados en el suelo y mesas. Cosas del trabajo de mi padre, fotostáticas de actas de nacimiento, cosas de un seguro.

—¿Teo? ¿Estás aquí? —pregunté asomándome a su habitación.

La habitación estaba muy revuelta, con las puertas y cajones abiertos. Seguro estuvo buscando las joyas de mamá, ¡no le había dicho que yo las tomé! Ya lo haría después. Busqué en el baño, en el otro cuarto, no estaba por ningún lado.

—Mi padre vino por algo —comenté a Reque y Conde—. Anda como loco ayudando a Lilka con trámites del hospital.

Y sin perder más tiempo me puse en cuclillas y metí la mano al hueco de la chimenea. Vi de reojo las huellas de hollín en la base de las esfinges.

—¿Emma te contestó? —se acercó Reque, impaciente.

—Creo que sí —suspiré nervioso.

Saqué la polvosa caja de latón. En su interior había dos hojas con la letra de Emma. Leí en voz alta.

Diego, cariño. Apenas pude pegar el ojo en la noche. ¡En un día escaparé contigo! Mañana por la mañana, supongo, ¿has pensado en alguna hora? Sé que debemos evitar la tarde, la hora fatal. ¡Ay!, me tiembla todo, de los morros a las canillas. Pero ya tengo, bajo la cama, escondidos y listos la manta y el macuto. También he escrito tres cartas: una para el abuelo explicándole que por el bien de los dos tengo que marcharme y que volveré

después con información de mi madre y mi hermana. Hice otra
para su amigo editor, Martín Aldana, para pedirle que visite y
ayude a mi abuelo. Y seguí tu consejo: mandé con Alma una car-
ta a la señora Clara, para pedirle ayuda para vender el anillo.
Y adivina... ¡me ha respondido casi de inmediato! Con mucha
curiosidad me pregunta en otro mensaje que de dónde he saca-
do esa joya, ¿para qué quiero la pasta? Estoy por escribirle de
vuelta para contarle el cuento y terminar de convencerla para
que me ayude.

Cariño, me despido por ahora. Además del mensaje a la se-
ñora Clara tengo que hacer un par de uniformes. Sabes que tra-
bajar me ayuda a mantener la cabeza ocupada, y de verdad lo
necesito. Ya quiero conocer tu época y ponernos a buscar a mamá
y a mi hermana.

Besos de Emma, tu próxima compañera de piso, y espero que
de muchas aventuras. P.D. Henry también está emocionado, cada
día está más pachón, es una ricura, ¡promete portarse bien!

—¿Quién es Henry? —preguntó Conde.

—Es un avechucho que rescatamos con Emma —expliqué. Tenía la boca seca. Tomé la otra hoja. Era una segunda
carta. La leí en voz alta.

Diego, cariño. Veo que no has cogido mi anterior mensaje. ¿Pasa
algo malo? Espero que no, seguramente estás ocupado con lo de
la reparación del ascensor, a que sí. Sé que vamos contra el reloj.
Por suerte, a mí me ha ido muy bien. ¡Tengo tanto que contar-
te! Como te dije, le escribí de vuelta a la señora Clara y no vas a
creer lo que sucedió.

Unas horas después, cuando el abuelo había salido a las ofi-
cinas del partido, escuché que alguien abría la puerta. Me he

asustado tanto que casi suelto un palabrusco, pero ¡era la mismísima señora Clara Fuensanta! Me explicó que cogió la llave en la
conserjería, donde está la otra copia, porque tenía curiosidad de
hablar conmigo. Al principio me he puesto nerviosa. La señora
Clara impone mucho, tiene algo, como que no se achica con la
nube del ojo ni las quemaduras. Empezamos hablando de pali-
que, cositas del trabajo de costura, pero luego tocó directamente
el asunto del anillo. Le conté que era una reliquia familiar, que
me urgía venderlo. "¿Piensas ir a algún lado?", soltó de pronto.
¡Qué pajare! No se le va una. Me descuadró, no lo niego. ¿Cómo
lo supo? Pero luego pensé que tal vez se refería a la vez que cogí
las llaves al abuelo para dar una vuelta. Total, para cambiar de
tema le pregunté de qué parte de España era, porque le he no-
tado un dejo. "Eso no importa, no pienso volver", respondió de
golpe, como con martillo. No insistí, en esta época, con la guerra
en Europa, y con Franco ¿quién? Y ya en plena tertulia recordé
lo que me pediste, y le pregunté sobre el edificio tan bonito en el
que vivíamos, si conocía a la dueña. Asintió y soltó una frase curiosa: "La señora Reyna da refugio a los que están cansados, paz
a los agitados". Suspiré porque me sonó a frase de sermón, pero
luego dijo: "Tu abuelo te trata mal, ya lo sé", y se me ha quitado
hasta el aliento. Pensé en Alma, muy muda, pero ¿habrá ido de
cotilla? Entonces la misma señora Clara explicó: "Los vecinos te
escuchan llorar. Dime, querida, ¿necesitas ayuda?". Y sus ojos
eran tan comprensivos.

Ay, Diego, cariño, te juro que no lo vi venir, de pronto ya
estaba hecha una sopa, con unos lagrimones como un puño. Le
conté del abuelo que está perdiendo la paciencia, la vista y la
olla, que se ha puesto más samugo y tozudo que antes, que ha
llegado a golpearme. La señora Clara me escuchó con atención.
"No te preocupes, le diré a Pablo que hable con tu abuelo para

ver cómo puede ayudarle, yo también lo haré, vamos a resolver. Somos muy buenos en eso, nosotros nos encargamos, en lo que hacemos. Esto terminará pronto, te lo prometo".

¿A que es maja? ¡Debí pedirle ayuda antes! Tenías razón, la señora Clara es más buena que el pan. Estoy segura de que con su ayuda ya cambió la horrible nota del diario que guardas en el bolsillo. Ay, cariño, pues estaba tan emocionada que no lo pude evitar y la abracé... entonces sucedió otra cosa curiosa. Al principio intentó alejarme, pensé que la había lastimado, ya sabes, en las cicatrices esas del accidente que la dejó espanzorrada a la pobre, pero después me cogió de la mano. Abrió mucho los ojos y murmuró algo como: "Tienes sangre de cordero", o tal vez escuché mal, no sé, pero se puso a la mar de rara. Luego me repitió que todo terminará pronto, y se ha ido llevándose el anillo. Seguro va a intentar empeñarlo o venderlo ya mismo. ¿A que es maravilloso?

Diego, cariño, seguramente estás más tranquilo, como yo. Me da tanto gusto que al fin las cosas se enderecen, ¿a ti no? En pocas horas nos vemos.

Besos de Emma, tu vecina, gran negociadora y próxima compañera de aventuras selenitas.

Estaba helado. Saqué el recorte del diario del bolsillo, siempre lo llevaba. Estaba idéntico, como siempre, con la muerte de Emma y su abuelo.

—¡La mandé directo con su verdugo, con la *bruixa* del Begur! —gemí desesperado—. Tal vez yo mismo provoqué que atrajera la atención de los *bruixots*.

—Pero no fue a propósito —Conde intentó consolarme—. Sólo querías ayudar.

—Diego, te lo advertí... —suspiró Reque con pena—. Es

493

la paradoja. Cuando el tiempo está marcado, hagas lo que hagas se va a cumplir. Emma siempre tendrá el mismo destino.

—Y eso es mañana, ¿no? —confirmó Conde.

—Mañana por la noche —no podía dejar de ver el recorte—. ¡Todavía tengo treinta horas para salvarla!

—Pero ¿no oíste lo que acabo de decir? —suspiró Requena.

—Como sea, Emma no va a morir —insistí tajante—. Haré lo que sea.

¡No me daría por vencido! Aprovecharía hasta el último segundo. Busqué papel y escribí a toda prisa un mensaje que deposité en la caja de latón:

¡Emma, ME EQUIVOQUÉ! CLARA NO ES CONFIABLE. No es quien dice ser. ¡NO VUELVAS A HABLAR CON ELLA NI CON NINGÚN VECINO! Te envío mi llave para que escapes del piso, ¡hazlo lo más rápido que puedas! No te preocupes por el anillo, toma las otras joyas que te quedaron y ve con el editor o a cualquier otro lado, pero no permanezcas en el Edificio Begur, no es seguro. Si puedes, antes pásame la ficha del ascensor de Alma, si no ya buscaré la manera de ir por ti, pero ¡POR NADA DEL MUNDO DEBES ESTAR EN EL EDIFICIO, SOBRE TODO MAÑANA!

Coloqué la caja en la chimenea y con el talón di tres golpes a la duela. Mis amigos me miraban como si hubiera enloquecido.

—Así me comunico con Emma —expliqué—. Si contesta dos veces, significa que puede hablar. En cuanto me oiga sabrá que le he escrito, que leí sus cartas.

Seguí golpeando *tuc, tuc, tuc*, sin parar. Necesitaba recibir una respuesta.

—Diego, tranquilo —aconsejó Conde—. Cuando vea tu último mensaje se pondrá a salvo. ¿No, Reque?

—*La señora Reyna da refugio a los que están cansados, paz a los agitados* —leyó Requena la carta—. ¿Se dan cuenta? Clara le develó a Emma la naturaleza del Edificio Begur: es un sitio de sacrificio, la última parada.

—Y mencionó al conserje —observó Conde—. Ellos se encargan de todo, porque Pablito es... era Ferran Begur, ¿verdad?

Se deslizó un momento de silencio revelador. Era la pieza que faltaba, aún no habíamos tenido tiempo de hablar de la identidad del otro gemelo.

—Exacto —reconoció Requena—. Conocimos en vida a Ferenc, al brujo, *el bruixot*, el mismísimo arquitecto hermético. ¡Y yo que pensé que Pablito era medio tonto! Nos engañó. Claro, siempre estaba atento de la vida de todos, como conserje era la fachada perfecta. Los dos hermanos ocultistas hacían el trabajo de Reyna Gala Fenck, aunque uno mandaba y otro obedecía. Por eso Pablito era el único que estaba en contacto con la señora Reyna. Llevaba y traía cartas, recados, recibos, ¡porque en parte era ella! Y cuando él murió, también desapareció la supuesta dueña.

—Pero apareció la Criatura Gris —recordó Conde—. Es el espíritu de Pablito, ¿no?

—No hay duda, Pigmeo. La Criatura Gris dejó claro que el edificio le pertenecía, ¡hasta amenazó con adelantarnos la condena! ¿Y recuerdan cómo se puso Pablito cuando nos encontró en el sótano?

—Estaba muy molesto —asintió Conde—. Luego hasta cambió las cerraduras.

—Claro, habíamos descubierto la pintura de Beatriz y la puerta de la bóveda —Reque tuvo un estremecimiento—.

Apuesto a que ahí dentro están los restos de Beatriz. Ése es el objeto vinculante de Ferran, la criatura, Pablito o como queramos llamarlo.

—¿También tiene uno? —exclamó Conde.

—Todas las manifestaciones de fulgor de categoría uno lo tienen —aseguró Reque—. Si pudiéramos recuperar la llave del sótano y abrir esa puerta, y sacar los restos... como con Elías Krotter, finalmente desactivaríamos a la Criatura Gris...

—Pero tenemos el mismo problema: la llave —Conde quedó muy pensativa—. A menos que...

—Espera —Reque me pasó la mano por enfrente—. Diego, ¿sigues con nosotros? No has dicho ni pío. Te lo advertí desde el primer momento, nunca te di esperanzas.

Yo seguía mirando el techo, y repitiendo como loco los tres golpes. Lo único que me preocupaba era que Emma leyera mi advertencia y se pusiera a salvo.

Entonces oímos un ruido. Por un instante de esperanza pensé que se trataba de la contestación de Emma, pero no tenía nuestro patrón de golpeteo.

—¡No es posible! —exclamó Conde.

Las puertas de los gabinetes de la cocina se abrieron por sí solas, siguieron las de la alacena. Era un fenómeno familiar aunque era la primera vez que ocurría frente a mis ojos. Después cayeron dos sillas como si alguien las derribara en un escape, se oyeron pasos por el pasillo. En los espejos del fondo vi un par de siluetas. La puerta de mi habitación se abrió y cerró. No sé qué fue peor, si toda esa parafernalia espectral o el gemido escalofriante, como si alguien con la garganta aplastada intentara gritar.

—Está en tu cuarto —señaló Requena.

Pero ¿quién o qué? Fuimos a mi habitación. Cuando toqué

la manija de la puerta, se me escapó una exclamación, estaba caliente, como si dentro hubiera un incendio. Conseguí abrirla, ayudado por la tela de la camiseta; dentro el aire también estaba muy denso. Alcancé a ver de reojo dos sombras que se movían de un lado a otro. Pero, de pronto, todo volvió a la normalidad: mi cama, la mesilla, mi walkman, la televisión portátil lucían como si nada. Lo único raro eran las puertas del armario abiertas y el familiar olor a chamusquina.

—Un auténtico fenómeno fulgor categoría dos y tres, qué interesante —comentó Requena—. Todo un concierto de rastros y despojos espectrales de un evento pasado.

Y yo sabía de cuál se trataba: habíamos presenciado un eco de la muerte de Emma y el abuelo Agustín: la persecución, el forcejeo, el asesinato, el incendio. Se repetía, intermitentemente, cada semana, desde el día que sucedió: un 21 de agosto de 1942.

—Ahí va... otra vez —murmuró Conde, con susto.

Ahora se movía el candil de la habitación, pero se trataba de un nuevo temblor y, por lo visto, era mucho más fuerte que el anterior. El suelo perdió toda firmeza. Estuve a punto de desplomarme, Conde se sostuvo de la pared y Requena del marco de la puerta. Cayeron los libreros del pasillo, los trastos de la cocina, se agitaron las puertas, las lámparas del rellano boquearon de luz.

—No se detiene. ¡Es como el terremoto del 85! —dijo Conde, verdaderamente asustada.

—¡Tenemos que salir! —Requena señaló la puerta y comenzó a gritar—. ¡Todos a la calle! ¡Está temblando!

Encorvados y temiendo que los muros se nos vinieran encima, salimos al pasillo exterior. Se escuchó claramente cómo tronaba la estructura de acero que habitaba el interior del edificio y luego emergió un curioso resuello: venía de los cimientos y muros, como una criatura primitiva que probara con hablar. Los cristales del domo se oscurecieron, y me pareció ver unos reflejos grises en los pasillos y dentro del elevador.

—No... no podemos ir por ahí... —señaló Conde.

—¡Tenemos que sacar a nuestras familias! —urgió Requena.

—Pero ¿no lo ven? —Conde dio un paso atrás—. ¡Es horrible!

—¿Qué cosa? —volteé a todos lados.

—Todo está lleno de sangre —nuestra amiga señaló los pasillos, los escalones, los barandales—. Hay huellas de pies, de manos... de gente que se arrastró... Y ahí está otra vez Jasia, ¡nos está viendo!

Miré hacia la ventana de las vecinas, sólo distinguí un reflejo oscuro entre las cortinas.

—Tiene media cara destrozada y el vestido empapado de sangre —Conde empezó a llorar—. Son muchos... están por todos lados.

—¿Qué cosa? —me fijé en la mancha

—Muertos —gimió Conde—. Hay gente colgada dentro de los departamentos, en un barandal, se balancean... —apuntó con el dedo—. Y al fondo del pasillo hay una señora que tiene un agujero en el cuello, dos niños tirados boca abajo en un macetero y un soldado, está mojado, con la piel hinchada y llena de venas reventadas... Nos sigue esa anciana de labios morados y con larvas en la nariz, quiere entrar en mí, no sé cómo, pero lo sé... —se asomó por el pasamanos—. Y una señora llena de sangre está en la entrada, pregunta por su hijo... ¡y la mujer de negro! Beatriz corre por las escaleras, ¿no la ven?... ¿Me lo juran? ¿No ven nada de eso? También hay gritos... —Conde estaba desesperada—. Su bebé deforme llora... Y el profesor Benjamín está llamando a su novia Noemí desde el foso del elevador... lo puedo ver desde aquí... quedó atrapado entre los cables... —Conde se tapó los oídos, parecía a punto del colapso—. Hay tantos muertos, son demasiados, están por todos lados... se asoman por las ventanas, se arrastran en el patio, golpean las puertas... casi todos lloran. Otros me piden entrar en mi piel... volver a sentir calor...

—Pigmeo, ya detente... ¡Conde! Escúchame... —Requena se puso al frente—. ¡Cierra los ojos! ¡Ahora! Sólo son ecos, son reflejos de fulgor. Todo esto ya pasó.

—No, no. ¡Sigue pasando! No deja de pasar. Pasa todo el tiempo.

—Como sea, ¡cierra los ojos! —insistió Requena—. Hazlo y respira lentamente. Estás con nosotros, no te va a pasar nada.

Poco a poco cesó el movimiento del edificio y la nube oscurísima cruzó el domo y los reflejos de los rincones comenzaron a desvanecerse, como volutas de humo. Con temor, Conde volvió a abrir los ojos.

—Creo que ya se fueron... —volteó de reojo—. ¿Me juran que no vieron nada?

—Sólo como unas siluetas grises —reconocí—. Pero ¿qué fue eso?

—No sé —gimió nuestra amiga—. Pero si es lo mismo que ve Clarita, Amaya o como se llame; con razón se volvió loca.

Me fijé que el lunar blanco que Conde tenía en el ojo parecía un poco más grande que el día anterior.

—Bueno, ahora hay que tranquilizarnos y ver cómo están nuestras familias y desalojar el edificio —recomendó Reque—. Es lo que urge.

Asentimos. Al fin pudimos bajar. El sismo había sido tremendo porque las paredes estaban atravesadas por grietas y el polvo de yeso se acumulaba en todos lados; seguían tronando los cristales, junto con rechinidos de herrería. En el patio principal nos topamos con algunos vecinos, como la hermana cuervo (sin su pareja), don Beni el manco, Rosario la cuidadora, todos parecían aterrados.

—No está mi madre —observó Requena con alarma—. Seguro no pudo bajar.

—Tampoco veo a mis tíos —reconoció Conde—. Deben de seguir en el departamento.

Mientras Conde iba con los suyos, acompañé a Requena. No supe si eran mis nervios pero sentí que el edificio había quedado levemente inclinado, como un barco que encalla. Dentro del apartamento nos abrimos paso entre el reguero de pastorcitos destrozados de porcelana y portarretratos rotos. En la recámara estaba la señora Flor, como la vi la última vez, en la cama, sudando el alcohol etílico. Reque intentó moverla pero la señora parecía hundida en un brumoso sopor y fue imposible cargar a 160 kilos de madre.

—Hay que pedir ayuda a los vecinos para bajarla —propuso Requena.

—¿Y si esperamos a que despierte? —sugerí—. Así será más fácil.

—No sé… me preocupan las réplicas del temblor —Reque miró alrededor, el televisor con ruedecillas había caído de frente, estaba reventado—. Al menos está respirando. Vamos a ver cómo le fue a los tíos de Pigmeo.

Bajamos un nivel. Conde estaba fuera aporreando la puerta de su departamento.

—¡No se abre!, ¡mi llave no sirve! —explicó, desesperada—. Ayúdenme a empujar.

—¿Y tus tíos? ¿Cómo están? —pregunté.

—Estamos bien… —respondió el mismo don Salva desde el otro lado de la puerta—. Aunque Luzma tiene problemas para respirar. Muchachos, ayuden a Carlita, por favor. Tal vez sólo se trabó el mecanismo, yo jalo desde acá.

Lo intentamos, Requena y yo empujamos, mientras Conde maniobraba con la llave que daba vuelta, pero, en efecto, la puerta no cedía.

—Parece que la cerradura está bien, pero hay otra cosa atascada —observé.

—Creo que ya sé qué es —Requena dio un paso atrás para ver mejor—. Es el edificio. El marco de la puerta se descuadró con el temblor.

Luego supimos que había sucedido lo mismo en otros departamentos. Varios vecinos estaban atrapados en sus departamentos. El hermano cuervo ni siquiera podía ir al balcón, también estaba atascada esa salida.

—¡Quiero salir, necesito irme de aquí! —comenzó a sollozar tía Luzma.

—Rompamos la puerta… —sugirió Conde.

—Está laminada —observó Requena—. No va a ser nada fácil.

Empezó una pequeña discusión: ¿y si salían por la ventana de la cocina? Pero tenía herrería de protección. ¿Se podría serruchar? Entonces la tía Luzma hizo una pregunta:

—Carlita, ¿qué es eso? —parecía asustada—. Se oye como música…

Reque y yo también la escuchamos. De hecho, todos los que estábamos en pasillos y patio. Provenía del quinto piso, se alcanzaba a ver la puerta del salón de banquetes entreabierta, y resplandecía una luz verdosa; debía de ser una inmensa concentración de fenómeno fulgor para tener esa intensidad.

Se oía claramente una banda, con trompetas, trombones, risas, muchas voces.

—Parece como si hubiera una fiesta —balbuceó el señor Beni, confundido.

—Pero esa zona está clausurada —recordó la señora cuervo—. Arriba no hay nadie.

—… Al menos nadie vivo —murmuró Requena, con intención.

Conde ni siquiera volteó, clavó la mirada en el suelo, temerosa de lo que se podía descubrir en los pisos superiores.

La música y los demás sonidos se apagaron hasta volverse un remoto zumbido.

—Carla, escúchame, tienes que llamar a los rescatistas —pidió el tío Salva—. Llama desde un teléfono en la calle. No sirve el del departamento.

—Buena idea —reconoció Requena—. Los bomberos tienen herramientas para forzar el marco de la puerta y también a los de rescate urbano.

Salimos del edificio hasta el portal de acceso. Esperábamos ver escenas similares de terror en la calle: vecinos asustados, edificios con daños, patrullas, ambulancias, tal vez hasta derrumbes, pero nos topamos con algo desconcertante. Afuera, el cielo lucía encapotado y la noche se adelantaba con lluvia inminente, pero todo lo demás parecía en calma. Un señor vendiendo pan, gente con sus perros, oficinistas de regreso a casa, parejitas de enamorados en las bancas. Era una típica tarde húmeda de verano de la Ciudad de México.

—¿Qué pasa? —exclamó Conde desorientada—. ¿Por qué todo se ve…?

—¿…Normal? —confirmó Reque—. Parece que sólo tembló en el Edificio Begur.

502

—Miren eso —señalé con horror.

Justo en el suelo del rellano del Begur, donde comenzaba el edificio, nacía una grieta que conforme avanzaba al interior se ramificaba y hacía más grande. Volvimos hasta el patio central. Se habían estrellado cada uno de los mosaicos con el patrón de las espigas cegadas (ahora sabíamos qué eran) y la gran hoz.

—Lo que mueve el edificio viene desde abajo —señaló Requena, pálido.

—El sótano —murmuré aterrado.

—Pero… —Conde parecía desconcertada—. ¿Ustedes creen que…?

—La Criatura Gris está acelerando las condenas —aseguró Reque—. Es evidente. Los *bruixots* nos trajeron para morir, a nosotros, a nuestras familias…

Conde se llevó las manos a la boca.

—¡No quiero que se mueran mis tíos!

—A ver, tranquilos. Se me ocurre algo —hice una seña a mis amigos para que me siguieran a la acera, fuera de los límites del Begur. Ahí pude continuar—. Esta cosa nos seguirá atacando a menos que desactivemos el vínculo. Tenemos que abrir la bóveda del sótano y sacar el cuerpo de Beatriz, así la Criatura Gris va a perder su poder sobre el edificio y todos estaremos a salvo, ¿no?

—Teóricamente es así —reconoció Reque—. Pero la llave de la bóveda y la del sótano deben de estar en la portería, que además está cerrada también con llave.

—Entonces hagamos como el otro día —sugerí—. Tiremos un trozo de muro para entrar.

—¿Y crees que la Criatura Gris no se dará cuenta? —resopló Reque—. La otra vez casi nos ahogamos por la inundación.

Además, el espíritu del *bruixot* debe de estar furioso; en cuanto nos detecte nos hará papilla.

—Entonces hay que distraerlo, atacando varios puntos a la vez —insistí—. No sé ustedes, pero yo no pienso darme por vencido.

—Oigan, tengo una idea… —comentó Conde.

—¡Aún sigues pensando en salvar a Emma! —Requena puso los ojos en blanco.

—Sí, y te informo que tu madre, los tíos de Conde y otros vecinos están atrapados a merced de la Criatura Gris. También hay que salvarlos a ellos.

—¿Me van a dejar hablar en algún momento? —Conde levantó la voz.

Requena y yo guardamos silencio.

—Sólo quería contarles acerca de cuando murió mi mamá —Conde carraspeó—. Ese día acompañé a la tía Luzma al estadio donde llevaban a los cuerpos. Y bueno… sí estaba ahí y también nos entregaron una bolsita con algunas cosas; la ropa, en fin, lo que pudieron rescatar, su cartera con una foto mía, y las llaves del departamento donde vivíamos, en la calle de Zacatecas…

—Conde, eso es muy triste —interrumpió Requena—. Pero no entiendo el punto…

—Es evidente —suspiró Conde—. ¡Nadie fue por las cosas de Pablito cuando murió!

—Mi papá intentó recuperar las llaves —recordé—. Pero le dijeron que no había nada ni cuerpo y tampoco pertenencias. No sé cuántas veces llamó al dispensario del Divino Salvador…

—Divino Redentor… —me corrigió Requena.

Lo miré confundido.

—Rosario lo dijo cuando fuimos hace rato —aseguró—. Es donde llevaron a morir a Pablito.

—Entonces... ¿mi padre investigó en la clínica equivocada? —exclamé.

Era posible, en esos días las neuronas y hormonas de Teo estaban ocupadas en la conquista de Lilka (y Jasia).

—Bueno, entonces preguntemos en el Divino Redentor —propuso Conde—. Si de verdad Pablito murió ahí, tal vez sigan sus cosas con la llave de la portería.

—Rosario debe saber los datos de la clínica —repuse con emoción.

—Está bien. No perdemos nada con investigar —reconoció Requena—. Pero también llamemos a los rescatistas. Asunto paranormal o no, necesitamos toda la ayuda que sea necesaria.

Decidimos que Requena fuera a hablar con Rosario (Conde no quería entrar al departamento de Clarita por nada del mundo). Mientras que a mí me tocó llamar a los servicios de emergencia en una cabina telefónica. Hice en total tres llamadas; al parecer creían que se trataba de una broma (un adolescente asegurando que temblaba en un único edificio de la colonia). Hasta que en la última ocasión expliqué que posiblemente había un escape de gas que ocasionó una explosión y varios vecinos estaban atrapados.

Casi cuando colgué, Conde y yo vimos salir a Requena del edificio. Rápidamente nos reunimos para intercambiar información.

—Los de emergencias llegan en una media hora —expliqué—. Me acaban de decir.

—¿Qué? ¿Tanto? —exclamó Reque.

—Costó trabajo convencerlos —reconocí.

—Pues Rosario no sabe el teléfono del dispensario —reveló Reque—, pero me dijo que está en la calle Doctor Erazo, antes de llegar al Eje Central.

—Podemos ir en persona. ¡No está tan lejos! —calculó Conde—. Caminando son unos veinte minutos.

—Pues corramos para que sean diez —propuse—. Si nos damos prisa, estaremos de regreso antes de que lleguen los de rescate.

Salimos en ese momento. Pasamos por la Plaza Ajusco. Sentí un filo de angustia que me resbaló por el estómago; había estado ahí con Emma cuarenta y cinco años atrás, y el árbol de donde rescatamos a Henry se había vuelto enorme y frondoso. Pedí a todos los dioses que conocía que Emma ya hubiera leído mi mensaje y estuviera a resguardo, lejos de la *bruixa* y del Begur.

—Diego, ¿estás bien? —me preguntó Reque—. No te detengas.

Apreté el paso y continuamos. Al atravesar la avenida Cuauhtémoc se soltó una lluvia fría y nos adentramos en una colonia que no conocía: la Doctores. Era casi tan vieja como la Roma, pero más modesta y destartalada, con muchos talleres mecánicos (cerrados), cantinas (abiertas), viejas imprentas, despachos de abogados de medio pelo. Todo tenía cierta belleza pero lucía agrietada, triste. Era el preámbulo del sitio a donde nos dirigíamos.

Al principio dudamos de que *eso* fuera una clínica. Por fuera parecía una casona lamparosa, con la cochera abierta que servía como refugio para indigentes; varios hombres, en harapos, dormían sobre unas raídas colchonetas, apretados unos contra los otros para darse calor. Encima, un letrero luminoso, al que se le habían estropeado la mitad de los tubos de luz, decía: "Divino Redentor. Ayuda y misericordia para los que nada tienen".

Entramos a la recepción, había una hilera de sillas de plástico y un pequeño retablo. Una placa explicaba: "Santa Clara de Asís. A tu vera caminamos. *Remedium, quaerere, servire*". El potente desinfectante no conseguía eliminar cierto olor a viejo y a enfermedad. Al fondo, vimos una ventanilla de informes, muy desgastada y protegida con rejas. Nos acercamos.

—Buenas noches... buenas... —exclamé, impaciente—. ¿Hay alguien?

—No grites, muchacho, ya te oí —del fondo salió una señora mayor. Vestía un austero hábito marrón con negro, y llevaba unas gafas de pasta rotas que había reparado con cinta adhesiva.

—Perdón... ¿éste es el dispensario médico? —pregunté.

—¿Y qué te parece? ¿Un restaurante? —suspiró la monja, parecía muy cansada—. Las consultas son de 8 a 2 p.m. De momento no se aceptan urgencias, si tienen una vayan al Hospital General.

—No es eso. Estamos investigando sobre un paciente —dijo Requena, directo.

—Era un conserje del edificio donde vivimos, el Begur —agregué a mi vez.

—Lo trajeron aquí hace unas semanas —intervino Conde, de prisa—. Era muy alto, viejito, pero fuerte, como esos luchadores, pero sin panza...

—Eso no importa, Pigmeo —la amonestó Reque.

—A ver, momento, no hablen todos, ya entendí —exclamó la religiosa—. Debe ser el que cayó por el agujero del elevador.

Los tres suspiramos de alivio, ¡habíamos dado con el sitio correcto!

—¡Es ése! Se llamaba Pablito —confirmó Requena—. Hermana, ¿sabe qué hicieron con sus... cosas?

—¿Cosas? —repitió la monja.

—Sí, las llaves, la cartera... —carraspeé—. Digo, por si hay alguna identificación y datos de un familiar al que llamar. Es que los vecinos queremos darle cristiana sepultura.

—A ver... esperen —la religiosa se quitó las gafas y se frotó los ojos—. Para empezar no son horas para esto. Vengan mañana y hablen con el director del dispensario.

—Pero... ¿todavía tienen sus cosas? —insistí.

—Supongo, no sé —la monja se estaba desesperando—. Los objetos personales se guardan bajo llave en el buró donde está cada paciente. Y si quieren enterrarlo, pues tendrán que esperar a que deje de respirar... digo, es lo normal.

Los tres nos quedamos en shock. ¡Eso no lo esperábamos!

—¿Pablito... sigue vivo? —confirmé, atónito.

—Si es que a eso se le puede llamar vida —murmuró la monja—. Dios aún no lo llama a su lado.

—Pero ¿cómo puede estar vivo si se destrozó la cabeza? —recordé la horrible escena, cuando me asomé al foso y lo vi roto, con media cara rebanada.

—Tal vez es un milagro —opinó Conde.

—Pues tampoco le queda mucho tiempo —reconoció la religiosa—. A veces despierta y dice cosas que nadie entiende. Como sea, ¡no debería estar diciendo esto! ¿Qué edad tienen? Regresen mañana con un adulto para que hable con el doctor. Y no estaría mal un donativo, por el tiempo que ha estado ocupando una cama.

—Pero antes, ¿podemos verlo? —sondeó Requena e hizo una jugada arriesgada—. Por favor, para despedirnos.

—¿Qué? ¿Ahora? —respingó la religiosa.

—¡Dijo que no le queda tiempo! —seguí el plan de Requena—. Tal vez ésta es su última noche y podemos darle las gracias en persona. ¡Fue muy bueno! Ayudó a nuestras familias ¡y hasta podemos rezar!

—Sí, sí, recemos para que Diosito le quite todo el sufrimiento y lo reciba en el cielo —completó Reque, ya en plan devoto.

El último gesto al parecer ablandó a la religiosa.

—Bueno, pero que sea rápido —miró el reloj—. Les doy tres minutos. Es el cuarto C, lo van a encontrar en el pasillo que está detrás de la puerta grande.

—Gracias, hermana, ¡usted es una santa! —le dije.

—¡Qué santa ni que nada! —resopló—. Si se entera la jefa de enfermeras, voy a tener problemas. No hagan mucho ruido, y dense prisa: tres minutos. ¡No más!

Agradecimos presurosos y cruzamos una puerta abatible. Las lámparas fluorescentes parpadeaban y el pasillo lucía parcialmente sumergido en penumbras. A los lados, varias puertas numeradas con una ventana de cristal dejaban ver el interior de los cuartos.

—Uf, esto está lleno. Hay mucha gente aquí, pobres —murmuró Conde.

Reque y yo cruzamos una mirada. En realidad, no había nadie en la habitación marcada como A, sólo se apilaban camas vacías, y en el cuarto B apenas un hombre dentro de una especie de capullo de plástico con vapor. Arriba de cada puerta había imágenes de vírgenes. Era curioso que el gran ocultista Ferenc terminara en semejante sitio.

—Sólo me sé el padrenuestro —avisó Conde.

—Relájate, Pigmeo, los tres minutos son para abrir el buró y buscar las llaves de la portería —sonrió Reque—. ¡A eso vinimos!

—Supongo que Pablito está en coma, ¿no? —confirmé.

—Es lo que entendí, ahora veremos —asintió Requena.

—Es ahí —Conde señaló la puerta C, tenía algunas moscas en el vidrio.

Lo primero que noté al entrar era el olor a una mezcla de cloro y orina, costaba respirar. Era un cuarto largo recubierto con una fea pintura de aceite color verde, con una ventanita de un lado y tres camas del otro. Cada una separada por una cortina vieja y amarillenta.

—Éstos no son Pablito —observó Reque al ver las dos primeras camas con ancianos pequeños, cada uno enchufado a un respirador.

—Debe estar al fondo —señalé la última cortina, tenía más moscas; por lo visto la higiene no era demasiado estricta en ese lugar.

Nos acercamos. Ahí estaba postrado el conserje Pablito, o lo que quedaba de él. Se veía fatal: un brazo lo llevaba dentro de un armazón, del otro le salía la manguera del suero, pero lo peor era la cabeza: la mitad estaba cubierta por vendajes y se notaba un escalofriante hundimiento donde había estado el pómulo y el ojo izquierdo; por suerte el otro estaba cerrado, parecía dormido. Traía puesta una mascarilla con oxígeno y su respiración era irregular, pedregosa. Me fijé en los huecos de las sábanas, quién sabe si conservaba las piernas completas.

—Ay, pobrecito —suspiró Conde.

—Que no se te olvide que él y su hermana han llevado a cientos o miles de personas a morir a sus edificios —recordó Requena y señaló un mueble—: Miren, ¡aquí está!

Era un pequeño buró de metal, con la pintura descarapelada. Requena jaló, claro, estaba cerrado con llave.

—Estas cerraduras no son nada difíciles de abrir —la estudió—. Sólo necesito la alicata de mi navaja para destrabarla.

Rebuscó en la mochila de investigador que siempre cargaba.

—Hay algo que no entiendo —Conde no dejaba de ver al destrozado conserje—. Si Pablito está vivo, ¿de dónde sale la sombra?

—¿Has oído hablar del cuerpo astral? —Reque encajó la alicata en la cerradura; comenzó a forcejear—. Obviamente esa cosa que vemos es una parte de él. No es el primer caso de la manifestación fantasmal de una persona viva.

—Tal vez sí deberíamos rezar… —opinó Conde—. O se va a ir directo al infierno.

—Pues es lo que se merece —sentencié.

La verdad es que no podía perdonarle que en los años cuarenta denunciara a Emma con el abuelo.

—Creo que ya casi —Reque abrió la parte inferior del buró y desde ahí dio un golpe al cajón, hasta que también abrió—. Listo, ¿ven? No es tan difícil.

Nos acercamos. Abajo estaban los zapatos de Pablito, tipo militar, con un montón de agujetas y remaches metálicos, con manchas, ¿de sangre? Y del cajón Reque sacó una bolsita de plástico que contenía unos boletos del metro, unas cartas en blanco con la firma de Reyna Gala Fenck, un peine, monedas, y al fondo había una anilla metálica con una docena de llaves de aspecto antiguo. Todas con la marca de la letra "B".

—¡Son ésas! Al fin —confirmó Requena—. Excelente, salgamos de aquí.

—Espera, hay otra cosa —observó Conde y metió la mano.

Sacó un camafeo con aplicaciones de ónix que tenía tallada la letra "B". Pablito debía de llevarlo oculto bajo la ropa. Conde lo giró y se abrió por la mitad: de un lado estaba el retrato de la pálida y hermosa Beatriz y, del otro, una madeja de cabello rubio cenizo, atado a un cordel rojo.

—Estos colgantes se llaman guardapelo —señaló Requena—. Se usaban mucho.

—Entonces, ¿éste es cabello real de Beatriz? —Conde lo miró con asombro.

—¡Suelta eso…! —gruñó una voz rota, que nos hizo saltar—. ¡Ahora!

Nos giramos. La sorpresa nos clavó en nuestro sitio. Pablito nos miraba con su único ojo. Se había quitado la máscara de oxígeno. Tenía una horrible herida en el mentón, a medio cicatrizar, y le faltaba un trozo de labio.

—Los intrusos —nos reconoció y su único ojo brilló de furia—. Se los advertí… serán castigados.

Una mezcla de rabia e inconsciencia me hizo dar un paso al frente.

—No. Ya no puedes amenazarnos, no más, Ferenc —al decir esto vi cómo le tembló lo que le quedaba de cara—. Sabemos todo de ti: tu nombre real, de dónde vienes, lo que has hecho junto con tu hermana Amaya.

—¡Ya es hora de que te detengas! —advirtió Requena—. Son muchas muertes y dolor. Las ciencias herméticas no son para eso.

—Además te estás muriendo, tendrías que rezar —recomendó Conde—. Por tus pecados.

El anciano se quedó en silencio un instante, hasta me sentí un poco culpable, por hablarle así a un moribundo, pero sucedió algo extraño: Pablito emitió un chirrido raro, era una risita.

—Yo no muero… ustedes sí… —dijo casi con deleite—. Su aliento es mi aire, su sangre, mis días. Todos ustedes son míos, me pertenecen. Eliminaré a sus familias ahora, y a ustedes, aquí mismo… Es tan fácil… ya verán.

Mantuvo la escalofriante sonrisa con labios destrozados.

—Enloqueció, ya no se puede razonar con él —susurró Requena—. Tomen todo y vámonos de aquí.

Pablito o Ferenc seguía riendo cuando avanzamos a la salida, pero antes de llegar a la puerta un olor pestilente inundó la habitación. Nos cubrimos la nariz, olía a excremento. Alguien gemía en una cama; era el primer paciente, había vaciado los intestinos. Las luces de los tubos del techo tintinearon y al instante se me taparon los oídos.

—¿Qué sucede? —gimió Conde.

—No sé. Ayúdenme, aquí —nos apuró Requena mientras jalaba de la puerta.

—¿Cuándo se cerró? —me acerqué a toda prisa.

—Ahora… pero no entiendo —Reque movió la manija—. Esto no tiene cerradura, está trabada con algo.

Oímos un pitido. El monitor cardíaco del primer paciente marcaba paro. Estaba muriendo frente a nosotros.

Conde lanzó un grito. Seguimos su mirada: sobre la percudida tela se reflejaba la silueta de Ferenc. Su cuello parecía arquearse y de su boca salía la densa sombra de un enjambre de insectos. La palpitante nube flotó sobre él. Casi al mismo instante, el hombre de la segunda cama empezó a convulsionar y al cabo de segundos quedó inmóvil. Una peste aún más intensa se expandió por el cuarto. Eran los miasmas de la putrefacción, los cadáveres se descompusieron en segundos. La piel se volvió de un pálido verdoso, los ojos se hundieron, los dedos perdían las uñas. El zumbido de los insectos subió de volumen.

—¡Hay que salir de aquí! —grité.

Aparecieron las moscas, decenas, cientos, miles. El manto negro de bichos cubrió el suelo, las paredes, los soportes donde estaban montados los sueros, respiradores, tanques de oxígeno, enchufes, el cristal de la puerta atascada.

Desesperado tomé una silla y golpeé el cristal recubierto de moscas, pero no se rompió, fue como hundirla en una alfombra de pringosa suciedad.

—¿Qué pasa ahí dentro? —dijo una voz del lado del pasillo. Debía de ser la jefa de enfermeras. Movió la manija—. ¿Y esos gritos? ¡Abran ahora!

—¡Es lo que queremos! —gimió Requena.

Entre los parpadeos de la luz, se formó una silueta en la esquina. El frío mordía la piel y un borbotón de sangre me escurrió de la nariz.

—Está aquí… —murmuré aterrado.

No me quedaban dudas: era la Criatura Gris.

Reque corrió a la única ventana que había en la habitación, descorrió las cortinas llenas de moscas. Nos quedamos congelados al ver que la ventana estaba tapiada con esos bloques de cristal grueso.

—¿Quién los dejó entrar? ¿Con qué cubrieron el cristal? ¡Abran! —ordenaba la voz de la mujer desde el otro lado.

—¡No podemos! —gritó Conde—. ¡Ayúdenos!

Dentro, la Criatura Gris parecía absorber toda la luz, el calor, la vida del cuarto.

—¡Nos va a matar! ¡Lo va a hacer! —repetía Conde.

—Yo no mato, yo elijo a los señalados —musitó la voz grave, desde el fondo—. He visto el futuro, la marca de la muerte está encima de sus familias —la criatura comenzó a despegarse de la pared—. Angyalka y yo recolectamos a los besados por la enfermedad, a los tocados por la desgracia. La fatalidad hincó sus dientes sobre ustedes... Yo uso esa fuerza antes de que se desperdicie...

Lo entendí; lo que tantas veces había dicho la criatura, incluso el profesor Benjamín, Clarita y en su momento hasta Jasia. Éramos familias condenadas por una tragedia, suicidios, enfermedades, accidentes. Ferenc podía verlo con la maquinaria del edificio. Tal vez revisaba esquelas, noticias del futuro, algo... y a los condenados a muerte los contactaba, les ofrecía un departamento para luego absorber esa energía, el fulgor.

—Entonces... ¿conoces las posibilidades del Begur? —confirmó Requena.

—¡Yo lo hice! ¡Claro que las conozco! —rio la Criatura Gris. Las luces parpadearon con violencia y comenzó a formarse una capa de escarcha en las paredes—. Rompí los límites; ni mis maestros consiguieron tanto.

—Sólo iban a despedirse y rezar. ¡Eso me dijeron! —reconocí la voz de la monja de la entrada, afuera, se oía agitada—. ¡No sé con quién hablan!

—No volverán a poner un pie en mi edificio —sentenció la Criatura Gris—.Voy a repararlo, saldré de aquí, todo será como antes...

—Pero ¿por qué lo haces? —gimió Conde—. ¿Sigues queriendo rescatar a Beatriz?

La criatura lanzó un rugido:

—¡Cómo te atreves a decir su nombre!

Estallaron frascos de suero y tubos de luz. Quedamos a oscuras, encerrados con dos cadáveres: Ferenc y esa entidad que era parte de él. Al cabo de unos segundos se encendieron unas tenues lámparas de seguridad, la Criatura Gris estaba frente a Conde. Era una masa de suciedad, insectos y plasma que resplandecía con los brillos de caparazones y alas. Algo horrible y viscoso se enredó en el cuello de mi amiga.

—¡Suéltala! —grité.

Lancé puñetazos a la masa oscura que estaba encima de Conde. Era imposible hacerle daño, sólo atravesé algo viscoso de un frío quemante.

Conde no podía hablar, los ojos le lagrimeaban, aún sostenía el camafeo en un puño. En el pasillo seguían los gritos de la monja y la jefa de enfermeras.

Requena, desesperado, golpeó con las manos el cristal de la puerta, pero un montón de bichos se le fueron encima, directo a la boca. Comenzó a toser, a ahogarse.

Yo seguía de rodillas frente a Conde, que boqueaba con los labios amoratados. La criatura apretó más fuerte; mi amiga estaba a punto de morir frente a mí. Miré hacia todos lados, desbordado por el horror y entonces vi una posible solución. Corrí a la cama donde yacía Pablo o Ferenc inconsciente, saqué la almohada de abajo y se la coloqué sobre lo que le quedaba de cara. Presioné.

—¡Llama al director, a una patrulla! —desde el pasillo ordenaba la jefa de enfermeras.

Requena consiguió vomitar, entre los restos de comida salieron cacahuates y grumos con insectos. Tosía. Entonces me miró, horrorizado.

—¡Diego!, ¿qué haces? —gritó.

Ni yo lo sabía bien. Era una suposición; si destruía el cuerpo físico de Ferenc, tal vez la Criatura Gris perdería fuerza. Los cuerpos debían ser los vinculantes de nuestras almas. Debajo de mí, el anciano se estremecía entre espasmos. Su cuerpo, aunque viejo y mutilado, conservaba los reflejos, buscaba aire, quería vivir.

—Diego —repitió Requena, pasmado.

En ese momento yo sólo pensaba que merecía la muerte. Ese hombre llevó al edificio a Agustín y a su nieta Emma, como a tantos otros; prometió ayudarlos, pero se aprovechó de su fragilidad, los empujó a su aniquilación, para alimentar a su maquinaria fantasmal. Pablito me tomó de una muñeca, no le quedaba fuerza, pero ver su mano huesuda y decrépita me produjo un impacto que no calculé. ¿Qué hacía? Estaba matando a un anciano. Sí, malvado y posiblemente moribundo, pero cometía un asesinato…

—No puedo —gemí y solté la almohada—. No puedo matar… no soy como tú.

Temblaba, derrotado. Me separé un poco de la cama. El cuerpo del viejo consiguió respirar de nuevo.

—Pero si es justo lo que quieres… —dijo una voz chirriante—. Ser como yo.

Del otro lado de la habitación la criatura me observaba con un brillo maligno. Al menos había soltado a Conde, que quedó tendida en el suelo. La entidad avanzó hacia mí, arrastrándose.

—¿O no sacrificarías a quien fuera por salvar a Emma?

Quedé pasmado al escuchar el nombre.

—Así se hacía llamar la refugiada que su propio abuelo mató, ¿no? —la Criatura Gris seguía acercándose. El frío y la peste se volvieron más punzantes. Lanzó una risa gutural—. Claro que lo sé, lo sé todo… de tus patéticos esfuerzos. ¿No serías capaz de todo por salvarla?

Me dolió el pecho, era un dolor intenso, más allá del cuerpo.

—Pero no a ese costo —comencé a llorar—. No sacrificando a otros, aunque estén condenados. No es correcto, ni quedarme con las almas, como tú lo haces…

Escuché que Conde tosía, ¡estaba viva! Requena se acercó a revisarla. La pobre tenía el cuello lleno de quemaduras, pero también había algo raro: la mano que sostenía el medallón comenzaba a brillar.

—¿Y qué me dices de Lucía? —inquirió la entidad—. ¡Sí! También conozco el nombre de tu madre. Imagina si tuvieras la oportunidad de recuperarla...

Su mención fue un golpe que abrió una herida nunca cerrada. Me limpié las lágrimas y lo pensé. Extrañaba a mamá, se había ido tan pronto, no la pude ayudar. ¿De verdad pude hacer algo para detener su destrucción? Tal vez si en lugar de estar siempre molesto con ella hubiera alertado a mi tía o a Teo. Esa culpa infectaba el recuerdo.

—Emma y mi madre ya murieron... —dije al fin, con la voz ahogada por el llanto—. Es imposible salvarlas, modificar el pasado —miré de reojo a Requena, al fin reconocía la inflexible paradoja. Me concentré otra vez en la criatura—. Ni siquiera tú, con todo tu poder y conocimiento has podido traer de regreso a Beatriz.

—¡Diego! ¡Ya no digas nada! —me suplicó Reque—. Aléjate de esa cosa.

Pensé que la entidad se enfurecería al oír de nuevo el nombre de su amada, pero mantuvo una sonrisa burlona. Si iba a matarme, al menos no me quedaría con las ganas de decir lo que pensaba:

—Seguro intentaste salvarla, muchas veces —con el antebrazo me limpié la sangre de la nariz—. Imagino que viajaste hasta la época en que Beatriz seguía viva, para impedir su enfermedad, o rescatarla de los celos de tu hermana, la *bruixa*. Pero si en setenta y cinco años no has conseguido cambiar el pasado... quiere decir que es imposible salvar a los condenados.

Hubo un silencio grave; al fondo, Reque ayudaba a Conde a incorporarse. Noté que crecía la luz cálida, suave.

—No, no he podido hacer eso —reconoció la criatura—. Pero ha valido la pena, todo. Por las veces que conseguí verla antes de que se cerraran esos caminos. Y por el tesoro que construí: Beatriz sigue conmigo, para siempre, capturé ese precioso tiempo.

—El bucle de espectros —murmuró Requena.

Conde tenía los ojos cerrados, lucía una palidez anormal.

—Para eso sigues alimentando a los edificios —lo entendí entonces—. Para que se siga reproduciendo el espectro de Beatriz.

Fue la última pieza que faltaba. Los edificios, ese entramado de arquitectura hermética, alimentados del fulgor de los muertos, se habían vuelto un mecanismo para que una joven madre y su pequeño siguieran existiendo, de algún modo. Como se fija una mariposa disecada sobre un bastidor de terciopelo. Su amada muerta, su esposa espectro, quedó para la eternidad, repitiendo las últimas acciones de esos meses. Tal como la vi en el apartamento del ático: cepillándose el cabello, en espera del nacimiento del bebé, mirando por la ventana, acunando a su hijo agonizante, entonando melancólicas canciones de cuna. Una y otra vez. La destrucción de los inquilinos era el combustible que alimentaba esa maquinaria, el remedo de una vida.

La criatura debió notar mi cara de espanto, porque replicó:

—No entiendes, ¡nunca has amado como yo! —se acercó—. Cuando amas con verdadera pasión darías lo que fuera por volver a ver a la persona amada. Tenerla de algún modo. Contemplarla, casi tocarla, olerla, tener su mano al alcance de la tuya. Fijar el amor...

—No, Ferran, eso no es amor —murmuró la voz desconocida de una mujer. Todos nos quedamos desconcertados. La voz repitió—: Eso no es amor.

Reque y yo miramos a Conde, la voz había salido de su boca y la luz provenía del interior del camafeo, donde estaba la foto y el mechón; unas líneas, como venas brillantes subían por el brazo hasta la cara de nuestra amiga; la luz y las sombras modificaban sus rasgos. Parecía una mujer adulta, pálida, la reconocí, todos lo hicimos.

—¿Beatriz? —exclamó la criatura.

—Has usado tus edificios no para fijar el amor, fijaste mi dolor —sentenció Beatriz a través de Conde—. Me encadenaste a repetir tristeza y soledad; la angustia por mi bebé enfermo; el sabor de la enfermedad en mi boca. ¿Es lo que quieres contemplar? ¿La desesperación que me causaron tú y tu hermana? ¿La agonía de tu hijo moribundo que nunca va a crecer? ¿Es lo que deseas seguir viendo todos los días? ¿Mi sufrimiento?

La Criatura Gris se redujo de tamaño, cimbraba con cada palabra.

—Beatriz... he esperado tanto para esto... —murmuró la entidad—. No entiendes, he sacrificado mi fortuna, mis conocimientos, mi vida, todo por nuestro amor.

—Ferran, eso nunca ha sido amor —repitió la mujer fantasmal—. Ni lo es ahora ni lo fue entonces. Siempre lo has hecho por ti, para ti, sobre mí. En tu afán por poseerme, me destruiste hace años.

—¡Sólo quise que me amaras! —gimió la criatura.

—Pues hiciste lo contrario —sentenció Beatriz—. Ferran, ni un solo día pude amarte. Siempre te tuve pavor...

—No, ¡no digas eso! —gritó la criatura—. ¡No puedes decir eso!

La entidad, en su desesperación intentó tomar a esa Beatriz encarnada, pero la mujer extendió el brazo con un firme gesto de alto, de que se detuviera. En el puño llevaba el camafeo y la luz golpeó a la criatura; fue como una estocada, los insectos y las capas de miasma e inmundicias se abrieron para dispersarse en jirones de neblina oscura. Al momento Conde recuperó sus rasgos, su piel retomó la tez normal. Entonces se oyó un llanto quedo.

Se trataba del anciano mutilado. Pablito o Ferenc que volvía a la consciencia. Su sollozo era desolación absoluta. No entendía… o lo había entendido todo.

—Ferenc, también tú debes liberarte —murmuré—. Ya no queda tiempo. Si hay algo después de la muerte, pide perdón por la gente a la que dañaste.

No sé si pudo oírme, seguía llorando. Y entre espasmos y estremecimientos, la vida abandonó el cuerpo decrépito de ese hombre que había sido Pablito, Ferran Begur, Reyna Fenck, el *bruixot*. El poderoso Ferenc dejó de respirar para siempre en un dispensario de la colonia Doctores, con el corazón roto, lleno de dolor y amargura.

Se encendió la luz, el tubo que sobrevivió y, con ello, se disolvieron las moscas de paredes, techo y cristales; escurrían formando simples charcos de suciedad.

—Conde, ¿estás bien? —me acerqué a mi amiga.

—Creo que sí… pero me duele la cabeza.

—No vas a creer lo que pasó —aseguró Requena.

—Lo sé. Estaba aquí, detrás de algo, pero lo vi todo —asintió Conde y se llevó la mano al cuello.

—Espera, no te toques —recomendó Reque.

Empezaban a formarse ampollas en las quemaduras del cuello. Con los años, Conde presumiría esas cicatrices como heridas de guerra.

A través del cristal de la puerta, ya despejado, nos observaba la enfermera jefe, junto con la monja de la recepción, un hombre con una bata (seguramente el director) y un grupo de vagabundos metiches (debían ser de los que dormían en la cochera).

—Tenemos que irnos —Reque jaló la puerta y esta vez se abrió sin problemas—. ¡Ahora!

Aprovechamos que los empleados del dispensario seguían pasmados con la visión del cuarto lleno de residuos de miasmas, una sustancia negruzca y pestilente escurría del techo y paredes. En las primeras camas yacían los cadáveres casi momificados de dos pacientes. Mientras que al fondo, el cuerpo de Ferenc había quedado encogido, recubierto con una ligera capa de escarcha.

Cuando salimos, nos cruzamos con una patrulla que iba para el dispensario. No nos detuvimos, no podíamos, urgía llegar al Edificio Begur, aún no sabíamos que nos esperaba.

Estimada A. Tengo que cortar aquí. Esta carta ha sido muy intensa, pero si cree que este carrusel de espectros y revelaciones ha terminado, déjeme decirle que aún queda una última vuelta. Ya la verá.

Aprovecho para darle un abrazo epistolar, de los últimos, con cariño siempre.

Diego

Carta veinticinco

Estimada A:

En este momento me invade un gran alivio y también la tristeza más honda. Ha llegado esta carta, la última (porque lo es, se lo garantizo). Y respondiendo a mi promesa, cuando termine de leer estas líneas no sabrá de mí. Pero no me iré sin soltar el secreto que he cargado toda mi vida y usted sabrá, al fin, cómo es posible que veinticinco cartas enviadas desde un anónimo apartado postal, de alguna manera, tienen que ver con usted. Sólo me queda darle las gracias por la confianza (sé que tuvimos ciertos roces), pero mire, ¡se ha quedado hasta el final! No perdamos tiempo, vamos a ello, a esa noche de batallas finales, a ese lluvioso agosto de 1987.

Nueve minutos, fue el tiempo que Conde, Reque y yo hicimos del dispensario Divino Redentor al Edificio Begur. Ni siquiera tuvimos tiempo para hablar de lo ocurrido en la habitación de Ferenc. Y supimos que la situación era grave al descubrir que el edificio estaba rodeado de ambulancias, patrullas de policía, un camión de bomberos y esa prensa que vive de la desgracia, algunos fotógrafos de nota roja rondaban como buitres. Los vecinos de otros edificios se asomaban desde sus ventanas y balcones.

Nos abrimos paso entre los curiosos, hasta un retén de seguridad que impedía el paso. Explicamos a uno de los policías que vivíamos ahí, nos urgía reunirnos con nuestras familias. El oficial nos miró con desconfianza, hasta que se oyó una voz del interior del edificio.

—¡Carlita! ¡Es mi sobrina! —gritó don Salva—. Por favor, oficial, ¡déjenlos pasar!

Entonces pudimos cruzar hasta al patio central donde los rescatistas reunían a los vecinos. Algunos estaban en el suelo, otros en sillas. Los bomberos aún rompían las puertas con unas pesadas barretas. Vi a la cuidadora Rosario ¡fumando!, quién sabe cómo estaría doña Clarita. Conde corrió al ver a sus tíos Salva y Luzma, los dos sujetos en camillas.

—Estuvimos a punto de ahogarnos —explicó el tío, aún con tos—. No sé cómo, de las rejillas de ventilación empezó a salir humo

—¡Fue horrible! —sollozó tía Luzma—. Justo a tiempo llegaron los de rescate.

Había varios intoxicados, como la hermana cuervo que llevaba una mascarilla con oxígeno. Su hermano (o esposo) la abrazaba.

—¿Y ustedes están bien? —confirmó el tío Salva.

Asentimos, tensos.

—No… ¡otra vez! —gritó el señor Beni.

Todos, vecinos y rescatistas, sentimos el temblor. Crujió la estructura del elevador y cayó polvo de yeso en los pasillos. El movimiento fue relativamente leve, pero desató pánico y gritos.

—¿Qué es eso? ¡Ahora qué! —gimió tía Luzma.

De las grietas de los mosaicos salía un denso humo negro. Tosí, como casi todos.

—¡Escúchenme! Atención, ¡tranquilos! —ordenó en voz alta un señor corpulento con casco amarillo—. Hay un incendio en el sótano, vamos a evacuar el edificio, ahora. ¿Entendido?

—Pero mi mamá, ¡no la veo! —replicó Requena, desesperado—. Debe de seguir en el departamento.

—Estamos revisando todas las viviendas, vamos a sacar a todos —prometió el hombre, debía ser el jefe de rescatistas—. Salgan al camellón, es zona segura.

Me acerqué al hombre y le tendí la anilla con llaves que habíamos tomado del dispensario.

—Con esto se abre la portería y el sótano —expliqué—. Tal vez les sirva para apagar el incendio.

—Gracias, muchacho —el jefe las tomó—. Sal con los demás. Es peligroso estar aquí.

Dije que sí, pero todavía me faltaba hacer algo. Aproveché el pequeño caos que se hizo entre vecinos y rescatistas, organizándose para salir, y me escabullí a la escalera. Desde ahí vi cómo tres bomberos hacían un esfuerzo titánico para cargar a una mujer enorme que iba en un sillón. Era la señora Flor, que miraba todo azorada, sin entender nada, hasta que pudo ver a lo lejos a Reque, y, para bochorno de su hijo, le gritó frente a todos: "¡Bebé! ¡Bebé!".

Llegué hasta a mi departamento, la puerta estaba abierta. Sentí un golpe de mareo, no sé si por el humo que salía de las ventilas o por la pronunciada inclinación que ya se notaba en el edificio. Abrí las ventanas y me subí la camiseta sobre la nariz. Temblando, me acerqué a la chimenea, iba a eso. Metí la mano al escondite y saqué la caja de latón. Fue como un puñetazo encontrar dentro el último mensaje con mi advertencia a Emma, para que no se acercara a la *bruixa* y la copia de mi llave. Había albergado la última esperanza de que Emma hubiera escapado. Pero no, nunca alcanzó a leer esa nota.

Desesperado fui de un lado a otro, a la cocina, a la sala, el pasillo, mi habitación. En todos lados daba tres golpes a la duela: "¿Puedes hablar?", le preguntaba. Tal vez quedara un rastro de comunicación entre las dos épocas. Repetí los golpes, una y otra vez. Nadie respondió. Saqué del bolsillo el recorte del periódico, seguía como siempre: la foto con los cadáveres carbonizados, la mano del abuelo con el anillo, el gendarme, los curiosos, la fecha, ya era ese día. El destino había completado su condena.

Estaba a punto de ponerme a llorar cuando escuché otro llanto dentro del departamento. Seguí el rastro hasta entrar a la penumbrosa habitación de mi padre, detrás del vestidor. Vi que la puerta del baño estaba abierta. Colgaba un cinturón de la barra del cortinero, y debajo había un banco, ambos vacíos. Entré a toda prisa y encontré a mi padre llorando, en el suelo, recargado en la pared, tan delgado, tan enfermo. Tenía en la mano un sobre (luego me di cuenta de que tenía mi nombre). Volví a ver el cinturón colgado, el banco, lo entendí.

—¡Papá! ¡Por Dios! ¿Estás loco? —me acerqué.

—No, no lo hice… no hice nada, no me atreví… —se enjugó las lágrimas—. Es que me cruzó por la cabeza…. Sólo quería irme y acabar con todo… no sé qué me pasó.

—Seguro te intoxicaste, se está quemando el sótano… ven —lo ayudé a levantarse.

—Diego, de verdad, no me quiero morir —murmuró con voz rota—. Todavía no…

—Pues claro que no te vas a morir —aseguré—. ¿Por qué ibas a hacerlo?

Lo abracé y, al sentir su cuerpo huesudo, me invadió una tristeza espantosa. Lloramos juntos, por distintos motivos y por los mismos.

Un bombero entró al departamento buscando vecinos.

—¿Qué hacen aquí? ¿Están lastimados? ¿Necesitan ayuda? —exclamó al vernos.

¿Cómo responder a eso? Sólo negamos con la cabeza.

—Entonces deben salir —ordenó—. Si guardan algo de valor en casa, les doy un minuto para que lo reúnan, no más. Debo bajarlos conmigo.

Necesité menos de ese tiempo, lo único que me llevé fue el libro de Emma de Jane Austen (nunca lo devolví) y los retratos de mi madre.

A pesar del trabajo de los bomberos, fue imposible detener el avance del incendio y gran parte del Begur se consumió ese día. Las llamas parecían tener voluntad propia y treparon al departamento del profesor Benjamín, y de ahí a otras viviendas. Pronto ardieron las hermosas alfombras, los pesados cortinajes de tela de damasco, escaleras y tapancos de madera; se quemaron las lujosas duelas de cerezo y caoba, los muebles estofados, sillones con tapicería de seda, mesas labradas de palisandro y sicomoro; todo se convirtió en leña. Estallaron los vitrales, cayeron los candiles con sus miles de cristales, el plomo se derritió y se desarmaron las hermosas puertas de vidrio del elevador recubiertas con el *crann bethadh* celta. Desesperados, los bomberos tuvieron que salir cuando empezó una lluvia de cristales afilados como cuchillas, en el patio. Eran los trozos del precioso domo con la gran letra "B".

Era como si el mismo Begur aceptara su destrucción, se abrazara a las llamas. Y el combustible que terminó por acelerar el incendio fue el departamento de doña Clarita. Miles de cajas con archivos ardieron esa noche; con ello se destruyó la memoria del edificio, de sus inquilinos. Desaparecieron cartas personales, contratos, actas de nacimiento, matrimonio, miles de fotografías, de fiestas, posadas, reuniones, pero también se desvanecieron los testimonios de muertes terribles y tragedias. Felicidad, esperanzas, dolor, risas... todo se volvió cenizas.

Según los peritajes, el incendio se ocasionó por un corto circuito en el sótano. Las llamas se expandieron a las bodegas, debieron arder durante horas o días previos, pues afectó la estructura de cimentación, lo que ocasionó los temblores. A pesar de la gravedad del siniestro, el saldo oficial fue de tres intoxicados y una fallecida: la señora Clara Fuensanta del apartamento 101 (que todos decían que sufría demencia aguda). Aunque no estuvo claro si murió antes o durante el incendio, su corazón se detuvo esa noche. Cuando su cuidadora intentó sacarla, ya estaba muerta; de hecho la anciana fue la última persona en morir dentro de los muros del Begur. Todos los demás vecinos se salvaron, incluyendo a una extraña mujer mayor de cabello entrecano y rojo, de dedos desgarrados, que nadie reconocía y decía cosas sin sentido, algo de unas ratas bajo la duela.

—Creo que se llama Noemí —les dijo Requena a los paramédicos.

Ya no le seguimos la pista, ni nadie dio más explicaciones. ¿Para qué?

Cuando finalmente se consiguió controlar el incendio, unos días después del legendario Edificio Begur quedó apenas un cascarón de fachada ennegrecida, con rastros de una pintura mural en el acceso. Eso era todo. Un esqueleto que guardaba entre las cenizas un zapato por ahí, los restos de un piano, el trozo de un croquis que decía: "polos de energía", un retrato al óleo irreconocible, maletas carbonizadas, la cabeza de una muñequita de porcelana, la cuna de un bebé, un brazo protésico, libros ilegibles, el acetato derretido de *El momento* de Nacha Pop, una caja de galletas con una llave antigua y un papel arrugado... restos casi arqueológicos de las vidas de sus habitantes. Todo fue a parar a la basura.

Pero el Begur aún tenía otra sorpresa guardada. Dicen que durante la limpieza, al retirarse los primeros escombros, se encontró en el subsuelo una bóveda con unas auténticas criptas. Según la prensa de la época (no muy confiable, a decir verdad), había una habitación intacta, en forma de pasillo circular, donde estaba la urna funeraria de una mujer llamada Beatriz Clariana i Dorcas, pero también muchísimos otros ataúdes, con distintos grados de conservación. Un periodista aseguró que eran los restos de los inquilinos del edificio. En los enrevesados contratos que estaban obligados a firmar, daban su consentimiento para que la dueña del edificio pudiera reclamarlos. Al parecer no había un objeto vinculante, eran cientos. Aunque las fuentes fantasmales debieron de romperse cuando todos los restos fueron enviados a una fosa del viejo panteón de Dolores.

Nunca supe qué tanto de esto era verdad, porque las leyendas se sucedieron una tras otra. Por ejemplo, se dijo que las autoridades encontraron otros sótanos con cosas tan abominables que, por tranquilidad de todos, hubo que destruir o rellenar con cemento. Luego salió una edición especial en la revista favorita de Requena: *Duda, Lo increíble es la verdad* dedicada al Begur, aunque la investigación no estuvo muy acertada; mencionaba que el edificio tenía que ver con el tesoro de los templarios del priorato de Sion (o tal vez sí estaba relacionado, pues algo de hermética tenía dicha orden). Mientras que *El Semanario de lo Insólito* sugería un vínculo extraterrestre de las gárgolas de la fachada con la civilización de los rostros de Sidonia, en Marte; ni más ni menos.

Durante un par de años, los restos del Edificio Begur quedaron en el abandono. Y aunque se colocaron unas vallas de metal alrededor, no resultaron difíciles de traspasar para los adolescentes deseosos por algún rito de iniciación o para buscar espectros. Después, los vecinos se quejaron de que las ruinas se estaban volviendo refugio de vagabundos y adictos. Se reunieron firmas para exigir la demolición, aunque no se podía tirar nada hasta que estuviera resuelto el juicio de propiedad, pero nadie encontraba a la señora Reyna Gala Fenck ni a ninguno de sus herederos.

Finalmente, casi cuatro años después del incendio, y mediante varios edictos, el gobierno de la ciudad expropió los restos del edificio para subastarlo como terreno. Cuando la picota comenzó a tirar el Begur, el edificio gemelo de Castelldefels, que para entonces era también un despojo, sufrió una explosión de gas butano que afectó gravemente su estructura. Se cerró el hospicio y los pacientes psiquiátricos se distribuyeron en varios centros. Ambos edificios Begur se demolieron en 1991.

Treinta años después, donde estuvo el edificio en Cataluña es ahora un estacionamiento con un muro renegrido y una pileta recubierta con curiosos azulejos con figuras de escarabajos; la llenan para lavar coches. El Begur de la Ciudad de México primero se convirtió en lote baldío, por alguna razón no se pudo subastar y al final la delegación decidió convertirlo en un parque público, con juegos infantiles, bancas, jardineras y hace poco colocaron un arenero para perros. Los niños gritan y juegan, las parejitas de novios se citan bajo los escuálidos árboles, los vecinos llevan a pasear a sus mascotas. Muchos ignoran que en ese punto existió un célebre edificio de apartamentos, y me parece muy bien. Hay cosas que es mejor olvidar.

Al igual que los muros del Begur, de los adultos que vivieron en mi época, nadie que yo sepa ha sobrevivido. Mi padre murió diez meses después de la noche del incendio. Se fue solo, en un pabellón de infectología del Instituto de Nutrición Salvador Zubirán, donde estaban los pacientes más graves del síndrome de inmunodeficiencia. Hasta el final me ocultó su verdadero padecimiento. Curiosamente fue el que más duró. A la señora Flor del Toro la cirrosis sólo le dio cinco meses, a don Salva el enfisema lo dejó sin respiración a las ocho semanas. Tía Luzma fue víctima de una sobredosis de tranquilizantes medio año después (accidental o no, eso no se supo). Fue doloroso, mucho, nos destrozó, pero tampoco resultó sorpresivo para mis amigos ni para mí. Sabíamos que nuestras familias estaban marcadas por la enfermedad, fue por eso que los *bruixots* nos reunieron, y así nos conocimos.

A veces pienso que si mi padre hubiera vivido un poco más le habría tocado el tratamiento con AZT, pero en esa época su diagnóstico era casi una condena a muerte. Seguro llevaba el virus larvado desde tiempo atrás, como supongo (y repito, es una suposición) también lo compartían Jasia y Lilka. De esta última no supe nada; me gusta imaginar que está bien, que sigue viva y es una bellísima mujer madura en

Łódź, donde ha rehecho su vida. De verdad me gusta creer en esto.

Estimada A: sé que me he adelantado en tiempos de la narración. Empecé por mencionar ciertos años y terminé con décadas, y aún hay cosas pendientes del pasado por cerrar ¡y quedan tan pocas páginas! Además, aún debo explicar qué pinta usted en todo esto. Tranquila, voy a ello. Casi todo se explica en una escena que sucedió el mismo día que abandoné la Ciudad de México. Así que vuelvo al tormentoso verano de 1987.

Mi aventura mexicana terminó ese año, a mediados de septiembre, en el aeropuerto Benito Juárez. Mi padre, aún con vida y esperanzas (había descubierto unas vitaminas buenísimas, según él), me acompañó para tomar el vuelo de Iberia que me llevaría de vuelta a Madrid, donde ya me esperaba tía Inés, para refundirme en el internado más católico y conservador que pudo encontrar en Valladolid.

—Esto temporal, ¿eh? Mientras me salgo de este chisme del páncreas —prometió Teo usando todas sus fuerzas para levantar una sonrisa—. Me recomendaron a un médico buenísimo que usa magnetoterapia.

—Pero vienes para Navidad, ¿no? —preguntó Conde, con ojos llorosos.

Estaban ahí también mis mejores amigos, Carla Conde y Armando Requena. Un mes después del incendio vivían asilados con unos parientes. Les faltaban muchos lugares por recorrer antes de tener algo que pudieran llamar hogar.

—Por favor, Pigmeo, deja de llorar que Diego no se va a la guerra —la amonestó Reque.

—Yo lloro lo que quiera, cabeza gorda —replicó mi amiga.

—En serio, voy a volver en las próximas vacaciones —miré a Teo, esperando su confirmación.

—Claro… aunque el boleto de avión es medio caro —carraspeó mi padre—. Tal vez sea hasta las vacaciones de Semana Santa. Pero, mientras, se pueden escribir cartas.

—¡Sí! Escribe todos los días, yo lo haré, eh —aseguró Conde—. No te olvides de nosotros los mexicanos, ¡eres en parte mexicano también!

—Cuando haga mi libro te lo mando —prometió Reque también con voz rota.

Conde me dio un gran abrazo, le respondí con fuerza, pero también con cuidado, no quería lastimar las heridas del cuello. Requena se nos unió. Los tres estábamos llorando.

—Creo que voy a ver de qué puerta sale el vuelo —avisó mi padre, con tacto, para darnos un momento a solas.

—Ay, ya. Basta de dramas —Reque se limpió las lágrimas—. ¡Si en unas semanas nos vemos! Mi mamá está por rentar una casa en Xochimilco, dice que allá son baratas. Diego, ¡puedes llegar con nosotros!

Dije que sí. No sabía aún que iba a tardar quince años en volver a México. Éramos adultos cuando los tres nos reunimos de nuevo. Aunque jamás perdimos contacto. Sí que nos escribimos, las cartas cruzaron de un lado a otro del Atlántico, luego fue más fácil cuando inventaron algo llamado correo electrónico y resultó todavía mejor con las llamadas por línea.

De lo primero que me enteré fue de las muertes de la señora Flor y de los tíos Salva y Luzma. De cómo Reque nunca fue a una casa en Xochimilco y terminó viviendo con su padre y unos medios hermanos: "Me odian a muerte porque soy más inteligente que ellos". Sobre su madrastra decía que: "Básicamente tiene el modelo de personalidad en la que se inspiró Hitler". Reque terminó su libro, pero nunca pudo publicarlo (ninguna editorial decente se tragó el asunto de la arquitectura hermética y el fulgor); tal vez eso lo desilusionó y terminó estudiando una ingeniería, en parte porque quería irse al Tecnológico de Monterrey y poner tierra de por medio con sus hermanastros. Le fue bien, terminó trabajando en Austin, Texas, donde se casó con una ingeniera rolliza y tienen dos hijos. "Heredaron el talento musical de mi santa madre, son los nuevos Mozart", presume todo el tiempo.

Curiosamente quien se dedicó a los asuntos paranormales fue Conde. Las marcas que recibió (comenzando con la figura en el ojo y lo que sucedió en el dispensario) le abrieron las puertas a un mundo temible que (casi) ha aprendido a controlar. Nuestra amiga creció varios centímetros al final de la adolescencia (¡fue imposible decirle pigmeo!). Su vida ha sido tan intensa que da para escribir otro libro. Conde terminó en un albergue del gobierno para huérfanos, aunque ella nunca lo llamó orfanato. "Son familias *de mientras*", decía. Sé que pasó mucha pobreza; Reque y yo le mandábamos dinero cuando podíamos, como a una hermana menor. Si Conde se mantuvo entera fue gracias a su espíritu optimista y a un gran sentido común. Me presumió a su primer novio (en su época de experimentación) y luego conocí a un par de novias, sé que tuvo bastantes más, hasta que encontró a la indicada con la que lleva varios años. Ya le prometí que, si se anima a casarse, ahora que se puede, le pago la fiesta. Estudió diseño gráfico, hace animación para publicidad y películas, y no es porque que sea mi mejor amiga, pero Conde es genial.

La hermandad que se formó ese agosto canalla sigue intacta. Mis amigos conocen perfectamente los problemas de insomnio crónico que padezco, saben que no soporto dormir en oscuridad absoluta y puedo llamarles luego de sufrir una de esas horrendas pesadillas con la Criatura Gris (sólo ellos me pueden tranquilizar del todo). Por otro lado los tres entendemos perfectamente la fobia que Reque le tiene a las moscas (no puede estar en una misma habitación donde hay una) y comprendemos esa obsesión casi patológica que tiene por la limpieza; no soporta el cochambre que se forma en los rincones. Somos hermanos, sobrevivientes, luchamos una misma guerra.

Estimada A., lo siento, otra vez me he ido por otras ramas. Intentaré concentrarme. Vuelvo pues a 1987, al aeropuerto Benito Juárez, disfrutaba de los últimos minutos con mis amigos antes de mi amargo retorno.

—Diego, ¡ya están abordando tu vuelo! —me gritó mi padre desde el filtro de seguridad—. Es por la puerta 31. Date prisa.

—¿No podemos acompañarte hasta el avión? —preguntó Conde.

—Claro, Pigmeo, puedes ir a abrochar el cinturón a Diego si quieres —bromeó Reque.

—Bueno, ya entendí. Entonces hay que darle el paquete —Conde tomó la mochila que Requena llevaba a la espalda, forcejeó para abrir el cierre.

—¡Espera! ¡Por Dios!, mejor me la quito —resopló Requena.

—¿Qué paquete? —pregunté desconcertado.

—No sabemos —aseguró Conde.

—No lo digas así, que parecemos tontos —Reque abrió la mochila, rebuscó algo.

—¡Diego, chicos! —mi padre nos apuraba desde el filtro de seguridad—. Aquí terminan de despedirse.

535

—Rosario la enfermera te ha estado buscando —develó Requena.

—Espero que no sea para cobrarme las llamadas —suspiré.

—No… aunque es capaz —rio Conde—. Ayer se vio con la mamá del gordo.

—Anda buscando a todos los vecinos a ver si saben algo del supuesto sobrino de doña Clarita, quien la contrató a través de una agencia —explicó Reque—. Le quedó a deber un mes de sueldo. El caso es que también te anda buscando a ti, resulta que Clarita te dejó algo.

—¿La *bruixa*? —sentí un latigueo de miedo.

—La misma —reconoció Reque—. Rosario nos dijo que esa noche, antes de morir, la anciana tuvo un último momento de lucidez y recordó que había guardado algo para ti, que prometió dártelo…

—Ya sabes que estaba loca —intervino Conde—, pero una promesa es una promesa, hasta para los locos.

—El asunto es que se lo dio a Rosario, ella se lo pasó a mi mamá y nosotros heredamos la encomienda y bueno… aquí está.

Reque me pasó una bolsa de plástico. Dentro había una viejísima caja de cartón, estaba cerrada, sellada para ser exactos. Para fijar la tapa habían usado estampillas postales a modo de cinta adhesiva, los timbres estaban intactos, todos eran del año 1970.

—¿Qué es? —pregunté con temor.

—Ni idea, no la abrimos, ¡no somos chismosos! —exclamó Conde—. Tú la debes abrir, es para ti.

—Es casi lo único que sobrevivió al incendio —aseguró Reque.

Los dos morían de curiosidad, como yo, de ver qué guardaba.

—Diego, hijo… ¡Ya están voceando tu nombre! —mi padre me tomó de un hombro—. Tienes que llegar a la puerta de embarque 31, ¡corre!

Entonces todo fue prisas. "Luego me llamas. No te olvides de tomar leche para que crezcas más", me dijo mi padre, de los nervios, de no saber qué decir para no llorar. Mientras me abría paso a toda prisa, apreté a mi pecho la misteriosa caja, no debía tener nada metálico porque no sonaron las alarmas en el acceso de seguridad.

Me giré para ver a Conde, Requena y a Teo, del otro lado del filtro de seguridad; movían los brazos, gritaban mi nombre, hacían un esfuerzo por sonreír, desearme buen viaje. Intuí que no volvería a ver a mi padre (así fue). Y esa imagen, ver alejarse a las personas que más quería, me despertó un dolor espantoso, una tristeza que me fue devorando por los pasillos mientras corría a buscar mi avión. Había llegado al punto más hondo de mi tiempo canalla. Ese verano había perdido todo: madre, amigos, hasta mis pocos objetos personales, y, claro, mi primer gran amor. El terror al futuro me invadió, me esperaban años duros, oscuros.

Conseguí cruzar la puerta de embarque y finalmente tomé asiento en el avión. Como seguía siendo menor de edad, una de las sobrecargos me avisó que estaría al pendiente de mí durante el largo vuelo, que la llamara si necesitaba algo, me trató como si tuviera 10 años (seguro se compadeció de mi aspecto perdido y lloroso). Di las gracias, me ayudó a guardar mi mochila en el portaequipaje.

—¿Guardamos eso también? —señaló la bolsa de plástico que mis amigos acababan de darme.

Dije que no, pero tuve que ponerla bajo el asiento mientras despegábamos. Unos minutos después, cuando la Ciudad de México era un punto lejano desde la ventanilla, saqué la caja. Al verla de nuevo me resultó familiar, en la tapa tenía impreso un barco antiguo de vela y unas letras de diseño anticuado anunciaban: "Hilados Wertheim" al lado de unas gaviotas. Era una caja de objetos de costura, de ésas para hilos y agujas. Entonces, a un costado, vi que tenía escrita una palabra:

Henry

¡Era la caja donde Emma metía a aquel gorrión! El corazón me saltó y las manos me temblaron. Rompí los sellos postales para levantar la tapa.

El contenido de esa caja fue mi sostén para el vuelo, para los oscuros años que tenía por delante, para mi vida entera. No lo había perdido todo.

Eran cartas.

Diego, cariño. Sé que algo sucedió, algo espantoso para nosotros, porque no volví a recibir ningún mensaje tuyo, ¡y mira que revisé como loca el escondrijo de la chimenea! Nuestro sistema de comunicación parece haberse estropeado, no lo puedo creer, ¡esto es un sinvivir! Pero te puedo decir que estoy a salvo y de una pieza, gracias a la señora Clara y también a ti, me has salvado, mi Knightley, mi señor caballero. En los últimos días han pasado cosas terribles, estoy deshecha, pero también otras increíbles...

El mensaje era de 1942. Y había más cartas y mensajes, de muchos otros años: 1943, 1944, 1949, 1954. Algunos fajos de años estaban unidos por listones y cada una de las cartas estaba dirigida a mí y todas las firmaba Emma (ciento ochenta y nueve en total, luego las conté). Mi mente se pasmó, ¿qué ocurría? ¿Era una broma? ¿Cómo era posible? Parecían escritas por la Emma que conocí, era su letra, la misma redacción bordada a todo vapor, sus palabrejas, misivas escritas en muchos tipos de papel: de libreta, blanco, en la parte de atrás de un recetario, junto con alguna foto y hasta con dibujos.

Cerré los ojos, tomé aire, los abrí de nuevo. No era una alucinación. Sobre mi regazo seguía la caja con las cartas. Temblando, me puse a leerlas en orden. Comenzaban el 21 de agosto de 1942, el día que Emma iba a morir.

Ay cariño, estoy tan nerviosa. Ya no he tenido noticias tuyas, ¿qué pasa? ¿Siguen los problemas con el ascensor? Espero que no... Yo... adivina, ¡no vas a creer dónde estoy!, o tal vez sí. Esta mañana la señora Clara volvió al piso y me dijo que me iba a ocultar en su casa. "Por ningún motivo tu abuelo puede verte hoy", me ha dicho. ¿Sabrá algo? Me ha dado miedo, pero como me has dicho que puedo confiar en ella, pues aquí estoy, en su habitación donde tiene una caja fuerte como de un banco del viejo oeste. Tengo los nervios hechos un nudo de marinero y la tripa dura...

Más adelante, con letra temblorosa, Emma agrega:

La señora Clara ha hecho algo muy raro. Hace rato le ha pedido a Alma que la acompañe a mi piso, se supone que iban por alguna de mi ropa y el trabajo de costura que no he terminado. Alma ha aceptado encantada, está de estupendo humor, en parte porque entre las cosas está el vestido que le he regalado. El asunto es que la señora Clara ha vuelto sin ropa, y también sin Alma. Me he puesto muy mal, tuve una fea sospecha. Pregunté si había dejado a la pobre en el piso y la señora Clara me respondió algo horrible: "Tiene que suceder lo que tiene que suceder, si no lo hacemos, él te perseguirá para siempre". Ay, Diego, ¡la ha dejado encerrada! He llorado a cántaros, me voy a volver loca, muero de la angustia, por Alma, por lo que va a pasar, ahora lo entiendo...

Yo también lo entendí. Las piezas del fatal destino encajaron y se cumplió lo que debía cumplirse. Esa noche, el anciano Agustín volvió a casa, deshecho. En las oficinas del CTARE, el Comité Técnico de Ayuda a los Refugiados, se había enterado por un recién llegado por qué no localizaba a su hija ni a la otra nieta: las dos habían muerto de difteria, seis meses atrás, en una prisión de Madrid. Algo debió de romperse dentro del anciano, la última pieza que lo mantenía en la línea de cordura, porque se marchó al Begur, y su dolor y furia se estrellaron contra la pobre chica que estaba ahí, Alma. Es imposible saber si Agustín, casi ciego, la reconoció como una impostora o la confundió con su nieta, de cualquier modo ninguno iba a sobrevivir a ese día. Alma intentó escapar como pudo, corrió arrojando sillas, se defendió con una lámpara de queroseno. Agustín le dio alcance en una habitación, le pegó un tiro en la cabeza, para luego darse él otro. Los vecinos estaban acostumbrados a los gritos y peleas, pero esta vez alertaron de los disparos y el posterior incendio. Ocurrió todo como lo informaron los periódicos, con la diferencia de que uno de los cuerpos calcinados no era el de Emma. La verdadera, asustada, me escribió desde su escondite:

Ay, Diego, cariño, sabía por ti que esto pasaría, pero ha sido tan fuerte, tan espantoso. No puedo dejar de pensar en el abuelo Agustín y en Alma, que, sin saber, la pobre se ha sacrificado por mí. No es justo, muero de culpa y horror. Todos en el edificio hablan de la muerte del abuelo y de la mía. Hasta he visto el diario con la misma noticia y foto que me mostraste. La señora Clara ha guardado el recorte en un sobre. Entonces han ocurrido dos cosas rarísimas. Le he comentado a la señora Clara que podríamos decir la verdad, finalmente mi abuelo está muerto, podemos aclarar el enredo y decir que fue un trágico accidente, pero se ha negado rotundamente. "Nadie en el Begur debe saber que estás viva. Si el conserje Pablo se entera, nada de esto habrá valido la pena. Reyna Fenck tiene mil ojos..." ¿Tú entiendes algo? ¡Yo nada! Supongo que es porque podrían enviarme a un hospicio, no sé. Y luego ocurrió algo todavía más raruno. Le he dado las gracias a la señora Clara, por salvarme la vida, pero me dijo: "Ay, querida. Buena no soy, pero lo hago por el inocente que llevas, no puedo permitir estos sacrificios". Me he quedado traspuesta y además agregó: "Debes marcharte ya mismo del Begur, este sitio es peligroso para ti".

Por suerte, Emma tenía las joyas que le di y me cuenta que consiguió venderlas a un precio razonable; ese dinero le ayudó a comenzar de nuevo. En las siguientes frenéticas cartas, Emma me explica los pasos que tuvo que dar para rehacer una vida. Para empezar, y por consejo de la señora Clara, debía cambiarse de nombre. Oficialmente, María Fátima del Carmen, oriunda de Motilleja, había muerto, así que el nombre de ficción, Emma, se volvió en el real. "También me recomendó que diga que soy una viuda recién desembarcada de Albacete, que será mejor para lo que viene y quedaré más protegida. ¿De qué? ¡Es tan rara la señora Clara!"

Curiosamente, en esa época, tiempos de guerra, el desgraciado caso de una viuda de 16 años no era tan raro. Emma se fue a vivir a una casa de huéspedes por el centro, en la calle de Ayuntamiento, y de nuevo, las piezas comenzaron a tener sentido. Me relata algo impresionante en una larga carta fechada a mediados de noviembre de 1942:

> *… Estaba con esos ascos que no sabía si eran por la tristeza que no se me quita de encima o qué, hasta que la señora que lleva la casa de huéspedes me ha dicho: "Pero bonita, si lo que tú tienes es que estás de encargo". Entonces he recordado lo que la señora Clara dijo del "inocente". Diego, cariño, ¿te das cuenta? Esto es el resultado de lo que pasó en ese salón lleno de churrerías estilo María Antonieta. Exacto, lo que lees ahora mismo, ¡vamos a ser padres!*

En el avión, tuve que releer como cinco veces ese párrafo. En una carta que escribe una semana después, Emma menciona:

> *Diego, mi señor caballero, ¡me haces tanta falta! Cada día sobrevivo entre el susto y el pasmo. Pero no te preocupes, estoy bien, creo, aunque con agobio. En la pensión todas las mujeres, me protegen como si fuera un animalico, dicen que es muy triste lo que me ha pasado, huérfana, viuda de un soldado y embarazada, en un país desconocido. Lo único que me tranquiliza es que ¡ya no puede irme peor! Es casi imposible. Y aunque nunca pensé que sucedería tan joven… de pronto me ha entrado ilusión por la criatura. Este bebé es mío, todo lo que tengo en el mundo ahora…*

Y las cosas mejoraron. Su carácter abierto ayudó a Emma para hacerse de amigos. Volvió a hacer trabajitos de costura y a inicios del nuevo año conoció a un matrimonio asturiano de profesores que habían perdido a su único hijo en la guerra.

Después de una temporada difícil en Venezuela, se colocaron finalmente en México. Conmovidos por la historia de la joven viuda embarazada, le ofrecieron a Emma una habitación en su casa, primero de alquiler, y terminaron formando una nueva familia. Todos estaban al pendiente del embarazo, que si el hospital, que si la habitación, la cuna, los fajines, pañales, cobertores, no se hablaba de otra cosa en esa casa.

Diego, cariño. Sólo para que te enteres, que hoy 12 de mayo de 1943, en el Sanatorio Español, te ha nacido una hija preciosa, de pelo, o pelusa, negrísima en la mollera y divinos ojos azules que por mi familia no hay aunque le rasques.

Eran, claro, de parte de Teo, mi padre, un güero mexicano. El matrimonio de profesores quedó encantado también con la niña, que adoptaron como nieta y se turnaron para cuidarla. "Es que he decidido estudiar, no quiero ser un animalucho de corral que no sabe hacer na de na. Tengo una hija que sacar adelante", anunció Emma en una carta. Las opciones en esa época eran bastante limitadas para las mujeres, pero consiguió estudiar secretariado contable. Así me explica en una carta de agosto de 1943:

… Te digo que tengo cabeza para los libros, porque todo se me queda en la sesera. No soy tan borrica. Una profesora me ha dicho que parece que hay una plaza de secretaria en el Liceo Español para el próximo curso lectivo. Mira tú, que al final sí voy a volver al colegio…

Emma entró a trabajar en el liceo y al cabo de poco tiempo consiguió el puesto que siempre había soñado.

Diego, cariño, estoy tan feliz. ¡Que me voy a hacer cargo de la biblioteca! ¿Te lo puedes creer? ¡Me van a pagar por leer y estar entre libros, toda la mañana! Acompañada entre muchos de Daphne Du Maurier, Stefan Zweig, Honoré de Balzac, Mary Shelley, Victor Hugo, y claro, mi siempre perfecta Jane Austen. Me doy de pellizcos porque que no me lo creo…

Pero lo que de verdad tenía encandilada a Emma era la niña, nuestra hija: "Esta cría es tan cabeza dura como yo y tan guapa como tú, cariño. ¿A que es buena combinación?". Emma me compartía momentos de la crianza: "A Ali —que así llamaba de cariño— le ha dado seguidillo, ¡no he dormido en dos días! A saber qué le han dado de comer los abuelos, ¡la consienten tanto! Pero ya está mejor".

De ese modo supe que en noviembre de 1943 le salió el primer diente: "Todo el día tengo que estar metiendo chupetes a la nevera, el frío ayuda, sólo así deja de llorar, la pobrecilla…". Del día que aprendió a caminar explicaba: "Ayer mismo, Ali dio sus primeros pasos y hoy ya rompió tres jarrones, ¡tu hija está poseída! Pero luego me sonríe y se me olvidan los regaños que iba a darle".

En una carta fechada en septiembre de 1945, Emma comenta que oficialmente la guerra que despedazaba al mundo ha terminado y en la calle no se habla de otra cosa. "Aunque sé que para los españoles faltan muchos años de sufrimiento, recuerdo lo que me dijiste, querido, no se me olvida". Emma prefiere concentrarse en su trabajo y en la pequeña, estaba fascinada de que adorara los libros y pidiera cuentos. Aunque fue una proeza que se quedara en la escuela los primeros días.

...En la mañana, a la abuela le tocaron la puerta, era Ali, ¡se había fugado del jardín de niños por un patio! ¿Puedes creerlo? Se ha echado a caminar de vuelta (sólo son dos calles, no te agobies). Pero esta cría es una delincuenta total. Y todavía ha dicho que no piensa volver porque los niños de allí son feos y tontos, pero ¿qué se cree esta criatura? ¿La reina de Saba?

Aunque luego Emma descubrió que un niño la molestaba por no tener un padre. "Tú diles que tu padre luchó y murió en la guerra y el suyo, sólo le engorda el culo por estar sentado en una oficina." Fue el consejo que le dio Emma. La niña lo repitió y, claro, hubo una llamada con la directora y con todos los involucrados. Emma asistió al despacho y sostuvo que no podían castigar a su hija por decir la verdad. "El padre del otro niño sí que tenía el culo gordo", apuntó. En una carta que venía junto con una postal de *¡Feliz Navidad y próspero año 1948!* Emma confiesa:

...Muchas veces me dan ganas de decirle todo a Ali, quién es su padre, que lo conocí un día cuando escuché en el piso donde vivía, la voz fantasmal de un niñato cantando canciones de los años ochenta, con un pésimo inglés. Qué ansias de contarle las cartas que nos enviamos por la chimenea, de la chapa del ascensor, de las visitas y todo lo demás... pero ya veremos, voy a esperar a que crezca...

Pero al parecer no se atrevió a decirle la verdad, al menos no lo dice. Lo que sí menciona Emma es que Ali se hizo de amigos y encontró su lugar en la escuela.

...No para de hablar, y lo hace como niña mejicana, me encanta. ¿A que todo suena más dulce en mejicano? No sabes el gusto y regusto que me da verla crecer tan feliz, lejos de la guerra, del sufrimiento de los ancestros. Todo los sacrificios han valido por esto...

Otra carta era muy escueta: "Mira, cariño, ¡que hemos ido de paseo!", pero venía acompañada de una pequeña fotografía en blanco y negro; aparecía Emma, preciosa, de unos veintiún años, sosteniendo a una pequeña montada en un caballito de madera. Las dos con sombreros charros y el letrero de: "Recuerdo del paseo por Chapultepec. México 1948". La sonrisa de la nena es radiante. Quedé pasmado y sentí la estaca de ese dulce dolor de alma a la que llamamos nostalgia.

En varias cartas Emma hacía referencias a nuestros encuentros: "Cariño, debiste dejarme los resultados de algún sorteo de la lotería, nos hubiera caído bien. Al abuelo lo han jubilado por edad, antes de tiempo y su pensión es diminuta, ¡apenas podemos con los gastos!", decía a modo de broma (o no). Y en otra carta confesó:

Diego, cariño mío, como te has dado cuenta llevo años escribiéndote, porque mi plan es que algún día sepas qué fue de mí y de tu hija. Pero también dudo, ¿tiene sentido esto que hago? Ya no estoy tan segura de si estas cartas van a llegar a tus manos. ¡No las mencionaste cuando nos vimos! No sabías nada de Ali. Eso quiere decir que nunca leíste estas páginas ¿o sí? Tal vez lo harás en un futuro, pero es que... ¿nos volveremos a ver? Ay, ¡ya no sé!...

Emma debió de experimentar algún tipo de crisis porque por meses no escribió nada, hasta que retomó la correspondencia con otra misiva que se iniciaba declarando que había

encontrado en la biblioteca del liceo *La máquina del tiempo* de
H. G. Wells.

*¡Y no sabes cómo me ha divertido al leerla!, aunque todo ese
asunto de los Morlocks sí que da repelús. Pero también me ha dejado pensando en nosotros. A ver, si hoy es 26 de enero de 1949
faltan como ¡veintitrés años para que nazcas! Tal vez ya nacieron
tus padres, pero tampoco es cosa de ir a buscarlos para darles algún mensaje (y serán unos críos). Además si busco a tu familia
capaz que altero algo y no naces… aunque eso no es posible, ¿o
sí? Ay, que me va a doler la sesera…*

Y en otra carta confesaba:

*Cómo me gustaría volver el tiempo atrás para salvar a papá, a
mamá, a mi hermana, a mis tíos Mariano y al pobre Sebastián,
al abuelo Agustín. Y sobre todo, a Alma. No hay un día que no
piense en ella… con ese terrible final que tuvo, todo para que yo
y Ali pudiéramos vivir…*

Mientras leía, comencé a tener una duda: ¿Emma había
vuelto al Edificio Begur? ¿Sabía algo más de los *bruixots*? Y en
una carta de febrero de 1951 encontré la respuesta.

*Me ha llamado la señora Clara, como lo hace una o dos veces al
año, para saber cómo estoy. Siempre me pide que le prometa que
no volveré a pisar el Edificio Begur, ni acercarme al barrio, aunque dudo que el portero o algún vecino me reconozca ahora…
También, como siempre, le pregunté si ha visto aparecer por los
pasillos o el ascensor, como salido de otro mundo, a un chico de
pelo cardado y vestimenta rara, con zapatillas deportivas color*

fosforito… o si han encontrado alguna carta dirigida a mí en el
piso 404 (que se ha vuelto a alquilar, ahora viven dos hermanas
mayores que son telefonistas). Pero también, como siempre, la
respuesta ha sido no, nada, la señora Clara no sabe de qué ha-
blo. Diego, cariño, ¿de verdad ya no pudiste volver a por mí? ¿Se
cerró ese hueco entre tiempos? ¿Qué ha sido de ti? ¿De tus ami-
gos, de Requesón y la chica que se vestía de chico? Espero que to-
dos estéis bien. ¿Nada, ni un mensaje?

Fiel a su personalidad, Emma siempre se mostró franca y
abierta en todas las cartas y llegó a mencionar que había profesores y administrativos del liceo que la cortejaban, aunque
por años se dedicó a rechazarlos. "Con tanto trabajo y una
niña pequeña, no estoy para maridajes, y tengo la esperanza
de que aparezcas, mi señor caballero…" Esto sostenía al principio, pero, seguramente, esta esperanza comenzó a disolver-
se porque en una carta fechada en junio de 1954 Emma hizo
una confesión:

Pues te lo aviso de una vez por aquí, por si alguna vez te pones a
investigarme en el futuro. He aceptado salir con un profesor de
matemáticas. No te preocupes, no es tan buen mozo como tú, es
algo patoso, pero me hace reír… en fin, ya veremos, tampoco creo
que sea algo serio…

Hay un gran hueco de meses, seguramente en lo que duró
el romance y hasta finales de año, diciembre de 1954. Emma
confiesa que está comprometida:

A todos les cae bien el profe, a Ali, a los abuelos, a mí… Ay, Die-
go, he vuelto a sentir esa ilusión que no tenía desde que esperaba

tus cartas de la chimenea, y cuando hacíamos ese juego de los dos y tres toques. Ahora, de nuevo, me ha nacido una llamita de amor con este profesor. Lo siento, cariño, espero no te enfades, pero me he vuelto una señora mayor con necesidades, si no te molesta. Pero descuida, que te mantendré informado, ¡que tenemos una hija! No lo olvido...

Más que enfado, lo que sentí fue gusto por Emma y también una profunda envidia. ¡Ese profesor de matemáticas se había quedado con una mujer maravillosa! (Emma se cuidó de no revelarme nunca su nombre.) Era una suerte tener a Emma como pareja, tan hermosa, inteligente, vital. En un corto mensaje, me comunica que seis meses después de iniciar el compromiso, ha decidido casarse con el maestro y está feliz.

Los siguientes años, las cartas de Emma se volvían más esporádicas, pero me escribía siempre con cariño, como a un querido amigo. Me contó en una misiva de 1956 del fallecimiento del abuelo asturiano, el bueno. Su muerte le duele más que el fallecimiento de Agustín, y comienza a pensar en cambios. En una carta suelta la noticia:

Hemos decidido cambiar de aires y mudarnos a Morelia, Michoacán. Aprovechamos que a mi marido le han ofrecido un puesto buenísimo en un colegio marista, donde también puedo hacerme cargo de la biblioteca. Diego, ¿conoces esta ciudad? Es preciosa y tan tranquila, es ideal para Ali, y me recuerda mucho a España, a Aranjuez. La abuela está feliz, el clima le cae de maravilla. Además, la señora Clara me ha dicho que es lo mejor que puedo hacer, alejarme del Begur...

En esa apacible ciudad Emma tuvo dos hijos más, una chica y un chico. A ella le puso Leonora, por Elinor, y al pequeño, Enrique, sí, ¡por Henry! (siempre con su obsesión con personajes de Jane Austen). Con el marido, los hijos, el cuidado de la abuela asturiana, la casa, el trabajo, hasta las mascotas, la vida de Emma se sumergió en una cotidianidad que tenía mucho de paz.

Pasan los años y pienso en ti, Diego, como en un sueño, ¿realmente pasó? ¿Será posible? Mientras vivía en el Edificio Begur me visitó un selenita del futuro para salvarme. Nadie me va a creer, hasta yo lo dudo… pero veo a Ali, nuestra hija, y te veo a ti, y sé que siempre estarás conmigo.

Y en otra carta, fechada en enero de 1969, me felicita:

Diego, no sé qué edad tengas al leer esta carta pero te tengo una noticia: ¡vas a ser abuelo! Ali está embarazada de unas ocho semanas. Le ha entrado la prisa con el novio de la facultad y perdieron la cabeza, en fin, que me lo ha contado ayer… Estaba tan apenada, creía que iba a reñirla. Le he dicho que la apoyaré siempre; si quiere casarse o no, pero que termine sus estudios de medicina, será la primer mujer profesionista en mi familia, ¡a eso no voy a renunciar! Pues bien, que hemos hablado con el chico (otro estudiante), y también quiere casarse, ahora hay que hablar con los padres de él. En fin, una zarzuela de tres duros, pero así es la vida, qué remedio…

Ali tuvo un niño ese mismo año y aunque Emma se opuso un poco, le pusieron Agustín en honor al primer abuelo.

Me he quedado pasmada cuando vi al crío, ¡es que se parece tanto a mi tío Sebastián! El que murió en la Sierra de Ontalafia, en la guerra. Se me saltaron las lágrimas y me costó calmarme. ¿Será posible que Sebastián haya vuelto a nacer? Sé que no, los rasgos son así, van a su aire, pero qué impresión. El pequeñajo es una ricura... y mira que ya quería retirarme y ahora de nuevo me toca cambiar pañales para ayudar a Ali a que regrese a la facultad... Te mando una cosita, a mi hija se le ha ocurrido darla a los conocidos, porque dice que nosotros le vamos a acompañar en sus primeros pasos por este mundo...

Junto a la carta venía impresa en tinta la huella del pie del bebé, de mi nieto.

En una carta de ese mismo año, 1969, Emma me comentó que le tocó ver la transmisión de la llegada del primer hombre a la Luna:

... Pues me ha dado como lo mismo, siento decirlo. Es que cuando me lo explicasteis tú y tu amigo sonaba mejor. El astronauta me ha parecido un pobrecillo enfundado en un mono que le queda grande, dando saltitos de pulgón...

En las últimas cartas (de 1970) Emma menciona que ha estado un poco enferma y con mucha fatiga:

... Debe ser la edad, comienzan los achaques. Ay, Diego, seguro que si me ves en la calle ya no me reconoces. Soy una matrona de más de cuarenta años, siempre arreando al marido, hijos, nieto y perros. Qué horror, mejor recuérdame como me conociste, fresquita y con talle de princesa. Eso me hace ilusión...

Otra carta era de marzo de 1970, le tenían qué hacer pruebas a Emma, le había salido una "bolita, una cosa de nada", en uno de los senos. Luego estaba una carta más, escrita con un tono muy raro:

Diego, cariño. Hoy desperté triste y alegre. No sé cómo explicarlo. He recordado a todos mis muertos, los que se fueron en la guerra y los que se fueron después. Siempre da pena, esas vidas, sobre todo cuando acaban así, de un corte brusco, como un libro al que le faltaban tantos capítulos todavía, tal vez los mejores... Pero también he pensado que yo debí morir en 1942 y mira, he llegado tan pancha a 1970, no debería quejarme, ¡aunque me encanta hacerlo! Si me toca irme ahora, pues sí que me daría rabia, mi nieto (nuestro nieto) es tan pequeño, quisiera disfrutarlo más. Leonora y Enriquito me necesitan, y mi marido será muy listo en matemáticas pero no sabe qué hacer sin mí. Debo estar preparada para lo que sea, todos tenemos que estarlo.

Diego, tengo miedo, pero también estoy satisfecha por estos años. Todos estos capítulos de más los he vivido gracias a la señora Clara, a mi querida Alma y sobre todo, a ti. Gracias, Diego, por la vida de más, por Ali y el nieto Agus, por los nuevos abuelos, por mi marido, por la Leonora y Enrique, por esos libros y todas esas películas que he podido ver (¡por suerte todavía no ha empezado la moda de las películas de extraterrestres!). De verdad, Diego, gracias por la vida...

Luego de eso quedan pocas cartas y escuetos mensajes o párrafos apuntados con letra cada vez menos firme. Uno muy doloroso que dice: "No sé qué devora más, si la enfermedad o la cura". Y uno que menciona: "Querido, me debes mi libro,

¡mi tocho romántico! Espero que al menos aprendas a valorarlo…". La penúltima carta es de mayo de 1970:

Diego, hoy he despertado con fuerzas, no sé si la enfermedad ha comenzado su retirada o sólo es una calma antes de otro vendaval, no quiero ilusionarme, pero debo aprovechar este subidón de energía. Así que me he puesto a organizar cosas y se me ha ocurrido una idea buenísima. ¡Algún día vas a leer mis cartas, ahora lo sé! Esta certeza me ha puesto del mejor de los ánimos. Te explico. Por lo que me contaste, en 1987, cuando llegues al Begur con tu padre, vas a conocer a la señora Clara, ya muy mayor, que sigue viviendo en su mismo piso. Pues pronto le haré llegar esta correspondencia con todo lo que te estás perdiendo en la vida de tu hija, de tu nieto, de la mía. Dentro de unos años la señora Clara te dará mis cartas… sólo debo convencerla de que espere el día que aparezca mi caballero, un adolescente llamado Diego, ¿a que mi idea es genial?…

La última carta, escrita dos semanas después, tenía unas líneas casi indescifrables, aunque un párrafo era totalmente claro:

Diego, cariño, no sé si tenga fuerzas para escribirte más adelante, pero espero que tu vida sea tan fabulosa como ha sido la mía. Lo deseo con todo mi corazón. Tu vecina la loca, compañera de viajes en el tiempo, defensora de la señorita Austen, madre de tu hija, la del nombre de las tres vírgenes, la que cruzó medio mundo para morir y volver a vivir, Emma, la que siempre te va a querer…

Y eso fue todo, después de junio de 1970, no hay nada más.

El resto de las once horas de vuelo no hice más que llorar, de tristeza, de alegría, de alivio. Esas lágrimas me ayudaron a lavar todo, a sanar, a prepararme para lo que venía.

Estimada A, hemos llegado al final, ahora sí. Gracias a estas veinticinco cartas supongo que puede deducir quién soy. Hace unos años decidí investigar y rastrear el linaje de Emma, incluso fui a su tumba al panteón municipal de Morelia, donde siempre hay restos de flores, lo que demuestra lo querida y recordada que sigue siendo. Cuarenta y cuatro años puede ser una vida tan corta... o tan larga para quien sabe atesorar cada día.

Descubrí que todo lo que dijo Emma en sus cartas es enteramente verdadero. Mi hija Ali es mayor que yo por casi treinta años (a Reque le encanta este dato). Mi propio nieto Agustín me lleva tres años de diferencia. Y fue a él a quien contacté primero. Quise relatarle esta historia y le llevé el libro de Emma de Jane Austen (sí que lo devolví, con medio siglo de retraso, lo sé; pero debe de estar en la casa familiar; recomiendo que lo lea, es muy curioso ver los comentarios de Emma al margen, nuestra Emma). En fin, le di a Agustín una versión atropellada de las cartas de la chimenea, el portal en el tiempo, los fenómenos fulgor, la maquinaria arquitectónica de los *bruixots*... pero temo que no me creyó una sola palabra, incluso lo asusté. Nunca llegó a la segunda cita donde le iba a mostrar la correspondencia de su abuela, y no volvió a tomarme el teléfono.

Fue por eso que esperé durante años un nuevo intento, con la hija de Agustín, que es usted, mi bisnieta, pero tuve una mejor idea: escribir estas cartas para dosificar la historia, sin la amenaza ni la presión de vernos en persona.

Tal vez tampoco me crea, pero le aseguro que ya tiene un buen relato que contar en una reunión: "Sabían que me contactó un supuesto viajero del tiempo, menor que mi padre, para decirme que era mi bisabuelo...". Por cierto, ahora tal vez sepa el motivo de su nombre, no es por hacerle honor a su abuela Ali, que en realidad es Alma, como usted. Ambas se llaman así por un tributo a una joven muchacha del pasado a la que les deben la vida.

Estimada Alma, ahora sabe parte de su fantástica historia que también es la mía. Le pido disculpas si resulté por momentos exasperante, enrevesado o fantasmal, pero en el fondo todas las historias de origen son historias de fantasmas, de gente que se ha ido, aunque no del todo, nosotros somos su legado. Los vivos somos el fulgor de nuestros ancestros. Somos el fruto que viene después de los tiempos duros.

Ahora sí, es todo. Querida, tal como me lo dijo su bisabuela Emma, le deseo la mejor de las vidas..

Mensaje

No pude evitar abrir su sobre, justo el día que iba a clausurar mi apartado postal. Déjeme organizar mi mente. Es que ¿…vernos? ¿De verdad, estimada Alma, quiere que nos veamos en persona después de todo? ¡Y dice que encontró el libro de Emma! Ah, genial. Pero lo otro, no sé… Me estresan las reuniones familiares, ¿a quién no? Tal vez no sea buena idea… ¿Conoce ese café, famoso por sus pasteles, el que está a la vuelta de la entrada del metro cerca de su universidad? Si lo desea, ahí estaré el próximo viernes a las 4 de la tarde, en una mesa exterior. Puede ir con quien guste, le llevaré las cartas de su bisabuela. Y podemos seguir hablando, pero ya no de fantasmas del pasado, ¡hablemos del presente, del futuro! Hemos vencido a los tiempos canallas, cada generación se enfrenta a los suyos, pero siempre pasan, créame, tarde o temprano. Ahora lo sé y puedo hacerle una promesa: lo mejor está por venir.

Esta obra se imprimió y encuadernó
en el mes de enero de 2022, en los talleres
de Impregráfica Digital, S.A. de C.V.
Av. Coyoacán 100-D, Col. Del Valle Norte,
C.P. 03103, Benito Juárez, Ciudad de México.